HEYNE <

D1987514

FANTASY

Von JENNIFER ROBERSON erschienen in der Reihe
HEYNE SCIENCE FICTION & FANTASY:

DER SCHWERTTÄNZER-ZYKLUS

1. *Schwerttänzer* · 06/5072
2. *Schwertsänger* · 06/5073
3. *Schwertmeister* · 06/5074
4. *Schwertmagier* · 06/5178
5. *Schwertprinz* · 06/9139
6. *Schwertrache* · 06/9160
7. *Schwertbruder* · 06/9237

Die Bände 1 und 2 sowie 3 und 4 erschienen als Sonderausgaben:
Zwei Romane in einem Band · 06/9137 und 06/9138

DER CHEYSULI-ZYKLUS

1. *Wolfsmagie* · 06/5671
2. *Das Lied von Homana* · 06/5672
3. *Das Vermächtnis des Schwerts* · 06/5673
4. *Die Fährte des weißen Wolfs* · 06/5674
5. *Die Ehre der Prinzen*· 06/5675
6. *Die Tochter des Löwen* · 06/5876
7. *Der Flug des Raben* · 06/5877
8. *Der Gobelin mit Löwen* · 06/5878
9. *Löwenmagie* · 06/5879

Jennifer Roberson

Schwertbruder

Siebter Roman des Schwerttänzer-Zyklus

Deutsche Erstausgabe

WILHELM HEYNE VERLAG
MÜNCHEN

HEYNE SCIENCE FICTION & FANTASY
Band 06/9237

Titel der amerikanischen Originalausgabe
SWORD-SWORN
Deutsche Übersetzung von Karin König
Das Umschlagbild ist von Jon Sullivan

Umwelthinweis:
Dieses Buch wurde auf chlor- und
säurefreiem Papier gedruckt.

Deutsche Erstausgabe 03/2003
Redaktion: Angela Kuepper

Erstveröffentlichung bei Daw Books Inc., New York

Der Wilhelm Heyne Verlag ist ein Verlag der
Ullstein Heyne List GmbH & Co. KG
www.heyne.de
Printed in Germany 2003
Umschlaggestaltung: Nele Schütz Design, München
Technische Betreuung: M. Spinola
Satz: Schaber, Satz- und Datentechnik, Wels
Druck und Bindung: Elsnerdruck, Berlin

ISBN 3-453-86173-6

Für
Shera Roberson
5. März 1928 – 9. April 1999

1998 schloss ich genau zum Jahresende einen historischen Roman ab. Meine nächste Aufgabe sollte darin liegen, das vorliegende Buch zu beginnen. Ich nahm mir einige Monate frei, um mich zu regenerieren. Aber im März 1999 wurde bei meiner Mutter Krebs diagnostiziert. Als einziges Kind einer schon vor langer Zeit geschiedenen Frau wurde ich zur Hauptsorgetragenden. Innerhalb von zehn Tagen nach der Diagnose wurde ich zur Testamentsvollstreckerin.

Einige Autoren arbeiten während einer Trauerzeit. Aber ich fühlte mich in einer außerordentlichen Wandlung gefangen – meine Mutter: tot. Dazu kam die Verantwortung für ihren Nachlass und das Haus, in dem ich aufgewachsen war und das ich nun zum Verkauf anbieten musste; zur selben Zeit bereitete ich mich ebenfalls auf einen Umzug mit zehn Hunden und drei Katzen an einen anderen Ort vor. Offen gestanden wurde das Schreiben des Buches zur Nebensache.

Inzwischen ist alles geregelt. Ich schreibe wieder Vollzeit. Aber ich möchte an dieser Stelle meiner Mutter Hochachtung bezeigen, da sie die klassische Leitfigur für meine Liebe zu Büchern war, die mir jeden Abend vor dem Einschlafen etwas vorlas, die meine frühesten literarischen Versuche beurteilte, die nie darin fehlte, meine Bemühungen zu unterstützen, und die solche Freude an meinen Veröffentlichungen hatte. Von meinem vierzehnten Lebensjahr an und seit ich meinen ersten Roman schrieb, bis wenige Tage vor ihrem Tod hat sie mich stets dazu ermutigt, meinen Träumen nachzugehen.

Mom, du wirst meine letzten Arbeiten niemals lesen. Aber ich weiß, dass du ein Teil dieser Bücher bist, wie du stets ein Teil all dessen sein wirst, was ich schreibe.
Gott sei mit dir.

Prolog

Der Sand war sehr fein und sehr hell, wie Dels Haar. Wie ihre Haut einst gewesen war. Aber die südliche Sonne, dann die Sonneneinwirkung und die salzhaltige Luft während der Seereise und nicht zuletzt unser Besuch der Insel Skandi hatten ihrer Haut allmählich einen samtigen Pfirsichton verliehen. Sie war noch immer zu hell, zu nordisch, um dem grellen Schein der Sonne längere Zeit standzuhalten, ohne zu verbrennen, aber sie war gewiss nicht mehr so hell, wie sie es bei unserer ersten Begegnung gewesen war.

Oh, richtig. Ich sprach über den Sand.

Er war also sehr fein und sehr hell, und ich hatte sorgfältig daran gearbeitet, ihn mit einem ausreichend großen Stück Rinde der dünnen, hohen, mit Wedeln und Grannen versehenen Palme zu ebnen, die den Strand, das dahinter liegende Meer und das Schiff überragte, das ich in Skandi gechartert hatte. Dann aber hatte ich die akribische Glätte verdorben, indem ich etwas hineingezeichnet hatte.

Einen Kreis.

Einen *Kreis*.

Ich hatte niemals wieder in einen Kreis eintreten wollen.

Aber ich ebnete den Sand, und ich zog den Kreis, und dann trat ich über die Linie in dessen Mitte. *Genau* in dessen Mitte.

Es donnerte nicht. Es fiel kein Regen. Kein Blitz riss den Himmel auf. Entweder kümmerte es die Götter nicht – wenn sie denn wirklich existierten –, dass ich erneut in einen Kreis eingetreten war, oder aber sie trieben sich gerade auf einem Flecken der Welt eines anderen herum.

»Ha«, murmelte ich und gönnte mir ein einfältiges Grinsen.

»Ha, was?«, fragte sie, von irgendwo hinter mir.

Ich wandte mich nicht um. »Ich habe das Unmachbare gemacht.«

»Ah.«

»Und nichts hat mich gepackt.«

»Gepackt.«

»Nichts *packte* mich.«

»Noch nichts.«

Nun wandte ich mich doch um. Sie stand ruhig im Sand. Die Beine reichten ihr bis zum Hals. Sie waren überwiegend entblößt, diese Beine. Wenn die Umstände es nicht verbaten, trug sie gewöhnlich eine ärmellose, hochgeschlossene Ledertunika, die ungefähr bis zur Mitte ihrer Oberschenkel reichte. Im Süden trug sie zudem einen lockeren Burnus über der Ledertunika, um ihre Haut vor der brennenden Sonne zu schützen, aber wir waren nicht im Süden. Wir befanden uns auf einer von mildem Seewind gekühlten Insel, und sie hatte die meisten jener prosaischen Kleidungsstücke zum Bedecken ihres Körpers abgelegt.

Ich sagte, dass ihre Beine bis zum Hals reichten. Was nicht heißen soll, dass kein Körper dazwischen war. O doch, da war einer.

»Siehe da, es hat mich gepackt«, verkündete ich im Tonfall unermesslicher männlicher Wertschätzung.

Früher hätte sie mich vielleicht geschlagen – oder vernichtend gerügt. Aber sie wusste, dass ich scherzte. Nun, nicht gänzlich – ich schätze *wirklich* jeden geschmeidigen, wendigen Zentimeter an ihr, aber diese Wertschätzung war in ihren Augen weniger ein Zeichen der vollendeten Begierde denn simple männliche Bewunderung.

Überwiegend.

Del wölbte eine helle Augenbraue. »Übst du die Sprachen und ihre Zeitformen?«

»Was?«

»Packen, packte, gepackt.«

Ich grinste sie an. »Ich brauche nicht zu üben. Ich spreche sie alle – inzwischen.«

Die Augenbraue sank wieder herab. Del war sich noch immer nicht sicher, wie sie mit den Scherzen über meinen neuen Status umgehen sollte. Hoolies, ich *konnte* nur darüber scherzen, da ich selbst nicht viel von diesem neuen Status verstand.

Del beschloss, es zu ignorieren. »Also. Ein Kreis.«

Ich fand, dass dieser Umstand vollkommen für sich sprach, und betrachtete sie daher übertrieben geduldig schweigend.

Ihre Miene war ausdruckslos. »Und du befindest dich *darin*.«

Ich nickte ernst. »Wie auch mein Schwert.«

Nun war sie verblüfft. »Schwert?«

Zur Erklärung hob ich es hoch.

»Das ist ein *Stock*, Tiger.«

Ich schnalzte mit der Zunge. »Und du erzählst mir seit Jahren, ich hätte keine Fantasie.« Ich deutete mit besagtem Stock auf sie. »Hol dir auch einen. Ich habe dort drüben einige hingelegt, bei dem Haufen Steine.«

Nun wölbten sich beide Augenbrauen bis zum Haaransatz. »Du willst üben.«

»Das tue ich.«

»Ich dachte …« Aber sie brach jäh ab. Und besaß den Liebreiz zu erröten.

Delilah errötete nicht leicht. Ich war erfreut, auch wenn der Grund dafür nicht wirklich schmeichelhaft war. »Hast du etwa geglaubt, ich würde dich belügen oder mich Wunschdenken hingeben? Mich vielleicht vollkommen zum Narren machen, während ich neue Fertigkeiten und Züge entwickle?«

Sie wandte den Blick nicht ab – Del mied keine Wahrheiten, nicht mal die harten –, aber die Röte wich auch nicht.

Ich schüttelte den Kopf. »Ich dachte, du hättest verstanden, worum es in all den Wochen des Körpertrainings ging.«

»Um Genesung«, sagte sie. »Darum, wieder in Form zu kommen.«

»Ich bin genesen, und ich bin in Form.«

Sie erhob keine Einwände. Es entsprach der Wahrheit. »Aber du hast all das ohne einen Kreis geschafft.«

Das hatte ich. Und zwar einiges. Obwohl ich noch herausfinden musste, wie ich es geschafft hatte. Ein Mann, der in sein viertes Lebensjahrzehnt eintritt, kann nicht annähernd mit diesem Mann im zweiten Lebensjahrzehnt mithalten. Aber selbst meine Knie hatten in letzter Zeit aufgehört, sich zu beklagen.

Vielleicht war es die Seeluft.

Oder auch nicht.

Dieses »oder auch nicht« machte mich nervös.

Ich räusperte mich und erklärte: »Ich werde meine eigenen Tänze bestreiten, Del.«

»Aber …« Sie verstummte erneut.

Aber. Ein sehr schwer wiegendes Wort, dieses »Aber«, mit allen möglichen versteckten Anspielungen und Andeutungen befrachtet.

Aber.

Aber, wollte sie fragen, wie kann ein Mann ein Schwert richtig ergreifen, wenn ihm an beiden Händen die kleinen Finger fehlen? *Aber* wie kann er es festhalten, wenn eine andere Klinge darauf trifft? *Aber* wie kann er darauf hoffen, einen Gegner im Kreis zu besiegen? Wie kann er den Tanz gewinnen? Wie kann er, auf dessen Kopf ein Preis ausgesetzt ist, sein Leben im ritualisierten Kampf des Südens zurückgewinnen, wenn er in Folge seiner eigenen Entscheidung daraus ausgeschlossen wurde? Wenn der Verlust der Finger alles frühere Können zunichte macht?

Aber.

Ich sah die Vermutung in ihren Augen, das leichte Aufflackern von Besorgnis.

»Ich habe absolut die Absicht zu tanzen«, sagte ich ruhig, »und absolut keine Absicht zu sterben.« So lange wie möglich.

»*Kannst* du es?«, fragte sie schließlich geradeheraus.

»Tanzen? Ja. Siegen? Nun, diese Frage haben wir nie richtig geklärt, oder? An manchen Tagen wirst du siegen, an anderen werde ich siegen.« Ich zuckte die Achseln. Es war eine Sache der Auslegung, wie viele solcher Tage mir noch blieben. »Und was die anderen betrifft, gegen die ich tanzen werde ... Nun, wir werden einfach abwarten müssen.«

»Tiger ...«

In der Ferne wieherte laut der Hengst. Ich segnete ihn für sein Zeitgefühl, obwohl er nicht viel Glück dabei haben würde, die Stute zu finden, die er haben wollte. »Hol das ›Schwert‹, Del.«

Sie blieb stehen. »Wenn ich diesen Tanz gewinne – wirst du dann aufhören?«

»Wenn du diesen Tanz gewinnst, werde ich einfach härter üben müssen.«

»Dann willst du immer noch in den Süden zurückkehren.«

»Das sagte ich dir bereits. Ja.« Ich betrachtete sie. »Hast du etwa geglaubt, ich wolle bis zum Ende meiner Tage hier auf dieser unbedarften Insel leben?« Was uns nichtsdestotrotz auf mehr als eine Art das Leben gerettet hatte.

»Ich weiß es nicht.« Ihr Tonfall war eine Mischung aus Enttäuschung, Ärger und Hilflosigkeit. »Ich habe keine Ahnung, was du tun wirst oder nicht, Tiger. Du bist nicht mehr berechenbar.«

Nicht mehr. Was bedeutete, dass ich es einst gewesen war.

Ich strahlte sie an. »Nun gut. Dann bin ich auch nicht

langweilig.« Ich wedelte erneut mit dem Stock. »Je eher wir anfangen, desto eher werden wir es wissen.«

Ihre Miene ließ vermuten, dass sie es bereits wusste. Oder es zu wissen glaubte.

»Nicht berechenbar«, erinnerte ich sie. »Auch deine eigenen Worte.«

Del wandte sich auf dem Absatz um und stakte zu den Ästen hinüber, die ich zu glatten Stöcken bearbeitet hatte. Es gab keine Spitze, keine Schneide, kein Kreuzstück, kein Heft, keinen richtigen Knauf. Es waren keine Schwerter. Es waren Stöcke. Aber welchen sie auch immer wählte, er würde genügen.

»Beeil dich«, sagte ich. »Wir verschwenden Tageslicht, Bascha.«

Durch eine Lupe betrachtet, wird die Welt vergrößert. Kleines wird groß. Unsichtbares wird sichtbar gemacht. Träume, an unbeherrschbare Temperamente und Unvorhersehbarkeiten gebunden, mögen vielleicht dasselbe bewirken, die Sichtweise des Menschen ändern. Das Verständnis. Das Bekannte wird unbekannt.

Sandkörner, leicht verschoben. Sanft aneinander gedrängt. Versammelt. Durcheinander gerollt. Vereint.

Ich blinzele. Die Welt zieht sich zurück. Großes wird klein, Gewichtiges wird unbedeutend. Und ich erkenne, was den Sand bewegt.

Nicht Wasser. Nicht Wind.

Blut.

Zuerst vergewaltigen sie sie. Dann schlitzen sie ihr die Kehle auf. Zweimal, vielleicht dreimal. Die Knochen ihres Rückgrats, im zerschundenen Fleisch blank liegend, schimmern weiß in der Sonne.

Blut fließt. Schiebt Sand zusammen. Macht aus schlecht genährtem Staub Schlamm. Ist von der Sonne in Nichts verwandelt worden.

Selbst Blut, in der Wüste, kann der unaufhörlichen Hitze nicht standhalten.

Beim Körper wird es länger dauern, denn Fleisch und Knochen werden nicht so leicht vereinnahmt. Aber die Wüste wird gewinnen. Ihre Siege sind grenzenlos.

Sie hätten sie womöglich am Leben lassen können, auf dass sie verdurste. Es war gnädig von ihnen, sie schnell zu töten. Ihr Gelächter war ihre Totenklage. Ihr Spaß bestand darin, ein Schwert in Reichweite liegen zu lassen; aber sie hatte nicht die Kraft, es gegen sich selbst zu richten.

Während die Sonne sie austrocknet, das Fleisch auf den Knochen ausdörrt, wendet sie den Kopf auf dem Sand und sieht mich aus Augen an, die ich wiedererkenne.

»Nimm das Schwert auf«, sagt sie.

Ich schrecke keuchend aus dem Schlaf in zitternde Wachheit, schmecke Sand im Mund. Salz. Und Blut.

»Es ist an der Zeit«, sagt sie.

Ihr Atem, ihr Tod, waren die meinen.

»Finde mich«, sagt sie, »und nimm das Schwert auf.«

Del spürte, wie ich krampfartig wach wurde. Sie wandte sich schläfrig zu mir um und fragte: »Was ist los?«

Ich antwortete nicht. Ich konnte nicht.

»Tiger?« Sie stützte sich auf einen Ellenbogen. »Was ist los?«

Ich schaute in den dunklen Himmel hinauf. Etwas war in mir, das forderte, dass ich antworten sollte. Ich fühlte mich sehr distanziert. Ich fühlte mich sehr klein. »Es ist an der Zeit.« Ein Widerhall des Traums.

»An der Zeit?«

Die Worte drangen wie von selbst aus meinem Mund. »Nach Hause zu ziehen.« *Nach Hause zu ziehen. Das Schwert aufzunehmen.*

Kurz darauf fragte sie: »Bist du in Ordnung? Du klingst nicht wie du selbst.«

Ich *fühlte* mich auch nicht wie ich selbst.

Sie legte eine Hand auf meine Brust und spürte den Herzschlag. »Tiger?«

»Ich … ich weiß es einfach. Es ist an der Zeit.« Nur das. Es schien zu genügen.

Finde mich.

»Bist du sicher?«

Nimm das Schwert auf.

»Ich bin sicher.«

»In Ordnung.« Sie legte sich wieder hin. »Dann werden wir gehen.«

Ich konnte ihre Anspannung spüren. Sie hielt es für keine gute Idee. Aber das war unwichtig. Wichtig war, dass es an der Zeit war.

1

Nachdem wir von der Insel fortgesegelt waren, befanden wir uns auf dem Weg nach Haziz, der Hafenstadt des Südens, die wir vor Monaten auf dem Weg nach Skandi verlassen hatten. Aber diese Reise war Vergangenheit. Nun schifften wir uns zu einer noch gefährlicheren Reise ein: in den Süden zurück, wo mir das Todesurteil drohte.

In der Zwischenzeit verbrachten Del und ich die Zeit mit Üben. Sie gewann die Kämpfe nicht. Ich auch nicht. Es ging nicht um einen Sieg, sondern darum, meinen Körper und Geist umzuschulen. Ich spürte einen Druck in mir, den Druck, es besser zu machen, mehr zu tun, besser zu *sein*.

»Du hältst dich zurück«, beschuldigte ich sie, nun – wieder – an das Knarren von Holz und Takelage und das Knattern von Segeltuch gewöhnt.

Del öffnete den Mund, um meine Behauptung zu widerlegen. Sie hielt sich im Kreis niemals zurück. Aber sie schloss den Mund wieder und betrachtete mich nachdenklich, obwohl ihr Gesichtsausdruck vermuten ließ, dass sie sich ebenso unerbittlich prüfte.

»Nun?«, forderte ich sie heraus, während ich meine bloßen Füße noch fester auf die Holzplanken setzte.

»Vielleicht«, sagte sie schließlich.

»Wenn du mich wirklich für unfähig hältst …«

»Das habe ich nicht gesagt!«

»… dann solltest du mich einfach aus dem Kreis hinausbefördern.« Wir hatten in Wahrheit keinen richtigen Kreis, denn der Kapitän hatte lautstark Einspruch dagegen erhoben, dass ich einen in sein Deck ritzte, aber unser Verstand wusste dessenungeachtet, wo die Grenzen lagen.

Del, die ein Ende des Stocks aufs Deck gerichtet hatte, benutzte ihn nun als Spazierstock, indem sie sich müßig darauf stützte, die freie Hand auf der Hüfte, den Ellenbogen auswärts gewandt. »Ich glaube nicht, dass dich jemand aus dem Kreis hinausbefördern könnte, selbst wenn dir beide *Hände* fehlten.«

Kein schönes Bild. »Danke.« Ich verzog das Gesicht. »Glaube ich.«

Blaue Augen wurden groß. »Das ist ein Kompliment!«

Das hatte ich vermutet.

Nun verengten sich diese Augen. »Du wendest tatsächlich einen anderen Griff an.«

»Ich sagte, dass ich das tun würde.« Ich hatte auch gesagt, dass ich es tun musste. Die Umstände erforderten es.

Sie entspannte sich und streckte den Arm aus. Im Befehlston sagte sie: »Umschließ mein Handgelenk.«

Ich verschränkte eine große Hand um ihr Handgelenk und spürte den Knochenhöcker auf der linken Seite und die ausgeprägten Sehnen an der Unterseite. Delilah war eine starke Frau.

Sie zog die hellen Augenbrauen zusammen. »Der Druck ist anders.«

»Natürlich.« Ich war nicht allzu unglücklich, ihr Handgelenk zu halten. »Ich habe *drei* Finger und einen Daumen, nicht vier.«

»Dein Griff wird hier schwächer sein.« Sie berührte die Außenkante meiner Handfläche. Mit diesem Teil meiner Hand war alles in Ordnung. Nur ragte kein kleiner Finger mehr hervor. »Wenn sich das Schwertheft in deiner Hand dreht oder im Winkel zu deiner Handkante gedrängt wird …«

»Ich werde die Hebelkraft verlieren. Die Kontrolle. Ja, das weiß ich.«

Nun runzelte sie die Stirn. Sie ließ ihren Stock aufs

Deck fallen. Sie betrachtete meine Hand genau, nahm sie in ihre Hände. Sie hatte sie natürlich zuvor schon gesehen, hatte beide Hände gesehen, wie auch das knotige, rötliche Narbengewebe, das den Auswuchs des abgetrennten Knochens bedeckte.

Del war nicht zimperlich. Sie hatte mich mehrere Male zusammengeflickt, ebenso wie sich selbst. Sie bedauerte den Verlust der Finger – Hoolies, ich ebenfalls! –, aber sie verzagte deshalb nicht. Jetzt studierte sie bei ihrer methodischen und nüchternen Betrachtung, die sich nicht für Anspielungen und Andeutungen eignete, jeden Zentimeter meiner Hand. Sie betastete die Haut, die Sehnen, die schmalen Knochen unter beiden. Ich habe große Hände, breite Hände, und die Ballen weisen dicke Hornhautschwielen auf.

»Was ist?«, fragte ich schließlich, als sie weiterhin die Stirn runzelte.

»Die Narben«, sagte sie. »Sie sind fort.«

Ich habe vier tiefe Furchen in die Wange eingegraben sowie eine Vertiefung in der Haut links oberhalb der Rippen. Zweifelnd hob ich die Augenbrauen.

»An deinen Händen«, erklärte sie. »Alle Narben sind fort. Und dieser Knöchel hier …«, sie tippte darauf, »… war wulstiger als die anderen. Er ist es nicht mehr.«

Ich hätte vermutlich eine unanständige Bemerkung über Dels intimes Wissen über meinen Körper anbringen können, aber ich tat es nicht. Im Augenblick ging es um mehr als um ein verbales Vorspiel.

Ich hatte alle möglichen Narben und Scharten am Körper. Wir beide. Meine resultierten aus einer Kindheit in Sklaverei, einem erzwungenen Besuch in den Minen eines südlichen Tanzeers namens Aladar und aus übermäßig langem – und gefährlichem – Schwerttänzertraining und gleichermaßen gefährlichen, realen Tänzen. Letztere hatten auch Del auf gewisse charakteristische Arten beeinträchtigt. Sie hatte als Erinnerung an einen vor Jahren im Norden stattgefundenen Tanz, bei dem wir beide fast gestorben wären, ihre eigene bedeutsame Narbe am Bauch sowie verschiedene weitere durch Schwerter zugefügte Makel.

Ich hatte wochenlang gebraucht, um mich an die Stümpfe der beiden fehlenden Finger zu gewöhnen, obwohl ich manchmal hätte schwören können, dass ich noch die volle Anzahl an Fingern besaß. Außerdem hatte ich nicht weiter auf meine Hände geachtet, außer dass ich sehr hart daran gearbeitet hatte, sie zu stärken, wie auch meine Handgelenke und Unterarme. Das Innere war wichtig, nicht das Äußere. Die Muskeln, die Kraft, die die Hände und somit auch ihren Griff kontrollierte. Nicht die äußerlichen Narben.

Aber Del hatte Recht. Der Knöchel, der sonst ständig vergrößert war, sah wieder genauso aus wie die übrigen. Und die Narben und Makel, die ich mir in vierzig Jahren verdient hatte, waren fort. Selbst die entstellten Narben von der Arbeit in Aladars Mine waren verschwunden.

Vollkommen darauf konzentriert, mich umzuschulen, hatte ich es nicht einmal bemerkt. Ich entzog ihr meine Hand, während ich finster die Stirn runzelte.

»Es ist keine große Sache«, stellte Del, wenn auch recht zögerlich, fest.

»Skandi«, murmelte ich. »Meteiera.« Ich betrachtete meine Hände noch genauer.

»Haben sie bei dir irgendwelche Magie angewandt?«

Ich richtete den finsteren Blick von der Hand auf die Frau. »Nein, sie haben bei mir keine Magie angewandt. Sie haben mir die Finger abgeschnitten!« Ganz zu schweigen davon, dass sie auch meinen Schädel rasiert und tätowiert sowie meine Ohren und Augenbrauen durchstochen und mit Silberringen versehen hatten. Die meisten der Ringe waren inzwischen fort, dank Dels vorsichtiger Hilfe, obwohl ich auf ihr Geheiß zwei in jedem Ohrläppchen behalten hatte. Man frage mich nicht, warum. Del sagte, sie möge sie.

»Du siehst jünger aus.« Sie sprach mit sorgfältig bemessenem Tonfall.

Es war schon Ironie des Schicksals, jünger auszusehen, wenn sich die Lebensspanne verkürzt hatte.

»Natürlich, vielleicht sind es die Haare«, sann Del. »Du siehst sehr verändert aus, seit du sie so kurz trägst.«

»Länger als sie waren.« Ich rieb mit einer Hand über meinen Kopf. Mein Haar, insgesamt jetzt vielleicht zwei Zentimeter lang, lag dicht am Schädel an, obwohl ich jeden Tag erwartete, dass sich die lästige Welle wieder zeigen würde. Del hatte gesagt, die blauen Tätowierungen wären nicht mehr zu sehen, bis auf einen kleinen Rand am Haaransatz. Aber auch der würde verborgen sein, sobald mein Haar ein Stück gewachsen wäre.

»Ich meine nicht, dass du wie ein *Junge* aussiehst«, erklärte sie. »Du siehst wie du aus. Nur ... weniger verbraucht.«

Hoolies, *das* klang gut. »Definiere ›weniger verbraucht‹ für mich.«

»Von der Sonne.« Sie zuckte die Achseln. »Vom Leben.«

»Das war doch kein Wunschdenken, oder?«

Del blinzelte. »Was?«

»Zwischen uns liegen immerhin gute fünfzehn Jahre. Wenn ich vielleicht nicht um so vieles älter aussähe ...«

»O Tiger, mach dich nicht lächerlich! Ich sagte dir bereits, dass mich das nicht kümmert.«

Ich hockte mich hin. Die Knie knackten nicht. Ich sprang wieder auf. Noch immer keine Klagen.

Del runzelte die Stirn. »Was sollte das eben bedeuten?«

»Ich fühle mich jünger.« Ich grinste verzerrt. »Oder vielleicht ist das nur *mein* Wunschdenken.«

Del beugte sich herab und hob ihren Stock auf. »Dann sollten wir wieder anfangen.«

»Was, du willst den alten Mann versuchen und verschleißen? Ihn auf der Grundlage reiner Erschöpfung dazu bringen, sich zu ergeben?«

»Du ergibst dich niemals aus Erschöpfung«, erklärte sie, »bei nichts, was du tust.«

»Ich habe mich deinem Standpunkt ergeben, dass Frauen auch in anderen Bereichen als dem Bett Wert besitzen.«

»Weil ich *Recht* hatte.«

Wie es bei uns üblich ist, überdeckte die Neckerei stärkere Gefühle. Ich konnte es Del wirklich nicht vorwerfen, dass sie sich Sorgen machte. Hier waren wir auf dem Weg zurück in den Süden, wo ich geboren und vernichtet wurde, wo ich als Sklave aufgezogen wurde und schließlich meine Berufung als Schwerttänzer gefunden hatte, dafür angeheuert, zur Beilegung von Streitigkeiten Kämpfe für andere Menschen auszufechten – wo ich mich aber schließlich allen Riten, Ritualen und der Ehre des streng vorgeschriebenen Systems des in Alimat ausgebildeten Schwerttänzers entzogen hatte.

Ich hatte es auf eine Art getan, die einige vielleicht als feige beschreiben würden, aber zu der Zeit war es die richtige Wahl gewesen. Die einzige Wahl. Ich hatte sie getroffen, ohne sie noch einmal zu überdenken, weil es nicht notwendig gewesen war. Ich wusste sehr gut, was der Preis dafür sein würde. Ich war nun ein Ausgestoßener, eine Klinge ohne Namen. Ich hatte *Elaii-ali-ma* erklärt, meinen Status als Schwerttänzer des siebten Grades aufgegeben, was bedeutete, dass ich für jeden an den Ehrenkodex gebundenen Schwerttänzer, der mich herauszufordern gedachte, Freiwild war.

Natürlich würde diese Herausforderung nicht unbedingt in einem Kreis erfolgen, wo der Sieg nicht errungen wird, indem man seinen Gegner tötet – zumindest gewöhnlich; es gibt immer Ausnahmen –, sondern indem man einfach siegt. Indem man besser ist.

Ich war jahrelang besser als jeder andere im Süden gewesen, obwohl einige das von Abbu Bensir behauptet hatten (einschließlich Abbu Bensir), aber nun konnte ich diesen Status für mich nicht länger beanspruchen. Ich war kein Schwerttänzer mehr. Ich war nur ein Mann, den viele andere Männer töten wollten.

Und Del hatte die Vorstellung, dass es jetzt weitaus leichter wäre, mich zu töten, als vorher.

Und sie hatte wahrscheinlich Recht.

Also befand ich mich hier auf einem Schiff, das gen Süden – nach Hause – fuhr, begleitet von einem eigensinnigen Hengst und einer gleichermaßen eigensinnigen Frau, dem entgegen segelnd, was romantischere Typen, wären sie in meinen Traum eingeweiht, vielleicht als mein Schicksal beschrieben. Ich wusste indes nur, dass es an der Zeit war, Traum hin oder her. Wir hatten vage erwogen, mich als Skandier auszugeben, als Kind einer Insel, die zwei Segeltage vom Süden entfernt lag, aber das hatte sich nun erledigt. Ich *war* allem Anschein nach Skandier – sowohl im wörtlichen als auch im übertragenen Sinne –, ein Kind jener Insel, aber es hatte nicht funktioniert. Gewiss war es eine fantastische Vorstellung zu entdecken, dass ich der lange vermisste Enkel der reichsten, mächtigsten Matriarchin der Insel war, aber diese Fantasie hatte kein glückliches Ende heraufbeschworen. Sie hatte mich zwei Finger gekostet, für den Anfang. Und den Mann, der als der Sandtiger bekannt war, fast vollständig ausgelöscht, und das, ohne ihn getötet zu haben.

Meteiera. Der Steinwald. Wo sich skandische Menschen mit einem Übermaß an Magie, so unermesslich, dass vieles davon weitgehend unentdeckt blieb, auf hohe Steinkegel zurückzogen, vorgeblich, um den Göttern zu dienen, aber auch, wie sie behaupteten, um geliebte Menschen zu schützen, indem sie sich von ihnen abwandten. Weil die Magie, die ihnen Macht verlieh, sie zugleich wahnsinnig werden ließ.

Nun, jeder, der mich kennt, wird sagen, dass ich nicht viel von Magie halte – oder hielt. Tatsächlich glaube – glaubte – ich nicht daran. Aber ich muss zugeben, dass in Meteiera *etwas* Seltsames vor sich ging. Ich kann nicht beschwören, dass die Priestermagier bei mir Magie angewandt hatten, wie Del vermutete, aber als ich dort war, war ich im Grunde nicht mehr ich selbst. Und ich wurde Zeuge zu vieler seltsamer Dinge.

Hoolies, ich *tat* seltsame Dinge.

Ich scheute davor zurück wie ein schreckhaftes Pferd. Aber das Wissen, die Bewusstheit, schlichen sich wieder ein. Ungeachtet aller äußeren körperlichen Veränderungen gab es auch viele innere.

Ein Begreifen der Macht, ähnlich dem ersten, schwachen Anzeichen von nagendem Hunger – oder anfängliches Verlangen. Tatsächlich war es Verlangen *sehr* ähnlich, weil diese Macht verzweifelt gehandhabt werden wollte.

Ich erschauderte. Hätte Del mich gefragt, was los sei, hätte ich ihr gegenüber behauptet, dass es heute Morgen ein wenig kalt sei und ich wegen der Bewegungsfreiheit immerhin nur einen Lederdhoti trüge, während ich die sich wiederholenden Rituale durchging, die Körper und Geist schärften. Aber es war nicht die Morgenkühle, welche die Reaktion hervorrief. Es war wiederum das Bewusstsein des mir bevorstehenden Kampfes. Oder, genauer gesagt, der *Kämpfe*.

Und keiner davon hatte etwas mit Schwerttanzen zu tun, oder auch nur mit einem Schwertkampf. Nur mit der Weigerung, das zu werden, wovon man mir auf Meteiera gesagt hatte, dass ich es werden müsste: ein Magier.

Tatsächlich hatten sie gesagt, ich müsste ein *Priestermagier* werden, aber darein setzte ich noch weniger Vertrauen als in die Existenz von Magie.

Und es wurde natürlich schwieriger, die Existenz von Magie zu leugnen, seit es mir gelungen war, welche anzuwenden. Und noch schwieriger wurde es, meine Bereitschaft zu leugnen, sie anzuwenden. Ich hatte immerhin *versucht*, sie anzuwenden.

Absichtlich. Ich hatte eine vage Erinnerung daran, dass jene ersten Tage, nachdem ich dem Steinwald entronnen war, von Verzweiflung erfüllt gewesen waren, und ein verzweifelter Mensch unternimmt viele merkwürdige Dinge, um gewisse Ziele zu erreichen. Mein Ziel war lebenswichtig gewesen: nach Skandi zurückzukehren und Del zu finden, und eine dauerhafte Regelung mit der Metri, meiner Großmutter, zu finden.

Ich war mit dem Boot zurück nach Skandi gelangt, was gewiss nicht bemerkenswert ist, wenn man eine Insel zu erreichen versucht. Nur dass dieses Boot nicht existiert hatte, bis ich es hatte entstehen lassen, aus Tang und weiterem heraufbeschworen, was ich auf Meteiera gelernt hatte.

Disziplin.

Magie ist nur ein Werkzeug. Disziplin ist die Macht.

Nun stand ich an der Reling und blickte übers Meer, wohl wissend, dass alles, was ich in meinem Leben je gewesen war, umgekehrt wurde. Auf den Kopf gestellt wurde. Auf jede nur erdenkliche Weise.

Nimm das Schwert auf.

Ich lebte mit dem und für das Schwert. Ich verstand nicht, warum ich belehrt werden musste; nein, kommandiert.

»Du bist noch immer du«, sagte Del bestimmt; wahrscheinlich sorgte sie sich darüber, dass *ich* besorgt sei, wobei sie nicht wusste, dass meine Gedanken in eine andere Richtung gingen.

Ich lächelte in die Gischt hinaus.

»Das bist du.« Sie trat neben mich. Mit dem wenigen frischen Wasser, das der Kapitän für solche Gelegenheiten gestattete, hatte sie sich die Haare gewaschen, und jetzt trocknete der Wind sie. Die Mischung aus Salz, Gischt und Sonne hatte ihren Blondton noch aufgehellt. Haarsträhnen wurden ihr aus dem Gesicht und über die Schultern nach hinten geweht.

Ich war in meinem Leben schon weniger gewesen, abhängig von den Umständen. Aber nun war ich unbestreitbar mehr.

Ich war, wie man mir gesagt hatte, ein Messias. Und nun ein Magier. Ich hatte beides nicht geglaubt, da ich behauptete – und wusste –, dass ich nur ein Mensch war. Das genügte. Ich war alles das gewesen, was ich hatte sein wollen, in der Zeit der Sklaverei, als ich ein Chula gewesen war, kein Junge. Ein Sklave, kein Mensch.

Ich schaute immer noch lächelnd zu Del. »Sag das noch häufiger, Bascha.«

»Das *bist* du.«

»Nein«, sagte ich. »Das bin ich nicht. Und das weißt du ebenso gut wie ich.«

Ihr Gesicht wurde ausdruckslos.

»Ein netter Versuch«, bemerkte ich, »aber ich durchschaue dich inzwischen zu genau.«

Del sah mich direkt an, sie wich nicht aus. »Und ich kann dich jetzt überhaupt nicht mehr durchschauen.«

Da. Nun war es ausgesprochen. Laut eingestanden, einer dem anderen.

»Ich bin noch immer ich«, sagte ich, »aber anders.«

Del war niemals kokett oder zimperlich. Auch jetzt nicht. Sie legte eine Hand auf meinen Arm. »Dann komm mit nach unten«, sagte sie, »und zeige mir, *wie* anders.«

Ah, ja. Das war noch immer dasselbe.

Ich folgte ihr grinsend.

Als wir schließlich in Haziz von Bord gingen, küsste ich den Boden nicht. Das hätte bedeutet, dass ich mich mitten an einem der typischen geschäftigen Tage auf den übervölkerten Docks hätte hinknien und riskieren müssen, von einem Rollwagen, Karren oder sonst jemandem eingeebnet zu werden, der Ballen schleppte und nicht allzu glücklich darüber wäre, einen großen, knienden Mann auf dem Weg vorzufinden; auch wäre ich in recht innigen Kontakt mit den feuchten, klumpigen, matschigen und würzigen Ausdünstungen einer Artenvielfalt von Tieren gekommen, die so groß war, dass ich mir nicht die Mühe machte zu zählen.

Es muss genügen, wenn ich sage, dass ich erleichtert war, meine in Sandalen steckenden Füße wieder einmal auf südlichen Boden stellen zu können, wenngleich mich dieser Boden noch immer an das Gefühl auf hoher See erinnerte. Es dauerte stets einen oder zwei Tage, bis ich mich vom tändelnden Deck an die Zuverlässigkeit des Erdbodens angepasst hatte.

Genauso wie ich Zeit brauchte, um die vermischten Gerüche zu unterscheiden, die ich nach Monaten der Abwesenheit als so verwirrend klar empfand. Puh!

»Man braucht dich nicht herauszufordern«, bemerkte Del neben mir leicht angewidert. »Man könnte dich einfach hier von dem *Gestank* umbringen lassen.«

Ich erwiderte mit hochmütiger Strenge: »Du redest von meinem Heimatland.«

»Und jetzt, wo wir wieder unter Leuten sind, die dich ebenso bereitwillig töten wie begrüßen würden«, fuhr sie fort, »was tun wir da als Nächstes?«

Es war hier erheblich wärmer als auf Skandi, obwohl nicht mal die sengende Hitze des Hochsommers herrschte. Ich schaute kurz zur Sonne, die sich bereits vom höchsten Punkt abwärts bewegte. »Das Wesentliche«, erwiderte ich. »Ein Drink. Essen. Ein Platz zum Übernachten. Ein Pferd für dich.« Der Hengst würde vom Schiff in einen Mietstall meines Vertrauens gebracht werden, wo er seine Beine wieder an festen Boden gewöhnen konnte. Ich hatte für die Überfahrt gut bezahlt, obwohl der Schiffsjunge die Summe wahrscheinlich als unzureichend angesehen hätte, wenn der Hengst versucht hätte, ihn mit seinen Hufen zu erwischen. Ein weiterer Grund dafür, die erste Übellaunigkeit an jemand anderem auszulassen als an mir. »Schwerter …«

»Gut«, sagte Del fest.

»Und morgen brechen wir nach Julah auf.«

»Nach Julah? Warum? Dort hätte Sabra beinahe unser beider Tod bewirkt.« Unausgesprochen blieb das Wissen, dass Sabra mich unweit von Julah – nämlich in dem von ihrem Vater bewohnten Palast – gezwungen hatte, mich als Ausgestoßenen aus meinem Gewerbe zu erklären. Den Ehrenkodexen eines in Alimat ausgebildeten Schwerttänzers des siebten Grades zu entsagen.

»Darum«, erklärte ich. »Ich möchte eine kurze Unterredung mit unserem alten Freund Fouad führen.«

»›Eine Unterredung‹«, echote sie, und ich wusste, dass es als Frage gemeint war.

»Mit Worten, nicht mit Klingen.«

»Fouad hat dich an Sabra verraten und damit fast deinen Tod verursacht.«

»Was zumindest nach einigen freundschaftlichen Worten schreit, meinst du nicht?«

Del hatte neben mir gehen wollen, während ich durch die engen, staubbedeckten Straßen lief, welche mit Händlern bevölkert waren, die den Neuankömmlingen billige Waren feilboten, und wo vor den oberen Stockwerken eng stehender Häuser Wäsche zum Trocknen hing; Wohnungen aus Lehmziegeln, die unordentlich aufeinander getürmt waren und sich sonnenverblasster, einst bunter Sonnensegel rühmten; aber da Del Haziz überhaupt nicht kannte, war es schwer für sie, sich neben mir zu halten, wenn ich einen ihr unvertrauten Weg nahm. Sie richtete es so ein, dass sie einen Schritt hinter meiner linken Schulter ging, während sie meine Richtung zu erahnen versuchte. »Worte? Das ist alles?«

»Es ist ein Anfang.« Ich nahm eine Melone von einem Händlerkarren. Der Beschwerderuf des Melonenverkäufers folgte uns. Ich grinste, als ich zum ersten Mal seit Monaten vertraute südliche Flüche hörte – aus einem anderen Mund als meinem eigenen.

Del stieg über einen gewaltigen Haufen Danjac-Kot, der leicht mit Urin gewürzt war. »Wirst du sie bezahlen?«

Um den ersten saftigen, köstlichen Mund voll Melone herum brachte ich hervor: »Ein Willkommensgeschenk.« Und versuchte, nicht auf die Vorderseite meiner skandischen Seide zu kleckern. Die leider noch immer auffällig karmesinrot war. »Und ich dachte gerade …«

Hoolies, ich hatte *geträumt*.

Und ich bedauerte, den Satz begonnen zu haben.

»Ja?«, fragte sie prompt.

»Vielleicht …«

»Ja?«

Die aus meinem Mund dringenden Worte überraschten mich ebenso wie sie. »Vielleicht werden wir mein wahres Schwert holen.«

»Dein wahres Schwert?«

Ich wand mich geschickt, als eine Horde schreiender Kinder vorüberlief und eine graubraune, beißende Staubwolke nach sich zog. »Du weißt schon. Dort draußen. In der Wüste. Unter einem Haufen Felsen.«

Del blieb jäh stehen. »*Das* Schwert? Du meinst, du willst *das* Schwert holen?«

Ich wandte mich um, ebenfalls innehaltend, und bot ihr den Rest der Melone an, die in der schwindenden Sonne cremig grün aussah. Ich wusste nicht, wie ich den Traum erklären sollte. »Es scheint … angemessen.«

Sie war an der Melone nicht interessiert. »›Angemessen?‹« Del schüttelte den Kopf. »Es ist nur so, dass du ein unter Tonnen von Felsen begrabenes Schwert ausgraben willst, obwohl es hier in dieser Stadt zweifellos viele Schwerter gibt. *Nicht* begrabene.«

Die Antwort kam erneut unwillkürlich. »Aber diese Schwerter habe ich nicht gestaltet.«

Was Erinnerungen an den Norden zwischen uns heraufbeschwor und an Staal-Ysta und den Tanz, der uns beinahe getötet hätte. Ganz zu schweigen von einer unwichtigeren Angelegenheit, bei der Del in meinem Namen, für mein Leben, das Schwert zerbrochen hatte, das sie selbst gestaltet hatte, während sie Rachegesänge gesungen hatte. Boreal war tot, so wie zerbrochene *Jivatmas* und ihre beendeten Gesänge tot sind. Samiel war es nicht.

Und etwas in mir wollte ihn. Brauchte ihn.

Del schwieg. Schwieg vollkommen. Aber sie brauchte auch nichts zu sagen. Ihr Schweigen beinhaltete eine Unmenge Worte.

Ich warf die Melone gegen eine Mauer. Die gesprenkelte Schale platzte auf, und das Fruchtfleisch glitt herab und krönte einen übel riechenden Müllhaufen, der sich bereits auf die halbe Straße ausbreitete. »Wir werden heute Nacht hier bleiben, brauchbare Schwerter und Harnische kaufen und dann nach Julah ziehen, zu Fouad.« Ich sagte es ruhig. »Die unbedeutende Angelegenheit einer Verpflichtung unter Freunden.«

Und die weitaus bedeutendere Angelegenheit des Überlebens.

2

Del war ein wenig übervorsichtig, weil wir uns in Haziz aufhielten und von sämtlichen Schwerttänzern, die uns schon früher einmal gesehen hatten, jederzeit erkannt werden konnten. Ich versuchte ihr zu erklären, dass Haziz für Schwerttänzer, die sich gewöhnlich im Binnenland aufhielten, nicht allzu interessant war und ich, dank meines Aufenthalts auf Meteiera, eigentlich nicht mehr so aussah, wie ich früher ausgesehen hatte, aber Del bemerkte, dass ich trotz dem kurzen Haar, Ohrringen, dem Flechtwerk von Tätowierungen am Haaransatz und ohne das Band mit den Sandtigerkrallen immer noch einen guten Kopf größer als die meisten südlichen Männer und entschieden breiter und schwerer war und noch immer die Krallenspuren im Gesicht trug.

Und wer sonst reiste mit einer nördlichen Schwertsängerin?

Woraufhin ich erklärte, dass wir uns trennen könnten, solange wir in Haziz weilten.

Del, die gerade ihre hochgeschnürten Sandalen schloss, während sie auf der Bettkante hockte – wir hatten die Nacht in einem recht verkommenen Gasthaus an den Docks verbracht –, zog zweifelnd die Augenbrauen hoch. »Und wer würde dich dann beschützen?«

»Mich wovor beschützen?«

»Vor Schwerttänzern.«

»Ich sagte dir bereits, dass hier wahrscheinlich keine sind.«

»*Wir* sind hier.«

»Nun, ja, aber …«

»Und du hast bereits zugegeben, dass du meinen Schutz brauchst.«

Ich war erstaunt. »Wann war *das* denn gewesen?«

»Auf der Insel.« Nun zog sie die andere Sandale an. »Erinnerst du dich nicht? Du sprachst darüber, in Alimat eine neue Schule zu eröffnen. Ich sprach über Abbu.«

Als ich darüber nachdachte, erinnerte ich mich vage einer beiläufigen Bemerkung. »Oh. Das.«

»Ja. Das.« Sie schnürte die Sandale zu und stand auf. »Und?«

»Das war Bettgeflüster, Bascha.«

»Wir hatten kein Bett. Wir hatten Sand.«

»Ich bin besser in Form als seit Monaten. Leichter. Schneller. Du hast mit mir geübt. Du weißt es.«

Del neigte abschätzend den Kopf und wies bewusst nicht darauf hin, dass mir zwei Finger fehlten. »Ja.«

»Also brauchst du mich nicht zu beschützen.«

»Bist du bereit, Abbu Bensir zu treffen?«

»Hier? Jetzt?«

»Was wäre, wenn er *tatsächlich* hier wäre? Jetzt?«

Ich bedachte sie mit meinem schärfsten, grimmigsten Sandtigerblick. »Also willst du, dass ich mich hier in dieser Pissbude verstecke, während du in einer Stadt, die du nicht kennst, auf die Suche nach einem Schwertschmied gehst?«

Der Blick beeindruckte sie nicht. »Du kennst sie nicht viel besser. Und ich kann nach dem Weg fragen.«

»Eine Frau allein? Im Süden? Die einen Schwertschmied sucht?«

Del öffnete den Mund und schloss ihn wieder.

»Ja«, sagte ich. »Wir sind wieder im *Süden*.« Der sich sehr vom Norden unterschied, wo Frauen mehr Freiheit hatten, und noch mehr von Skandi, wo Frauen für alles zuständig waren.

»Ich könnte es«, sagte sie, aber es klang nicht unbedingt herausfordernd. Del war eigensinnig, aber sie begriff die Realität. Selbst wenn sie nicht gerecht war. (Sie hatte die Realität einmal ignoriert, aber die Zeit und – wenn ich ehrlich sein soll – mein Einfluss hatten sie verändert.)

»Ich sag dir was, Bascha. Ich werde einen Kompromiss eingehen.«

Übertrieben dramatisch: *»Du?«*

Ich ignorierte es. »Wir werden einen Jungen zum besten Schwertschmied in Haziz schicken und ihn hierher bestellen.«

Del dachte darüber nach. »Das ist nur fair.«

»Und danach«, sagte ich innerlich zusammenzuckend, »werde ich dem Hengst einen Besuch abstatten müssen.«

»Ah, ja«, stimmte sie mir nickend zu. »Vielleicht wird er den Schwerttänzern einigen Ärger ersparen und dich selbst töten.«

»Nun, da du so verteufelt bereit bist, mich zu beschützen – warum reitest du dann nicht zuerst auf ihm?«

Del runzelte die Stirn. Ich verließ grinsend den Raum und scheuchte einen viel versprechenden Jungen auf, der einem Schwertschmied meine Nachricht überbringen sollte.

Die beiden Diener des Schwertschmieds brachten mehrere dick umhüllte Bündel in unser Zimmer sowie eine Auswahl von Harnischen, Schwertgürteln und Scheiden. Dann verließen sie unter Verbeugungen den Raum und überließen ihrem Arbeitgeber die Verhandlungen. Dieser Arbeitgeber war ein älterer Mann in schwarzen Gewändern und Turban, mit grauem Haar und Bart, aber deswegen keineswegs schwach. Jedermann, der Jahre seines Lebens damit verbringt, Metall so dünn zu hämmern, dass er es unzählige Male falten kann, hält seinen Körper gut in Form – aufgrund unterschiedlicher Bedürfnisse vielleicht auf andere Art, als ich meinen Körper trainierte … Aber das Alter hatte ihn nicht geschwächt. Und auch seine Einschätzung der Kunden nicht.

Nach formellen Höflichkeiten einschließlich kleiner Tassen herben Tees ließ er mich vor sich treten, betrachtete mich dann und sah alles, was Del zuvor beschrieben hatte, Einzelheiten registrierend, die bei der Auswahl einer Waffe wichtig waren. Die meisten großen Männer hatten lange Beine, aber kurze bis durchschnittliche Rümpfe. Meine Proportionen waren allerdings ausgewogen. Meine Größe erklärte sich nicht aus einem dieser Punkte, sondern aus beiden zusammen. Ich hatte in Skandi entdeckt, dass meine Gestalt normal war. Hier im Süden galt das nicht. Südbewohner waren kleiner, schmaler, aber drahtig, sehr schnell und bemerkenswert wendig.

Glücklicherweise war ich trotz meiner Größe schnell und äußerst kräftig. Beides hatte mir schon gut genützt.

Nun betrachtete mich der alte Mann also prüfend, um erkennen zu können, welche Art Schwert gut zu mir passen würde.

Kurz darauf lächelte er. Ihm fehlten zwei Zähne. Er wandte sich wortlos um, kniete sich hin und legte vier der Bündel beiseite. Zog dann ein fünftes Bündel hervor, das ich nicht bemerkt hatte, das weitaus schmaler und fester umhüllt war als die übrigen, und knüpfte Knoten auf.

Del, die auf dem Bett saß, wechselte einen Blick mit mir, die Augenbrauen hochgezogen. Ich zuckte wie verwirrt die Achseln.

Der Schwertschmied blickte auf und sah es, während er das Bündel auspackte. Ein Funke der Belustigung glomm in seinen dunklen Augen auf. In einem südlichen Dialekt, den ich seit über einem Jahr nicht mehr gehört hatte, sagte er: »Es ist Zeitverschwendung, urteilslosen Kunden meine beste Ware zu zeigen. Dann beginne ich mit den unbedeutenderen Waffen.«

»Und ich bin ein urteilsfähiger Kunde?«

Buschige Augenbrauen schnellten bis zum Schatten des Turbans in die Höhe. »Bei einem derart von Klingen gestalteten und gezeichneten Körper? Und doch atmet Ihr noch?« Er grinste erneut. »O ja.« Voller Ehrfurcht entfernte er Hüllen, schlug den Stoff mit großer Sorgfalt zurück. Stahl schimmerte im fahlen Sonnenlicht, das wie elfenbeinernes Eis schräg durch schmale, in die Lehmziegelwände gehauene Fenster fiel. Er erhob sich und vollführte eine Geste. »Bitte zeigt mir Eure Hände.«

Ich streckte sie wortlos aus. Sah, wie sich seine Augen jäh weiteten und er mir bestürzt ins Gesicht blickte. Es war offensichtlich, dass er über Themen wie fehlende Finger reden wollte. Ebenso offensichtlich war, dass es einen urteilsfähigen Kunden kränken würde, wenn er es täte, was seiner Ausbildung sowohl als Händler als auch als Handwerker widerspräche. Kurz darauf nahm er meine Hände in seine und begann, sie genauer zu betrachten, die Breite der Handfläche und die Länge der Finger zu messen, die Schwielen zu ertasten. Er achtete sehr sorgfältig darauf, die Stümpfe nicht einmal zu streifen.

Dann beugte er sich still herab, nahm ein Schwert auf, gab es mir in die Hände und verbeugte sich. Er trat zurück, während Del sich auf das schmale Bett zurückzog, gab mir Raum, mich zu bewegen, dem Schwert Leben zu verleihen, während ich seine Eigenschaften prüfte.

Ich brauchte nicht länger, um die Klinge zu beurteilen, als der Schwertschmied gebraucht hatte, um mich zu beurteilen. Er hatte die Klinge erwählt, die ihm am angemessensten erschien. Und das war sie in der Tat, in jeder wichtigen Hinsicht. Sie war mehr als angemessen – als zeitweilige Waffe.

Und mehr brauchte ich auch nicht, bis ich Samiel fand.

Die Miene des Schwertschmieds zeigte eine seltsame Mischung aus Verwunderung und nochmaliger Überlegung. Obwohl er richtig vermutet hatte, dass ich wusste, wie man mit einer Klinge umging – oder es früher gewusst hatte –, wurde deutlich, dass er wegen der fehlenden Finger Zweifel gehegt hatte. Die Stümpfe waren noch immer gerötet. Jedermann, der sich mit Wunden auskannte, besonders mit Amputationen, würde erkennen, dass ich die Finger erst kürzlich verloren hatte. Er hatte mir seine Anerkennung gezollt, indem er mir seine beste Klinge gezeigt hatte, aber er hatte hinsichtlich der Handhabung der Waffe eindeutig weniger von mir erwartet.

Leider waren die Prüfung einer Klinge und der Kampf gegen einen anderen Schwerttänzer zwei sehr verschiedene Dinge.

»Sie wird genügen«, sagte ich, nachdem ich ihm für seine Kunstfertigkeit ein Kompliment gemacht hatte. »Was ist Euer Preis? Ich werde auch eine Scheide und einen Harnisch brauchen.«

Er nannte eine ungeheuerliche Summe. Ich lobte sein Können, sein Produkt, lehnte aber höflich ab und bot weniger. Er lobte meine offensichtliche Sachkenntnis, meine Erfahrung, wies aber mein Gegenangebot höflich ab. So handelten wir, bis wir beide zufrieden waren.

Seine Augen glitzerten kurzzeitig. Er kniete sich erneut hin und begann, seine beste Klinge wieder zu umhüllen.

»Wartet.« Als er aufschaute, deutete ich auf Del.

Er verstand zunächst nicht.

»Ein Schwert«, erklärte ich, »für die Lady.«

Glücklicherweise konnte Del seinen Dialekt nicht verstehen, sonst hätte sie sehr wahrscheinlich eine der Klingen an ihm ausprobiert. Sie erkannte dennoch an seinem Tonfall, seiner Miene, seiner Körperanspannung, was er sagte. Sie war eine Frau. Frauen brauchten keine Schwerter.

»Diese wohl«, sagte ich. Und dann, dankbar dafür, dass Del es nicht verstand: »Tut es mir zuliebe.«

Das würde er akzeptieren – dass ein Mann töricht genug oder ausreichend der Wollust erlegen sein mochte, eine Frau zu umwerben, indem er vorgeblich auf ihre

Hirngespinste einging, wie absurd auch immer sie sein mochten. Zwar setzte mich das in seinen Augen herab, aber solange es mit dem erwünschten Resultat endete, kümmerte es mich nicht. Er würde für diese Beleidigung seiner Person, seines Könnens, seiner südlichen Empfindlichkeiten einen Wucherpreis verlangen, und ich würde einen Wucherpreis bezahlen, aber Del würde ihre Klinge bekommen.

Sie erhob sich vom Bett und stand dann in ihrer cremehellen Ledertunika vor ihm, Beine und Arme bloß, ein geflochtener Zopf hellen Haars über einer Brust. Er schloss einen Moment die Augen, murmelte ein Gebet und forderte sie auf, ihre Hände zu zeigen. Als er sie berührte, zitterten die seinen.

Del warf mir über seinen gebeugten Kopf hinweg einen Blick zu. »Da du der Jhihadi bist«, betonte sie, »warum fängst du dann nicht damit an, die Wahrnehmung der südlichen Männer zu verändern, die südliche Frauen als minderwertige Wesen betrachten?«

Ich grinste. »Einige Dinge sind vermutlich sogar dem Jhihadi unmöglich.«

»Sand in Gras zu verwandeln ist äußerst spannend«, bemerkte Del, »besonders bei Wüstenklima, aber Frauen in südlichen Augen – *männlichen* südlichen Augen – in Menschen zu verwandeln wäre ein weitaus stärkerer Beweis für die Allmacht dieses Jhihadi.«

Der Jhihadi wusste es besser, als dass er diesen Pfad beschritten hätte. Er lächelte sanft und schwieg.

»Feigling«, murrte sie.

Nachdem der Schwertschmied seine Einschätzung beendet hatte, ließ er Dels Hände beflissen sinken und wandte sich von ihr ab. Er erwählte mit fachmännischem Blick schnell ein Schwert, erhob sich damit und sah es dann offensichtlich mit Bedauern an. Seine wunderschöne Handarbeit, für einen Mann gedacht, würde einer wertlosen Frau gehören, die bloß Männerspiele spielte.

Wir brauchten das Schwert. Dels Blick sorgfältig meidend, beschied ich dem Schwertschmied in seinem Dialekt: »Wenn sie in ungefähr einer Woche genug damit gespielt hat, verkaufe ich es Euch zurück. Zu einem reduzierten Preis natürlich, wegen des verderblichen Einflusses.«

Das schien ihn zufrieden zu stellen. Er legte das Schwert in Dels Hände, trat dann in die hinterste Ecke des Raumes zurück und drückte sich hinein. Wohl wissend, was sie tun würde, um Gewicht, Ausgewogenheit und Reaktion zu prüfen, trat ich nur so weit beiseite, wie es nötig war. Der Schwertschmied sah mich aus erstaunten Augen an.

Ich grinste. »Seid nachsichtig mit mir.«

Del tanzte. Es war ein kurzes, aber wunderschönes Ritual, der Tanz gegen einen unsichtbaren Gegner, nur dazu gedacht, eine Beziehung zur Klinge aufbauen zu können, die Hände die Passform des Hefts ertasten und begreifen lassen zu können, wie der Knauf die Ausgewogenheit beeinflusste, wie die Klinge durch die Luft schnitt. Es dauerte nur Momente, aber es genügte, den Schwertschmied erkennen zu lassen, wessen Zeuge er wurde.

Unmöglichkeit.

Del hielt inne. Warf den Zopf über eine Schulter. Nickte.

Der Schwertschmied atmete rau ein. Er nannte einen Preis. Wohl wissend, dass unter den gegebenen Umständen kein Spielraum zum Handeln bestand, willigte ich ein. Bezahlte. Brachte ihn zur Tür.

Dels Stimme erklang hinter uns. In deutlicher südlicher Sprache, wenn auch nicht in seinem Dialekt, sagte sie: »Ich werde Euer Kunsthandwerk nicht entehren.«

Sein Blick schwankte. Dann wurde seine Miene unbewegt. Mit uns zugewandtem Rücken sagte er grimmig: »Erzählt niemandem, dass dies mein Schwert ist.«

Ich schloss die Tür hinter ihm und wandte mich dann zu Del um. Sie hatte das Schwert in die Scheide gesteckt, am Harnisch befestigt und prüfte nun seinen Sitz. Er würde angepasst werden müssen, war aber nicht schlecht. »Bist du jetzt glücklich?«

Sie lächelte träge. »Mit einem Schwert in der Hand kann ich sogar mit Schweinen wie ihm Nachsicht üben.«

»Dann sei auch nachsichtig mit *mir*, ja? Lass uns den Hengst gemeinsam besuchen.« Ich nahm meinen eigenen Harnisch auf und ließ das Schwert in die Scheide gleiten. »Vielleicht brauche ich dich zum Aufsammeln der Einzelteile.«

Der Hengst war, wie es vorauszusehen gewesen war, ziemlich übellaunig. Ich seufzte, als der Stallbursche ihn aus dem Mietstall führte, und erkannte den Blick in dem einen verdrehten Auge, das ich sehen konnte. Die Haltung der Ohren, der schlagende Schwanz und die eigenartig starre Bereitschaft seines Körpers deuteten darauf hin, dass der Hengst eine Meinung hatte und sie auch ausdrücken würde.

Ich konnte es ihm nicht wirklich vorwerfen. Er war auf einem Schiff eingepfercht gewesen, wäre bei einem Schiffbruch fast ertrunken, wurde auf einer Insel verlassen, wiedergefunden und dann wieder auf ein Schiff gepfercht. Jemand musste bezahlen.

Ich seufzte. »Nicht hier auf der Straße«, belehrte ich den Jungen. »Irgendwo, wo keine unschuldigen Zuschauer verletzt werden können.«

Der Stallbursche nickte mit seinem schwarzhaarigen Kopf und ging dann durch eine schmale Gasse zwischen dem Mietstall und einem weiteren Gebäude zu einem bescheidenen Stallhof voraus. Der Boden war zu feinem Staub zertreten, und der Hof war bereits freigeschaufelt und gefegt worden. Zumindest würde ich nicht in Dung landen, wenn ich abgeworfen würde.

Del, die mir folgte, erhob ihre Stimme über das Hufgeklapper des Hengstes. »Soll ich ein paar Jungen losschicken, um Wetter herzubitten?«

Der Tonfall war unschuldig. Die Absicht war es nicht. Del und mir war es tatsächlich gelungen, hier und da mit Wetten auf den Sieger ein wenig Geld zu verdienen, aber das war zu der Zeit gewesen, als der Hengst gut eingeritten und es wahrscheinlicher gewesen war, dass ich nicht abgeworfen würde. Del wusste ebenso gut wie ich, dass dieser Kampf schlimmer als gewöhnlich werden würde.

»Die einzig mögliche Wette hier wäre, wie schnell ich abgeworfen werde«, sagte ich verdrossen, während der Junge dem Hengst die Zügel über den dunkelbraunen Hals legte. Gewöhnlich war seine Mähne kurz geschnitten, aber in der Zeit auf der Insel war sie gewachsen. Nun standen die Haare so lang wie meine Handfläche als schwarze Hecke aufrecht. Ich fuhr mir mit einer Hand durch *meine* Hecke. »Ich habe den schleichenden Verdacht, dass dies schmerzhaft enden wird.«

Aus Achtung vor der südlichen Sonne, wenn nicht vor südlicher Schicklichkeit, hatte Del einen gestreiften Gazeburnus übergezogen, bevor wir das Gasthaus verließen. Nun machte sie es sich an einer weiß getünchten Adobeziegelwand bequem, die Arme gekreuzt, ein Bein so angewinkelt, dass die Sandalenspitze an einer Unebenheit ruhte. Der dünne, mit der Hand verstrichene Verputz bröckelte ab und gab die groben, ebenfalls per Hand geformten Blöcke aus Gras-und-Sand-Ziegeln darunter frei.

Sie lächelte heiter. »Es wird nicht schmerzhaft sein, wenn du oben bleibst.«

Trotz meines Wunsches, die Angelegenheit mit dem Hengst allein auszufechten, fand sich allmählich ein Publikum ein. Stallburschen, Helfer, sogar zwei gertenschlanke Männer mit O-Beinen, die vermutlich Zureiter waren – sie alle sahen mit gespannter Aufmerksamkeit zu und tuschelten erwartungsvoll miteinander. Es fühlte sich eher wie ein Schwerttanz an, nur dass kein Kreis zu sehen war. Lediglich eine quadratische Fläche im Freien, auf drei Seiten von Ställen und auf der vierten von der massiven Wand eines angrenzenden Gebäudes umgeben. Mit einem Pferd als Gegner.

»Bring mich nicht in Verlegenheit«, sagte Del. »Ich muss mir immerhin noch ein Pferd kaufen, erinnerst du dich?«

»Ich verkaufe dir dieses günstig.«

Sie lächelte milde. »Du verschwendest Tageslicht, Tiger.«

Unter Flüchen legte ich Harnisch und Schwert ab, ließ sie auf einer Bank neben Del liegen und ging zum Hengst hinüber.

Grundlagenarbeit war gefragt, eine Gelegenheit, ihn bis zu einem gewissen Grad zu beruhigen, bevor ich überhaupt aufstieg, indem ich ihn am Ende einer langen Longe im Kreis um mich herumlaufen ließ, indem ich Kopf und Stimme einsetzte, indem ich ihn mit beruhigender Stimme lobte. Was tatsächlich zählt, ist der Tonfall der Stimme. Ich bedachte ihn oft mit den ungehobeltsten Bezeichnungen, die mir einfielen, aber er war niemals beleidigt, weil ich es mit milder Stimme tat.

Andererseits hatte ich den Hengst schon lange genug, um zu wissen, dass Grundlagenarbeit wirkungslos war. Damit hatte ich ihn niemals umstimmen können, wenn er in aufrührerischer Stimmung gewesen war. Gewiss nicht auf der Insel, als ich nach Monaten der Abwesenheit aufgestiegen war. *Das* war ein Kampf gewesen.

Und nun drohte ein weiterer.

Mit einem südlichen Sattel ist nicht viel anzufangen, und diesen hier hatte ich mir im Mietstall geborgt, da meine ganze Ausrüstung verloren gegangen war, als das Schiff auf dem Weg nach Skandi unter mir versunken war. Höchst einfach gehalten, war er bloß eine kleine lederne Fläche mit erhabenem Knauf und Pausche auf mehreren Decken, einem Sattelgurt um den Rumpf des Pferdes, damit der Sattel oben blieb, Steigbügelriemen, die nicht breiter als der Gürtel eines Mannes waren, und rundlichen, hölzernen Steigbügeln.

Fast gleichzeitig nahm ich die geflochtenen Baumwollzügel von dem Jungen entgegen, ergriff Hände voll der zu langen Mähne und schwang mich mit einem Ausbruch nervöser Behendigkeit in den Sattel, der mich genau dorthin brachte, wo ich sein sollte, auch ohne den Vorteil von Steigbügeln. Ich hatte das absichtlich gemacht. Es war eine Abkürzung in den Sattel und verschaffte mir einen zusätzlichen Augenblick Zeit, um Halt zu finden, bevor der Hengst bemerkte, dass ich ihn überlistet hatte.

Ich trug weiche, skandische Stiefel anstelle von Sandalen, da Letztere auf einem widerspenstigen Pferd nicht besonders hilfreich sind, sowie die karmesinrote Seide, die wir Wochen zuvor auf der Insel bekommen hatten. In unserem Zimmer wartete angemessenere, südliche Kleidung, aber ich hatte entschieden, den Hengst in Kleidung herauszufordern, die ruiniert zu sehen ich mir leisten konnte. In dem weiß getünchten Stallhof, unter der südlichen Sonne, muss ich wie eine blutbeschmierte Lampe geleuchtet haben, während ich die Stiefel in die Steigbügel schob.

Dann brach der Hengst aus, und ich hatte keine Zeit mehr für Vorstellungen.

Ein sich aufbäumendes Pferd zu reiten ist, wenn es nicht – absichtlich oder unabsichtlich – hintenüber fällt, nicht besonders schwer. Es ist eine Sache der Reflexe und des Gleichgewichts. Was nicht bedeuten soll, dass ein sich aufbäumendes Pferd keinen Schaden anrichten könnte, selbst wenn man sein dramatisches Benehmen überlebt. Erwischt es dich unerwartet, besteht die sehr reale Möglichkeit, dass der Kopf oder Hals des Pferdes mit deinem Gesicht kollidiert. Glaube mir, Nase und Zähne brechen, wenn das geschieht. Und ich spreche nicht von denen des Pferdes.

Ein buckelndes Pferd ist schwerer zu reiten, weil dich das rüttelnde, stoßende, drehende und wiederholte Steigen der Hinterhand, wenn das Pferd in einen unvorhersagbaren Rhythmus verfällt, nicht nur über den Kopf des Pferdes und schließlich zu Boden schleudern, sondern dein Rückgrat auch um gute drei Zentimeter verkürzen kann. Und deinen Hals verdrehen.

Dann gibt es natürlich Pferde, die sich zu einer Körperhaltung verbiegen können, die als »Entzweibrechen« bekannt ist, wobei sie die Mitte des Rückgrats plötzlich durchsacken lassen, den Kopf senken und dann zustoßen, sodass der Körper ein umgekehrtes V bildet, und in der Folge in jähen, steifbeinigen und beeindruckend senkrechten Sprüngen vom Boden abheben.

Mein Pferd war selbstredend äußerst talentiert. Es konnte praktisch gleichzeitig steigen, buckeln und entzwei brechen.

Der Hengst war kein besonders großes Pferd. Das sind südliche Pferde meistens nicht. Aber er war kräftig, kompakt, mit steinharten Muskeln, wodurch er gewöhnlich schwerer zu reiten war als ein großes, grobknochiges Tier, und besaß, da er ein Hengst war, zusätzliche Kraft. Er war hinten breit, hatte einen runden Rumpf und eine breite Brust und den für Hengste typischen, kräftigen Hals und Kiefer. Das machte es für mich schwieriger, einen gewissen Einfluss auf sein Maul und seinen Kopf auszuüben.

Was er nur allzu gern demonstrierte.

Nachdem ich mich zum vierten Mal mühsam aus dem Dreck erhoben hatte, nahm ich eine kaum merkliche Veränderung in der Haltung des Hengstes wahr. Der Schwanz schlug nicht mehr so stark, dass er einem die Augäpfel aus dem Schädel peitschen konnte, und die nun nicht mehr angelegten Ohren schwenkten frei in alle Richtungen. Er schwang den Kopf herum, um mich durch sein herabhängendes Stirnhaar spöttisch anzusehen, betrachtete mich genau (suchte vielleicht nach Blut?), schüttelte sich dann von Kopf bis Fuß heftig, als wollte er sagen, er habe seinen Morgensport beendet, und schnupperte wieder müßig und unbekümmert im Dreck.

Ich klopfte mir den Staub von der Seide. Richtete die Tunika so weit, wie es möglich ist, wenn die Nähte gerissen sind. Versicherte mich, dass das Zugband meiner weiten skandischen Hose noch verknotet war. Schaffte es, mich gerade aufzurichten und zum Hengst hinüber zu gehen. Er stand recht ruhig da. Ich stieg auf, ließ mich im Sattel nieder und ließ ihn ausreichend lange gehen, um sicher zu sein, dass er den Kampf beendet hatte.

Applaus, Pfiffe und Jubel erklangen. Münzen wechselten den Besitzer, als Wetten beglichen wurden. Aber ich wusste es besser, als dass ich es als Sieg bezeichnet hätte. Gleichgültig, was die Menge glaubte: Der Hengst langweilte sich nur.

Ich stieg ab und ging zu Del zurück, den besagten Hengst im Schlepptau, ein Hinken unterdrückend. Ihre Miene war vollkommen nichtssagend.

Mit gequälter Stimme fragte ich: »Erinnerst du dich, wie ich erst neulich sagte, ich fühlte mich jünger?«

Del zog die Augenbrauen hoch.

»Zähl insgesamt ungefähr zweihundert Jahre hinzu.«

Einer der Stallburschen kam heran und bot an, den Hengst abzusatteln und zu bewegen. Es war ein warmer Tag, und die ganze Aufregung und Anstrengung hatte in Schweiß und Schaum geendet. Er brauchte Abkühlung. Ich brauchte Abkühlung. Ich wollte Wasser, Ale und ein Bad. In dieser speziellen Reihenfolge.

Oh, und ein neues Rückgrat.

Aber natürlich stand ich im Angesicht der Zuschauer, von denen viele von der Straße herangekommen waren, als sie den Tumult gehört hatten, hoch aufgerichtet da, grüßte und schlenderte dann beiläufig auf den zur Straße führenden Gang zu, wobei ich nur innehielt, um Del zu fragen, ob sie mitkäme, da sie keinerlei Anstalten dazu machte.

»Und hör auf zu lachen«, ermahnte ich sie.

»Ich lache nicht. Ich lächele.«

»Du lachst *innerlich*.«

»Ich kann mit meinem Innern tun, was ich will«, stellte sie fest.

»Kommst du?«

»Ich glaube, ich werde hier bleiben und mir ein Pferd kaufen. Und Ausrüstung für beide Pferde. Wir sehen uns im Gasthaus.«

Ich öffnete den Mund, um Einwände gegen Dels plötzlichen Einfall eines Kaufs in meiner Abwesenheit zu erheben, überlegte es mir dann aber anders. Sie war eine Frau, und es war der Süden, aber Del hatte immer wieder bewiesen, dass sie nur selten von jemand übervorteilt wurde.

Dieser Jemand war natürlich ich.

Ich nahm meinen Harnisch und das Schwert und machte mich auf zum Gasthaus. Und zu Ale und einem heißen Bad.

3

Haut hat sich unter der gnadenlosen Sonne in Leder verwandelt. Augenhöhlen werden sauber gescheuert. Zähne schimmern im elfenbeinernen Schlund. Wind, Sand und Zeit haben die Kleidung abgestreift. Sie trägt jetzt Knochen, kaum mehr, blank geschrubbt und zu der kristallenen Blässe passend. Einfachheit liegt in Sandrillen, die über ihren Rumpf geweht wurden …

Ich erwachte jäh, als die Tür quietschte und Del den Raum betrat. Von dem Traum völlig desorientiert, sah ich sie ausdruckslos an, während mich langsam die Erkenntnis beschlich, dass ich noch immer in der Halbwanne lag, die ich mir hatte bringen und mit heißem Wasser füllen lassen. Dass das Wasser abgekühlt war. Dass eine reelle Möglichkeit bestand, dass ich mich vielleicht niemals wieder würde bewegen können.

Dels Miene war spöttisch, als sie die Tür schloss. Sie hatte die Arme voller Bündel. »Ich kann mir bequemere Schlafplätze vorstellen – und bequemere Schlaf*positionen*.«

Ich richtete mich vorsichtig auf, wobei das Rückgrat am rauen Holz scheuerte. In einer Stunde oder so könnte ich vielleicht stehen. Stirnrunzelnd fragte ich, ob sie unser letztes Geld ausgegeben hatte.

Del stapelte die Bündel auf dem Bett. »Vorräte«, entgegnete sie mit fester Stimme. »Ich nehme an, wir brechen morgen auf, oder?«

Ich sortierte mühsam meine steifen Beine und hievte mich tropfend aus der Wanne, während ich leise fluchte. »Ja.«

Del warf mir ein als Handtuch dienendes Stück Stoff

zu, prüfte meine Miene und Bewegungen und runzelte dann die Stirn. »Deine Hände schmerzen.«

»Ja.« Ich wickelte mir das Tuch um die Taille.

»Tiger ...«

»Lass es gut sein, Del. Ich habe gerade den Hengst damit herumgestoßen, das ist alles.« Ich beugte mich herab, ergriff vorsichtig das Glas Ale, das ich auf dem Boden neben der Wanne abgestellt hatte, und trank es aus.

Sie wollte eindeutig noch mehr sagen, schwieg aber. Wandte sich stattdessen wieder dem Bett zu und sah die Bündel durch.

»Essen«, verkündete sie, »als Reiseproviant. Neue Botas. Wir können sie morgen früh füllen. Medikamente. Decken zum Schlafen. Eine Bratpfanne. Ein Feuerzeug.« Da war noch mehr, aber sie erwähnte nicht alles.

»Was ist mit einem Pferd für dich und Zaumzeug?«

»Erledigt. Wir können den Hengst und mein Pferd gleich morgen früh abholen.«

»*Haben* wir noch Geld übrig?«

»Nicht viel«, räumte sie ein. »Es ist teuer, sich neu auszurüsten.«

Ich konnte die Erinnerung an das Traumfragment nicht aus dem Kopf bekommen. Ich wandte mich von Del ab, ließ das Handtuch fallen und durchwühlte meine Habe auf der Suche nach einem frischen Dhoti und Burnus. Ich war fertig mit skandischer Kleidung. Ich war wieder im Süden. Zu Hause.

Wo die tote Frau war.

Del hielt mir eine kleine, lederne Feldflasche hin. »Einreibemittel«, sagte sie. »Einer der Zureiter hat es mir gegeben. Er sagte, es würde helfen.«

Ich schloss die Bänder meines Dhoti. »Ich glaube, der Hengst ist bei dem Kampf besser weggekommen als ich. Ich bin mir nicht sicher, ob er Hilfe braucht.«

»Er meinte es nicht für den Hengst.«

Ah. Vertraue darauf, dass ein Zureiter Bescheid weiß. Und Delilah.

Seufzend gab ich meinen Stolz und meinen Ärger auf und hinkte zum Bett. »Sei sanft, Bascha. Der alte Mann hat Schmerzen.«

»Morgen wird es noch schlimmer sein.«

Ich schloss die Augen, als sie damit begann, eine aromatische Flüssigkeit in meine Schultern einzumassieren. »Danke für diese hilfreiche Erinnerung.«

»Bei den Vorräten ist eine Bota mit Aqivi. Für unterwegs.«

Ich öffnete die Augen ruckartig. »Du hast Aqivi eingepackt?«

»Natürlich nur für medizinische Zwecke.«

Ich lächelte und ließ meine Augen wieder zufallen. Del war selbst die beste Medizin, die sich ein Mann vorstellen konnte.

Sie hebt einen Arm. Winkt. Fordert meine Aufmerksamkeit. Als ich nachgebe, begreife, dieser Forderung entspreche, sehe ich, dass ihre gebrechlichen Handknochen allmählich abfallen. Ein Daumen und drei Finger bleiben. Der vierte, der kleinste, fehlt. Dann öffnet sich der Kiefer. Sand rieselt zwischen den Zähnen hervor. Umschattete Augenhöhlen flehen mich an.

»Komm nach Hause«, sagt sie.

»Ich bin zu Hause«, sage ich. »Ich bin nach Hause gekommen.«

Aber das ist es offensichtlich nicht, was die Frau will. Die Hand bricht die Geste ab. Die Knochen fallen herab, zerfallen in Bruchstücke. Liegen auf dem Sand verstreut.

»Nimm das Schwert auf«, sagt ihre Stimme, bevor der Wind sie auch abbricht.

Ich öffnete die Augen. Das quadratisch geschnittene Fenster ließ Mondlicht herein, das als greifbarer Streifen diagonal über das Bett fiel. Dels Haar schimmerte im Glanz von Perlen. Ihr Atem ging gleichmäßig, ohne Unterbrechung. Obwohl wir beide an fremden Orten nicht tief schlafen, hatten wir uns an unsere gegenseitigen Bewegungen und unser Abrücken gewöhnt.

Waren die Träume mein Erbe von Meteiera? Würde ich mein ganzes Leben lang im Schlaf die Überreste einer toten Frau sehen? War ich dazu verdammt, ihre Stimme allnächtlich aus einem zerstörten Mund dringen zu hören?

Oder war da etwas, was ich tun sollte, irgendeine Aufgabe, die ich erfüllen sollte, die ich aber noch nicht verstand?

Ich war zu ruhelos, zu beunruhigt, um schlafen zu können. Vorsichtig schlug ich die fadenscheinige Decke zurück, schützte die empfindlichen Stümpfe vor dem rauen Stoff und glitt aus dem Bett, wobei ich versuchte, die Seile nicht knarren zu lassen. Versuchte, wegen der Steifheit meines Körpers nicht zu stöhnen. Das Einreibemittel hatte geholfen, aber die einzig wahren Heilmittel waren die Zeit und Bewegung.

Ich blieb drei Schritte vom Bett entfernt stehen, von einem Gefühl von – *etwas* aufgehalten. Etwas im Raum. Etwas in der Dunkelheit. Etwas im Mondlicht.

Etwas in mir?

Ich hob das Gesicht an. Schloss die Augen. Speichel lief in meinem Mund zusammen. Das Fleisch kribbelte auf meinen Knochen. Daumen und sechs Finger spreizten sich.

Etwas war *hier*. Forderte Erkenntnis.

Es sang in meinem Körper. Das Mantra der Magier.

Disziplin.

Nihkolara, der blauköpfige Magier von Meteiera – und anscheinend ein Verwandter – hatte mir gesagt, dass es unmöglich sei, die Magie abzuweisen. Dass man wahnsinnig werden würde, wenn man es täte, Selbstmord begehen würde.

Ich hatte zu beidem keinerlei Neigung.

Die Priestermagier hatten versucht, meinen Namen zu stehlen und das Wissen meiner Selbst, dort auf den Steinkegeln. Beinahe erfolgreich. Aber etwas in mir, etwas Beharrlicheres als aufkeimende Macht, hatte mir trotz seiner schleichenden Verlockung die Kraft verliehen, den Einfluss abzuwehren. Zumindest in ausreichendem Maße, dass ich meinen Namen beibehielt, das Wissen meiner selbst wiederentdeckte.

Ich bin der Sandtiger.

Ich bin Schwerttänzer.

Für mich mehr als genug. Ich brauchte nicht mehr.

Selbst wenn ich es hatte.

Schweiß überzog meinen Körper. Die Schmerzen waren geblieben, die Quetschungen blühten. Aber solche Nichtigkeiten wie Unbehagen sind erträglich, wenn man sie an den größeren Erfordernissen der Welt misst.

Oder an den Geboten der Magie.

Ich nahm das neue Schwert auf. Begann mitten im Mondlicht mit ausdrucksvoller Genauigkeit erneut zu tanzen, das Fleisch zu feilen, das die Knochen umgab. Und den Geist, der sie kontrollierte.

Damit ich *ihn* kontrollieren konnte.

Am Morgen war ich, wie zu erwarten, noch immer steif, obwohl der mitternächtliche Tanz geholfen hatte. Del und ich kleideten uns in Tunika beziehungsweise Dhoti, zogen Sandalen und Gazeburnusse an und legten über der Kleidung die Harnische an. Früher hatten wir einfach die linken Schulternähte eingerissen, damit die Schwerthefte frei herausragen konnten, aber das war zu einer Zeit gewesen, als die Herausforderungen dem Tanzen galten und nicht dem Sterben. Nun genossen wir diesen Luxus nicht länger. Wir packten unsere gesamte Habe und eilten dann zum Mietstall, um unsere Pferde zu holen und aufzuzäumen, wobei wir uns unterwegs bei einem Verkäufer etwas zu essen besorgten.

Der Hengst schenkte mir, als er in der hellen Morgensonne in den Stallhof hinaus geführt wurde, einen erhaben-gelassenen Blick, der nahelegte, dass er nur eine große, verträumte Miezekatze sei. Obwohl sich einer der Stallburschen anbot, sattelte ich den Hengst selbst, um meinem Körper die Gelegenheit zu geben, sich wieder an Bewegung zu gewöhnen. Ich nahm mir Zeit, den Sitz der neuen Ausrüstung zu überprüfen, einschließlich des Zaumzeugs, des Gebisses, der langen Baumwollzügel, die an beiden Enden verknotet waren, und natürlich des Sattels. Zufrieden lud ich meinen Anteil an Vorräten auf, prüfte die Gewichtsverteilung, warf eine bunt gewebte Decke über den neuen Sattel und wandte mich um, um nachzusehen, wie weit Del gediehen war.

»Was ist *das*?«, platzte ich heraus.

Sie schaute vom Einstellen der Steigbügellänge auf. »Ich glaube, er ruft Erinnerungen an dich nach einer Wirtshausschlägerei unter besonders viel Alkohol wach.« Sie hielt inne. »Ein wenig blass, mit zwei schwarzen Augen.«

Ein wenig blass? Er war *weiß*. Und sie meinte nicht, dass seine Augen selbst schwarz waren, denn das waren sie nicht, sondern die beiden darum herum sichtbaren Kreise. Seine Augen waren blau und wirkten in den schwarzen Flecken noch heller.

»Warum, bei den Hoolies, hast du dir *ihn* ausgesucht?«

»Arme Leute«, erklärte sie lakonisch, »dürfen nicht wählerisch sein.«

Nun, nein. Aber … »Ein weißes, blauäugiges Pferd in der Wüste?« Tatsächlich war er ein rötlich-weißes, blauäugiges Pferd, weil ihm die Pigmente fehlten. Seine Nüstern und Lippen wiesen einen feinen, hellrötlichen Farbton auf.

»Darum habe ich Schmiere um seine Augen gerieben«, erklärte sie. »Das wird die von seinem Gesicht reflektierte Sonnenhelle mindern. Und ich habe ihm Allapaste auf Nase und Lippen gerieben.«

»Del, das ist ein *Pferd*, keine Frau, die sich schminkt.«

»Ja«, stimmte sie mir gleichmütig zu und fuhr damit fort, den Wallach aufzuzäumen.

»Weißt du, was du tust?«

»Ja.«

»Bist du *sicher*? Wir müssen durch die Punja.«

»Ich hatte als Kind einen weißen Hund«, bemerkte Del daraufhin beiläufig. »Er hatte blaue Augen und keine Pigmente. Mein Vater wollte ihn weggeben, aber ich bestand darauf, ihn zu behalten. Ich wurde belehrt, dass er aufgrund der vom Schnee reflektierten Sonne bald blind werden könnte. Also mischte ich Schmiere mit Holzkohle und ummalte seine Augen. Er wurde sehr, sehr alt. Und er wurde niemals blind.«

»Hast du dieses Pferd deshalb gekauft? Weil es dich an deinen Hund erinnert?«

»Ich habe ihn gekauft, weil er der einzige Wallach war.« Sie schaute auf. »Würdest du es riskieren, einen weiteren Hengst in der Nähe deines Pferdes zu halten?«

»Es gibt Stuten.«

»Das habe ich schon früher probiert. Dein Pferd hat, so weit ich mich erinnere, die meiste Zeit mit dem Versuch verbracht, sie zu decken. Manchmal, während ich darauf saß.«

Ich erinnerte mich daran. »Es gibt vermutlich noch andere Mietställe. Mit anderen Wallachen.«

»Aber nicht mit einem Wallach, den wir uns leisten können. Ich habe nachgesehen.« Del griff aufwärts, band etwas an die linke Seite des Zaumzeugs des Wallachs und führte es dann unter seinem Stirnhaar hindurch zur anderen Seite.

Mein Kinn sank herab. »Troddeln?«

»Fransen«, korrigierte sie mich.

»Du schmückst ein Pferd mit Fransen?«

»Es wird helfen, seine Augen abzuschirmen.«

Zuerst malte sie schwarze Flecke um seine Augen, und nun hängte sie Fransen über seine Stirn. Goldfransen, nicht weniger.

Ich schüttelte ungläubig den Kopf. »Wo, zu den Hoolies, hast du sie gefunden?«

»Ich habe sie von einem Schankmädchen in einer der Cantinas gekauft. Ich weiß nicht, was sie einmal waren. Ich hatte Angst zu fragen.«

»Du bist allein in eine Cantina gegangen?«

»Ja.«

»Ziemlich riskant, Bascha. Sogar gefährlich.«

»Tiger, ich war allein in einer Cantina, als ich dich traf.«

»Nun, ich *sagte* dir ja, es könnte gefährlich sein.«

Del stellte einen Fuß in den linken Steigbügel, schwang sich aufs Pferd und machte es sich mühelos auf dem mit einer Decke versehenen Sattel bequem. »Willst du nun den ganzen Morgen mit Streitereien über Pferde verbringen, oder wollen wir lieber losreiten?«

Es war lächerlich. Unser Ziel war die Punja mit all ihren Unbarmherzigkeiten, einschließlich der unaufhörlichen Sonne. Del kannte die Risiken gewiss selbst. Sie war einst so sonnenverbrannt gewesen, dass ich befürchtet hatte, sie würde sich niemals wieder davon erholen. Ein blauäugiges, weißes Pferd ohne Pigmente war eine Bürde, die wir uns nicht leisten konnten.

Aber Del hatte Recht: Wir konnten uns auch nichts Besseres leisten. Ich vermutete, dass wir nach Dels Besorgungstour nur noch wenige Münzen übrig hatten. Wenn wir den Wallach nicht mitnähmen, müsste der Hengst zwei Menschen durch die sengende Punja tragen oder wir müssten abwechselnd reiten und laufen, wodurch wir noch langsamer vorankämen. Außerdem würden wir den Wallach immer noch essen können, wenn er infolge eines Hitzschlags zusammenbräche.

Mit dieser erfreulichen Feststellung schwang ich mich in den Sattel des ungewöhnlich kooperativen Hengstes, zuckte zusammen, als mein Körper knirschte, und begann die aufbegehrenden Muskeln Faser um Faser zu entspannen. Schließlich erinnerte sich mein Körper daran, wie er auf einem Pferd sitzen sollte, und ein Teil der Schmerzen schwand. Die Stümpfe meiner fehlenden

Finger waren noch immer ein wenig empfindlich, aber wenn der Hengst erst seinen Rhythmus fand und in eine gleichmäßige Gangart verfiel, brauchte ich nur noch Zeige- und Mittelfinger, um die weichen Baumwollzügel zu halten.

Del beugte sich auf ihrer weißen Torheit herab, um dem Stallburschen einige Kupfermünzen zu geben. Wahrscheinlich unsere letzten. Ich seufzte, wendete den Hengst und führte ihn aus dem Stallhof in die enge Gasse zwischen Mietstall und angrenzendem Gebäude. Er verlegte sich auf starre Herablassung, als der Wallach zu ihm aufschloss, und schnaubte betont verächtlich. Dann bemerkte er einen Blick aus einem traurigen blauen Auge, das ihn aus einem Kreis schwarzer Schmierefarbe in Verbindung mit herabhängenden, goldenen Fransen ansah, und scheute seitwärts auf die nächstgelegene Mauer zu.

Ich stieß ihm eine Ferse in die Rippen und trieb ihn von der Mauer fort, bevor mein Fuß mit den Adobeziegeln zusammenprallen konnte. »Tu das nicht.«

Der Hengst nahm meinen Hinweis auf und hielt sich nun von der Mauer fern. Stattdessen wandte er sich seitwärts, den Kopf nach hinten gebeugt, sodass er mit beiden Augen besorgt zu Dels Wallach schielen konnte. Seine Ohren waren wie Dolche auf das weiße Pferd gerichtet. Das begleitende Schnauben übertönte sogar das Hufgeklapper.

Del begann zu lachen.

»Was ist?«, fragte ich verärgert, während ich versuchte, den Hengst wieder auf eine gerade Linie zu bringen, als wir von der Gasse in die Straße einbogen.

»Ich glaube, er hat Angst vor ihm!«

»Viele Pferde haben Angst vor dem Hengst ...«

»Nein! Ich meine, der Hengst hat Angst vor *meinem* Pferd!«

»Komm schon, Bascha, glaubst du wirklich ...« Aber ich brach ab, weil der Hengst, jetzt von den Beschränkungen der engen Gasse befreit, drei Ausfallschritte seitwärts mitten auf die Straße machte, dann jäh steifbeinig stehen blieb und durch geweitete Nüstern feucht und laut schnaubte. Zum Glück war es früh genug, dass die Straße noch nicht bevölkert und ihm niemand im Weg war.

Del lachte noch immer.

»Vielleicht hättest du dir doch eine Stute kaufen sollen«, murrte ich. »Schau, Bascha, reite einfach voraus. Ich werde die Nachhut bilden.«

Sie nahm meinen Rat grinsend an. Der Hengst beruhigte sich kurz darauf und richtete die Ohren nach vorne aus, als Del losritt. »Na, gefällt dir der Anblick von hinten besser?«, fragte ich ihn. »Gut. Können wir jetzt aufbrechen?«

Und wir hätten tatsächlich mehr als die ersten zwei Schritte geschafft, wenn nicht jemand unmittelbar vor uns angehalten hätte. Zu Fuß. Ich konnte ihn entweder umreiten oder erneut anhalten.

Ich verhielt den Hengst jäh, fluchte und sah auf das Hindernis hinab. Es war ein junger Mann in einem rostrot-goldenen Burnus, ein Südbewohner mit glatter, dunkler Haut, ziemlich langem dunklem Haar, kräftigen, aber eindrucksvollen Zügen und mit dichten Wimpern besetzten honigbraunen Augen, die das Herz einer Frau dahinschmelzen lassen konnten. Es hätte vielleicht Zufall sein können, dass er vor den Hengst getreten war und meinen Weg behinderte, nur dass seine eine Hand an einem Zügel des Hengstes lag und ihn festhielt – und die andere ein in einer Scheide steckendes Schwert umfasste.

»Ihr seid der Sandtiger«, erklärte er mit erhobener Stimme. Er suchte eindeutig Publikum.

Ich hätte seine einführende Ausflucht im Interesse der Zeitersparnis vielleicht leugnen können, doch ich hatte mich in Meteiera beinahe verloren und würde mich niemals wieder vor meinem Namen verstecken. So blickte ich finster zu ihm hinab.

Ausdrucksvolle Augen forderten mich heraus. »Wollt Ihr tanzen? Wollt Ihr in den Kreis eintreten?«

Ich öffnete den Mund, um ihm zu erklären, dass ich nicht tanzen konnte, nicht auf die Art, die er so eindeutig meinte, mit einem in den Sand gezogenen Kreis und allen Ehrenkodexen. Stattdessen sagte ich bloß: »Nicht heute« und stieß dem Hengst die Fersen in die Rippen.

Er sprang erschrocken beiseite und ließ den Zügel los. Dann eilte er flink und gewandt aus dem Weg, um nicht umgeritten zu werden, und ich hörte seine verklingenden Flüche, während ich in scharfem Trab zum Ende der Straße gelangte.

Dort wartete Del auf ihrem ruhigen Wallach. Der Hengst sah ihn einmal an, beschloss, erneut zu rebellieren, ließ sich aber umstimmen, als ich die langen Zügel auf seinen breiten Rumpf knallen ließ. Es gab keine weiteren Meinungsverschiedenheiten mehr, als Del neben uns ritt.

»Also«, sagte sie ruhig, »ist das Geheimnis deiner Rückkehr gelüftet.«

»Ja und nein.«

Sie runzelte die Stirn. »Warum sagst du das?«

»Er ist kein Schwerttänzer. Nur ein Bengel, der einen Ruf erringen will.«

»Woher weißt du das?«

»Er hat mich zum Tanz herausgefordert. Das würde ein Schwerttänzer nicht tun. Sie wissen alle, was *Elaii-ali-ma* bedeutet: dass es keinen Tanz, keinen Kreis, sondern nur einen Kampf auf Leben und Tod gibt. Das ist ein gewaltiger Unterschied.«

»Und jeder Schwerttänzer im Süden weiß das?«

»Jeder, der den Ehrenkodexen verschworen ist, ja.«

»Aber er hat dich erkannt.«

»Das«, sagte ich, »ist wahrscheinlich eher das Ergebnis davon, dass der Schwertschmied Gerüchte verbreitet hat.«

»Du denkst, *er* hat dich erkannt?«

»Wahrscheinlich nicht. Wie ich bereits sagte, gehen nicht viele Schwerttänzer nach Haziz, es sei denn, sie werden speziell angeheuert. Aber wie du bereits zuvor erklärt hast, sind wir nicht so wie der Rest der Menge. Es ist nur eine Beschreibung nötig, und jedermann, der uns gesehen oder von uns gehört hat, weiß Bescheid.«

»Also fängt es an.«

»Es fängt an.« Ich schaute zur Seite auf das lange Pferdegesicht mit den schwarz gemalten Augenkreisen und den herabhängenden goldenen Fransen – ich fragte mich kurz, ob Del dem Schankmädchen wohl gesagt hatte, was sie damit vorhatte – sowie den traurigen Augen. »Dieser Wallach ist eine Schmach für seine Art.«

Del zog die Augenbrauen hoch. »Nur weil dein Pferd Angst vor ihm hat, ist das kein Grund, ihn zu beleidigen.«

»Er sieht lächerlich aus!«

»Nicht lächerlicher als der Hengst aussah, als er wie im Boden verwurzelt dastand und wie Espenlaub zitterte.«

Wahrscheinlich nicht. Ich sagte stirnrunzelnd: »Wir sollten aufbrechen, Bascha. Es ist ein langer Ritt nach Julah …«

»… und wir verschwenden Tageslicht.«

Nun. Das taten wir.

Del und ich hörten auf, Tageslicht zu verschwenden, als die Sonne unterging und sich in ihrer eigenen Feuersbrunst verlor, einer solch leuchtenden Farbenpracht, dass sie uns fast blind machte. Wüstenorange, flammendes Rot, Gelb, Zinnoberrot, dunkles Blaurot, Lavendel, die schwach brünierte Schattierung von Blau, das in Silbergold überging. Hier draußen vergeht die Dämmerung sanft, geht nur langsam in Dunkelheit über.

Wir befanden uns jenseits der letzten Oase zwischen Haziz und Julah, sodass wir keinen besonderen Schlafplatz anstrebten. Es endete damit, dass wir uns in einer

Hügelkette niederließen, die von faserigen Bodendeckern mit kleinen, weißen Blüten bewachsen war, im fadenscheinigen Schutz eines ausgedünnten Hains niedriger verkümmerter Bäume, die sich einiger holziger Zweige mit staubigen, grünen Blättern rühmen konnten. Die Blätter würden innerhalb weniger Wochen vertrocknen, sich zusammenrollen und abfallen, wenn der Sommer sie zu Tode sengte, aber im Augenblick herrschte morgens noch genug Feuchtigkeit, dass die Blätter saftig blieben. Zwischen den Bodendeckern wuchsen höhere Wüstengräser mit krausen, büscheligen Spitzen.

»Das wird gehen«, sagte ich und verhielt mein Pferd, während Del bereits abstieg.

Da man dem Hengst nicht immer trauen konnte, wenn er in der Nähe anderer Pferde angepflockt war, brachte ich ihn zu einem Baum in acht Schritten Entfernung und führte eine kurze Diskussion mit ihm darüber, dass er so stehen bleiben sollte, wie ich ihn anpflockte. Del und ich beschäftigten uns damit, beide Pferde abzusatteln und zu striegeln, das Zaumzeug und die Gebisse gegen Halfter auszutauschen, Wasser in die zusammenlegbaren, geölten Segeltuchsäcke zu gießen, die als Eimer dienten, und den Pferden als Ergänzung zu den Gräsern Korn anzubieten. Es war kein besonders gutes Futter, aber es würde genügen. Und in der nächsten Nacht würden wir in Julah sein, wo sie reichlich gefüttert werden würden.

Unser Abendessen bestand aus getrocknetem Cumfafleisch, Knollen mit purpurfarbener Schale und flachem Maisbrot. Del trank Wasser, und ich nahm einige Mundvoll Aqivi aus der Ziegenhaut-Bota. Als wir gesättigt waren, legten wir uns entspannt auf unser zusammengerolltes Bettzeug und verdauten, während wir schläfrig blinzelnd in den dunkler werdenden Himmel blickten und zusahen, wie die ersten Sterne zum Leben erwachten.

»Das«, bemerkte Del kurz darauf, »war ein tiefer Seufzer.«

Ich hatte es nicht bemerkt.

»Der Zufriedenheit«, fügte sie hinzu.

Ich dachte darüber nach. Vielleicht. Auch wenn es Risiken beinhaltete, in den Süden zurückzukehren, war er doch meine Heimat. Ich war einmal mit Del im Norden gewesen, hatte wahrhafte Wälder erlebt, wahrhafte Berge und sogar Schnee. War nach Skandi gesegelt und auf einer vom Wind umwehten, gemäßigten Insel inmitten eines strahlend azurblauen Meeres meiner Großmutter begegnet. Aber *hier* fühlte ich mich am wohlsten. Draußen in der Wüste unter freiem Himmel, wo sich am Horizont nicht mehr zeigte als weiterer Horizont. Wo ein Mann niemandem etwas schuldig war, es sei denn, er wollte es.

Es sei denn, er war ein Sklave.

Del lag sehr nahe. Ihr Kopf und eine Schulter ruhten an meinen, die Knöchel verschränkt. Und ich erinnerte mich, dass ich ein Mann war, kein Kind; frei, kein Sklave. Dass ich schon seit Jahren kein Kind und kein Chula mehr war.

Ich erinnerte mich, dass ich Del, als wir uns auf die Abreise per Schiff aus Haziz vorbereitet hatten, einmal erzählt hatte, dass mir im Süden nichts geblieben sei. Das entsprach gewissermaßen der Wahrheit. Andererseits war es aber auch falsch. Es gab Dinge am Süden, die mich nicht kümmerten, Dinge, die ich vielleicht nicht erkannt hätte, wenn Del nicht gekommen wäre, aber es gab andere Dinge, die mir mehr bedeuteten, als ich erwartet hatte. Vielleicht lag es nur daran, dass mir diese Dinge vertraut waren, dass man leichter mit Bekanntem umging, als das Unerwartete herauszufordern. Oder vielleicht lag es daran, dass ich den Herausforderungen meines Lebens begegnet war, sie überwunden hatte und nicht in die Bedeutungslosigkeit verbannen wollte. Oder es war vielleicht auch nur Erleichterung darüber, dass ich lebend heimkehren konnte, nachdem ich in einem fremden Land beinahe gestorben wäre.

Ich grinste plötzlich. »Weißt du, eines vermisse ich *wirklich* an Skandi.«

Del klang schläfrig. »Hmm?«

»Das gekachelte Badebecken der Metri. Und was wir darin gemacht haben.«

»Das können wir auch ohne das Badebecken der Metri tun. Tatsächlich denke ich, dass wir das bereits getan haben.«

»Nicht wie dort.«

»Denkst du immer nur *daran?*«

Ich gähnte. »Nein. Nur meistens.«

Kurz darauf sagte sie nachdenklich: »Es wäre schön, ein solches Badebecken zu haben.«

»Hm-hmm.«

»Vielleicht kannst du in Alimat eines bauen.«

»Ich glaube, ich muss erst Alimat selbst wieder aufbauen, bevor ich ein Badebecken bauen kann.«

»Inzwischen …« Aber ihre Stimme verklang.

»Inzwischen?«

»Wirst du hiermit zurechtkommen müssen.« Woraufhin sie den gesamten Inhalt einer Bota über mich spritzte.

Die daraus resultierende Betätigung ähnelte nicht einmal annähernd dem, was wir, vollkommen untergetaucht, im großen, warmen Badebecken der Metri erfahren hatten. Aber es genügte.

Oh, in der Tat.

4

Die Reise nach Julah verlief insgesamt ereignislos, bis auf eine gelegentliche uncharakteristische Zurschaustellung der Unsicherheit von Seiten des Hengstes, wenn der weiße Wallach ihn ansah. Dels Pferd war ein ruhiger, gleichmütiger Vertreter seiner Art, zufrieden damit, endlos dahin zu trotten, wobei der Kopf am Ende seines gesenkten Halses einschläfernd wippte – wenngleich Del behauptete, er trotte nicht, sondern sei schlichtweg das sanfteste Pferd, das sie je geritten hätte. Ich war mir nicht sicher, ob ich dergleichen noch kannte, da der Hengst jede Gangart vergessen hatte mit Ausnahme einer sehr vereinnahmenden, die mich an einen Mann mit Durchfall erinnerte, den er einzuhalten versuchte, bis er eine Latrine fand. Wenn diese Gangart ihn hinter Dels Wallach brachte, was häufig geschah, brach er in einen Trimmtrab aus, um ihn einzuholen und erneut seine Überlegenheit zu behaupten. Der Wallach blieb unbeeindruckt. Ich ebenfalls.

Julah war die typische Wüstenstadt mit quadratisch geschnittenen Gebäuden aus Adobeziegeln mit Flachdächern, tief liegenden Fenstern und zerfetzten Sonnensegeln in engen, staubigen Straßen. Aber hier gab es viel Wasser, sodass Julah gedieh. Mit der Absicht, uns zu erfrischen, bevor wir anderen Schwerttänzern begegneten, machten wir an einem Brunnen am Rande der Stadt halt und stiegen ab, um die Eimer hochzuziehen. Wir füllten die Pferdetröge, ließen unsere Pferde trinken, löschten dann erst unseren eigenen Durst und füllten die Botas wieder auf. Die Jahreszeit war noch nicht so weit fortgeschritten, dass die Hitze unerträglich gewesen wäre, aber andererseits hatten wir die Punja auch noch nicht erreicht. Dort gab es nur eine Jahreszeit: die heiße.

Del feuchtete den Saum ihres Burnus an und wischte sich damit den Staub vom Gesicht. »Heute Abend nehme *ich* das Bad.« Und dann: »Wie viele Schwerttänzer werden wohl hier sein?«

Ich wischte mir mit dem Handrücken Wasser vom Kinn und erkannte, dass ich mich rasieren musste, bevor wir in die Punja gelangten. »Oh, einige.«

»Dann sollten wir nicht länger bleiben als nötig.«

»Wir werden gleich morgen früh aufbrechen. Inzwischen werden wir uns zurückhalten – bis auf einen Besuch in Fouads Cantina.«

»Zu Fouad hineinzumarschieren, wo sich jederzeit ein halbes Dutzend betrunkene Schwerttänzer aufhalten könnten, erscheint mir *absolut nicht* zurückhaltend.«

»Vielleicht. Aber wir wussten, wem wir gegenüber stünden, wenn wir hierher zurückkämen.«

Del schwieg. Sie hatte nicht mit mir gestritten, als ich gesagt hatte, ich wolle nach Hause zurückkehren – wir hatten uns geeinigt, dass Skandi, auch wenn meine Eltern von der Insel stammten, keine Berechtigung als Zuhause besaß –, aber sie hatte ganz ruhig erklärt, dass es für einen Mann, der durch genau die Ehrenkodexe, denen er entsagt hatte, zum Tode verurteilt war, überaus töricht wäre, so zu handeln. Die bloße Tatsache, dass sie nicht gestritten hatte, erschien mir allerdings bedeutend. Vermutlich erinnerte Del sich daran, dass auch sie aus ihrem Heimatland verbannt war, und verstand, wie sehr ich es brauchte, in meine Heimat zurückzukehren. Anders als Del war ich nicht wirklich verbannt. Ich unterstand keinem Todesurteil, wenn ich wieder in den Süden zurückkehrte. Oh, man *würde* versuchen, mich zu töten, aber das hatte nichts mit Verbannung zu tun. Nur mit gebrochenen Schwüren.

Auf meine Veranlassung hin warteten wir bis Sonnenuntergang, bevor wir Fouads Cantina betraten. In der Zwischenzeit hatten wir unsere Unterbringung in einem nur leicht verrufenen Gasthaus mit einem winzigen Stall in einer angrenzenden Gasse geregelt und am Stand eines Straßenhändlers gegessen. Die Gerüche und Düfte des gewürzten, wenn auch zähen Hammelfleischs, der brutzelnden Paprika und des scharfen Ziegenkäses hatten mich sofort wieder in die Zeit zurückversetzt, bevor wir nach Skandi aufgebrochen waren. Ich bin mir nicht sicher, ob Del das so sehr schätzte, da sie einen erleseneren Geschmack hatte – oder zumindest behauptete sie das –, aber mir vermittelte es das Gefühl, zu Hause zu sein. Schließlich führte ich Del zu Fouads Cantina, die von den rauchenden Talgkerzen auf jedem kleinen, von Dolch- und Schwertnarben gezeichneten Holztisch nur mäßig beleuchtet war. Ich wählte einen Tisch in der am weitesten von der Tür entfernten Ecke, ein fensterloses, von einer erlöschenden Kerze in eiserner Wandhalterung rauchverhangenes Plätzchen. Als wir Stühle gefunden hatten, auf die wir unsere Hinterteile platzieren konnten, beugte ich mich vor und blies die tropfende Kerze aus. Düsterkeit senkte sich über uns.

»Oh, gut«, bemerkte Del, während sie Brotkrümel vom Tisch wischte. »So kann ich leicht erkennen, in wen ich mein Schwert versenken soll.«

»Wir werden in niemanden Schwerter versenken, Bascha.«

»Nicht einmal in Fouad?« Del schien wirklich auf die Tatsache konzentriert, dass mein Freund uns verraten hatte.

»Nicht sofort«, belehrte ich sie. »Vielleicht als Nachtischunterhaltung.«

Fouad, Besitzer meiner Lieblingscantina, war ein kleiner, ordentlicher, flinker Mann, der seine Gäste bereitwillig lächelnd willkommen hieß. Obwohl er viele Schankmädchen hatte – Silk bediente in unserer Ecke, obwohl sie mich offensichtlich noch nicht erkannt hatte –, genoss er es, Neuankömmlinge persönlich zu begrüßen. Er näherte sich dem Tisch mit einem forschen Gruß in südlicher Sprache und bot uns das Beste an, was seine Cantina zu bieten hatte.

In dem trüben Licht, in Rauch gehüllt, mein Haar überwiegend geschoren, mit doppelten Silberringen in den Ohren und dem blauen, tätowierten Flechtwerk am Haaransatz war ich für ihn auf den ersten Blick eindeutig ein Fremder – wie ich es gehofft hatte. Aber Del war wie immer Del, und kein lebender Mensch, der sie auch nur einmal gesehen hatte, vergaß, was oder wer sie war.

Oder mit wem sie reiste.

Fouad hielt jäh in seiner überschwänglichen Begrüßung inne. Er sah uns an. Um ein Haar wäre ihm das Kinn heruntergesackt.

Er war hilfreicher Weise in meiner Reichweite stehen geblieben. Ich erhob mich, trat meinen Stuhl zurück, beugte mich nahe zu ihm und schlug ihm auf freundschaftliche Art mit einer Hand auf die Schulter. »Fouad!« Ich schloss die Hand und umfasste seine Schulter so fest, dass ein schmerzvolles Zusammenzucken seine erschreckte Miene ablöste. »Setz dich zu uns, ja? Es ist lange her.« Ich schob ihn zu meinem leeren Stuhl und drängte ihn, sich zu setzen. »Wir haben vieles nachzuholen, meinst du nicht?«

Er zitterte. Das sah Fouad gar nicht ähnlich. Aber andererseits – so wirkte Verrat.

Ich zog mir einen anderen Stuhl heran und ließ mich darauf nieder. »Also, was gibt's Neues? Nachrichten von Sabra?«

Fouad warf Del einen Blick aus weiß geränderten Augen zu und sah dann wieder mich an. Die Forschheit war aus seiner Stimme gewichen. »Es heißt, sie wäre vermutlich tot.«

Ich wölbte eine Augenbraue. »›Es heißt?‹ Es ist nicht sicher?«

»Sie ist verschwunden.« Seine dünne Stimme war eine komplizierte Mischung von Empfindungen. »Einige behaupten, ein Sandsturm hätte sie erwischt oder ein Raubtier, oder die Vashni. Aber Abbu Bensir sagt etwas anderes.«

Ich grinste. »Das sieht Abbu ähnlich. Er hat immer eine gute Geschichte auf Lager. Also, was *hat* Abbu über Sabra gesagt?«

»Dass du sie getötet hast.«

»Das hat er nicht getan.« Das kam von Del, die niemals zuließ, dass eine gute Geschichte der Wahrheit in die Quere kam. »Sabra ist aus eigener Torheit gestorben.«

Tatsächlich war Sabra gestorben, weil sie Hand an ein *Jivatma* gelegt hatte, das zu der Zeit durch Magie äußerst verfälscht gewesen war, von einem Zauberer erfüllt, der unbedingt hatte hinausgelangen wollen. Was ihm gelungen war. Leider war das Gefäß, das er sich für seine Freiheit erwählt hatte – Sabra –, viel zu schwach gewesen, um ihn aufzunehmen. Aber der Begriff »Torheit« fasste das alles vermutlich leidlich zusammen.

»Und wann war der gute alte Abbu zuletzt hier?«, fragte ich beiläufig.

Fouad hatte aufgehört zu zittern. Sein Gesicht nahm wieder Farbe an. Wir waren stets Freunde gewesen, und vermutlich erinnerte er sich daran. Aber er blieb wachsam. Und schuldbewusst. »Vor Wochen«, sagte er. »Er hält sich jetzt nördlich von hier auf, wie ich gehört habe.«

Nun, zumindest würde ich mich nicht sofort mit Abbu Bensir auseinander setzen müssen. »Aqivi?«

»Für mich Wasser«, sagte Del.

Dadurch bekam er etwas zu tun. Er sprang lieber auf, anstatt Silk herbeizurufen.

»Dieses Mal«, sagte ich gelassen, »lass das Betäubungsmittel weg.«

Sein Gesicht verkrampfte sich. »Ich werde zuerst aus euren Gläsern trinken, wenn ihr wollt.«

Ich war bereit abzuwinken, da ich wusste, dass ich meinen Standpunkt klargemacht hatte, aber Del war weniger versöhnlich. »Tut das«, sagte sie in einem Tonfall, der die Temperatur im Raum merklich senkte. »Und Ihr werdet an diesem Tisch bleiben. Lasst die Getränke bringen.«

Kurz darauf verbeugte sich Fouad mit einer Hand am Herzen vor ihr und bat dann Silk, die sich in der Nähe aufhielt und nun, wo sie mich erkannt *hatte* – Silk war stets eine meiner Favoritinnen gewesen und ich, wie sie sagte, einer ihrer Favoriten –, meine Aufmerksamkeit zu erregen versuchte, Wasser, Aqivi, Brot und Käse zu bringen. Dann sank er wieder auf seinen Stuhl. Er wirkte älter als zu dem Zeitpunkt, da wir die Cantina betreten hatten.

Ich wartete.

Er atmete tief und scharf ein und ließ den Atem dann mit einem hilflosen Laut wieder ausströmen. »Sie hätte mich getötet, wenn ich ihr nicht gehorcht hätte.«

»Natürlich hätte sie das getan«, stimmte ich ihm zu.

»Ich habe sie gebeten, mich nicht dazu zu zwingen.«

»Natürlich hast du das getan.«

»Ich habe gebetet ...«

»Das reicht«, fauchte Del. Sie sah mich an. »Beabsichtigst du, ihn zu töten, oder soll ich es tun?«

Blutdürstige, nordische Bascha. Ich lächelte und ließ es zu, dass Fouad erneut zu schwitzen begann. Als das Wasser und der Aqivi eintrafen – und Silk verscheucht worden war –, goss er beides ein und kostete auch beides. Del drehte ihren Becher betont um, sodass ihr Mund den Rand nicht dort berühren würde, wo seiner ihn berührt hatte. Ich nahm den Aqivi einfach hoch und trank einen Schluck.

Lange Übung hielt mich davon ab zu würgen. Lange Abstinenz – zumindest vom Aqivi – ließ eine Feuerlinie von meiner Kehle durch die Speiseröhre in den Bauch brennen. Aber da ich der berüchtigte Sandtiger bin, zeigte ich es nicht. Ich nahm einfach einen weiteren großen Schluck.

Del furchte kurz die Augenbrauen, nahm aber dann fast augenblicklich wieder eine ausdruckslose Miene an.

»Also.« Ich grinste Fouad umgänglich an. »Du hast unseren Wein auf Sabras Geheiß und aus Angst um dein Leben mit einem Betäubungsmittel versetzt. Ich habe mich, arglos wie ein Lamm, auf die Suche nach jemandem begeben und bin in die Falle getappt, die du mit aufzustellen geholfen hast. Del wurde inzwischen – ebenfalls betäubt – Umir dem Unbarmherzigen übergeben, um in seine Sammlung eingereiht zu werden.« Umirs des Unbarmherzigen Geschmack war nicht Frauen zugeneigt, sondern ungewöhnlichen Objekten. Er galt nicht deshalb als unbarmherzig, weil er selbst besonders blutdürstig war, sondern weil er alles tun würde, um zu bekommen, was er wollte. Selbst wenn er andere anheuern musste, um für ihn zu morden. »Anscheinend hat Del das Gefühl, dass das, was du getan hast, die Hinrichtung verdient. Aber ich bin großzügiger. Was schlägst du vor, das ich tun soll?«

Fouads Tonfall war eine sorgfältig bemessene Mischung aus Resignation, Anregung und Hoffnung. »Es vergessen?«

Ich erstickte fast an einem Mundvoll Aqivi. Del, weitaus weniger belustigt, starrte ihn finster an.

Fouad wirkte auf seinem Stuhl plötzlich kleiner und seufzte tief. »Nein, vermutlich nicht.«

»Wir hätten getötet werden können«, sagte Del.

»Nein!«, rief Fouad aus. »Mir wurde versichert ...« Er brach ab und schwieg dann, als hätte er erkannt, wie lächerlich lahm seine Ausflüchte klangen. »Nun«, sagte er schließlich, »so war es. Ich bin nur ein einfacher Cantina-Besitzer, kein Schwerttänzer, der analysieren kann, was eine Drohung und was Aufrichtigkeit ist.«

»Du hast in der Vergangenheit genug analysiert«,

erinnerte ich ihn. Fouad war stets eine ausgezeichnete Informations- und Auslegungsquelle gewesen.

Er debattierte darüber, ob man sich zu Schmeichelei bekennen oder sie ganz vermeiden sollte. In seinem gelben Gewand schrumpfte er noch weiter zusammen.

»Also«, sagte ich, »denkst du wirklich, dass sie uns nicht getötet hätten …«

»Und sie haben es nicht getan!« Fouad, der einen springenden Punkt entdeckt hatte, setzte sich nun aufrechter hin. »Seid ihr nicht hier? Sitzt ihr nicht vor mir, esst mein Brot und meinen Käse und trinkt meinen Alkohol?«

»Wasser«, erklärte Del, auf ihren Becher deutend. »Aber ja, in diesen Punkten gebe ich Euch Recht: Wir leben in der Tat und sitzen vor Euch. Essend und trinkend. Ob das Eure Absicht war oder nicht.«

»Ich wollte nicht, dass ihr sterbt! Niemand von euch!« Er schaute von Del zu mir und wieder zu Del. »Warum sollte ich? Ich hätte keinen Nutzen von eurem Tod. Ich wollte nur meinen verhindern.«

»Was hat sie dir gezahlt?«, fragte ich.

»Nichts!«

Del war eindeutig skeptisch. »Nichts?«

»Sie hat mir mein Leben gelassen«, erklärte Fouad. »Ich hänge irgendwie an meinem Leben und fand die Bezahlung unter den gegebenen Umständen ausreichend. Obwohl mir andere darin zweifelsohne nicht zustimmen würden.« Er sah mich an, erwartete eindeutig eine Reaktion. Dann furchte er die Stirn. »Du siehst … anders aus.«

»Das bewirkt ein erfülltes Leben«, erwiderte ich ernst. »Besonders wenn du an einen blutdürstigen weiblichen Tanzeer verkauft wirst, die dich dafür bestrafen will, dass du ihren Vater getötet hast, trotz der Tatsache, dass der besagte Vater langsam auf glühenden Kohlen geröstet gehörte.« Da es Aladar gewesen war, der mich in seine Minen geworfen und mich fast meine geistige Gesundheit gekostet hatte, fühlte ich mich zu meiner Haltung berechtigt.

Fouad errötete. Er starrte angestrengt auf die Tischplatte. »Ich bin nicht stolz darauf.«

»Oh, das ändert die Dinge«, sagte Del mit feiner Ironie.

»Ihr würdet dasselbe tun!«, rief er. Und erinnerte sich dann jäh daran, mit wem er sprach. Mit zwei Schwerttänzern, die das Leben anderer – und ihr eigenes – verteidigten, ohne Zuflucht zu solch feigen Taten wie dem Versetzen des Weins mit Betäubungsmitteln zu nehmen.

Er atmete rascher. »Was wollt ihr dann? Mich töten?« Er hielt inne. »Wirklich?«

Ich lächelte sanft. »Zwei Drittel der Cantina.«

Del warf mir einen scharfen Blick zu, da sie in meinen Plan nicht eingeweiht war. Fouad entging das, da er vollkommen mit dem Ausmaß meiner Rache beschäftigt war.

Ich hob einen Zeigefinger, bevor er protestieren konnte. »Du hättest dich Sabras Forderung verweigern können.«

»Sie hätte mich getötet!«

»Das könnten wir auch tun«, erinnerte ich ihn. »Obwohl wir dir wenigstens die Gefälligkeit erweisen würden, dich persönlich zu töten, anstatt einen völlig Fremden für diese Aufgabe anzuheuern.« Ich umschloss die Cantina mit einer Geste. »Zwei Drittel, Fouad. Ein Drittel für dich, ein Drittel für mich, ein Drittel für Del.«

Del trank bewusst noch etwas Wasser, um ihre Nachdenklichkeit nicht zu zeigen. So verlaufen Verhandlungen. Selbst wenn man nicht wirklich verhandelt, sondern nur informiert.

Fouad glaubte es nicht. Zumindest klang seine Stimme ungläubig. »Ihr wollt Cantinabesitzer sein? Hier? Aber … aber ihr seid Schwerttänzer!«

»Ich wäre tot, wenn Sabra Erfolg gehabt hätte«, sagte

ich grob. »Aber ich bin überaus lebendig und bereit, *dich* am Leben zu lassen ... falls wir zu einer gerechten Einigung kommen.« Ich schnitt ihm das Wort ab, bevor er erneut reden konnte. »Und nein, ich will nicht den Wirt spielen oder dir vorschreiben, welche Vorhänge du ans Fenster hängen sollst, oder dass Del als Schankmädchen arbeiten soll.« Ich konnte mir denken, was sie später zu dieser Vorstellung sagen würde. »Ich dachte an eine stille Teilhaberschaft.«

»Ich erledige alle Arbeit, und ihr streicht zwei Drittel des Gewinns ein«, sagte Fouad verdrossen.

»Es freut mich, dass du die wichtigsten Einzelheiten erfasst hast.«

»Für wie lange?«, fragte er.

»Wie lange?«

»Wie lange muss ich das hinnehmen?«

»Was, planst du bereits, Abbu oder jemand Ähnlichen anzuheuern, um mich zu beseitigen?«

Fouad war bestürzt. »So etwas würde ich *niemals* tun!« Woraufhin er sich daran erinnerte, dass er, während er genau das nicht getan hatte, tatsächlich zu der Falle beigetragen hatte, die sehr wohl mit meinem Tod hätte enden können.

»Zwei Drittel«, sagte Del fest. »Vier Mal im Jahr zahlbar.«

Ich nickte mit ernster Würde. Fouad verzog das Gesicht.

»Und *ich* hätte vielleicht eine Idee für die Vorhänge«, fügte sie hinzu.

Ein Messer im Bauch wäre für ihn wahrscheinlich weniger schmerzlich gewesen. Aber schließlich erklärte er sich mit äußerst verdrießlicher Miene einverstanden.

»Gut«, sagte ich. »Und was die Laufzeit betrifft, so ist es eine lebenslänglich geltende Vereinbarung. Wenn ich sterbe, bekommt Del mein Drittel. Wenn sie stirbt, bekomme ich ihr Drittel.«

Ich hatte Fouad eine Lücke verschafft. »Und wenn ihr

beide sterbt? Ihr seid immerhin Schwerttänzer. Schwerttänzer sterben.«

Ich trank den Rest von meinem Aqivi und strich dann müßig über die Krallenspuren in meinem Gesicht. »Ich habe vor, ewig zu leben.«

Fouad sah mich an. Er sah es. Seine Lippen teilten sich. »Dein Finger«, sagte er rau.

Ich zeigte beide Hände. »Meine Finger«, erklärte ich. »Wie ich bereits sagte, hatte ich ein erfülltes Leben.«

Er war bestürzt. »Hat Sabra das getan?«

»Das? Nein.« Ich wurde nicht ausführlicher, was ihn in Verlegenheit brachte.

»Aber … kannst du tanzen?«

Ich spürte Dels Blick, erwiderte ihn aber nicht. »Stell mich auf die Probe.«

Fouad war von meinen fehlenden Fingern widernatürlich fasziniert. Ich sah ihm an, wie er darüber nachdachte, sein Wissen um meine Vergangenheit und meinen Ruf auf die Gegenwart anwandte und alles, was sie beinhaltete. Er bemerkte nun genauer das geschorene Haar, die doppelten Ohrringe – und was auch immer sonst man vielleicht sehen würde, wenn man mich jetzt betrachtete.

»Ich habe gehört …« Er hielt inne und räusperte sich. »Ich habe ein Gerücht darüber gehört, dass du Sabra überlebt hättest. Dass du erklärt hättest …«

»*Elaii-ali-ma*«, half ich ihm aus, als er ins Stocken geriet. »Du verkaufst schon seit Jahren Getränke und Frauen an Schwerttänzer. Du weißt sehr gut, was *Elaii-ali-ma* bedeutet.«

Er wusste es. »Entsagung.«

»Und jeglicher Bestrafung unterworfen, die ein Schwerttänzer – natürlich nur einer, der sich noch immer getreu an die Schwüre hält – mir auferlegen will.« Ich zuckte die Achseln. »Also könntest du vielleicht in den Genuss meines Drittels des Gewinns gelangen, wenn es dazu kommt. Eines Tages.«

»Sie werden dich töten, Tiger.«

»Vielleicht«, stimmte ich ihm zu. »Vielleicht auch nicht.«

Sein Blick ruhte auf meinen verstümmelten Händen, die zu verbergen ich mir nicht die Mühe machte. »Das ist schlimmer«, sagte Fouad hohl. »Schlimmer als alles, was Sabra vielleicht getan hätte.«

»Möglicherweise. Aber es enthebt dich nicht deiner Verantwortung.« Er besaß den Anstand zusammenzuzucken. »Sie wollte meinen Tod, Fouad. Daher habe ich, ob Finger oder nicht, dabei einiges mitzureden.«

Fouad war nicht überzeugt. »Sie werden dich töten.«

Ich gönnte ihm mein freundlichstes Grinsen. »Oder bei dem Versuch sterben.«

»Warum?«, fragte Del später in dem winzigen Zimmer des Gasthauses hoch oben unter dem Dach. Ein gleichermaßen winziges Fenster – ein in die dicken Lehmziegelwände geschnittenes, schiefes Viereck – sorgte für fahl sepiafarbenes Licht, als die Sonne unterging und von den Messingschnallen unserer Habe abstrahlte.

Ich wusste es besser, als dass ich gefragt hätte, was sie meinte. »Wegen der finanziellen Sicherheit.« Ich streifte meinen Burnus ab.

Auf dem Bett aus Seilen und Holz mit dem dünnen Stroh und der noch dünneren Decke ausgestreckt, beobachtete Del, wie ich im Dhoti methodisch die Figuren absolvierte, die meiner Kraft, Wendigkeit und Ausdauer förderlich waren. Ich hatte mich die meiste Zeit meines Lebens auf eine natürliche Quelle reiner physischer Stärke, Kraft und Schnelligkeit verlassen können, ohne etwas für deren Erhalt tun zu müssen. Sie *waren* einfach. Nun aber brauchte ich mehr.

»Du wolltest ihn nur einfach nicht töten.«

Sie klang so empört, dass mir ein kurzes Lachen entwich, während ich mich von einer Seite auf die andere beugte. »Fouad ist ein Freund.«

»Ein Freund, der dich verraten hat.«

»Auf Sabras Beharren hin.« Ich spürte, wie sich meine Wirbelsäule streckte und die Knochen knackten. »Es war recht schwer, sich ihr entgegenzustellen, wenn sie sich etwas in den Kopf gesetzt hatte. Hoolies, selbst *ich* wollte tun, was sie verlangte.« Im Kreis sterben, mit Abbu Bensir als Gegner.

»Aber du hattest eine Wahl.«

Ich verschränkte die Hände hinter dem Kopf und drückte ihn gegen den Widerstand nach hinten. »Sicher. Ich habe allen meinen Schwüren als Schwerttänzer des siebten Grades entsagt. Ich wüsste nicht, dass Cantina-Wirte mir bekannte Eide leisten. Obwohl es natürlich eine Art Geheimgesellschaft geben könnte, die all den verborgenen Machenschaften des Verkaufs von Alkohol und des Anheuerns von Schankmädchen geweiht wäre.«

Del hatte sich auf einen Ellenbogen gestützt. Nun richtete sie sich ganz auf. »Da wir gerade von Schankmädchen sprechen – du hast *mich* erwähnt ...«

Ich unterbrach sie, bevor wir uns auf diese Linie einschossen. »Gewiss nicht.«

»Gewiss doch«, sagte sie trocken. »Du hast auch etwas darüber erwähnt, dass Fouad Schankmädchen an Schwerttänzer verkauft.«

»Nun, vermutlich wäre ›vermieten‹ die genauere Bezeichnung.«

»Und du hast auch welche ›gemietet‹, wie ich annehme?«

»Nein«, erwiderte ich kurz angebunden. »Keine von ihnen hat *mich* jemals angeheuert.«

Nach einem Moment des verblüfften Schweigens sagte Del etwas höchst Deutliches in der Hochlandsprache.

Ich wechselte hastig das Thema. »Willst du Fouad wirklich töten?«

»Nein. Aber ich will wissen, warum du uns mit einer

Zwei-Drittel-Besitzerschaft einer Cantina belastet hast.« Sie hielt nachdenklich inne. »Es sei denn, du erwartest, dass es dich dazu berechtigt, kostenlos Aqivi zu beziehen.«

»Nun, das tut es. Könnte eine gewisse Geldersparnis bedeuten.« Ich zuckte wiederholt unnatürlich die Achseln und lockerte die vom Hals zu den Schultern verlaufenden Muskeln. »Es ist keine Belastung, Bascha. Wir müssen nur viermal im Jahr vorbeischauen und unseren Anteil an den Gewinnen abholen.« Glücklicherweise hatte sich Fouad dazu bewegen lassen, uns einen Vorschuss zu gewähren; nachdem wir die Pferdeunterbringung, die Menschenunterbringung und etwas zu essen arrangiert hatten, brauchten wir Geld, um das alles zu bezahlen.

»Aber warum, Tiger? Du hast bisher noch nie Interesse daran gezeigt, Eigentum zu besitzen. Und eine Cantina?«

»Ich mag Cantinas.«

»Nun, ja, du verbringst genug Zeit darin … aber warum eine *besitzen*?«

»Das sagte ich dir bereits. Wegen der finanziellen Sicherheit.« Ich beendete meine Lockerungsübungen und wandte mich zu ihr um. »Ich bezweifle, dass ich in nächster Zeit Aufträge als Schwerttänzer annehmen werde. Ich bin sozusagen verbannt.«

Del war verdutzt. »Du hast mir erzählt, du wolltest die Schule deines Shodo wiederaufbauen. Alimat. Und Schüler annehmen.«

»Das tue ich. Aber das setzt voraus, dass Schüler zum Ausbilden da sein werden und dass sie Geld haben werden, um mich zu bezahlen. Wir müssen einiges anschaffen, Bascha. Fouads Cantina wird zumindest die Unkosten decken.« Ich sah sie spöttisch an. »Ist das nicht verantwortungsbewusst?«

»Natürlich ist das verantwortungsbewusst«, stimmte sie mir zu. »Es sieht dir nur so unähnlich, dass du verantwortungsbewusst *bist*.«

Ich runzelte die Stirn. »Ich hätte ihn beinahe getötet, und er könnte nicht mehr leiden oder Reue empfinden, wenn ich es getan hätte. Außerdem ist es annähernd die schrecklichste Strafe, die mir für Fouad einfiel. Er ist ein Pfennigfuchser.«

»Möchtest du sonst noch jemanden bestrafen? Werden wir letztendlich noch einen Weberladen, einen Gemüsegarten oder einen Blumenkarren besitzen?«

»Wohl kaum. Keiner dieser Leute hat jemals meinen Wein mit einem Betäubungsmittel versetzt und mich einem verrückten, blutdürstigen, mörderischen kleinen Miststück in die Hände gespielt, die mich im Kreis töten lassen wollte.« Ich rollte den Kopf und spürte, wie die Anspannung nachließ. »An welche Farbe für die Vorhänge hattest du gedacht, Bascha?«

Del stieß einen spöttischen Laut aus. »Als könnte sich irgendeine Cantina Vorhängen an den Fenstern rühmen. Wahrscheinlich würde ein Betrunkener sie bei der ersten Schlägerei, in die er geriete, in Flammen setzen. Und wir, die wir jetzt Partner deines treuen Freundes Fouad sind, würden zwei Drittel des Schadens tragen müssen.«

Daran hatte ich nicht gedacht.

»Ich wusste es«, sagte Del zutiefst empört. »Männer. Sie denken immer nur an den Profit. Nicht an all das, was dazu führt.«

Nun, nein. »Dafür haben wir Fouad«, sagte ich heiter. »Er wird sich um all das kümmern.«

Del runzelte die Stirn. »Ich behaupte immer noch, dass es töricht war, in Fouads Cantina zu gehen. Bis morgen früh werden alle Bescheid wissen, genau wie in Haziz.«

»Fouad wird es nicht sein, der die Nachricht verbreitet.«

»*Natürlich* wird es Fouad sein ...«

»Nein.«

»Warum? Weil du jetzt sein Partner bist?«

»Weil wir wirklich Freunde waren, Bascha. Und weil er sich schuldig fühlt.«

»Was er auch sehr wohl sollte!«

»Du weißt nicht, ob *du* nicht dasselbe getan hättest wie er, wenn du Sabra gegenüber gestanden hättest.«

»Ich finde diese Bemerkung unglaublich beleidigend«, erklärte Del.

Ich grinste sie an und fuhr damit fort, die Anspannung aus meinem Körper zu vertreiben. Der Besuch bei Fouad hatte meine Nervosität nicht gemildert, gleichgültig was ich sagte. »Du hast Sabra nicht gegenüber gestanden.« Zumindest nicht auf die gleiche Art. Als sich Del und Sabra nahe gewesen waren, war Sabra bewusstlos und auf einen Sattel gebunden gewesen.

»Ich hätte sie getötet«, sagte Del kurz angebunden.

Ein äußerst verblüffendes Bild stieg jäh vor meinen Augen auf: Del und Sabra. Die eine klein und dunkel, die andere groß und hell. Zwei gefährliche, Tod bringende Frauen. Nur dass Del weitaus ehrlicher war, wenn sie tötete: Sie tat es selbst.

»Es wird bekannt werden«, sagte ich, »aber nicht durch Fouad.«

»Solch eine vertrauenswürdige Seele«, erwiderte Del trocken.

»Lass mich dein Handgelenk sehen«, bat ich.

Del streckte zuvorkommend einen Arm aus. Ich schloss meine Hand darum und drückte zu. Fest. *Sehr* fest.

Kurz darauf fragte sie: »Versuchst du absichtlich, mir das Handgelenk zu brechen?« Sie bewegte die Finger. »Lass los, Tiger.«

Ich ließ lächelnd los.

Del seufzte. »Der Punkt geht an dich.«

»Das will ich auch hoffen.«

»Aber es wird dennoch anders sein«, warnte sie. »Schwieriger.«

»Da stimme ich dir zu, Bascha.«

Und es war sehr wahrscheinlich, dass ich morgen erkennen würde, *wie* anders es würde. Weil sich die Nachricht verbreiten würde.

Der Sandtiger ist zurück.

Ja. Das war er.

5

Del und ich wollten morgens gerade aus dem Bett steigen, als ein Kratzen an der Tür erklang. Ich hätte es vielleicht ignorieren können, nur dass es sich zu häufig wiederholte. Ich zog den Dhoti über und nahm mein Schwert aus der Scheide, während Del hastig eine Decke um ihre Nacktheit schlang.

Das Kratzen erklang erneut, zusammen mit der leisen Stimme einer Frau, die fragte, ob der Schwerttänzer und seine nordische Frau dort drinnen wären. Keine Namen. Interessant.

Ein Blick über die Schulter bestätigte mir, dass eine angemessen verhüllte Del mit dem Schwert in der Hand bereit stand. Sie nickte. Ich entriegelte die Tür und öffnete sie, das Schwert bereit. Es war durchaus möglich, dass jemand eine Frau vorschickte. Höflichkeit und ehrliche Gespräche waren nicht mehr gefragt.

Die Frau in dem engen Gang zuckte vor dem Funkeln des scharfen Stahls zurück. Als Schutzgeste und als Hinweis auf ihre arglosen Absichten zeigte sie ihre Handflächen. Ich blinzelte. Es war Silk, das Schankmädchen aus Fouads Cantina, in Gewänder und eine Kopfbedeckung gekleidet, während sie normalerweise nur sehr wenig trug.

»Ich bin allein«, platzte sie heraus. »Ich schwöre es.«

Ihre Nerven waren überaus angespannt. Ich öffnete den Mund, um sie zu fragen, was sie hier tue, als ich ihren Blick an mir vorbei zu Del wandern sah. Sie registrierte, dass Del unter der dünnen Decke nackt und das weiß-blonde Haar zerzaust war, und kurz flammte etwas in Silks dunklen Augen auf, etwas, wie ich dachte, das dem Gewahren und der Anerkennung der Schönheit einer anderen Frau sehr ähnlich war. Ihre Mundwinkel sanken kurzzeitig herab. Es war jedoch nicht Eifersucht. Es war seltsamerweise Bedauern. Resignation. Silk war attraktiv, auf billige Art, aber entschieden südlich. Del war in all ihrer herrlichen nordischen Pracht einfach unvergleichlich. Sie entsprach nicht dem Geschmack des typischen Südbewohners – für einige war sie zu groß, zu hellhäutig, zu blond und entschieden zu unabhängig –, aber niemand, der sie ansah, konnte verkennen, was sie war.

Ah, ja. Das ist meine Bascha.

»Fouad hat mich geschickt«, sagte Silk nervös. Ich bedeutete ihr einzutreten, aber sie schüttelte den Kopf. »Ich muss zurück. Er wollte, dass ich dir sage, dass jemand dich erkannt hat und sich die Nachricht deiner Anwesenheit hier bereits verbreitet. Er fürchtet, dass du vielleicht noch vor deinem Aufbruch herausgefordert wirst.«

Ich nickte wenig überrascht und stellte mir bereits vor, wie es geschehen könnte.

»Danke für die Warnung«, sagte Del.

Silk richtete ihre Kopfbedeckung und zog sie nach vorn, um ihr Gesicht teilweise zu verdecken. »Ich habe es nicht für Euch getan.«

Nach einem Moment des Schweigens lächelte Del schwach. »Nein. Aber wir wollen beide, dass er überlebt.«

Silk warf mir einen Blick aus geweiteten, kummervollen Augen zu. Ich war bestürzt, Tränen darin zu sehen. Ich öffnete den Mund, um etwas zu sagen, aber sie wandte sich jäh um und ging davon, eine schmale, dunkle Frau in hellem bauschigem Stoff.

»Tür«, sagte Del scharf.

Ich schloss und verriegelte sie, während Del die Decke fallen ließ und Unterwäsche und Tunika aufklaubte. Schweigend zogen wir Burnusse und Sandalen an, packten unsere Habe, überprüften erneut den Sitz unserer Harnische und der Schwerter.

Die Pferde waren draußen in dem kleinen, rückwärtigen Mietstall eingestellt. Solange niemand wusste, dass wir gerade in diesem Gasthaus logierten, konnten wir sie vielleicht aus der Box holen, unsere Habe aufladen und im Sattel sitzen, bevor wir entdeckt würden.

Aber vielleicht auch nicht.

Dels Blick begegnete meinem. Ihr Gesicht war ausdruckslos. Sie war wieder die nordische Schwertsängerin, eine Kriegerin, die einem Mann nicht nur gleichberechtigt entgegen trat, sondern ihn auch besiegen konnte.

Von einem Shodo ausgebildete Schwerttänzer würden nicht gegen sie kämpfen oder ihr Schaden zufügen wollen. Sie waren hinter mir her. Sie würden sie gehen lassen. Aber Del würde diese stillschweigende Übereinkunft zunichte machen.

Einer von uns könnte heute sterben. Oder keiner. Oder beide. Und wir wussten es.

Sie öffnete die Tür und trat hinaus.

Del und ich bemühten uns redlich, alle Hintergassen des verschlungenen Gewirrs zu nutzen, das die ärmeren Gegenden Julahs ausmachte. Eine Weile glaubte ich, wir könnten tatsächlich aus der Stadt hinausgelangen, ohne dass ich herausgefordert würde, aber ich hätte es besser wissen sollen. Wer auch immer der Schwerttänzer war, der mich erkannt hatte – er war klug genug zu wissen, dass er nicht überall gleichzeitig sein konnte. Er hatte Geld aufwenden müssen, um mich aufzuspüren, und Gott weiß wie viele Jungen angeheuert, um alle Straßen und Kreuzungspunkte zu besetzen; irgendwann trafen die Gassen darauf. Es dauerte nicht lange, bis die Nachricht die Runde machte, dass der Sandtiger und seine nordische Bascha gerade die Straße der Weber überquerten und auf die Straße der Töpfer zuhielten, die wiederum in die Straße der Blechschmiede überging.

Und dort, vor einem der blühenderen Läden, die mit Blechwaren handelten, fand uns der Schwerttänzer.

Er hielt sein braunes Pferd mitten auf der Straße an. Del und ich hätten wenden und den Weg zurückreiten können, den wir gekommen waren, aber es ist eine Sache zu versuchen, den Feind zu meiden, und eine andere Sache davonzulaufen, wenn man ihm tatsächlich gegenüber steht. Von den überreizten Jungen und dem Versprechen eines Schwerttanzes geschürt, hatte sich das Gerücht rasch verbreitet. Die Straße der Blechschmiede war zwar nicht die Hauptstraße der Stadt, aber das Händlerviertel war stets sehr bevölkert, und heute war noch dazu Markttag. Aufgeregtes Murmeln hob an, als Del und ich die Pferde anhielten, und schwoll, aufgestörten Bienen gleich, erwartungsvoll an, während wir gelassen auf unseren Pferden saßen, schwiegen und meinem Gegner die Führung übernehmen ließen.

»Sandtiger.« Er erhob seine Stimme, obwohl unsere Pferde nur ungefähr fünfzehn Fuß voneinander entfernt waren. »Erinnert Ihr Euch an mich?«

Es wurde still auf der Straße. Ich war mir starrender Gesichter und erwartungsvoller Augen bewusst. Die Sonne spiegelte sich als Muster auf den zu beiden Seiten der engen Straße aufgehängten Blechwaren. Ich roch Schmieden, Kohlen, den beißenden Geruch bearbeiteten Metalls.

Ich sah ihn an. Durch und durch Südbewohner und vollkommen Schwerttänzer, der Oberkörper in den Harnisch eingebunden, das Heft seines Schwertes über die linke Schulter hinausragend. Ja, ich erinnerte mich an ihn. Khashi. Er war zehn oder zwölf Jahre jünger als ich. Er war ungefähr zu der Zeit in Alimat angenommen worden, als ich es verlassen hatte, um meinen eigenen Weg zu gehen. Ich hatte, bevor ich gegangen war, genug von seiner Ausbildung mitbekommen, um zu wissen, dass er Talent besaß, und hatte im Laufe der Jahre Gerüchte darüber gehört, dass er gut sei, aber unsere Wege hatten sich nie beruflich gekreuzt, und so hatte ich ihn seit damals nicht mehr gesehen.

»Ihr wisst, warum«, sagte er.

Ich schwieg. Eine schwache Brise bewegte unsere Burnusse und die Gewänder und Kopfbedeckungen der Zuschauer und ließ die aufgehängten Blechwaren aneinander klingen. Die quengelnde Stimme eines Kindes erklang, bis es besänftigt wurde.

Khashi verzog die dünnen Lippen. Seine Verachtung war offensichtlich. »Und mehr noch hörte ich, dass Ihr in Haziz den Feigling gespielt und Euch geweigert habt, eine Herausforderung anzunehmen.«

Ich schüttelte den Kopf. »Er war kein Schwerttänzer. Nur ein dummer, ruhmsüchtiger Junge.«

Braune Augen verengten sich. »Und was sagt Ihr über mich?«

»Nichts.« Ich zuckte die Achseln. »Mehr seid Ihr nicht wert.«

Wir waren uns nicht nahe genug, dass ich die Röte in seinem Gesicht brennen sehen konnte, aber ich erkannte durchaus, dass ich ihn getroffen hatte. Sein Körper wurde starr, die Hände umfassten die Zügel fester. Sein Pferd tänzelte nervös und schüttelte den Kopf, versuchte den Druck an seinem Maul zu lockern. Metall schnitt ein, und Ringe klangen.

»Und was seid Ihr wert?«, fragte er scharf. »Ihr habt *Elaii-ali-ma* erklärt.«

»Oh, ich bin niedriger gestellt als der Niedrigste der Niedrigen«, erwiderte ich. »Ich bin die Fleisch gewordene Schändlichkeit. Ich bin die verkörperte Unehre. Ihr werdet Eure Klinge mit meinem Blut beschmutzen.«

Er grinste, wobei sich seine weißen Zähne von dem dunklen Gesicht abhoben. »Blut lässt sich abwaschen. Rechtschaffenheit nicht.« Er erhob jäh die Stimme und sprach die Menge an. »Hört mir zu!«, rief er. »Dieser Mann ist der Sandtiger, der einst ein Schwerttänzer des siebten Grades war, der geschworen hatte, die Ehrenkodexe und geweihten Traditionen Alimats aufrechtzuerhalten. Aber er hat ihnen, seinem Shodo und allen seinen Waffenbrüdern entsagt. Wir haben das Recht, ihn dafür zu bestrafen. Ich werde die Ehre dieser Aufgabe heute bereitwillig übernehmen. Ich fordere jedermann hier auf, Zeuge des Todes eines Schwurbrechers zu werden!«

Ich seufzte und legte einen Zügel über den Hals des Hengstes, während ich Del den anderen reichte. »Ihr redet zu viel, Khashi.«

Betroffen, aber immer noch auf die Aufgabe konzentriert, legte er das rechte Bein über den Hals seines Pferdes, löste den linken Fuß aus dem Steigbügel und sprang hinab, während er einem der Jungen die Zügel zuwarf. Gruppen von Jungen säumten die Mauern der Läden, und Händler und Kunden drangen aus den Eingängen. Die Straße war eine Schlucht starrender Gesichter. »Dann werden wir aufhören zu reden«, sagte er, »und kämpfen.«

Anders als der törichte Junge in Haziz kannte Khashi den Unterschied zwischen Tanz und Kampf. Er streifte seinen Burnus, die Sandalen und den Harnisch ab, sodass er nur noch den üblichen, weichen Wildlederdhoti trug, und legte sie beiseite. Er hielt nicht inne, um einen Kreis zu zeichnen oder mich dazu aufzufordern, denn es würde keinen geben. Auf geschmeidige Art anmutig, schritt er mit dem Schwert in der Hand voran.

Ich hörte das einhellige Atemanhalten des Publikums, als ich abstieg. Ich legte Harnisch, Burnus und Sandalen nicht ab. Ich zog einfach ohne übertrieben dramatisches Getue mein Schwert aus der Scheide und ging meinem Herausforderer entgegen, der in sechs Schritten Entfernung mitten auf der Straße stand.

Er lächelte, taxierte seinen Gegner. Der Sandtiger,

zwar berüchtigt, aber auch ein älterer, alternder Mann, der so töricht war, sich nicht von Dingen zu befreien, die seine Bewegungen behindern würden. Ich hatte dem jüngeren Herausforderer den Vorteil überlassen.

Weshalb er ungläubig auflachte, als ich in seiner Reichweite stehen blieb.

Ich wartete einfach nur ab. Nach einem Moment des Zögerns – vielleicht unbewusst die traditionelle Aufforderung zum Tanz erwartend, die nicht erfolgen würde – riss Khashi sein Schwert hoch und tat den ersten Schritt.

Ich konterte den Stoß, und einen weiteren, einen dritten, einen vierten, und wehrte seine Klinge ab. Ich griff nicht an, sondern verteidigte mich nur. Ich sparte meine Kraft auf, während Khashi seine verausgabte.

Obwohl wir nicht in einem Kreis standen und daher nicht gefordert waren, innerhalb eines begrenzten Bereichs zu bleiben, damit wir nicht verlören, indem wir die Grenze überschritten, hatten wir beide zu viele Jahre damit verbracht, die Kodexe und Rituale zu ehren. Es gab kein theatralisches Herumgespringe und -gerenne. Wir hielten einfach Stand, uns des geistigen Kreises bewusst – trotz des Fehlens eines physischen –, und kämpften.

Es war, wie immer, geräuschvoll. Stahl schlug gegen Stahl, schabte, wurde fortgerissen, kreischte, schrillte, schepperte. Der Atem zog rau durch verengte Kehlen und drang zischend aus unseren Mündern. Mühsames Brummen und Keuchen übertönten das Murmeln der Zuschauer, den leisen, verbalen Ausdruck der Erregung.

Ich konterte einen weiteren Stoß, lenkte die Klinge mit großer Kraft auf ihn zurück. Ich spürte einen stechenden Schmerz in meiner rechten Hand und einen weiteren in meinem linken Handgelenk. Das Heft verlagerte sich in meinen Händen leicht.

Alles, worüber Del und ich diskutiert hatten, wurde zu Fakten: Der Verlust eines Fingers an jeder Hand beeinträchtigte meinen Griff, und das beeinträchtigte wiederum die Handgelenke, Unterarme und Ellenbogen bis hinauf zu den Schultern und dem Rücken. Seitdem wir Skandi verlassen hatten, hatte ich unaufhörlich daran gearbeitet, den Verlust der Finger wettzumachen, indem ich meinen Körper umschulte, aber nur ein wahrer Kampf würde beweisen, ob mir das gelungen war. Nun, da ich einen führte, erkannte ich, dass der Körper in Haltungen, Griffe und Reaktionen zurückfallen wollte, die ich vor über zwanzig Jahren gelernt hatte. Der neue Geist hatte den alten Körper noch nicht gelehrt, sich zu überlassen.

Ich konnte mir keinen langen Kampf leisten, weil ich nicht in der Lage wäre, ihn zu gewinnen. Ich musste ihn begrenzen.

Mit der rechten Hand hob ich die Klinge hoch über den Kopf, das Handgelenk gebeugt, sodass die Spitze auf meine linke Schulter hinab wies. Khashi erkannte die Lücke, die ich ihm bot, die Gelegenheit zu siegen. Er glaubte es nicht. Aber er sprang vorwärts, konnte sich die Chance auf das Ziel nicht entgehen lassen, das ich aus meinem Körper gemacht hatte. Das Publikum hielt erschreckt den Atem an.

Ich führte das Schwert in einem harten, vernichtenden, quer zum Körper verlaufenden Stoß diagonal abwärts und drehte die Schneide durch eine Bewegung des Handgelenks, noch während ich meinen Ellenbogen dem anpasste. Das unelegante, aber kräftige Manöver fegte Khashis Klinge abwärts und zur Seite. Eine weitere rasche Bewegung des Handgelenks folgte, das Durchdringen von Fleisch und Muskeln, und ich ließ den Stahl in seinen Bauch gleiten. Eine schnelle, schaufelnde Bewegung schälte die Eingeweide aus der Bauchhöhle, und dann zog ich die Klinge wieder heraus.

Khashi ließ sein Schwert fallen. Die Hände wanderten zu seinem Bauch. Sein Kinn sank herab. Dann gaben die Beine unter ihm nach. Er kniete dort auf der Straße, umklammerte klebrige Eingeweide und wand sich unter Schock, während sein geöffneter Mund einen schrillen Schrei der Erschütterung und des Entsetzens ausstieß.

Ich erwies ihm die Ehre, seine Klinge beiseite zu treten, obwohl er nicht mehr die Kraft hatte, sie aufzunehmen, und wandte ihm den Rücken zu. Ich wollte direkt zum Hengst zurückgehen. Aber drei Schritte entfernt stand der törichte Junge aus Haziz. Er hatte das Schwert mit einer Hand blankgezogen.

Blut floss von meinem. Ich beobachtete seinen bestürzten Blick, welcher der Bewegung entlang dem Stahl folgte, rote, nasse Rinnsale, die vom Heft bis zur Spitze verliefen und auf den festgetretenen Boden tropften.

Dann sah er mich an. Sah mich, sah etwas in meinem Gesicht, in meinen Augen. Sein Gesicht war bleich. Aber er schluckte hart, und es gelang ihm zu sprechen. »Das war nicht ehrenhaft.«

Ich hatte eine zweite Herausforderung erwartet, keine Anklage. Nach einem Moment fand ich meine Stimme wieder. »Hier ging es nicht um Ehre.«

Sein Blick aus braunen Augen wirkte in dem gebräunten, aus Flächen und Kanten geformten Gesicht, die plötzlich scharf wie Klingen schienen, wie betäubt. »Aber Ihr müsst einen Mann nicht töten, um zu siegen. Nicht im Kreis.«

»Hier ging es nicht um den Kreis«, sagte ich. »Nicht um Riten, Rituale, Ehrenkodexe oder darauf geleistete Schwüre. Es ging nur ums Sterben.«

»Aber … Ihr seid ein Schwerttänzer.«

Ich schüttelte den Kopf. »Nicht mehr. Jetzt bin ich nur noch ein Ziel.«

»Ihr seid der Sandtiger!«

»Das ja«, stimmte ich ihm zu. »Aber ich habe *Elaii-alima* geschworen.«

Sein Gesicht bekam wieder Farbe. Die honigbraunen Augen blickten klarer, wenn auch nicht weniger entsetzt. »Ich weiß nicht, was das ist.«

Mit einer ruckartigen Kopfbewegung deutete ich auf Khashis ausgestreckt daliegenden Körper. »Frag ihn.«

Dann ging ich an ihm vorbei, weil ich erkannte, dass er mich nicht herausfordern würde. Nicht jetzt. Wahrscheinlich niemals wieder.

Aber andere würden es tun.

Bevor ich aufstieg, wischte ich an meinem Burnus das Blut von der Klinge, steckte sie in die Scheide zurück und nahm Del den Zügel wieder ab. Dann schwang ich mich in den Sattel. »Lass uns ziehen.«

Sie behielt ihre unbewegte Miene bei, verriet keinem Zuschauer etwas. Aber ihre Augen waren reines Mitleid.

Ich hörte, wie im Sprechchor mein Name gerufen wurde, als wir Julah verließen.

Nicht weit außerhalb der Stadt, nach einem kurzen, schweigenden Ritt, wandte ich mich jäh vom Weg ab. Ich ritt zum Kamm einer niedrigen, von Kakteen und verkümmerten Bäumen gekrönten Erhebung, stieg ab, ließ die Zügel schleifen, tat einige Schritte die andere Seite hinab und schlitterte auf Schiefer, bevor ich mich hinabbeugte und meinen Magen in einem Schwall krampfartig entleerte.

Ich blieb vornüber gebeugt stehen, hustete und spuckte, als auch die letzten Reste draußen waren, und hörte dann das Klappern von Hufen auf Stein. Vielleicht war es der Hengst. Aber für den Fall, dass es Del war, streckte ich eine gespreizte Hand aus, um ihr zu vermitteln, dass sie fernbleiben sollte.

Ich brauchte kein Publikum. Ich hatte bereits eines gehabt, in Julah.

Schließlich richtete ich mich auf und wischte mir mit dem Ärmel meines Burnus den Mund. Als ich mich umwandte, um wieder zum Hengst hinauf zu steigen, sah ich Del seine Zügel halten. Nicht mehr schweigsam.

»Bist du verletzt?«, fragte sie.

»Nein.«

»Bist du sicher?«

»Ja.«

»Hast du *nachgesehen*?«

Seufzend inspizierte ich meine Arme, ließ die Hände dann über die Vorderseite von Burnus und Harnisch gleiten und suchte nach Verletzungen, obwohl ich mir ziemlich sicher war, dass Khashi meine Deckung nicht durchbrochen hatte. Ich war blutbespritzt, aber es schien nicht meines zu sein. Und nur die Handkanten, wo die Finger fehlten, taten mir weh.

»Es geht mir gut.« Ich kletterte auf den Hengst, nahm ihr die Zügel ab, zog dann eine der Botas hervor und nahm einen großen Schluck Wasser. Ich spülte meinen Mund, spie aus, spülte ihn erneut und stieß dann aus der Gegend meiner Zehen geräuschvoll den Atem aus. »Metzelei«, murmelte ich rau, meine Kehle von Gallenflüssigkeit brennend.

»Es musste sein.«

»Ich habe schon früher Männer getötet, Männer enthauptet, Männer in die Speckringe geschnitten. Borjuni. Banditen. Diebe. Es hat mich nie gestört. Es ging ums Überleben, nicht mehr. Aber dies ...« Ich schüttelte den Kopf.

»Es musste sein«, wiederholte sie. »Wie hättest du andere Schwerttänzer besser warnen können, dass du keine leichte Beute sein wirst?«

Das war genau der Grund, warum ich es getan hatte, wohl wissend, dass die Geschichte weitererzählt werden würde. Zur Legende ausgeschmückt werden würde. Aber mit den Nachwirkungen war weitaus schwerer umzugehen als erwartet.

»Tiger«, sagte Del ruhig, »du hast viele Jahre damit verbracht, alle Rituale des Schwerttanzes zu erlernen. Die Anforderungen des Kreises. Es war deine Flucht, deine Freiheit, aber auch eine Art der Lebensführung, aus Regeln, Riten, Kodexen verwoben. Beim formellen

Schwerttanz geht es nicht ums Töten, sondern um die Ehre des Tanzes – und um den Sieg. Was du heute getan hast, stand in Widerspruch zu allem, was du gelernt hast, zu allem, was du angenommen hast, als du vor deinem Shodo in Alimat die Schwüre eines Schwerttänzers geleistet hast.«

»Ich habe schon früher Tänze auf Leben und Tod bestritten.« Selten, da die meisten Schwerttänze eine verhältnismäßig friedliche Weise waren, Streitigkeiten für unsere Auftraggeber zu regeln; aber es war vorgekommen.

»Noch immer formalisiert«, bemerkte sie. »Es ist eine elegante Art zu sterben. Eine ehrenwerte Art zu sterben.«

Khashi zu töten war keines von beidem gewesen. Aber es musste sein, ja.

»Zu einem anderen Zeitpunkt hättet ihr beide einen richtigen Tanz bestritten. Einer von euch hätte gesiegt. Und danach wärt ihr wahrscheinlich zusammen in eine Cantina gegangen und hättet euch glorreich betrunken. Es *ist* anders, Tiger, was heute geschehen ist.«

»Du kannst es nicht wissen, Bascha …«

»Ich kann. Ich weiß. Ich habe Bron getötet.«

Ich brauchte einen Moment. Dann erinnerte ich mich. Del hatte einen Freund getötet, einen Übungspartner, der sie ansonsten daran gehindert hätte, zu der als Staal-Ysta bekannten, nördlichen Insel zurückzukehren, wo ihre Tochter lebte.

Aber dennoch.

Ich spritzte mir noch mehr Wasser in den Mund, spie erneut aus und trank dann. Blickte angestrengt über die Landschaft, erinnerte mich an den Gestank der herausgeschälten Eingeweide, den Ausdruck auf seinem Gesicht, als sein Leben verging, das Gewicht der Klinge, als ich seinen Bauch öffnete.

Metzelei.

»Würdest du dich besser fühlen, wenn du gestorben wärst?«

Ich sah sie zum ersten Mal seit dem Kampf direkt an. Spürte, wie ein verzerrtes Lächeln meinen Mund verzog. Vertraute darauf, dass Delilah es einordnen konnte.

»Es muss dir nicht gefallen«, sagte sie. »Wenn es dir gefiele, wenn es dir auch nur annähernd gefiele, würde ich dein Bett nicht teilen. Aber auch das hat mit Überleben zu tun, und es ist die unkultivierteste, primitivste Art. Es *wird* andere geben. Töte sie schnell, Tiger, und mitleidlos. Erweise ihnen kein Erbarmen. Weil sie auch dir gewiss keines gewähren werden.«

Was sie nicht sagte, was sie nicht zu sagen brauchte, war, dass einige dieser anderen besser als Khashi sein würden.

6

Del war anfänglich dagegen, mein Jivatma zu holen. Sie sah in der Tat keinen Sinn darin, da das Schwert höchstwahrscheinlich unter Tonnen von Felsen begraben war und wir neue Klingen besaßen. Ich hatte ihr noch immer nicht von den Träumen über die Frau erzählt, die mir befahl, das Schwert aufzunehmen, weil ich einfach nicht die entsprechenden Worte finden konnte, die mich nicht wie einen sandkranken Narren erscheinen lassen würden. Stattdessen verließ ich mich auf Dels Respekt vor den nordischen Klingen und vor dem Verlust von Boreal. Wie ich es getan hatte, als ich *Elaii-ali-ma* erklärt hatte, hatte auch sie die einzig mögliche Wahl getroffen und ihr Schwert zerbrochen, aber das bedeutete nicht, dass sie immun gegen Reue war. Schließlich gab sie nach.

Dort, wo wir hinwollten, gab es keinen Weg, weil es anscheinend niemanden sonst jemals danach verlangte, dorthin zu gehen. Del und ich bahnten uns unseren eigenen Weg und erinnerten uns von unserem Besuch in Shaka Obres Gebiet vor fast einem Jahr an die Richtung. Wir ließen die flache, relativ fruchtbare Wüste von Julah hinter uns und wechselten in die Vorberge, die Ausläufer jenes Berges, bei dem wir auf starke Magie getroffen waren, wo Chosa Dei, der in meinem Schwert gelebt hatte, dies zunächst aufgegeben hatte, um Sabra zu erfüllen – und zu töten – und schließlich, um seinem Bruder entgegen zu treten. Sie waren keine lebenden Wesen, Chosa Dei und Shaka Obre, nur Fleisch gewordene Macht, aber das hatte genügt. Was von ihnen übrig geblieben war, hatte innerhalb der ausgehöhlten Felsformation, die in einem gewaltigen Einschnitt einen Kreis bildete, grimmig gekämpft. Und Del und Chosa Dei, die mein Schwert, meinen Körper benutzt hatten, hatten getanzt.

Hier ersetzten Felsen die Erde, mit Beimischungen von verkrustetem Boden und Sandablagerungen. Felsabtriebe drangen wie die Knochen der Erde durch deren Oberfläche, doch es gab nicht nur Auftürmungen auf der Oberfläche, sondern auch unterirdische Formationen. Bräunliches, poröses Rauchgestein, vielfarbiger Schiefer, scharf geschliffener Schieferton, das milchige Schimmern von Quarz, das Glitzern von Glimmer, gepaart mit glänzenden Flecken falschen Goldes. Die Punja mit ihrem kristallenen Sand war noch meilenweit entfernt. Dies war ein Land, in dem Felsen gleich Wogen aufragten, die gezackten Vorberge krönten und allmählich mit den Bergen verschmolzen. Es waren nicht die hohen, gewaltigen Bergketten wie in Dels Norden, von Wind, Schnee und Eis geformt, sondern eine Laune der südlichen Natur, die sich in jähem Aufwallen geborstener Felsen zeigte, in verstreuten Überresten von Ganzheit und Ordnung, im Hochschleudern von geriffeltem Gestein, das sich vom Wüstenboden gelöst hatte.

Eine Bewegung vor dem unebenen Horizont aus Vorbergen und Felsformationen zog meinen Blick an. Ich schaute hin, erkannte es und zügelte schnell mein Pferd. Del, die nicht auf mich achtete, während sie und ihr Wallach sich ihren Weg suchten, prallte beinahe gegen uns. Der Körper des Hengstes spannte sich einen Moment an, aber auch er wusste, dass das, was vor uns lag, weitaus bedrohlicher war als das, was sich hinter uns befand.

»Was …«, begann Del. Aber dann verstummte sie ebenso wie ich und wartete ab.

Ich hatte es halbwegs befürchtet. Wir befanden uns im Land der Vashni. Niemand wusste, wo die Grenzen verliefen, oder auch nur, ob es Grenzen gab, aber man war sich stets des Risikos bewusst, wenn man hier umherzog.

Vier Krieger. Vashni sind nicht groß und auch ihre Pferde nicht. Aber die Größe war unwichtig. Wichtig war ihre Bereitschaft zu töten und die Art, wie sie es taten.

Vier Krieger, mit Lederschurzen, auf ihrer eingeölten Brust Girlanden aus Fingerknochenphalanxen. Auch das schwarze Haar war eingeölt und wurde in einem einzelnen, fellumwickelten Zopf getragen. Dolche und Schwerter mit Knochenheften zierten die Krieger.

Dels Stimme war nur ein Hauch. »Könnten das dieselben vier sein, die uns begegnet sind, als wir Sabra hatten?«

Ich antwortete ebenso leise. »Ich weiß es nicht. Vielleicht. Niemand sieht Vashni häufig genug, um Einzelne wiederzuerkennen.« Zumindest *lebte* niemand lange genug, um Einzelne wiederzuerkennen.

Die Krieger drängten ihre kleinen, dunklen Pferde voran. Sie ritten von dem felsigen Hügelkamm herab und näherten sich uns, registrierten unsere Gesichter, Harnische, Schwerter. Ich spürte ersten Schweiß auf meiner Haut.

Ist es möglich, einen Vashni zu bekämpfen? Natürlich. Ich könnte mir vorstellen, dass es schon geschehen ist. Aber niemand, *niemand* hat den Kampf je überlebt. Man wird getötet und dann gekocht. Wenn das Fleisch von den Knochen gelöst ist, machen die Vashni Schmuck und Waffen aus den Gebeinen. Das Fleisch wird an die Hunde verfüttert.

Der einzige Grund, warum ich das weiß, liegt darin, dass Vashni keine Kinder töten. Es ist ihre Art der »Barmherzigkeit«, Kinder in ihren Dörfern aufzunehmen, sie zu ernähren, sie zusehen zu lassen, was aus ihren Eltern wird, und sie dann an einer Straße abzusetzen, wo sie von anderen gefunden werden. Wenn sie gefunden werden. Einige von ihnen wurden gefunden.

Del und ich waren auf der Suche nach ihrem Bruder einmal in einem Vashni-Dorf gewesen. Wir waren ehrenhaft behandelt worden, denn Jamail war als heiliger Mann angesehen worden – und sie war seine Schwester. Jamail, kastriert und stumm, hatte sich damals geweigert, diese Leute zu verlassen, die ihm nach Jahren der Sklaverei an einem anderen Ort eine verdrehte Art von Freundlichkeit hatten zukommen lassen. Später war er getötet worden – inzwischen als das Orakel bekannt –, aber nicht von den Vashni. Sie ehrten sein Andenken.

»Del«, sagte ich leise, »komm neben mich, damit sie dich besser sehen können.«

Sie widersprach nicht. Möglicherweise hoffte auch sie, dass uns ihre Ähnlichkeit mit dem Orakel, ihrem Bruder, Sicherheit böte. Sie führte den Wallach hinter dem Hengst hervor neben mich und verhielt ihn. Wir warteten ab.

Nun reagierten die Vashni. Einer von ihnen blieb zurück, aber die drei anderen kamen heran. Einer postierte sich in ungefähr drei Schritt Entfernung vor mir, während die beiden anderen Positionen rechts und links von uns einnahmen.

Dann ritt auch der vierte heran. Als er nahe genug war, sah ich, dass seine Augen heller waren als die der Übrigen, und auch seine Gesichtszüge waren irgendwie anders. Ich hatte noch nie davon gehört, dass sich Vashni mit anderen Stämmen paarten, aber möglich war schließlich alles. Sie hatten einen Nordbewohner in ihrer Mitte aufgenommen, und Dels Bruder war zu dem Zeitpunkt, als wir ihn gefunden hatten, bereits einer von ihnen geworden.

Der Krieger verhielt sein Pferd neben Del. Nun, wo sie so nahe waren, konnten wir sie riechen. Ranziges Öl galt in Vashni-Kreisen anscheinend als Wohlgeruch.

Der Krieger hatte dunkelgraue Augen. Er sah erst Del eindringlich an und dann mich. Etwas regte sich in diesen Augen. Er hob eine Hand ans Gesicht und berührte eine Wange, ahmte meine Narben nach.

Ich verstand es als Aufforderung. »Sandtiger«, sagte ich.

Nun sah er erneut Del an. Hob die Hand zu seinem Haar und deutete dann auf seine Augen.

Die blauäugige, hellhaarige Del sagte: »Die Schwester des Orakels.«

Die Vashni umringten uns. Wir folgten dem Mann mit den grauen Augen, will heißen, es wurde uns verständlich gemacht, dass es nur klug wäre zu folgen.

Es war ein Lager, kein Dorf. Eine kleine Lichtung, von Felsblöcken umgeben, ein Hain verkümmerter, vielzweigiger Bäume, in der Mitte ein Feuerkreis, um den Decken ausgebreitet lagen. Der Gestank von Blut und Eingeweiden wie auch die Stapel Häute und die gehäuteten, von den Bäumen herabhängenden Kadaver sagten uns, dass diese Vashni auf der Jagd waren. Das Dorf war wahrscheinlich einen Tagesritt entfernt. Vielleicht war es sogar dasjenige, wo Jamail festgehalten worden war.

Als wir das Lager erreichten, wurde Del und mir bedeutet abzusteigen. Wir folgten der Aufforderung, und einer der Krieger führte den Hengst und den Wallach davon, um sie an einem nicht mit Fleisch verzierten Baum festzubinden. Der Hengst war nicht glücklich darüber, protestierte aber auch nicht. Dels schwarz bemalter, mit Fransen geschmückter Wallach lief ruhig mit, blieb stehen, wo er festgebunden wurde, und senkte den Kopf, um in Flecken von gewebeartigem grünem Gras zu stöbern, das sich unter dem Baum ausbreitete. Die Vashni-Pferde wurden freigelassen, sobald das Zaumzeug abgenommen war. Anscheinend wussten sogar sie es besser, als dass sie die Stimmung der Krieger getestet hätten.

Der grauäugige Mann zog würdevoll Dolch und Schwert aus den Scheiden und legte sie auf eine gewebte Decke. Die übrigen Krieger taten es ihm gleich. Dann waren wir an der Reihe.

Ich legte vor niemandem gern die Waffen ab. Es vor den Vashni zu tun bescherte mir einen Krampf im Magen. Aber ein einziger Missgriff könnte uns töten. Und sie schienen ausreichend friedfertig – im Moment.

Del und ich legten unsere Waffen auf den Stapel. Der grauäugige Mann, den ich als den Anführer betrachtete, setzte sich und bedeutete uns, uns auf der anderen Seite des Feuerkreises auf der Decke gegenüber von ihm niederzulassen. Wir folgten seiner Aufforderung. Es war ein behaglicher Platz außerhalb der Sonnenglut, von Bäumen beschattet. Wären wir mit anderen Menschen als Vashni zusammen gewesen, hätte es vielleicht eine angenehme kleine Pause sein können.

Dann legte der grauäugige Mann überraschenderweise eine Hand an seine Brust und stellte sich vor: »Oziri.« Botas wurden herangebracht und herumgereicht. Wir sollten, wie man uns verdeutlichte, zuerst trinken, sogar vor Oziri.

Wirklich friedfertig. Sogar höflich. Ich entstöpselte die Bota, roch die stechende Schärfe von Alkohol, atmete verstohlen tief ein und goss mir dann eine beträchtliche Menge in den Mund. Noch während ich das flüssige Feuer hinunterschluckte und den Mund fest schloss, um nicht laut zu keuchen, reichte ich die Bota an Del weiter. Ohne Zögern trank sie einen großzügigen Schluck. Dann traten ihr Tränen in die Augen, und sie hustete krampfartig.

Es hätte als Beleidigung aufgefasst werden können. Stattdessen fanden die Vashni es amüsant. Sie grinsten. Und nickten. Ein Krieger nahm einen Lederbeutel hervor, griff tief hinein und warf seinen Gefährten dann ansehnliche Fleischstücke zu. Mir wurde ein Stück zugeworfen, das groß genug für zwei war. Del war, wie sie eindeutig befanden, noch zu stark außer Gefecht gesetzt, um ihr Fleischstück aufzufangen.

»Wenn du stirbst«, belehrte ich sie, »werden sie deinen Körper wahrscheinlich mit zurück ins Dorf nehmen und das Fleisch von deinen Knochen kochen.«

Ihre Stimme klang dünn und erstickt. »Ich sterbe nicht.«

»Hier.« Ich teilte das Fleisch und reichte ihr ein Stück. »Vielleicht hilft das.«

Sie räusperte sich wiederholt und nahm das Fleisch dann an, während sie mir gleichzeitig die Bota zurückgab. »Was ist das?«

»Frag nicht. Iss einfach.« Ich trank weiteren Alkohol. Er war anders als alles, was ich bisher gekostet hatte. Er kribbelte bereits in meinem Kopf.

Da Del wusste, dass die Vashni sie beobachteten, hob sie das Fleisch zum Mund und fand eine viel versprechende Ecke. Sie biss hinein, erstarrte einen Moment und begann dann, daran zu nagen. Schließlich löste sie den Bissen und kaute. Ihre Miene zeugte, trotz ihrer Bemühungen, es zu verbergen, von einem Geschmack, der ihrem Gaumen nicht besonders gefiel.

Jetzt, wo Del aß, war auch ich an der Reihe. Keine Ausflüchte mehr. Ich biss in mein Stück, riss einen Bissen ab, kostete den scharfen Wildgeschmack und begann mit der langwierigen Prozedur, es zu etwas zu zerkauen, was sich hinunterschlucken ließ. Die Krieger hatten, wie ich bemerkte, keine Probleme damit. Aber andererseits hatten sie wahrscheinlich schon von dem Tag an, als sie die ersten Zähne hatten, zähes und überwiegend rohes Fleisch bekommen.

Um den Bissen herum, den sie eindeutig nicht hinunterschlucken wollte, klang Dels Frage eigentümlich verzerrt: »Wa' i' das?«

Ich grinste, während ich es riskierte – ein gewaltiges Schlucken, um alles auf einmal hinunter zu bekommen – und reichte die Bota zurück. »Wie ich bereits sagte: Frag nicht. Iss einfach. Und spül es damit hinunter.«

Oziri sagte: »Sandtiger.«

Ich sah ihn an. »Ja?«

Etwas, das einem Lächeln sehr nahe kam, verzog seine Mundwinkel. Er deutete auf das Fleisch. »Sandtiger. Für den Sandtiger.«

Oh. *Oh.*

Hoolies – ich aß meinen Namensvetter!

Del hörte auf zu kauen. Sie starrte das Stück Fleisch in ihrer Hand an und versuchte mir darüber klar zu werden, ob man ihr vergeben würde, wenn sie ihren Bissen ausspuckte, oder ob man sie möglicherweise dafür töten würde. Wie ich es erwartet hatte, wählte sie den sichereren Weg. Sie schluckte mühsam und goss sich dann weiteren Alkohol in den Mund. Dieses Mal hustete sie nicht, hob aber hastig eine Hand an den Mund. Tropfen fielen von ihrem Kinn.

Sandtigerfleisch. Kein Wunder, dass es so zäh war. Sie waren eigentlich nicht als Nahrungsquelle bekannt. Gewöhnlich waren wir ihre.

Ich biss ein weiteres Stück ab und begann zu kauen, bevor es zurückkauen konnte. Es war unmöglich, sich zu entspannen, aber die Vashni, die umgänglich aßen und tranken, vermittelten uns vollkommen den Eindruck, Gäste zu sein und keine für den Kochtopf gedachte Beute.

Natürlich könnte es einfach auch die letzte Mahlzeit *vor* dem Kochtopf sein.

Ich sagte Del nichts davon. Beobachtete nur ihren Kampf, das Fleisch zu zerkauen und hinunterzuschlucken, während sie es mit Alkohol durchsetzte. Schließlich nahm ich die Bota zurück und tat dasselbe.

»Sandtiger«, sagte Oziri.

Ich wartete höflich und fragte mich, ob er mich oder mein Essen meinte.

»Die Schwester des Orakels hat dich nach Beit al'Shahar hineingebracht und dich von Chosa Dei befreit.«

Entweder war dies in seinem Stamm zur Legende geworden, oder dieser Mann war einer der Krieger gewesen, die Del gesagt hatten, wo Shaka Obre zu finden sei, nachdem sie mir mit einem Stein auf den Kopf geschlagen hatte. Oder vielleicht war er einer der Krieger gewesen, die Jamail zu der Einschnittformation gebracht hatten, wo er irgendwie zu sprechen gelernt hatte, obwohl er keine Zunge besaß.

»Ja«, bestätigte ich.

»Bist du jetzt frei?«

»Ja.«

Er führte einen Finger seinen Haaransatz entlang. »Hat Chosa Dei das getan?«

Er meinte den Rand der Tätowierungen oben auf meiner Stirn, der noch nicht von Haar verdeckt war. »Nein. Das ist in Skandi passiert. Eine weit entfernte Insel.«

Skandi kümmerte ihn nicht. »Hat Chosa deinen Geist gestohlen?«

Ich lächelte. »Er hat es versucht. Aber nein. Ich bin wirklich von ihm befreit.« Wenn ich es nicht wäre, würden sie mich wahrscheinlich kochen. »Dank der Schwester des Orakels.«

Er nickte einmal, während er Del ansah. »Wir ehren Euch, Schwester des Orakels.«

Del war überrascht, brachte aber genug Höflichkeit auf, ihm dafür, für sein Fleisch und für seinen Alkohol zu danken.

Oziri lächelte. »Du wirst betrunken werden.«

Ihr Gesicht war leicht gerötet. »Ich glaube«, sagte sie, »das bin ich schon.«

Er nickte einmal. »Gut.«

»Gut?«, fragte sie matt.

»Gut, ja.« Er sah mich an. »Bei dir wird es länger dauern.«

»Oh, ich weiß nicht – ich spüre es bereits.«

»Trink mehr. Es müssen Geschichten erzählt werden.«

Also trank ich mehr, während der Vashni uns Geschichten über die Prophezeiungen erzählte, die das Orakel vor ihrem Stamm über einen Mann gemacht hatte, der Sand in Gras verwandeln und so die Zukunft der Wüste verändern würde. Ich behielt eine ausdruckslose Miene bei, konnte aber nicht umhin, mich zu fragen, ob diese Art Zukunft für sie nicht ein Fluch war. Aber die Krieger akzeptierten anscheinend widerspruchslos, was das Orakel prophezeit hatte; es kam ihnen nicht in den Sinn, in Frage zu stellen, was daraus entstehen könnte. Blindes Vertrauen, in meinen Augen.

»Jhihadi«, sagte Oziri, und die anderen murmelten etwas.

Ich warf ihm einen scharfen Blick zu.

»Das Orakel sagte, er werde den Sand in Gras verwandeln.«

Ich kaute nachdenklich auf meinem letzten Bissen Fleisch, während ich mich an die Vorschläge über das Graben neuer Brunnen und das Benutzen von mit Rinnen verbundenen Zisternen erinnerte, die das Wasser in trockene Gebiete brachten; ich hatte sie einem jungen Mann namens Mehmet gegenüber geäußert. Der Vorschlag war mir recht logisch und unendlich praktisch erschienen. Tatsächlich so offensichtlich, dass es mich erstaunte, dass niemand sonst jemals daran gedacht hatte.

Und für diesen Vorschlag hatte Mehmet mich Jhihadi genannt.

Ein Mann konnte eine Behausung und ein Stück Land besitzen und sich König nennen. Ein Mann konnte eine Idee haben, die einer Prophezeiung entsprach, und sich Messias nennen.

Und manchmal konnte ein solches Etikett sehr nützlich sein.

Ich schluckte das Fleisch hinunter, beugte mich dann vor, grub eine kleine Vertiefung in den Staub, zog eine daraus herausführende Linie und goss dann Alkohol in die Vertiefung. Dieser floss bald in die fingerbreite Rinne. Ich streckte die Hand aus, pflückte einen Grashalm und steckte ihn ans Ende der Rinne, als der Alkohol ankam.

»Sand«, sagte ich, »ist Gras.«

Die Vashni betrachteten meine kleine Demonstration. Dunkle Gesichter erbleichten. Vier Paar Augen hefteten sich voller Erstaunen auf mein Gesicht. Sie waren deutlich erschüttert.

»Aber achtet nicht auf mich«, riet ich ihnen achselzuckend. »Ich bin ziemlich betrunken.«

Und das war ich wirklich. Ich hatte an diesem Morgen nichts gegessen, einen Mann getötet, die Mahlzeit vom Abend davor verloren und unter einer warmen Nachmittagssonne den größten Teil des Inhalts einer Bota mit unbekanntem Alkohol getrunken.

»Er ist der Jhihadi«, erklärte Del nachdrücklich. »Mein Bruder sagte das. War er nicht Euer Orakel?« Nun wurde *sie* angestarrt. Sie blinzelte, führte eine Hand zum Kopf und sagte dann die Worte, die ich niemals von ihr zu hören erwartet hatte: »O Tiger, ich bin so schrecklich betrunken.«

»Manchmal«, erwiderte ich, »ist das eine gute Sache.« Ich legte einen Arm um ihre Schultern, zog sie heran, sodass sie sich an mich lehnen konnte, ohne umzukippen, und lächelte die Vashni albern an. »Und nun, wenn es Euch nichts ausmacht, denke ich, dass die Schwester des Orakels – und sehr wahrscheinlich auch der Jhihadi – ohnmächtig werden.«

7

Ich erwachte von Würgegeräuschen. Del, erkannte ich, lag nicht mehr neben mir. Und sie war noch niemals zuvor betrunken gewesen.

Ah.

Ich riss ein Auge auf und erkannte, dass die Sonne bereits aufgegangen war und durch die Bäume drang. Das ist eigentlich keine besonders aufregende Entdeckung, es sei denn, man ist am späten Nachmittag eingeschlafen – oder ohnmächtig geworden –, und es muss die Morgensonne sein.

Ich öffnete das andere Auge, blinzelte zu den gebogenen Ästen mit ihren federartigen, wogenden Blättern hinauf, rüstete mich zum Kampf und schaffte es, mich auf einen Ellenbogen aufzurichten. Die Welt schwankte. Ich ebenso. Ich erblickte Del mehrere Schritte entfernt, die einen Baum umklammerte und in jeder Hinsicht so wirkte, als würde sie ohne ihn umfallen.

Arme Bascha.

Verspätet wurde ich mir eines Gefühls von Abwesenheit bewusst. Ein scharfer Blick rund ums Lager zeigte mir keinen Vashni, keine Vashni-Pferde, keine Häute oder Kadaver. Nur den Hengst und den Wallach, die noch immer an Bäume gebunden, aber ungesattelt waren, und sauber daneben aufgestapelt unsere Habe. Einschließlich Dolchen und Schwertern.

Als ich Anstalten machte aufzustehen, verlagerte sich an meiner Brust etwas, verfing sich im Harnisch. Ich schaute hinab und sah eine Hand voll Elfenbeinschmuck über dem Burnus baumeln. Eine Art Kette war mir um den Hals gelegt worden, während ich schlief. Bei näherer

Betrachtung entpuppte sie sich als eine Reihe menschlicher Fingerknochen, die sorgfältig zusammengebunden waren.

Hu!

Aber ich entschied mich dafür, die Kette nicht abzunehmen, falls die Vashni uns aus einer Deckung heraus beobachteten. Man weiß nie, wann einen die Zurückweisung eines Geschenks in den Kochtopf führt. Und dann würden die eigenen Fingerknochen den Hals eines anderen Menschen schmücken.

Es gibt kein Heilmittel für den Tag nach einem guten Rausch – oder einem schlechten, abhängig von der Sichtweise –, aber etwas hilft. Ich tastete umher, fand die Bota, schwenkte sie, um ergründen zu können, ob noch etwas darin war, entstöpselte sie und trank. Die Schärfe war ebenso schlimm, der Geruch ebenso stechend wie zuvor. Aber altem Alkohol neuen hinzuzufügen pflegte das Elend des Morgens danach zu verbessern.

Ich hob meine Stimme an. »Wirst du es überleben?«

Del antwortete nicht, außer dass sie wieder erbrach.

Ich setzte mich vollständig auf, schloss einen Moment die Augen, beruhigte meinen Magen mit massiver Entschlossenheit und trank einen weiteren Schluck Alkohol.

Del schaffte es schließlich wieder bis zu ihrer Decke, wobei sie eine Bota mit Wasser umklammerte. Ich bemerkte, dass man auch ihr eine Halskette aus Fingerknochen geschenkt hatte, entschied mich aber dagegen, es gerade jetzt zu erwähnen. Sie war sehr blass – blasser als gewöhnlich, heißt das –, und unter ihren Augen lagen Schatten.

Sie setzte sich hin, stützte den Kopf in die Hände und murmelte: »Du musst das genießen.«

»Was – zu sehen, wie dir schlecht wird? Glaub mir, Bascha, das ist einer der am wenigsten anziehenden Anblicke der Welt.«

»Nein. Dass mir schlecht *ist*. Und das nach all den Malen, die ich dich gescholten habe, weil du dich betrunken hast.« Sie seufzte tief in ihre Handballen. »Ich verstehe nicht, wie du das machst. Ich verstehe nicht, *warum* du das machst!«

»Nun, darum geht es normalerweise nicht. Ich meine, nicht darum, so betrunken zu werden, dass ich mich am nächsten Tag schlecht fühle. Leider ist das manchmal der Preis, den man bezahlt.«

»Ich will ihn nicht bezahlen.«

»Du hattest keine große Wahl. Es war nur höflich zu trinken, wenn man von mordenden Wilden bewirtet wird.«

»*Dir* ist nicht schlecht.«

»Ich hatte das gestern, erinnerst du dich?« Ich drückte die Bota sanft gegen ihren Arm. »Hier. Ich weiß, dass du das nicht willst, aber ich verspreche dir, dass es helfen wird.«

»Ich habe Wasser.«

»Das ist kein Wasser.«

Sie hob den Kopf und sah mich an. »Du willst doch wohl nicht sagen, dass darin noch mehr von dem grässlichen Zeug ist?!«

»Ich will. Ich tue es. Nur ein paar Schlucke, Bascha. Dann leg dich hin und schlaf weiter.«

»Tiger …«

»Ich habe meine Medizin bereits gehabt. Du bist dran.«

Sie sah hin und klang verzweifelt. »Ich will nicht!«

»Nun, ich könnte es *für* dich in deine Kehle gießen …«

Sie wusste, dass ich es tun würde. Del biss die Zähne zusammen, nahm die Bota, fuhr bei dem Geruch zurück und hob sie dann an. Ihre Hände zitterten, aber sie drückte einige Schlucke in ihren Mund.

Ich dachte zuerst, ihr würde wieder schlecht, aber es gelang ihr, den Alkohol bei sich zu behalten. »Noch einen Schluck«, drängte ich.

Auch das gelang ihr, und dann warf sie mir die Bota wieder zu. Kurz darauf legte sie sich mit dem Rücken zu mir auf die Seite, eine Hand über dem Gesicht. Durch die Schatten breitete die Sonne ein Gitterwerk gesprenkelter Schatten über ihren Körper.

Ich richtete lächelnd ihren zerzausten Zopf. »Schlaf. Wir haben es nicht eilig.«

Was sie erwiderte, war unverständlich. Was wahrscheinlich nur gut war.

Ich wusste es besser, als dass ich es selbst versucht hätte. Wenn ich nach einem Gelage wach wurde, blieb es eine Weile dabei. Ich würde später wieder schlafen. Außerdem hatte ich anderes zu tun. Ich stand auf, unterdrückte ein Stöhnen, blieb einen Moment stehen, bis sich die Welt beruhigte, und ging dann ins Unterholz, um einen geeigneten Busch zu suchen. Nachdem ich den Göttern des Alkohols ein ziemlich gewaltiges Trankopfer dargebracht hatte, begab ich mich daran, unsere Situation zu bewerten.

Zunächst überprüfte ich die Pferde und fand sie zufrieden das verbliebene Korn auflesen, das die Vashni ihnen anscheinend gegeben hatten. Unsere geölten Segeltucheimer standen in Reichweite auf dem Boden und enthielten beide genug Wasser, dass die Pferde nicht gedurstet haben konnten. Unsere Waffen lagen noch da auf der Decke, wo wir sie hingelegt hatten, obwohl die Schwerter und Dolche der Vashni fehlten. Die Satteltaschen lagen aufeinander gestapelt daneben, wie auch ein zusätzlicher Lederbeutel. Ich lockerte das Zugband und entdeckte, dass der Inhalt aus weiterem Fleisch bestand, woraufhin ich mich fast übergeben hätte und den Beutel augenblicklich fallen ließ. Später. Vielleicht.

Also. Sie hatten uns in ihrem Lager mit Essen und Getränken bewirtet, unsere Pferde abgeschirrt, gefüttert und getränkt, unsere Waffen und Habe dagelassen und uns Fleisch und Halsketten aus Knochen geschenkt.

Alles in allem konnte ich mir keinen höflicheren Empfang vorstellen.

Hmm. Es hatte seine Vorteile, der Jhihadi zu sein.

Ich durchsuchte unsere Satteltaschen und nahm etwas getrocknetes Cumfa hervor. Obwohl man es kaum als Delikatesse bezeichnen kann, war es heute Morgen doch etwas appetitanregender als kaum gekochtes Sandtigerfleisch, das wer weiß wie lange in einem Lederbeutel gelassen wurde, und es war zusätzlich gepökelt. Salz ist in der Wüste ein Muss. Ich nahm eine Bota mit Wasser hoch und ging zu meiner Decke zurück, wo ich mich zu einem kargen Frühstück niederließ. Del schlief weiter.

Glückliche Bascha.

Als ich das nächste Mal erwachte, erbrach Del nicht mehr. Und sie schlief auch nicht mehr. Tatsächlich war sie aufgestanden und tat, was ich auch bereits getan hatte: die Pferde und unsere Habe überprüfen. Sie bewegte sich weniger anmutig als gewöhnlich, hatte aber ihr Haar neu geflochten und einen saubereren Burnus angezogen – genau wie ich hatte sie den Ärmel ihres Burnus benutzt, um ihr Gesicht zu säubern – und wirkte insgesamt einnehmender als zuvor. Obwohl sie sich zweifellos nicht *gut* fühlte.

»Sie lebt«, bemerkte ich.

Del bedachte mich mit einem unheilvollen Blick, während sie ihre Augen mit einer Hand vor der Sonne abschirmte. »Gerade noch. Ich hatte noch mehr von dem Alkohol. Wie nennst du es? Die Katze in Alkohol ersäufen?«

Ich grinste. »Den *Kater* in Alkohol ersäufen. Ich sagte dir, dass es funktioniert.«

»Annähernd.« Sie hakte einen Finger unter die Kette aus Fingerknochen, die auffällig über ihrem Harnisch baumelte. »Was ist das?«

»Ich vermute, es ist eine Art Gastgeschenk. Du bist

die Schwester des Orakels, und ich bin der Jhihadi. Vielleicht ist es eine Art Pfand für eine sichere Durchreise durch Vashni-Gebiet. Nicht schlecht, wenn man es hat.«

Es war eine Untertreibung zu behaupten, dass Del nicht gerade glücklich war. »Wir sind nicht einmal aufgewacht, als sie uns die Ketten umgelegt haben. Sie hätten uns genauso leicht die Kehlen durchschneiden können.«

»Das hätten sie auch tun können, als wir wach waren. Wie dem auch sei, ich denke, wir sollten sie besser eine Weile tragen, nur so für den Fall …«

Ihr gefiel der Gedanke nicht, aber sie nickte. Deutete dann auf den Vashni-Beutel. »Können wir das wenigstens loswerden? Ich denke, wir sollten es vergraben.«

Ich grinste. »Du magst Sandtiger nicht allzu gerne, oder?«

»Er schmeckt in beiden Richtungen nicht besonders gut.«

Glücklicherweise hatte ich nur die eine Richtung erlebt. Ich nahm eine Bota, trank weiteres Wasser und bemühte mich dann aufzustehen. Dieses Mal war es leichter. »Wir sollten es besser mitnehmen, bis wir aus dem Vashni-Gebiet herausgelangen. Man weiß nie, was sie vielleicht beleidigen könnte.«

»Dann trägst *du* es.«

Ich schaute zur Sonne hinauf. »Mittag«, murmelte ich. »Wir sollten aufbrechen. Vielleicht können wir den Einschnitt vor Einbruch der Nacht erreichen.«

»Oder auch nicht«, sagte Del, »wenn man bedenkt, wie wir uns fühlen. Du sagtest selbst, wir hätten es nicht eilig.«

»Das war vorher, als ich Mitleid mit dir hatte.«

»Und jetzt verdiene ich keines mehr?«

»Du stehst doch, oder? Wenn du stehen kannst, kannst du auch reiten.«

Del sagte verdrossen: »Das bedeutet vermutlich, dass ich auf meinem Pferd bleiben muss.«

»Nun, ich könnte dich auch mit dem Bauch nach unten über den Sattel werfen und festbinden. Natürlich würde dir dann alles Blut in den Kopf schießen, und ich bin mir nicht sicher, ob du dich dadurch besser fühlen würdest. Ich erinnere mich gut daran, wie es war, als du das mit *mir* gemacht hast.«

Sie warf mir einen Blick unter hoch gezogenen Augenbrauen zu. »Die Vashni haben dir das angetan. Entweder das, oder ich hätte zulassen müssen, dass sie dich getötet hätten. Um Chosa Dei zu töten.«

»Nun, dieses Mal waren sie *tatsächlich* viel friedfertiger«, stimmte ich ihr zu. Dann kratzte ich mich am Kopf und seufzte, während ich zu den Pferden sah. »Sie werden sich vermutlich nicht selbst satteln. Dann sollten wir uns wohl besser an die Arbeit machen.«

Und es war Arbeit, mit einem dröhnenden Kopf. Es dauerte auch länger als gewöhnlich, bis wir schließlich beide Pferde gesattelt und wieder bepackt hatten und zum Aufbruch bereit waren. Die Vashni hatten uns noch zwei Decken dagelassen, was ich richtig freundlich von ihnen fand.

Ich führte den Hengst in die Mitte der Lichtung und bedauerte es, den Schatten verlassen zu müssen. Ganz behutsam stellte ich einen Fuß in den linken Steigbügel, zog mich vorsichtig hoch und schwang dann mein rechtes Bein hinüber. Erstaunlicherweise blieb alles fest.

»Nun, Bascha, ich denke …« Aber ich beendete den Satz nicht, weil Del mit dem Wallach im Schlepptau herankam, mir seine Zügel aufdrängte und eilig hinter einer Baumgruppe verschwand.

Dieses Mal zog ich sie nicht auf. Ich nahm ein Stück von der roten Seide hervor, die von meiner skandischen Kleidung übrig geblieben war, hakte eine Bota los und reichte ihr beides wortlos hinab, als sie zurückkam. Del spülte ihren Mund, spie aus und wusch sich dann das Gesicht. Sie sah schrecklich aus.

Ich war bereit, das Opfer zu bringen. »Vielleicht sollten wir noch eine Nacht hier bleiben.«

»Nein.« Del nahm mir die Zügel des Wallachs ab, warf sie über seinen Hals und stieg auf. Sie war eindeutig schwach auf den Beinen, aber entschlossen. »Ich weiß, wie dringend du dein *Jivatma* begehrst. Wenn es meines wäre ...« Sie schüttelte den Kopf. »Wir reiten.«

Meine arme, mitleidsvolle Bascha war wieder die nordische Schwertsängerin mit dem unbewegten Gesicht. Ich wusste es besser, als dass ich versucht hätte, sie aufzumuntern.

Außerdem musste sie sich darauf konzentrieren, ihren Magen dort zu behalten, wo er hingehörte.

Innerhalb weniger Stunden wurde mir klar, dass wir den Einschnitt nicht vor Einbruch der Nacht erreichen würden. Obwohl ich mich im Laufe des Tages immer besser fühlte, während Del sich einem allgemeinen Unbehagen zu überlassen schien – zumindest war ihr nicht mehr schlecht –, würde eine raschere Gangart die Ausgewogenheit vielleicht stören. Außerdem wurde der Untergrund härter, als wir näher an die bühnenreifen Felsformationen weit jenseits der Vorberge herankamen. Felsblöcke von der Größe von Schädeln keimten wie Gestrüpp, von festem Fels begünstigt, der aus der Erde ragte. Die Pferde mussten noch sorgfältiger darauf achten, wohin sie ihre Hufe setzten, und wir mussten besser auf gelegentliche Fehltritte aufpassen, bereit, Pferdeköpfe hochzuziehen, um das Gleichgewicht wiederherzustellen, bevor sie in die Knie gingen.

Dann zog eine Sandfläche meinen Blick an. Wie sich Wasser aus einem Krug ergoss, bahnte sie sich ihren Weg durch Felsen und breitete sich dann zu einer noch größeren Fläche aus.

»Hier herüber«, rief ich Del zu, die hinter mir ritt. »Da ist der Untergrund besser.«

Und das war er wirklich. Die Sandfläche zog sich

einen kleinen, felsigen Hügel hinab und verbreiterte sich dann zu einer Art flachem Flussbett, nur dass kein Wasser darin war. Vielleicht früher einmal, bevor die Wüste es übernommen hatte, aber nun war es trocken. Unter dem Sand lag eine Schicht harten, unebenen Gesteins, vermischt mit Sandeinschlüssen und von Wasser geglätteten, ausgehöhlten Felsblöcken. Erstaunlicherweise war hier verstreut Pflanzenwuchs zu sehen, der das Flussbett säumte. Widerstandsfähiges, schilfähnliches, blassgrünes Strauchwerk.

»Sieh nur, dort vorne.« Del deutete hin. »Sind das Wagenspuren?«

»Hier draußen?« Aber noch während ich die Frage stellte, sah ich, was sie meinte. Wenige Schritt voraus schienen tatsächlich Wagenspuren über das Flussbett zu verlaufen, die nur zu sehen waren, wenn sie über Sandeinschlüsse führten. Ich drängte den Hengst zu einer schnelleren Gangart und verhielt ihn dann, als ich die Spuren erreichte. »Hmm«, bemerkte ich. »Es war *tatsächlich* jemand mit einem Wagen hier draußen.«

Del zügelte ihr Pferd neben mir. »Das ergibt keinen Sinn. Hier draußen ist nichts, das für Siedler oder Karawanen interessant wäre.«

Ich schüttelte den Kopf. »Das sind nicht genug Spuren für eine Karawane. Vermutlich ein Wagen. Zwei Maultiere. Vielleicht hat sich jemand verirrt.« Ich bemerkte, dass die Spuren auf der einen Seite ins Flussbett und auf der anderen wieder hinaus führten. »Folgen wir den Spuren«, schlug ich vor und wandte mich nach links. »Vielleicht wird uns derjenige, den wir finden, zum Abendessen einladen.«

»Wenn sie nicht bereits das Abendessen für jemand anderen waren.«

»Ich bin mir nicht sicher, ob wir noch auf Vashni-Gebiet sind«, sagte ich. »Was mich daran erinnert ...« Ich löste den zunehmend übel riechenden Beutel mit Sandtigerfleisch vom Sattel und ließ ihn am Rande des

Flussbetts fallen, während der Hengst heraus kletterte. Der Wallach folgte ihm, der weiße Kopf am Ende seines langen Halses wippend. Die Goldfransen hingen an einer Seite herab. »Weißt du, eigentlich könntest du deine Vashni-Halskette jederzeit über das Gesicht deines Pferdes hängen. Er trägt bereits Achsenschmiere und Schankmädchenfransen … menschliche Fingerknochen könnten ihm vielleicht ein wenig zusätzliche Klasse verleihen.«

Del ließ sich, was kaum verwunderlich war, nicht zu einer Antwort herab.

Wir folgten den Spuren, die durch Felsen und Sand verliefen. Nach einer Weile schwenkten sie zu den Bergen zu unserer Linken um und verliefen hangaufwärts. Wir folgten ihnen, bis die groben Spuren auf einer ebenen Fläche zu unserer Rechten jäh endeten, gegenüber von den gewaltigen Felsblöcken, die den Fuß des Berges zu unserer Linken säumten. Die Fläche bildete den abgehauenen Gipfel eines flachen Felsens, der das Gebiet überblickte, durch das wir gekommen waren, einschließlich des Flussbetts. Einige wenige verstreute Bäume, niedrige Sträucher und bescheidene Grasflecken säumten den Rand nahe der Stelle, wo die Spuren weiterführten. Dort brachte ich den Hengst zum Stehen, um ihm eine Pause zu gönnen, und sah mich um. Dels Wallach schloss langsam zu uns auf. Del trank erneut Wasser, wie ich bemerkte.

»Geht es dir gut, Bascha?«

Sie nickte, während sie die Bota wieder zustöpselte. »Viel besser als heute Morgen. Nur durstig.«

»Das bewirkt der Alkohol.« Ich sah mich weiterhin um. »Weißt du, dies wäre kein schlechter Rastplatz für die Nacht …« Ich brach ab und stieß einen überraschten Pfiff aus. »Hoolies … würdest du dir das einmal ansehen?« Ich deutete auf eine Stelle. »Dort oben vor den Felsblöcken, da. Sieht mir wie ein Schutz aus. Und davor sind die Überreste eines Herdfeuers zu erkennen.«

»Wo …? Oh, *das*?« Del ritt an mir vorbei und hielt auf die großen herabgestürzten Felsblöcke zu, die den Übergang vom Berg zu flachem Gebiet säumten. »Es ist ein Unterstand, Tiger … wie eine kleine Hütte. Die Spuren verlaufen direkt daran vorbei, aber sie sind bei dem Unterstand tiefer eingesunken, als hätte der Wagen hier angehalten.«

Ich folgte ihr. Del hatte Recht. Jemand hatte eine der größeren Felsformationen als Rückwand benutzt und aus Ästen und Segeltuch einen Unterstand gebaut. Der Feuerkreis war eine Weile nicht benutzt worden, aber es war eindeutig ein regulärer Lagerplatz. Niemand würde in der Wüste Segeltuch opfern, wenn er nicht zurückzukehren beabsichtigte.

»Hallo, das Lager!«, rief ich. »Wir kommen herein!«

Del verhielt ihr Pferd neben dem Feuerkreis. »Hier ist niemand.«

»Das kann man nie wissen.« Ich stieg ab und zog mein Schwert. Del hatte dasselbe getan. Aber in dem Unterstand gab es keine Möglichkeit, sich zu verstecken. Er konnte sich nur zweier Wände rühmen, wobei der Felsblock als Rückwand diente, sowie eines Daches aus Ästen und Segeltuch. Er war groß genug für vielleicht drei Leute, wenn sie sehr enge Freunde waren. »Das genügt für heute Nacht«, sagte ich. »Kümmern wir uns um die Pferde, und dann können wir über das Abendessen nachdenken.«

Del schrak schaudernd zurück. Ihre Miene verkündete eindeutig, dass sie nichts mit Essen zu tun haben wollte. Möglicherweise nie wieder.

Ich widersprach. »Du musst etwas essen. Du hast den ganzen Tag nur Wasser zu dir genommen.«

»Ja, und tatsächlich …« Sie wandte sich jäh um und lief zu dem Hang, der mit herabgestürzten Felsblöcken übersät war, während sie ihr Schwert wieder in die Scheide steckte.

»Ist dir wieder schlecht?«, fragte ich.

»Nein. Aber ich habe *viel* Wasser getrunken.«

»Ah.« Grinsend ging ich zu den Pferden zurück. Ich beschloss, ein netter, freundlicher und umsichtiger Mann zu sein und ihren Wallach abzusatteln. »Geduld, alter Junge«, belehrte ich den Hengst. »Du kommst als Nächster dran.«

Ich löste die Satteltaschen, stapelte sie neben dem Unterstand auf und schob Dels Bettzeug hinein. Der Wallach sah mich aus traurigen blauen Augen an, spähte durch herabhängende Fransen.

»Du siehst lächerlich aus«, belehrte ich ihn, während ich seinen Sattelgurt löste. »Das soll keine Beleidigung sein, aber es ist so.« Ich hob Sattel und Decken von seinem feuchten Rücken und legte beides in den Unterstand. »Erstaunlich, was wir Frauen alles durchgehen lassen, oder?« Seine Antwort bestand darin, seinen Kopf an meine Brust zu drängen und sich zu reiben. Fest. »Ah, Hoolies, Pferd ...« Ich blickte angewidert auf die Vorderseite meines Burnus hinab. »Jetzt bin ich ganz voll von schwarzem klebrigem Zeug!« Natürlich hatte der Wallach auch das Gesicht voller Schmiere, wie ein übertrieben geschminktes Schankmädchen früh am Morgen. Wir waren schon ein hübsches Paar.

Ich hörte das Klappern herabfallender Kieselsteine hoch oben in den Felsen, schaute aufwärts und sah Del von einem der aufeinander geschichteten Haufen Felsblöcke herabklettern. Da wir seit mehreren Jahren das Lager teilten, sollte man meinen, Schamgefühl wäre nicht mehr nötig, aber Del war anspruchsvoll. Sie ging stets davon, um ungestört zu sein, und ich wurde angewiesen, dasselbe zu tun. Ich ging nur niemals so weit. Männer haben einen gewissen Vorteil, wenn es darum geht, die Blase zu entleeren.

Sie spreizte balancierend die Arme, während sie herabstieg, und konzentrierte sich auf den Weg, während ihr Haarzopf vor der Schulter schwang. Es ist schwierig, besonders anmutig auszusehen, wenn man über aufeinander gestapelte Steine und Felsblöcke klettert. Selbst für meine nordische Bascha.

Ich atmete tief ein, um mich lauthals über ihr Pferd zu beschweren. Aber es wurde in dem Moment unwichtig, als ich hinter ihr eine Bewegung bemerkte.

Vashni? Nein …

Die Bewegung setzte sich den seitlichen Hang hinab fort, verschwand hinter Felsen.

Ich ließ die Zügel fallen. »Del!«

Dann sprang es auf einen Felsblock, und ich sah es deutlich.

»Del …« Ich lief auf die Felsen zu, riss das Schwert aus der Scheide. Ihr Gesicht war mir zugewandt.

Ich würde es niemals schaffen, ich würde es niemals schaffen …

»… hinter dir …«

Sie fuhr auf dem Felsen herum, griff nach ihrem Schwertheft und ging dann unter dem sie anspringenden Sandtiger hart zu Boden.

8

Wenn man sich inmitten einer tödlichen Gefahr befindet, verrinnt die Zeit langsamer. Bruchstückhaft. Ich bin es, der Moment, die Umstände.

Wie jetzt.

Ich sah Del am Boden liegen. Die Sonne sich auf ihrer gezogenen Klinge spiegeln, die auf dem Felsen lag. Der üppige, weißblonde Zopf. Der wuchtige, angespannte Körper des Sandtigers, der mit dem felsigen Hintergrund verschmolz, während er über ihr kauerte.

Ich schrie die Katze an, während ich voranlief. Tat alles, um sie zu stören, um ihre Aufmerksamkeit von der Beute abzulenken. Del bewegte sich nicht: möglicherweise bewusstlos, möglicherweise tot.

»Greif *mich* an!«, schrie ich. »Greif *mich* an, du dreimal verfluchter Sohn einer Salsetziege …«

Der Sandtiger grollte und heulte dann, als er mich bemerkte. Ich bedrohte seine Beute. Er kauerte noch einen Moment über Del, richtete sich dann in eine geduckte Haltung auf, spannte die Schultern an. Fänge öffneten sich. Grüne Augen starrten.

Alles lief in halber Geschwindigkeit ab. Ich beobachtete das Beugen der Hinterläufe, den Sprung, schätzte Triebkraft und Richtung ein, erkannte ohne jeden Zweifel, was notwendig war. Meine fast senkrechte Klinge, am Ende ausgestreckter Arme, traf ihn mitten in der Luft. Sank durch Bauchfell, Haut, Muskeln, Gefäße und Eingeweide, spießte ihn bis zum Heft auf. Ich spürte das plötzliche Gewicht, hörte den Schrei, roch den scharfen Atem, den Moschusgeruch eines voll entwickelten Männchens. Ohne innezuhalten, zog ich den

Kopf ein, ließ die Schulter sinken, fuhr herum, ließ seine Triebkraft den Sprung zu Ende führen. Über meinen Kopf hinweg und zu Boden.

Ich war mir bewusst, dass die Pferde schrien, aber ich beachtete sie nicht. Ich war nur auf den Sandtiger konzentriert, der nun hingestreckt am Boden lag, die Fänge weit geöffnet, die Zunge heraushängend. Obwohl ich wusste, dass er bereits tot war, riss ich die Klinge frei, schwang sie aufwärts, herüber, wieder abwärts wie eine Keule, und trennte seinen Kopf vom Körper ab.

Dann senkte ich das Schwert. Ich wandte mich um, lief zwei Schritte, kletterte in die Felsen. »*Bascha* …«

Sie lag größtenteils mit dem Gesicht nach unten, ein Arm über einen Steinhaufen ausgestreckt. Ihr Oberkörper lag in einer flachen Mulde zwischen zwei Felsblöcken. Die Beine waren seltsam verdreht.

»Del …?«

Da war Blut, und der Burnus war zerrissen. Ich ergriff den wirren Haarzopf und schob ihn beiseite, legte ihren Nacken frei, um nach Verletzungen zu sehen. Sie hatte keine Zeit mehr gehabt, sich der Katze vollkommen zuzuwenden. Der Sandtiger war flach abwärts gesprungen. Die Vorderpranken hatten sich über ihren Schultern geschlossen, zugepackt, während die Hinterpranken ausgeholt, nach einem Angriffspunkt gesucht hatten.

Er war ihr mit der Absicht auf den Rücken gesprungen, seine Beute von hinten zu packen. Aber Del hatte sich bewegt, hatte sich ihm zuzuwenden begonnen, als ich geschrien hatte, hatte ihr Schwert zu ziehen begonnen, und er hatte sein Ziel verfehlt. Anstatt ihren Nacken mit den Fängen zu umschließen, ihn ihr zu brechen und die Gurgel durchzubeißen, hatten die großen Eckzähne ein Loch und eine Furche in ihren rechten Unterarm und in die Halsbeuge oben an ihrer linken Schulter gegraben. Die Hauptwucht des Bisses war von Harnisch und Schwertscheide abgelenkt worden.

Ich stemmte meine Füße so fest wie möglich auf den

trügerischen Untergrund, beugte mich dann herab, ergriff einen leblosen Arm und zog Del hoch. Ich kauerte mich hin, senkte den Kopf und hob sie über eine Schulter, sodass ihr Kopf über meinen Rücken hing und der Zopf gegen meinen Oberschenkel baumelte, während die Beine auf meiner Vorderseite ein Gegengewicht bildeten. Ich erhob mich vorsichtig und balancierte ihren leblosen Körper. Mit zusammengebissenen Zähnen arbeitete ich mich durch die Felsblöcke langsam nach unten, fand ebenen Halt auf dem flachen, sandigen Gipfel der Klippe und trug Del zum Unterstand. Ich hatte ihr Bettzeug hineingeworfen, als ich den Wallach abgeladen hatte. Nun ließ ich sie vorsichtig über die Schulter abwärts gleiten, richtete ihre Glieder, bettete ihren Kopf auf die zusammengerollten Decken. Dann krallte ich die Hände in die Vorderseite ihres Burnus, riss den Stoff entlang der Naht auf und legte ihren Körper in der ärmellosen Tunika frei.

Legte Arme und Beine und das Werk des Sandtigers frei.

»In Ordnung, Bascha ... lass mir einen Moment Zeit ...«

Fast ohne nachzudenken löste ich den Harnisch, streifte ihr die Lederriemen und Schnallen über die Arme und zog ihn unter ihrem Körper hervor. Warf ihn in einem Gewirr von Leder und Messing beiseite. Riss meinen Dolch aus der Scheide, schnitt aus ihrem Burnus Verbände zurecht und stopfte sie zwischen die zerfetzte Haut und das, was vom hohen Kragen der Tunika übrig geblieben war. Die Krallen waren hindurchgedrungen, in das darunter liegende Fleisch, und hatten die Zwillingsgrate der Schlüsselbeine freigelegt. Eine Kralle hatte unterhalb ihres linken Ohrs eine Kerbe in die Unterseite ihres Kieferknochens gerissen, sodass Blut über ihre Kehle rieselte.

Weiterer Stoff wurde für ihren rechten Unterarm geopfert, als ich diesen fest verband. Dann schob ich meinen linken Arm unter ihren Rücken, hob sie an und neigte sie vorn gegen mich. Ihr Kopf lehnte haltlos an meiner Schulter.

»Halt durch, Bascha … Ich will mir deinen Rücken ansehen.«

Der Sandtiger hatte versucht, die Hinterpranken in ihren unteren Rücken und den Ansatz ihres Gesäßes zu schlagen, aber er hatte, als sie sich umgewandt hatte, lediglich das Leder ihrer Tunika durchbohrt. Nur sehr wenig Blut war zu sehen. Also schienen die Bisswunden auf ihrer Schulter und am rechten Unterarm die schlimmsten Verletzungen zu sein – und natürlich auch die tiefe Krallenrisswunde vom Ansatz beider Brüste bis fast zur Kehle.

Dies alles war natürlich nur der *sichtbare* Schaden. Innerlich, unter dem Fleisch und den Muskeln, floss nun Sandtigergift durch ihre Adern.

Del an mich gelehnt, löste ich die Bänder ihres Bettzeugs, entrollte es mit einer raschen Handbewegung und ließ sie darauf nieder. Jetzt war Zeit. Zeit, die ich kannte.

Ich beugte mich über sie und senkte langsam den Kopf. Hielt ein Ohr an ihre Brust und bat all die Götter, die ich mein Leben lang verflucht hatte, sie möge nicht tot sein.

Ihr Herz schlug langsam, aber stetig.

Erleichtert stieß ich den Atem aus, setzte mich indes nicht sofort auf. Ich presste trockene Lippen an ihre Stirn und tat dann mehr, als nur zu bitten. Dieses Mal betete ich.

Als deutlich wurde, dass die Bisswunde auf ihrer Schulter trotz meiner Versorgung nicht von allein aufhören würde zu bluten, tat ich das Einzige, was ich tun konnte. Errichtete in dem Felskreis außerhalb des Unterstandes rasch und aufs Geratewohl ein Feuer, legte meinen Dolch so zurecht, dass die Klinge heiß wurde, und als der Stahl rot glühte, wickelte ich ein Stück Leder um das Heft und trug den Dolch in den Unterstand. Del war so bleich, wie ich noch nie eine lebende Frau gesehen hatte, sogar bis in die Lippen. Im Geiste um Vergebung bittend, biss ich die Zähne zusammen und legte die heiße Klinge an die Wunde.

Blut zischte wie tropfendes Fett über einem Feuer. Der Geruch von verbranntem Fleisch war stechend. Ich spürte, wie sich mein Magen entleeren wollte, und verdrängte das Gefühl. Del würde es wohl kaum zu schätzen wissen, wenn ich mich über sie erbräche.

Zugleich war ich mir einer losgelösten Art von Verwunderung bewusst. Ich hatte häufiger Wunden an meinem eigenen Körper ausgebrannt, als ich zählen konnte. Aber ich hatte es noch nie zuvor bei Del getan.

Sie regte sich, drehte den Kopf. Ihr Mund öffnete sich jäh in schwachem, atemlosem Protest. Ich warf den Dolch beiseite, nahm ihre beiden Hände und hielt sie fest.

»Ich weiß, Bascha. Ich weiß. Es tut mir Leid. Es tut mir so Leid.« Ihre Augenlider flatterten. »Del?«

Aber sie war wieder entglitten, ihre Hände lagen wie leblos in meinen. Ich ließ sie los, bemerkte, dass Blut durch den Verband an ihrem Unterarm gedrungen war, wandte mich auf Knien um und nahm weitere Behelfsverbände zur Hand.

Die Welt um mich herum schwankte.

Wenig überraschend. Ich schüttelte den Kopf, wischte mir Schweiß aus den Augen, nahm Gaze und faltete ein Stück davon zu einer Kompresse. Nachdem ich die blutgetränkten Verbände abgenommen hatte, band ich die Kompresse auf der nässenden Wunde fest. Sie musste genäht werden, aber ich hatte nichts, womit ich es hätte tun können. Der Hengst war fort. Er war während des Sandtigerangriffs in blinder Panik geflohen. Das bedeutete den Verlust der Hälfte unserer Nahrung, unseres Wassers und anderer Vorräte, einschließlich der Medikamente, die Del eingepackt hatte. Mir stand nichts zu ihrer Behandlung zur Verfügung außer den groben Verbänden, die ich bereits aus Burnussen gefertigt hatte, einem Brenneisen und einer Bota mit Vashni-Alkohol, der in unsere Satteltaschen gesteckt worden war, ohne dass wir es bemerkt hatten.

Ich hatte erwogen, das Brenneisen für die Bisswunde im Unterarm zu benutzen, entschied mich aber zugunsten des festen Druckverbandes dagegen. Del würde ungeachtet dessen Narben davontragen, aber heißen Stahl zu benutzen würde die Haut zusammenziehen und starr verbinden. Sie brauchte jedoch die Elastizität der Haut, um ein Schwert handhaben zu können. Und sie würde es mir gewiss nicht danken, wenn ich etwas täte, was ihrer Fähigkeit, ein Schwert zu führen, entgegen stünde.

Ich seufzte, als ich fertig war, und ließ meine Augen für einen Moment zufallen. Der Tag war fast vorüber. Die Sonne zog am Himmel dahin, würde bald unter den Horizont sinken. Die lange Wüstendämmerung würde noch ungefähr eine Stunde Helligkeit liefern, und dann wäre es Nacht, und nur die Sterne, der Mond und das erlöschende Feuer würden noch Licht spenden. Ich musste weiteres Holz suchen, wollte Del aber nicht so lange allein lassen.

Noch immer lagen die beiden Schwerter dort draußen, ihres und meins. Ich hatte mir nicht die Zeit genommen, sie aufzuheben, seit ich Del von den Felsen hierher geschleppt hatte. Im Moment lag sie still.

Ich erhob mich, duckte mich unter dem niedrigen Dach und trat aus der offenen Vorderseite des Unterstandes. Die Muskeln protestierten, als ich mich aufrichtete. Dels Wallach wieherte leise, als er mich sah. Zumindest *er* war trotz des Sandtigerangriffs geblieben. Wenn ich Zeit hätte, dem Hengst zu folgen, der wahrscheinlich nicht weit gelaufen wäre, würde ich wohl ein Wörtchen mit ihm reden.

Ich ging los. Dels Schwert lag zwischen zweien der

Felsblöcke. Ich hob es auf und kletterte dann zu meinem Schwert neben der toten Katze zurück. Legte beide Klingen beiseite, ergriff Hinterläufe und zog den Sandtiger weiter vom Lager fort. Sehr wahrscheinlich würden Aasfresser von seinem Kadaver angezogen werden, und es war mir lieber, wenn das in größerer Entfernung geschah.

Dann fiel mir etwas ein.

Grimmig lächelnd zog ich meinen Dolch. Schnitt wohlbedacht alle zehn gebogenen Vorderkrallen aus den Pranken des Sandtigers heraus. Wickelte sie in die Überreste meines Burnus, hob dann die Schwerter auf und ging zum Unterstand zurück.

Del lag noch so, wie ich sie verlassen hatte, ganz still auf ihrem Bettzeug. Die sinkende Sonne vergoldete ihr Gesicht und verlieh ihm die gesunde Farbe, die ihm in Wirklichkeit fehlte. Ich lehnte beide Klingen gegen eine der rohen Wände, nahm eine Bota und setzte mich hin, um Del erneut Wasser in den Mund zu träufeln, ganz allmählich, damit sie nicht würgen müsste.

Im letzten Licht des vergehenden Tages reinigte ich, neben Delilah sitzend, meine Klinge vom Sandtigerblut – ihre war nie damit in Kontakt gekommen –, lehnte sie erneut neben ihre und wickelte dann die Sandtigerkrallen aus den Fetzen meines Burnus. Mithilfe des Vashni-Alkohols, des Dolches und grimmiger Entschlossenheit reinigte ich sie von Blut und Sehnen. Wenn ich Zeit hätte, würde ich in jede ein Loch bohren, sie auf eine Schnur aufreihen und Del um den Hals legen.

Ich schaute zu ihr hinab, bemerkte die Blässe ihres Gesichts. »Ich habe es geschafft«, sagte ich. »Ich habe überlebt. Und das wirst du auch. Du bist zäher als ich.«

Später wurde sie unruhig. Eine Hand auf ihrer Stirn sagte mir genau das, was ich erwartet hatte: Sie fieberte. Ganz abgesehen von den Verletzungen genügte das Gift der Krallen, sie todkrank werden zu lassen, sie am Ende gar zu töten. Als Junge hatte mir ein Sandtiger Kratzer an Gesicht und Oberschenkel beigebracht, und ich war von dem Gift drei Tage lang sehr krank gewesen – trotz der Tatsache, dass ein Großteil des Giftes bereits ausgestoßen worden war, bevor ich gekratzt wurde. Jahre später hatten mich einige flache Kratzer stundenlang außer Gefecht gesetzt. Aber Del hatte viel tiefere Wunden davongetragen als ich.

Zuvor hatte ich einige der Äste, die zum Bau des Unterstandes verwendet worden waren, zerhackt und aufs Feuer geworfen. Nun warf ich die letzten Scheite darauf, wartete auf das Aufflackern leuchtender Flammen und kniete mich dann neben Del. Im widergespiegelten Feuerschein wirkten ihre Wangen gerötet, vom Gift rot-weiß gefleckt. Ihre Lippen und Augenlider waren geschwollen.

Ich befeuchtete ein Tuch mit Wasser und drückte es sanft auf ihr Gesicht. Schließlich tränkte ich eine Ecke des Tuchs, hielt es ihr an die Lippen und drückte es aus. Ihr Mund bewegte sich ein wenig, reagierte auf das Wasser. Ich schob eine Hand unter ihren Kopf, hob ihn an, träufelte lauwarmes Wasser in ihren Mund. Ihre Kehle zog sich zum Schlucken krampfhaft zusammen, und dann begann sie zu würgen.

Fluchend ließ ich die Bota fallen, zog Del hoch und beugte sie über meinen Arm leicht nach vorne. Ich ließ ihren Kopf los, das Kinn auf mein Handgelenk gestützt. Mit gespreizter linker Hand drückte ich mehrmals fest auf ihr Rückgrat, presste die Lungen. Sofort wurde das Würgen zu Husten. Als das vorbei war, ließ ich sie wieder zurücksinken und strich ihr schweißfeuchte Haarsträhnen aus dem Gesicht.

»Ich bin hier«, sagte ich zu ihr. »Ich habe dich auf Staal-Ysta verlassen, als ich dachte, du würdest sterben – als ich dachte, ich hätte dich getötet … Ich werde dich nie wieder verlassen. Ich bin hier, Bascha.«

Die Krallenspuren über ihren Brüsten bluteten wieder. Ich befeuchtete weitere Tücher, säuberte die Wunden, drückte dann eine behelfsmäßige Kompresse darauf und steckte sie unter die zerfetzten Überreste ihrer Tunika.

Auch der letzte der Äste aus dem Dach, die ich zerhackt hatte, brannte nun nicht mehr. Das Licht schwand. Außen am Unterstand scharrte der weiße Wallach auf Sand und Erde. Während einer kurzen Pflegepause tränkte ich ihn und gab ihm etwas zu fressen, aber er wollte grasen. Obwohl er seine Bereitschaft zu bleiben bewiesen hatte, konnte ich es nicht riskieren, ihn ebenso wie den Hengst zu verlieren, und hatte ihn an dem Unterstand angebunden. Wenn uns die Götter gnädig gesinnt waren, würde er ihn nicht über uns einstürzen lassen.

Mein Bettzeug, noch immer auf dem Hengst befestigt, war fort. Aber auf dem Sattel des Wallachs, der neben dem Unterstand lag, war eine zusammengerollte Vashni-Decke gewesen. Ich zog sie mir herüber, breitete sie über den Felsenboden und legte mich darauf. Alle Muskeln schmerzten, und meine Augen brannten vor Erschöpfung. Ich rieb sie, fluchte über die raue Trockenheit, die unablässig brannte, und sank dann wieder gegen den Felsblock, der die Rückwand des Unterstandes bildete.

Ein scharfer Schmerz rang mir ein überraschtes Brummen ab. Ich setzte mich wieder auf und legte die Hand auf meine rechte Schulter. War ich gestochen worden? Aber der Felsblock hatte keine Risse, keine Spalte, in denen etwas hätte leben können. Er war nur ein großer, abgerundeter Wall am Fuße des niedrigsten Berges.

Ich nahm die Hand nach vorn, hielt die Fingerspitzen in den Feuerschein, rieb mit dem Daumen über klebrige Rückstände und roch dann an den Fingern.

Blut.

Erneut tastete ich hinter meine rechte Schulter und ließ die Hand unter die zerrissenen Überreste meines

Burnus gleiten. Fand dort zwei gebogene Rillen von der Länge einer Hand, die schwach bluteten.

Ich schloss die Augen. O Hoolies … als ich den aufgespießten Sandtiger über meine rechte Schulter geschleudert hatte …

In meiner Wut und Angst hatte ich überhaupt nichts gespürt.

Ich riss mir den Burnus vom Oberkörper, hob die Vashni-Bota an und goss Alkohol über meinen Rücken, zielte auf die Krallenspuren, die ich nicht sehen konnte. Ein so starkes Brennen, dass mir die Tränen in die Augen traten, sagte mir, dass ich mein Ziel gefunden hatte. Ich stieß zischend eine vielfältige, unermüdliche Reihe von Wüstenschmähungen aus, atmete geräuschvoll und biss mir fast die Unterlippe entzwei.

Als ich wieder sprechen konnte, schaute ich zu Del, die ich großzügig mitbedacht hatte. »Tut mir Leid, Bascha …«, krächzte ich. »Ich hatte keine Ahnung, dass es so brennen würde!«

Die Welt drehte sich erneut. Jetzt wusste ich, warum. Ich zog die Knie hoch und stützte den Kopf darauf, während ich mir mit steifen Fingern wie abwesend über den Hinterkopf strich, durch kurzes Haar kratzte. Zuvor, als ich nichts wusste und alle meine Gedanken Del galten, war es einfach, die Zeichen zu ignorieren. Aber jetzt, wo ich es wusste, spürte, waren sie offenkundig.

»Nicht jetzt«, murmelte ich. »Nicht *jetzt* …«

Noch nicht.

Wir waren bisher nur ein Mal gleichzeitig verletzt oder krank gewesen. Damals, auf Staal-Ysta, zu einem Tanz gezwungen, der uns beide fast getötet hätte. Nordbewohner hatten sich in einer Behausung um Del gekümmert, während andere mich gepflegt hatten. Als ich soweit geheilt gewesen war, dass ich hatte reiten können, wohl wissend, dass Del gewiss sterben würde und ich es nicht ertragen könnte dabei zu sein, war ich gegangen.

Ich würde sie nicht wieder verlassen. Das hatte ich mir geschworen. Aber dieses Mal, jetzt, war niemand da, der sich auch nur um einen von uns hätte kümmern können.

Ich leckte mir über die Lippen. »In Ordnung«, sagte ich mir heiser, »du bist schon früher gekratzt worden. Es hat dich nie getötet. Du bist in gewissem Maße immun.«

In gewissem Maße. Aber ausreichend? Das wusste ich nicht.

Ich zog die Wölbung meines Schädels nach, die weniger deutlich wurde, wo das Haar wuchs. Darunter waren komplizierte Muster in meine Haut eintätowiert, die jetzt nur noch am Haaransatz über der Stirn zu sehen waren. Sie kennzeichneten mich als Magier. IoSkandier. Ein Wahnsinniger von Meteiera.

Ich wischte mir mit zitternder Hand den Schweiß vom Gesicht. Konnte Magie Sandtigergift überwinden? Konnte Magie heilen?

Ich wusste, dass sie töten konnte.

Del stieß einen Laut aus, ein fast unhörbares Ausatmen, begleitet von einem sehr schwachen Stöhnen. Ich versuchte, zu ihr zu rücken, aber meine Glieder waren träge. Ich verfluchte meine Schwäche und bezwang mich. Beinahe wäre ich über sie gefallen, aber ein starrer Arm, aufs Bettzeug gestützt, hielt mich aufrecht.

»Bascha?«

Nichts. Schweiß rann über ihre Haut, der den metallischen Geruch von Sandtigergift verströmte. Ich schmeckte dasselbe in meinem Mund.

Die Zeit wurde knapp. Hastig, unbeholfen riss ich die Wasserbota an mich, tränkte das noch immer feuchte Tuch, legte es auf ihre Stirn. Tröpfchen rannen in die Mulden der geschlossenen Augen, füllten die Falten ihrer Augenlider und tröpfelten dann aus den äußeren Augenwinkeln, in Nachahmung der Tränen, die Del niemals weinte.

Ich legte die Bota unter ihre rechte Hand, wobei ich darauf achtete, den verbundenen Unterarm nicht zu erschüttern. Die leblosen Finger bog ich locker um den Flaschenhals. Ich überprüfte die Verbände auf frisches Blut. Fand keines. Spürte einen Stich der Erleichterung wie einen Dolch in meinen Bauch dringen.

»Halt durch«, murmelte ich. »Halt nur durch, Bascha. Du kannst es schaffen.«

Der Wallach wieherte leise. Ich sah hinaus. Vor dem Unterstand befanden sich, wie ich erkannte, drei Feuerkreise, die einander überlappten, miteinander verschmolzen und sich dann wieder jäh trennten. Ich runzelte die Stirn, verengte die Augen, versuchte, meinen Blick zu konzentrieren. Nichts half.

Ich fluchte, ergriff dann eine Ecke der Vashni-Decke, zog sie zu Del. Schaffte es, sie über sie zu breiten, den größten Teil ihres Körpers außer dem Kopf und den in Sandalen steckenden Füßen zu bedecken.

»Ich weiß, es ist warm«, belehrte ich sie, »besonders bei Fieber. Aber du musst es ausschwitzen. Es so weit los werden wie möglich.« Ich strich mit rauen Knöcheln über eine fieberfleckige Wange. »Wenn ich kann, werde ich nach Julah reiten. Fouad kann einen Heiler für uns suchen. Dann ...«

Ich brach ab. *Wenn. Dann.* Wem wollte ich etwas vormachen?

Wenn Del bei Bewusstsein wäre, würde sie auf der Wahrheit bestehen.

Auf Meteiera, in der Nähe des Steinwaldes, wo der neue Magier auf einem Steinkegel geboren worden war, hatte ich Magie heraufbeschworen. Ich hatte geträumt und den Traum wahr werden lassen. Beseitigte Narben hatten sich durch Magie wieder in meine Haut gegraben. Ich hatte ein seetüchtiges Boot aus kaum mehr als Wrackteilen und Wünschen gebaut.

Jetzt wünschte ich mir, dass Del überlebte.

Ich hatte Tätowierungen unter den Haaren, und mir

fehlten zwei Finger, Souvenirs von Meteiera, wo Magier und Wahnsinnige lebten und starben. Ich war dort gewesen, und konnte jetzt sein, was ich sein musste.

Dels Leben stand auf dem Spiel.

»In Ordnung, Bascha, ich werde es versuchen.« Ich atmete tief ein und schloss fest die Augen. »Wenn ich ein Magier bin«, sagte ich heiser, »wenn ich wirklich ein Magier bin, dann lasst mich den Weg finden ...«

Ich hatte es in Meteiera getan, als ich über die Macht noch nicht mehr gewusst hatte, als dass sie existierte. Der blauköpfige Nihko hatte mir erzählt, dass wir – *wir!* –, die wir Magie im Blut haben, sie gebrauchen müssen, einen Weg finden müssen, die Macht loszuwerden, weil sie uns sonst zerstört. Aber ich war dem Steinwald entkommen, bevor ich viel mehr als einfache Rituale und Gebete sowie die Disziplin der Priester erlernt hatte. Ich war bezüglich der Beschaffenheiten der Magie auf Meteiera noch ein Kind.

Disziplin.

Sie beanspruchte ihre eigene Macht.

Ich sammelte mich dort neben Delilah, Körper und Seele, Fleisch und Geist, und versuchte, den Teil von mir zu finden, der auf einem Steinkegel im weit entfernten ioSkandi geboren worden war. Ich wusste nicht, wie man es tat, nur dass ich es getan hatte. Einmal, zweimal, dreimal. Seitdem hatte ich das Bewusstsein in mir verschlossen, hatte mich nur auf das Physische konzentriert, auf die Umschulung eines Körpers, dem zwei Finger fehlten.

Zittern befiel mich. Etwas prallte gegen meinen Körper und erschütterte das Bewusstsein, wie Wind, der eine Kerzenflamme ausbläst. Schwäche waberte heran. Ich wollte beiseite rücken. Ich *versuchte*, beiseite zu rücken, die Steinwand zu finden und mich ungeachtet der Krallenwunden dagegen zu lehnen; ich brauchte den Halt. Aber meine Glieder gerieten durcheinander. Ich konnte nicht bestimmen, welcher Teil von mir Beine und welcher Arme waren oder ob der Kopf überhaupt noch auf meinen Schultern saß.

Die Macht ging mir aus dem Weg. Die wenige verbliebene Kraft schwand, wie Sandkörner durch eine Sanduhr liefen.

Angst um Del wallte auf. »Nein …«, murmelte ich, »… warte …« Aber da entströmte alle Kraft meinem Körper. Ich sank zur Seite, sah doppelt, kämpfte dagegen an, versuchte mich aufzurichten, fiel plötzlich auf festgetretener Erde und Sand auf den Rücken. »… warte …«

Ein jäh ausgestreckter Arm landete bei den ungeschützten, an die Seitenwand gelehnten Schwertern. Ich spürte eines davon, beim Umstürzen, quer über meinen Ellenbogen fallen. Es war die flache Seite, nicht die Schneide, aber in dem Augenblick kümmerte es mich nicht.

Ich war mir vage eines Aufflackerns von betäubtem Zorn bewusst sowie einer Stimme in meinem Kopf. *Nicht so …*

Im Kreis, ja. Wenn ein Mann sterben musste. Aber nicht durch den letzten beiläufigen Kratzer eines sterbenden Sandtigers.

»Bascha …«, murmelte ich.

Doch die Welt versank.

9

Knochen. Knochen und Sand. Knochen und Sand und Sonne. Und Hitze.

Ausgetrocknete Lippen. Verbrannte Haut. Geschwollene Zunge. Blut fließt noch, verschmiert ihre Oberschenkel. Nur dass da keine Oberschenkel sind. Keine Lippen, keine Haut, keine Zunge. Alles wurde geraubt.

Aus einer gewissen Ferne sieht es aus, als würden die Knochen auf schillernde Seide genäht. Aber näher, immer näher, wie aus der Luft nieder zur Erde wie ein herabstoßender Raubvogel, nimmt der Faden Substanz an, unterteilt sich in einen Schädel, Arme und Beine. Seide ist Sand. Kristallener Punjasand.

Vom Fleisch freigescheuert, überzieht ein Schimmer den elfenbeinfarbenen Knochen. Die zarten Zehen liegen verstreut. Finger existieren nicht. Rippen sind ein zerbrochenes, wirres Rätsel. Der Schädel liegt auf der Seite, die Zähne weit entblößt, die Augenhöhlen leer.

Ich werde hineingezogen, die Lippen an die Zähne gepresst, lebendige Zähne klappern auf toten. Knochen bewegt sich an meinem Mund. »Finde mich«, sagt sie.

Ich will nichts mit ihr zu tun haben. Damit. Mit dem, was die Knochen gewesen waren.

»Finde mich«, sagt sie. »Nimm das Schwert auf.«

Die Hand umfing meinen Schädel. Einen Moment lang fürchtete ich, es wären Sand und Sonne und Tod. Aber die Hand umschloss meinen Schädel, hob ihn an, hielt eine Bota an meine Lippen. Lebendige Lippen, nicht Knochen. Wasser rann in meinen Mund.

Es genügte, mich zu einer Art Panik aufzurütteln. Ich

hob beide Arme, griff mit zitternden Händen zu, schloss sie um einen ledernen Wasserschlauch. Drückte.

»Nicht so viel«, schalt er.

Er. Nicht sie. Die tote Frau war fort.

Ich trank. Schluck um Schluck. Dann zog er sie fort.

»Nicht so viel«, wiederholte er.

Ich wollte alles.

»Del«, krächzte ich. Geschwollene Lippen platzten und bluteten. Geschwollene Augen wollten sich nicht öffnen. »Del …«

»Sie lebt.« Ein feuchtes Tuch tränkte mein Gesicht. »Ich schwöre es.«

»Gift«, sagte ich. »Sandtiger …«

»Ich weiß. Ich habe die Wunden erkannt. Hier. Noch ein wenig.«

Mehr Wasser. Ich trank, wollte eintauchen. »Del?«

»Lebt.«

»Gift …«

»Ja.«

Die Angst war wie eine lebensbedrohliche Klinge. »Sie stirbt …«

»Vielleicht«, sagte er.

Dels Knochen im Sand?

»Lasst sie nicht sterben.«

»Sie braucht einen Heiler«, sagte er. »Ich muss nach Julah zurückkehren.«

Julah. »Bei Fouad«, belehrte ich ihn. »Cantina.«

»Später«, erwiderte er. »Ich bleibe noch ein wenig.«

»Ich werde nicht sterben«, sagte ich. »Nicht durch einen Sandtiger.«

Ich hörte leises Lachen. »Das bezweifle ich nicht.«

»Del?«

»Lebt«, wiederholte er.

»Ihr habt es geschworen.«

»Ja. Ich lüge nicht. Sie könnte sterben, aber sie ist noch nicht tot.«

Das war zumindest etwas.

»Wer seid Ihr?«, fragte ich.

Aber bevor er antworten konnte, versank die Welt erneut.

Als ich das nächste Mal erwachte, fühlte ich mich weniger schwach. Ich lag noch immer auf dem harten Boden, der Sand juckte, aber eine leichte Decke war über mich gebreitet, und eine weitere, noch immer zusammengerollt, stützte meinen Kopf. Eine Bota lag griffbereit, wie ich eine für Del bereitgelegt hatte. Ich schloss die Finger darum, führte sie zum Mund, trank und trank und trank.

»Del?«

Keine Antwort.

Ich öffnete die Augen. Ich hatte keine Ahnung, wie spät oder welcher Tag es war. Nur dass ich lebte, trotz großer Anstrengungen meines Körpers zu sterben.

»Bascha?« Meine Stimme klang heiser.

Keine Antwort.

Ich sammelte Kraft. Hortete sie. Richtete mich auf einen Ellenbogen auf. Sah die bunte Vashni-Decke und den Körper darunter.

Ein Schatten fiel über mich. Ich schaute auf und starrte mit trübem Blick zum Eingang des Unterstands und dem dort kauernden Mann. »Ihr?«, krächzte ich.

Stoppeln betonten die Höhlungen und Flächen seines Gesichts. Er war dunkel wie ein Südbewohner, aber mit leicht kupferfarbenem Teint. Und diese honigbraunen Augen, feucht schimmernd und weich, von schwarzen Wimpern gerahmt, die Del als für einen Mann zu dicht bezeichnen würde.

»Ich«, stimmte er mir zu.

Ich sank wieder zu Boden, wollte stöhnen. Tat es nicht, da wir in Gesellschaft waren. »Wenn Ihr gekommen seid, um mich – erneut – herauszufordern, habt Ihr Euch einen schlechten Zeitpunkt ausgesucht.«

»Das sehe ich, und nein, ich bin nicht deshalb gekommen. Ich habe ein wenig dazugelernt, seitdem Ihr diesen Schwerttänzer in Julah getötet habt.«

Wann war das gewesen? Ich erinnerte mich nicht. Vor einem Tag. Einem Monat. »Was tut Ihr dann hier?«

»Ich suche«, sagte er mit feierlicher Würde, die von einem ironischen Glitzern in seinen Augen völlig untergraben wurde, »einen Mann, der seiner Ehre entsagt hat. Und die berüchtigte, nordische Bascha, der solche fehlen sollte, da sie nur eine Frau ist, die sie aber dessen ungeachtet zu haben scheint. Zumindest behaupten das einige.« Er kroch in den Unterstand und setzte sich neben mich. »Ich konnte keinen toten Mann fragen, was *Elaii-ali-ma* bedeutet«, fuhr er fort, »aber ich habe einen anderen Schwerttänzer gefragt, der in die Stadt kam.«

»Oh, gut.« Es gelang mir, trotz der heiseren Stimme selbst Ironie aufzubringen. »Dann wisst Ihr es jetzt. Ihr braucht mich nicht zum Tanz herauszufordern, weil es keinen Tanz geben kann. Aber Ihr könnt mich töten, wenn Ihr wollt.« Ich hielt inne. »Wenn Ihr könnt.«

Ein ganz schwaches Lächeln verzog einen seiner Mundwinkel. »Nun, das wäre im Moment einfach.«

»Und wo bliebe dabei die Ehre?«

»Das habe ich mich auch gefragt.« Er legte eine Hand an meine Stirn. »Das schlimmste Fieber ist wohl vorbei, aber Ihr seid noch lange nicht genesen.«

Das wusste ich, auch ohne dass es mir gesagt wurde. »Wer seid Ihr?«

»Meine Mutter nannte mich Nayyib.«

»Dies ist nicht der Weg von Julah. Was tut Ihr hier?«

»Es ist *ein* Weg von Julah«, erklärte er, »jetzt. Und ich war auf der Suche nach Euch. Das war Glück, oder?«

»Ihr sagtet doch, Ihr wolltet mich nicht herausfordern.«

»Das tue ich auch nicht. Zumindest nicht auf diese Art.«

Das klang verdächtig. »Auf welche Art *dann*?«

»Ich möchte Schwerttänzer werden.«

Ich brummte. »Das dachte ich mir.«

»Ich möchte, dass Ihr mich lehrt.«

»Das habt Ihr gerade beschlossen?«

»Ich habe es in Julah beschlossen, nachdem Ihr diesen Schwerttänzer getötet habt.«

»Khashi.«

»Nachdem Ihr Khashi getötet habt.«

»Nun, wolltet Ihr mich ursprünglich nicht töten?«

»Nein. Ich wollte gegen Euch tanzen. Ich wusste nichts über dieses *Elaii-ali-ma*. Ihr wart einfach ... Ihr. Als ich sah, was mit Khashi geschah, und erfuhr, was mit Euch geschehen war, beschloss ich, Euch zu folgen.«

Ich versuchte, die Stirn zu runzeln, was nicht leicht ist, wenn man krank ist. »Ihr seid uns nach Julah gefolgt.«

»Nun, ja.«

»Und zu dem Zeitpunkt wolltet Ihr mich immer noch herausfordern.«

»Das stimmt. Zu diesem Zeitpunkt glaubte ich, ich könnte gut mit einem Schwert umgehen.«

»Und jetzt glaubt Ihr es nicht mehr?«

Er verzog den Mund. »Nicht gut genug.«

»Also wollt Ihr *jetzt* von einem Mann lernen, der keine Ehre hat?«

»Ein Mann, der einst der beste Schwerttänzer im ganzen Süden war.«

Einst war. Einst. Was, zu den Hoolies, war ich jetzt?

Nun, krank. Das war ich.

»Also habt Ihr Euch gedacht, dass Ihr Euch einige Unterrichtsstunden verdienen könntet, indem Ihr Euch um uns kümmert, solange wir krank sind.«

Seine Stimme klang äußerst verbindlich. »Ich denke, Euer Leben zu retten wäre eine oder zwei wert.«

Ich schloss die Augen. »Ihr seid ein Narr.«

»Zweifellos.« Er legte die Bota wieder unter meine Hand. »Ich habe mich um sie gekümmert, habe ihr weiteres Wasser gegeben, das Tuch wieder getränkt. Und ich habe Eurem Pferd zu trinken gegeben. Und es gefüttert. Es unter einem Baum angebunden, so wenig Schatten da auch ist, und wegen der wenigen Grashalme.«

»Fleißiger Junge«, murmelte ich.

Er ignorierte es. »Aber er wird später noch mehr Wasser brauchen. Sie auch. Könnt Ihr das schaffen?«

»Ich werde es schaffen.« Wie, wusste ich nicht. Aber das würde ich einem Jungen gegenüber nicht zugeben. Besonders nicht diesem Jungen gegenüber, der ohnehin zu aufmerksam war.

Er wusste es anscheinend ohnehin. »Ich werde zu Fouad reiten und ihn um Hilfe bitten. Ich werde einen Heiler, Essen und weiteres Wasser mitbringen. Es ist nicht mehr viel übrig. Teilt es ein, wenn Ihr überleben wollt. Und ich lege Holz ans Feuer.«

Er war in der Tat fleißig gewesen – und genau das könnte uns retten. »Wartet.« Ich hatte mich auf einen Ellenbogen aufgestützt. »Ihr sagt, es gäbe einen Weg von Julah hierher?«

»Sozusagen. Paarweise Spuren, nicht mehr.«

»Wir sind nicht auf dem Weg gekommen.«

»Ich habe Eure Spuren gekreuzt.«

Aber Del und ich hatten die Nacht bei den Vashni verbracht, und der Junge – Nayyib – hatte uns erst kürzlich erreicht. »Es gibt einen kürzeren Weg. Folgt unseren Spuren zum Flussbett zurück und zieht von da aus weiter.«

Schwarze Brauen zogen sich zusammen. »Vashni-Gebiet. Oder ist das Eure Art, dafür zu sorgen, dass ich getötet werde?«

»Oh, das würde ich schon selbst tun. Nein … hier.« Ich zog mir mit einer zitternden Hand – Hoolies, ich hasse es, schwach zu sein! – die Vashni-Halskette über den Kopf, wobei die Fingerknochen klapperten. »Tragt das. Es bedeutet sicheres Durchkommen.«

Er betrachtete die Halskette und warf dann wieder einen Blick auf mich. »Seid Ihr sicher?«

»Nun, vermutlich könnten sie Euch aus reiner Starrköpfigkeit töten, aber sie sollte Euch sicher hindurch bringen.«

Er nahm die Halskette, betrachtete sie angewidert und zog sie dann über den Kopf. Mein Ellenbogen gab nach, und ich plumpste wieder auf den Boden. Schloss die Augen. »Tut es für Del«, sagte ich müde, »nicht für mich.«

Sein Schatten regte sich vor meinen Lidern. Zog sich zurück. »Ich werde es versuchen«, sagte er, »um sicherzustellen, dass sie nicht stirbt.«

Als ich die Augen öffnete, war die Sonne untergegangen. Und er war fort.

Wind bläst. Sand verlagert sich. Er kriecht auf die Knochen, beginnt sie zu vereinnahmen. Beine. Arme. Den eingebrochenen Brustkorb. Die Edelsteine, die das Rückgrat sind. Nur noch der Schädel ist übrig. Und das Schwert.

»Finde mich«, sagt sie.

Ich erwachte jäh. »Neiiin«, krächzte ich. »Schluss mit den Träumen, sofort!«

Ich war schweißgebadet und stank nach Sandtigergift. Ich rollte mich auf die rechte Seite, wollte meinen Ellenbogen benutzen, überlegte es mir anders, als die Wunden an meinem Rücken protestierten. Kurz darauf unternahm ich den Versuch, mich ohne Zuhilfenahme der Arme aufzusetzen. Die schmerzenden Bauchmuskeln warnten mich, dass das keine solch gute Idee sei, aber es gelang mir immerhin, sitzen zu bleiben. Schließlich rückte sich die Welt wieder gerade.

Ich wandte den Kopf und spie aus, verabscheute den Nachgeschmack von Fieber und Gift. Mit trockenem Mund konnte man nichts ausspeien. Ich fand die Bota, spülte meinen Mund aus, versuchte es erneut. Viel besser. Dann trank ich sparsam, erinnerte mich der Warnung des Jungen bezüglich der verbliebenen Wassermenge.

Ich schaute zu der bedeckten Gestalt hinüber. Del schien nicht wach geworden zu sein. Ich legte die Bota hin, atmete tief ein und zwang meinen Körper, sich zu bewegen.

Nun, so gut es ging. Letztendlich plumpste ich auf den Bauch, den Kopf nahe Dels Lager, und stützte mich auf einen Unterarm.

»Bascha?« Ich zog mit meiner freien Hand die Decke zurück. Dels Gesicht war noch leicht gefleckt, ein rotes Netzwerk überlagerte die extreme Bleichheit. Ihre geschwollenen Lippen waren aufgeplatzt und bluteten. Ich legte eine Hand auf ihren Bauch, wartete in erstarrtem Schweigen und spürte dann das leichte Heben und Senken. Sie atmete.

Ich zog mich mühsam hoch. Fand ihre Bota, schüttelte sie, hörte das leise Schwappen. Ich hatte keine Ahnung, wann Nayyib hier gewesen war, wann er gegangen war oder wann er vielleicht zurückkehren würde. Soviel ich wusste, war seit seinem Aufbruch eine Woche vergangen. Mir kam es eher wie Stunden vor, möglicherweise wie ein Tag.

Ich schob meine linke Hand unter Dels Kopf, hob ihn an und setzte die Bota an ihre Lippen. Ich drückte und träufelte Wasser in ihren Mund. Dieses Mal schluckte sie, ohne zu würgen. Ich senkte ihren Kopf wieder aufs Bettzeug.

Das Tuch auf ihrer Stirn war trocken. Ich tränkte es noch einmal, legte es ihr wieder auf, wischte die Tropfen fort, die in ihre Augen und Ohren zu laufen drohten. »Ich bin hier«, belehrte ich sie. »Ein wenig mitgenommen, aber immer noch hier, Bascha.«

Ich wusste nicht, wann Nayyib ihre Verbände gewechselt hatte. Streifen eines zerrissenen Burnus lagen aufgestapelt auf ihrem Bett, aber ich erkannte ihn nicht. Wahrscheinlich der des Jungen. Und der Stoff passte zu demjenigen, der jetzt Dels Unterarm umhüllte, also hatte er ihn neu gewickelt. Ich wickelte den Stoff ab, um die

Bisswunde freizulegen. Ich beugte mich herab, roch daran, bemerkte noch keine Infektion oder Fäulnis.

Bis jetzt.

Ich suchte und fand die Bota mit Vashni-Alkohol. Ich goss ihn erneut auf die Wunde.

Und zum ersten Mal seit dem Angriff – Hoolies, ich wusste nicht, wie viele Tage seitdem vergangen waren – öffnete Del die Augen. Sie waren trübe und unscharf.

»Bascha?«

Und sie schlossen sich fast augenblicklich wieder.

»Del?«

Ihre Lippen bewegten sich, aber kein Laut drang aus ihrem Mund. Anstelle von Wasser träufelte ich ihr dieses Mal Alkohol in den Mund.

Ihre Augenbrauen verzogen sich unter dem Rand des Tuchs. Ihre linke Hand regte sich, wurde angehoben. Finger berührten ihren Mund. Dann rutschte die Hand auf ihren Hals.

Ich hatte nicht an die aufgesprungenen Lippen gedacht, als ich ihr den Alkohol gegeben hatte.

Ich fluchte, nahm das feuchte Tuch von ihrer Stirn und presste es an ihren Mund. »Tut mir Leid, Bascha. Ich habe nicht nachgedacht.«

Ich dachte nicht viel nach.

Sie rührte sich nicht mehr. Ich nahm Nayyibs Burnus, zerriss ihn zu weiteren Verbänden und umwickelte ihren Unterarm erneut. Vashni-Alkohol, entschied ich, sollte das Gift aus allem herausbrennen.

Dann betastete ich die Striemen hinter meiner Schulter, die über das Schulterblatt verliefen. Es waren üble Wunden, und selbst als ich den Kopf wandte, bis sich mein Hals beschwerte, konnte ich die Krallenspuren nicht sehen, aber die Finger erzählten mir die Geschichte. Die Doppelstriemen waren verkrustet, bluteten nicht mehr. Sie in Ruhe zu lassen war wohl das beste Heilmittel.

Erschöpfung kam auf, dazu Benommenheit. Aber ich musste mich noch um das Pferd kümmern. Ich trank ein wenig von dem Alkohol, spürte kurz ein Brennen, stöpselte die Bota dann wieder zu und legte sie beiseite. Dann kroch ich auf den Eingang des Unterstands zu, spähte kurzsichtig in die Welt hinaus und wollte mich so gern umdrehen und erneut in Schlaf – oder Bewusstlosigkeit – sinken.

In wenigen Schritten Entfernung, an einen verkümmerten Baum gebunden, stand mit schwarz verschmiertem Gesicht Dels Pferd. Mit der losgelösten Klarheit, die mit dem schwindenden Fieber einherging, fragte ich mich kurzzeitig, was Nayyib wohl beim ersten Anblick der Schmiere und der Fransen gedacht hatte.

Der Wallach sah mich und wieherte, die Ohren aufgestellt.

»Gut«, murmelte ich, »ich komme. Ich brauche vielleicht einen Tag, aber ich schaffe es.«

Nayyib hatte eine Wasserbota und Korn beim Unterstand zurückgelassen. Ich ergriff beides, zog die Beine unter mich, stemmte die Arme auf den Boden und hievte mich hoch.

Als ich das Dach des Unterstands ergriff, um mich festzuhalten, riss ich es beinahe herab. Ich rutschte ab, tat einen Schritt und wäre beinahe flach aufs Gesicht gefallen. Doch dadurch rettete ich mich davor, mit dem größten Teil meines Körpers im Feuerkreis zu landen, was kein besonders erstrebenswertes Ziel war.

Der Wallach wieherte erneut.

Die Sonne stach mir in die Augen. Schleichende Kopfschmerzen kamen auf. Mein ganzer Körper, von den Knochen und Muskeln bis zur Haut, schmerzte unablässig. Ich atmete ein, biss die Zähne zusammen und machte mich auf die entsetzlich lange und gefährliche Reise zum Wallach, der ganze fünf Schritt entfernt war.

Als ich ihn erreichte, ergriff ich einen großen Büschel Mähne, um mich auf den Beinen zu halten. »Hallo«, sagte ich umgänglich und hoffte, dass er sich nicht bewegen würde. »Schönes Wetter haben wir, nicht wahr?«

Er blinzelte mit einem von weißen Wimpern umrahmten blauen Auge und stupste die Bota an.

»Gleich«, murmelte ich und machte mich am Stöpsel zu schaffen. Als ich ihn geöffnet hatte, stellte ich den Wasserschlauch auf den Kopf und goss den Inhalt in den Segeltucheimer. Der Wallach senkte den Kopf und begann zu trinken. Ich hing an der Wölbung seines Widerrists und fragte mich, ob ich es zum Unterstand zurück schaffen würde. Möglicherweise hätte der Wallach heute Nacht Gesellschaft.

Nur dass da noch Del war. Ich würde es schaffen.

Als der Wallach fertig war, hob er den Kopf. Ich klammerte mich mit einer Hand fest und nutzte die Gelegenheit, mich zu erleichtern. Der mit dem Urin ausströmende scharfe Geruch des Gifts machte den Wallach unruhig.

»Nicht bewegen«, flüsterte ich ihm inbrünstig ein, während ich meinen Dhoti wieder richtete. Der Wallach tat mir den Gefallen. Ich dankte ihm mit einem Tätscheln, öffnete dann die Satteltasche mit dem Korn und streute eine Hand voll davon in den leeren Wassereimer. Er brauchte gutes Gras, aber da war keines. Dies musste für den Moment genügen.

Ich freute mich nicht auf die Rückreise zum Unterstand. »Ein Schritt in der Stunde sollte mich dorthin bringen«, erzählte ich dem Pferd.

Aber es beachtete mich nicht mehr. Es hatte sich aufgerichtet, den Kopf gehoben und stieß ein Willkommens-Wiehern aus. Ich hielt mich an seinem Hals fest, wandte mich um und erwartete voller Erleichterung, Nayyib zu sehen. Er brachte den Heiler.

Und tatsächlich sah ich Nayyib. Zusammen mit drei anderen Männern zu Pferde. Nichts an ihnen ähnelte Heilern. Tatsächlich ähnelte alles an ihnen Schwerttänzern.

Besonders, da ich einen von ihnen kannte.

Er war höchst belustigt. »Sandtiger.« Er zeigte alle

seine hübschen, weißen Zähne. »Ihr seht entsetzlich aus.«

Ich starrte ihn finster an. Mehr gelang mir nicht. »Was wollt Ihr, Rafiq?«

»Euch.«

Ich seufzte, sah ihn blinzelnd an und klammerte mich weiterhin an den Wallach. »Wie wäre es, wenn wir den Kampf ausließen und Euch zum Sieger erklärten?«, schlug ich vor. »Ich bin im Augenblick, wie Ihr seht, kein wahrer Gegner. Es wäre keine Herausforderung. Soweit ich mich erinnere, reizt Ihr einen Gegner gern erst eine oder zwei Stunden lang, bevor Ihr ihn besiegt. Hoolies, ich würde im Handumdrehen zu Boden gehen. Keine Freude für Euch.«

Rafiq grinste noch immer. »Er sagte, Ihr wärt krank. Ein Sandtiger, war es nicht so?« Er lachte. »Das passt.«

Ich warf Nayyib einen Blick zu. Er saß starr auf seinem Pferd und sah mich nicht einmal an. Ich fragte mich, ob sie ihn dafür bezahlt hatten, dass er sie hierher geführt hatte. Oder ihm einen Tanz in einem Kreis versprochen hatten. Oder Unterricht, um Schwerttänzer zu werden.

»Krank«, bestätigte ich. »Wahrscheinlich sterbe ich sogar und bin das Töten daher nicht wert. Warum reitet Ihr also nicht einfach weiter und lasst mich in Frieden sterben?«

Rafiq sprang von seinem Palomino und zog etwas vom Sattel herab. »Weil«, sagte er, während er sich mir näherte, »wir jede Absicht haben, Euch *nicht* sterben zu lassen. Zumindest nicht so. Wenn Ihr auf seid und umher geht, ist das meiste Gift schon aus Eurem Körper gewichen.«

»Was habt Ihr vor?«, fragte ich.

Rafiq hielt eine Schlinge aus dünnem geflochtenem Leder in Händen. »Ihr kommt mit uns.«

Er wollte mir die Hände fesseln. Ich debattierte, um es zu verhindern, spannte mich sogar an.

Rafiq sah es und lachte. »Ich kann Euch einigermaßen würdig fesseln, solange Ihr hier vor mir steht, oder ich kann Euch fesseln, wenn Ihr mit dem Hintern im Dreck sitzt. Was zieht Ihr vor?«

Ich schwieg. Er ließ die Schlinge um meine Handgelenke gleiten und zog sie zu, wollte sie verknoten.

Da handelte ich.

10

Als ich wieder zu mir kam, saß ich nicht im Dreck. Ich lag darin. Rafiq presste ein Knie auf meine Brust und sah mir finster ins Gesicht. Ich erwartete, dass er meinen Versuch zu fliehen mit einfallsreichen Flüchen bedenken würde, aber stattdessen fragte er: »Was ist mit Euren Fingern geschehen?«

Ich erwiderte den finsteren Blick. »Ich hatte Hunger.«

Rafiq besaß einen beträchtlichen Anteil Grenzbewohnerblut und war daher größer als die meisten anderen Menschen im Süden. Es war ihm durchaus möglich, mich auf die Füße zu zerren, besonders da ich von den Überresten des Gifts wackelig und außer Gefecht gesetzt war. Besonders da seine beiden Freunde hilfsbereit beiderseits neben mir standen. Er hob sein Knie an, sie ergriffen meine Arme, und er zerrte mich an den gefesselten Handgelenken hoch. Was wehtat. Was er wusste.

Sein Gesicht zeigte einen seltsamen Ausdruck. »Was ist mit Euren Fingern geschehen?«

Ich blinzelte gegen die Benommenheit an, war mir bewusst, wie fest die beiden anderen meine Arme umfassten. Sie glaubten nach diesem kurzen Zerrbild eines Widerstands doch gewiss nicht, ich könnte einen guten Kampf liefern. »Ich wurde von kahlköpfigen, blauköpfigen Priestermagiern entführt, und sie haben sie mir abgehackt.«

Rafiq akzeptierte die Wahrheit nicht leichter als die Unwahrheit. Er betrachtete meine Stümpfe mit nur allzu offensichtlicher Faszination. »Die Narben sind nicht neu.«

Nun, sie waren auch noch nicht so alt, aber ich schwieg.

Er dachte darüber nach. »Zumindest erkenne ich, dass Ihr sie nicht während der letzten Tage verloren habt.«

Ich starrte ihn finster an. »Was macht das schon?«

Er sah mir ins Gesicht, suchte etwas. »Ihr habt Khashi vor vier Tagen getötet.«

Tatsächlich hatte ich nicht mehr gezählt. Mir fehlte anscheinend die vorige Nacht und ein Großteil eines weiteren Tages. Wenn man vergiftet wird, ist das so. »Wenn Ihr das sagt.«

»Ihr habt Khashi mit zwei fehlenden Fingern getötet.«

»Und leicht«, warf Nayyib ein.

Moralische Unterstützung. Wie nett.

Rafiqs Augen flackerten. Er betrachtete erneut die Stümpfe, die Gedanken verborgen. Dann glättete sich sein Gesicht. »Nun, wir werden Umir entscheiden lassen. Es ist seine Sache, wenn er beschädigte Ware haben will.«

»Umir?«, platzte ich heraus. »Umir der Unbarmherzige? Was, zu den Hoolies, will *er*?«

»Euch.«

»Mich? Umir? Wozu? Er hat mich noch nie gewollt.« Del hatte er gewollt – und bekommen, wenn auch nur kurzzeitig.

»Er will es jetzt.« Rafiq lächelte. »Ihr habt anscheinend Sammlerwert bekommen. Ein Schwerttänzer des siebten Grades, der *Elaii-ali-ma* erklärt hat. Das ist noch nie vorher geschehen. Das macht Euch einmalig. Und Ihr wisst, wie Umir bei Dingen – und Menschen – ist, wenn er sie für einmalig hält.«

Ich schüttelte den Kopf, begriff das Wesentliche nur allmählich. Es war einfach zu absurd. »Was will er – mich ausstellen?«

Rafiq zog die Augenbrauen hoch. Sein Haar war dunkler als meines, aber nicht ganz schwarz. »Ihr habt noch nichts von seinem Wettkampf gehört?«

»Umir richtet einen Wettkampf aus?«

Der Grenzbewohner, der sehr genau wusste, wie rasch

sich Neuigkeiten unter den Schwerttänzern verbreiteten, sah mich an. »Wo, zu den Hoolies, seid *Ihr* denn gewesen?«

Ich erwiderte kühl: »Bei dem Versuch, kahlköpfige, blauköpfige Priestermagier davon zu überzeugen, dass ich mich ihnen nicht anschließen wollte.«

»Ah. Dieselben, die Euch die Finger abhackten?«

»Genau die.«

Rafiq lachte leise in sich hinein und schüttelte den Kopf. »Ihr hattet schon immer eine blühende Fantasie.«

Ich bedachte ihn mit einem ruhigen Blick. »Khashi ebenso. Er glaubte, mich besiegen zu können.«

Das ließ Rafiqs Humor schwinden. Er nickte seinen Freunden zu. Ich erkannte jäh, dass sie mir, während ich bewusstlos gewesen war, Lederschlingen über den Kopf gezogen hatten, die nun um meinen Hals lagen. Ich war wie ein widerspenstiges Pferd über Kreuz gebunden, während beiderseits von mir je ein Mann einen langen Ledergurt hielt und diesen soeben anzog, um mir zu zeigen, wie gut das System funktionierte.

Als sie die Schlingen lockerten – nachdem sie ihren Standpunkt klargemacht hatten –, fragte ich: »Nun haltet Ihr mich an einer Leine wie einen Hund, Rafiq?«

»Wie eine Katze«, antwortete er leichthin. »Eine große, gefährliche Katze. Umir bekommt, wofür er bezahlt. Finger oder keine Finger – ich unterschätze Euch nicht.«

»Khashi hat Euch unterschätzt«, sagte Nayyib.

Er war sehr hilfreich. Und dies beschwor die Vorstellung und das Wissen wieder herauf, dass ein Mann, dem zwei Finger fehlten, noch immer einen in Alimat ausgebildeten Schwerttänzer des fünften Grades töten konnte.

Rafiq sah mich erneut an. Schätzte mich ab. »Dann war Khashi ein Narr. Ihr habt vielleicht alle Eure Schwüre gebrochen, aber das bedeutet nicht, dass Ihr vergessen habt, wie man einen Mann tötet. Darin wart Ihr stets gut, Tiger.«

Das sollte vermutlich ein Kompliment sein. Aber mein Geist war mit anderen Dingen beschäftigt. »Ohne Del gehe ich nirgendwo hin.«

Der Grenzbewohner war einen Moment verblüfft. »Del? Oh, Ihr meint die nordische Bascha, über die ich so viel gehört habe?« Sein Körper spannte sich plötzlich an. Er sah sich scharf um. Ein kaum wahrnehmbares Zeichen ließ seine zwei Schwerttänzerfreunde die Schlingen wieder anziehen. »Wo ist sie?«

Normalerweise wäre dies der Moment für Del gewesen, sich bemerkbar zu machen, ihnen zu zeigen, wo sie war, zu beschreiben, was sie mit ihnen tun würde und wie sie es tun würde. Normalerweise wäre es amüsant gewesen, Rafiqs Angst zu erleben.

Aber dieses Mal war es nicht so, weil sie nichts von alledem tun würde, und nun war keine Zeit für Ausflüchte. »Im Unterstand«, belehrte ich ihn. »Ich gehe nicht ohne sie.«

Nayyib, der noch immer auf seinem Pferd saß, warf mir einen raschen Blick zu und schaute dann wieder fort. »Ich wollte den Heiler für *sie* holen«, sagte er zu Rafiq, »und nicht für ihn.«

Rafiq sah mich an. Dann befahl er seinen Sandtiger-Bezähmern, ein Auge auf ihren Schützling zu haben, und schritt zum Unterstand hinüber.

Wenn Del Hilfe bekäme, wäre es so viele Schlingen wert, wie sie mir anlegen wollten. Es war nicht die angenehmste Situation, aber auch nur eine geringe Verbesserung unserer Lage war viel wert, wenn es Del half.

Ich beobachtete, wie Rafiq den Unterstand geduckt betrat. Kurz darauf kam er zurück und sah seine Männer an. »Setzt ihn auf sein Pferd. Wir gehen.«

Sie umfassten erneut meine Arme und wollten mich umwenden. »Wartet«, sagte ich scharf. »Wir müssen Vorkehrungen für Del treffen. Eine Trage …«

»Wir lassen sie zurück.«

»Das könnt Ihr nicht tun!«

»Ich kann.« Er nickte seinen Männern zu. »Los.«

Der Wallach war gesattelt worden. Sie schoben mich auf ihn zu. Ich stemmte die Füße in den Boden. Nicht dass es mir viel genutzt hätte. Meine Füße halfen nicht mit und Rafiqs Freunde auch nicht. Rafiq selbst wandte sich seinem Pferd zu und nahm die Zügel auf.

»Wartet«, sagte ich erneut. »Wenn Ihr wollt, dass ich friedlich mitkomme ...«

Rafiq unterbrach mich. »Es kümmert mich nicht, ob Ihr friedlich mitkommt oder nicht. Die Frau bedeutet zu viele Schwierigkeiten. Sie wird bis morgen tot sein.« Er schwang sich auf seinen Palomino. »Steigt auf, Tiger. Wenn nicht, könnt Ihr den ganzen Weg bis zu Umirs Palast im gleichen Tempo laufen, das die Pferde wählen. Wenn Ihr dann allerdings hinfallt, werden wir Euch einfach weiterschleifen.«

Rafiq und ich waren noch nie Freunde gewesen. Aber aufrichtige Rivalen, ja, in der Bruderschaft dieses Gewerbes. Nun war die Aufrichtigkeit eindeutig verbannt, und die Rivalität hatte sich in etwas weitaus Todbringenderes verwandelt.

Die beiden Männer machten mir klar, dass ich mit eigener Kraft auf Dels Wallach steigen konnte oder dass sie mich niederschlagen und über den Sattel werfen würden. Ich könnte diesen Kampf keinesfalls gewinnen. Es war töricht, es auch nur zu versuchen. Aber hier ging es um Del.

Die Möglichkeiten wurden knapp. Nayyib saß hinter Rafiq mit eigenartig ausdruckslosem Gesicht auf seinem Pferd. Ich warf ihm einen finsteren Blick zu, konnte seine Aufmerksamkeit aber nicht erringen. Dann wandte ich mich um, ergriff weiße Mähne, stellte einen Fuß in den Steigbügel und zog mich hoch. Es würde nicht gelingen, den Wallach mit den Fersen in den Flanken unerwartet anzutreiben, um zu entkommen. Rafiqs Lederschlingen würden mich aus dem Sattel reißen und wahrscheinlich erwürgen, noch bevor ich landete.

Aber Del zurück zu lassen … das konnte ich nicht tun. Ich hatte ein Versprechen gegeben. Wenn ich den Tod versuchte, dann sollte es so sein. Ich würde sie nicht allein lassen, und wenn es mich das Leben kostete.

Wortlos trieb Nayyib sein Pferd auf den Unterstand zu, entfernte sich von uns. Er stieg ab, schlang die Zügel locker um einen der Äste des Daches und blickte über eine Schulter zu mir zurück. Er mied meinen Blick nicht mehr, sondern schien ihn sogar zu suchen. Sein Kiefer war angespannt.

Rafiq schaute zurück. »Kommt Ihr nicht mit? Ich dachte, Ihr wolltet einige richtige Schwerttänze sehen.«

Nayyib hob sein eigensinniges Kinn an. Er blickte weiterhin zu mir. »Ich bleibe bei der Frau.«

Ich ließ Atem ausströmen, von dem ich nicht bemerkt hatte, dass ich ihn angehalten hatte. Vielleicht hatte er uns *doch nicht* verraten. Oder vielleicht hatte sich bei ihm ein Gesinnungswandel vollzogen. Ich wollte nicht gehen, aber zumindest würde Del jemanden bei sich haben.

Die zwei anderen Männer waren aufgestiegen, beiderseits des Wallachs. Ich spürte den Druck der Schlingenknoten auf beiden Seiten meines Halses. Ein Tempowechsel von einem unserer Pferde, sei es ein Ausfallschritt, ein Scheuen, ein Stolpern, und ich würde in einer Welt von Schmerzen versinken. Ich durfte die Zügel selbst halten, aber sie nützten mir nichts.

Rafiq lachte und rief Nayyib zu: »Nun, Ihr könnt uns morgen folgen … nachdem Ihr sie begraben habt.«

»Das glaube ich nicht«, sagte ich leichthin. »Tatsächlich bin ich mir dessen verdammt sicher. Ihr werdet begraben werden, und wenn nicht ich es tue, dann wird sie es übernehmen.«

Rafiq sah mich an. Er lachte nicht mehr und lächelte auch nicht. »Ihr habt keine Ahnung, was Euch bevorsteht. Ihr habt jeden Schwur gebrochen, der uns heilig ist, Tiger. Worauf Alimat begründet wurde. Was erwartet Ihr? Wir waren dort alle Kinder, die gelehrt wurden, Männer zu werden. Ein solcher Verrat hat seinen Preis, den Ihr nun bezahlen werdet.«

»Vermutlich mit Blut.«

Seine Augen wirkten kalt wie Eis. »Einer von uns wird die Ehre haben, Euch in kleine Stücke hacken zu dürfen. Ich würde es gern tun, Tiger ... ich würde es *sehr* gern tun ..., wenn mir diese Ehre zuteil würde.«

Ich öffnete den Mund zu einer Antwort, aber Rafiqs Freunde rieten mir, nichts zu erwidern, indem sie einfach die Schlingen anzogen. Ich gab nach.

Bascha, sagte ich im Geiste, *bitte stirb noch nicht. Ich brauche dich, damit du mich retten kannst.*

Wenn sie es könnte, würde sie es tun.

Wenn sie es nicht könnte, war ich mir nicht sicher, ob es mich noch kümmern würde, wenn Rafiq – oder sonst jemand – mich in Stücke hackte.

Als die Pferde losliefen, als meines angetrieben wurde, schloss ich die Augen. Alles in mir rebellierte.

Aber dann blickte ich über die Schulter. Nayyib hatte sich umgewandt. Betrat geduckt den Unterstand. Sie würde nicht allein sein.

Ich werde es versuchen, hatte er gesagt, *um sicherzustellen, dass sie nicht stirbt.*

»Tut mehr, als es nur zu versuchen«, murmelte ich.

Als Rafiq mich fragte, was ich gesagt hätte, schwieg ich. Kurz darauf schüttelte er den Kopf und trieb sein Pferd zum Trab an. Meines und ihre folgten ihm.

Ungefähr zu dem Zeitpunkt, als ich zum fünften oder sechsten Mal im Sattel einnickte, störte Rafiq mich mit einer Bemerkung und einer Frage. »Euer Pferd sieht lächerlich aus. Warum habt Ihr ihm das angetan?«

Ich seufzte, regte mich im Sattel und fluchte innerlich. Es ist nicht bequem, wenn man mit vor dem Körper gefesselten Händen und Schlingen um den Hals reitet. Besonders wenn der Körper über den Pferdehals sinken will und um den *eigenen* Hals Schlingen liegen. »Kahlköpfige, blauköpfige Priestermagier.«

Er hatte sich zurückfallen lassen, um neben mir zu reiten. Nun sah er mich fragend an. »Ihr bleibt bei der Geschichte, oder?«

Nun, bis auf die Zierden des Wallachs hatte ich die Wahrheit gesagt. Aber ich konterte mit einer Gegenfrage. »Was genau ist das für ein Wettkampf, den Umir abhält?«

»Er will sehen, wer der beste Schwerttänzer ist.«

»Das haben wir bereits vor ein paar Jahren in Iskandar geklärt.« Ich erinnerte mich sehr deutlich daran. Del hatte dort den nordischen Borjuni Ajani getötet und damit ihren Schwur eingehalten, den Tod ihrer Familie zu rächen.

»Das ging nicht ganz so aus, wie alle erwartet hatten«, erwiderte Rafiq.

Das war eine Untertreibung. Die reine Hölle war los gebrochen, und Del und ich hatten die Stadt so schnell wie möglich verlassen. »Also hat Umir beschlossen, Schaukämpfe abzuhalten? Ist das bei ihm nicht ein wenig sonderbar?«

»Er will es herausfinden, damit er den Besten anheuern kann.«

»Den Besten wofür?«

»Um seine Geschäftsinteressen zu schützen. Eine Vollzeitbeschäftigung bei einem der reichsten Männer des Südens bis zum Ruhestand. Keine schlechte Arbeit, wenn man sie bekommen kann.«

Es war nicht ungewöhnlich, dass ein Schwerttänzer eine festgelegte Zeitspanne von einem Arbeitgeber angeheuert wurde, aber es war stets situationsbedingt. Ich hatte noch nie von einer dauerhaften Beschäftigung gehört. »Und Ihr wollt sie.«

»Ich will sie, und ich beabsichtige, sie zu bekommen.«

»Und Eure beiden Freunde hier begleiten Euch nur während des Rittes?«

Rafiq lachte. »O nein. Ozmin und Mahmood werden auch ihr Glück versuchen. Aber sie wissen, dass ich besser bin als sie.«

»Manchmal«, sagte Ozmin zu meiner Linken.

»Normalerweise habe ich einfach Mitleid mit dir und lasse dich in dem Glauben, du wärst besser«, sagte Mahmood zu meiner Rechten.

Ich ignorierte sie und richtete mich weiterhin an Rafiq. »Was hat das mit mir zu tun? Ich bin kein Schwerttänzer. Ich kann nicht mehr mit den großen Jungen spielen.«

»Oh, er macht für Euch eine Ausnahme. Oder vielleicht sollte ich sagen, *wir* tun es. Vielleicht nicht auf die Art, wie Ihr es erwartet, aber es sollte es dennoch wert sein.«

»Und was ist es?«

»Das Dessert.«

»Das *Dessert*?«

»Nun, tatsächlich die Belohnung. Ihr.« Er grinste. »Ihr seid nicht dumm, Tiger, und Ihr kennt den Süden sehr gut ... wie Euer Verschwinden bewiesen hat. Alle wollen Euch. Aber es könnte Jahre dauern, bis jemand von uns Euch aufspürt, um Euch zu töten. Auf diese Art seid Ihr gleich verfügbar. Als Zusatzpreis für den letzten noch aufrecht stehenden Schwerttänzer: die Gelegenheit, den Sandtiger in einem Tanz auf Leben und Tod zu töten. Umir hat dies schon vor Monaten verkünden lassen, aber Ihr wart verschwunden.«

»Ihr habt mich nur allzu leicht gefunden.« Nicht dass es mich glücklich machte.

Rafiq zuckte die Achseln. »Das war Glück. Ich wartete bei Fouad auf Ozmin und Mahmood, als Euer junger Freund hereinkam und nach einem Heiler fragte. Ich hatte keine Ahnung, wo Ihr Euch aufhieltet oder gar, dass Ihr von dort zurückgekehrt wart, wo auch immer Ihr hin verschwunden wart.« Er grinste. »Wahrscheinlich hättet Ihr dort bleiben sollen.«

Also hatte Nayyib uns anscheinend *wirklich* nicht verraten. Vielleicht hatte er gar keine andere Wahl gehabt, als sie zu uns zu führen.

Oder vielleicht doch.

Vielleicht, vielleicht, vielleicht.

Ich führte den Wallach stirnrunzelnd über eine felsige Stelle und hoffte, dass er nicht stolpern und mich versehentlich erwürgen würde. Aber er war, trotz der Umstände, recht behaglich zu reiten. Del hatte nicht übertrieben. Wenn ich den Hengst geritten hätte, wäre ich inzwischen mindestens zehn Mal erwürgt worden.

Was mich daran erinnerte, dass er noch immer vermisst war. Und es jetzt wahrscheinlich auch bleiben würde. Nayyib würde nicht wissen, dass er ihn suchen sollte, und Del war zu krank, um es ihm zu raten.

Um mich abzulenken, richtete ich meinen Blick auf Rafiq. »Und Umir wird Euch vermutlich dafür belohnen, wenn Ihr mich anschleppt.«

»Großzügig. Sollte ich den Wettkampf nicht gewinnen, so profitiere ich auf diese Weise dennoch davon.« Er lachte, als er meine zweifelnde Miene sah. »Ich bin nicht dumm, Tiger. Es besteht immer die Möglichkeit, dass mich etwas am Sieg hindert. Ich könnte zur falschen Zeit stolpern. Eine Blase am Daumen bekommen. Einen Finger verlieren.« Er schaute provozierend auf meine Hände. »All die anderen Verlierer werden einfach Verlierer sein. Ich werde mit Umirs Geld in meiner Börse sowie mit der Ehre, den Sandtiger seiner Strafe zugeführt zu haben, davongehen.«

»*Wir* werden davongehen«, erklärte Ozmin.

Mahmood nickte. »Wir teilen, erinnerst du dich? Sonst hättest du ihn allein gefangen nehmen müssen. Und wir wissen alle, wer diesen Wettkampf gewonnen hätte.«

Vielleicht nicht, in meiner gegenwärtigen Verfassung. Ich betrachtete nachdenklich die Lederknoten. Ich hatte gewusst, dass es riskant war, in den Süden zurückzukehren. Die Herausforderung durch Khashi in Julah war nur die erste vieler, denen ich zu begegnen erwartete. Aber einer nach der anderen. Umirs System *würde* mich wahrscheinlich umbringen. In Alimat hatten wir viele solche Wettkämpfe durchgeführt, um unser Können gegen einen anderen zu prüfen, weil Konkurrenz den Besten erwies. Dadurch wurde der Geist konzentriert, die Begabung ausgefeilt. Wenn sich zwei Finalisten ungeachtet von Schnitten, Quetschungen und Wunden begegneten, waren sie zu allem bereit.

Wer auch immer aus Umirs Wettkampf als Sieger hervorginge, wäre sehr, sehr gut und sehr, sehr hungrig auf sein … Dessert.

»Klingt nicht so, als hätte ich große Chancen«, sagte ich leichthin.

Rafiq tat überrascht. »Aber natürlich habt Ihr Chancen! Ihr werdet die Ehre haben, vor Männern zu sterben, mit denen Ihr gelernt, geübt, getanzt und sogar getrunken habt. Männer, die Ihr respektiert und die Euch respektieren – respektierten. Die Euch niemals vergessen und anderen von Euch erzählen werden. Wie könnte ein Schwerttänzer besser sterben? Das ist unsere Unsterblichkeit.« Dann wurde seine Miene hart. »Oh, ich vergaß. Ihr habt keine Ehre. Ihr seid kein Schwerttänzer. Ihr seid einfach ein Mann, an den sich niemand erinnern wird, von dem nie jemand erzählen wird. Ein Mann, der nie gelebt hat und der daher nicht unsterblich sein kann.« Bewusst spöttisch fügte Rafiq hinzu: »Ein Mann wie Ihr hätte genauso gut als Sklave geboren werden können.«

Die verbale Klinge traf, wie er es beabsichtigt hatte. Meine Herkunft war kein Geheimnis. Sie war Teil der Legende gewesen: Ein Salset-Sklave war, entgegen allen Umständen, zu einem Schwerttänzer des siebten Grades aufgestiegen, zu einem in Alimat ausgebildeten Schwerttänzer, vom Shodo begünstigt. Wenn man eine Legende ist, wird die Herkunft außer als Würze für die Geschichte unwichtig.

Aber nun war ich natürlich keine Legende mehr. Und Rafiq wollte eine Reaktion sehen. Vielleicht wollte er, dass ich mich selbst erwürgte, wenn ich ihn zu erreichen versuchte. Aber ich grinste ihn nur an. »So viel zur Ehre. Ich halte es nicht für eine Großtat, einen ehemaligen Chula zu töten.«

Sein Gesicht verdüsterte sich. Kurz darauf trieb er sein Pferd zum Trab an und ritt wieder voraus.

Während ich derweil den kahlköpfigen, blauköpfigen Priestermagiern dafür dankte, dass sie mich gezwungen hatten, mich auf eine der Lehren meines Shodo zu besinnen.

Disziplin.

Sie war eine eigene Art Magie.

11

Als wir ungefähr bei Sonnenuntergang den Ort erreichten, den Rafiq als Umirs Domizil deklarierte, war ich müde, durstig, hungrig, sonnenverbrannt und von einem langen Ritt mit gefesselten Händen, ganz zu schweigen von der schwächenden Wirkung des restlichen Sandtigergifts, ziemlich geschafft. Das meiste Gift war aus meinem Blutkreislauf gewichen – und dies war meine dritte Begegnung damit, sodass meine Reaktion ein wenig abgeschwächt war –, aber ich fühlte mich nicht wirklich gut. Rafiq und seine Freunde hatten mir unterwegs Wasser gegeben, aber sie hatten keinen zusätzlichen Burnus bei sich, sodass ich nur meinen Dhoti trug. Ganz zu schweigen davon, dass ich dank des Angriffs des Sandtigers seit mehreren Tagen nichts mehr gegessen hatte und sich mein Magen nun, wo die schlimmste Übelkeit vorüber war, beschwerte.

Als ich das letzte Mal nach dem Rechten geschaut habe, hatte Umir seinen Besitz weiter nördlich konzentriert. Es sah ihm gar nicht ähnlich, sich so weit nach Süden zu begeben. Aber er war ein Tanzeer, der es genoss, alle Arten von Gegenständen zu erwerben, die er für wert befand, in seine Sammlungen aufgenommen zu werden, und Landbesitz gehörte vermutlich dazu. So weit ich wusste, hatte er, seit ich nach Skandi gesegelt war, seinem Besitz fünf oder sechs Gebiete hinzugefügt.

Das Haus wirkte, wie ich beim Näherkommen entschied, recht bescheiden für einen Mann von Umirs Reichtum und Geschmack: Es war kaum mehr als eine Reihe miteinander verbundener Flachdachräume aus Adobeziegeln, dem vorherrschenden Stein des Südens, mit Holzdächern. Nur dass Umir seine Adobeziegel zu seidiger Glätte hatte ebnen und mit Kalk hatte ursprünglich weiß verputzen lassen, sodass sie in der Sonne leuchteten. Hohe Palmen bildeten Reihen von Wächtern um das Haus, und üppiger Pflanzenwuchs spähte über Hofmauern und ließ darauf schließen, dass ein guter Zugang zu Wasser bestand. Was ich bestätigt fand, als wir in den vorderen Hof einritten. Ein dreistufiger Brunnen ergoss sich in ein großes gekacheltes Becken. Dies war der verkörperte Reichtum. Es sah Umir ähnlich, am Rande der Punja Wasser zu finden.

Mein Durst machte sich erneut bemerkbar. Ich wollte nichts mehr, als in den Brunnen zu sinken, aber der gute alte Ozmin und Mahmood hielten mich noch immer an den Gurten fest. Rafiq spürte einen Dienstboten auf, erklärte, was er wolle, und innerhalb von wenigen Augenblicken wurden wir höflich gebeten, in dem gepflasterten, schattigen Hof abzusteigen. Die Pferde wurden von Stallburschen davon geführt. Rafiq und seinen beiden Freunden wurden feuchte Tücher gereicht, um sich den schlimmsten Staub vom Weg abzuwischen. Ich wurde ignoriert. Ozmin und Mahmood bewachten mich noch immer von beiden Seiten, die Gurte in ihren Händen eingerollt. In Dhoti, Staub, Sonnenbrand und Schweiß war ich definitiv im Nachteil, wenn es um Vorzeigbarkeit ging.

Wir wurden ins Haus gebeten und zum Warten in ein luftiges, geräumiges Empfangszimmer mit gefliesten Böden und bunten Stammesteppichen geführt. Unschätzbare Gegenstände waren in Nischen und an den geschmückten Wänden zu sehen. Niedrige, gekachelte Tische wiesen weitere Gegenstände auf, einschließlich zarter bunter Glasschalen und -flaschen, die ich sehr gefährdet sah, wenn zahlreiche unachtsame Schwerttänzer durch das Haus marschierten. Aber vielleicht machte das unter anderem Umirs Anziehungskraft aus.

Nach einer angemessen langen Wartezeit, die niedriger gestellte Persönlichkeiten einschüchtern sollte, erschien Umirs Haushalter. Besagter Haushalter führte uns dann durch das Empfangszimmer in etwas hinaus, was ich für einen Hof an der Rückseite des Hauses hielt. Aber ich entdeckte, dass es nichts dergleichen war. Die Rückseite des Hauses wurde aus einfachen, vom Haupthaus wie eine Blase vorgewölbten Wänden gebildet. Dicke, gebogene Mauern von ungefähr sechs Fuß Höhe. Keine hervorstehenden Ziegel. Keine Verzierungen. Keine Fenster. Kein Pflanzenwuchs. Keine Brunnen. Nichts außer geschickt gewölbten Mauern, die genau gegenüber unserem Standort aufeinander trafen, sowie perfekt gerechter, importierter, seidenweicher Punjasand.

Ein Kreis.

Ein sehr großer Kreis, ausgedehnter, als es ein angemessener Kreis erforderte. Ich vermutete, dass Schwerttänzer, die nicht an einem Kampf teilnahmen, an den Mauern stehen und zusehen würden. Es war ungefährlich, das zu tun. Ein Mann, der aus dem in den Sand gezogenen Kreis hinaustrat, verwirkte den Kampf, und wir hatten alle gelernt, auf engem Raum zu tanzen. Das gehörte zur Schönheit, zur Kunst und zur Herausforderung.

Umir hatte das Haus, wie ich jäh und überrascht erkannte, im Hinblick auf seinen Schwerttänzer-Wettkampf bauen lassen. Wenn es stimmte, dass er den Sieger lebenslang anheuern wollte – oder zumindest für den Verlauf seiner professionellen Karriere –, überraschte es mich nicht, dass Schwerttänzer aus dem ganzen Süden kommen würden. Beim Rückzug in den Ruhestand würde Umir dem Sieger wahrscheinlich ein wenig Land und eine Behausung übertragen. Absolut kein schlechter Job. Ich wäre sogar selbst daran interessiert gewesen, wenn ich nicht nur zur Unterhaltung im Nachprogramm eingeteilt gewesen wäre.

In der Sonne zu warten, von weiß verputzten Mauern umgeben, entsprach nicht meiner Vorstellung von Spaß, besonders da ich ausreichend müde war, dass meine Augen sich beständig verdrehen wollten. Ich kratzte mit gefesselten Händen am Schweiß und Staub auf meinem Gesicht, erwog, mich einfach in den Sand zu setzen, betrachtete dann Ozmin und Mahmood und entschied mich dagegen. Als Rafiq und seine Freunde schließlich ungeduldig genug wurden, sich zu beschweren, erschien der Herr des Hauses.

Umir der Unbarmherzige war ein großer, schlanker, aristokratischer Mann mit hohen Wangenknochen, einer gekrümmten Nase und dunkler Haut, der bis auf die Augen, die hellgrau waren, die klassischen Züge eines Südbewohners aufwies. Ich hatte stets vermutet, dass er Grenzbewohnerblut in sich hatte. Er trug, wie üblich, Gewänder aus den edelsten Stoffen. Die Spitzen seiner weichen, gefärbten Lederslipper sahen unter goldverzierten Säumen hervor.

Er sprach zu Rafiq, sah ihn aber nicht an. Sein Blick war auf mich geheftet. »Gut gemacht.«

Rafiq war noch nie feinsinnig. »Wann werden wir bezahlt? Jetzt, oder wenn er tot ist?«

Umir blieb gelassen. »Oh, jetzt natürlich. Mein Haushalter wird sich darum kümmern.« Er schätzte mich mit leichtem Lächeln ab. »Nun, Sandtiger … Als wir uns das letzte Mal begegneten, wollte ich Eure Frau erwerben. Erfreut es Euch zu erfahren, dass ich jetzt Euch erwerben will?«

»Das kommt darauf an, wofür Ihr mich wollt«, antwortete ich. »Wenn Ihr mich für eine lebenslange Tätigkeit anheuern wolltet, könnten wir wahrscheinlich darüber verhandeln. Aber wenn ich als Dessert vorgesehen bin, wahrscheinlich nicht.«

Er wölbte leicht eine Augenbraue. »Dessert?«

»Ich habe ihm von Eurem Plan erzählt«, erklärte Rafiq. »Dass er die Belohnung für den Sieger sein soll.«

»Oh, aber das hättest du mir überlassen sollen«, murrte Umir. »Du hast mir den Spaß verdorben.« Offensichtlich hatte er eine Art Zeichen gegeben, denn zwei große Männer tauchten aus dem Haus auf. Umir deutete mit beiläufiger Geste auf sie. »Rafiq, du und deine Freunde könnt euch im Besucherflügel zusammen mit den anderen Schwerttänzern meiner Gastfreundschaft bedienen. Dieser spezielle Gast untersteht nun meiner Verantwortung.«

Ich liebe es einfach, wenn ein kultivierter Mann für alles Beschönigungen findet. Gast. Ha.

Ozmin und Mahmood waren nur allzu froh, die Ledergurte Umirs großen Dienern übergeben zu können. Der Haushalter reichte Rafiq eine Geldbörse und führte die Männer wieder ins Haus. Wodurch ich mit Umir und meinen beiden Bewachern draußen allein blieb.

Der Tanzeer umfasste mit einer ausholenden Geste den Kreis. »Gefällt er Euch?«

Er sah mich erwartungsvoll an. Ich vollführte ein halbherziges, einseitiges Schulterzucken. »Auf karge Weise recht ansprechend.«

»O ja. Sehr minimalistisch. So gibt es keine Ablenkungen. Nur die reine, elegante Kunst des Schwerttanzes.«

Er hatte mich nicht hier herausbringen lassen, um den Reiz seines Gebäudes mit mir zu diskutieren, sondern um mir eindrücklich klarzumachen, dass dies der Ort war, an dem ich sterben würde. Ich erwog erneut, mich hinzusetzen oder zu fragen, ob ich wieder vor das Haus gehen und mit dem Gesicht voran in den Brunnen fallen dürfe. Tat keines von beidem unter Umirs prüfendem Blick.

Die Nasenflügel des Tanzeers bebten angewidert. »Warum seid Ihr jedes Mal, wenn ich Euch sehe, so äußerst verdreckt und mangelhaft bekleidet?«

Ich lächelte gewinnend. »Ich führe ein bewegtes Leben.«

Er machte eine abwehrende Geste. »Nun, zumindest für eine kurze Zeit werdet Ihr das Beste genießen, was mein armseliges Haus zu bieten hat. Duftbäder, Öle, das edelste Essen und den edelsten Wein, komfortable Unterbringung, sogar Frauen, wenn Ihr wollt. Ich knausere bei meinen Gästen nicht.«

Zu diesem Zeitpunkt klang das in meinem geschwächten Zustand alles wundervoll – bis auf die Frauen. Nun, selbst das klang theoretisch wundervoll. (Früher wären die Frauen absolut nicht theoretisch gewesen, aber Del hatte mich geläutert.)

»Ich bin kein Gast«, sagte ich. »Ich bin das Dessert.«

Umir glättete mit schlanker, mit schweren Ringen geschmückter Hand die Vorderseite seines seidenen Obergewandes. »Ich wäre nachlässig, wenn ich meinen übrigen Gästen ein Dessert von mangelnder Pikanterie anbieten würde. Wenn Ihr in den Kreis eintretet, werdet Ihr gut genährt, ausgeruht und bestens in Form sein.«

»Hat es Euch niemand erzählt?«, fragte ich. »Ich kann nicht mehr in einen Kreis eintreten. Darum geht es bei *Elaii-ali-ma*.«

Er winkte ab. »Nennt es, wie Ihr wollt. Von mir aus ein Viereck. Aber Ihr werdet für mich kämpfen, Sandtiger. Wie nur Ihr es könnt.«

Ich zog die Augenbrauen hoch. »Welchen Anreiz hat das Ganze für mich? Welchen Ansporn sollte ich haben, dem Sieger Eures kleinen Wettkampfes gegenüberzutreten?«

Umirs Augen und Tonfall blieben ruhig. »Ihr wart bis zum letzten Jahr ein Ehrenmann. Ein in Alimat ausgebildeter Schwerttänzer des siebten Grades von enormem Können und Ruf. Ich sah, was in Sabras Palast geschah, wie Ihr den Tanz gegen Abbu Bensir abbracht und *Elaii-ali-ma* erklärtet. Es war für die Frau, nicht wahr? Die nordische Frau. Nun, ich begreife ihren Wert. Vielleicht nicht aus demselben Grund, aber das ist wohl kaum wichtig. Ihr habt Euch um ihretwillen zum Ausgestoßenen gemacht. Es hatte nichts mit Ernüchterung über die geleisteten Schwüre oder den erwählten Lebensstil zu tun. Ihr könnt es mir gegenüber jetzt leugnen, aber wenn Ihr in diesen Kreis eintretet – und es wird ein Kreis sein –, werdet Ihr Euch an jene Schwüre erinnern. Sie werden Euer Leben erneut beherrschen. Ihr werdet tanzen, Sandtiger – und ja, ich meine tanzen –, weil Ihr keine andere Wahl haben werdet. Es ist alles, was Ihr könnt. Es ist alles, was Ihr *seid*. Und Ihr werdet mit der Ehre sterben, die Ihr Eurem letzten Tanz abringen könnt.«

Umir hatte Recht. Wenn mein Leben auf dem Spiel stünde, würde ich mich nicht weigern zu tanzen. Aber …

»Ihr müsst wissen, dass ich es wirklich, wirklich allmählich leid werde, dass alle annehmen, ich würde verlieren.«

Der Tanzeer sah mich mit leicht verwirrtem Stirnrunzeln an.

Ich sprach es für ihn aus. »Ich könnte siegen, Umir. Was geschieht dann?«

Er schüttelte den Kopf. »Man hat mir zu verstehen gegeben, dass Ihr unmöglich siegen könntet.«

»Oh? Warum? Habt Ihr Rafiq gefragt? Jemand anderen? Wie kann jemand sicher sein, *was* geschehen wird?« Ich trat einen Schritt auf ihn zu, so weit ich es mit der zweifachen Fessel zu riskieren wagte. »Was ist, wenn ich siege, Umir? Was geschieht dann?«

Er war verblüfft. »Aber Ihr habt all Eure Schwüre gebrochen. So wurde es mir erklärt.«

Ich lachte. »Ja, aber gebrochene Schwüre und der Verlust der Ehre bedeuten nicht unbedingt auch den Verlust des Könnens.«

Umir hatte eindeutig niemals erwogen, dass ich siegen könnte. Und wohl auch keiner der Schwerttänzer, die er zu Rate gezogen hatte, hatte erwogen, dass ich womöglich siegen könnte. Was mir sehr gefiel.

»Also«, sagte ich, »gilt der Handel auch für mich? Ich siege, und Ihr bietet mir eine Anstellung an?«

Seine Miene wurde starr. »Ich halte es für höchst unwahrscheinlich, dass Ihr siegen könntet.«

Ich wölbte die Augenbrauen. »Warum? Wollt Ihr mich unter Drogen setzen?«

Er errötete. »Natürlich nicht! Ich bin nicht Sabra, die nur ein Interesse daran hatte, Euch zu bestrafen und zu töten. Ich will einen wahren Tanz. Einen wahren Sieger. Es wird keine Betrügereien geben.«

»Euer Sieger wird nicht mit mir tanzen«, sagte ich. »Er wird mich bekämpfen. Er wird mich zu töten versuchen. Und ich werde mein Bestes tun, um ihn zu töten. Und *wenn* es mir gelingt, erwarte ich eine gewisse Belohnung dafür. Etwas mehr als ein Dessert.«

Es gab nur eines, was erstrebenswert war. Und Umir wusste es. »Die Freiheit, meinen Besitz ungehindert zu verlassen.«

Ich nickte. »Das wird genügen.«

Sein Tonfall wurde aggressiv. »Aber außerhalb meines Besitzes kann Euch jeder herausfordern.«

»Natürlich. Aber das ist nicht Eure Sache. Und ich glaube wirklich, dass jeder, der bezeugt, wie ich hier in Eurem selbstgemachten Kreis den Besten der Besten töte, es sich zweimal überlegen wird, bevor er mich irgendwo herausfordert.«

Er presste die Lippen zusammen. »Ihr seid übertrieben selbstbewusst.«

»Übertrieben? Das glaube ich nicht. Selbstbewusst, ja.« Ich gewährte ihm ein freundliches Lächeln. »Ich *bin* der Sandtiger.«

»Ihr glaubt wirklich, dass Ihr alle einschüchtern könnt?«

Es war keine falsche Zuversicht oder Angabe. Ich hatte es schon früher getan. Viele Male. Es war eine meiner wirkungsvollsten Waffen. Ich war größer, stärker und wendiger als alle anderen, denen ich im Süden begegnet war. Ich war einfach besser.

Ich lächelte und schwieg.

»Ich frage mich«, murmelte Umir, »was Abbu Bensir sagen wird.«

Besser als alle anderen – außer möglicherweise Abbu Bensir. Wir hatten das noch nicht entschieden. Mein Lächeln schwand.

»Wenn Abbu hier ist«, sagte ich stirnrunzelnd, »warum dann überhaupt einen Wettkampf austragen? Bietet ihm den Job an und stellt uns in Euren Kreis.«

Umir betrachtete einen seiner Ringe, bewunderte seine Schönheit im Sonnenlicht. »Aber das würde mich der Eintrittsgelder berauben.«

Ich musste lachen. Kein Wunder, dass Umir der Unbarmherzige einer der reichsten Männer im Süden war. Er heuerte Schwerttänzer an, im Kreis gegeneinander anzutreten, und sie taten es die ganze Zeit umsonst, nur um ihr Können zu verbessern.

Ein leicht belustigtes Schimmern trat in Umirs helle Augen. »Ich hoffe, Ihr versteht, Sandtiger, dass es hier mein Ziel ist, den Besten aus vielen herauszufinden. Ich bin nicht am Tod interessiert. Nur am Einzigartigen. Eure Anwesenheit hier – unter den besonderen Umständen des *Elaii-ali-ma* – ist einzigartig. Alle Männer, die bei meinem Wettkampf verlieren, werden hinausgehen und eine andere Beschäftigung finden, vielleicht sogar bei Tanzeers, die ebenso reich sind wie ich. Aber ich biete etwas, was niemand sonst bieten kann.«

Ich wusste, was das war, aber er erklärte es dennoch.

Seine dunkle Haut wurde noch dunkler, und die hellen Augen brannten. »Die Gelegenheit, den Sandtiger vor den Augen anderer Schwerttänzer zu töten, ihrem Stolz den größten Stachel zu nehmen und dem Ruf eines Mannes unanfechtbaren Glanz zu verleihen. Sein Name wird für immer ehrfürchtig ausgesprochen werden. Legenden werden erzählt werden. Er wird seinem Tod eines Tages mit dem sicheren Wissen entgegensehen, die befleckte Ehre Alimats gerächt und einen der größten Schwerttänzer getötet zu haben, den der Süden je gekannt hat.«

»Und wann plant Ihr das Dessert zu servieren?«

Umir lächelte. »In zehn Tagen.«

Zehn Tage. In zehn Tagen konnte Del tot sein. Zehn Tage waren zu lang. Zehn *Stunden* waren zu lang. Auch wenn Nayyib bei ihr war.

»Wie wäre es mit jetzt?«, fragte ich.

Umir hätte beinahe laut gelacht. »Ich glaube nicht.«

»Ich meine es ernst. Gebt mir ein Schwert und ruft jetzt gleich zum Tanz auf.«

»Ihr seid halbtot vor Erschöpfung. Glaubt Ihr, das sähe ich nicht? Ihr könnt kaum aufrecht stehen.« Er schüttelte den Kopf. »Ich werde keine Farce aufführen. Zehn Tage, Sandtiger. Nachdem Ihr Euch ausgeruht und erholt habt. *Dann* könnt Ihr mir beweisen, ob Ihr so gut seid, wie Ihr behauptet.« Er gab seinen Dienern ein Zeichen. »Begleitet ihn zum Baderaum und dann in sein Zimmer. Sorgt dafür, dass er etwas zu essen bekommt.«

Ich ließ allen Schein, alle Fassade fallen. »Wartet«, platzte ich scharf heraus, als Umir sich abwenden wollte. »Die nordische Frau«, sagte ich, »diejenige, die Ihr so verzweifelt begehrtet …«

Er hielt inne.

»Sie ist krank«, belehrte ich ihn. »Sie wird möglicherweise sterben. Wenn Ihr mich zu ihr gehen lasst – schickt beliebig viele Männer mit mir, fesselt mich, haltet mich gefangen, legt mir Ketten an, wenn Ihr wollt –, so schwöre ich, zurückzukehren und an Eurem Wettkampf teilzunehmen.«

Umir betrachtete mich nachdenklich. Dann sagte er betont verächtlich: »Ich akzeptiere keine wertlosen Schwüre von Männern ohne Ehre.«

Ich war ausreichend müde und schmutzig, dass mich ein Bad beim Feind – und mit den Dienern des Feindes als Bewachern – nicht übermäßig störte, besonders da meine Handgelenke letztendlich befreit und die Schlingen von meinem Hals genommen waren. Auch fürchtete ich mich nicht, den mit Wasser versetzten Wein zu trinken, den mir die Diener-Wächter anboten, als ich in der großen Sitzbadewanne einweichte. Ich war zu durstig. Und auch wenn Umir mich – wie früher schon – eingesperrt hatte, so hatte er niemals versucht, mir zu schaden. Wenn er seinen Gästen den Sandtiger als Anreiz für seinen Wettkampf auf einem silbernen Tablett präsentieren wollte, dann würde er mich tatsächlich ausreichend gut in Form sehen wollen, um hervorragende Unterhaltung zu bieten. Sein Ruf hing davon ab. Er war gnadenlos, wenn er um erstklassige Errungenschaften handelte – Del zu entführen war ein Beispiel –, aber er war kein Killer.

Da ich wusste, dass ich in bestmöglicher physischer Verfassung sein musste, wenn ich überleben wollte – ein unbedeutender Ansporn –, zog ich meinen Vorteil aus seiner Gastfreundschaft und verließ das Bad merklich sauberer und entspannter, als ich seit Tagen gewesen war. Nachdem ich von weiblichen Dienern abgetrocknet und mit Duftöl eingerieben worden war, gab man mir einen weichen Leinendhoti und ein frisches Hausgewand aus rauer, cremefarbener Seide sowie eine rostrote Schärpe, aber mein Lederdhoti und die Sandalen fehlten. Dann begleiteten mich die männlichen Diener barfuß einen kühlen, gefliesten Gang entlang zu einer Holztür, die sich eines eher kompliziert wirkenden Mechanismus am Riegel auf der Gangseite rühmen konnte. Sie bedeuteten mir einzutreten, und ich folgte der Aufforderung. Ich wusste es besser, als dass ich Umirs Diener herausgefordert hätte. Sie waren sehr große Männer, und ich stand kurz davor, mich in einen knochenlosen Fleischhaufen zu verwandeln.

Der Raum war eindeutig für einen Gefangenen gedacht. Der Rand der Tür war abgeschrägt, sodass er den Türpfosten überlappte. Es gab keinen Spalt, in den man einen Dolch oder irgendein anderes Werkzeug in dem Versuch hätte ansetzen können, den Riegel anzuheben. Und es gab auch keinen offensichtlichen Riegel oder eine Schnur zum Entriegeln. Nur dicke, mit einem Breitbeil bearbeitete Holzbohlen, mit versenkten Eisennägeln beschlagen, die man unmöglich herauszuhebeln vermochte. Die Tür konnte nur vom Gang aus geöffnet werden, und selbst ein geplanter Versuch meinerseits, sie mit roher Gewalt einzunehmen, würde nur mit gequetschter Haut und möglicherweise gebrochenen Knochen enden. Nein danke.

Und es gab auch kein Fenster. Nur vier rohe Wände mit einer Reihe kleiner, in die Adobeziegel geschlagener Löcher in der Außenwand, hoch über meinem Kopf, und einer gleichermaßen rohen Adobeziegeldecke. Der Boden bestand ebenfalls aus Adobeziegeln, ohne Fliesen oder Teppiche. Ein großer Nachttopf – in diesem Fall auch Tagtopf – stand unaufdringlich in einer Ecke. Das einzige Möbelstück im Raum war ein sehr hohes, schmales Bett. Neben dem Bett, auf dem Boden, stand ein großes Silbertablett mit in Würfel geschnittenem Ziegenkäse, in Blätterteig gebackener Hammelpastete, einem Bund dicker, blutfarbener Weintrauben, einem kleinen runden Laib dampfendem Brot mit einer Schale Olivenöl, einem Zinnbecher, sowie dazu passenden Krügen mit Wasser und Wein. Ganz zu schweigen von einem zusammengefalteten Leinengeviert, mit dem ich mir nach Beendigung der Mahlzeit den Mund abtupfen konnte. Umir hielt auf Etikette.

Zehn Tage. Blieb die Frage offen, ob der heutige Tag schon mit inbegriffen war oder ob die zehn Tage morgen begannen. Ich fragte mich das während der ganzen Mahlzeit, dem ganzen Wasserkrug, dem halben Weinkrug und als ich rückwärts aufs Bett sank. Umir hatte sogar für ein Kissen und eine Decke gesorgt. Dann fragte ich mich überhaupt nichts mehr. Ich schlief fest ein.

Im Widerhall des Traumes sah ich alte Knochen. Hörte die Stimme einer Frau.

Und nahm ein Schwert auf.

12

Ich erwachte nicht lange nach der Dämmerung vom Klang von Schwertklingen. Für einen Augenblick war ich desorientiert, mir unvertrauter Gerüche, unvertrauten Lichts und des fremden Stoffes unter meinem Körper bewusst. Dann erinnerte ich mich.

Fluchend kletterte ich aus Umirs so genanntem Gästebett und setzte mich zusammengesunken auf den Rand, während ich mir das zerknitterte Gesicht rieb. Ich war am Vortag während meines Bades rasiert worden, sodass nur Stoppeln anstatt des üblichen Drei- oder Vier-Tage-Barts vorhanden waren. Draußen klangen Schwerter. Ich schaute in der Fahlheit des Morgens zu der Reihe der Luftlöcher, die nahe der Decke in die Adobeziegel geschnitten waren. Offensichtlich führte die Außenwand meines Raumes zu Umirs Kreis an der Rückseite des Hauses. Aber ebenso offensichtlich sollte ich bei den Kämpfen nicht zusehen oder denjenigen beobachten dürfen, dem die Ehre zuteil würde, mich zu töten.

Der Türriegel knarrte. Die Tür wurde schwungvoll geöffnet. Hätte ich reagieren wollen, hätte ich nicht genug Zeit gehabt, vom Bett aufzuspringen. So blieb ich einfach sitzen und sah meinen unangekündigten Besucher stirnrunzelnd an.

Umir. Ich glättete meine Stirn und gewährte ihm eine nichtssagend zurückhaltende, friedliche Miene.

Dann betraten die beiden großen Männer, die mich gestern bewacht hatten, den Raum, und noch während ich Anstalten machte, mich zu erheben, ergriffen sie meine Arme und zerrten mich hoch. So viel zu Umirs Gastfreundschaft.

»Schon?«, fragte ich.

Die beiden Männer umschlossen fest meine Handgelenke und streckten meine Hände aus. Umir näherte sich. Seine Miene zeigte Empörung. »Es stimmt *tatsächlich*!«, schrie er, auf meine Hände starrend. »Ich glaubte, Rafiq habe übertrieben.«

Ah. Die berüchtigten fehlenden Finger.

»Ich werde seinen Lohn verringern müssen«, erklärte er grimmig.

Ich zog jäh die Augenbrauen hoch. »Wie viel sind zwei Finger denn im Vergleich zu einem ganzen Menschen wert?«

Umir starrte mich an. »Ich hatte erwartet, dass Ihr *vollständig* hergebracht würdet. Körperlich vollständig. So lauteten meine Befehle.«

Mir war zum Lachen zumute. Das ganze Thema war einfach unglaublich. »Nicht dass Rafiq und ich Freunde wären, Umir, aber er hat dies nicht getan. Es ist bereits vor ein paar Monaten geschehen.«

»Ich habe nichts davon gehört!«

»Es ist nicht hier passiert.« Hoolies, was machte das schon?

Er wandte sich um, tat zwei Schritte und fuhr erneut herum. Seine hellgrauen Augen blickten wütend drein. »Könnt Ihr noch immer tanzen?«

Ich unterdrückte ein Lächeln. »Den Riten des *Elaii-alima* entsprechend darf ich nicht ...«

Er unterbrach mich brüllend. *»Könnt Ihr noch immer tanzen?«*

»Was denn, befürchtet Ihr, dass Euer Plan, mich als Belohnung zu präsentieren, zunichte gemacht werden könnte?«

Umir trat einen Schritt auf mich zu und schlug zu. Ich duckte mich unter der größten Wucht des Schlages hinweg, aber seine Handfläche erwischte dennoch knapp mein Ohr. Die Diener hielten mich noch fester, als ich mich auf Umir stürzen wollte.

»Stellt mich auf die Probe«, stieß ich zwischen zusammengebissenen Zähnen hervor. »Gebt ein Schwert in diese Hände und stellt mich auf die Probe ... Oder warum fragt Ihr nicht Khashi, ob ich ein Schwert halten kann?«

Umirs Miene zeigte Verständnislosigkeit. »Khashi?«

»Ein Schwerttänzer«, belehrte ich ihn. »Wir hatten in Julah eine kleine Meinungsverschiedenheit. Nur dass er jetzt tot ist, sodass er nicht hier sein und Euch etwas darüber erzählen kann, wer gesiegt und wer verloren hat.«

Sein Gesicht nahm allmählich wieder Farbe an. »Er ist tot.«

»Ja.«

»Ihr habt ihn getötet?«

»Ja.«

»War er gut?«

Ich versuchte, die Achseln zu zucken, was durch den Griff der Diener misslang. »Anscheinend nicht, da ich gewonnen habe. Aber das kommt vermutlich auf die Sichtweise an.«

Umir beugte sich herab und betrachtete meine Hände genauer. Ich empfand die kritische Begutachtung als höchst beleidigend, aber ich konnte nicht viel dagegen tun. Also biss ich die Zähne zusammen und wartete ab.

»Schmerzen sie noch?«, fragte er neugierig, so wie man einen Gast fragt, ob er noch etwas Wein möchte.

Es fiel mir schwer, ihn nicht anzuschreien, ein gewisses Maß an Anstand zu wahren. »Erklärt mir, warum das für Euch von Bedeutung ist.«

Umir schien überrascht, als er sich wieder aufrichtete. »Natürlich ist das von Bedeutung. Euer physisches Wohlbefinden beeinflusst die Qualität der Unterhaltung, die ich bieten werde.«

Ich schüttelte den Kopf und wollte gerade etwas entgegnen, als Umir jäh meine beiden Hände ergriff und zudrückte.

Das machte mir meinen Gastgeber nicht wesentlich sympathischer.

Kurz darauf ließ er sie wieder los. Umir kämpfte mit sich. Dann nickte er. »Die Pläne bestehen unverändert weiter.« Und er wandte sich um und verließ den Raum.

Als ich wieder eingeschlossen und recht sicher war, dass mich niemand hören konnte, stieß ich in jeder mir bekannten Sprache einen gewaltigen Schwall von Flüchen aus, was nach meiner Reise nach Meteiera einige waren, und wünschte mir, unzählige zerbrechliche Gegenstände zur Verfügung zu haben, die ich an die Tür und die Wände schmettern könnte, während ich wütend auf und ab lief und darauf wartete, dass der Schmerz vergehen würde.

Natürlich würde ein solches Verhalten nur noch mehr Schmerzen in meinen von Umir misshandelten Händen heraufbeschwören, sodass es ebenso gut war, dass ich nicht darauf zurückgreifen konnte. Und ich würde nicht den Wasserkrug dafür hernehmen, um meinen Frust loszuwerden, denn dann müsste ich mit dem eher chaotischen Ergebnis leben.

Schließlich gingen mir die Flüche aus. Der Schmerz ließ nach. Ich warf mich aufs Bett, die Hände auf der Brust, und blickte nachdenklich zu der kahlen Decke über mir, wälzte grimmig konzentrierte Gedanken über Schwertänze und Schwerttänzer, gebrochene Schwüre, fehlende Finger, Dummköpfe wie Umir, abwesende Baschas. Und über die Disziplin, die ich auf dem Steinwald gelernt hatte.

Draußen, in Umirs Kreis, klangen Schwertklingen. Ich hörte, wie Stimmen zu freundlichen Beschimpfungen, ungehobelten Anspielungen, einem gelegentlichen Kompliment erhoben wurden.

Ich runzelte die Stirn. Eine Stimme klang bekannt.

Ich hörte sie erneut. Das Stirnrunzeln schwand. Ich erinnerte mich an Übungskämpfe in einer der staubigen Gassen Rusalis. Mit Schwertern und ohne.

Begeisterung. Ansporn.

Ich schwang mich aus dem Bett, zog es von der Wand fort, kippte es auf die Seite und betrachtete die Beine. Vorsichtig setzte ich mich auf eines, meine eigenen Beine unter mir eingeschlagen. Ich hüpfte ein wenig und spürte daraufhin das Knacken. Lächelnd erhob ich mich, trat mit einem Fuß gegen das Bein und freute mich, als es in einem Stück vom Rahmen abbrach – ungefähr drei Fuß Holz. Ein Ende war ein wenig schartig, aber das war unwichtig. Das andere Ende, das unten mit dem Breitbeil begradigt war, bot mir einen praktischen Griff.

Ich stellte das Bett wieder hin und drehte es um, damit dem Auge eines Besuchers die beinlose Ecke nicht so auffiele, und schob es zurück an die Wand. Dann legte ich das Hausgewand ab, sodass ich nur noch den Leinendhoti trug. Nahm das vom Bett abgebrochene Bein auf. Schloss meine Hände darum. Und begann geduldig und selbstbeherrscht die Übungen auszuführen, die ich das erste Mal vor dreiundzwanzig Jahren in Alimat gelernt hatte.

Ich war bereits reichlich in Schweiß geraten, als ich den Riegel knarzen hörte. Hastig schleuderte ich das Bein unters Bett und zog das Hausgewand wieder an, obwohl ich keine Zeit mehr hatte, die Schärpe zuzubinden. Ich hielt es für das Beste, mich nicht auf das Bett mit den nur mehr drei Beinen zu setzen, sodass ich davor stehen blieb, als hätte ich mich gerade davon erhoben. Als sich die Tür öffnete, trug ich einen angemessen erwartungsvollen Gesichtsausdruck zur Schau. Besonders da ich mich fragte, ob Umir käme, um noch weitere Partien meiner Anatomie zu begutachten.

Eine Frau trat mit Frühstück ein. Während sie das Tablett auf den Boden stellte, wurde auch sie eingeschlossen. Anstatt bestürzt oder wegen ihrer misslichen Lage erschreckt zu sein, trat sie nur von dem Tablett zur

Seite und forderte mich mit einer anmutigen Geste auf zu essen.

Sie war auf die Art der hübschesten südlichen Frauen wunderschön, klein von Gestalt und zierlich gebaut, mit großen dunklen Augen, ausdrucksstarkem Gesicht und Händen und dunkler Haut, von der sich das blauschwarze, offen bis zur Taille herabfallende Haar abhob. Sie trug verschwenderische Seide in einem glänzenden Blau-Grün und goldverzierte Sandalen. Es war offensichtlich, dass sie zu meinem Vergnügen hier war. Sie trug weder Kopfbedeckung noch Schleier und täuschte nicht die extreme Bescheidenheit anderer südlicher Frauen vor. Aber sie war auch in keiner Weise aufdringlich. Umirs Geschmack richtete sich in allem nach Eleganz und Zurückhaltung. Gerüchte behaupteten, der Tanzeer möge es nicht, mit Frauen oder Männern zu schlafen, sondern zöge sein Vergnügen nur daraus, Dinge zu erwerben und zu besitzen, die er als faszinierend und einzigartig empfand. Manchmal beinhaltete das auch Menschen. Diese Frau war entschieden einzigartig.

Früher hätte ich ihre Anwesenheit in seinem Haus oder ihre Rolle nicht in Frage gestellt. Ich hätte mich einfach mit ihr vergnügt.

Aber das Reisen mit Del hatte mir gewisse südliche Bräuche bewusst gemacht, die von anderen Kulturen als nicht akzeptabel angesehen wurden. Das Reisen mit Del hatte auch einen Platz in meiner Seele ausgefüllt, von dessen Existenz ich nichts gewusst hatte. Ich war gewiss nicht blind für andere Frauen, noch war ich kastriert oder tot, aber die Würdigung fand nun andere Ventile, als mit attraktiven Frauen zu schlafen, sei es im Geiste oder in der Realität.

Daher sah ich diese hübsche, südliche Frau nur an und fragte: »Was tut ein nettes Mädchen wie Ihr an einem Ort wie diesem?«

Aus ihrer gelassenen Gemütsruhe aufgeschreckt,

blinzelte sie, dann stieg ihr leichte Röte in die Wangen. Sie deutete erneut und beharrlicher auf das Tablett mit dem Frühstück.

»Später«, sagte ich. »Hat Umir Euch geschickt?«

Sie nickte, die Lider ausreichend lange gesenkt, um dichte dunkle Wimpern zu offenbaren.

»Welche Anweisungen hat er Euch gegeben?«

Sie befeuchtete ihre Lippen mit der Zungenspitze. Ihre Stimme war tief und wohl moduliert. »Ich soll tun, was Ihr wollt, und sein, was Ihr wollt.«

»Ist hier in Umirs Haus zu sein das, was *Ihr* wollt?«

Sie zog die dunklen Augenbrauen hoch. »Aber natürlich. Wie auch nicht? Es ist bei weitem besser, als es vielleicht sein könnte.«

Das entsprach wahrscheinlich der Wahrheit. Aber ich hörte dennoch Dels Stimme in meinem Kopf, die es bestritt. »Würdet Ihr gehen, wenn Ihr die Wahl hättet?«

Sie war von meiner Art zu fragen eindeutig verwirrt. »Meine Familie wurde gut bezahlt. Sie führen jetzt ein behagliches und sorgenfreies Leben. Aber ich lebe noch behaglicher und sorgenfreier. Warum sollte ich gehen wollen?«

»Und wenn Ihr angewiesen werdet zu tun, was ein Mann will, und zu sein, was dieser Mann will – fragt Ihr Euch dann niemals, ob es das wert ist?«

Sie lachte unerwarteter Weise. »Und Ihr?«

Jetzt war es an mir, verwirrt zu sein. »Was?«

»Wenn Ihr eine Frau für eine Nacht anheuert – fragt Ihr Euch dann niemals, ob es das wert ist?«

Ich hatte keine Frau mehr angeheuert, seit ich Del begegnet war. Aber selbst davor, wenn ich Siege mit Frauen und Alkohol gefeiert hatte, oder mit Frauen ohne Alkohol, war es mir nie in den Sinn gekommen, mich zu fragen, ob es das wert war. Es war einfach das, was ich tat. Und es gab stets Frauen, die wollten, dass ich es tat.

Sie sah die Antwort in meinem Gesicht und lächelte. »Also, seht Ihr. Wir sind nicht so sehr verschieden.«

Aber das war ich doch. Jetzt. Es war jedoch unmöglich, ihr das zu erklären. »Danke, dass Ihr mir Frühstück gebracht habt«, sagte ich, »aber ich werde es allein zu mir nehmen.«

Sie lächelte, war sich meiner sicher. »Und danach?«

»Danach werde ich auch allein sein.«

Das überraschte sie. »Ihr wollt meine Gesellschaft nicht?«

Das war zweifellos eine Beleidigung, aber ich versuchte, diese abzumildern. »Ich erwähle meine Gefährten selbst.«

Sie errötete. »Umir glaubte, ich würde Euch gefallen.«

»Was mir gefallen würde, und das weiß Umir, wäre, meine Freiheit gewährt zu bekommen.«

Sie betrachtete mich noch eine Weile, als erwartete sie, dass ich meine Meinung änderte. Als ich schwieg, nur ruhig abwartete, akzeptierte sie es schließlich als die Wahrheit. Sie wandte sich augenblicklich zur Tür, pochte heftig dagegen und schlüpfte ohne einen Blick zurück hinaus, als der Wächter sie öffnete.

Ich lauschte darauf, wie der Riegel hinter ihr wieder vorgelegt wurde. Dann trat ich zur nahen Wand, drehte mich um und sank mit dem Rücken daran herab. Früher …

Aber ich bereute meine Entscheidung in keiner Weise.

Ich seufzte, lehnte den Kopf an die Wand und schloss die Augen. Ich konnte Umirs Schwerttänzer hören. Aber ich konnte nur an Del denken, wie ich sie zuletzt gesehen hatte, der Hilfe von einem Fremden überlassen, während ich hier darauf wartete, einem Mann zu begegnen, der sein Bestes tun würde, um mich zu töten.

Neun Tage, oder acht. Ich hätte Umir fragen sollen.

Bascha, wo bist du? Noch immer in dem Unterstand, oder hat Nayyib dich nach Julah gebracht?

So hatte ich es mir nicht vorgestellt. Seit mehreren Jahren sah ich mich und Del gemeinsam sterben, im Kampf gegen beliebig viele Feinde. Ich hatte mir uns nie als alte Leute vorgestellt, sondern nur so, wie wir jetzt waren. Gewiss hatte ich nie daran gedacht, dass Del an den Wunden oder dem Gift eines Sandtigers sterben könnte und dass ich dazu verurteilt wäre, in einem Kreis zu sterben, in den ich gar nicht mehr eintreten durfte.

Ich hätte in tausend Jahren nicht erwartet, *Elaii-ali-ma* zu erklären. Trotz meiner Zeit als Chula unter den Salset betrachtete ich mich als an dem Tag wahrhaft geboren, als der Shodo von Alimat mich zur Ausbildung angenommen hatte. Der Tag, an dem ich meinen Namen angenommen hatte. Der Tag, an dem ich Abbu Bensir in einem unvorbereiteten Übungskampf mit Holzschwertern besiegt hatte.

Dieses Bild stand unerwarteter Weise deutlich und unmittelbar vor mir. Ich war siebzehn gewesen, soweit ich mein Alter benennen konnte. Abbu war gute zehn Jahre älter, der anerkannte Schwerttänzer der Schwerttänzer. Er nahm keinen Unterricht mehr. Er verdiente sich seinen Lebensunterhalt schon seit Jahren damit, sich anheuern zu lassen. Aber er war nach Alimat zurückgekommen, um den Shodo zu besuchen. Wo er von einem großen, schlaksigen Jungen hörte, der mit der richtigen Ausbildung eines Tages ebenso gut oder besser zu werden versprach.

Ich lächelte verzerrt. Abbu hatte mich auslachen wollen, wenn auch versteckt, da er nur meine schlechten Angewohnheiten bemerkte. Und als er mir die hölzerne Übungsklinge zuwarf, hatte er angenommen, all den anderen, mit großen Augen zusehenden Schülern demonstrieren zu können, wie sehr mir meine Größe und Schlaksigkeit in einem Kreis schaden würden.

Stattdessen hatte ihm meine größere Reichweite und Schnelligkeit, trotz meiner Unbeholfenheit, einen Stoß gegen die Kehle eingebracht. Seit diesem Tag sprach er rau und heiser.

Schließlich war ich aus meiner Schlaksigkeit herausgewachsen und hatte Muskeln angesetzt. Die Kraft war trainiert, die Schnelligkeit verbessert worden. Ich war anders als Abbu oder jeder andere Südbewohner und konnte nicht alle Lektionen speziell auf meinen Körper anwenden. Daher hatte sich der Shodo auf *mich* eingestellt, indem er andere Figuren entwickelt hatte. Innerhalb weniger Jahre, rascher als jeder bisherige Schüler – einschließlich Abbu –, hatte ich den siebten Grad erreicht.

Dann, und erst dann, hatte ich Alimat verlassen, um meinen eigenen Weg zu gehen.

Den Weg, der mich so viele Jahre später hierher geführt hatte.

Ich erhob mich, legte das Gewand ab, warf es aufs Bett und kniete mich hin, um das abgebrochene Bein wieder an mich zu nehmen. Ich öffnete mich erneut der Macht, die nicht Magie war, es mir aber vielleicht ermöglichen würde zu überleben. Die Riten und Rituale, um den Körper zu vervollkommnen, um die Reflexe zu kontrollieren, die mir der Shodo beigebracht hatte. Und die Disziplin, um den Geist zu vervollkommnen, um diese Macht zu kontrollieren, die mir von den blauköpfigen Priestermagiern ioSkandis eingebläut worden war.

Die Frau war langbeinig und flink, schlang ihre Beine in behaglicher Preisgabe um meine. Sie trug keine Kleidung und hatte auch mich dazu verführt, die meine abzulegen. Die anfängliche Leidenschaft war verbraucht. Nun lagen wir sehr eng beieinander, fast wie ein Wesen. Ich verschränkte die Finger lächelnd in ihrem seidigen Haar, umwickelte jeden einzelnen Finger: Daumen, Zeigefinger, den nächsten Finger, den nächsten und schließlich den kleinen Finger. Ich spürte die bindende Kraft, prüfte sie, zog leicht am Haar und ließ es dann durch die Finger gleiten. Helles Haar, fast weiß. Und von der Glut der Sonne sanft vergoldete Haut. Ich strich mit den Händen über diese Haut, streichelte sie mit all meinen Fingern …

… und schoss auf der Matratze senkrecht hoch, die ich aus dem dreibeinigen Bett gezogen und auf den Boden gelegt hatte.

Ich konnte im Dunkeln nichts sehen, hob aber dennoch meine Hände an. Ich zählte und schloss die Finger, während ich sie im Geiste durchging.

Rechte Hand: Daumen. Vier Finger.

Linke Hand: Daumen. Vier Finger.

Und wieder und wieder. Die Frau war fort – Del war fort –, aber die Finger blieben. Ich konnte sie spüren.

Ich blieb die restliche Nacht wach, kämpfte mit mir selbst. Als die Dämmerung schließlich langsam in den Raum kroch, von den Luftlöchern geteilt, konnte ich die Wahrheit letztendlich erkennen.

Daumen. *Drei* Finger. Und ein Stumpf.

Ich legte mich wieder hin, ballte die Hände zu Fäusten. Mit zwei Daumen und sechs Fingern.

Dachte: Und auch keine Del.

Träume, erkannte ich verbittert, beschworen Schmerz *und* Freude herauf.

13

Am Morgen des zehnten Tages erwachte ich bald nach der Dämmerung. Der Raum, den ich bewohnte, war wie immer ruhig, düster, isoliert, von den übrigen Geräuschen des erwachenden Haushalts abgeschnitten. Aber nun war mein Körper ausgeglichen und wachsam, mein Geist ruhig und vorbereitet. Ich wusste Bescheid, auch ohne die Tage zu zählen.

Ich lag auf dem Rücken auf der Matratze und streckte die Arme in die Luft. Betrachtete die Hände, Vorderseite und Rückseite. Ich hatte nicht wieder davon geträumt, noch alle Finger zu besitzen. Was ich jetzt sah, war das, was ich zu sehen erwartet hatte: das, was mir auf dem Steinkegel geblieben war, nachdem Sahdri mir zwei Finger in dem Versuch amputiert hatte, auch meine Identität zu amputieren, die Bewusstheit, dass ich vor allem anderen Schwerttänzer war. Weil er sehr genau wusste, dass ich nicht werden würde, was er glaubte, das ich sein sollte – und sein könnte, sofern meine Vergangenheit ausgelöscht wäre.

Die Wochen danach waren wahrhaft hart gewesen, während ich einen Feind bekämpft hatte, wie ich noch nie einem begegnet war, um mein Selbstgefühl zu bewahren. Ich hätte beinahe verloren. Aber letztendlich entdeckte ich wieder, was und wer ich war, und konnte die Macht ioSkandis anrühren. Dort auf dem Kegel war ich Magier gewesen, wenn auch niemals Priester, aber auch Schwerttänzer. Und nur das, wie ich wusste, war mir jetzt dienlich.

Schwerttänzer.

Sandtiger.

Beides – oder eines von beidem – würde genügen.

Ich stemmte mich von der Matratze hoch. Benutzte den Topf. Verbrachte Zeit mit Streckübungen, ließ meine Gelenke knacken, führte mit meinem Körper Figuren aus, die ich im Schlaf beherrschte, bis jeder Körperteil gelockert war. Nahm eine Position inmitten des Raums vor der Tür ein, sammelte mich, schloss die Augen und ließ mich ebenso los wie in Meteiera, schwebte ohne Flügel über das fruchtbare Tal am Fuße der gewaltigen Steinkegel.

Weit unten sah ich einen Kreis aus weißen Steinen, der mit kundiger Genauigkeit in den Boden eingelassen worden war. Ich schwebte tiefer, immer tiefer und sah dort einen Mann im Dhoti. Ein auf Skandi geborener Mann, mit der Größe, Breite, Kraft und Schnelligkeit, die für die Elfenfamilien charakteristisch sind, die von den Göttern abzustammen behaupteten. Beide Hände umfassten ein Schwert, ein voller Satz von acht Fingern und zwei Daumen umschloss das Heft. Es war eine Waffe, aber auch eine Erweiterung des Mannes. Stahl wurde zu Fleisch.

Er war allein und sich der Welt insgesamt unbewusst. Er tanzte dort, er und das Schwert-sein-Partner, setzte die ursprünglichen, grundlegenden Formen in eine Reihe miteinander verbundener, fließender Bewegungen um, die, trotz seiner Größe, aus Anmut, vermischt mit Kraft gebildet wurden, ein Handlungsgewebe auf dem Webrahmen seines Willens und seines Geistes. Schweiß überzog seinen Körper, machte die sonnengebräunte Haut zu einer kupferbronzefarbenen, menschlichen Skulptur aus angespannten Sehnen und sich abzeichnenden Muskeln: die harte, unsanfte Schönheit eines reifen Mannes, besser ausgebildet als alle anderen, besser in Form, als zu erwarten war, körperlich und geistig. Und dann machte die grundsätzliche Routine den Weg für diejenigen frei, die nur die Besten kannten, die nur den Besten bekannt waren, vom schwelenden Talent zur unfassbaren Flamme seltener Begabung.

Er war nicht mehr allein. Eine Frau trat in den Kreis ein. Auch sie trug ein Schwert. Auch sie war groß, langgliedrig, stark, aber von Natur aus anmutig, trotz ihrer Größe und Kraft erkennbar wunderbar weiblich. Blond, hell, nur in einer Ledertunika, forderte sie ihn zum Tanz heraus.

Als es vorbei war, hatte keiner von beiden verloren. Keiner von beiden hatte gesiegt. Sie hatten lediglich bewiesen, wie vollkommen sie zusammenpassten, wie streng ihre Präzision war und dass keiner von beiden besiegt werden konnte.

Lächelnd und vom Bewusstsein meiner selbst übersättigt, drehte ich auf dem Wind ab und schwebte zum Steinkegel zurück. Ich sank herab, und kühler Fels lag unter meinen Füßen. Die Macht summte in meinen Knochen, fädelte sich durch Muskeln, kribbelte in meiner Kopfhaut. Ich breitete die Arme aus und blickte mit offenen Augen, aber blind in den Himmel, rief alles Können Alimats an, den Mut eines zum Mann gewordenen Sklaven und die grimmige Entschlossenheit einer nordischen Bascha.

»Erfülle mich«, bat ich.

Dieser Moment verging. Ich lebte in einem anderen. Als ich die Augen öffnete, stand Umir in der geöffneten Tür und sah mich seltsam an.

Schließlich regte er sich und sprach. »Zieht Euch an. Meine Diener werden Euch vorbereiten und dann zum Kreis begleiten.«

Der Tanzeer ging wieder. Seine Diener hielten einen frischen Lederdhoti, eine Flasche Öl, neue Sandalen und ein aus schimmerndem bronzefarbenem Stoff, der edelsten Seide der Welt, gewobenes Obergewand bereit. Einst hatte Del auf Umirs Wunsch hin etwas Ähnliches getragen, wenn auch in Weiß. Und das Innere war von unschätzbaren Perlen, Glas und Federn gesäumt gewesen. Meines bestand glücklicherweise nur aus unverzierter schwerer Seide.

Stumm, angespannt legte ich den Leinendhoti ab und zog das weiche Wildleder an. Die Diener gossen Öl in ihre Hände und begannen, es in meine Haut einzumassieren. Früher hätte ich mich vielleicht gefragt, ob das Öl mit irgendetwas versetzt gewesen wäre, aber ich wusste, dass Umir für seinen Wettkampf nichts dergleichen täte. Er wollte einen wahren Tanz. Er wollte niemanden sagen hören, der Sandtiger habe verloren, weil Umir betrogen hätte.

Die Diener rasierten mich und wollten mir dann mit dem Anlegen der restlichen Kleidung helfen. Ich weigerte mich, Obergewand und Sandalen anzuziehen. Nur im Dhoti wurde ich aus dem Raum, in dem ich zehn Tage eingesperrt gewesen war, zu Umirs von weißen Wänden umgebenen Kreis geleitet.

Mein Gastgeber hatte, wie erwartet, all seine Gäste entlang der gewölbten, weiß getünchten Wand an der Rückseite seines Hauses versammelt.

Da ich auch in Iskandar gewesen war, konnte ich erkennen, dass er nicht alle Schwerttänzer zu seinem Wettkampf hatte locken können. Aber es war eine angemessene Anzahl. Die meisten davon waren Südbewohner, aber es war auch ein entsprechender Anteil Fremder zu sehen. Sie waren größer, schwerer, ihr Haar braun, blond, sogar rot und in allen Zwischentönen, mit Augen in allen Schattierungen. Die Haut war gebräunt, von Sommersprossen übersät oder von dem Umstand, der sengenden südlichen Sonne ausgesetzt gewesen zu sein, zu einem beständigen Rot verbrannt. Während Südbewohner einander aufgrund ähnlicher Färbung und Gestalt alle ähnelten, waren die einzigen Ähnlichkeiten unter den Fremden eine gewisse Härte in den Augen sowie die Schwerter an Hüften und Schultern. Es gibt einen deutlichen Unterschied zwischen Männern, die Schwerter zum Schutz oder um Eindruck zu machen trugen, und Männern, die sich mit einer Klinge ihren Lebensunterhalt verdienten. Letzterem wohnte eine gewisse Leichtigkeit inne, eine zwanglose Zuversicht in der Haltung, in der Selbstkenntnis. Für sie war ein Schwert mehr als ein Schwert. Es war ein Teil ihrer Seelen.

Sabra, der erste, wenn auch kurzlebige weibliche Tanzeer, war durch aufdringliche und übertrieben theatralische Zurschaustellung aufgefallen. Umirs Geschmack und Absichten waren anderer Art. Er verkündete weder mein Eintreffen noch meinen Namen. Er wusste, und ich wusste, dass das nicht nötig war. Der Sandtiger war dem Sieger versprochen worden.

Einige dieser Männer hatten mich niemals zuvor gesehen. Einige waren wahrscheinlich erst geboren worden, als ich Alimat zum ersten Mal verlassen hatte. Diese Männer sahen mich mit stiller Gier an, die belegte, wie sehr der Mann Legenden und Gerüchten entsprach. Einige fanden mich zweifellos größer als erwartet, andere hielten mich für kleiner. Wenn es stimmte, was Del über die Magie Meteieras gesagt hatte, nämlich dass sie gewisse Abnutzungserscheinungen von mir genommen hatte, dann wirkte ich vielleicht jünger, als viele erwartet hatten. Aber niemandes Blick zeigte irgendwelche Zweifel daran, dass ich war, wer ich war. Darum konnte ich nirgendwo unbemerkt bleiben. Nichts kann von Sandtigerkrallen hinterlassene Narben im Gesicht wirklich verbergen.

Etwas in mir erweckte jäh eine Erinnerung und Bedauern. Nun würde auch Del ihren Anteil davontragen, obwohl ihr Gesicht glücklicherweise verschont geblieben war.

Wenn sie überlebt hatte.

Die Schwerttänzer taxierten mich wie erwartet: registrierten die Statur, meine Art, mich zu bewegen, die Länge von Beinen und Armen, die Tiefe und Wölbung meines Brustkorbs – sowie die dort von Dels Jivatma hinterlassene wuchtige Narbe –, den Aufbau von Knochen und Muskeln, die Spannung der Haut über beidem. Im Kreis zählte alles. Besonders bei einem Tanz auf Leben und Tod.

Sie betrachteten auch, jeder Einzelne von ihnen, meine Hände.

Der helle Sand unter meinen bloßen Füßen war warm, aber Umir hatte eine gute Tageszeit erwählt. Da es Punjasand war, würde die Sonne die darin enthaltenen Kristalle schließlich bis zur Unerträglichkeit erhitzen. Aber es war früher Sommer und mitten am Vormittag, hell genug, dass man ohne Blinzeln sehen konnte, und noch nicht so warm, dass man sich die schwieligen Fußsohlen verbrannte, die für Schwerttänzer typisch waren.

Ich bemerkte einige finstere Blicke und gelegentlich einen verwirrten Gesichtsausdruck. Nach einem Augenblick losgelöster Betrachtung erkannte ich, dass ich wahrscheinlich in nichts dem entsprach, was diejenigen, die mich vom Sehen her kannten, erwartet hatten. Skandi hatte mich verändert. Aber niemand von ihnen wusste von Skandi. Ich war nach Sabras misslungenem Schwerttanz, nachdem ich *Elaii-ali-ma* erklärt hatte, einfach verschwunden. Sie wussten nur vom Hier und Jetzt: ein alternder Mann, der irgendwie jünger wirkte, mit doppelten Silberringen in den Ohren und kürzer geschorenem Haar als gewohnt. Der Körperbau war derselbe, die Züge dieselben. Aber der Mann war es irgendwie nicht.

Es waren Männer dabei, die ich kannte. Ich beobachtete, wie ihr Blick meinem begegnete und dann fortglitt. Die Gesichter waren unbewegt, zu Mienen erstarrt, die der Ernsthaftigkeit der Situation Tribut zollten, aber nichts von ihren Gedanken preisgaben. Einige von ihnen waren Freunde gewesen. Einige von ihnen waren gute Freunde gewesen. Aber solche Dinge bedeuteten nichts, gemessen an der Schande des *Elaii-ali-ma*. Hier hatte ich keine Freunde. Keine achtbaren Gegner. Nur Feinde.

Umir bedeutete mir stehen zu bleiben. Ich fügte mich, während ich den Einfall der Schatten registrierte und wie der Sand gerecht worden war. Keine Wolken: Nichts würde die Intensität der Sonne, und somit den Tanz, verändern. Ich war mir der Diener unmittelbar hinter mir bewusst. Ich roch Hitze und Sand und Öl, den schwach beißenden Moschusgeruch der versammelten, tatkräftigen Männer.

Dann begab ich mich fort … verlor mich erneut im Wind ioSkandis, bahnte mir meinen Weg durch den Steinwald, während ich auf den Kreis hinabsah, den Mann, die Frau.

Die Erinnerung dauerte an.

Ich war Schwerttänzer.

Sandtiger.

Fleisch gewordene Legende.

Ich lächelte, während ich zurückkehrte. Ich war bereit.

Umir erhob die Stimme. »Will jemand unter Euch den Kreis ziehen?«

Niemand regte sich. Niemand sprach. Alle schauten nur.

Der Tanzeer vollführte eine versöhnliche Geste. »Ja. Ich verstehe. Es geht um das *Elaii-ali-ma*. Ich will es weder gering schätzen noch Euch entehren und Euch auch nicht bitten zu vergessen. Ich möchte das zeigen, was am ehesten dem ähnelt, dem dieser Mann, dieser Ausgestoßene, entsagt hat. Er soll wissen, was er gehabt hat, was er mit Euch geteilt und dann verloren hat. Der Beste von Euch wird ihn daran erinnern, sodass er mit dem Begreifen der Wertlosigkeit seines Lebens stirbt.« Er hielt inne. »Will irgendjemand unter Euch den Kreis ziehen, in dem dieser Mann sterben wird?«

Ich hörte die Männer leise darüber diskutieren. Umir verlangte viel. Ich hatte keinen Anteil mehr an Kreisen jeglicher Art, und doch war ich hier. Sie konnten den Hinweis des Tanzeers aufnehmen oder ihn zurückweisen, so wie ich den Ehrenkodexen entsagt hatte.

Dann drängte ein Mann hinter den anderen hervor, zog sein Schwert. Ein großer, breitschultriger, hellhaariger Mann, aus nördlichen Gegenden stammend. Ich kannte diese Augen. Kannte das Gesicht. Hatte seine Stimme schon gehört, jenseits der Wand meines Raumes bewusst erhoben, damit ich ihn vielleicht hören und wissen würde, dass er da war. Erkannte das Schwert. Ich war ihm schon viele Male zuvor begegnet, um mit ihm zu trinken, mit ihm zu üben, sein Essen zu teilen. Mit ihm, seiner Frau, seinen beiden kleinen Mädchen – inzwischen drei, wenn ich mich recht erinnerte. Sie hatten sich nach Verletzungen mehr als einmal um mich gekümmert.

Alrics Blick begegnete meinem, Augen so blau wie Dels. Ich sah ein ganz leichtes Flackern darin, die Anspannung seines Kinns. Obwohl nicht in südliche Bräuche hineingeboren, hatte er sie gut erlernt. Er lebte unter Südbewohnern, tanzte unter Südbewohnern, war mit einer Südbewohnerin verheiratet. Seine Gewohnheiten waren ihre. Er verstand sie.

Er trat bis fast zu der Stelle, wo ich stand, setzte seine Klingenspitze auf den Sand auf und begann den Kreis abzuschreiten, die Linie zu ziehen.

Alric endete, wo er begonnen hatte. Er wandte sich zu mir um, betrachtete mich, schien in meine Seele zu blicken. Ich fragte mich, was er sah.

Dann wandte er sich jäh um, trat mit langen Schritten in den Kreis ein, bis genau zur Mitte, beugte sich herab und legte sein Schwert nieder.

Dieses Mal wurde das Murmeln zu erkennbarem Protest. Die übrigen Schwerttänzer waren nicht gerade erfreut darüber, dass einer der Ihren ihnen ins Gesicht spie, indem er mir sein Schwert darbot. Alric hatte seinem Ruf gerade irreparablen Schaden zugefügt. Aber andererseits hatte Alric stets seinen eigenen Weg erwählt.

Zumindest ein Mann hier würde meinen Tod beklagen.

Seine Botschaft war eindeutig: Ich brauchte mir keine

Gedanken darüber zu machen, dass das Schwert, das ich schwingen würde, verfälscht wäre.

Und die andere Botschaft: Er hatte seinen Tanz nicht gewonnen. Es war nicht Alric, dem ich im Kreis begegnen würde, der mich, anders als die anderen, nicht zu töten versuchen würde.

Er neigte kurz den Kopf, um mir seine Anerkennung zu zeigen, und verließ den Kreis dann. Er fand einen Platz an der Wand – allein, abgesondert, was er selbst bewirkt hatte, indem er seine Treuezugehörigkeit erklärt hatte.

Ich lachte innerlich. Umirs Plan war bereits ein wenig schiefgegangen. Rafiq hatte ihm das Schwert gebracht, das ich in Haziz gekauft hatte und das jetzt einer der Diener hielt, die dem Tanzeer am nächsten standen. Aber es würde unbenutzt bleiben. Ich hatte nun ein anderes. Eines, dem ich unbedingt vertrauen konnte, eines, das mir in Gewicht und Ausgewogenheit entsprach. Alric und ich waren uns vom Körperbau her sehr ähnlich, und ich hatte schon früher mit diesem Schwert geübt. Auch wurde es einem Mann von einem Freund dargeboten, der vermutlich keinen unter jenen hatte, die im Kreis lebten.

Solche geistigen Kompliziertheiten, solch subtil Unterschwelliges konnte viel für einen Mann tun, der einen anderen töten – oder sein eigenes Leben bewahren – wollte.

»Musa«, rief Umir.

Kurz darauf teilte sich die Menge. Ein Gang wurde eröffnet. Ein Mann trat vor, ging auf den Kreis zu. Ich hatte halbwegs Abbu Bensir erwartet, aber dieser Mann war nicht er.

Viel jünger als Abbu, vielleicht sechsundzwanzig oder achtundzwanzig. Größer, obwohl nicht so groß wie ich. Schwerer als Abbu, obwohl kein kräftiger Mann. Mit ein wenig hellerer Haut, Haaren und Augen. Aber er besaß den hohen Nasenrücken und die markanten Wangenknochen, die so viele seiner Landsleute aufwiesen. Kein Grenzbewohner, das glaubte ich nicht. Aber eine Mischung aus etwas, was ihn hatte größer werden lassen als die meisten Südbewohner, und ihm, wie ich entschied, auch mehr Kraft verliehen hatte. Er bewegte sich mit der geschmeidigen, angespannten Anmut der Schneekatzen, die ich hoch oben in den Nordischen Bergen, in der Nähe Staal-Ystas, gesehen hatte.

Er trug nur einen Dhoti, ebenso wie ich. Keinen Harnisch, keine Sandalen. Und er trug sein Schwert. Sein Blick hielt meinen fest.

Die übrigen Männer riefen ihm Ermutigungen zu. Er ignorierte sie. Es lag eine angespannte Intensität in Umirs neu angeheuertem Schwert. Sein Blick ließ meinen nicht los.

Seine Miene war die eines Raubtiers, starr und unerschütterlich. Die Kameradschaft vor einem Tanz, die Späße und abgeschlossenen Wetten waren nichts für ihn. Er war gekommen, um mich zu töten. Er wollte, dass ich es wusste.

Musa, hatte Umir ihn genannt. Ich kannte ihn nicht. Ich hatte noch nie von ihm gehört. Aber er war hier unter den anderen Schwerttänzern und hatte diese offensichtlich besiegt. Ich ließ nichts an ihm unberücksichtigt.

Der Tanzeer erhob erneut die Stimme. »Wie Ihr alle zweifellos gehört habt, ist der Sandtiger körperlich nicht mehr unversehrt. Aber damit Ihr nicht glaubt, er sei physisch untauglich und böte daher keine Herausforderung, lasst mich wiederholen, was Ihr vielleicht ebenfalls gehört habt: Dieser Mann hat erst vor wenigen Wochen in Julah einen von Euch getötet. Sein Name war Khashi.«

Leises Murmeln erklang. Alle Anwesenden wussten es bereits. Wahrscheinlich hatte Rafiq es ihnen erzählt und damit geprahlt, wie leicht er den Mann gefangen genommen hatte, der Khashi so mühelos getötet hatte. Rafiq schmückte sich mit fremden Federn.

Ich sah Musa an. Musa erwiderte den Blick. Er schmückte sich *nicht* mit fremden Federn. Die Haltung des Mannes vermittelte das ruhige Selbstvertrauen des Könners, brauchte kein Prahlen oder Schmeichelei. Das ungeschützte Schwert lag locker in seiner Hand. Seine Unterarme und Rippen waren von hellen, dünnen, rissartigen Narben übersät, die im Kreis unvermeidbar waren, aber er hatte keine bedeutenden Narben. Klingen hatten seine Abwehr durchdrungen, hatten seine Haut gezeichnet, aber keine davon hatte wirklichen Schaden angerichtet.

Nur Stiche und geringfügigere Schnitte. Entweder war jeder, dem er gegenüber gestanden hatte, schlechter gewesen als er, oder er war wirklich gut. Möglicherweise ausgezeichnet.

Angesichts der Persönlichkeiten vieler der Männer, die ich in Umirs von Mauern umgebenem Kreis versammelt sah, angesichts der Qualität eines Großteils der Gegner, war es eine zwingende Voraussetzung, dass er gut war.

»Umir«, sagte ich ruhig, »vergesst den Aperitif. Dieser Mann will sein Dessert.«

Der Tanzeer sah mich finster an. »Auf Eure Plätze!«

Ich brauchte nur drei Schritte bis zum Rand von Alrics Kreis. Ich wartete. Musa, der mir gegenüber stand, trat in den Kreis ein, legte sein Schwert neben Alrics und trat dann wieder zurück, um ebenfalls seinen Platz einzunehmen. Es bestanden vielleicht vier Zoll Größenunterschied zwischen uns, und er hatte lange Beine. Der Kampf würde ausgewogen verlaufen.

Auch konnten sich seine Hände aller vier Finger rühmen.

Ich hob meine an. Drehte die Handfläche nach außen. Gewährte Musa und allen anderen einen genauen Blick. »Es wird gewiss nicht lange dauern, mich zu töten«, sagte ich. »Wie kann irgendein Mann, dem zwei Finger fehlen, darauf hoffen, den Besten der Besten zu besiegen?«

Das erzürnte Umir, der eindeutig nicht wollte, dass sein rebellisches Dessert den Augenblick verdarb. Es gab nur eine Möglichkeit, das zu beenden. »Tanzt«, sagte er.

14

Ich stemmte die Fußballen in den Sand und stürzte dann vorwärts, überquerte Alrics Linie in den Kreis. Drei Schritte, und ich erreichte die Mitte, riss Alrics Schwert hoch. Ich ließ mich von dem Schwung in einen Salto tragen, der mich aus der unmittelbaren Gefahr herausbrachte, während Musa nach seiner Waffe griff. Ich fuhr herum, als ich am Rand des Kreises aufkam, das Schwert bereit, und wehrte den ersten heftigen Stoß ab. Das Klingen von Stahl hallte durch den von Umirs Mauern umschlossenen Kreis.

Blocken. Blocken. Blocken und wieder Blocken. Musa war schnell mit seinem Schwert, löste sich und griff sofort erneut an, wobei er stets neue Angriffswinkel ausprobierte, wenn ich seine Klinge parierte. Wie bei Khashi überließ ich auch ihm den Angriffspart, beurteilte Fußstellung, Ausgewogenheit, Kraft, Wendigkeit, Geschwindigkeit der Klinge. Er hatte zweifellos gut gelernt.

Ich befand mich bereits am Rande des Kreises, weil ich mich dorthin begeben hatte. Ein Schritt, und ich wäre draußen. Aber ich wusste es besser, als dass ich erwartet hätte, dass der Tanz damit enden würde. Ich sollte sterben, und ich war unter meinesgleichen nicht mehr geehrt. Musa würde mir folgen und den Kampf fortsetzen, ohne seinen Ruf zu riskieren, weil ich … nun, ich war. Dennoch wollte ich, dass dies zumindest in meiner Vorstellung ein wahrer Tanz wäre, sodass mich, wenn ich stürbe, oder wenn ich siegte, niemand beschuldigen könnte, betrogen zu haben.

Nun, sie konnten es dennoch. Aber ich wüsste es besser.

Musa brachte mehr Gewicht in die Waagschale, versuchte mich hinter die von Alric gezogene Linie zu drängen. Ich stemmte einen Fuß fest auf und unterbrach damit die Bewegung, fing dann seine Klinge ab, hielt sie fest und ließ ihn einen Vorgeschmack auf mein Gewicht spüren, indem ich gegen ihn drängte. Zurück, zurück und zurück.

Wir befanden uns jetzt erneut genau in der Mitte des Kreises. Ich riss meine Klinge frei, während Musa fluchte, und schlug unter seine. Die Spitze küsste Haut. Eine schmale Blutspur erschien oberhalb seines linken Knies.

Nun übernahm ich den Angriff und er die Verteidigung. Und er tat dies großartig, blockte meine Stöße ebenso ab, wie ich seine abgeblockt hatte. Nachdem wir uns voneinander gelöst hatten und keuchend zurückwichen, während wir uns andere Möglichkeiten überlegten, die jeweilige Abwehr zu durchbrechen, umkreisten wir einander wie zwei argwöhnische Straßenkatzen und warteten auf den günstigsten Moment zum Angriff.

Die erste Serie von Kampfhandlungen war vollendet. Wir hatten beide nicht gesiegt. Khashi war in Julah jetzt schon tot gewesen. Ich hatte inzwischen in zu vielen Kämpfen gesiegt, um sie noch zu zählen. Vermutlich erging es Musa ebenso.

Normalerweise werden die ersten Augenblicke eines Kampfes darauf verwendet, das Können des Gegners zu testen. Ein Schwerttanz ist, in den meisten Fällen, ein *Tanz*, eine Vorführung von Können und Geschick mit dem Sieg als Ziel. Aber es gab auch Tänze, bei denen nur zählte, den Gegner zu besiegen, ohne die Wirkung zu bedenken. Musa und ich hatten beide Letzteres erwählt, in der Hoffnung, den anderen zu überraschen, aber keiner von uns hatte bisher damit Erfolg gehabt. Nun würde der Tanz in die Testphase übergehen, in der wir das Können des anderen herauskitzeln und typische Bewegungen ans Tageslicht bringen wollten, in der Hoffnung, Lücken zu entdecken, die wir vielleicht nutzen konnten.

Ich sah, wie Musas Blick zu meinen Händen hinabzuckte, die um Alrics lederumwickeltes Heft lagen. Die fehlenden Finger waren nicht zu verbergen. Er war wahrscheinlich überrascht, dass ich mich angesichts des Gebrechens anfänglich so gut gegen ihn behauptet hatte. Ich war es nicht, aber nur, weil ich wie die Hoolies daran gearbeitet hatte, das Problem zu bewältigen, und wusste, was ich von meinem Griff erwarten konnte. Ein Gegner wusste das nicht.

Musa stieß zu. Ich fing seine Klinge mit meiner ab und erkannte sofort, was er vorhatte. Anstatt Bewegungen auf meinen Körper zu auszuführen, in der Hoffnung, meine Abwehr zu durchbrechen, richtete er seine Angriffe jetzt auf das Schwert selbst. Es war unwichtig, ob er traf. Es ging darum, mich zu entwaffnen. Und das beurteilte er als eine nur allzu leichte Aufgabe. Ich war mir nicht sicher, ob er sich irrte.

Es wurde keine Finesse eingesetzt, nur Kraft und Hartnäckigkeit. Musa stieß immer wieder gegen meine Klinge, ließ Stahl auf Stahl prallen. Von oben, von unten, von beiden Seiten. Er änderte den Angriffswinkel mit jedem Stoß, sodass ich beständig meinen Griff um die Lederumwicklung ändern oder es riskieren musste, die Waffe aus der Hand geschlagen zu bekommen. Dann konnte Musa mich in aller Ruhe töten. Ich war entschieden im Nachteil, da ich mich nicht nur darauf konzentrieren musste, mein Schwert festzuhalten, sondern auch daran denken musste, jeden Angriff auf meinen Körper abzuwehren, den er vielleicht ohne Vorwarnung führen würde.

Was er *tatsächlich* versuchte, und tatsächlich ohne Vorwarnung. Ich konnte die größte Stoßkraft ablenken, aber die Spitze seiner Klinge traf dennoch meine Rippen. Es war keine bemerkenswertere Wunde als der flache Schnitt, den ich ihm am Unterschenkel beigebracht hatte. Der größte Schaden, den wir beide hatten bewirken können, betraf unseren Atem. Wir keuchten schwer und sogen geräuschvoll Luft tief in unsere Lungen.

Nun griff ich ihn an. Musa blockte die Stöße ab und drehte seine Klinge bei jeder Abwehr leicht. Nicht so weit, dass es ihn in die Gefahr gebracht hätte, den Kontakt mit der Waffe oder die Kontrolle über den Stahl zu verlieren, was mir einen Vorteil verschafft hätte, aber es zwang mich weiterhin, jedes Mal meinen Griff zu verlagern. Er erwartete, dass mich meine verstümmelten Hände an irgendeinem Punkt im Stich lassen würden. Es wäre nicht viel dazu nötig. Durch einen leicht veränderten Druck auf das Heft, eine Schwächung meines Griffs, die er ausnutzen könnte.

Der Rhythmus des Tanzes hatte sich verändert. Wir behielten nicht mehr unsere Plätze inmitten des Kreises bei und hielten uns auch nicht mehr in einem bestimmten Bereich einen oder zwei Schritte vom Mittelpunkt entfernt auf. Wir nutzten jetzt den gesamten Kreis. Wir ließen Stahl gegen Stahl klingen, stießen aufeinander ein, verschränkten Klingen und Kreuzstücke, fuhren herum, duckten uns oder sprangen zurück und nutzten die getrennte Zeit, um wieder zu Atem zu kommen. Schweiß lief mein Gesicht herab, rann meine Rippen und das Rückgrat entlang. Musas dunkles Haar war nass; als er es zurückschüttelte, flogen Tropfen. Bloße Füße hatten den ordentlich gerechten Sand in ein Meer von kleinen Hügeln, von Füßen geformt, zusammen geschoben. Ich bezweifelte nicht, dass wir den von Alric gezogenen Kreis an manchen Stellen verwischt hatten, aber das war unwichtig. Jedermann wusste, wo die Grenze lag.

Musa verfolgte eine konsequente Strategie. Meine Fingerstümpfe schmerzten, und meine Handkanten fühlten sich von der beständigen Bewegung von Haut an Leder wund an. Bisher hatte mir das spezielle Krafttraining meiner Unterarme geholfen sowie das, was ich aus dem Kampf gegen Khashi gelernt hatte, aber Musa war schlau genug, das umgehen zu können. Dazu war nur Zeit nötig.

Ich war mir bewusst, dass die Sonne am Himmel weitergezogen war. Mein Körper sagte mir, dass wir schon länger hiermit beschäftigt waren als alle, einschließlich Musa und mir, erwartet hatten. Aber Umir musste glücklich sein.

Wir standen uns nun an zwei Seiten des Kreises gegenüber, sahen einander an. Unsere Brust hob sich, die Kehlen verkrampften, Atem drang abgehackt hervor. Ein Halblächeln verzog kurz seinen Mund. Ich sah es, begegnete dem mit hochgezogenen Augenbrauen. In diesem Moment erkannten wir einander als mehr als nur reine Gegner an. Wie waren auch Gleichgestellte. Er war wahrscheinlich noch nie einem begegnet, seit er diesen Grad des Könnens erreicht hatte, es sei denn, er habe Abbu gegenüber gestanden. Ich bezweifelte nicht, dass Abbu ihn besiegen konnte, obwohl ich damit die Möglichkeit einräumte, dass Abbu besser war als ich. Wir wussten es nicht, da wir nie einen Tanz beendet hatten.

Dann kam Musa auf mich zu, lief los, und der Augenblick verging. Mein Schwert traf kreischend auf seines. Er riss seine Klinge mit entblößten Zähnen zurück, schwang sie abwärts, zielte auf meine Beine. Ich ließ mich auf ein Knie fallen, fing sein Schwert ab, drängte es hoch und trieb ihn dann mit der Kraft meiner Parade zurück.

Musa stolperte rückwärts, hielt nur mühsam das Gleichgewicht. Er hatte erwartet, mich mit diesem Manöver zu haben. Nun war er verärgert. Die Gleichheit zählte nicht mehr.

»Alter Mann«, sagte er, »ich werde Euch überleben!«

Möglicherweise würde es ihm gelingen. Aber ich erhob mich nur aus dem Sand, lachte und bedeutete ihm anzugreifen.

Das tat er. Und in diesem Moment wurde ich mir der Vision bewusst, die ich vor dem Tanz in meinem Raum gehabt hatte: Ich, wie ich mich vom Steinkegel befreite, um frei über das Tal zu schweben, um auf den Mann hinabzublicken, der der Frau im Kreis begegnete. Die Vision überlagerte die Realität, während Musa angriff. Ich sah ihn, und ich sah mich selbst als jenen Mann im Kreis des Steinwalds, der Del gegenüber stand. Der Mann mit vier anstatt drei Fingern.

Die Priestermagier hatten mich gelehrt, dass Disziplin der Schlüssel war.

Und Überzeugung.

Dass ich die Wahl, die Macht besaß. Sie zu erschaffen und zu benutzen.

Etwas in mir löste sich, antwortete. Es – nein, ich – wurde immer höher getragen, hoch über uns, blickte auf den Kreis hinab, wie ich es schon zuvor getan hatte. Blickte auf den Mann hinab, auf mich selbst, wie schon zuvor, und auf meinen Gegner. Aber dieses Mal, in diesem Kreis, war der Gegner nicht Del.

Zwei Männer, der eine jung, der andere älter, begegneten sich innerhalb dreier Kreise: einer aus glatten, weiß getünchten Adobeziegeln, der zweite eine klingendünne Spur in weißem Sand und der dritte der Kreis, den sie in ihrem Geist zogen.

Der jüngere Mann griff an. Der Ältere trat ihm entgegen, sein Lächeln eine Grimasse, ein Zerrbild des Bemühens. Muskeln spannten sich unter der gebräunten Haut beider Körper an, Sehnen standen wulstig von Hals und Schultern ab. Sie waren schweißgebadet, der Schweiß lief wie Flüsse in die Höhlungen angespannter Haut. Hände umfassten Hefte: vier Finger, zwei Daumen an jeder.

An jeder.

Der Ältere hieß den Jüngeren willkommen, forderte jegliche Faser seiner Kraft, jegliche noch so subtile Finesse, jegliches Können und Muster heraus, die er jemals erlernt hatte. Forderte seinen Glauben an sich selbst heraus. Forderte seine Gewissheit heraus, den älteren Mann besiegen zu können. Und der Ältere forderte auch seine eigene, innere Angst heraus, dass er unfähig sei, weil er nicht mehr vollständig war.

Im Tal, im Kreis, im Schatten der Steinkegel war er vollständig gewesen.

Und war es nun wieder.

»Jetzt«, brüllte der ältere Mann.

Zurück, zurück und zurück. Schlag auf Schlag auf Schlag zwang der Ältere den Jüngeren durch den Kreis, ließ ihn rückwärts taumeln, zurück und zurück. Drängte ihn über die Linie, schmetterte ihn in den Sand, während ihnen die Zuschauer aus dem Weg gingen. Der Jüngere lag auf dem Rücken, rotgesichtig und keuchend, die Schwertklinge in einer Hand sandbestäubt. Der Ältere setzte einen schwieligen Fuß auf die flache Seite der Klinge und trat zu. Fest.

Die Vision schwand. Die Losgelöstheit schwand. Ich blinzelte. Schüttelte mir den Schweiß aus den Augen. War dann jäh wieder ich selbst, hier in Umirs Kreis.

Ich war mir der Stille bewusst. Niemand atmete auch nur.

Die Spitze meiner Klinge ruhte an Musas Kehle, hielt ihn mit einem Versprechen fest. Ich nahm die linke Hand vom Schwertheft und betrachtete sie. Zählte drei Finger.

Drei – und ein Stumpf.

Es hatten vier um das Heft gelegen. Dessen war ich mir sicher. Vier Finger und ein Daumen an jeder Hand.

Wie, zu den Hoolies? Egal. Dafür war später noch Zeit.

Dann beugte ich mich herab, keuchte schwer, griff abwärts, während ich meinen linken Fuß verlagerte. Ich nahm Musas Schwert vom Sand hoch und schleuderte es an die gegenüber liegende Wand. Dabei riskierte ich einen Blick aus den Augenwinkeln und sah, was ich erwartet hatte: Alric stand unmittelbar hinter Umir.

»Alric«, sagte ich zwischen zwei tiefen Atemzügen, »nimm das Schwert von Umirs Diener.«

Der große Nordbewohner folgte meiner Aufforderung und trat dann ruhig vor, um es an Umirs Kehle zu legen. »Noch etwas?«

»Ja. Begleite Umir ins Haus und lass dir von ihm ein Buch geben.«

Alric blinzelte. »Ein Buch?«

Ich lächelte, als ich alle Farbe aus Umirs Gesicht weichen sah. »Man nennt es das *Buch von Udre-Natha*. Umir legt großen Wert darauf. Ich werde es als Pfand mitnehmen.« Kurz schaute ich zu Musa hinab, der noch immer unter meinem Schwert lag. Er atmete geräuschvoll, während sich seine Brust hob und senkte. »Inzwischen wird Umir auch unsere Pferde bereit stellen lassen – mit Nahrung, Wasser, Korn und natürlich dem Buch – und im vorderen Hof auf uns warten.« Nun warf ich einen Blick über die versammelten Schwerttänzer, schluckte und erhob meine Stimme. »Mir wurde versprochen, dass mich, falls ich siegen würde, niemand auf Umirs Gebiet herausfordern würde. Richtig, Umir?« Keine Antwort. »Umir, wenn Ihr Euer Buch jemals wiederhaben wollt …«

»Ja«, sagte er scharf. »Ich habe dem zugestimmt. Ich werde diese Vereinbarung einhalten.«

»Ich glaube kaum, dass hier irgendjemand den Ausgang des Tanzes bestreiten wird.« Ich schaute abwärts. Ein dünnes Blutrinnsal lief über Musas Hals und vermischte sich mit seinem Schweiß. »Oder?«

Musa schwieg. Wie auch alle anderen.

Ich atmete ein. »Ich habe an jenem Tag, als ich Sabras Kreis verließ und *Elaii-ali-ma* erklärte, eine Wahl getroffen. Wir alle treffen unsere Wahl. Einige sind gut, einige schlecht, einige sind richtig, einige falsch. Und wir alle zahlen den Preis. Ich akzeptiere, dass ich entehrt bin, dass ich keinen Platz mehr unter Euch habe. Ich habe die Wahl getroffen. Und ich treffe nun eine weitere: diesen Mann am Leben zu lassen.«

Ich wich zurück und nahm mein Schwert mit mir. Musa blieb noch einen Moment im Sand liegen und richtete sich dann auf die Ellenbogen auf.

»Warum?«, flüsterte er rau.

Ich lächelte. »Eines Tages, wenn Ihr Euch selbst im Kreis begegnet – und das werdet Ihr, weil es uns allen so ergeht –, werdet Ihr es wissen.«

Ich wandte mich ab. Musas Schwert lag an der entgegengesetzten Mauer, weit außer Reichweite. Obwohl ich meine Worte ernst gemeint hatte, war ich nicht vollkommen töricht. Man lässt die Waffe eines Verlierers nicht in seiner Nähe liegen.

Natürlich hatte ich mit dem Wahnsinn irrationalen Stolzes gerechnet.

Ich hörte, wie er sich regte, und wusste es, noch während ich herumfuhr: Musa war aufgesprungen und griff mich an. Die Zeit schien sich zu verlangsamen, als er herankam: Ich sah ein nervöses Muskelzucken an seiner Wange, die angestrengte Anspannung, die seine Gesichtsmuskeln umgestaltete.

O nein. Nein.

Er kam auf mich zu. Trotz der Tatsache, dass er kein Schwert hatte, ich aber schon.

Bleib jetzt stehen. Rette dich …

Aber er tat es nicht. Er sammelte sich. Vollführte den verhängnisvollen Sprung. Legte sich fest. Also legte ich mich auch fest. Ich durchbohrte ihn mit meiner Klinge.

Ich empfand keinen Triumph. Ich fühlte mich dumpf. Leer. »Die Welt lag Euch zu Füßen«, sagte ich und meinte es auch so.

Musas Welt – und seine Beine – brachen zusammen. Er kniete im Sand und hustete Blut. Ich zog die Klinge aus seiner Brust. Blut lief Stahl hinab und tropfte in weißen Sand.

Da bemerkte ich eine Bewegung. Ich schaute auf, hob das Schwert an, sah Männer sich regen. Aber niemand erhob Einspruch. Musa hatte sich wirkungsvoll selbst getötet, wenngleich ich die Klinge gehalten hatte.

Alric, der unseren wohlwollenden Gastgeber begleitete, trat wieder aus dem Haus. »Es ist alles bereit.«

Ich nickte. Warf erneut einen Blick über die wartenden Schwerttänzer. Ich konnte nicht umhin, die Ironie der Situation zu belächeln. »Ich werde vermutlich einige von Euch wieder sehen«, sagte ich, »aber erst später. Warum bedient Ihr Euch bis dahin nicht Umirs Gastfreundschaft? Da niemand von Euch Umirs Angebot einer lebenslangen Beschäftigung errungen hat, könntet Ihr seine Gastfreundschaft ebenso gut noch so lange wie möglich genießen.«

Damit wandte ich mich um und ging davon. Alric ließ Umir los. Wir tauschten mit geübten Seitwärtswürfen unsere Schwerter und tauchten dann in die schattige Kühle von Umirs Haus.

»Gut gemacht«, bemerkte Alric.

»Das dachte ich auch.«

»Glaubst du, sie werden warten, bis du Umirs Gebiet verlassen hast?«

Ich ging durch den Vordereingang in den Hof voraus. »Ich würde nicht dein Leben darauf verwetten.« Nun, auf jeden Fall nicht meines.

»Wohin gehen wir?«, fragte er.

Ich eilte auf den Wallach zu, der geduldig wartete, die Zügel in den Händen eines Stallburschen. Ein Harnisch war am Sattelknauf befestigt. Ich steckte das Schwert in die Scheide. »Ich gehe nach Julah. Kehrst du nicht zu Lena und den Mädchen zurück?«

»Später. Im Moment, dachte ich, begleite ich lieber einen Freund, der in Schwierigkeiten steckt.«

»Das finde ich großartig von dir, Alric.« Ich ergriff die Zügel und schwang mich aufs Pferd.

Er grinste, während er auf sein Pferd stieg. »Das dachte ich mir.«

Ich trieb den Wallach an. Zusammen, im Galopp, verließen der Nordbewohner und ich Umirs Hof.

15

In einiger Entfernung von Umirs Haus verfielen Alric und ich in eine Schritt-Trab-Galopp-Kombination, die uns so weit und so schnell wie möglich von Umir fortbrachte, ohne die Pferde zu ruinieren. Ich entdeckte, dass der weiße Wallach, auch wenn er als Wüstenreittier lächerlich wirkte, tatsächlich in allen Gangarten gut zu reiten war. Zu schade, dass er schwarze Farbe und Fransen brauchte, um das anwendbar zu machen. Und gerade jetzt fehlte ihm nach seinem Aufenthalt bei Umir beides. Glücklicherweise war schon fast Sonnenuntergang, als wir uns der großen Oase näherten, die einen Tagesritt von Julah entfernt lag.

Die Oase war ein beliebter Rastplatz für Reisende, fünf Routen trafen hier zusammen. Es gab viele Palmen sowie Wasserpflanzen um den Rand des kleinen artesischen Brunnens, der im Laufe der Zeit und mit menschlicher Hilfe zu einem Becken erweitert worden war. Wüstenbewohner ehren solche Plätze, indem sie Oasen als heilig betrachten. Tiere und Menschen werden getränkt, und dann zieht sich jedermann auf seinen eigenen Flecken Erde und Sand zurück, um die Nacht ohne Angst vor Angriffen zu verbringen. Da es Frühsommer war, befanden sich mehr Menschen auf der Reise. Die Oase war bevölkert.

Alric und ich stiegen ab, führten die Pferde zum Becken, ließen sie genug trinken, um ihre Kehlen abzukühlen, zogen sie dann fort und führten den Kampf Mann gegen durstiges Pferd. Das Problem war, dass sie krank werden würden, wenn sie zu schnell zu viel tranken, solange sie erhitzt waren. Alric und ich führten sie etwas herum, während die Dämmerung hereinbrach, und ließen sie dann erneut trinken. Wir füllten die Segeltucheimer für die Pferde, tranken selbst einige Mundvoll, gingen dann davon, unsere erschöpften Pferde durch Ansammlungen kleiner Lagerplätze hinter uns herziehend, um einen eigenen zu finden, und ließen uns schließlich an einer unbeanspruchten Palme am Rande der Oase nieder. Dort sattelten wir die Pferde ab, verbrachten einige Zeit damit, sie abzureiben, pflockten sie an – und trugen die Botas zum Becken zurück, um uns nun richtig um unseren eigenen Durst zu kümmern.

Am Rande des Beckens kniend, spülte ich mir Kopf und Gesicht ab und ließ dann den Inhalt einer Bota vorne und hinten meinen bloßen Oberkörper hinablaufen. Nachdem ich den Wasserschlauch erneut gefüllt hatte, stieß ich einen ungestümen Laut der Erleichterung aus.

Alric, der neben mir kauerte, grinste. »Er wird überleben?«

»Er wird überleben.« Ich wischte mir mit dem Unterarm das Wasser von der Stirn. »Aber er wird zu alt hierfür.«

Der Nordbewohner brummte. »Das sah mir aber vorhin gar nicht so aus.«

Ich untersuchte den schmalen, verkrusteten Schnitt entlang einer meiner Rippen und tat ihn als unbedeutend ab. »Glaub mir, ich bin es.«

Alric stöpselte seine Bota wieder zu und erhob sich. Ich spritzte mir noch eine Hand voll Wasser ins feuchte, stachelige Haar und stemmte mich dann vom Boden hoch. Geziemenderen Schrittes schlenderten wir nun durch die Oase zurück und tauschten unterwegs nickend Grüße mit Reisenden. Ich roch Wurst, würzigen Hammel und auf flachem Stein gebackenes Brot. Danjacs und Ochsen riefen verschiedensten Brüdern zu, während Pferde verächtlich aus überheblichen Nüstern schnaubten. Ich dachte an die Molahs von Skandi und den steilen, im Zickzack verlaufenden Weg die Vorderseite des Kessels hinauf.

»Also«, sagte Alric, »um was ging es bei alldem überhaupt?«

»Bei was?«

»Bei allem.«

Zurück an unserer einsamen Palme, fütterten wir die Pferde sparsam und begannen dann, unsere Ausrüstung auszupacken, Decken auf dem warmen Sand zu entrollen und sie auszubreiten. *»Elaii-ali-ma.«*

»Oh, davon habe ich gehört.« Es bedeutete für ihn nicht dasselbe, weil er im Norden geboren und ausgebildet worden war, aber er verstand, was es für mich bedeutete. »Ich meine, wo warst du, was ist mit dir passiert, wie hast du deine Finger verloren und diese Tätowierungen bekommen, und warum wolltest du Umirs Buch?«

»Oh, das alles.« Ich seufzte, schob die Satteltaschen unter ein Ende der Decke und streckte mich aus, den Kopf auf Wolle und Leder gebettet, während ich müßig auf getrocknetem Cumfa kaute. Ich hatte ihm bereits kurz von Dels misslicher Lage erzählt und dass ich hoffte, sie in Julah einzuholen, da Nayyib sie vermutlich dorthin gebracht hatte. »Wir haben während der letzten Monate ein recht abwechslungsreiches Leben geführt.«

Alric warf sich auf seine Decke und schob einen dicken, mit blonden Härchen bewachsenen Unterarm unter seinen Kopf. »Ich mag unterhaltsame Geschichten vor dem Einschlafen.«

Also erzählte ich es ihm. Nicht alles. Nichts über Magie, außer dass ich erklärte, dass Umirs Buch vermutlich alle Arten mächtiger Zauber enthielt. Und überhaupt nichts über meine begrenzte Lebenserwartung oder die Träume von einer toten Frau und einem Schwert, die ich geträumt hatte. Aber das brauchte ich auch nicht. Selbst in verkürzter Form genügte Alric die Geschichte.

Als ich endete, lag er eine Weile schweigend da. Dann brummte er: »Ich sehe schon, als gesetzter, verheirateter Mann mit vier Kindern verpasse ich eine Menge.«

»Vier! Letztes Mal hattest du drei.«

»Lena ist wieder schwanger.«

»Du liebe Zeit!«

»Lena liebt Kinder.«

»Das ist auch besser so, weil sie sie schließlich gebären muss.«

Er warf mir einen nachdenklichen Blick zu. »Stellst du dir nie vor, welche zu haben?«

Ich warf ihm meinerseits einen Blick zu, der ihm nahe legte, er sei sandkrank. »Du und Lena könnt meinen Mangel kompensieren.«

Alric lachte. »Das ist nur fair. Und es verhilft uns zu einem Vorwand für weitere.«

Er war tatsächlich sandkrank. »Morgen früh«, sagte ich jäh, »reitest du wieder nach Hause. Es gibt fünf Wege hier heraus. Bis hierher können sie uns von Umir aus folgen, aber dann werden sie sich aufteilen müssen, um herauszufinden, wohin ich geritten bin.«

Das traf ihn unvorbereitet. »Ich hatte geplant, mit dir weiter nach Julah zu reiten und dir mit Del zu helfen.«

Ich schüttelte den Kopf. »Ich weiß es zu schätzen, Alric, aber du hast drei Kinder, und ein viertes ist unterwegs. Du kannst meine Schwierigkeiten nicht gebrauchen. Geh heim zu Lena.« Ich wollte vielleicht keine eigenen Kinder, aber ich wollte nicht dafür verantwortlich sein, andere ihres Vaters zu berauben. »Ich komme schon zurecht.«

Kurz darauf stimmte er zu. »Du bist mit Musa nur allzu leicht fertig geworden.«

»Leicht wohl kaum. Ich werde es morgen früh zu spüren bekommen. Ich spüre es jetzt schon!«

»Musa nicht.«

Ich fluchte heftig. »Das war reine Verschwendung. Einem Talent wie seinem begegnet man nicht gerade oft.«

»Nach dem, was ich hörte, nicht, seit du aufgetaucht bist.«

Ich stieß einen nichtssagenden Laut aus. Früher hätte ich ihn vielleicht zu seiner Einsicht beglückwünscht, aber Del hatte mir eingeprägt, dass man nicht prahlen musste, um sich einen Ruf zu erarbeiten.

Oder so ähnlich.

Alric, der ebenfalls auf zähem Cumfa kaute, bemerkte: »Musa hat die Wahl getroffen. Er hätte es auch sein lassen können.«

Aber Musa war jung – war jung gewesen –, überaus talentiert, selbstsicher, und er hatte nicht glauben können, dass ich ihn besiegt hatte. Ein Mann, der sich selbst entehrt hatte. Äußerster Stolz hatte ihn getötet. Aber es war wahrhaft Verschwendung.

Kurz darauf sagte Alric: »Würdest du mir eine Frage beantworten?«

Ich konnte mir nicht vorstellen, warum er das Gefühl hatte, um Erlaubnis bitten zu müssen. »Sicher.«

»Was wirst du tun, wenn Delilah tot ist?«

Oh. Jetzt wusste ich, warum.

»Tiger?«

»Darüber habe ich noch nicht nachgedacht.«

Mein Tonfall hinderte ihn jedoch nicht an weiteren Fragen. »Nie?«

»Nein.«

»Warum nicht?«

Ich richtete mich auf einen Ellenbogen auf und sah ihn stirnrunzelnd an. »Was für eine Unterhaltung ist das? Wie wäre es, wenn ich dich fragte, ob du jemals darüber nachgedacht hast, was du im Fall von Lenas Tod tun würdest?«

»Das habe ich. Das tue ich. Jedes Mal, wenn sie Wehen bekommt.«

Ich blinzelte. Das war nicht die Art von Dingen, über die Männer häufig sprachen, wenn überhaupt. »Nun, das Risiko wird man vermutlich eingehen müssen, wenn man Kinder haben will.« Was ein recht lahmer Kommentar war … Aber ich wusste nicht, was ich sonst sagen sollte. Ich ließ mich wieder auf meine Decke sinken. Da er das Thema aufgebracht hatte, fragte ich: »Also, was würdest du tun, wenn Lena stürbe?«

»Ich habe drei Töchter, um die ich mich kümmern muss. Das würde ich tun.«

»Als Schwerttänzer?«

»O nein. Ich würde ein anderes Leben führen müssen. Eines, das keine Reisen beinhaltet, damit ich für meine Mädchen da wäre.«

Er sprach sehr nüchtern darüber, das Leben aufzugeben, das er stets gewollt hatte. Vielleicht geschah das einfach, wenn man heiratete und Kinder hatte. Dinge aufgab. Kein Wunder, dass ich keine Kinder wollte.

»Da du keine Kinder hast …«, fragte Alric, »was wirst du tun, wenn Del tot ist?«

Ich wollte dieser speziellen Richtung des Gesprächs wirklich nicht folgen. Besonders, da ich keine Ahnung hatte, wo Del war und wie es ihr ging. »Weitermachen«, erwiderte ich kurz.

»Womit? Du kannst keine Tänze mehr annehmen.«

»Ich besitze ein Drittel einer Cantina.«

Alric wandte sich um und sah mich ungläubig an. »Du würdest den Rest deines Lebens mit dem Servieren von Alkohol und Schankmädchen verbringen?«

»Nein«, erwiderte ich mürrisch. »Ich meine, ich würde meinen Anteil an den Gewinnen einsammeln. Davon könnte ich leben, selbst wenn ich nicht tanzen kann. Aber das ist nicht wirklich wichtig, weil ich Pläne habe.«

»Was für Pläne?«

»Alimat fiel vor Jahren. Der Shodo ist gestorben. Seitdem gab es keinen mehr – zumindest keinen mit seinen Fähigkeiten.« Ich hob meine Hände in die Luft und betrachtete sie. »Selbst wenn ich nicht *Elaii-ali-ma* erklärt hätte, so bin ich als Schwerttänzer jetzt ein wenig behindert. Also dachte ich, ich könnte den Versuch wagen, ein Shodo zu sein.«

»Du? Ein Lehrer?«

Ich sah ihn finster an, senkte die Hände. »Warum klingt jeder so überrascht darüber?«

Alric betrachtete meine Miene. »Weil du allgemein nicht für deine Geduld bekannt bist, Tiger. Und diejenigen, die eine besonders seltene Gabe für etwas haben – in deinem Fall das Schwerttanzen –, geben oft die schlechtesten Lehrer ab. Sie können nicht lehren, was ihnen ganz natürlich und ungebeten zufliegt.«

»Woher willst du wissen, dass ich es nicht kann?«

»Sage mir, wie du Musa besiegt hast.«

»Ich habe ihn einfach ... besiegt.«

»Siehst du?«

»Komm schon, Alric! Willst du, dass ich dir eine detaillierte Beschreibung liefere? Du warst dabei.«

»Woher weißt du so genau, wo ein Mann im Kreis sein wird, Tiger? Woher weißt du, welche Bewegung er machen wird, bevor er es weiß?« Er grinste, als ich ihn überrascht ansah. »Ja. Ich habe es in dir gesehen. Wie ich es auf Staal-Ysta sah, in einem der Schwertsänger dort. Ich habe ihn einmal gefragt. Er konnte es mir nicht erklären. Er sagte, er wüsste es einfach. Er sah es im Geiste.«

»Die Zeit ... verlangsamt sich einfach.« Es war das erste Mal, dass ich zu jemandem davon sprach. Es klang lächerlich. Und unmöglich.

Alric seufzte. »Das kannst du nicht lehren, Tiger.«

Das traf. »Das weißt du nicht. Vielleicht kann ich es doch.«

Der große Nordbewohner schnaubte. Dann rollte er sich herum, zeigte mir seinen breiten Rücken. Solches Vertrauen hatte er in mich.

Aber vielleicht hatte er Recht. Vielleicht konnte ich niemanden etwas lehren. Ich wusste einfach nicht, was ich sonst tun könnte.

Ich blickte in den dunkler werdenden Himmel, beobachtete, wie die Sterne aus dem Tageslicht in der Dunkelheit aufgingen. Feuerschein flackerte in Bodennähe, beleuchtete Erde und Sand sowie die dunklen, flächigen Gesichter südlicher Reisender. Der Duft von Hammel und Wurst schwebte nun in unsere Richtung. Ich hörte leises Murmeln in mehreren Dialekten, Lachen, ein weinendes Kind und eine leise, sehnsüchtige, sanft von einer Frau gesungene Melodie.

Bascha, sagte ich, bitte sei nicht tot.

Ich erwachte vom Geschrei eines Säuglings. Zunächst versuchte ich, es auszuschließen, indem ich mir einen Zipfel der Decke über den Kopf zog, aber es nützte nichts. Schließlich gab ich auf, blinzelte in die frühe Morgensonne und richtete mich dann auf. Musa hatte vielleicht nur einen unbedeutenden Treffer gelandet, aber der Tanz allein hatte schon mit Muskelkater geendet.

Ich erhob mich langsam und fluchte leise. Dann erkannte ich, dass auch Alric schon aufgestanden war. Tatsächlich hatte er die Pferde bereits zur Tränke geführt. Ich war gerade dabei, mich zu strecken und mein Rückgrat zu dehnen, als er zurückkam. Er wirkte für diese frühe Morgenstunde viel zu munter.

Was mich erinnerte. »Wie hast du es geschafft, deinen Tanz zu verlieren?«

Er führte die Pferde wieder zu den Pflöcken. »Musa.«

»Du hast gegen Musa getanzt?«

»Ich war sein fünfter Gegner, oder vielleicht der sechste. Ich hielt kaum länger durch als der vierte oder fünfte.« Er pflockte die Pferde an, verteilte weiteres Korn. »Es war von seinem ersten Tanz an klar, dass er wahrscheinlich siegen würde.«

»Also vermute ich, dass alle Geld verloren haben, als ich ihn besiegte.«

Er grinste. »Das nehme ich auch an.«

»Zu schade.« Ich sah mich nach etwas um, wohinter

ich meine Morgengabe verrichten konnte, und erwählte schließlich die Palme unmittelbar hinter den Pferden. »Hast du?«, rief ich.

»Was, Geld verloren? Hoolies, ich habe mir nicht die Mühe gemacht zu wetten.«

»Gar nicht?«

»Nein. Es wäre treulos gewesen.«

»Aha! Sogar du hättest gegen mich gewettet.«

Alric rollte gerade seine Decke zusammen, als ich wieder um die Pferde herumkam. »Ich wusste nicht, wo du seit unserer letzten Begegnung gewesen warst oder was du vorhattest. Ich behauptete den anderen gegenüber, dass ich glaubte, du würdest kurzen Prozess mit ihnen machen, aber nachdem Rafiq damit herausplatzte, dass dir zwei Finger fehlten und du einen Kampf mit dem Sandtiger hattest, wollte niemand mehr zuhören.«

Ich begann ebenfalls, meine Habe zusammen zu packen. »Du hättest um der alten Zeiten willen Geld auf mich setzen können.«

»Lena hat mir ausdrücklich verboten zu wetten.«

Ich nickte verständig. »Und du tust natürlich alles, was Lena dir sagt. Oder du tust, wie in diesem Fall, nicht alles, was Lena dir nicht zu tun befiehlt.«

»Diese Unterhaltung würden wir nicht führen, wenn Del hier wäre.«

»Natürlich würden wir das. Sie würde uns nur mit ihrer eigenen Meinung beglücken.«

»Wie lange seid ihr schon zusammen?«

Ich dachte darüber nach. »Fast vier Jahre.«

»Ah. Dann bist du noch im Werden. Lena hatte über zehn Jahre Zeit, mich umzuformen.«

»Del weiß es besser, als dass sie das bei mir versuchen würde.«

Woraufhin Alric in Lachkrämpfe ausbrach und damit sogar das schreiende Baby übertönte.

Schließlich bemerkte ich: »Ich habe das scherzhaft gemeint.«

Der Nordbewohner erhob sich wieder und packte zu Ende, wurde aber von gelegentlichem Kichern unterbrochen. Nach einer Weile achtete ich nicht mehr auf ihn und hievte Satteltaschen und den Sattel auf den Wallach, der aus wässerigen blauen Augen zu mir spähte.

»Was ist mit dem Hengst geschehen?«, fragte Alric.

Ich legte meinen Harnisch an, schloss ihn und rückte das Schwert zurecht, das ich in Haziz gekauft hatte. Auch dieser Tag würde wieder mit einem Sonnenbrand enden, da ich noch immer keinen Burnus besaß. Glücklicherweise war ich gebräunt genug, dass der Sonnenbrand nur schwach ausfallen würde. »Er lief davon, als der Sandtiger angriff. Wenn ich Glück habe, ist er zurückgelaufen, nachdem Rafiq und seine Freunde mich zu Umir verschleppten. Ansonsten könnte er noch immer dort draußen herumirren.« Oder – wahrscheinlicher – tot sein. Aber darüber wollte ich nicht nachdenken, nicht mehr, als ich über die Möglichkeit nachdenken wollte, dass Del tot sein könnte. »Er ist ein zäher alter Bursche. Inzwischen ist er sicher in einem guten Mietstall in Julah untergekommen.« Und Del war hoffentlich in der Hütte eines Heilers untergekommen.

»Bist du sicher, dass du keine Gesellschaft willst?«

»Geh nach Hause zu deiner Frau, Alric. Erzähle deinen kleinen Mädchen Gute-Nacht-Geschichten von mir.«

Er grinste, streckte einen Arm aus. Wir umfassten uns kurz. »Bring Del nach Rusali, wenn du die Gelegenheit dazu hast. Lena und die Mädchen würden sie gern wieder sehen.«

Der Wallach war gesattelt und bepackt. Ich stieg auf, ließ meinen schmerzenden Körper nieder. Was auch immer Meteiera vielleicht mit mir gemacht hatte, es hatte das Leben nicht schmerzfrei werden lassen. »Das werde ich.«

Alrics Miene war ernst. »Tiger … ich meine es so.«

Ich nickte. »Ich weiß. Ich werde es tun.«

Er lächelte nur kurz, als nagte etwas an ihm. »Möge dir die Sonne scheinen.«

»Und dir auch«, erwiderte ich und drängte den Wallach dann gen Süden, fort von schreienden Kindern.

16

Ich betrat die Cantina und brüllte nach Fouad. Es war später Nachmittag, und nur wenige Männer waren schon auf einen Drink hereingeschneit. Bei Sonnenuntergang würde sich die Cantina langsam füllen. Als ich über den festgetretenen Boden zum leeren Tresen schritt und erneut nach dem Wirt brüllte, sahen sie mit milder Neugier zu. In Julah, in den Cantinas, war so ziemlich alles alltäglich.

Fouad erschien aus dem hintersten Bereich der Cantina, als ich die Satteltaschen auf den Tresen hievte, und strich die Vorderseite seines gelben Burnus glatt. Er wölbte die Augenbrauen so stark, dass sie in seinem ergrauenden Haar verschwanden. »Du bist zurück.«

»Wo ist Del?«

Er blinzelte. »Ist sie nicht bei dir?«

»Ist sie nicht bei dir?«

»Nein.«

Ich spürte Besorgnis in mir aufsteigen. »Dieser Junge sagte, er sei hierher gekommen.«

»Wer, Nayyib?« Fouad nickte. »Das stimmt. Er wollte den Namen eines guten Heilers wissen. Er wollte den Heiler dorthin bringen, wo du und die Bascha wart.« Seine dunklen Augen weiteten sich. »Hat er das nicht getan?«

O Hoolies. »Er tauchte wieder auf«, sagte ich, »aber es war kein Heiler bei ihm. Nur drei von Umir dem Unbarmherzigen angeheuerte Witzbolde.« Ich klopfte ungeduldig auf den Tresen und begriff nun, dass Rafiq und seine Freunde Nayyib den Heiler nie hatten suchen lassen, sondern ihn lediglich gezwungen hatten, sie zu mir zu führen. »Ich dachte, er würde Del danach hierher bringen.«

Fouad schüttelte den Kopf. »Ich habe die Bascha nicht mehr gesehen, seit sie mit dir davon geritten ist, und ich habe den Jungen nicht mehr gesehen, seit er mit den Schwerttänzern davon geritten ist.«

Ich dachte angestrengt nach. »Vielleicht hat er sie zu dem Heiler gebracht, den du empfohlen hast. Wo finde ich ihn?«

»Nein ... Oshet war vorhin auf ein Ale hier. Er sagte, er habe keine neuen Patienten.« Er betrachtete mich, offensichtlich zögernd. »Entschuldige, aber wenn sie so schwer verletzt war, ist es doch möglich ...«

Ich unterbrach ihn. »Sie ist nicht tot.« Dann fluchte ich erbittert, während ich mich fragte, ob Nayyib sie nach Julah zurückgebracht, Fouad aber gemieden hatte, da sein letzter Besuch hier übel geendet hatte. Oder aber ob Del so krank war, dass er es für das Beste hielt, in dem Unterstand zu bleiben und nicht zu riskieren, sie zu verlegen. Aber es ergab keinen Sinn, sie nicht zu dem Heiler zu bringen, den Fouad empfohlen hatte. Mir stand wohl eine längere Suche bevor.

»Sie könnte sonstwo in der Stadt sein«, gab er zu bedenken. »Vielleicht bei einem anderen Heiler. Willst du, dass ich mich umhöre?«

»Wenn Nayyib dir aus dem Weg geht, wirst du ihn nicht finden können.«

Fouad höhnte. »Dies ist meine Stadt.«

»Er kommt mir nicht dumm vor.«

»Es ist schwierig, sich mit einer kranken nordischen Frau zu verstecken.«

Wie wahr. Es sei denn, sie war tot und er allein.

Ich schob den Gedanken augenblicklich wieder von mir, verärgert darüber, dass ich ihm nachgegeben hatte. »Hör dich um«, sagte ich. »Je eher ich eine Antwort bekomme, desto glücklicher werde ich sein. Ich verbringe die Nacht in dem Gasthaus unmittelbar die Straße hinauf. Wenn ich bis morgen früh nichts höre, breche ich auf.«

»Bleib doch hier«, bot Fouad an.

»In einer Cantina?«

Er lachte. »Du warst sonst auch die ganze Zeit hier.«

»Nicht in einem leeren Bett.« Ich hatte in keiner Cantina mehr gewohnt, seit ich mich mit Del zusammengetan hatte. Davor waren solche Orte häufige Bleiben gewesen.

»Dem könnte man abhelfen«, erklärte Fouad. Aber sein Humor erstarb rasch. »Eines meiner Mädchen ist fortgegangen, um zu heiraten, sodass ein Raum frei ist. Er ist klein, aber es stehen ein Bett und ein kleiner Tisch darin. Dir gehört jetzt ein Drittel der Cantina.«

»Gut. Kannst du einen deiner Jungen mein Pferd zum Mietstall bringen lassen? Ich habe meine Sachen schon abgenommen.«

Fouad wirkte unschlüssig. »Niemand kümmert sich gern um den Hengst.«

»Ich habe den Hengst nicht mehr. Es ist der weiße Wallach, der draußen angebunden ist.« Ich seufzte und fuhr mit einer Hand ungeduldig durch mein Haar, das sich eben erst wieder zu wellen begann. »Essen und Trinken wären willkommen. Und ein Burnus.«

»Ich bringe dir selbst was zu essen heraus.«

»Nein. Aufs Zimmer. Ich werde mich hinlegen.«

Fouad deutete in eine Richtung. »Da hinten durch den Vorhang, den Gang hinab, die letzte Tür links.«

Ich erinnerte ihn, während ich die Satteltaschen hochnahm, nicht daran, dass ich die Anordnung von früheren Zeiten her kannte. Ich nickte nur und ging.

Der Raum war wirklich klein. Tatsächlich kleiner, als ich ihn in Erinnerung hatte. Aber er bot den Vorteil eines Bettes und eines kleinen Tisches unmittelbar neben dem mit einem Vorhang versehenen Eingang. Ich legte die Satteltaschen neben das Bett, zog dann das Schwert aus der Scheide und lehnte es an den Rahmen des Bettes. Als Nächstes legte ich den Harnisch ab. Natürlich wies meine kupferbraune Haut darunter nach zwei Tagen ohne Burnus hellere Streifen auf. Es sah so aus, als trüge ich den Harnisch noch, obwohl ich ihn nicht mehr trug. Das Leder hatte über den Schnitt an meiner Rippe gerieben, aber das störte mich im Vergleich zum übrigen Körper kaum.

Ich lächelte verzerrt. Nihkolara hatte gesagt, neue Narben würden die alten ersetzen, die mir von den Magiern genommen worden waren. Es sah so aus, als hätte ich eine zweite Sammlung begonnen.

Leise Schritte erklangen hinter dem Vorhang. Ich nahm das Schwert auf und richtete es in dem Moment aus, als der Stoff beiseite gezogen wurde. Silk, Fouads Schankmädchen, blieb mit einem Tablett in Händen und einem über den Arm gelegten Burnus jäh stehen. Reumütig lächelnd bedeutete ich ihr einzutreten. »Das wird allmählich zur Gewohnheit.«

Dieses Mal war sie nicht in Tücher gehüllt oder versuchte ihr Gesicht zu verbergen wie neulich, als sie mir die Warnung überbracht hatte. Sie trug hauchdünne, golden gefärbte Gaze und einen Schärpengürtel mit karmesinroten Fransen, der tief auf ihren Hüften saß und ihren südlichen Teint und den üppigen Körper betonte. Sie folgte meiner Aufforderung, stellte das Tablett auf den Tisch und legte den Burnus aufs Bett. Fouad mochte Farben. Die Gaze war tiefblau-purpurfarben. Hellrot in Skandi und hier nun Purpur.

Silk sah mich an; die schwarzen Haare lagen offen um ihr Gesicht.

»Danke«, sagte ich mit Nachdruck und stellte das Schwert wieder ab. Fouad hatte natürlich Aqivi mit dem Essen bringen lassen. Ich dachte dennoch einen Moment sehnsüchtig an Umirs ausgezeichnete Mahlzeiten.

»Du bist allein?«, fragte Silk.

Ich nickte und erkannte, dass Fouad wahrscheinlich nichts über die Umstände erzählt hatte. Ich setzte mich auf die Bettkante und stürzte mich auf den Hammeleintopf in einer aus hartem braunem Brot geschnittenen Schale.

»Willst du heute Nacht Gesellschaft haben?«

Die Frage ließ mich erstarren. Ich sah sie über den Löffel voll Eintopf hinweg an, der sich auf halbem Wege zu meinem Mund befand.

»Ah«, sagte sie, wobei dieses eine Wort eine Vielzahl von Empfindungen enthielt.

»Warte«, sagte ich, als sie sich zum Gehen wandte. »Silk …« Aber ich war mir nicht sicher, was ich sagen wollte.

Sie lächelte traurig. »Es ist die nordische Bascha.«

Ich nickte.

Sie verzog leicht den Mund. »All diese Jahre … Wir dachten immer, du würdest dich nie auf eine Frau festlegen. Aber insgeheim träumten wir alle davon, dass es vielleicht eine von uns sein könnte.« Sie vollführte mit ihrer kräftigen Hand eine Geste. »Oh, ich weiß … Es könnte kein Schankmädchen sein. Aber selbst Frauen wie wir haben Träume, Tiger.«

Ich fühlte mich höchst unbehaglich. »Ich weiß nicht, was ich sagen soll.«

»Dann sag nichts. Du solltest nur wissen, dass du für mich immer etwas Besonderes warst – und sein wirst.«

Ich suchte nach tröstenden Worten. Ich war darin nie sehr gut gewesen. »Es wird auch für dich jemanden geben, Silk. Hat Fouad nicht gesagt, dass gerade eines der Mädchen fortgegangen ist, um zu heiraten?«

Sie nickte ernst. »Aber sie war viel jünger als ich und nicht so derb.«

Die beste Antwort bestand plötzlich einfach darin, die Wahrheit zu sagen. »Wenn du derb wärest«, belehrte ich sie, »hätte ich niemals dein Bett geteilt.«

»Dafür danke ich dir«, sagte sie nach kurzem Schweigen.

»Ich habe es ernst gemeint.«

Sie nickte und wandte sich zum Gehen.

»Silk!« Ich steckte den Löffel wieder in den Eintopf und stand auf. Ich brauchte nur einen einzigen Schritt, um den Eingang – und die Frau – zu erreichen.

Sie wollte mich nicht ansehen. Ich umfasste ihr Kinn, hob ihr Gesicht an, wischte mit den Daumen die Tränen fort. Dann beugte ich mich herab und küsste sie sanft.

Keine Leidenschaft. Kein Versprechen. Sie wusste, was es war. Sie wusste, was es bedeutete. Aber sie schlang dennoch die Arme um meinen Hals und klammerte sich fest. Meine Hände ruhten leicht auf ihren Hüften. Sie roch, wie immer, nach Wein und Ale sowie dem schwachen Moschusduft, den sie trug.

Silk brach den Kuss im gleichen Moment ab wie ich. Sie hob die Hände an mein Gesicht, schabte mit den Fingern über die Stoppeln und zog dann die Sandtigernarben nach. »Sei vorsichtig«, flüsterte sie, und der Vorhang bauschte sich hinter ihr, als sie ging.

Mich erreichte weder eine Nachricht darüber, wo Del in Julah sein könnte, noch darüber, dass jemand Nayyib gesehen hätte. Da ich nicht draußen vor der Cantina sitzen und mit ausreichend Alkohol neben mir beobachten konnte, wie die Welt vorüberzog, ging ich lange Zeit in dem kleinen Raum auf und ab und kämpfte gegen ein zunehmendes Gefühl der Ungeduld an, verbunden mit Verzweiflung. Schließlich erklärte mein Körper, dass er müde sei, auch wenn das für meinen Geist nicht galt. Ich setzte mich eine Weile aufs Bett, das Rückgrat an die Adobeziegelwand gelehnt, die Beine ausgestreckt, und versuchte, logische Gründe für Dels Abwesenheit zu ersinnen.

Es war schon möglich, dass sie noch immer in dem Unterstand war. Nur dass mindestens zwölf Tage vergangen waren, seit Rafiq und seine Freunde mich zu

Umir verschleppt hatten, und sie sich weit genug erholt haben sollte, um nach Julah verlegt zu werden. Selbst wenn der Hengst nicht zurückgekehrt war – der Junge besaß ein Pferd. Er hätte mit den Ästen und dem Segeltuch vom Unterstand leicht eine Trage bauen und Del zu einem Heiler bringen können.

All diese Möglichkeiten kreisten einfach weiter in meinem Kopf. Und auch die Gedanken, die ich nicht hegen wollte. Schließlich legte ich mich aufs Bett und starrte leeren Blickes an die Holz-und-Lehmziegel-Decke. Alrics Fragen sickerten unaufhörlich in mein Bewusstsein, gleichgültig wie sehr ich sie zu verdrängen suchte. Ich verfluchte mich dafür, verfluchte Alric, verfluchte Nayyib, verfluchte Rafiq, Umir, Musa und den Sandtiger, der Del angegriffen hatte.

Was würde ich tatsächlich tun, wenn ich wieder allein auf der Welt wäre?

Vor mehr als zwei Jahren, als ich Staal-Ysta in dem Glauben verlassen hatte, Del würde durch das Zerrbild sterben, das ich mit meinem neu gestimmten Jivatma aus ihrem Leib gemacht hatte, hatte ich mich auf die Aufgabe konzentriert, die Hunde der Hoolies und ihren Herrn aufzuspüren, um das Dorf Ysaa-den zu retten. Das hatte mir einen Lebenssinn verschafft. Es hatte mir die Chance gegeben, über etwas anderes als Del nachzudenken, zumindest für Bruchteile von Momenten.

Nun gab es nichts anderes, woran ich denken konnte.

Ich kratzte über mein stoppeliges Gesicht, spannte es in alle Richtungen. Grollte dann lange und laut in meine Hände, musste die Anspannung loswerden. Schließlich nahm ich das Schwert neben meinem Bett hoch, legte es zwischen die Wand und mir auf das Bett und schloss die Augen. Ich erwartete nicht einzuschlafen. Aber mein Körper hatte andere Vorstellungen.

Ich träumte von Del, was eine gewaltige Verbesserung gegenüber dem Skelett in der Wüste und dem Schwert war, das ich »aufnehmen« sollte. Ich träumte von Del in ihren vielen Erscheinungsformen, ließ keine Wahrheit über ihr Naturell aus. Sie konnte kalt und hart sein, mit ebenso vielen Schattierungen wie Punjakristalle, fähig, jederzeit zu töten. Sie konnte scharfzüngig und aufbrausend sein, und manchmal verletzte sie mit Worten. Aber sie konnte auch sanft sein, wenn es um Tiere und Menschenkinder ging, unbarmherzig heftig in ihrer Zärtlichkeit und, trotz eines armseligen Beginns unter den Borjuni, leidenschaftlich im Bett. Sie war genug Frau, mich gelegentlich verrückt zu machen, weil Frauen das mit Männern tun. Aber sie raubte mir mit der Macht ihres Stolzes und ihrer Willenskraft auch den Atem.

Silk hatte es ebenso für mich wie zu mir gesagt: Ich hätte nie geglaubt, dass ich mich mit einer Frau zusammentun würde. Anders als Alric, war ich nicht für eine Frau und Kinder geschaffen. Ich wollte keine Bindungen. Fast zwei Jahrzehnte als Salsetchula hatten mich gelehrt, mich niemals wieder von jemandem besitzen zu lassen. Und was war ein Ehemann anderes als ein Mann, der von seiner Frau in Besitz genommen wurde? Sogar Alric gab zu, dass Lena ihm Dinge verbat. Wer brauchte das?

Und dann war Delilah in mein Leben getreten, ebenso getrieben wie ich, sich selbst zu beweisen, wenn auch aus anderen Gründen, und ebenso wenig interessiert daran, sich niederzulassen. Bis auf einen erzwungenen Aufenthalt in Skandi und dann die auf der Insel vor Haziz verbrachte Zeit, um wieder in Form zu kommen, hatten wir niemals aufgehört weiterzuziehen.

Plötzlich kam mir ein Gedanke: Ich hatte vor, Alimat wieder aufzubauen und Schüler anzunehmen. Was erfordern würde, dass ich an einem Ort bliebe.

Kein Wunder, dass mich alle für sandkrank hielten!

Ich erwachte lange genug aus dem Schlaf, um etwas höchst Wirres über alte Männer zu murmeln, die verweichlichten, und glitt dann wieder in den Abgrund.

Wo die Knochen und das Schwert warteten.

Dieses Mal trägt das Skelett Fleisch – und ein Gesicht. Es ist Del, die mich aus leeren Augenhöhlen ansieht. Eine Hand wird ausgestreckt, deutet in eine Richtung. Dort, scheint sie zu sagen, obwohl sich ihr Mund nicht bewegt. Dort. Nimm das Schwert auf.

Es liegt unmittelbar außerhalb ihrer Reichweite, als wäre es zu Boden geworfen oder im Kampf verloren worden. Es ist mehr als ein Schwert, wie ich sehe, ein Jivatma, im Norden bei nordischen Riten gestaltet. Und doch ist es nicht Boreal. Es ist nicht Dels Schwert.

Es ist meines. Samiel.

»Dort«, sagt sie, »nimm das Schwert auf.«

Sand verschiebt sich. Verbirgt den Körper. Trägt Fleisch davon. Knochen bleiben. Jetzt ist es nicht mehr Del, sondern die andere Frau.

»Finde mich«, sagt sie. »Finde …«

»… mich«, beendete ich den Satz und merkte, dass ich wach war.

Das Schwert lag neben mir, wo ich es hingelegt hatte. Nicht Samiel, sondern nur das Schwert, das ich in Haziz gekauft hatte. Es wies keine Runen auf, keine nordische Magie. War nicht mehr als Stahl, mit lederumwickeltem Heft.

Ich hob das Schwert in der Dunkelheit an. Schloss eine Hand darum. Spürte erneut den Druck der vier Finger.

Vier, nicht drei.

Ich schloss auch die andere Hand darum und legte den Knauf an meinen Bauch an, sodass die Klinge die Luft in zwei Teile zerschnitt. Und erneut: vier Finger.

Kurz darauf legte ich das Schwert wieder neben mich und betrachtete dann meine Hände. Spürte zwei Stümpfe, wo die kleinen Finger gewesen waren.

Finde mich, hatte sie gesagt. *Nimm das Schwert auf.*

Wen finden? Welches Schwert?

»Was, zu den Hoolies, willst du?«, fragte ich laut. »Und was soll ich damit anfangen? Wenn du willst, dass ich etwas tue, musst du mir mehr geben, damit ich weitermache!«

Natürlich fühlte ich mich äußerst lächerlich, weil ich laut mit einem Traum gesprochen hatte. Aber ich hatte die Unklarheit mehr als satt. Ich hatte schon immer lebhafte Träume gehabt, aber dies war neu. Und auch wieder alt.

Ich dachte über die Situation nach. Ich hatte in der Tat beabsichtigt, zu dem eingestürzten Einschnitt zu ziehen, um nach Samiel zu suchen. Del und ich waren gerade auf dem Weg dorthin gewesen, als der Sandtiger angegriffen hatte. Wenn ich also jetzt dorthin wollte – warum sollten die Träume mich anscheinend hierhin und dorthin kommandieren wie ein widerspenstiges Kind? Und was hatte die tote Frau mit alledem zu tun? Niemand außer Del und mir war in dem Einschnitt gewesen, als Chosa Dei zum letzten Mal auf Shaka Obre getroffen war. Wir waren entkommen. Niemand war getötet worden. Was hatte mein *Jivatma* mit dem Skelett zu tun?

Ich setzte mich auf, stellte die Füße auf den Boden. Verstimmt strich ich über mein zerzaustes Haar. Ich war noch immer müde bis auf die Knochen, da mir der Schlaf keine Erholung gebracht hatte. Schließlich zündete ich die Kerze auf dem Tisch an und beugte mich dann herab, um die Satteltaschen durchzusehen. Ich fand Umirs Buch und legte es so nahe wie möglich am Kerzenschein auf meinen Schoß.

Es war ein einfaches, ledergebundenes Buch. Keine eingelassenen Edelsteine, keine Gold- oder Silberverzierungen, keine eingebrannten Flechtmuster, die es vielleicht von anderen Büchern unterschieden hätten. Ich wusste, dass es kostbar war. Alle Bücher waren kostbar und nur im Besitz von Reichen. Aber dieses wirkte nicht besonders auffallend. Die Scharniere und das Schnappschloss waren aus mattiertem Kupfer, und mit der Zeit nachgedunkelter Seidendarm verband die Seiten mit dem Buchrücken. Ich fragte mich kurz, ob es meinetwegen verschlossen wäre, aber das Schloss ließ sich nur allzu leicht öffnen. Ich schlug den Deckel zurück und betrachtete die erste Seite: edles Pergament, in Schafleder gebunden, zu einem glatten, makellosen Bogen geschabt. Der erste Buchstabe auf der Seite war größer als die übrigen, weitaus verschnörkelter und in bemerkenswerten Farben gemalt. Der übrige Text war mit einfacher schwarzer Tinte geschrieben.

Ich blinzelte in dem schwachen Licht. Vor Meteiera hatte ich nichts anderes lesen können als Landkarten, da diese überwiegend aus Symbolen bestanden, die Straßen, Berge und Wasser kennzeichneten, und kaum aus Worten. Worte hatte ich im Geiste noch nie sortieren können, aber ich hatte es auch nie richtig versucht. Del konnte lesen, sodass ich mich bei den wenigen Gelegenheiten, als es wichtig gewesen war, auf sie verlassen hatte. Überwiegend war es nicht wichtig. In ioSkandi, auf den Steinkegeln, war dann etwas geschehen. Etwas hatte mich verändert. Nicht nur konnte ich plötzlich lesen, sondern ich verstand auch Sprachen, die ich nie zuvor gelernt hatte. Ich hatte immer einige verfügbar gehabt – mit der Zeit lernt man einfach Redensarten –, aber nun konnte ich sie alle. Fließend.

Ich konnte auch Umirs Buch lesen.

Etwas regte sich tief in meinem Bauch. Es war eigentlich keine Angst, auch keine Aufregung und glücklicherweise auch keine Übelkeit. Dann erkannte ich, dass es das erste Aufflackern von Vorahnung war.

Das *Buch von Udre-Natha* war vermutlich eine Art finstere Denkschrift, die alle möglichen Zauber, Beschwörungen, Anrufungen und anderes Magisches enthielt. Umir hielt sich für einen Fachmann der geheimen Künste, und ich hatte ihn tatsächlich schon einige Tricks ausführen sehen. Aber ich hatte die Existenz von Magie den größten Teil meines Lebens geleugnet, sodass ich auf solche Dinge kaum achtete. Mit der Zeit war ich jedoch, eher widerwillig, zu dem Schluss gekommen, dass sie tatsächlich existierte und einige Menschen sie sogar heraufbeschwören und bis zu fast jedem Grad manipulieren konnten – wie es anscheinend auch mir ein- oder zweimal gelungen war. Aber ich dachte nicht gern darüber nach.

Bestimmt nicht in Verbindung mit mir.

Ich blätterte die Seiten vorsichtig um, bemerkte durchgehend farbige Anfangsbuchstaben sowie Schaubilder, Zeichnungen und sogar Landkarten. Die Handschrift änderte sich häufig, was vermuten ließ, dass nicht nur ein Mensch es geschrieben hatte. Obwohl ich die Worte lesen konnte, beinhalteten sie viele mir unbekannte Dinge. Ich verstand Teile davon, ohne aber das Ganze zu begreifen.

Dann, als ich weiterblätterte, stieß ich auf eine kurze, hingekritzelte Notiz, die etwas über irgendwelche Formen angeborener Magie aussagte, die spät offenbar werde, da sie unerkannt in Körper und Geist ruhe. Dass ein Mann den größten Teil seines Lebens verbringen mochte, ohne von seiner Macht zu wissen, bis etwas sie erweckte. Wie ein Blinder, der plötzlich sieht, könne er – jäh von der Magie bedrängt – auf mehrere verschiedene Arten reagieren. Sie alle schienen eine gewisse Gefahr für ihn oder für andere zu beinhalten.

Besonders eine Zeile zog meinen Blick an. Magie muss gebraucht werden, hieß es dort, wie ein Geschwür aufgestochen werden muss, damit Körper und Geist nicht vergiftet werden.

Sehr vertraute Worte. Sahdri hatte etwas Ähnliches gesagt, wie auch Nihko.

Dann fragte ich mich, ob mein Widerwille, jene Macht zu gebrauchen – welche auch immer es sein mochte –, die Träume verursachte. Wenn ich meine Magie irgendwie weggeschlossen hatte, sickerte sie dann jetzt überall hervor? Würde sie eines Tages unerwartet ganz hervorbrechen und mich und andere bedrohen?

Sahdri hatte gesagt, skandische Magier würden von der Magie wahnsinnig, und das sei der Grund, warum sie sich selbst nach ioSkandi verbannten. Dass die Disziplin und die Ergebenheit, die sie in Meteiera erlernten, die schlimmsten Auswirkungen der Macht kontrollieren konnten, wenn sie mit deren wohlüberlegtem Gebrauch einhergingen. Aber die Kontrolle bestand nur begrenzte Zeit, da letztendlich jeder Priestermagier mit den Göttern verschmolz. Natürlich war ihre Vorstellung des Verschmelzens in Wahrheit Selbstmord, da sie von den Steinkegeln sprangen. Also wurden sie vermutlich wirklich wahnsinnig.

Ich hatte an Magie vorher noch nie als an eine Krankheit gedacht, aber das Buch vermittelte gewiss diesen Eindruck.

Ich las eine weitere Zeile. *Magie manifestiert sich auf unzählige Arten, die niemand voraussagen kann, abhängig vom Einzelnen. Aber es ist bekannt, dass zu häufiger Gebrauch der Macht den Menschen töten kann, und ihr Leugnen nach der Manifestation ebenfalls.*

Oh, Freude. Ich konnte also in jedem Fall sterben.

Zehn Jahre, hatte Nihko mir erklärt, als ich gegangen war. Möglicherweise zwölf. Das ist eigentlich nicht das, was ich als fairen Ausgleich dafür ansehe, Magie im Blut zu haben.

Ich schloss das Buch mit einem Seufzen und legte es auf den Tisch. Blies die Kerze aus. Ging wieder ins Bett.

Dieses Mal träumte ich nicht.

17

Fouad sah mich an. Heute Morgen trug er leuchtendes Orange. »Bist du sandkrank?«

Ich spürte, wie sich mein Gesicht leicht rötete. »Nein.«

»Im Namen aller Götter – wofür?«

»Für das Pferd«, murmelte ich.

Ich sah in seinen Augen alle möglichen Gedanken vorüber ziehen. Wahrscheinlich hatte keiner davon mit der geistigen Gesundheit eines bestimmten Schwerttänzers zu tun. »Du willst Silks Fransen für dein Pferd.«

Ich blickte angestrengt auf die Satteltaschen auf dem Tresen hinab und zupfte an den Lederriemen. »Ja.«

Belustigung ersetzte den ungläubigen Unterton in seiner Stimme. »Bist du sicher, dass sie nicht für dich selbst sind?«

Ich starrte ihn finster an. »Nein, sie sind nicht für mich!«

Nachdenklich legte er den Kopf zur Seite und betrachtete mich prüfend. »Ich weiß nicht … Vielleicht würde es dir stehen, wenn du die Fransen einer Frau um deinen …«

»Schon gut!«

»… Hals trügst«, beendete er seinen Satz grinsend.

»Er hat blaue Augen«, erklärte ich.

Nun war Fouad wieder überrascht. »Ein blauäugiges Pferd? In der Wüste?«

»Ich weiß! Ich weiß! Hol einfach die Fransen, Fouad. Und wenn du etwas Holzkohle und Achsenschmiere hast, nehme ich die auch. Gemischt.«

»Auch für dein Pferd?«

Dieses Mal richtete ich meinen bedrohlichsten Sandtigerblick auf ihn, und er warf die Hände in die Höhe. »In Ordnung! In Ordnung. Ich werde Holzkohle und Achsenschmiere holen. Gemischt.«

Ich beobachtete, wie er sich abwandte. »Was ist mit Silks Fransen?«

»Oh, die kannst du dir selbst holen!«

»Aber …« Aber. Er war fort.

Mit einfallsreichen Flüchen auf den Lippen, die mit Fouads unteren Körperteilen und der schwindenden Zeit zu tun hatten, die er sie nur noch besitzen würde, warf ich mir die Satteltaschen über eine Schulter und ging durch den Vorhang wieder zurück. Ich wusste nicht, welches Zimmer Silks war, was Fouad wahrscheinlich beabsichtigt hatte. Also musste ich an jedem mit einem Vorhang versehenen Eingang stehen bleiben, den Stoff beiseite schieben und hineinspähen, in der Hoffnung, niemanden aufzuwecken. Nach einer langen Nacht der Unterhaltung verschiedener staubiger und kraftvoller männlicher Wesen wären Fouads Schankmädchen nicht wirklich begeistert, wenn ich sie so früh aufweckte.

Das Glück folgte mir, bis ich das richtige Zimmer fand. Als ich den Vorhang beiseite schob und nach einer Schnur mit karmesinroten Fransen sah, entdeckte ich die Besitzerin der Fransen bei ihren morgendlichen Streckübungen.

Sie stand inmitten ihres kleinen Zimmers, nackt, den Rücken mit ausgestreckten Armen durchgebogen. Ein langes, genüssliches, ausgiebiges Strecken. Wenn eine Frau das mit ihrem Rücken tut, werden andere Teile ihres Körpers vorgeschoben.

Ich erkannte, während mein Gesicht zu glühen begann, dass ich früher nicht verlegen gewesen wäre. Aber das hatte sich aus einem unbestimmten Grund geändert, als ich mich mit Del zusammengetan hatte. Vielleicht muss man nicht verheiratet sein, damit eine Frau die eigene Sicht nackter Frauen ändert, die alle nicht die Frau sind, welche die Veränderung bewirkt.

Kein beglückender Gedanke, überlegte ich verdrossen.

Silk öffnete jäh die Augen. Ich riss den Kopf zurück, schloss den Vorhang hastig wieder und verfluchte mich dann dafür, dass ich mich wie ein grüner Junge benahm, der noch nie mit einer Frau geschlafen hatte.

»Tiger?«

Sie hatte mich gesehen. Mein Gesicht erglühte erneut. »Ja?«

Silk stand nun im Eingang, den Vorhang um ihren Körper gezogen. Das lange schwarze Haar hing wirr um ihre Schultern. Mit gewölbten Augenbrauen wartete sie auf eine Erklärung.

Ich platzte heraus: »Ich weiß, es klingt seltsam ... aber könnte ich dir deine Fransen abkaufen?«

Die schwarzen Brauen wurden noch höher gezogen. »Meine Fransen?«

Ich deutete befangen hin. »Diese Fransen. Die roten.«

Sie schaute über eine nackte Schulter zurück, bemerkte die Fransen und sah mich dann wieder an. »Für sie?«

»Sie?« Es dauerte einen Moment, aber dann begriff ich. »Nein, nicht für Del! Für mein Pferd.« Was, wie ich erkannte, sobald ich es gesagt hatte, nicht wirklich schmeichelhaft klang. Zumindest war Del ein Mensch. Ich lieferte hastig weitere Erklärungen. »Er ist weiß. Und blauäugig. Er muss vor der Sonne geschützt werden.«

Silk betrachtete mich einen langen Augenblick, ihre Miene seltsam ausdruckslos. Dann ließ sie den Vorhang fallen und trottete nackt zu dem Tisch, auf dem die Fransen lagen. Als sie sich wieder umwandte, die Fransen von einem Finger herabbaumelnd, bemühte sie sich nicht mehr, sich zu bedecken. Tatsächlich tat sie ihr Bestes, alles zu zeigen. Ich räusperte mich, wandte den

Blick ab und beschäftigte mich damit, meine Taschen nach Münzen zu durchsuchen.

Sie erschien vor mir und reichte mir die Fransen. »Umsonst.«

Ich schaute auf und wünschte, ich hätte es nicht getan. »Warum umsonst?«

»Weil ich immer und immer wieder dafür entschädigt werde«, erklärte sie zuckersüß, »jedes Mal, wenn ich mir vorstelle, wie du deiner nordischen Bascha erzählst, dass du diese Fransen von mir bekommen hast. Und was ich trug, als du sie bekamst.«

Hoolies. Frauen!

Ich murmelte durch zusammengebissene Zähne einen Dank, nahm die Fransen aus ihrer Hand und begab mich so rasch wie möglich wieder in den Vorderraum. Fouad reichte mir mit unbewegtem Gesicht einen kleinen Tiegel voller mit Holzkohle vermischter Schmiere.

In einem leuchtenden Burnus, mit einem Tiegel schwarzer Schmiere und herabhängenden, karmesinroten Fransen verließ ich die Cantina so würdevoll wie möglich.

Der weiße Wallach sah mich aus kummervollen – und wässerigen – blauen Augen an. Er war aufgezäumt, gesattelt und bepackt. Nichts mehr zu tun, außer letzte Hand anzulegen.

»Es tut mir Leid«, sagte ich zu ihm, »aber ich muss das tun.«

Er blinzelte mit seinen Lidern mit den langen weißen Wimpern. Ich steckte zwei Finger in den Tiegel, den Fouad mir gegeben hatte, setzte eine angewiderte Miene auf und begann dann, den ersten schwarzen Kreis nachzumalen.

»Ich habe Hunde gesehen, die so aussahen«, sagte ich. »Weiße Hunde mit schwarzen Flecken. Aber sie waren so geboren. Sie wurden nicht von Menschen angemalt.«

Der Wallach senkte kurz den Kopf und schnaubte.

»Das kann ich dir nicht verdenken«, erklärte ich. »Ich würde auch protestieren. Du siehst wie ein Komiker aus.« Ich nahm mir das zweite Auge vor. »Es ist nicht dein Fehler. Ich will dich nicht beleidigen. Aber du musst schon zugeben, dass ein Pferd, das etwas auf sich hält, nicht so aussehen sollte.«

Er streckte die Nase vor und schnaubte erneut geräuschvoll.

Ich übermalte den letzten Rest des weißen Haars, schloss den Deckel des kleinen Tiegels und steckte ihn in eine der Satteltaschen. An einem Sackleinenbeutel voll Korn wischte ich so viel des klebrigen Zeugs wie nur möglich von meinen Fingern, seufzte dann schwer und nahm die Fransen hoch.

»Es kommt noch schlimmer«, informierte ich den Wallach.

Ich hatte überlegt, ihn gegen ein dunkleres Pferd einzutauschen, hatte mich aber aus zwei Gründen dagegen entschieden. Erstens ging er wirklich sehr weich, was Del, die verletzt war, vielleicht guttäte. Zweitens hatte Del ihn ausgesucht. Ich hatte aus Erfahrung gelernt, nichts zu veräußern, was sie, aus welchem Grund auch immer, erwählt hatte, auch wenn ich es für wertlos hielt, weil sie letztendlich immer einen Verwendungszweck dafür fand. (Oder es behauptete.) Selbst wenn das bedeutete, monatelang etwas mitschleppen zu müssen, das Platz beanspruchte. Del war auf ihre Art ebenso ein Sammler einzigartiger Dinge wie Umir, nur dass sie wenigstens keine Menschen sammelte.

Es sei denn, man rechnete die Männer mit ein, die bei ihrem ersten Anblick jeglichen Verstand verloren. Wahrscheinlich wäre uns stets eine hübsche Ansammlung von ihnen gefolgt, sodass ich mir die Hoolies an den Hals geärgert hätte, wenn ich sie nicht davongejagt hätte.

Also behielt ich den Wallach. Der sehr still und zuvorkommend dastand, während ich die Schnur mit den Fransen von einem Ohr zum anderen schlang und die Enden unter den Stirnriemen des Zaumzeugs steckte.

Ich trat zurück und taxierte ihn. Nun hatte er zwei schwarze Flecke um die blauen Augen und eine von einem Ohr zum anderen reichende Schlinge mit leuchtend roten Fransen, die über sein Gesicht baumelten. Ich sah ihn lange an, zwischen lautem Auflachen und stoischer Resignation schwankend, und tätschelte dann mit großer Sympathie seine Nase. »Mach dir nichts draus – wir reiten auf einem Schleichweg aus der Stadt.«

Es war noch früh, als wir Julah verließen, und ich war mir nicht sicher, ob ich wesentlich Zeit einsparen könnte, wenn ich den kürzeren Weg durch Vashni-Gebiet nähme. Wenn alles gut ginge, würde ich Del noch vor Sonnenuntergang sehen. Also hielt ich nach den fast nicht erkennbaren Wagenspuren Ausschau, die von der Hauptstraße in die Stadt abbogen, und fand sie schließlich auch. Ich überlegte, ob ich nicht besser jetzt, wo der Untergrund annehmbar war, Tempo zulegen sollte, und trieb den Wallach erneut zur Schritt-Trab-Galopp-Kombination an. Die Fransen schwangen und hüpften.

Del und ich waren vorher nicht in Eile gewesen. Ich jetzt schon. Während ich den Wallach forderte, wann immer der Untergrund annehmbar war, und ihn zu anderen Zeiten in einen bodengewinnenden Langschritt verfallen ließ, machte ich bald den Fleck aus, wo Oziri und seine drei Krieger aufgetaucht waren. Hier war der Untergrund felsig, und ich konnte den Wallach mit gutem Gewissen nur in langsamem Schritttempo bewegen. Ich hatte ihn bereits zweimal getränkt, und mich auch, spürte aber noch immer die Wärme der Sonne. Innerhalb weniger Wochen würde Hochsommer sein.

Ich mied den Umweg zu der Lichtung, auf der Del

und ich dem Vashni-Alkohol hatten zusprechen müssen, und fand das ausgetrocknete Flussbett. Ritt darin weiter, folgte dem linken Ufer. Schließlich traf ich auf den Lederbeutel, den ich vom Hengst hatte herabfallen lassen, um dem widerlichen Gestank verdorbenen Sandtigerfleischs zu entkommen. Der Beutel war zerkaut und aufgerissen worden. Jemand – oder mehrere Jemande – hatte eine gute Mahlzeit genossen.

Ich verließ das Flussbett dort wieder und tauschte Sand gegen Steintriebe, zerbrochene Felsen und harten Boden ein. Als Del und ich hier entlang geritten waren, hatten wir uns nicht die Mühe gemacht, unseren Weg zu kennzeichnen. Nun war ich völlig von meiner Erinnerung an jene Dinge abhängig, die ich als Landmarken betrachtet hatte, wie ein Baum mit einem verkrüppelten Ast oder ein Felssturz, der eine auffällige Form aufwies. Während jenes Rittes hatte ich Wagenspuren studiert, aber das Land lief beständig auf die wuchtigen Felsformationen zu, die in der Ferne aufragten, und solange ich in diese Richtung ritt, wusste ich, dass ich die Klippe finden würde.

Ich folgte meinem inneren Orientierungssinn mit einem vorherrschenden Gefühl zunehmender Dringlichkeit. Als Umirs Gefangener war ich hilflos gewesen. Und ich hatte schon vor Jahren gelernt, dass es, wenn ich schon nichts tun konnte, für Geist und Körper das Beste war abzuwarten, bis sich eine Gelegenheit bot. Nun war ich frei, und das Einzige, was mich davon abhielt, Del zu finden, war die Zeit, die ich brauchte, um zu ihr zu gelangen. Ich wollte diese Zeit so weit wie menschenmöglich verkürzen.

Als sich der Weg zur Klippe hinaufzuwinden begann, bat ich den Wallach um Nachsicht und trieb ihn wieder zu einem Langtrab an. Ein Stück weiter, als der Pfad steiler wurde und sich allmählich zu dem von Bäumen gesäumten Gipfel hinaufwand, lockerte ich die Zügel und ließ den Wallach trotten. Die Hinterhand wölbte sich, als er die Hufe in den Hang grub und vor Anstrengung brummte.

Ich beugte mich auf seinen Hals, verlagerte mein Gewicht nach vorn. »Es ist nicht mehr weit«, murmelte ich. »Nur noch ein kleines Stück.« Aber ich war mir nicht sicher, ob ich den Wallach ermutigen wollte oder mich.

Als er mit einem gewaltigen, angespannten Sprung über den Rand der Klippe schoss, zügelte ich ihn, befreite mich aus dem rechten Steigbügel und sprang hinab, noch während der Wallach seinen Schritt verlangsamte. Ich ließ die Zügel los und lief auf den Unterstand zu.

»Del? Del!«

Nichts.

»Del!«

Ich kam beim Unterstand auf Sand und losen Kieselsteinen schlitternd zum Halt. Er war leer.

Keine Decken, keine Vorräte, keine Ausrüstung. Nur der grobe Unterstand und Sandboden.

Eine böse Ahnung löste die Dringlichkeit ab. Ich schrie so laut, dass es in den Felsen widerhallte: »He, Nayyib! Ich bin es – Tiger! Wo seid Ihr?«

Nichts.

Dann hörte ich ein Schnauben und wandte mich um, aber es war nur Dels Wallach. Er war zum nächststehenden Baum gewandert und hatte nach Gras gesucht. Er hatte es im Schatten gefunden und graste nun, wobei sich wirres Grünzeug in den Winkeln seines gezäumten Mauls verfing.

Niemand antwortete auf meine Rufe. Ich hörte nur das Klirren des Gebissstücks, während der Wallach Gras abzupfte und geräuschvoll kaute, den hohen, durchdringenden Schrei eines Falken am wolkenlosen Himmel und die schwachen, fernen Laute von Kleintieren, die einander schalten.

Schweiß lief meine Schläfen hinab. Ich schloss die Augen, spürte beginnende Panik meinen Bauch verkrampfen. Dann verbannte ich sie. Ich musste mich jetzt konzentrieren, durfte den Gefühlen nicht nachgeben. Gefühle lassen einen Dinge vermissen.

Ich machte mich wohlerwogen daran, genau das zu tun, wozu Del mich ursprünglich vor Jahren angeheuert hatte: jemanden aufspüren. Nur suchte ich dieses Mal Delilah selbst und nicht ihren Bruder.

Als ich das Lager untersuchte, stellte ich fest, dass kein Blut im Unterstand oder irgendwo in der Nähe des flachen Gipfels der Klippe zu finden war. Auch konnte ich im Sand, unter den Bäumen, unter den Felsen kein Grab finden. Und der Feuerkreis war seit Tagen nicht benutzt worden. Hufabdrücke verliefen kreuz und quer, aber alle waren alt, fast schon ausgelöscht – wahrscheinlich von Nayyibs Pferd und den Pferden, die Rafiq und seine Freunde geritten hatten, ganz zu schweigen von Dels Wallach und dem Hengst. Wind hatte die Abdrücke verweht, wie auch die Spuren von Insekten und anderen Tieren, aber auf dem Erdboden waren die Abdrücke geblieben. An verschiedenen Stellen stapelte sich Pferdedung, was eines von zwei Dingen bedeuten konnte: Zwei oder mehr Pferde waren lange genug hier gewesen, um etwas zu hinterlassen, oder ein Pferd war zum Grasen von Baum zu Baum geführt worden. Der Dung war nicht frisch. Mehr konnte ich nicht feststellen. In der trockenen Wüstenhitze verdarb Pferdedung rasch. Ich fand sogar das Sandtigerskelett, die Knochen von Aasfressern sauber abgenagt und verstreut. Der Schädel fehlte.

Ein Trost: Da kein Grab hier in der Gegend war, war es unwahrscheinlich, dass Del hier gestorben war. Und es ergäbe für Nayyib keinen Sinn, den Leichnam irgendwohin mitzunehmen. In der Wüste wurden Tote meist dort begraben, wo sie starben. Das bedeutete nicht, dass Del lebte – sie könnte unterwegs gestorben sein –, aber zumindest war sie nicht hier gestorben.

Das Lager wirkte sehr leer. Ich erschauderte, hockte mich hin und inspizierte einen weiteren Hufabdruck. Nahm dann einen Stein auf, ließ ihn in der Hand hüpfen und sah mich noch einmal um, für den Fall, dass ich etwas Offensichtliches übersehen hätte. »Bascha«, murmelte ich, »wo bist du?«

Der Wallach schüttelte den Kopf, sodass das Gebiss klirrte, und graste dann weiter. Ich riss mich aus meiner Träumerei und ging zu ihm, um mich um ihn zu kümmern. Mein nächster Plan war nachzusehen, ob ich irgendwelche Spuren finden konnte, die aus diesem Gebiet hinausführten, und obwohl ich es so bald wie möglich tun wollte, kam die Fürsorge für den Wallach zuerst. Man riskiert es nicht, sein Pferd in der Wüste zu verlieren. Ein Mann zu Fuß ist ein toter Mann.

Als der Wallach angepflockt, abgesattelt, abgekühlt und getränkt war, begann ich, die Umgebung des Lagers sorgfältig abzusuchen. Es schien nicht so, als hätte Nayyib eine Trage für Del gebaut, denn der Unterstand war noch heil, und ich fand keine Spuren von durch den Staub gezogenen Pfählen. Möglicherweise war sie ausreichend genesen, um reiten zu können, entweder hinter ihm im Sattel oder umgekehrt. Auch war es möglich, dass der Hengst irgendwann zurückgekommen war. Aber die einzigen Abdrücke, die ins Lager herein- und wieder hinausführten, waren diejenigen, die Del und ich hinterlassen hatten, als wir die Klippe hinaufgeritten waren, dann die von Nayyib, Rafiq und den anderen, sowie die Spuren vom Lager fort, als Rafiq mich zu Umir verschleppt hatte.

Was nur eine Antwort übrig ließ.

Ich beendete meine Betrachtung des Bodens und des Randes der Klippe und wandte mich stattdessen dem Teppich aus herabgestürztem porösem Rauchgestein, Quarz und Schiefer zu, der sich von den großen Felsblöcken wie ein Felsfluss ausbreitete. Ich kauerte mich hin und suchte nach jedem winzigen Detail, das vielleicht eine Geschichte erzählen könnte. Und fand eines: von den Felsen abgeschlagene Steinstücke, die darunter groben, nicht verwitterten Fels freigaben; die ausgehöhlte Stelle, wo Steine gelegen hatten, bis Hufe sie lösten; die winzigen Spuren, die von Insekten und anderen vor der Hitze der Sonne fliehenden Lebewesen hinterlassen worden waren, als ihnen ihr Schutz genommen worden war.

Es war unmöglich zu beurteilen, wie viele Pferde es gewesen waren oder ob eines zwei Menschen getragen hatte, da die Steine und Spalte zu viele Geheimnisse bargen. Aber es war mit Sicherheit ein Pferd hier entlang gelaufen.

Also spielte ich das Spiel: Wenn ich Nayyib wäre, zurückgelassen mit einer verletzten Frau, würde ich sobald wie möglich Hilfe für sie holen wollen. Aber es wäre zu gefährlich, auf dem gleichen Weg, den ich gekommen war, nach Julah zurückzureiten. Wer wusste schon, wie viele Schwerttänzer nach dem Sandtiger Ausschau hielten? Und es war kein Geheimnis, dass er mit einer nordischen Frau reiste. Sie würden sie sofort erkennen, annehmen, dass sie wusste, wohin ihre Beute gegangen war, und sie ungeachtet ihrer Gesundheit befragen. Also würde ich – Nayyib – auf einem anderen Weg nach Julah reiten und versuchen, keine Spuren zu hinterlassen. Ich würde mich den Felsen zuwenden, und da ich dank der Fingerknochenkette frei passieren könnte, das Vashni-Gebiet durchqueren. Ich hatte es auf dem Weg nach Julah bereits einmal getan, als ich den Heiler gesucht hatte. Dieser Weg war härter für das Pferd und somit auch für Del, aber weit sicherer.

Ich ging zum Wallach zurück und fütterte und tränkte ihn. Dann nahm ich mein Bettzeug und die Satteltaschen an mich. »Wir bleiben über Nacht«, belehrte ich ihn. »Es wird nur allzu bald dunkel. Gleich morgen früh machen wir uns wieder auf die Suche.«

Ich legte die Satteltaschen am Unterstand ab und

kniete mich dann hin, um meine Decke auszubreiten. »Öl in die Flammen«, murmelte ich. »*Mein* Öl in die Flammen.«

Denn wenn jemand Nayyib und Del auf dem Weg nach Julah gesehen hatte, dann wahrscheinlich Vashni. Und ich konnte nicht frei passieren.

18

Ich schlief schlecht und erwachte müde und kaum erfrischt. Trotz der Umstände, die Träume hätten heraufbeschwören können, hatte ich überhaupt nicht geträumt – oder konnte mich nicht daran erinnern. Und normalerweise erinnerte ich mich zumindest an Bruchstücke meiner Träume, selbst wenn ihnen die Dramatik toter Frauen fehlte, die mich über Schwerter belehrten. Ich stand mit brennenden Augen auf, die sich nach einem Tag des angestrengten Spurenlesens anfühlten, als wären sie voller Sand; juckende Stoppeln umgaben mein Kinn. Ich brauchte sowohl eine Rasur als auch ein Bad. Aber das würde die Vashni vermutlich nicht kümmern.

Den Wallach kümmerten solche Dinge natürlich ebenfalls nicht, aber er vermittelte mir von seinem Platz aus, dass ich ihn zu einer Stelle mit frischem Gras führen, ihn tränken und ihm weiteres Korn zuteilen sollte. Ich tat, unter anderem, all das. Dann schob ich mir getrocknetes Cumfa den Schlund hinab, nahm einige Schlucke Wasser, sammelte meine Habe ein und belud den Wallach. Aber dieses Mal legte ich das Halfter über das Zaumzeug (und die Fransen), band die losen Zügel an die Sattelgurte und ließ die Führungsleine so lang, dass mir der Wallach nicht zwischen die Füße geraten würde, während er noch immer nahe genug wäre, um ihn unter Kontrolle zu halten.

»Du bekommst heute frei«, erklärte ich ihm, während ich mir eine Bota über die Schulter schlang. »Ich gehe auch zu Fuß.«

So führte ich ihn zu der Stelle, wo ich Hufnarben in

den Felsen gefunden hatte, betrachtete sie einen Moment in der Hoffnung, eine Art Richtung zu erkennen, aber vergebens. Ich konnte nur weiterziehen und hoffen, dass ich Nayyibs Spuren letztendlich ausmachen würde, wenn der Felsenfluss in Sand und Erde überging. Auf weicherem Untergrund wären sie wahrscheinlich offensichtlich: entweder ein Mann zu Fuß, der ein Pferd führte; ein Pferd mit zwei Menschen, das daher weitaus tiefere Abdrücke hinterließ, oder zwei Paar Hufabdrücke – wenn der Hengst zurückgekommen war.

Ich seufzte. »Gehen wir, Schneeball.«

Der Untergrund war überaus schwierig. Wenn nicht ich über feststehende Felsen stolpern würde oder lockere Steine unter meinen Füßen wegrollten, dann würde das bestimmt dem Wallach passieren. Hufe waren nicht dafür geschaffen, über abgerundete Felsen zu balancieren, ob sie nun fest aneinander lagen oder trügerisch brüchig schienen. Und meine Sandalen waren kaum geeigneter. Dies war ein Ort, an dem Stiefel gefragt waren, aber ich hatte meine irgendwo unterwegs zurückgelassen. Möglicherweise in Haziz, wenn ich mich recht entsann. Eine törichte Entscheidung, auch wenn ich Platz in meinen Satteltaschen hatte schaffen wollen. Im Grunde konnte ich mir nicht vorstellen, dass Nayyib ein Pferd, das eine verletzte Frau trug, hier hindurch geführt hatte, aber das musste ich schließlich auch nicht. Manchmal fand ich weitere Anzeichen von Spuren. Ich fragte mich, ob das Pferd des Jungen lahm wäre, wenn er hindurchgelangt wäre. Ich fragte mich, ob der Wallach lahm wäre, wenn wir hindurchgelangt wären.

Ich wählte meinen Weg langsam und vorsichtig und versuchte, eine Art Pfad zwischen den Steinen und Felsblöcken zu finden, der für den Wallach leichter zu bewältigen war. Er war ein mutiges Pferd, das ohne Zögern bereitwillig folgte. Irgendwann merkte ich, dass die Felsen niedriger wurden. Der Untergrund blieb eine

Herausforderung, aber der Weg war nun weniger anstrengend. Und noch besser war, dass Sand und Erde vermehrt vorkamen, was nicht nur das Gehen erleichterte, sondern auch Abdrücke besser sichtbar machte. Ich war Nayyib noch immer auf der Spur.

»Bald«, murmelte ich dem Wallach zu. »Nicht mehr lange.«

Und wirklich brauchten wir beide gar nicht mehr viel weiter zu laufen, da ich gerade, als ich mich zum Wallach umwandte, um ihn zu ermutigen, Pferde herankommen hörte. Ich zählte sie den Geräuschen nach: vier. Sie kamen durch die Felsen herab, die gegeneinander rollten und stießen.

Endlich. Ich wandte mich zu den Vashni um, zog bewusst nicht mein Schwert. Ich wartete einfach, entspannte meinen Körper zu unmerklicher, gelassener Bewusstheit.

Der Wallach, der die anderen Pferde bereits erspäht hatte, stieß ein ohrenbetäubendes Begrüßungswiehern aus. Ich zuckte zusammen. Auch die Vashni schienen über die geräuschvolle Antwort ihrer Tiere einigermaßen bestürzt. So viel zur Bedeutsamkeit des Augenblicks.

Ich registrierte die Männer mit einem schweifenden Blick. Oziri war nicht unter ihnen. Ich hatte nicht die leiseste Ahnung von Vashni-Politik und wusste auch nicht, ob diese vier Krieger überhaupt zur gleichen Gruppe gehörten, sodass ich keinen Versuch unternahm, seinen Namen als sichere Passage anzuführen. Außerdem war Oziri nicht mein Ziel.

Ich hätte am liebsten sofort gefragt, ob sie Del gesehen hätten und ob sie lebte. Aber Eile ist unter Fremden nicht die beste Strategie, besonders unter gefährlichen Fremden nicht. Stattdessen erklärte ich ihnen mit Hilfe der Gabe, die ich in Meteiera erhalten hatte, in ihrer eigenen Sprache kurz und schnörkellos, dass ich der Jhihadi sei und dass der Jhihadi die Schwester des Orakels suche.

Nicht mehr, nicht weniger.

Vashni sind insgesamt keine ausdrucksvolle Rasse, aber ich bemerkte dennoch eine schwache Reaktion auf ihren dunklen Gesichtern. Sie unterhielten sich beredt in der Fingersprache, während sie mich aus der Ferne betrachteten, sprachen eine Sprache, die ich nicht kannte. Anscheinend war meine Gabe auf verbale Sprachen beschränkt. Aber das war möglicherweise unwichtig, weil ich mir innerlich sicher war, dass sie sehr genau wussten, wer – und wo – Del war.

Sie mussten es mir nur sagen.

Ich wartete auf eine Bestätigung. Ich konnte nicht mehr tun, als zu atmen. Ich bot alle Disziplin auf, die ich auf den Steinkegeln erlernt hatte, um meine Sorge und Ungeduld nicht zu zeigen.

Es erfolgte keine Bestätigung. Sie ritten einfach durch die Felsen herab, nahmen vor mir, auf beiden Seiten und hinter mir Aufstellung und deuteten auf den Wallach. Sie kamen näher, nachdem ich aufgestiegen war, und verdeutlichten mir wortlos, dass ich ihnen folgen sollte.

Die Zeit lief rückwärts. Del und ich waren vor Jahren in ein Vashni-Dorf hineingeritten. Nun lief, ebenso wie damals, die Kunde voraus, sodass Männer, Frauen und Kinder Zeugen meiner Ankunft wurden, als ich die Ansammlung von Hyorts in den Gebirgsausläufern betrat. Sie stellten sich in zwei Reihen einander gegenüber auf und bildeten ein menschliches Spalier in ihr Zuhause. Ich fragte mich, wie viele Menschen schon die Doppelreihe entlang in den Tod geritten waren.

Die Reihen endeten in der Mitte des Dorfes, ein allgemeiner, von Hyorts umgebener Bereich. Ich wurde dorthin geleitet, noch immer von den vier Kriegern umgeben, und zum Warten aufgefordert. Weitere Unterhaltungen durch Gesten folgten, während sich die beiden Reihen Dorfbewohner nun im Kreis aufstellten, eine

Mauer aus Menschen zwischen meiner kleinen Gruppe und den Hyorts.

Ruhig, vorsichtig, atmete ich ein, hielt den Atem einen Moment an und ließ ihn wieder ausströmen. Meine rechte Hand fühlte sich ohne Schwert nackt an. Aber dies war, wie ich erkannte, nicht der richtige Zeitpunkt, mein Schwert zu ziehen. Ich saß schweigend und scheinbar entspannt auf dem Wallach.

Dann hörte ich von irgendwo jenseits des Dorfes den widerhallenden Ruf eines Hengstes.

Ich wandte jäh den Kopf. Ich kannte diese Stimme. Diese Überheblickeit.

In mir löste sich ein kleiner Knoten. Erleichterung regte sich kurzzeitig in meinem Bauch. Ich grinste wie ein Narr.

Das Grinsen schwand jedoch, als eine Stimme ertönte. Der Kreis der Vashni teilte sich augenblicklich und ließ einen Krieger hindurch. Er näherte sich, von zwei Männern flankiert, beide jünger, beide größer, beide mit traditionellen Vashni-Schwertern über dem Rücken, obwohl er bis auf einen Dolch unbewaffnet war. Schwarzes Haar war von Grau durchzogen, und sein Gesicht war durch eine Kinderkrankheit pockennarbig geblieben. Der Rand einer alten Narbe begann im Winkel seines rechten Auges und zog sich bis zum Ohr hin. Er trug eine kunstvolle Knochenplatte auf der bloßen Brust.

Ich erkenne einen Häuptling, wenn ich ihn sehe. Aber ich war der Jhihadi. Vom Orakel persönlich angekündigt, das die Vashni jahrelang beherbergt hatten. Ich beugte nicht einmal den Kopf.

Der Häuptling blieb stehen. Er betrachtete mich kurz und vollführte dann eine barsche Geste. Die vier mich umringenden Krieger entfernten sich, sodass ich inmitten des Menschenkreises auf dem Wallach saß, gegenüber des zu Fuß erschienenen Häuptlings mit seinen zwei Leibwächtern.

Plötzlich kam mir eine Eingebung. Ich stieg vom Sattel, mir der plötzlichen Anspannung der Vashni bewusst. Ohne Zögern oder Gehabe – und ohne irgendeine physische Bedrohung darzustellen – trat ich vor den Wallach, strich mit einer Hand über seine Nase und ließ mich auf ein Knie nieder. Ich drückte zwei Finger in die harte Erde und den Sand und zog eine Linie. An einem Ende flach, am anderen tiefer, mit einer von meinem Handballen verursachten leichten Mulde. Dann löste ich die Bota von meiner Schulter, entstöpselte sie, goss Wasser ins flache Ende der Linie und beobachtete, wie es zum anderen Ende lief. Ich legte den Grashalm, den ich aus dem Gebiss des Wallachs gezogen hatte, in die sich mit Wasser füllende Mulde. Dann schaute ich lächelnd auf und begegnete dem Blick des Häuptlings.

Nach längerer Überlegung beugte er kaum wahrnehmbar den Kopf. Dann wandte er sich um und ging durch den Kreis der Dorfbewohner wieder zurück.

Einen eigenartig unwirklichen Moment lang glaubte ich, sie würden mich inmitten des Dorfes allein zurücklassen. Aber dann erschien neben mir ein Krieger, während ein weiterer die Zügel des Wallachs nahm und ihn davon führte. Ich wurde durch die Menge der schweigenden Dorfbewohner zu einem Hyort geleitet. Dort zog der Krieger den Eingang beiseite und bedeutete mir einzutreten.

Ich betrat den Hyort geduckt und wurde mir bewusst, dass der Eingang hinter mir wieder geschlossen wurde. Licht gelangte nur durch den Rauchabzug in dem schmalen, spitz zulaufenden Dach des Hyort herein und konzentrierte sich in der Mitte des mit Teppichen bedeckten Erdbodens, aber es genügte. Ich sah das mit einer Decke verhüllte Lager und die Frau darauf. Es war offensichtlich, dass sie schlief, obwohl sie mit dem Rücken zu mir lag. Ich kannte die himmelwärts ragende Kurve der Schulter, die hohe Wölbung der Hüfte, die

Krümmung des einen Knies sehr genau. Del hatte stets mehr als ihre Hälfte des Bettes vereinnahmt.

Die Erleichterung war so greifbar, dass ein Krampf meinen Körper durchlief. Ich tat einen Schritt, hielt inne und sah sie nur an, ließ die Anspannung der Angst, die übergroße Sorge langsam aus meinem Körper entweichen. Der Knoten, den mein Rückgrat bildete, löste sich.

Dann setzte ich mich hin, neben das Bett, nahe genug, um sie berühren zu können. Ich tat es nicht. Ich saß einfach nur da und beobachtete ihren Atem. Lächelte. Vollkommen glücklich, einfach bei ihr zu sein.

Ich bin hier, Bascha.

Del schlief lange Zeit, aber das kümmerte mich nicht. Ich streckte mich auf dem Rücken aus, betrachtete nachdenklich das Spitzdach, wo sich der Rauchabzug dem Himmel öffnete, und wartete geduldig und zufrieden, bis sie sich auf den Rücken drehte, während sie einen tiefen Seufzer ausstieß. Ich wandte mich auf eine Seite und richtete mich auf Hüfte und Ellenbogen auf. Sie hatte die Augen noch geschlossen, aber ihre Atmung hatte sich verändert. Ich bemerkte die hellen Wimpern auf der hellen Haut, ihre von bläulichen Adern durchzogenen Augenlider. Sie trug einen Burnus, der ihren Körper weitgehend verbarg, weshalb ich nicht wusste, ob sie noch Verbände trug oder nicht. Sie war zu dünn. Das konnte ich an ihren Gesichtsknochen erkennen.

Del öffnete die Augen. Sie sah blinzelnd zum Rauchabzug hinauf. Dann wandte sie stirnrunzelnd den Kopf und sah mich direkt an.

Ich lächelte breiter. »He.«

Sie betrachtete mich einen Moment. »Wo, zu den Hoolies, warst du?«

Ich grinste. »Kein sehr gelungener Versuch, verärgert zu klingen, Bascha. Willst du es noch einmal versuchen?«

Als Antwort verzog ein verschlafenes Lächeln ihre

Lippen. Sie streckte eine Hand aus. »Du hast den Tanz gewonnen.«

Ich nahm ihre Hand in meine. »Ich habe den Tanz gewonnen.«

»War es Abbu?«

»Nein, er war nicht dort. Jemand namens Musa. Ich kannte ihn nicht.« Ich zog beide Augenbrauen hoch. »Vermutlich hat Nayyib dir erzählt, was Umir vorhatte?«

Sie hielt meine Hände fest. Wir neigten beide nicht zum Klammern, aber wir mochten physischen Kontakt. »Es wird alles gut, Tiger. Die Wunden sind, dank dir, Nayyib und dem Vashni-Heiler fast verheilt. Das Gift ist aus meinem Körper gewichen. Ich bin meist noch ein wenig müde, und mir tun die Knochen weh, aber das wird vergehen.« Sie verzog das Gesicht. »Nur dass der Heiler mich ständig ins Bett schickt. Ich bin es leid, Nickerchen zu machen.«

Da ich vor Jahren selbst von einem Sandtiger schwer verletzt und vergiftet worden war, wusste ich sehr genau, warum der Heiler sie ständig ins Bett schickte.

»Aber wir können morgen aufbrechen«, sagte Del.

Das traf mich unvorbereitet. »Wohin?«

»Hinter Nayyib her.«

»Wo ist er? Und warum müssen wir ihm folgen?«

»Er sucht dich.«

»Er hat dich hier zurückgelassen?«

»Als offensichtlich wurde, dass ich genesen würde, und als ich darauf bestand, ja. Das hat er getan.«

»Du bist nicht ›genesen‹.«

»Ausreichend genesen. Wie auch immer – ich habe ihn vor zwei Tagen auf die Suche nach dir geschickt.«

Das erstaunte mich. »Du hast ihn zu Umir geschickt?«

»Ja.«

»Warum?« Mir kam ein Gedanke, so lächerlich er auch war. »Hast du erwartet, dass er mich *rettet*?«

Del betrachtete meine gekränkte Miene eine Weile.

»Tatsächlich hatte ich erwartet, dich selbst zu retten. Aber ich musste Neesha sich erst ein wenig für mich umsehen lassen.«

»Neesha?«

»Nayyib. Neesha ist sein Rufname.«

»Du hast Nayyib-Neesha losgeschickt, dass er sich für dich umsieht, damit du mich retten kannst?«

»So war es geplant«, bestätigte sie ernsthaft.

Ich scherzte nur halbherzig. »Du hast nicht geglaubt, dass ich es allein hinkriege? Einen Schwerttanz? Obwohl ich seit fast fünfundzwanzig Jahren tanze – was wahrscheinlich länger ist, als der Junge, den du geschickt hast, auf der Welt ist?«

»Du tanzt schon länger, als ich auf der Welt bin.«

Was eine verheerend wirkungsvolle Art war, mich daran zu erinnern, wie alt ich tatsächlich war und wie alt sie nicht war.

»Hoolies«, murmelte ich.

Del lachte. Sie führte meine Hand zum Mund, küsste den Handrücken und legte sie dann unter ihre auf ihre Brust.

Ich bemerkte erneut, wie schmal ihr Gesicht war, und sie hatte Schatten unter den Augen. »Hast du wirklich geglaubt, ich würde verlieren?«

»›Nur ein Dummkopf denkt, er könne niemals besiegt werden‹«, zitierte Del. »Das hast du einmal gesagt.«

»Ja, aber ich hatte nicht erwartet, dass du es glaubst. Du sollst glauben, ich könnte alles schaffen.«

»Und das hast du.«

Nun, bisher. Irgendwie.

»Wie dem auch sei«, fuhr Del fort, »ich denke, wir sollten Nayyib folgen.«

»Warum? Er sollte inzwischen bei Umir eingetroffen sein und wird erfahren, was geschehen ist. Ich habe gewonnen. Ich bin fortgegangen. Ich bin hier.«

Del sah mich an. »Was ist, wenn *er* gerettet werden muss?«

Diese ganze Unterhaltung war bizarr. »Warum sollte er gerettet werden müssen? Er ist nichts wert.«

»Das ist unfair!«

»Für Umir«, erklärte ich. »Er ist kein Sammlerobjekt. Er ist noch ein Junge.«

»Er ist dreiundzwanzig.«

»Das ist ein Junge.«

»Ich bin dreiundzwanzig, Tiger.«

Das brachte mich zum Schweigen, wie sie es auch beabsichtigt hatte.

Del lächelte, erfreut, gesiegt zu haben. »Und was die Behauptung betrifft, er wäre für Umir nichts wert – natürlich ist er das. Neesha kann Umir und jeder anderen daran interessierten Partei sagen, wo ich bin. Weil sie wissen, dass dort, wo ich bin, schließlich auch du sein wirst.«

»Er könnte es ihnen einfach *nicht* sagen.«

»Unter Folter?«

Ich runzelte die Stirn. »Warum erzählt er ihnen nicht einfach, du wärest tot? Du warst es beinahe.«

»Nun, vielleicht wird er das. Aber das bedeutet nicht, dass er nicht zuvor gefoltert wird.«

»Dann hätte er hier bleiben sollen.«

»Er hat nach dir gesucht. Ist das nichts wert?«

»Ich weiß nicht«, grollte ich. »Das kommt darauf an, ob du denkst, ich sei etwas wert.«

»*Manches* Mal.«

Ich schloss die Augen, biss die Zähne zusammen und fuhr mir mit einer Hand übers Gesicht.

»Er hat mir das Leben gerettet, Tiger.«

»Ich dachte, *ich* hätte dir das Leben gerettet.«

»Du und Neesha – und der Vashni-Heiler.«

Ich sah sie blinzelnd an. »Dies ist nicht wieder einer von deinen verrückten weiblichen Einfällen, oder? Ich meine, er ist ein Mensch, ein Mann, keine Katze oder ein Hund. Er ist kein Streuner.«

»Du warst es.«

»*Ich* war es?«

»Ja. Vor vielen Jahren, als der Shodo dich zur Ausbildung annahm. Er nahm einen streunenden Menschen auf und gab ihm ein Zuhause.«

Ich stemmte mich hoch. »*Und* ich habe es ihm vergolten, indem ich nicht nur sein bester Schüler, sondern der beste Schwerttänzer des Südens wurde …« Ich streckte einen Finger erläuternd in die Luft. »… was, wie ich hinzufügen könnte, ein Titel ist, der nur sehr selten *neu* bestätigt wird.«

Dels Stimme klang so arglos wie nur möglich. »Ich dachte, du hättest gesagt, Abbu sei nicht dort gewesen.«

Ich blickte sie finster an. »Wir sprechen nicht über Abbu. Wir sprechen über den Jungen. Und nun erzählst du mir, du willst, dass ich *in* Umirs Gebiet zurückreite, obwohl Männer dort versuchen werden, mich zu töten?«

»Aber du hast gerade neu bestätigt, dass du der größte Schwerttänzer des Südens bist. Wird jemand das anfechten?«

»Ja!«, rief ich. »Wahrscheinlich alle!«

»Nun«, sagte sie nachdenklich. »So schlimm sollte es nicht sein.«

»Nein?«

»Nicht wenn ich bei dir bin.«

Ich suchte in ihren Augen nach einem Lachen. Aber Del kann besser eine unbewegte Miene beibehalten als ich.

Natürlich wusste sie, dass sie ein überaus wichtiges Detail übersah, das mir den Sieg bringen würde: Sie erholte sich noch immer von einem Sandtigerangriff. Del konnte ebenso wenig aufstehen und das Vashni-Lager morgen verlassen, wie der Junge – Nayyib, Neesha, was auch immer – mich in einem Kreis besiegen konnte. Wenn sie tatsächlich dazu in der Lage wäre, so wäre der Punkt strittig. Weil der Junge wahrscheinlich nicht einmal mehr bei Umir wäre.

»In Ordnung«, sagte ich.

Die plötzliche Kapitulation verblüffte sie. »In Ordnung?«

»Ja. Wir brechen morgen auf.«

Del nickte. »Gut.«

Oder vielleicht war er doch noch bei Umir, gezwungenermaßen, weil Umir möglicherweise glauben könnte, er sei Del und mir etwas wert. Tatsächlich mochte Umir erwarten, uns den Jungen gegen das Buch ausliefern zu können, das ich befreit hatte.

Ein magisches Buch.

»Ach«, murrte ich. »Du und deine Streuner.«

Del rückte auf dem Bett zur Seite. »Leg dich hin.« Sie zog an meinem Arm. »Leg dich hin und erzähl mir alles über den Schwerttanz.«

»Ich habe gesiegt.«

»Einzelheiten, Tiger.«

Ich legte mich neben sie auf den Rand des Bettes. Unsere Hüften berührten sich. Ich verlagerte meinen linken Arm, sodass meine Schulter ihren Kopf barg. »Was willst du wissen?«

»Wie du neu bestätigt hast, dass du der größte Schwerttänzer des Südens bist.«

Also erzählte ich es ihr. Es war schön, dass wenigstens wir beide es glaubten.

19

Del und ich waren beim Vashni-Häuptling zum Essen eingeladen. Er hatte offensichtlich entschieden, dass ich wirklich der Jhihadi war, und wollte mir Ehre erweisen. Wir wurden zu seinem großen Hyort geleitet, erhielten Teller mit verschiedenen Arten Fleisch – einschließlich Sandtiger, wie ich kaum bezweifelte –, wilden Zwiebeln und Kräutern der Jahreszeit, Knollen und aus Muskatmehl gebackenem Brot. Ganz zu schweigen von viel feurigem Vashni-Alkohol. Ich trank sparsam, spürte die Wirkung noch immer, und tat mein Bestes, mich nicht zum Narren zu machen. Del durfte, mit einem Hinweis auf ihre Genesung, nur Wasser trinken, und ich ertappte sie dabei, wie sie mich aus den Augenwinkeln beobachtete. Offensichtlich erwartete sie, dass ich mit dem Gesicht voran in das bescheidene Feuer in der Mitte des Hyort fiele. Ich war versucht, sie daran zu erinnern, dass nicht mir letztes Mal davon übel geworden war, entschied aber dann, dass sich der Jhihadi vor einem Vashni-Häuptling nicht so verhalten würde.

Später, vielleicht.

Danach durften wir uns ohne Einmischung oder Begleitung vom Lager entfernen. Wir waren eindeutig keine Gefangenen. Oder aber sie wussten einfach, dass wir ohne Pferde nicht weit kämen, und die Pferde wurden gut bewacht. Aber da ich nicht fliehen wollte, war es unwichtig. Ich ging einfach ein Stück mit Del und setzte mich dann auf einen Felsblock, während sie es mir gleich tat.

Ich streckte die steifen Beine aus und kreuzte sie an den Knöcheln. Betrachtete ihr Gesicht von der Seite. »Müde, Bascha?«

Sie zuckte wenig überzeugend die Achseln.

Ich blickte in die sich vertiefende Dämmerung. Vashni-Feuer legten ein gedämpftes Leuchten über das Dorf, das besser zu erkennen war, als die Dunkelheit herabsank. Eine schwache Brise zupfte an Dels Haar. Ich rieb über meines, spürte die zunehmende Länge. Vielleicht waren die Tätowierungen entlang dem Haaransatz letztendlich verborgen.

Ich sah sie an, bemerkte, wie hager ihre Züge geworden waren. »Du weißt, dass wir morgen nirgendwo hingehen können.«

Sie seufzte, trat mit einem sandalenbekleideten Fuß einen Stein fort. »Ich weiß. Nicht zusammen. Aber du könntest es.«

Ich brauchte nicht einmal darüber nachzudenken. »Ich habe gerade zwei harte Tage damit verbracht, dich aufzuspüren. Ich gehe ohne dich nirgendwo hin.«

Del sah mich an, wollte eindeutig etwas sagen. Kämpfte mit sich. Schwieg aber.

»Noch ein paar Tage«, sagte ich. »Hier sind wir sicher. Es ist wahrscheinlich der beste Ort, wo wir uns aufhalten können, ohne uns Sorgen darüber machen zu müssen, wer uns vielleicht suchen kommt.« Ich wollte noch hinzufügen, dass sie mehr Zeit brauchte. Wusste es besser, als es auszusprechen.

Sie hatte die Lippen grimmig und unheilvoll zusammengepresst. »Ich bin schon zu lange hier.«

Ich zuckte die Achseln und behielt einen übermäßig beiläufigen Tonfall bei. »Du wirst so lange hier bleiben, wie es nötig ist.«

»Aber Nayyib ...« Sie brach ab. Falten erschienen zwischen ihren Augen. »Ich wünschte, du würdest gehen.«

Dieses Dauerthema Nayyib verärgerte mich allmählich. »Wir wissen nicht, ob Umir ihn hat. Ich meine, wie kannst du sicher sein, dass der Junge wirklich nach mir gesucht hat?«

»Er sagte, er werde es tun.«

»Wir wissen nichts über ihn, Bascha.«

Del sah mich erneut an, verstand die Andeutung. »Er ist kein Lügner.«

»Vielleicht nicht, aber das ändert nichts. Du kannst nirgendwo hingehen, bis du vollkommen genesen bist, und ich werde bis dahin ebenfalls nirgendwo hingehen.«

Dels linke Hand berührte ihren rechten Unterarm, hob den Saum ihres Burnusärmels an. Sie befühlte vorsichtig die Narben, von deren Existenz ich wusste.

Ich versuchte es erneut. »Wenn Umir ihn hat, wird er ihn festhalten, bis man uns gefunden hat. Er wird ihm nichts tun. Nicht solange er denkt, der Junge wäre etwas wert.«

»Und wenn er das nicht denkt?«

»Nun, das war das Risiko, das Nayyib eingegangen ist. Es ist das Risiko, das wir alle eingehen, wenn wir in eine Situation hineinreiten, die wir nicht vollkommen verstehen. Ich habe es getan. Du hast es getan. Wenn er es getan hat, wird er daraus lernen.«

»Oder sterben.«

»Vielleicht.« Ich zuckte die Achseln. »Wie ich bereits sagte, das Risiko besteht immer.«

Del nickte. Sie hielt den Kopf gesenkt, ihre Miene nachdenklich.

Sie war eine Frau, die ihre Schulden bezahlte, und sie hatte offensichtlich das Gefühl, Nayyib etwas zu schulden. Ich stritt nicht darüber. Er hatte sich um sie gekümmert, bis sie reisen konnte, und sie in Sicherheit gebracht. Ich schuldete ihm dafür auch etwas. Aber ich hatte nicht die Absicht, sofort einem Jungen nachzujagen, den ich kaum kannte – nun wo ich Del wieder gefunden hatte –, noch begeisterte mich der Gedanke, so bald wieder in Umirs Gebiet zurückzukehren. Möglicherweise waren einige der Schwerttänzer, die meinen Sieg über Musa miterlebt hatten, geneigt, mich weiterhin zu verfolgen, und ich war sicher, dass einige es auch taten. Nicht nur um der Ehre willen, mich zu töten; Umir würde zweifellos großzügig dafür bezahlen, sein Buch zurückzuerlangen.

Ein Buch, das offensichtlich alles über mich wusste.

Ich glitt von dem Felsblock und erhob mich, streckte ihr eine Hand entgegen. »Wir sollten zum Hyort zurückgehen. Du brauchst Ruhe.«

Sie hob ruckartig den Kopf. »Ich habe die Ruhe satt!«

»Komm schon, Del.« Ich schloss eine Hand um ihr Handgelenk und zog sanft daran. »Noch ein paar Tage, mehr nicht.«

Sie erhob sich. »Wirst du morgen mit mir üben?«

»Morgen? Nun, vielleicht übermorgen.«

»Morgen.«

»Du bist noch nicht soweit.«

»Das warst du auch nicht. Ich habe es dennoch getan.«

Es würde nichts nützen, mit ihr zu streiten. Ich sagte nicht ja und nicht nein. Zog sie einfach zu mir heran, legte einen Arm um ihre Schultern und führte sie wieder zu den Hyorts.

»Die meisten Männer«, sagte Del jäh, »verachten Schwäche und Krankheit bei einer Frau. Sie ignorieren sie, versuchen sich davon zu überzeugen, dass es ihr gut ginge. Oder sagen der Frau, es wäre alles in Ordnung, damit sie sich keine Gedanken darüber machen müssen. Über die Verantwortung.«

Ich sah sie an, fragte mich nach dem Grund für diese Klage.

»Die meisten Männer wollen nichts mit einer kranken Frau zu tun haben. Einige von ihnen verlassen sie sogar. Für immer.«

Ich brummte. »Wie ich bereits sagte, ich habe gerade zwei Tage mit der Suche nach dir verbracht. Obwohl ich wusste, dass du krank warst. Hoolies, als ich dich das letzte Mal sah, bestand die Möglichkeit, dass du nicht einmal überleben würdest. Habe ich dich da verlassen?«

Ich zuckte innerlich zusammen. Nun ja, ich war gegangen, aber das war nicht meine Schuld gewesen.

»Du bist nicht mehr, was du warst«, sagte Del kurz darauf. »Nicht wie du warst, als wir uns in dieser Cantina zum ersten Mal begegneten.«

Ich hatte eine lebhafte Erinnerung an diese Cantina – und an diese Begegnung. »Nun, nein.«

»Du warst ein südliches Schwein.«

»Das hast du mir gesagt. Viele Male.«

»Tiger ...« Sie hielt inne. Blickte mir ins Gesicht, als ich mich zu ihr umwandte. »Du bist nicht mehr, was du warst.«

Ich hatte das Gefühl, dass es das nicht war, was sie meinte. Aber nichts drang mehr über ihre Lippen, obwohl ich abwartete. Schließlich umfasste ich ihren Kopf mit beiden Händen, beugte mich zu ihr, sagte: »Du auch nicht«, und küsste sie sanft auf die Stirn.

Sie lehnte sich einen Moment an mich, eindeutig erschöpft. Ich erwog, sie hochzuheben und zu unserem Hyort zu tragen, aber das hieße, Dels Ehre zu zerstören. Sie fühlte sich, ihren Bemerkungen nach zu urteilen, bereits unbehaglich genug, weil sie krank und elend war. Ich wusste es besser, als dass ich dieser Meinung Vorschub geleistet hätte. So schob ich sie mit einer Hand auf dem Rücken vorwärts, ging mit ihr zum Hyort.

Dort wartete ein Krieger, stand ruhig vor dem Eingang. Er sah mich an. »Oziri will dich sehen.«

Es war das erste Mal, dass ich den Mann erwähnen hörte, den wir vor ein paar Wochen getroffen hatten. Ich wechselte einen verblüfften Blick mit Del, die anscheinend nicht mehr wusste als ich, dann aber durch ein Nicken ihr Einverständnis signalisierte. Sie betrat geduckt den Hyort und ließ den Eingang hinter sich zufallen.

Ich begleitete den Krieger zu einem anderen Hyort in einiger Entfernung, dessen Eingang von Stockfackeln beleuchtet war. Dort wurde ich stehen gelassen, ohne dass ein Wort mit dem Bewohner des Hyort gewechselt wurde. Ich hielt einen Moment inne, mir der Rufe der Nachtvögel, des Flackerns der Lagerfeuer und der leise gemurmelten Worte überall im Dorf bewusst. Es war unglaublich friedlich hier. Ich wandte mein Gesicht den Sternen zu. Der Nachthimmel loderte.

Eine Hand zog den Zelteingang beiseite. »Komm herein«, sagte Oziri. »Du hast dich lange genug verborgen.«

Der Vashni ignorierte meine bestürzte Bitte um eine Erklärung. Er bedeutete mir, auf einem von Fellen bedeckten Webteppich Platz zu nehmen, und setzte sich dann mir gegenüber. Ein kleines Feuer brannte zwischen uns, das bereits von Flammen zu Glut erstarb. Kräuter waren darauf gestreut worden. Der stechende Rauch brannte in meinen Augen. Ich sah ihn durch den Rauch blinzelnd an. Vashni stanken bestenfalls nach Fett, aber nun konnte ich nur verbrennende Kräuter riechen.

Als ich saß, betrachtete ich Oziri. Niemand hatte ihn erwähnt, und ich hatte nicht nach ihm gefragt, aber hier war er, und hier war ich. Er war kein Häuptling oder Wächter, aber er war offensichtlich mehr als ein Krieger. Ein rascher Blick durch das Innere des Hyort zeigte mir aufgehängte Kräuter, getrocknete Kürbisse, bemalte Stöcke, kleine, mit Wachs verschlossene Tontiegel und eine Parade winziger Steingutschalen, die vor Oziris gekreuzten Beinen angeordnet waren. Mir wurde allmählich mulmig in der Magengegend. Vashni waren nicht mit den Salset verwandt, den Wüstennomaden, unter denen ich aufgewachsen war, aber die Ausstattung war, trotz gewisser Unterschiede, unheimlich ähnlich.

Ich sah Oziri misstrauisch an. »Ihr seid ein Shukar.«

Oziri lächelte.

Ich atmete tief ein und hoffte, dass ich mich irrte. »Bei den Salset geht der Shukar nicht auf die Jagd.«

»Bei den Vashni schon. Wir sind kein träges Volk. Auch Priester arbeiten.«

Ich wollte den Rauchfaden fortwedeln, der auf mich zutrieb, wusste aber, dass es ungehobelt wäre. Und man hatte mir von Geburt an Respekt, sogar Angst vor Shukars beigebracht. Es war etliche Jahre her, seit ich den alten Mann gesehen hatte, der mein Leben zur lebendigen Hoolies gemacht hatte, aber ich konnte eine vertraute Besorgnis dennoch nicht unterdrücken.

Ich ermahnte mich, dass ich inzwischen ein erwachsener Mann war, kein hilfloser Chula mehr. Der alte Shukar war tot. Ich räusperte mich und versuchte es erneut. »Ihr sagtet, ich hätte mich verborgen. Vor was verborgen?«

»Vor der Stille«, sagte Oziri nur.

Ich wartete. Als er schwieg, fragte ich ihn, was er damit meine.

»Du bist niemals still«, erwiderte Oziri. »Selbst wenn dein Körper ruht, kreisen deine Gedanken. Sie sind wirr und kompliziert, wie ein zerstörtes Spinnennetz. Bis du lernst, still zu sein, wirst du keine Antwort finden.«

»Antwort auf was?«

»Auf deine Träume.«

Die Besorgnis wuchs. »Was wisst Ihr über meine Träume?«

Oziri nahm eine Prise von etwas aus einer der Schalen und streute es mit einer ausdrucksvollen Geste aufs Feuer. Flammen flackerten kurz auf und erstarben dann wieder. Weiterer Rauch gefährdete meine Lungen. Ich hatte Mühe, nicht zu husten.

»Du musst lernen, still zu sein«, belehrte er mich.

»Ich bin ein viel beschäftigter Mann«, sagte ich. »Ihr wisst schon – da ich der Jhihadi bin. Ich muss über vieles nachdenken. Es ist schwer, die Zeit zum Stillsein zu finden.«

Eine neuerliche Geste, und eine weitere Prise Kräuter rieselte auf die Kohlen. Rauch erhob sich. Meine Kehle fühlte sich taub an. Dieses Mal konnte ich ein Husten nicht unterdrücken. Ich wollte so gern den Eingang öffnen oder hinaus gehen, aber ich hatte das Gefühl, dass Ungehobeltheit unter den Vashni ein Todesurteil bedeuten könnte.

Oziri lächelte und reichte mir eine Bota.

Ich entstöpselte sie und roch den scharfen Geruch von Vashni-Alkohol. Genau das, was ich brauchte … Aber ich trank, um den Geschmack der Kräuter fortzuspülen, nickte dankend und reichte die Bota zurück. Oziri trank ebenfalls und legte die Bota dann beiseite.

»Was …« Ich räusperte mich, schluckte gegen ein weiteres Husten an. »Wofür genau sind die Kräuter gedacht?«

»Für die Stille.«

»Damit ich meine Träume verstehen kann.« Ich konnte nicht umhin, ihn finster anzusehen. »Was ist mit Euch Priestern? Warum redet Ihr alle so dreimal verflucht unverständlich? Könnt Ihr niemals einfach etwas direkt sagen? Werdet Ihr dieses melodramatische Geschwätz nicht leid?«

»Natürlich«, sagte Oziri nickend, »aber die Menschen neigen dazu, einfachen Worten kein Gehör zu schenken. Sie lauschen Geschichten. Sie erinnern sich. So wie ein Krieger eine Lektion lernt – und sich daran erinnert –, indem er Schmerz erfährt.«

Es stimmte, dass ich mich an Lektionen im Schwerttanz besser erinnerte, wenn sie mit einem Schlag auf den Kopf oder einem Tritt gegen das Schienbein einhergegangen waren. Ich hatte nur nie zuvor im Sinne der Priester daran gedacht. »Woher wisst Ihr also von meinen Träumen?«

»Das ist nicht schwer.« Oziri wirkte ironisch. »Jedermann träumt.«

»Aber warum sind meine Träume wichtig?«

Er wölbte leicht die dunklen Augenbrauen. »Du bist der Jhihadi.«

Ich sah ihn an. »Ihr glaubt es nicht wirklich, oder?«

»Doch.«

»Weil das Orakel es gesagt hat?«

»Weil das Orakel es gesagt hat, obwohl er keine Zunge besaß.«

»Aber … es muss eine logische Erklärung dafür gegeben haben.«

»Er besaß keine Zunge«, erwiderte Oziri einfach. »Er konnte Geräusche ausstoßen, aber keine Worte. Ich habe seinen leeren Mund, die Verstümmelung untersucht. Und doch konnte er, als wir ihn von Beit al'Shahar herab brachten, so deutlich sprechen wie du und ich. Er hat uns vom Jhihadi erzählt. Er sagte uns, ein Mann würde den Sand in Gras verwandeln.« Er lächelte leicht. »Hast du uns nicht gezeigt, wie?«

Er meinte die wassergefüllte Linie im Staub, mit dem Grashalm am Ende. Ich hatte es vor verschiedenen Vashni zweimal demonstriert. »Es ist nur eine Vorstellung«, erklärte ich lahm. »Jeder hätte sich das ausdenken können. Ihr bringt Wasser von dort, wo es ist, dahin, wo es nicht ist. Dinge wachsen.« Ich zuckte die Achseln. »Daran ist nichts magisch. Ihr hättet Euch das auch ausdenken können.«

»Aber ich bin nur ein bescheidener Priester«, sagte Oziri mit einem belustigten Funkeln in den Augen.

»Und ich bin nur ein Schwerttänzer«, belehrte ich ihn. »Zumindest war ich es. Inzwischen gibt es einige Einwände dagegen, mich so zu bezeichnen.«

»Unter anderem.« Oziri nahm eine weitere Prise Kräuter auf und streute sie mit einer Wellenbewegung der Finger auf die Kohlen. »Der Jhihadi ist ein Mann, der aus vielem besteht. Aber er ist kein Gott und daher nicht allwissend. Darum muss er gelehrt werden.«

Was gelehrt werden? Ich öffnete den Mund, um ihm zu sagen, dass ich nicht verstand. Konnte es aber nicht. Weil ich Oziri nicht mehr auf der anderen Seite des Feuers gegenüber saß, sondern irgendwie flach auf den

Rücken gelangt war und zum Rauchabzug hinaufsah. Dem geschlossenen Rauchabzug. Kein Wunder, dass der Hyort so verraucht war.

Oziris Stimme. »Ein Mann muss lernen, still zu sein, wenn er verstehen soll.«

Was verstehen?

Aber ich stellte die Frage nicht. Konnte es nicht. Meine Augen schlossen sich jäh. Die wenige Kontrolle, die ich noch über meinen Körper besaß, schwand dahin. Ich war mir der Felle unter mir bewusst, des Geruchs der Kräuter, des Geschmacks des Alkohols in meinem Mund.

Es wäre eine einfache Angelegenheit für den Vashni, mich zu töten. Aber er legte nur etwas in meine schlaffe Hand, schloss die Finger darum und bat mich, es festzuhalten.

Hart. Rau. Nicht schwer. Nicht groß. Es passte mühelos in meine Handfläche.

»Sei still«, sagte Oziri, »damit du hören kannst.«

Was hören?

»Die Wahrheit«, sagte der Vashni.

Ich kam ruckartig wieder zu mir. Eine Minute lang lag ich einfach nur auf dem Teppich und blickte zum Rauchabzug des Hyort hinauf, bis ich die Hand spürte, die sich um meinen Hinterkopf legte und ihn anhob. Eine Bota wurde mir an den Mund gehalten.

»Trink«, sagte Del. »Oziri sagte, du würdest trinken müssen.«

Del. *Del.* Ich war nicht mehr in Oziris Hyort. Ich setzte mich jäh auf, sah, wie sich der Hyort, den wir teilten, um mich drehte, fluchte schwach und sank wieder zurück. Ich nahm noch einen Schluck, weil sie darauf bestand, entdeckte dann, dass ich unglaublich durstig war, und trank den Wasserschlauch fast leer. Dann lag ich einfach da, drückte die schlaffe Bota an meine Brust und blickte stirnrunzelnd durch den Rauchabzug zu den dort sichtbaren Sternen, während ich versuchte, meine Welt wieder zusammenzusetzen.

»Was ist geschehen?«, fragte Del.

Ich schloss die Augen. Spürte noch ein leichtes Brennen von den Kräutern und dem Rauch. »Ich habe keine Ahnung.«

»Erinnerst du dich nicht?«

»Nur daran, dass Oziri ständig Kräuter aufs Feuer streute. Ich dachte, ich würde ersticken.« Ich sah sie an. »Sie haben mich hierher zurückgebracht?«

Del nickte. »Vor einer Weile.«

Ich stützte mich auf die Ellenbogen und richtete mich dann ganz auf. Dieses Mal drehte sich der Hyort nicht so schnell. »Hat Oziri gesagt, was sie getan haben?«

»Er nannte es ›Traumgehen‹«, erwiderte Del. »Ich bin nicht sicher, was es ist, aber Oziri sagte, du müsstest es lernen.« Sie zuckte die Achseln. »Er hat mir Fragen darüber gestellt, was dir auf Skandi widerfahren ist.«

»Und du hast es ihm erzählt?«

»Ich habe keinen Grund gesehen, es nicht zu tun.«

Nun, Del kannte auch nicht die ganze Geschichte. Über einige Dinge konnte ich einfach nicht sprechen, nicht einmal mit ihr. Ich spritzte mir den Rest Wasser in den Mund und warf die Bota beiseite. »Ich erinnere mich an nichts. Hat er gesagt, ich hätte tatsächlich getan, was immer Traumgänger tun?«

»Nein. Nur dass er dich morgen wieder erwartet.«

»Warum?«

»Ich weiß es nicht, Tiger. Ich spreche die Priestersprache nicht.«

Ich sah sie finster an. Del lächelte mit ausdrucksloser Miene. Ich schloss erneut die Augen und versuchte mich zu erinnern, was in Oziris Hyort geschehen war. Meine Kehle fühlte sich sandig an. Ich räusperte mich, hustete trocken und hustete dann sehr heftig. Del nahm eine weitere Bota hervor und reichte sie mir. Nach einigen weiteren Schlucken war der schlimmste Husten vorbei.

»Ich sehe keinen Sinn darin, es erneut zu versuchen«, sagte ich heiser, »was auch immer es ist.«

»Sie sind unsere Gastgeber. Es wäre ungehobelt, sich zu weigern.«

»Und wenn er mich bäte, mir Zehen abzuschneiden, damit sie zu meinen Fingern passen – wäre es dann auch ungehobelt, mich zu weigern?«

Del gähnte, legte sich auf Bett und zog eine dünne Decke bis über ihre Schultern. »Das ist wohl kaum dasselbe.«

»Der Punkt ist …«

Kurz darauf fragte Del: »Ja?«

Nichts drang aus meinem Mund.

»Tiger?«

Ich stürzte rückwärts, landete auf Teppichen. Ich spürte Wasser über meine Brust rinnen, das Gewicht der Bota. Die Glieder verkrampften sich.

Dann war Del neben mir. »Tiger?«

Ich konnte nicht sprechen. Hörte kaum noch etwas.

Hände umfassten die Seiten meines Schädels. »Tiger!«

Aber ich war fort.

20

Ich kam erneut zu mir, als mir wieder jemand etwas zu trinken die Kehle hinabgoss, aber dieses Mal war es eher schädlich. Ich würgte, schluckte, würgte erneut. Dann zog man mich in eine sitzende Position hoch, woraufhin ich den Rest über die Vorderseite meines Burnus spie. Finger schlossen sich schmerzhaft um mein Kinn, hielten meinen Kopf still. Ich sah Augen in meine spähen.

Ich wollte fragen, welcher Vashni vier Augen anstatt zwei besaß, aber dann verschmolzen sie, und ich erkannte das Gesicht. Oziri. Seine Hand umklammerte mein Kinn, quetschte meine Haut.

»La' los«, murmelte ich durch die Beschränkung hindurch.

Er ließ los. Ich bewegte mein Kinn, ließ die Zunge im Mund kreisen. Kein Blut, obwohl ich von den Zähnen verursachte Wundstellen spürte. »Wofür war das?«

Oziri ignorierte meine Frage und stellte selbst eine: »Was hast du gesehen?«

»Wo gesehen?«

Del unterbrach uns beide. »Kommt er wieder in Ordnung?«

»Was hast du gesehen?«, wiederholte Oziri.

»Kommt er wieder in Ordnung?«

Ich antwortete ihnen beiden. »Hoolies, ich weiß es nicht.«

»Tiger ...«, begann Del.

»Schweig!«, befahl Oziri.

Meine Zunge bewegte sich. Wie auch mein Mund. Wie anscheinend alles Übrige. Ich sah ihn stirnrunzelnd an, weil ich es konnte.

»Nicht du«, sagte er ruhiger. »Sie.«

Del sprach nun in dem Tonfall, den man nicht ignorierte, selbst wenn man sie nicht kannte. »Ich habe ein Recht zu fragen, ob es ihm gut geht.«

Ich hob eine Hand. »Halt. Wartet. Beide.« Ich blinzelte. »Es geht mir gut. Glaube ich. Was ist passiert?«

Oziris Miene war ernst. »Du bist traumgegangen.«

»Ich dachte, das war es, was Ihr in Eurem Hyort von mir wolltet.«

»In meinem Hyort, ja. Dies ist nicht mein Hyort.«

»Ich habe es hier getan? *Eben?*«

»Was hast du gesehen?«, fragte Oziri.

»Ich habe nichts gesehen … oh. Wartet. Vielleicht habe ich doch etwas gesehen.« Ich runzelte die Stirn und versuchte, es zu fassen. »Ich glaube, da ist etwas. Ein Bruchstück. Aber …« Ich biss die Zähne zusammen.

Oziri bemerkte anscheinend meinen Widerwillen. Sein Mund verzog sich zu einem kurzen, ironischen Lächeln. »Darum musst du üben, still zu werden. Dann kannst du nicht nur traumgehen, sondern es auch verstehen. Du erinnerst dich bei Bedarf daran und lässt dich davon anleiten. Sonst unterscheidet es sich nicht von den Träumen aller anderen.«

Ich schaute kurz zu Del, deren Miene einen Ausdruck mühsamer Selbstbeherrschung zeigte – sie war nicht glücklich mit Oziri – und sah dann den Vashni wieder an. »Ich bin mir nicht sicher, dass ich *will*, dass es sich von den Träumen aller anderen unterscheidet.«

»Zu spät«, sagte er trocken. »Du bist der Jhihadi.«

»Kann ich kündigen?«, fragte ich hoffnungsvoll.

Er lachte. »Wenn du nicht mehr der Jhihadi bist, dann bist du auch nicht mehr Gast meines Volkes. Ich würde dich töten müssen.«

»Ah. Nun, dann nichts für ungut.« Ich seufzte. »Also soll ich mich erinnern, was ich geträumt habe?«

Oziri nickte. »Nicht mehr, nicht weniger als jede andere Erinnerung. Ja.«

»Und der Traum enthält eine Botschaft für mich?«

»Nicht dieser«, sagte er. »Dieser war nur der Test, um erkennen zu können, ob du die Kunst beherrschst. Da ist noch mehr, aber das werde ich dir später erklären.« Er vollführte eine knappe Geste. »Erinnere dich an den Traumgang.«

Es schien mir keine besonders gefährliche Herausforderung, mich an meinen Traum zu erinnern. Ich erinnerte mich regelmäßig am Tag danach an Teile meiner Träume, obwohl die Unmittelbarkeit innerhalb von Stunden, manchmal Minuten, verblasste. Vereinzelte Bruchstücke verblieben jahrelang in meiner Erinnerung und platzten gelegentlich aus einem mir unerfindlichen Grund ins Bewusstsein, aber ich hatte niemals bewusst versucht, mich daran zu erinnern. Es schien mir Zeitverschwendung. Aber der Erklärung des Traumgehens nach, die ich nicht wirklich vollkommen verstand, schien es *verstärkte* Erinnerung zu erfordern.

Oziri sprach von Stille. Sahdri und seine Priestermagier-Kollegen hatten von Disziplin gesprochen. Das eine schien dem anderen sehr zu ähneln.

Ich schloss die Augen. Richtete meine Konzentration vom Hyort auf mein Inneres. Ich wartete, spürte den Aufruhr meiner Gedanken und Besorgnisse – ich hasse alles, was nach Magie stinkt – und unterdrückte sie bewusst. Im Kreis konnte ich still sein. Ich hatte gelernt, meinen Körper zu entspannen. Nun entspannte ich meinen Geist und fand die Erinnerung.

Meine Augen öffneten sich, während sich meine linke Hand schloss. Ich hob sie an. »Ich sah … Tod.« Ich löste die Finger. Meine Handfläche war leer. »Hier, in meiner Hand. Tod.«

Oziri nickte. »Was noch?«

»Einen Mann. Aus Julah. Er suchte etwas.« Ich runzelte die Stirn. Spürte Gewicht in meiner Hand, obwohl sie leer blieb. »Ihr habt ihn getötet.«

»Nicht ich.«

»Vashni haben ihn getötet.«
»Ja.«
»Weil er eine Grenze überschritt.«
»Ja.«
»Ihr tötet jeden, der eine Grenze überschreitet.«
In unverändertem Tonfall: »Ja.«

Meine Hand schloss sich ruckartig um Luft und Haut. »Knochen.« Ich konnte die Einzelheiten spüren, den kleinen, länglichen Kreis mit leichten Auswüchsen. »Rückgrat.«

»Ja«, sagte Oziri.

Ich öffnete die Hand. Blickte hinein. »Er hat den Weg verlassen«, sagte ich. »Er hörte den Todesschrei eines Kaninchens und dachte, er könnte eine gute Mahlzeit bekommen, wenn er es bald nach dem Todeszeitpunkt fände. Aber er fand Vashni. Eine Jagdgruppe. Der nächste Schrei war sein eigener.« Meine Hand war leer, aber die Erinnerung war vollständig. Angst. Qual. Tod. Ich sah Oziri an. »Ihr habt mir ein Stück seines Rückgrats gegeben.«

Oziri lächelte. »Ja.«

Dels Stimme klang barsch. »Was habt Ihr mit ihm gemacht?«

»Ich? Nichts. Dies kommt aus ihm selbst. Von hier.« Der Vashni streckte eine Hand aus und tippte auf meine Brust. »Das Herz weiß, was er ist.«

»Ich bin froh, dass wenigstens etwas es weiß«, sagte ich trocken. »Nun, wollt Ihr auch *mir* erzählen, was los ist?«

»Du hast dich an den Traumgang erinnert. Ich hatte geglaubt, der Gang selbst würde in meinem Hyort geschehen. Wir haben dich hierher zurückgebracht, als offensichtlich wurde, dass nichts geschähe.« Oziri zuckte die Achseln. »Ich hätte es erwarten sollen. Du vertraust uns nicht.«

Ich atmete tief ein. War aufrichtig. »Vashni sind nicht für ihre Liebenswürdigkeit gegenüber Fremden bekannt.

Fragt einfach den Mann, dessen Rückgratknochen Ihr mir gabt.«

Oziri nahm es gelassen. »Aber er war weder der Jhihadi noch die Schwester des Orakels. Er war ein Mann und ein Narr, und er hat den Preis dafür bezahlt.«

Dels Stimme klang beinahe anklagend. »Ihr tötet jeden, der das betritt, was Ihr als Vashni-Gebiet versteht.«

»Das tun wir.«

»Aber niemand kennt die Grenzen des Vashni-Gebiets.«

»Sie erfahren es.«

»Nicht wenn sie getötet werden.«

Ein Lächeln verzog seinen Mund. »Andere erfahren es.«

»Ihr tötet sie, auch wenn sie die Grenzen nur irrtümlich überschreiten?«

»Ja.«

Sie dachte darüber nach. Weil ich ihre Denkungsweise kannte, sah ich ihren Kampf darum, höflich zu bleiben und nicht zu verurteilen. »Es ist eine harte Strafe.«

»Es ist ein hartes Land«, erwiderte Oziri. »Wir sind Teil davon. Wir spiegeln es wider.« Er deutete auf sie. »Du wurdest selbst von einem Sandtiger angegriffen. Du weißt, wie hart das Land ist.«

Ich wusste es gewiss, da ich in der Wüste aufgewachsen war, aber ich war mir nicht bewusst gewesen, dass es noch einen anderen Stamm gab, der so bereitwillig tötete. Sicher töteten andere Stämme Menschen, wenn sie diese als Bedrohung empfanden – ich war bei den Salset Zeuge dessen gewesen –, aber die Vashni taten es, auch wenn keine Bedrohung bestand.

Und doch wurden Del und ich, die Schwester des Orakels und der Jhihadi, ehrenhaft behandelt. Und Nayyib anscheinend auch, weil er Del geholfen und die Fingerknochen-Kette getragen hatte.

Oziri beobachtete, wie ich darüber nachdachte. Seine

Augen funkelten ironisch. Aber er kehrte zum Thema Traumgehen zurück. »Hier, in diesem Hyort, kannst du still sein. Weil du der Frau vertraust.«

Ich sah Del an, deren Augenbrauen sich wölbten.

»Und der Rauch war noch in deinem Körper«, erklärte Oziri.

»Also haben die Kräuter das bewirkt?«

»Die Kräuter helfen«, antwortete er, um Genauigkeit bemüht, »wenn man neu in der Kunst ist. Du wirst es beizeiten ohne solche Hilfsmittel tun können. Finde nur die Stille, und es wird geschehen.« Er hielt inne. »Wenn du es willst.«

»Das ist ein Vashni-Brauch«, sagte ich. »Ich bin kein Vashni.«

»Aber du träumst«, konterte er, »und deine Träume beunruhigen dich. Wenn du sie begehen kannst, wirst du verstehen, was du tun sollst.«

Del und ich stellten die Frage gleichzeitig: *»Tun?«*

Er lächelte. »Hör zu«, sagte er. »Finde die Stille. Begehe die Träume. Sie werden es dir sagen.«

Ich sah ihn finster an. »Ihr sprecht erneut in Rätseln.«

Oziri erhob sich mit seiner Bota voll ungesunder Flüssigkeit. Er schaute kurz zu Del und dann wieder zu mir. »Es sind *deine* Träume«, sagte er. »Du musst das Rätsel lösen.«

Ich wartete, bis der Eingang hinter ihm zufiel. Dann warf ich mich auf den Rücken, ergriff den nächstgelegenen Wasserschlauch und zog ihn über mein Gesicht. Ich grollte reinen Frust in das Leder.

Kurz darauf hob Del die Bota an, um meine Miene zu studieren. »Bist du sicher, dass du morgen nicht gehen willst?«

Ich riss ihr den Wasserschlauch aus der Hand und legte sein gluckerndes Gewicht wieder auf mein Gesicht. »Stör mich nicht.« Meine Worte wurden vom Leder gedämpft. »Ich versuche, mich zu beruhigen.«

»Mit einer Bota?«

»Warum nicht?«

»Ich kann mir bessere Möglichkeiten vorstellen.«

»Oh?«

Sie hob die Bota an und nahm sie mir vom Gesicht. Sie betrachtete mich einen Moment. Dann beugte sie sich über mich und senkte ihren Mund auf meinen.

Danach machte ich sie darauf aufmerksam, dass ich – Kuss oder nicht Kuss – immer noch atmen konnte.

Sie küsste mich erneut. Dieses Mal kniff sie mir außerdem die Nase zu.

Ich verdarb den Augenblick – und den Kuss –, indem ich lachte. Del nahm die Finger fort, nahm den Mund fort und sah erneut in mein Gesicht hinab. Das offene Haar kitzelte meinen Hals.

»Geht es dir *wirklich* gut?«, fragte sie.

Ich grinste immer noch. »Es scheint so.« Ich verschränkte die Finger in seidigem Haar. »Es war wirklich wie ein Traum. Nur dass es sich nicht wie mein Traum anfühlte. Es fühlte sich wie ... *sein* Traum an. Oder es fühlte sich eher wie sein Leben an, und ich war dort. Beobachtete.« Ich runzelte die Stirn, strich mit den Spitzen ihrer Haare über meinen Mund. »Nur dass es intensiver war. Ich konnte riechen, schmecken und auch fühlen. Normalerweise sehe und höre ich in Träumen nur.«

Del nickte. »Wirst du morgen zu Oziri gehen?«

»*Du* hast gesagt, es sei ungehobelt, nicht hinzugehen.«

»Das war, bevor du zusammengebrochen bist und man nur noch das Weiße deiner Augen gesehen hat.«

Die Vorstellung war auf verdrehte Weise faszinierend. »Tatsächlich?«

»Tatsächlich.«

Ich betastete meine Augenlider. »Hmm.«

»Sehr dramatisch«, fügte Del hinzu. »Ich dachte, du würdest jeden Augenblick eine Prophezeiung verkünden.«

»Das hast du aber nicht gedacht«, sagte ich finster.

»Außerdem passiert so etwas nicht wirklich. Nur in Geschichten.«

Del zuckte die Achseln. »Jamail hat es offensichtlich getan. Darum nannten die Vashni ihn das Orakel.«

Ich blickte zu ihr hoch. Ich wollte nicht mehr über das Traumgehen oder Orakel oder Stille nachdenken. Ich zog sanft an ihrem Haar. »Komm her.«

Del folgte meiner Aufforderung und streckte sich neben mir aus.

»Wie müde bist du?«, fragte ich.

Sie unterdrückte ein Lächeln. »Oh, sehr müde. Extrem müde. Übermäßig müde. Viel zu müde für das, was du im Sinn hast.«

Ich seufzte sehr tief. Extrem, übermäßig tief. »Und ich hatte gehofft, ich hätte vielleicht von *dir* geträumt.«

Ihre Finger ertasteten meinen Gürtel, machten sich an der Schnalle zu schaffen. »Wenn du irgendwo hingehst«, sagte sie, »gehe ich mit dir.«

Der Gürtel löste sich. Ich bog den Rücken durch, damit sie ihn unter mir hervorziehen konnte. Ich brauchte nur einen Moment, um den feuchten Burnus abzulegen. Dann leistete ich ihr denselben Dienst und entkleidete sie.

Ich drehte sie unter mir, stützte mein Gewicht auf Knie und Ellenbogen. »Wie müde warst du noch?«

Dels Hand glitt von meinen Rippen abwärts. Schloss sich. »Sag du es *mir*.«

Getreu meinem Wort – nun, tatsächlich getreu Dels Erwartungen, weil ich keine Lust auf einen Streit hatte – führten wir am nächsten Morgen einen kurzen Übungskampf durch. Das letzte Mal hatten wir an Bord des Schiffes auf dem Weg nach Haziz geübt, und es war Dels Aufgabe gewesen, mich ausreichend herauszufordern, dass ich meine körperliche Gesundheit und mein Zeitgefühl wiedererlangte, während ich mich auf das Fehlen der kleinen Finger einstellte. Dieses Mal würde ich *sie* durch die Figuren führen, um *ihre* körperliche Gesundheit zu verbessern.

Sie hatte sich, natürlich, nicht die Mühe gemacht, ihren Burnus anzuziehen. Ihre cremefarbene Ledertunika wies noch die Nachwirkungen ihrer Begegnung mit dem Sandtiger auf, aber eine Vashnifrau hatte sie geflickt und die Risse genäht, während Del genas. Das neue Leder passte nicht dazu, da es das helle Gelb des Wildes der Vorberge aufwies, aber die Tunika war wenigstens wieder heil.

Del jedoch nicht. Als ich letzte Nacht ihren Körper erkundet hatte, hatte ich mit Fingern und Mund die Narben ertastet, die sie trug, aber ich hatte keine davon gesehen. Ich wusste es besser, als dass ich eine Reaktion gezeigt hätte, als sie den Hyort verließ, das Schwert in der Hand – ich befand mich bereits draußen –, aber innerlich verzagte ich, als ich den Schaden sah. Ihr rechter Unterarm wies um die Bisswunde herum eine knotige, purpurähnliche Schwellung wilden Fleischs auf sowie eine von einem Eckzahn hinterlassene, deutliche Vertiefung von ihrem Versuch her, den Arm freizuwinden. An der Kinnspitze hatte eine Kralle das Fleisch bis auf die Knochen eingekerbt. Ich wusste, dass noch weitere Narben vorhanden waren, die sich vom oberen Rand ihrer Brüste bis zu den Schlüsselbeinen erstreckten. Außerdem weitere Biss- und Krallenwunden, ganz zu schweigen von der Wunde, die durchs Ausbrennen entstanden war, die aber die Tunika bedeckte.

Ich suchte ihren Blick und warf ihr dann das Lederband zu, das ich von einer Vashnifrau mit einem Lächeln erkauft hatte, die gerade eine Hyortbespannung repariert hatte. Del fing es auf, hielt es mitten in der Luft fest, bemerkte die gebogenen schwarzen Krallen. Dazwischen befanden sich die klumpigen, rot-goldenen Kügelchen, die aus dem Harz der Kernholzbäume gemacht werden. Sie hatte sie als Kette verflochten getragen, wie ich meine Krallen trug. Ich hatte sie früher am

Morgen heimlich geholt, da die Vashni ihr die Halskette abgenommen hatten, um ihre Wunden zu behandeln.

»Willkommen«, sagte ich, »in der Elitegruppe der Menschen, die Sandtigerangriffe überlebt haben.«

Del sah mich über die Halskette hinweg an. »Wie viele Mitglieder hat diese Elitegruppe?«

»Soweit ich weiß zwei.«

Sie nickte halbherzig lächelnd und zog sich das Band mit einer Hand über den Kopf. »Zu lang«, murmelte sie. »Ich werde es später kürzen.« Dann hob sie ihr Schwert an und legte beide Hände um das Heft. »Wollen wir tanzen?«

»Üben«, korrigierte ich sie.

Sie spannte das Kinn an. »Üben.«

»Bis ich es beende.«

Das gefiel ihr nicht. »Du wirst es nach einem Gefecht beenden.«

»Das werde ich nicht. Vielleicht nach dreien.« Ich vollführte eine Geste und bedeutete ihr, mir zu folgen. »Wir sind zu nahe am Feuerkreis. Wir sollten auf den Gemeinschaftsplatz gehen.«

»Dann hier.« Del warf mir ihre ungeschützte Klinge zu, die ich auffangen konnte, ohne mir lebenswichtige Körperteile abzuschneiden; doch ich sah sie finster an, während sie heiter lächelte. Dann begleitete sie mich nach draußen zum Gemeinschaftsplatz, während sie sich an dem Knoten in dem Lederband zu schaffen machte.

Als wir die von mir ausgewählte Stelle erreichten, hatte sie die Halskette gekürzt und neu verknotet. Dann warf sie den Zopf hinter ihre Schulter, deutete auf das Schwert und fing es geschickt auf, als ich es ihr zuwarf. Nun, diese Fähigkeit hatte sie nicht verloren.

Ich war vor mehr als zwei Wochen von einem Sandtiger verletzt worden und von seinem Gift krank geworden, war dann gefesselt zu Umir verschleppt und in einen kleinen Raum ohne Sonnenlicht und Luft gesperrt worden. Solche Dinge sollten dazu beitragen, mich jeglichen Anspruchs auf körperliche Gesundheit und Beweglichkeit zu berauben, aber ich hatte die zehn Tage meiner Gefangenschaft mit fast ständiger Übung, gutem Essen und erholsamem Schlaf genutzt. Dann war ich einem ausgezeichneten Schwerttänzer im Kreis begegnet, wodurch nicht nur mein Körper, sondern auch mein Selbstvertrauen herausgefordert worden war. Abgesehen davon, dass mir zwei Finger fehlten – tatsächlich *weil* mir zwei Finger fehlten –, war ich in der besten Verfassung, in der ich seit Jahren gewesen war.

Del andererseits ... Ich schüttelte im Geiste den Kopf, noch während ich auf den Fleck deutete, wo sie sich hinstellen sollte. Dann nahm ich meine Position ein, schloss die Hände um die Lederumwicklung und nickte. Sie kam auf mich zu.

Es ist unmöglich, lautlos zu üben. Stahl gegen Stahl hat einen charakteristischen Klang. Klinge gegen Klinge ist unmissverständlich. Schon bald zogen wir Zuschauer an. Ich war zu sehr auf den Kampf konzentriert, um zu hören, was sie sagten, aber es wurden viele Kommentare ausgetauscht. Ich hegte keinerlei Zweifel, dass einige davon mit der Tatsache zu tun hatten, dass ein Mann gegen eine Frau kämpfte. Vashnifrauen, die ebenso grimmig wirken wie ihre Männer, schwingen kein Schwert. Keine Frau im Süden tut das. Ob Del nun die Schwester des Orakels war oder nicht – sie eröffnete der Vorstellung erneut Augen und Geist, dass auch eine Frau zu kämpfen vermochte.

Wahrscheinlich erwarteten alle Zuschauer, dass ich ›siegen‹ würde. Aber darum geht es beim Üben nicht, wie ich bereits sagte. Del und ich arbeiteten, bis ihr der Schweiß über das gerötete Gesicht lief, der Atem in ihrer Kehle rau klang und ihre Unterarme zitterten. Ich ließ sie noch einen weiteren Angriff auf mich ausführen, wehrte ihn mühelos ab und gebot dann Einhalt.

»Fall nicht hin«, riet ich ihr fröhlich, als sie schwer

atmend dastand, »sonst denken sie, ich würde dich überstrapazieren.«

Del warf mir einen finsteren Blick zu.

»Nicht schlecht«, kommentierte ich.

Der finstere Ausdruck wurde noch finsterer.

»Geh dich abkühlen«, befahl ich.

Sie wollte unbedingt etwas erwidern, aber sie hatte keine Luft dafür. Stattdessen wandte sie sich um, sammelte sich und stolzierte durch den Kreis der Hyorts zurück. Nachdem sie den unseren erreicht hätte, würde sie zweifellos Wasser trinken und dann zusammenbrechen. Oder zusammenbrechen und dann Wasser trinken. Wenn sie sich wieder bewegen konnte.

Tatsächlich hatte sie länger durchgehalten, als ich erwartet hatte. Reine Entschlossenheit und Starrsinn hatten sie aufrechterhalten, aber auch solche Dinge zählen, wenn es ums Überleben geht.

Nach der physischen Anstrengung schmeckte ich Oziris Kräuter. Ich hustete trocken, beugte mich vornüber und spie aus. Hörte Zuschauer über den Ursprung der Narbe debattieren, die in meine Rippen eingekerbt ist. Ich wollte ihnen so gern erklären, dass Del sie mir beigebracht hatte, damit sie verstünden, dass sie wirklich eine richtige Schwerttänzerin war, entschied mich aber dagegen. Alles, was mich vom Jhihadi degradierte, konnte sehr wohl mit meiner Hinrichtung enden, wenn ich Oziris Erklärung glaubte, dass alle anderen auf Vashni-Gebiet getötet wurden. Und ich hatte keinen Grund, ihm nicht zu glauben. Ich brauchte mir nur all die menschlichen Knochen anzusehen, die um die Hälse von Männern und Frauen gleichermaßen hingen.

Ich wandte mich um und wollte Del folgen, aber mir stand ein Krieger im Weg. »Oziri«, sagte er nur.

Zahlreiche Ablehnungen gingen mir durch den Kopf, die ich alle verwarf. Ich folgte dem Krieger verdrossen, mit ungeschützter Klinge.

21

Geduckt betrat ich Oziris Hyort. »Macht es Euch etwas aus, wenn ich nach Del sehe? ... O Hoolies, nicht *das* wieder!« Ich wedelte Kräuterrauch von meinem Gesicht fort. »Sagtet Ihr nicht, das sei nicht nötig?«

Oziri saß erneut auf Fellen. Der Hyort war, wie zuvor, geschlossen und stickig. »Es wird letztendlich nicht mehr nötig sein. Jetzt ist es noch nötig.«

»Werdet Ihr mir einen weiteren Knochen geben?«

Er warf mit ausdrucksvoller Geste eine Prise Kräuter auf die Kohlen. »Nein. Dieses Mal möchte ich, dass du deinen eigenen Traum begehst.«

Ich blinzelte gegen den Rauch an. »Ihr wollt, dass ich träume, obwohl ich wach bin?«

»Nicht, dass du träumst, aber dass du dich an deine Träume erinnerst. An die Einzelheiten. Das ist das Traumgehen. Wer die Kunst beherrscht, kann die Träume jederzeit heraufbeschwören, kann zu ihnen zurückkehren, damit er ihre Botschaft verstehen lernt.«

»Und was geschieht, wenn er nichts verstehen will? Wenn er sein Leben nur weiterführen will wie jeder andere – selig unwissend?«

»Wer die Kunst beherrscht, kann solche Dinge nicht ignorieren. Es liegt kein Segen im Unwissen, nur Gefahr.«

Ich betrachtete ihn argwöhnisch. »Worauf wollt Ihr hinaus?«

Oziri seufzte. »Du wurdest gewiss schon von Sandfliegen gestochen.«

Ich blinzelte und fragte mich, was das mit irgendwas zu tun haben sollte. »Das gilt für jeden, der in der Wüste lebt.«

»Und du erinnerst dich an das heftige Jucken, das mit solchen Stichen einhergeht.«

Ich erwiderte trocken: »Das gilt für jeden, der in der Wüste lebt.«

»Und wenn du gestochen würdest, aber nicht kratzen könntest?« Oziri lächelte leicht. »Es wäre die Hoolies, wie du es nennst.«

Eine Untertreibung. »Und?«

»Betrachte die Träume als Sandfliegen, und sie zu begehen, sie zu verstehen, ist das Kratzen am Stich. Einer oder zwei Sandfliegenstiche sind erträglich, wenn man nicht kratzen kann, wenn auch lästig, aber was ist mit einer Plage? Stich auf Stich auf Stich, bis dein Fleisch bis auf die Knochen geschwollen ist. Ohne Linderung. Kein Kratzen an den Stichen.«

Ich verzog das Gesicht, wollte mich schon allein aufgrund des Bildes, das er malte, kratzen. »Wenn Ihr das sagt. Ich werde nicht mit meinem Gastgeber streiten. Aber wir haben noch nicht nachgewiesen, dass ich irgendeine Kunst beherrsche.«

Oziri zeigte eine – beinahe – finstere Miene. »Letzte Nacht, als du auf den Knochen reagiert hast, haben wir nachgewiesen, dass du die Kunst in der Tat beherrschst. Nun musst du lernen, die Träume zu begehen, dich willentlich daran zu erinnern, damit du sie verstehen kannst.« Er hielt inne. »Und an dem Stich kratzen kannst.«

»Aha. Und die Sandfliegen sollen mir Botschaften übermitteln.« Ich fing an zu lachen, aber dann wallte ohne Vorwarnung etwas anderes in mir auf, eine jähe und schmerzliche Enttäuschung, so verzweifelt, so mächtig, dass sie mich überwältigte. Ich wollte mich abrupt umwenden, den Eingang aufreißen, den Hyort hinter mir lassen. Ich wollte Del holen, unsere Habe in die Satteltaschen packen, die Pferde satteln und gehen. Einfach gehen. Für immer. Fort.

Ich wollte davonlaufen.

Davonlaufen.

Oziris Blick flackerte. »Ich weiß.«

Wie benommen, beschämt und verärgert, achtete ich weder auf meine Worte noch auf den Tonfall. »Ihr wisst nichts.«

»Ich weiß«, wiederholte er.

Der Zorn trennte sich von der Enttäuschung. Es war eine fremdartige Art Zorn, nicht aus Wut entstanden und daher verständlich, sondern einer kalten, ruhigen Bitterkeit entsprungen. »Habt Ihr irgendeine Ahnung«, fragte ich leise und um Deutlichkeit bemüht, »wie viele Menschen mir schon gesagt haben, ich beherrschte Künste? Ich hätte Gaben? Mächte? Habt Ihr eine Ahnung, wie es ist, immer wieder gesagt zu bekommen, dass ich wahnsinnig werden könnte, wenn ich diese Kunst oder jene Macht ignorierte? Dass sie mich auf der Stelle töten könnte? Meine Lebensspanne verkürzen könnte?« Ich schüttelte den Kopf; die Hand um mein Schwert verkrampfte sich, während sich jeder Muskel in meinem Körper anspannte. »Ich war nichts. Ich war ein *Sklave*. Wie können Fremde – Ihr, Sahdri, Nihko, andere – etwas sehen, was ich nicht spüren kann? Wie könnt Ihr mir sagen, ich müsse dieses tun, jenes tun, was auch immer es sein mag, da der Preis sonst zu hoch sein würde, um ihn zu bezahlen?«

Er schloss einen Moment die Augen.

»Ich bin nur *ein Mann*, Oziri! Nicht mehr. Das ist alles, was ich jemals sein wollte, als ich ein Sklave war. Ein Mann. Und frei. Hingehen zu können, wohin ich wollte, sein zu können, was ich wollte. Keine Künste. Keine Gaben. Keine Mächte. Keine Ende-des-Lebens-wie-iches-kenne-Bestrafung, wenn ich die Ansprüche nicht erfülle – nicht erfüllen *kann*. Messias? Ha. Magier? Ich will nichts mit Magie zu tun haben, vielen Dank. Und jetzt Traumgänger?« Ich schüttelte heftig den Kopf. »Nein. Niemals. Ich will es nicht. Und wenn das bedeutet, dass Ihr mich töten müsst, weil ich nicht bin, was das Orakel prophezeite, dann soll es so sein. Ich werde jedermann im Kreis gegenüber treten, den Ihr mir gegenüber stellen wollt. Weil es *das ist*, was ich bin. Nur ein Mann mit ein wenig Können, viel Übung … und absolut keinem Bedürfnis, mit Künsten und Gaben und Mächten, seien es nun südliche, nordische, skandische, Vashni oder sonstige, zu ringen.« Ich schüttelte erneut den Kopf, während Anspannung und Zorn, die nun verraucht waren, zu erschöpfter Resignation verblassten. »Dies ist Eure Kunst, Oziri, dieses Traumgehen. Nicht meine.«

Kurz darauf senkte er den Blick und schaute in die Kohlen. Seine Finger zuckten, als wollte er die Kräuter nehmen und sie ins Feuer streuen. Aber er tat es nicht. Er saß einfach da, seine Miene für einen Vashni-Krieger seltsam verletzlich, und verzog kurz darauf den Mund, als litte er Qualen.

Dann begegnete er meinem Blick. »Willst du mir vertrauen, dich hindurch zu führen?«

Die Frage erstaunte mich. »Ich habe Euch gerade *erklärt* …«

»Ja. Und ich verstehe. Deine Wahrheit ist hart, selbst für einen Priester. Ich habe nicht die Absicht, dich zu töten. Wir akzeptieren, was das Orakel prophezeite … *warte.*« Er hob eine Hand, um meinen augenblicklichen Widerspruch zu unterbinden. »Ein Mann hält gern an seinem Glauben fest, ja?«

Es kostete mich Mühe, ihm beizupflichten, aber ich nickte starr.

»Wir haben die Frau, die Schwester des Orakels, beherbergt, und den jungen Mann, der sie hierher brachte. Und nun haben wir dich beherbergt. Ich bitte darum, dass der Jhihadi uns dies vergilt, indem er zulässt, dass ich ihn durch diesen Traumgang führe.«

Der kalte Zorn war vergangen. Seine Stumpfheit blieb. »Aber es bedeutet nichts. Nicht für mich.«

»Dann verlierst du nichts als ein wenig Zeit, während

ich …« Oziri lächelte kläglich. »Nun, mir bedeutet es sehr viel. Ich riskiere, einen Teil meines Rufs zu verlieren. Die Vashni glauben, Priester seien unfehlbar.«

Ich konnte nicht umhin zu spotten. »Würden sie Euch dafür töten und das Fleisch von Euren Knochen abkochen?«

»Nein.«

Ich zuckte bewusst übertrieben die Achseln. »Dann ist es doch kein so großes Risiko, oder?«

»Sie würden das Fleisch von meinen Knochen abkochen, ohne mir zuvor die Gnade des Todes zu gewähren.«

Das vertrieb allen Spott, allen Widerspruch, genau wie er es beabsichtigt hatte. Es ist schwer, diese Art Vorstellungen ins Lächerliche zu ziehen, wenn man weiß, dass es keine Lüge ist.

Ich wollte noch immer davonlaufen. Aber seine Zeit war kostbarer als meine.

Schließlich nickte ich. »Dann sollten wir es hinter uns bringen. Was soll ich tun?«

»Dich hinsetzen. Entspannt sein. Mir vertrauen, dich hindurch zu führen.«

Ich brummte zweifelnd. »Ich kann keines der beiden Letzteren versprechen.«

»Dann vollbringe das Erste.« Oziri hielt inne. »Und leg dein Schwert ab. Es fällt *mir* schwer, einem Mann mit einer Klinge in der Hand zu vertrauen, wenn er der Sandtiger ist.«

Früher hätte mir das geschmeichelt. Jetzt wollte ich dies einfach hinter mich bringen. Ich setzte mich auf die andere Seite des Feuers und legte das Schwert nicht weit von meinem Knie ab.

»Atme«, wies Oziri mich an. »Ich glaube, wir haben nachgewiesen, dass du *diese* Kunst beherrschst.«

Ich warf ihm einen verärgerten Blick zu. Er streute weitere Kräuter auf die Kohlen. Ich biss die Zähne zusammen und versuchte, nicht zu husten.

»Finde deine Stille.«

Besonders diese Anweisung begann mich wirklich zu nerven. Ich beobachtete misstrauisch, wie er beide Hände wölbte und mir Rauch zutrieb. Eine weitere Prise Kräuter wurde aufs Feuer geworfen. »In Ordnung«, murmelte ich und atmete tief ein. »Was jetzt?«

»Was hast du letzte Nacht geträumt?«

Seltsamerweise konnte ich mich nicht erinnern. Ich hatte sehr gut geschlafen, nachdem Del und ich uns geliebt hatten, und mir war keine Erinnerung im Gedächtnis. Vielleicht hatte ich nach dem Traumgehen keine Träume mehr. »Ich bin mir nicht sicher, dass ich geträumt habe.«

Oziri nahm schweigend eine großzügige Menge Kräuter aus zwei Schalen. Er warf sie auf die Kohlen. Eine Wolke beißenden Rauchs waberte durch die Luft zwischen uns und schwebte dann unfehlbar auf mein Gesicht zu. Es war eine Herausforderung, ihm zu beweisen, dass er sich irrte. Meiner kindischen Hartnäckigkeit zu erlauben, ihn zum Tode zu verurteilen.

Aber ich konnte mich wirklich nicht erinnern, geträumt zu haben. »Wartet …«, begann ich und brach dann in krampfartiges Husten aus, wodurch ich noch mehr Rauch in meine Lungen einsog. Die Welt verschmolz zu einem winzigen, punktförmigen Dasein und brach dann in eine gewaltige Phalanx bruchstückhaften Bewusstseins auf. Ich spürte Teile meines Körpers, meines Geistes sich abspalten, davonwirbeln. »Wartet …«

Oziri lachte. »Die Götter gehen mit Ungläubigen nicht sanft um, besonders mit jenen nicht, die ihre Gaben zurückweisen.«

Ich konnte kaum etwas sehen, konnte kaum meine Sinne zusammenhalten. »Ihr sagtet mir, ich solle Euch vertrauen.«

Seine Augen waren wie Dolche. Seine Worte öffneten meinen Leib. »Ich sagte, ich würde dich sicher hindurch führen. Ich sagte nicht, dass es eine schmerzlose Reise würde.«

Ich streckte eine Hand nach dem Schwert aus. Dann regte sich Erinnerung. Ließ mich innehalten.

Oziri hatte Recht: Ich hatte letzte Nacht geträumt.

»Ich erinnere mich«, platzte ich verblüfft heraus. »Ich …«

… erinnere mich.

Und dann vergaß ich alles, einschließlich meines Namens.

Dels Gesicht, wenn sie tanzt – oder auch, wenn sie übt – weist stets einen von zwei Ausdrücken auf: wilde Entschlossenheit oder seltsam entspannte Konzentration. Ersteres wird durch eine wahre Herausforderung bewirkt, sich zu beweisen und zu siegen. Letzteres durch das Wissen, dass sie siegen *wird,* sodass es für sie nur noch darum geht, ihr Können zu verfeinern. Gegner und Feinde wurden Zeugen von beidem. Ich ebenfalls.

Aber dieses Mal sah ich, zum ersten Mal, Angst.

Wir befanden uns erneut auf dem öffentlichen Platz des Vashni-Lagers, gaben vor, dass ein Teil davon ein Kreis sei. Nach zwei weiteren harten Gefechten taumelte Del rückwärts, erlangte Halt und Gleichgewicht wieder, blockte meinen Stoß ab. Stahl klirrte. Sie atmete schwer. »Wir sollten aufhören.«

Ich wiederholte die Reihe taktischer Züge, bedrängte sie härter. Wartete darauf, dass ihr Körper sie im Stich lassen würde.

Sie wehrte mich wieder und wieder ab, mit finsterer Miene. »Halt.«

Ich versuchte einen neuen Winkel. Klingen trafen aufeinander, schabten aneinander, kreischten.

Sie entblößte in kurzzeitiger, reiner Anspannung die Zähne. Ihre Erschöpfung war offensichtlich und seltsam erheiternd. »… halt …«

Ich schaute über die verschränkten Klingen in ihre

sich weitenden Augen. Ich schüttelte den Kopf, kurz davor, freudig zu lachen. »Du kannst nicht siegen, indem du verzichtest.«

Dieses Mal war keine Entschlossenheit zu sehen. Keine Entspannung. Nicht einmal Angst. Nur Befremden.

»Komm schon«, spottete ich. »Wir haben gerade erst angefangen.«

Etwas flackerte in ihren Augen auf. Dann wurde ihr Mund zu einer harten Linie.

Ich erwartete lachend, dass sie den Kampf erneut aufnehmen würde. Stattdessen drängte Del kurz voran, ließ ihr Schwert los, hob die gespreizten Hände an und trat drei Schritte zurück, während die Klinge fiel. Nun zeigte ihre Miene Zorn.

Es war keine Kapitulation. Sie gab sich nicht geschlagen. Es war … Stillstand. Und es bedeutete, dass ich inmitten eines Kreises stand, den ich auf dem öffentlichen Platz der Vashni gezogen hatte, und mein Schwert umklammerte, während ihres zu meinen Füßen lag.

Ich wölbte die Augenbrauen. »Angst, Bascha?«

Sie atmete hörbar ein. Ihr Zopf hatte sich gelöst, Strähnen umgaben ihr Gesicht. Sie war Eis und Sonnenschein, und viel zu zäh, um dahinzuschmelzen. »Was«, keuchte sie, »ist los mit dir?«

»Du hast mich gebeten, mit dir zu üben.«

Sie brachte mühsam ein Wort hervor. *»Üben.«*

Ich zuckte die Achseln. »Du hast eine Herausforderung reiner Übung stets vorgezogen. Verschwenden wir nicht unsere Zeit.«

Sie stemmte die Hände in die Hüften und ließ sie dort, während sich ihr Atem beruhigte. »Das war keine Übung. Das war Zorn, Tiger.«

Ich schüttelte den Kopf. »Ich bin nicht zornig.«

»Zornig«, erklärte sie. »Und verbittert.«

»Du bildest dir Dinge ein.« Ich beugte mich hinab, hob ihr Schwert auf. »Machen wir weiter.«

Del schüttelte langsam und bedacht den Kopf.

»Angst, Bascha?« Ich lächelte, warf ihr die Klinge zu. »Fang.«

Sie versuchte es nicht einmal. Sie trat einfach zurück und ließ sie in den Sand fallen. Sonnenlicht blitzte auf.

»So geht man nicht mit einer guten Klinge um«, bemerkte ich scharf.

Winter brach herein. »Noch solltest du so mit mir umgehen.«

»Oh, komm schon, Del! Dies ist, wie es ist. Du übst deinen Körper, übst deinen Geist, forderst dich insgesamt, bis die Schwäche vergeht. Das ist nicht leicht, nein, aber es ist der beste Weg. Ich habe Monate damit verbracht – kannst du nicht wenigstens ein paar Tage investieren?«

Del beugte sich hinab, nahm ihr Schwert auf, machte auf dem Absatz kehrt und ging davon.

»He … He!« Ich holte sie mit mehreren langen Schritten ein. Hielt sie fest. »Wende mir nicht den Rücken zu …«

Del fuhr herum. Ich sah die Klinge im selben Moment aufblitzen, in dem ich meine hob. Sie trafen sich auf Halshöhe. Meine Klinge lag an Stahl. Ihre lag an meiner Kehle.

Sie neigte in einer merkwürdigen, langsamen Bewegung den Kopf, beinahe wie eine Katze, die sich auf den Sprung vorbereitete. Aber sie sprang nicht. Sie hielt stand. »Zornig«, sagte sie sehr sanft. »Verbittert. Und gemein.«

Ich lachte ungläubig auf. »Gemein!«

»Und ängstlich.«

Das Lachen verging mir. »Ich bin nicht …«

»Was hat er dir angetan?«

»Niemand hat …«

Ihre leise Stimme übertönte meine dennoch. »Was hat er dir angetan?«

Ich lächelte. »Du verlierst wirklich nicht gern, oder?«

Sie schwieg. Sah mich nur an. Prüfte mich. Bewertete

mich. Ich sah in ihren Augen und auf ihrem Gesicht eine Vielzahl von Regungen, aber keine, die ich benennen konnte. Sie kamen und gingen zu rasch: eine leichte Kräuselung der Haut, eine Veränderung in den Augen. Kaum wahrnehmbar.

Delilah fragte: »Was hat er zu dir gesagt, dass du solche Angst hast?«

Ich verweigerte ihr eine Antwort. Ich trat einen Schritt zurück, unterbrach den Kontakt mit ihrer Klinge und senkte meine wieder. »Geh«, sagte ich. »Wir sind für heute fertig. Wenn du nicht bereit bist, zu tun, was nötig ist, will ich dich nicht quälen.«

Eine Vielzahl von Erwiderungen war in ihren Augen zu lesen. Sie sprach keine aus.

Ich beobachtete, wie sie davonging. Der Zorn, die Bitterkeit verblassten. Ich fühlte mich seltsam leer.

Leer. Und ängstlich.

»Hör auf«, sagte sie. »*Hör* auf, Tiger!«

Ich sagte nichts. Tat nichts. Die Stimme klang sehr fern. Ich konnte sie ignorieren. Ignorierte sie.

»Tig … o Hoolies«, murmelte sie, und dann schlug mir eine Hand fest ins Gesicht.

Sie ist eine kräftige Frau, und der Schlag kam von Herzen. Ich kam jäh wieder zu mir, packte ihr Handgelenk. Erkannte, dass ich in unserem gemeinsamen Hyort saß. Ich sah sie blinzelnd und entsetzt an. »Wofür war das?«

»Um dich zurückzuholen.«

»Mich von wo zurückzuholen?«

»Aus dem Traum.«

»Ich habe geträumt?«

»Nicht jetzt«, sagte sie. »Du warst wach. Aber … fort. Als wärst du zu etwas zurückgekehrt, was du bereits erlebt hattest.« Sie deutete auf ihren Kopf. »Da drinnen.«

Ich fühlte mich orientierungslos. Entrückt. »Ich verstehe nicht.«

Sie kniete neben mir. Ihre Stimme klang verzweifelt. »Du musst damit aufhören. Mit diesem Traumgehen.«

Ich runzelte verwirrt die Stirn. »Warum?«

Del entzog mir ihr Handgelenk. »Weil es dich verändert.«

»Mich verändert! Wie?« Da bemerkte ich, dass es schon dämmerig wurde. Ich konnte mich nicht erinnern, wie der Tag vergangen war. »Ich verstehe nicht, was du sagst.«

»Vor fünf Tagen bist du zu Oziris Zelt gegangen, nachdem wir geübt hatten, und seitdem bist du … anders.«

Ich runzelte die Stirn. »Ich weiß, du denkst, ich wäre zornig, aber das bin ich nicht.«

»Ich habe nicht gesagt, du seist zornig. Ich sagte, du seist *anders*.«

»Und verbittert, sagtest du. Sogar gemein. Nur weil du mir im Kreis nicht ebenbürtig warst.«

Sie runzelte die Stirn. »Wovon redest du?«

»Von dem Kampf vorhin. Du drohtest zu verlieren. *Du* wurdest zornig. Du hast mich stehen lassen, Del. Du hast dein Schwert zu Boden geworfen und bist gegangen.«

Ihr Erstaunen war offensichtlich. »Ich habe in meinem Leben noch nie einen Kampf verlassen!«

»Vorhin doch«, beharrte ich. Wie konnte sie das vergessen haben?

Del zuckte zurück. Zog die hellen Augenbrauen zusammen. Ich sah Überraschung und Sorge. »Aber wir haben nicht …« Sie versuchte es auf anderem Weg. »War das dein Traum?«

»Es war kein Traum, Bascha.«

Sie schüttelte langsam den Kopf, als versuchte sie, eine Vielzahl von Gedanken zu ordnen. »Es gab vorhin keinen Kampf.« Fast wie abwesend fügte sie hinzu: »Etwas stimmt nicht. Etwas in dir.«

Das war lächerlich. »Del …«

Sie unterbrach mich. »Wir haben seit jenem ersten Mal nicht mehr geübt, Tiger. Vor fünf Tagen. Das ist das *einzige* Mal, dass wir geübt haben. Vor fünf Tagen. Zwei Tage danach gelangtest du hierher.«

Ich biss die Zähne zusammen, empfand Frust. »Vorhin«, wiederholte ich. »Wir hatten einen Streit im Kreis, während wir übten. Du hast mich stehen lassen.«

Del setzte sich zurück, brachte Abstand zwischen uns. Das Befremden war geschwunden. Nun starrte sie mich an. Prüfte mich. Bewertete mich. Allmählich trat Begreifen in ihre Augen. »Tiger … wir müssen diesen Ort verlassen. Wir müssen gehen.«

»Oziri sagt …«

»Es kümmert mich nicht, was Oziri sagt!« Mit einem Blick zum geöffneten Eingang senkte sie die Stimme. »Wir müssen gehen. Morgen, ganz früh.«

»Du bist noch nicht bereit zu gehen, Bascha. Du musst dich ausruhen.«

»*Du* musst hier fortgelangen«, konterte sie. »Und ich habe mich genug ausgeruht. Vertrau mir.«

Das hatte Oziri gesagt. Vertrau mir. »Ich habe noch einiges zu tun«, erklärte ich. »Dinge, die ich lernen muss. Oziri sagt …«

Del stieß bezüglich Oziri einen Fluch aus, bei dem mir fast die Ohren abfielen. Dann begann sie energisch, ihre Habe einzusammeln. »Wir gehen. Morgen.«

»Ich habe noch nicht alles gelernt, was ich wissen muss. Ich verstehe ja, dass es für dich schwer zu begreifen ist, aber es haben sich Dinge bei mir … verändert. Dinge …«

»Ja! Verändert! *Verkehrt*. Genau darum geht es mir.« Del hörte auf zu packen. Sie rückte zu mir, kauerte sich auf die Fersen, nahm meinen Kopf in beide Hände. Die Handballen bargen die Schläfen. »Hör mir zu, Tiger. *Mir*, nicht den Dingen, die Oziri dir in den Kopf gesetzt hat. Oder dem, wovon du glaubst, dass es geschehen sei.« Ihr Blick suchte meinen und hielt ihn fest. »Du hast

Recht: Ich begreife dieses Traumgehen nicht. Aber ich weiß, dass es dich verändert. Du verbringst den größten Teil jeden Tages in deinem Kopf. Du hörst nichts von dem, was ich sage. Du beantwortest keine Fragen. Du nimmst nicht einmal meine Anwesenheit wahr. Es ist, als wäre dein Körper hier, dein Geist aber irgendwo anders. Und was du mir gerade erzählt hast, diese Überzeugung, dass wir heute geübt hätten – du verwechselst die Realität mit dem, was in deinem Kopf ist. Mit den Träumen. Du musst aufhören.«

»Ich muss lernen, wie ich es kontrollieren kann, Bascha.«

Del beugte sich vor. Unsere Stirnen berührten sich. Ihre Haut war glatt, kühl. »Lass los«, murmelte sie. »Lass es los, Tiger. Es ist Vashni-Magie.«

»Es ist nur weiteres Rüstzeug ...«

»Magie«, wiederholte sie, »und du weißt, wie sehr du Magie hasst.«

»Wenn ich nicht lerne, *sie* zu kontrollieren, wird sie *mich* kontrollieren.«

Sie ließ meinen Kopf los und fuhr mir mit einer geschmeidigen, schwieligen Hand durchs Haar, fast als wäre ich ein verwirrtes Kind, das beruhigt werden musste. »Sie kontrolliert dich jetzt, Tiger. Jedes Mal, wenn du dich in dich zurückziehst.«

»Es ist nur Stille«, belehrte ich sie. »Es ist wie ioskandische Disziplin. Was auf dem Kegel, im Steinwald mit mir geschehen ist ...« Ich zuckte die Achseln. »Nun, du weißt schon.«

Dels Hände sanken herab. »Ich weiß nicht, was auf dem Kegel mit dir geschehen ist«, sagte sie. »Du hast es mir nie erzählt.«

Ich wölbte die Augenbrauen. »Du warst mit mir dort.«

»Nein.«

»Del, doch. Ich habe dich gesehen. Ich habe dich geträumt, und du kamst.« ... und hast mir die *Jivatma*-

narbe im Bauch wieder beigebracht, nachdem Sahdri sie mir genommen hatte.

Alle Farbe wich aus ihrem Gesicht. »Nein, Tiger. Ich war nie in Meteiera. Ich habe den Steinwald nie gesehen. Ich bin in Skandi geblieben, bis Prima Rhannets Schiff lossegelte.« Etwas zuckte in ihren Augen. »Wir dachten alle, du wärst tot.«

»Du warst *dort*, Del. Ich erinnere mich deutlich daran.« So überaus deutlich. Ich war nackt. Allein. Allem beraubt, was ich von mir gewusst hatte, auf dem Felsen neu geboren. Bis sie kam. »Du warst dort.«

Del schüttelte den Kopf.

»Du vergisst Dinge«, belehrte ich sie und begann mich zu sorgen. »Was vor wenigen Wochen in Meteiera geschehen ist und der Übungskampf vorhin. Wenn du vielleicht mit Oziri reden würdest …«

»Nein.« Ihr Tonfall zeugte von Sicherheit, gefolgt von Verwirrung. »Tiger, wir haben Skandi schon vor Monaten verlassen, nicht vor Wochen. Und wir haben vor fünf Tagen geübt. Seitdem nicht mehr. Bestimmt nicht heute Morgen.«

Ich öffnete den Mund, um Einspruch gegen die Behauptung zu erheben, aber sie verschloss ihn mit kühlen Fingern.

»Hör mir zu.« Ihr Blick suchte meinen. »Vertrau mir.«

Ich hatte dieser Frau häufiger mein Leben anvertraut, als ich zählen konnte. Es beunruhigte mich, dass sie so schrecklich verwirrt war, aber ich nickte. Das schuldete ich ihr.

»*Ich* muss gehen«, sagte sie. »*Ich* muss fortgehen. Kommst du mit mir?«

»Warum musst du gehen? Du bist hier sicher. Du bist die Schwester des Orakels. Sie würden dir niemals etwas antun.«

»Ich muss gehen«, wiederholte sie. »Ich habe Neesha versprochen, dass wir ihn treffen würden.«

Ich brauchte einen Augenblick, um mich an den Jungen zu erinnern. Dann runzelte ich die Stirn. »Du schuldest ihm nichts.«

Nun klang ihre Stimme härter. »Ich schulde ihm mein Leben, Tiger. Und du auch.«

»Kann sein, aber …«

»Es wird Zeit für mich zu gehen«, beharrte sie. »Kommst du mit mir?«

»Del …«

»Bitte, Tiger. Ich brauche dich.«

Der Wunsch abzulehnen, darauf zu beharren, dass sie bei mir bliebe, war stark. Ich spürte seinen Druck, seine Macht. Neigte kurz dazu, war versucht. Ich schuldete den Vashni etwas, weil sie sie gepflegt hatten, und Oziri konnte mich noch vieles lehren. Aber ich schuldete dem Jungen mehr, weil er sie am Leben erhalten hatte, sodass sie gepflegt werden *konnte*.

Sie hatte gesagt, sie brauche mich. Das sah Del sehr unähnlich. Es stimmte wirklich etwas nicht mit ihr.

Mit ihr. Nicht mit mir.

Ich nickte. »In Ordnung, Bascha. Wir werden gehen.«

Del wandte jäh den Kopf ab und packte weiter. Aber nicht, bevor ich zutiefste Erleichterung sowie das Schimmern von Tränen in ihren Augen sah.

22

Der Hengst wollte mich aus einem unbestimmten Grund nicht in seiner Nähe haben. Ich fand das entschieden seltsam. Er kann von sich eingenommen und widerspenstig sein, aber er ist nicht allgemein schwer einzufangen und aufzuzäumen. Als mir schließlich beides gelang, bemerkte ich die verdrehten Augen und die angelegten Ohren. Er zitterte vor Anspannung, vor einer Art Angst, bis Del herauskam, um den Wallach zu satteln. Da beruhigte er sich.

»Er weiß es auch«, sagte sie.

Ich warf Decken über den Rücken des Hengstes. »Er weiß was?«

»Dass etwas nicht stimmt.«

Ich hatte keine Zeit für versteckte Kommentare und unverständliche Unterhaltungen. Ich hatte zugestimmt zu gehen, aber ich bereute es bereits. »Alles ist, was es ist.«

»Im Augenblick«, murmelte sie und wandte ihre volle Aufmerksamkeit dem Wallach zu.

Verärgert tat ich dasselbe mit dem Hengst. Wir beendeten unsere Vorbereitungen in starrem, eisigem Schweigen.

Erst als Del und ich uns ausgesucht höflich vom Häuptling verabschiedet hatten und gerade auf unsere Pferde gestiegen waren, erschien Oziri. Ich hörte Dels zischendes Einatmen und den gemurmelten Fluch, als sie ihn auf uns zukommen sah. Ich verhielt den Hengst und wartete. Ich konnte Dels Anspannung fühlen. Sie war sogar über die Entfernung zwischen unseren beiden Pferden spürbar.

Ich hatte ihn lachen sehen und hören. Er war ein Mann wie jeder andere, vielleicht aufgrund seines Ranges etwas würdiger, aber gleichermaßen dazu neigend, seine Meinung in trockenen Kommentaren kundzutun. Als er sich nun näherte, sah ich, dass er nicht lächelte. Seine Augen, heller als die der meisten Vashni, waren auf Del gerichtet.

Die Härte schwand, als er an meinem Steigbügel stehen blieb. »Du hast also alles gelernt, was man über das Traumgehen wissen muss. Ich bin erstaunt. Die meisten Menschen brauchen zehn Jahre dazu.«

Ich deutete mit dem Kopf in Dels Richtung. »Ich tue es für sie. Wir haben etwas zu erledigen. Eine zu begleichende Schuld.«

Ironie. »Ah. Natürlich. Alle Schulden müssen beglichen werden.«

Der Hengst regte sich unruhig, senkte den Kopf. Er beobachtete Oziri von der Seite, mit angelegten Ohren, und zuckte dann beim Klang meiner Stimme zusammen.

»Es ist jetzt leichter für mich«, erklärte ich Oziri. »Wie Ihr bereits sagtet – die Kräuter sind nicht mehr nötig. Es ist einfach eine Sache der Disziplin – und der Stille.« Ich zuckte beiläufig die Achseln. »Es gibt noch viel zu lernen … aber es ist ein Anfang.«

»Anfänge«, sagte Oziri, »können vielleicht gefährlich sein.«

Ich lachte. »Gefährlicher als Enden?«

Der Vashni lächelte nicht. Er griff an seinen Hals, zog eine Knochenkette über den Kopf und hielt sie mir hin. »Sie wird dich leiten«, erklärte er. »Halte sie in Ehren.«

Ich war auf dem Pferderücken, selbst als ich mich hinabbeugte, zu groß, als dass er sie mir hätte über den Kopf streifen können. Also nahm ich die Kette in die Hände, bemerkte die peinlich genau gestalteten Windungen des Drahtes, der die Kette zusammenhielt, und zog sie mir über den Kopf. Menschliche Knochen klapperten gegen Sandtigerkrallen.

Ich öffnete den Mund, um ihm zu danken, wurde aber abgelenkt, als Dels weißer Wallach, bemalt und mit Fransen, mich seitlich abdrängte. Ihre Sandalenspitze stieß gegen mein Schienbein. Als ich sie verärgert ansah, war sie so gnädig, sich zu entschuldigen. Aber ihre Augen zeigten keine Verlegenheit, sondern große Wachsamkeit. Fast als hätte sie es absichtlich getan.

Ich warf ihr einen vernichtenden Blick zu und wandte mich dann wieder dem Krieger zu. »Wir kommen hierher zurück.«

Oziri lächelte, schaute zu Del auf meiner anderen Seite. »Ja.« Dann neigte er ausdrucksvoll den Kopf. »Möge dir die Sonne scheinen, Schwester des Orakels.«

Ich schaute zu Del, erwartete eine Erwiderung. Aber etwas in ihren Augen vermittelte, dass sie die Höflichkeit nicht erwidern würde. Ich war bestürzt. Sie war diejenige, die mich vor Ungehobeltheit und den möglichen Konsequenzen gewarnt hatte.

Dann änderte sich etwas in ihrer Haltung. Die Anspannung wich. Sie neigte kurz den Kopf und wünschte ihm dasselbe.

Während sie davonritt, flüsterte ich Oziri zu: »Frauen.«

Aber der Vashni lächelte nicht. Lachte nicht. Stimmte mir nicht zu. Kurz darauf wurde mir klar, dass er auch nichts dergleichen tun würde. Ein wenig verwirrt wendete ich den Hengst, sah Del ein Stück voraus, wartend, und ritt zu ihr.

Eine seltsame Sache: Ihre Augen zeigten Angst. Aber diese schwand, als ich den Hengst verhielt und ihr bedeutete, den schmalen Pfad vorauszureiten, den die Vashni-Jäger benutzten. Sie murmelte ein nordisches Dankgebet, was ich äußerst unangemessen fand, und ritt voraus.

Vom Vashni-Lager war es ein langer Tagesritt nach Julah, aber Del äußerte sich nicht dazu. Sie schwieg, straffte nur von Zeit zu Zeit die Schultern und ritt weiter, aber ich konnte erkennen, dass sie erschöpft war. Als wir zu einem annehmbaren Lagerplatz für die Nacht kamen, rief ich ihr zu, sie solle anhalten. Wir hatten genug Wasser für uns und die Pferde dabei, und falls für die Tiere keine Möglichkeit zu grasen bestünde, hatten wir auch Korn mitgenommen. Kümmerliche Reste für den Wallach und den Hengst, aber wir würden Julah am nächsten Tag leicht erreichen. Ich dachte, wir könnten hier übernachten und dann in die Richtung von Umirs Gebiet reiten.

Del bittet nicht gern um Hilfe und erwartet auch keine, sodass ich ihr auch keine anbot, als wir die Pferde absattelten und anpflockten. Ich behielt sie jedoch im Auge und sah, wie steif sie sich bewegte, wie sorgfältig sie das Gewicht von Sattel, Decken und Satteltaschen ausbalancierte – die Ausrüstung, die sie normalerweise mühelos und schwungvoll von ihrem Pferd hob. Der Platz, den ich erwählt hatte, war bis auf eine niedrige Einfassung aus verkümmertem Gestrüpp offenes Gelände, das mehr Sand und Erde als Felsen aufwies. Del grub sich an einer Bodenerhebung ein wie ein Kaninchen und legte den Sattel umgekehrt hin, damit er einen Reitersitz bildete. Nachdem sie den Wallach getränkt und sichergestellt hatte, dass es ihm gut ging, warf sie sich auf ihre Decke und lehnte sich an den Sattel. Sie schloss die Augen.

Sie trug ebenso wie ich einen Burnus. Bis auf die Kerbe an ihrer Kinnlinie war keine ihrer Narben sichtbar. Aber sie war noch immer zu dünn, und die Erschöpfung hatte ihr Gesicht ausgehöhlt.

Ich ging zu ihr hinüber, ließ eine Bota neben sie fallen und verkündete: »Ich werde kochen.«

Del öffnete die Augen. »Kochen?«

»Ja. Hier.« Ich warf ihr ein in Stoff gewickeltes Päckchen zu. »In kleine Streifen geschnittenes und gedörrtes Fleisch.«

Sie verzog das Gesicht, während sie auf das Päckchen hinabblickte, das auf ihrem Schoß gelandet war. »Was für Fleisch?«

»Wer weiß? Aber es ist kein Cumfa. Davon habe ich genug.« Ich nahm weiteres Fleisch aus den Satteltaschen, zog eine Bota neben meinen Sattel und ließ mich nieder, fand den Feuerstein und legte ihn auf meine Decke. »Es gibt hier nicht viel Holz. Ich werde mich danach umsehen.«

»Tiger?«

Ich wandte mich wieder um und zog fragend die Augenbrauen hoch.

Sie betrachtete mich einen Moment, als wöge sie mich gegen eine innere Vision ab. Dann entspannte sie sich. »Danke.«

Nun runzelte ich die Stirn.

»Dass du mitgekommen bist.«

Ich zuckte die Achseln. »Schon gut. Ich denke, wir können den Jungen aufspüren, uns versichern, dass es ihm gut geht, und dann zu den Vashni zurückkehren.«

Ihre Hände erstarrten über dem Päckchen mit getrocknetem Fleisch. Die Anspannung kehrte zehnmal so stark zurück. »*Zurückgehen?* Warum?«

Einen Moment wusste ich es nicht. Ich war vollkommen leer. Dann kehrte die Bewusstheit zurück, und die Antwort drang unwillkürlich hervor. »Weil ich noch nicht genug übers Traumgehen weiß. Ich muss noch viel lernen.« Ich deutete zu Boden. »Wenn du inzwischen eine Feuergrube graben würdest, wäre das sehr hilfreich. Und such Steine für den Kreis.«

Del schwieg. Sah mich nur an. Angst stand in ihren Augen, versteifte ihren Körper.

»*Was ist?*«, fragte ich.

Sie öffnete den Mund zu einer Antwort und schloss ihn dann wieder. Schüttelte den Kopf.

Daraufhin winkte ich verärgert ab und machte mich auf die Suche nach annehmbarem Holz.

Später, nachdem wir eine Grube voller Glut für die Wärme hatten und eine angemessene Menge getrocknetes und geräuchertes Fleisch gegessen hatten, zog Del ihr Schwert aus der Scheide und begann, es zu schleifen und einzuölen. Ich wusste, dass ich dasselbe mit meinem tun sollte, fühlte mich aber träge genug zu bleiben, wo ich war, entspannt an meinem umgedrehten Sattel lehnend. Ich blinzelte schläfrig, während ich in den Feuerkreis blickte, von der roten Glut der Holzstücke wie erstarrt.

Dels Miene wirkte nachdenklich. »Wie viele Tage sind seit dem Sandtigerangriff vergangen?«

Ich dachte darüber nach. Erkannte, dass ich es nicht wusste. »Eine Woche, denke ich. Vielleicht zehn Tage. Warum?«

Ihre Kinnmuskeln spannten sich an. Aber sie schwieg. Ihr Blick prüfte die Klinge, während sie den Stein daran entlangführte. Ihr Gesichtsausdruck war seltsam.

»Wenn man krank ist, kann man die Zeit vergessen.« Ich hoffte, sie damit zu beruhigen, wenn sie fürchtete, ein paar Tage verpasst zu haben. Ich beobachtete, wie sich ihre Hand in gleichmäßigem, mühelosem Rhythmus bewegte: die Klinge hinab, Stein an Stahl, dann wieder zum Heft, wo die Bewegung erneut begann. Ich roch Öl, schmeckte einen metallischen Geschmack im Mund. Der Ärmel ihres Burnus rutschte zurück. Ich sah die knotigen Narben an ihrem Arm. »Du hattest Glück, dass das so schnell geheilt ist.«

»Ich habe die Zeit nicht vergessen«, sagte sie ruhig. »Aber, ich glaube, du hast es.« Sie schaute auf und legte dann Schwert und Schleifstein beiseite. Einen Augenblick lang presste sie die Hände auf die Oberschenkel, als ränge sie um Selbstbeherrschung. »Könnte ich sie mir ansehen?«

Ihr Blick war jetzt auf meine Brust gerichtet. Ich schaute auf die Vashni-Halskette hinab. Dünner Draht glänzte leicht im Feuerschein. Ich zog sie mir über den Kopf und warf sie Del zu.

Sie fing sie auf, hielt sie hoch, drehte sie im Schein der Glut, vielleicht um die Einzelheiten genauer zu betrachten. »Das ist eine ausgezeichnete Drahtarbeit.«

Ich beobachtete, wie sie die Halskette handhabte, bemerkte, wie sie die Stärke des Drahtes prüfte, untersuchte, wie alles zusammen passte. Ihre Miene war merkwürdig angespannt. Dann zog sie sich die Kette über den Kopf und richtete sie auf ihrem Burnus. »Wie sieht das aus?«

»Sie ist ein wenig zu lang für dich. Aber sie wurde ja auch für einen Mann gemacht.«

Ihre Finger strichen über die Knochen. Dann streckte sie kurz ihren Rücken, gähnte und erhob sich. »Ich brauche einen Busch«, sagte sie, »und dann gehe ich zu Bett. Könntest du dich um die Pferde kümmern?«

Ich nickte und beugte mich dann vor, um einige weitere Zweige auf die Glut zu legen. Del verschwand. Ich erhob mich und ging davon, um die Eimer der Pferde wieder aufzufüllen, die Pflöcke zu überprüfen und ein paar Höflichkeiten mit dem Hengst auszutauschen, der nicht besonders erfreut darüber schien, dass ich mich wieder um alles kümmerte. Spendete dann auch meine Vor-dem-Schlafengehen-Gabe und ließ mich wieder am Feuer wieder.

Del war länger fort als erwartet. Als sie zurückkam, trug sie die Halskette nicht mehr.

Ich runzelte die Stirn. »Was ist passiert?«

Sie richtete ihr Bett. »Ich habe einen Busch gefunden.«

»Nicht *das*. Was ist mit der Halskette passiert?«

Eine Hand wurde ruckartig zur Brust gehoben. Sie blickte hinab, dann wieder zu mir. »Sie muss gerissen sein.«

Sie klang nicht sehr besorgt, was mich ärgerte. Die

Halskette war ein Geschenk gewesen. »Es war *Draht*, Del.« Ich seufzte, schloss den Mund über einer Beschwerde. Sie war eindeutig zu müde, um darüber zu diskutieren. »Ich werde nachsehen gehen.«

»O Tiger, warte doch bis morgen. Es ist nicht mehr hell genug, um etwas zu sehen.«

Ich zog die Beine unter mich, um aufzustehen. »Ich werde mich dennoch ein wenig umsehen.«

Sie streckte sich mit einer einzigen, geschmeidigen Bewegung und trat mit dem Schwert in der Hand neben das kleine Feuer. Die Spitze lag an meiner Kehle, hielt mich in kniender Position fest.

Ich war verblüfft. *»Del …«*

Sie sagte kurz und bündig: »Du wirst sie nicht finden, Tiger. Ich habe sie vergraben.« Kohlenglut ließ ihre Miene erleichtert wirken, betonte die harte Anspannung ihres Kinns, die hervorstehenden, scharf geschnittenen Wangenknochen. »Ich hatte gehofft, dass dies nicht nötig werden würde. Aber es ist an der Zeit zu begreifen, dass wirklich etwas mit dir nicht stimmt. Und dass das so ist, seit du Oziri begegnet bist.«

Ich war am Fleck erstarrt, zwischen Aufstehen und Hinsetzen gefangen. Es war keine geeignete Position, mich unvorsichtig zu bewegen, was, wie ich erkannte, bewusst erfolgt war. Del kannte mich. Wusste, wie ich mich bewegte. Wusste, wie sie jeglichen Absichten meinerseits, die ich vielleicht ersinnen könnte, Einhalt gebieten konnte.

Sie trug die Maske, die sie sonst Gegnern zeigte. »Willst du mich versuchen, Tiger?«

Ich ließ mich nieder. Mein Schwert, dass noch immer im Harnisch in der Scheide steckte, war in Reichweite, aber ich wusste es besser, als dass ich es mit ihrer Klinge an meiner Kehle gewagt hätte. »Du wolltest dir die Halskette nicht ansehen«, beschuldigte ich sie. »Du wolltest sie loswerden.«

Del schwieg.

»Was glaubst du, was mit mir nicht stimmt?«

Sie ignorierte die Frage. »Sag mir erneut, wie viele Tage seit dem Sandtigerangriff vergangen sind.«

Ich verhielt mich sehr still. »Sechs oder sieben. Warum?«

»Wie viele Tage warst du bei Umir?«

»Zwei oder drei. Warum?«

»Wie viele Tage sind wir bei den Vashni geblieben?«

Ich wollte lachen, tat es aber nicht. Nicht mit dem Schwert an meiner Kehle. »Del, das ist ...«

»*Wie viele*, Tiger?«

Meine Zähne schlossen sich geräuschvoll.

Die Spitze ritzte die Haut. »Antworte mir.«

»Fünf.«

»Und wie viele, seit wir geübt haben? Du weißt schon – der Kampf, von dem du behauptest, ich hätte ihn verlassen.«

»Drei oder vier, glaube ich.« Ich atmete vorsichtig ein. »Du hast wirklich die Zeit vergessen.«

Sie unterdrückte ein scharfes, ungläubiges Auflachen. »*Ich* habe ...« Aber sie versagte sich den Rest des Satzes. Ich sah etwas in ihrem Gesicht, etwas wie Qual. Aber das Schwert schwankte nicht. Die Spitze lag an der Höhlung meiner Kehle an. Der Schnitt brannte.

Ich versuchte es mit Mitleid. »Bascha, nimm es fort. Du bist erschöpft und verwirrt. Du brauchst noch mehr Ruhe ...«

Sie unterbrach mich. »Was ich brauche, ist, dass du zur Vernunft kommst. Dass du erkennst, was er dir angetan hat.«

»Was *wer* mir angetan hat? Wovon redest du?«

Ihre Stimme klang so unerbittlich wie Eis im Winter. »Der Vashni.«

»Oziri? Hoolies, Bascha, er hat mir geholfen zu lernen, wie ich ...« Ich hielt inne. Konnte nicht atmen.

»Wie du was?«, fragte sie, als ich den Satz nicht beendete.

Etwas baute sich in meiner Brust auf. Etwas, das sich wand. Etwas, das zu zerspringen drohte. Ich fühlte mich wie am Rande eines Feuersturms.

O Hoolies. O Götter, nein …

Dels Tonfall veränderte sich. Sie klang nicht mehr herausfordernd. Nun klang sie erwartungsvoll. »Wie du was, Tiger?«

Ich konnte nicht sprechen. Die Hitze, der Druck nahmen zu. Schmerz erfüllte meine Brust.

Ihre Stimme war nur noch ein Flüstern. »Sag es.«

Ich tat den Schritt in die Feuersbrunst. Das Leugnen wurde entflammt, brach auf und zerfiel dann zu Asche. Wurde fortgeweht. Verständnis, Bekenntnis nahmen langsam und schmerzlich seinen Platz ein.

Ich konnte es nicht sagen.

»Er hat das getan«, sagte sie. »Der Vashni. Er hat dir etwas angetan. Verstehst du jetzt, warum ich gehen wollte?«

Jahre des sturen, wahlweisen Blind- und Taubseins gegenüber gewissen Anstößen und Mutmaßungen hatten Gewohnheiten geschaffen, die ich als tröstlich empfand. Gewohnheiten, mit denen ich leben konnte. Das Leugnen bot mir Freiheit. Aber ich hatte in Oziris Gegenwart aufgehört zu leugnen. Hatte akzeptiert.

»Sag es, Tiger. Was er dich gelehrt hat. Lass es zu.«

Mein Körper verkrampfte sich. Die Worte, langsam, zögernd, qualvoll, schienen aus jemand anderem hervor zu dringen. »Wie man Magie anwendet.«

O Hoolies … Nun kehrten die Erinnerungen zurück, drangen wieder auf mich ein, stürzten übereinander wie Steine in einem Wildbach. Ich griff so viele wie möglich auf und fügte sie zu einem Ganzen zusammen. Stunden. Tage. Wochen. Sie alle waren an die Traumgänge verloren worden, an das Erlernen dieser Kunst. Jetzt verstand ich Dels Sorge. Dels Angst. Ihre Verzweiflung.

Der Vashni hatte mir tatsächlich etwas angetan: Er

hatte mir den Verstand gestohlen, mir Zeit genommen. Mich von meinem Kurs abgebracht. Mich auf einen neuen Kurs gesetzt.

Nihko hatte den Prozess begonnen. Sahdri hatte ihn erklärt. Oziri hatte ihn vorangebracht.

Oh, aber es war um so vieles leichter, *nicht* zu glauben, wenn man mit einer schrecklichen Wahrheit konfrontiert wird. Einer Wahrheit, die ich nicht akzeptieren konnte, weil mich die Angst davor überwältigen würde. Unfähigkeit. Ich könnte ebenso gut tot sein.

Und ich *würde* tot sein, laut den Priestermagiern von ioSkandi. Laut Umirs Buch.

Warum sollte irgendjemand ein Magier sein wollen, wenn der Preis so hoch war?

Warum sollte ich es wollen?

Ich wollte es, weil ich es brauchte. Es in den Nächten meiner Kindheit brauchte, als ich den Salset und dem Leben eines Chula verzweifelt entkommen wollte, von einem Sandtiger träumte, ihn zum Leben erweckte. Auf dem Steinkegel von Del träumte, die eine gestohlene Narbe und somit die Identität wiederherstellte. Von einem Schiff träumte, das mich nach Skandi bringen sollte.

Die Absicht war nicht *Magie* gewesen. Nie. Ich hatte die sehr wenigen Male immer nur ein Wunder vollbringen wollen, um verändern zu können, was ich nicht ertragen konnte.

Ein Messias vollbrachte Wunder. Magier handhabten Magie.

Vielleicht ein und dasselbe.

Ich fluchte. Zog dann die Knie an und beugte mich darüber, die Ellenbogen aufgestützt, die starren Finger in meinem kurzen Haar verkrampft. Ich hätte es am liebsten an den Wurzeln ausgerissen, als würde dies das Wissen dessen auslöschen, was Oziri getan hatte. Oder zu was ich geworden war.

Träume konnten nur Träume sein. Aber Träume konnten auch mehr sein. Nun beging ich sie. Begann sie zu verstehen. Berief darin die Magie, gebrauchte die Macht, die Oziri suchte – und fand – und belebte sie in meinen Knochen neu.

Nihko hatte es mir gesagt. Sadri hatte es mir gesagt. Ich hatte mich beiden verweigert. Aber bei Oziri hatte ich das aus einem unbestimmten Grund nicht getan. Vielleicht weil seit meiner Neugeburt auf dem Steinkegel genug Zeit vergangen war. Vielleicht weil ich wieder im Süden war und meine Mauern gefallen waren. Oder vielleicht, weil Oziri das Thema forciert hatte. Was auch immer der Grund war – Oziri ließ mich begreifen, was ich war. Was ich tun konnte. Was ich getan *hatte*.

Aber nicht, was ich vielleicht noch tun könnte.

Meine Mauern waren nun gefallen, auf dem Sand zerbrochen. Del, die das erkannte, stieß einen langen Seufzer der Erleichterung aus und legte ihr Schwert ab. Kniete sich neben mich. Legte eine Hand auf meine beiden, die krampfhaft Haar umfassten.

Ich schloss die Augen. Schloss sie ganz fest. Ich dachte, meine Zähne würden zerbröckeln.

Die Hand schloss sich, bot Trost. Ihre Stimme klang nachdenklich. Als Nordbewohnerin hatte sie die Magie nie gefürchtet oder geleugnet. Noch sich geweigert, sie selbst anzuwenden. »Ich wusste es von dem Moment an, als ich dir begegnete. Es gab Anzeichen dafür ... aber du hast es geleugnet. Dich geweigert zu glauben, trotz der Beweise. Selbst als ich dir nordische Magie zeigte. Selbst als du sie *handhabtest*.«

Ich schwieg.

»Ich habe meine Magie gelernt«, sagte sie. »Sie ist ein Teil dessen, Schwertsänger zu sein, ein Teil von Staal-Ysta. Das ist es, was *Jivatmas* sind. Wir singen die Macht zum Leben, um die Klinge zu führen.«

Sie hatte mir dies schon früher erklärt. Ich wollte, dass sie aufhörte. Wollte nicht zuhören.

»*Ich* habe keine Magie«, sagte sie. »Nur das Schwert.

Nur der Gesang.« Ihre Finger zogen einen Handrücken nach. »Aber du … du brauchst nur dich selbst.«

Ich schüttelte den Kopf.

»Sie ist ein Teil von dir, Tiger. Genau wie dein Schwertkönnen. Leugne sie nicht.«

Schließlich löste ich die Finger und sah sie an. »Ich muss es tun.«

»Nein.«

»Wenn ich es nicht tue …« Aber ich brach ab. Schüttelte erneut den Kopf, stieß angehaltenen Atem aus. »Es ist zu spät dafür, nicht wahr?«

»Ich glaube schon, ja.«

Ich seufzte tief, rieb mir müde übers Gesicht. Meine Augen fühlten sich sandig an. Beginnende Kopfschmerzen pochten im Nacken. »Hast du die Halskette wirklich vergraben?«

»Ich habe den Draht mit meinem Dolch zerschnitten und dann jeden Knochen an einer anderen Stelle vergraben.«

Die Erleichterung war spürbar. Dann folgte Begreifen, und Belustigung. Kein Wunder, dass sie so lange gebraucht hatte, um den geeigneten Busch zu finden. Ich war mir nicht sicher, ob mich etwas an der Halskette kontrolliert hatte oder dazu gedacht war, mich zu kontrollieren, aber das Bewusstsein meiner selbst war erst mit dem Abstand von Oziri zurückgekehrt – und mit der Trennung von der Halskette.

»Gut.« Ich konnte ihrem Blick nicht begegnen, sodass ich lange Zeit angestrengt in die Sterne blickte. Ich hörte die Glut zusammenfallen, eine ganz schwache Brise über die Oberfläche der Erde streichen, die unruhige Lageveränderung des Hengstes und von Dels Wallach. »Vier Wochen«, sagte ich. »Plus minus einem Tag.«

Del war verblüfft. »Was?«

»Seit dem Sandtigerangriff.« Ich war mir dessen so sicher, wie ich nur sein konnte. Es fühlte sich … richtig an.

Del lächelte. »Ja.«

»Ich muss dir etwas sagen. Etwas, was du verstehen musst.« Ich schluckte schwer, mir des Schmerzes in meiner Kehle bewusst, der Angst, dass sie es nicht akzeptieren könnte oder wollte. »Bascha ... du warst wirklich dort. Auf dem Kegel im Steinwald. Mit mir.«

Nun klang sie gereizt. »Tiger ...«

»In meinen Träumen«, erklärte ich ihr. »Und das hat mich gerettet. Das hat mich davor bewahrt, wahnsinnig zu werden. Solange ich an der Erinnerung an dich festhalten, dich in meinen Träumen heraufbeschwören konnte, wusste ich, dass ich überleben würde. Ich habe mich eine Weile verloren, habe sogar zwei Finger verloren, aber ich kam von ioSkandi zurück, kam von den Kegeln zurück.« Ich tat einen tiefen Atemzug. »Ich werde auch hiervon zurückkommen.«

Nun war es an Del zu schweigen.

»Ich erinnere ... ich erinnere mich nicht daran, was Oziri getan hat. Was er mir erzählt oder mich gelehrt hat. Offensichtlich genug, um das zu finden und weiterzuentwickeln, was auch immer in mir geboren wurde, was hin und wieder aufwallte, bevor es wieder versank, bis Meteiera. Er hat es anscheinend wieder an die Oberfläche gebracht.« Ich lachte scharf auf. »Wenn ich mich nicht einmal daran erinnern konnte, welchen Tag wir hatten, wie soll ich mich dann daran erinnern können, was er getan hat? Aber ich verstehe nicht, warum.«

Del dachte darüber nach. »Vielleicht hatte er erkannt, was in dir war, und wollte es für sich selbst«, sinnierte sie. »Ich denke, dass er dich so lange benutzen konnte, wie du geleugnet hast, was du bist. Vielleicht spürte er, dass deine Magie seine steigern könnte, ihn zu mehr machen würde, als er ist. Aber wenn du gewusst hättest, was er wollte, hättest du dann widerstanden?«

»Hätte ich?«

»O ja. Du lässt dich von niemandem benutzen, Tiger. Nicht von Nihko, nicht von Sahdri, nicht von Oziri.«

»Aber sie haben mich benutzt. Jeder Einzelne von ihnen.« Andere ebenso, während der langen Zeit. »Eine Zeit lang.«

»Und du bist von allen fortgegangen.«

Oder war von einer sehr entschlossenen Frau fortgezerrt worden. Ich seufzte. »Also glaubst du, dass ich vor Manipulationen sicher sein werde, wenn ich zulasse, was ich bin?«

»Vielleicht.«

Ich runzelte die Stirn. »Das ist keine große Garantie.«

Del wölbte die Augenbrauen. »Bei der Art Leben, die wir führen, ist es das Beste, was ich dir bieten kann.«

Nur zu wahr. Ich fuhr mir mit einer Hand durchs Haar, strich den Kälteschauer weg, der über meine Kopfhaut kroch. »Gefährlich.«

»Was ist?«

»Ein Mann mit einem Schwert, dem die richtige Übung fehlt.« Ich verzog das Gesicht, sagte, was ich meinte. »Ein Mann mit *Magie*, dem die richtige Übung fehlt.«

Sahdri hatte es gesagt, auf den Kegeln. Umirs Buch hatte es mir Schwarz auf Weiß gezeigt. Oziri hatte es bewiesen.

»Es sei denn, er ist stark genug, seinen eigenen Weg zu finden.«

Ich brummte. »Vielleicht.«

Del lächelte. »Ich werde deine Garantie sein.«

Ich lachte, ließ es dann verklingen. »Ich kann nicht glauben, dass alle Träume schlecht sind, Bascha. Jedermann träumt. Du träumst.«

»Aber ich bin kein Magier.«

Sie hatte gesagt, es sei mir angeboren. Das hatte auch Nihkolara gesagt, und Sahdri. Oziri. Selbst Umirs Buch. Verborgen bis Skandi, von Geburt an bis zum Alter von vierzig Jahren – bis auf ein so starkes Feingefühl für die Magie, dass sie mich krank machte. Bis ioSkandi, als Nihko mich gegen meinen Willen nach Meteiera brachte, zum Steinwald. Zu anderen wie ihm, wie mir. Wo, auf einem Kegel, ein ausgereifter Magier geboren wurde.

Das Leugnen brandete erneut auf, verging. Gefolgt von der einzig möglichen, logischen Frage.

Was kommt als Nächstes?

23

Ich erwachte ruckartig, blickte in die nur von Sternen und einer dünnen Mondsichel erhellte Dunkelheit. Mein Körper war schweißgebadet. Ich fluchte leise und rieb mit einer wenig mitfühlenden Hand über mein Gesicht, zerrte es außer Form.

»Was ist los?« Dels Stimme war von einer Spur Schläfrigkeit umschattet.

Wir lagen Seite an Seite in unserem Bettzeug, das ersterbende Feuer zu unseren Füßen. Wüstennächte sind kühl. Ich zog mir die Decke bis zu den Schultern. Weitere Flüche murmelnd, schloss ich die Augen und legte einen Arm über mein Gesicht. »Ich habe geträumt, verflucht.«

Kurz darauf fragte sie sorgfältig neutral: »Ja?«

»Es wäre mir ebenso lieb, wenn ich nicht träumen würde, nach meinen kürzlichen Erfahrungen.« Ich nahm den Arm fort und schaute erneut in die Sterne, schob beide Unterarme unter meinen Kopf. »Wie, zu den Hoolies, soll ich durchs Leben gehen, ohne zu träumen?«

»Ich glaube nicht, dass du *nicht* träumen kannst«, bemerkte Del und regte sich unter ihrer Decke. »Du wirst dich einfach daran gewöhnen müssen.«

Ich brummte verstimmt.

»Nun … es sei denn, du kannst lernen, sie zu kontrollieren. Sie aufhören lassen.« Sie schwieg einen Moment. »Und vielleicht kannst du das. Da du bist, was du bist.«

Daran hatte ich einen Moment zu knabbern und scheute vor dem Gedanken zurück. Dieser Satz ›Da du bist, was du bist‹ erhielt jetzt eine völlig neue Bedeutung.

»Um was ging es in deinem Traum?«

Ich blickte stirnrunzelnd in die Dunkelheit. »Tatsächlich war es ein Teil eines Traumes, den ich schon vorher einmal hatte. Zumindest nehme ich an, dass es ein Traum war. Vorher, meine ich. Du hast immer wieder geschworen, es habe nicht stattgefunden.«

»Habe ich das?«

»Der Tanz«, sagte ich. »Der Tanz, den du verlassen hast.«

»Ah.« Sie schwieg eine Weile. »Nein. Er hat nicht stattgefunden. Aber … willst du damit sagen, du hast von einem Traum geträumt?«

»Ich dachte zu dem Zeitpunkt nicht, dass es ein Traum war. In welchem Fall ich von etwas träumte, was *tatsächlich* geschehen war. Aber es ist nicht geschehen. Also habe ich vermutlich von einem Traum geträumt.«

Sie klang belustigt. »Es wird allmählich sehr kompliziert, Tiger.«

»Dann ist da noch der Traum von der toten Frau …« Oh, hm. Das hatte ich ihr nicht erzählen wollen.

Dels Stimme klang nun härter. »Von der toten Frau?«

Ich versuchte, es als belanglos abzutun. »Nur … ein Skelett. Draußen in der Punja.«

»Es ist ein Skelett, aber du weißt, dass es eine Frau ist?«

»Es hat die Stimme einer Frau.«

»Dieses Skelett *spricht*?«

Jetzt musste sie wirklich denken, ich sei sandkrank. »Es ist nicht die Art Traum, wie ich sie bei Oziri hatte. Es ist einfach ein Traum. Ein Traumtraum. Du weißt schon. Die Art, wie sie jedermann hat.«

»*Ich* träume nicht von Skeletten, die mit der Stimme einer Frau sprechen.«

Ich nahm einen unbeschwerten Tonfall an. »Natürlich nicht. *Du* träumst von *mir*.«

»Oh, wirklich«, murmelte sie. »Wovon könnte eine Frau wohl sonst träumen als von einem Mann? Das ist ihr einziges Ziel im Leben, einen Mann zu finden, der ihre Gedanken während des Tages und ihre Träume während der Nacht erfüllt.«

Ich rollte mich herum, um sie anzusehen, und stützte mich auf einen Ellenbogen auf. »Also. Mit welcher Art Mann hast du wirklich zu enden geglaubt?« Ich hatte eine solche Frage noch nie zuvor gestellt. Noch hatte ich jemals einen Mann, selbst keinen sturzbetrunkenen, Neugier darüber äußern hören. Aber das bedeutete nicht, dass wir nicht neugierig *waren*.

»Darüber habe ich mir nie Gedanken gemacht.«

»Nicht? Überhaupt nicht?« Ich hielt inne. »Nie?«

»Als Mädchen, ja.«

»Eine Nordbewohnerin.«

»Natürlich. Ich lebte im Norden.«

»Und als du ein wenig älter wurdest?«

»Ich habe aufgehört, darüber nachzudenken, mit welcher Art Mann ich vielleicht enden würde.«

»Warum?«

»Ajani«, sagte sie nur.

Ein Wort. Ein Name. Erklärung. Und das Wissen stürzte wieder über mich herein. Ein fünfzehnjähriges Mädchen, Zeuge des Massakers an ihrer Familie. Bis auf ihren Bruder die einzige Überlebende und der Brutalität unterworfen, die viele Frauen in den Händen von Borjuni erlitten. Nein, ich glaubte nicht, dass Del jemals wieder von einem Mann geträumt hatte, außer vielleicht von demjenigen, den sie zu töten geschworen hatte.

Als sie es schließlich getan hatte, waren wir schon seit zwei Jahren Gefährten gewesen. Schwertgefährten. Bettgefährten. Ich hatte in dem Augenblick, als ich sie in der staubigen, miesen Cantina gesehen hatte, gewusst, dass ich sie in meinem Bett haben wollte. Ich weiß nicht, wann Del der Gedanke kam.

»Was?«, fragte sie.

Ich sah sie fragend an.

Del runzelte leicht die Stirn. »Du starrst mich an.«

»Du bist das Anstarren wert.« Ich streckte die Hand aus, hakte zwei Finger in die Sandtigerkette um ihren Hals, zog sie zu mir heran. »Ich glaube, ich weiß eine Möglichkeit, schlechte Träume in gute zu verwandeln.«

»Ah«, sagte sie, als unsere Stirnen sanft aneinander stießen. »Aber wirst du dich morgen früh noch an meinen Namen erinnern?«

Ich rückte näher, grub eine Hand in das Haar an ihrem Hinterkopf. »Wer braucht schon Namen? ›Frau‹ wird genügen.«

Harte Finger stachen warnend in meinen Bauch. »Was war das nun wieder?«

»Delilah«, murmelte ich an ihrem Mund.

Der Mund verzog sich zu einem Lächeln und teilte sich dann. Die Zunge zuckte mit dem ersten Wort kurz gegen meine. »Das wird genügen.«

Wie eine Menge Dinge, mit dieser Frau.

Am Morgen musste ich, während ich die Pferde fütterte und tränkte, gegen die wirren Überreste zu vieler Träume ankämpfen, die sich in meinem Schädel zusammendrängten. Der Tag versprach zu einem typischen Wüstentag zu werden: sehr hell, sehr warm, ohne Feuchtigkeit. Was gut für die Knochen, aber schlecht für die Haut ist. Es war noch nicht Hochsommer, und wir waren auch noch nicht in der Punja, aber überall im Süden ist es heiß. Ich konnte es auf der Zunge schmecken, ein beißender Hauch von trockener Erde und Sand. Konnte den scharfen Geruch von Kreosot und dem riechen, was von unserem Feuer übrig geblieben war, das zu wenigen verstreuten Glutstücken inmitten der Asche verglüht war. Del, die daneben hockte, scharrte die Glut auseinander, um sie freizulegen, und bedeckte sie dann sorgfältig mit einer Schicht sandiger Erde, damit keine Funken eine Feuersbrunst entzünden konnten.

Ich tätschelte den Hengst, während er seine Morgenmahlzeit fraß, und wandte mich dann wieder Del zu.

Sie wirkte müde. Und das hatte nichts mit unseren Aktivitäten der letzten Nacht zu tun, die gemächlich und anspruchslos, aber dennoch befriedigend gewesen waren. Sie hatte ihre Kraft nach dem Sandtigerangriff einfach noch nicht vollständig wiedererlangt. »Wir werden Julah in zwei oder drei Stunden erreichen und dort die Nacht verbringen, bevor wir weiterziehen.«

Sie schaute auf, während sie sich erhob. »Wir würden mehr Zeit gewinnen, wenn wir schon heute Nachmittag, nach einer guten Mahlzeit, weiterzögen.«

Ich zuckte die Achseln, wandte mich wieder um und packte die Segeltucheimer ein. »Warten wir ab, wie wir uns nachher fühlen. Es hat jedoch keinen Sinn, ein anständiges Bett zu verschwenden, nun wo wir eines besitzen.« Oder mehrere.

»*Teile* eines Bettes«, erklärte Del. »Glaubst du, Fouad wird uns das übrige Drittel berechnen?«

»Nicht, wenn er weiterleben will.«

Sie hatte sich hingekniet und kümmerte sich nun um ihr zusammengerolltes Bettzeug. »Nayyib verdient Besseres, nach allem, was er für uns getan hat.«

»Wir werden ihm folgen, Del. Aber wir werden ihm nicht viel nützen, wenn wir beide zu müde sind, um einen richtigen Kampf auszufechten. Außerdem wissen wir nicht einmal, ob er Umirs Gebiet *wirklich* erreicht hat. Nur weil er sagte, er werde hingehen …«

»Wenn er es sagte, meinte er es auch so.« Del schlang Riemen um das Bettzeug und verknotete sie. »Ich vertraue ihm.«

Es verblüffte mich, dass sie das tat. »Wir kennen ihn kaum, Bascha.«

»Ich habe fast zwei Wochen in seiner Gesellschaft verbracht«, erwiderte sie knapp. »Ich wäre gestorben, wenn er sich nicht um mich gekümmert hätte. Stunde um Stunde, Tag um Tag, im Unterstand und dann im Vashni-Lager. Du kannst unter solchen Umständen eine Menge über einen Menschen erfahren.«

»Schau, ich sage ja nicht, dass er ein Lügner ist, nur dass …«

Del unterbrach mich. »Er ist losgezogen, um dich zu suchen.«

»Das weiß ich, aber …«

»Und er riskiert wahrscheinlich sein Leben für dich, wenn er in Umirs Gegenwart unter all diesen Schwerttänzern wandelt. Sieh nur, was mit Rafiq geschehen ist.«

»Was genau der Punkt ist, den ich schon einmal klarmachen wollte: dass er ein zu hohes Risiko einging, als er mir folgte. Glaubte er, Umirs kleinen Wettbewerb gewinnen und sich dann mit mir zusammenschließen zu können?« Ich schüttelte den Kopf. »Er ist nicht gut genug. Sie hätten ihn in diesem Kreis lebendig verspeist.«

»Was der Grund dafür ist, warum er dich ursprünglich aufsuchte. Um von dir zu lernen.«

Ich legte Decken über den Rücken des Hengstes und hob dann schwungvoll den Sattel darauf. »Nein, er hat mich ursprünglich aufgesucht, um mich herauszufordern, bis er mich Khashi töten sah. *Dann* beschloss er, mich zu bitten, ihn zu lehren.«

»Wir schulden ihm etwas, Tiger.«

Ich war genervt. »Wir werden gehen, Del. Ich sage nicht, dass wir nicht gehen werden. Ich sage nur, dass wir uns eine Nacht in Julah leisten können.«

»Neesha kann sich vielleicht nicht leisten …«

»Del.« Ich wandte mich zu ihr um. »Du brauchst die Ruhe. Ende der Diskussion.«

Sie hielt stand, sah mich finster an. »Warum bist du so sehr dagegen, Nayyib zu helfen?«

»Ich bin nicht dagegen, Nayyib zu helfen. Ich denke nur …«

»Du versuchst mich jedes Mal davon abzubringen, wenn ich dieses Thema aufbringe. Trotz der Tatsache, dass er dir das Leben gerettet hat …«

»Ich war nicht in Lebensgefahr, Bascha.«

Sie wurde lauter. »... wie er auch meins gerettet hat. Und ich *war* in Lebensgefahr, Tiger! Ganz zu schweigen davon, dass er nach Julah ging, um Hilfe zu holen, und von Rafiq und seinen Freunden entführt wurde ...«

»Ich glaube nicht, dass sie ihn wirklich entführt haben ...«

»... und es riskiert hat, von den Vashni getötet zu werden ...«

»Ich bin nicht sicher, dass die Vashni ...«

»... und jetzt vielleicht von Umir gefangen genommen wurde. Wie viele Male hat er Ungelegenheiten auf sich genommen oder sich in Gefahr gebracht, um uns zu helfen? Und doch bestehst du darauf, diese Bemühungen zu verunglimpfen und ihm Hilfe zu verweigern, wenn *er* sie vielleicht braucht?«

»Ich verunglimpfe diese Bemühungen nicht, Del, und ich verweigere ihm die Hilfe nicht. Ich sage nur, wir sollten die Nacht in Julah verbringen, bevor wir zu Umir aufbrechen. Wo er vielleicht nicht einmal ist.«

»Siehst du? Schon wieder, Tiger! Verunglimpfung. Ist es, weil er jünger ist als du – tatsächlich in *meinem* Alter – und gut aussieht? Weil ich zwei Wochen mit ihm allein verbracht habe, überwiegend unbekleidet, während du woanders warst? Weil wir im selben Zelt geschlafen haben? Weil ich ihn gut genug kennen gelernt habe, um ihm zu vertrauen? Hast du Angst, ich könnte mich von ihm angezogen fühlen?«

Ich sah sie mit offenem Mund an. »Du behauptest, ich wäre eifersüchtig!«

»Und? Bist du es?«

»Nein!«

»Bist du *sicher*, Tiger?«

»Ja!«

Sie zweifelte eindeutig daran. »Du legst ein Verhalten an den Tag, das ein wenig jenem in Skandi ähnelt, als wir Herakleio begegneten. Dem jungen, starken, gut aussehenden, gut etablierten Herakleio.«

Ich blickte finster drein. »Ich war nicht eifersüchtig auf Herakleio, und ich bin nicht eifersüchtig auf Nayyib.«

Sie blickte ebenfalls finster drein. »Du hast häufig auf den Altersunterschied zwischen uns angespielt. Einige munkeln zweifellos, ich wäre jung genug, um deine Tochter zu sein.«

Ich knirschte mit den Zähnen. »Es kümmert mich nicht, was andere denken. Oder auch, was sie munkeln.« Obwohl ich es ein- oder zweimal laut hatte erwähnen hören.

Helle Brauen wölbten sich.

»Es kümmert mich nicht«, wiederholte ich scharf. »Und was den Aufenthalt in Julah betrifft, so ist es eine Nacht. *Eine* Nacht bei Fouad. Das ist alles, Bascha. Dann ziehen wir weiter.«

»In einer Nacht könnte ein Mensch sterben.«

»Hoolies, ein Mensch kann in einem *Moment* sterben, Del! Zwischen zwei Atemzügen. Aber ich finde es sehr unwahrscheinlich, dass Umir ihn töten wird – oder dass jemand anderes es tun würde –, weil noch immer ein Preis auf meinen Kopf ausgesetzt ist und inzwischen wahrscheinlich alle wissen, dass Nayyib eine bessere Vorstellung davon hat als sie, wo ich hingegangen sein könnte. Und Umir will sein Buch zurück haben. Er wird Nayyib nicht töten, solange er glaubt, er könnte ihn gegen das Buch austauschen.«

Del hielt ihr zusammengerolltes Bettzeug in einer Armbeuge. »Welches Buch?«

In meinem Eifer, das Thema zu wechseln, hatte ich ganz vergessen, dass sie nichts über Umirs Buch der Magie wusste. Ich seufzte und wandte mich wieder dem Satteln des Hengstes zu. »Ich werde es dir unterwegs erzählen.«

Fouad schien sich mit der Tatsache abgefunden zu haben, dass Del und ich nun gleichberechtigte Partner in seiner Cantina waren. Er war nicht im Geringsten überrascht, uns zu sehen, noch dass wir erwarteten, Privatquartiere zu bekommen. Tatsächlich führte er uns eher verdrossen den Gang hinab, der zu den Räumen führte, die an Männer mit Geld – und die Schankmädchen – vermietet wurden. Ich erwartete, dass Del einen eisigen Kommentar über Frauen abgeben würde, welche die Notwendigkeit akzeptierten, ihre Körper zu verkaufen, aber sie hielt den Mund. Fouad brachte uns bis zur Rückseite des Gebäudes und winkte uns dann durch einen mit einem Vorhang abgetrennten Eingang.

Mörtelstaub lag noch auf dem Boden. Rohes Holz und Nagellöcher fielen an den verwitterten Wänden ins Auge. »Ich habe eine Wand zwischen zwei Zimmern herausbrechen lassen«, erklärte Fouad, »und ein breiteres Bett hineinstellen lassen.« Er blickte finster drein. »Dadurch fehlen der Cantina zwei Zimmer, wisst ihr. Und das Einkommen. Die Kosten für die Veränderungen werden von euren Anteilen bezahlt.«

Zwei winzige Zimmer, die durch die Beseitigung einer dünnen Latten- und Mörtelwand zu einem nur unwesentlich größeren wurden – das verschaffte uns nicht viel zusätzlichen Raum, aber es war zumindest etwas. Und das Bett war deutlich breiter. Außerdem waren zwei wackelige Tische dazugekommen, eine abgenutzte, mit Messingscharnieren versehene Truhe und ein kleines quadratisches Fenster, das in eine Außenwand geschnitten worden war. Ich fragte mich albernerweise, ob Del wohl Vorhänge aufhängen wollte.

»Du kannst es vermieten, wenn wir nicht hier sind«, erklärte ich ihm, »und berechne mehr dafür, weil es das beste Zimmer im Haus ist. Was mich daran erinnert – wir werden uns zusammensetzen und in Ruhe darüber reden müssen, wie das Haus geführt wird, damit Del und ich eine Ahnung davon bekommen, was wir als Partner erwarten können.« Ich bemerkte ihren Blick aus verengten Augen und fügte hinzu: »Wenn wir zurückkommen.«

Vielleicht hatte er nicht erwartet, dass ich das ansprechen würde, was er unzweifelhaft geplant hatte. »Ihr wisst, wo die Küche ist«, sagte Fouad düster. »Wenn ihr etwas zu essen und zu trinken haben wollt, fragt einfach.«

Ich löste den Harnisch. »Ich frage jetzt.«

Er seufzte und nickte. »Das dachte ich mir. Ich werde eines der Mädchen mit einem Tablett herschicken.«

Del sah Fouad nach, als er ging. Ich legte Harnisch, Schwert und Dolch auf die Truhe und widmete mich dann der Aufgabe, die Matratze zu prüfen, indem ich mich mit schlaffen Gliedern darauf ausbreitete. Ich konnte ein schiefgeratenes Lächeln nicht verhindern. Ich war ein Mann mit Besitz. Mir gehörte nun ein Drittel einer bescheiden erfolgreichen Cantina in einer blühenden Stadt … aber noch besser war, dass ich zum allerersten Mal seit vierzig Jahren ein Bett und ein Zimmer mein Eigen nennen konnte.

Nun. *Unser* Eigen.

Ich klopfte leicht aufs Bett. »Platz für zwei.«

Del wandte den Blick vom Eingang zu mir. Während ich mich freute, schien sie von den Ereignissen wie betäubt. Oder vielleicht einfach zu müde, um das alles zu begreifen.

»Es beißt nicht«, sagte ich. »Und *ich* tue das nur, wenn ich dazu aufgefordert werde.«

Schlanke Finger lösten den Harnisch. Aber sie hielt inne, bevor sie ihn abstreifte. »Wir sollten Nayyib folgen.«

Ich bewahrte mühsam Geduld. »Morgen, erinnerst du dich? Beim ersten Tageslicht. Im Augenblick haben wir die Chance, uns unter einem richtigen Dach in einem richtigen Bett auszuruhen und zum ersten Mal seit Wochen wieder anständiges Essen zu bekommen.« Nun, Cantina-Essen verdiente nicht immer die Bezeichnung ›anständig‹, aber es war bei weitem besser als getrocknetes Cumfa und flaches, hartkrustiges Reisebrot.

Besonders wenn es mit weitaus wohlschmeckenderen Getränken einherging als Vashni-Alkohol.

Hmm. Vielleicht sollte ich mit Fouad über die Qualität des Essens sprechen. Immerhin stand jetzt auch *mein* Ruf auf dem Spiel.

Del löste den Harnisch, legte ihn und die Waffen auf meine und setzte sich auf die Bettkante. Kurz darauf legte ich eine Hand um den über ihren Rücken hängenden Zopf und zog sie neben mich. Wir lagen quer, die Füße auf dem festgetretenen Erdboden.

»Morgen«, sagte ich erneut.

Dels Augen schlossen sich. Sie schlief fast augenblicklich ein und bewies somit meine Behauptung, dass sie eine ausgiebige Nachtruhe brauchte. Ich lächelte und strich ihr widerspenstige Haarsträhnen aus dem Gesicht.

Dann fiel mir etwas ein. »Ich bin *nicht* eifersüchtig«, murmelte ich.

Aber ich war mir nicht so sicher, ob mir der Gedanke gefiel, dass Del mit einem jungen, gut aussehenden, gut etablierten Stutzer wie Nayyib zwei Wochen in einem Zelt verbracht hatte, überwiegend unbekleidet – überwiegend unbekleidet! –, während ich woanders gewesen war. Ein junger, gut aussehender, gut etablierter Stutzer, der, was noch wichtiger war, in Dels Alter war.

Nun blickte ich stirnrunzelnd zur Decke. Was fand sie *tatsächlich* an einem Mann, der alt genug war, um ihr Vater sein zu können?

O Hoolies. Ich stand auf, rückte Del vorsichtig auf dem Bett zurecht, was eine gemurmelte, aber unverständliche Bemerkung von ihr nach sich zog, und ging mit Umirs Buch in den Schankraum. Derartige Abschweifungen des Geistes verlangten nach einer angemessenen Menge Aqivi.

24

Fouad bekundete äußerste Überraschung, als ich mir an einem Tisch in der hintersten Ecke des Schankraums, auf einer diagonalen Linie vom Eingang, meinen Arbeitsplatz einrichtete. Ich ersetzte die wackelige Bank durch die bequemste, die verfügbar war, stopfte mein Rückgrat in den Zusammenschluss der Wände, legte das Buch so hin, dass das Licht von einem Fenster gleichmäßig auf seine Seiten fiel, und bereitete mich darauf vor, dort stundenlang sitzen zu bleiben, einen Becher und einen Krug mit Aqivi an einem Ellenbogen. Ich hatte zuvor gegessen, aber Platz für Aqivi war immer.

Nachdem ich beharrlich drei neugierige Schankmädchen verscheucht hatte, die wohl von dem fasziniert waren, was ich tat, hatte man mich in Ruhe gelassen. Ich war mir der beständigen, geflüsterten Kommentare hinter der Theke bewusst, die mein neues Ich ungläubig diskutierten, verbannte sie aber ebenso mühelos, wie ich mich in den niedergeschriebenen Worten verlor.

Nun, vermutlich war es *wirklich* eigenartig, einen Mann in einer Cantina lesen und attraktive Frauen ignorieren zu sehen.

Schließlich kam Fouad heran. Seine Miene zeigte Besorgnis.

Ich schaute auf, markierte mit dem Finger die Zeile. »Was ist?«

»Ist das ein Plan, von dem ich wissen sollte?«

»Ist was ein Plan?«

Er deutete auf mich. »Dass du den ganzen Nachmittag hier sitzt.«

»Ich habe so manchen Nachmittag damit verbracht, hier zu sitzen, Fouad. Vielleicht nicht mehr in letzter Zeit, aber früher gewiss oft genug.«

Er beugte sich näher heran. »Menschen wollen dich *töten.*«

Nun verstand ich. »Du meinst, ich versuche Schwerttänzer dazu zu verlocken, mir hierher zu folgen.«

»Ist es nicht so?« Er glättete nervös die Vorderseite seiner Kleidung. »Schäden können teuer sein, Tiger. Zerbrochene Stühle und Tische, zerschmettertes Geschirr ...« Er brach ab, weil er wohl glaubte, seinen Standpunkt damit ausreichend verdeutlicht zu haben.

Das hatte er. »Fouad, ich lese nur. Nicht mehr. Del schläft, darum kam ich hier heraus.«

Seine Miene war eine faszinierende Mischung aus Unglauben und Sorge. »Aber du kannst nicht lesen.«

»Wer hat dir das gesagt?«

»*Du* hast es gesagt. Vor einigen Jahren.«

Nun, ja, wahrscheinlich hatte ich das. »Ich habe es gelernt.« Ich machte mir nicht die Mühe zu erklären, *wie* ich es gelernt hatte. Einige Geschichten bleiben besser unerzählt.

»Also liest du einfach um des Lesens willen?«

»Ja, Fouad, ich lese einfach um des Lesens willen.« Darum und um alles mir Mögliche über Magie zu erfahren, da sie mich jetzt auf eine sehr persönliche Art zu betreffen schien. »Ich versuche also nicht, Schwerttänzer dazu zu verlocken, mir hier herein zu folgen.«

»Und wenn sie doch kommen? Du sitzt hier sehr exponiert.«

Ich ließ meine rechte Hand unter den Tisch sinken, schloss sie um das in der Scheide steckende Schwert und hob es so weit an, dass er das Heft sehen konnte. »Zufrieden?«

Fouads Sorge schwand, wurde von einem erleichterten Lächeln ersetzt. »Ja.«

»Gut.« Ich lehnte das Schwert wieder an die Wand,

hinter und unter dem Tisch verborgen. »Wenn es dir nichts ausmacht, würde ich jetzt gern weiterlesen.«

»Schäden sollten dich interessieren, Tiger«, erklärte er. »Es bringt nicht nur Gewinne ein, eine Cantina zu führen.«

»Du wirst gewiss eine sorgfältige Abrechnung über Gewinne *und* Verluste vorlegen, Fouad. Ich vertraue dir.« Ich tippte mit einem Finger ungeduldig auf die Buchseite. »In Ordnung?«

Fouad wanderte kopfschüttelnd davon; laut genug murmelte er etwas darüber, dass er seine beste Ecke an einen Mann verlor, der lesen wollte und alles Essen und Trinken umsonst erwartete.

Nun, sicher. Warum sollte ich für das bezahlen, was mir gehörte?

Die nächste Unterbrechung erfolgte durch Del. »Was machst du?«

Ich blickte stirnrunzelnd zu ihr hoch, verärgert, als ihr Schatten über die Seite fiel, die ich gerade las. Da es dunkler wurde, als die Sonne unterging, störte es mich. Ich erwiderte recht schroff: »Man sollte meinen, das wäre offensichtlich.«

Ihr Gesicht wies Abdrücke von der Matratze auf und war vom kürzlichen Erwachen gerötet. Sie wirkte sehr jung. »Was trinkst du?« Sie beugte sich vor, als erwöge sie, sich mit dem Inhalt meines Bechers zu bedienen, rümpfte aber dann die Nase, als sie den Geruch wahrnahm. »Schon gut.«

Del sah sich um, suchte jemanden, der ihre Bestellung aufnehmen würde, und wanderte dann zur Theke hinüber, um sie selbst aufzugeben, als sich alle Schankmädchen zur Rückseite des Hauses verzogen. Das war ihre Art, ihre Eifersucht zu zeigen. Anscheinend hatte Fouad sie noch nicht darüber in Kenntnis gesetzt, dass Del ebenso ihr Boss war wie er.

Ich folgte ihr mit dem Blick, wie auch jeder andere

Mann in der Cantina, wenn auch nicht viele da waren. Innerhalb der nächsten Stunde sollte sich der Schankraum allmählich füllen. Inzwischen diente Del als Ablenkung und Objekt lüsterner Gedanken, obwohl sie einen vom Schlaf zerknitterten Burnus trug, das Schwertheft über ihre Schulter ragte und sie die Blicke nicht beachtete.

Ich hörte hinter dem Vorhang erhobene Stimmen, einschließlich der Fouads. Die drei Schankmädchen erschienen wieder, mit wütenden Mienen, die zu mürrischem Unmut wechselten, als sie Del an der Theke stehen sahen. Eine von ihnen, die sich das Hinterteil rieb, ließ sich schließlich dazu herab, Del nach ihren Wünschen zu fragen. Die beiden anderen kümmerten sich um ihre Tische, boten weitere Getränke an. Sie wirkten alle nicht sehr glücklich.

Hm. Vielleicht sollte *ich* ein Wort mit ihnen reden. Ich konnte nicht zulassen, dass sie die Gäste schlechtgelaunt bedienten. Fouad würde es zweifellos zu schätzen wissen, wenn ich mich ein wenig um die Geschäfte kümmerte.

Del kam mit einem Becher und einer Flasche zurück. »Wasser«, erklärte sie, meinen Aqivi beäugend. »Wir müssen nicht alle Gewinne vertrinken.«

Ich goss meinen Becher voll und bediente mich eines Teils der Gewinne. Del seufzte und schüttelte den Kopf, während sie sich einen Stuhl zum Tisch zog.

Ich schloss Umirs Buch geräuschvoll, schloss Haken und Haspe und legte es neben mich auf die Bank, sodass es für gelegentliche Gäste unsichtbar blieb. »Du bist erst halb wach, Bascha. Warum gehst du nicht wieder ins Bett?«

»O nein, ich bin sehr wach. Ich fürchte, dass ich erst lange nach Einbruch der Dunkelheit wieder schlafen kann.« Sie trank ihr Wasser, die Augen über dem Rand des Bechers arglos. »Tatsächlich besteht keine Notwendigkeit, die Nacht über hier zu bleiben. Wir könnten jetzt aufbrechen.«

»*Ich* habe noch nicht geschlafen.«

»Aber du hast den Tag damit verbracht, dich auszuruhen, Tiger, indem du in einer ruhigen Ecke ein Buch gelesen hast. Es sei denn, du betrachtest das als schwere Arbeit.«

»Nun, das könnte es immerhin sein«, erklärte ich verärgert. »Es wurde von mehreren Leuten in mehreren verschiedenen Sprachen geschrieben. Ich muss alles in Gedanken übersetzen, bevor ich verstehen kann, wovon die Rede ist, und selbst dann verstehe ich nicht immer, was gemeint ist, da ich erst seit einigen Monaten ein Magier bin. Das ist *geistige* Arbeit, Bascha.«

Ihre Miene zeigte es deutlich: Sie hielt meine Erklärung nicht für ausreichend.

»Komm schon, Del, das hatten wir doch schon. Wir brechen morgen früh auf. *Nachdem* wir die Gelegenheit hatten, in einem richtigen Bett zu schlafen.«

»Du hättest heute Nachmittag in einem richtigen Bett schlafen können.«

»Ich war, falls du es nicht bemerkt hast, so rücksichtsvoll, dir das ganze Bett allein zu überlassen.«

»Rücksichtsvoll?« Del beäugte meinen Becher. »Wie viel davon hattest du?«

Ich strahlte sie an. »Genug, dass ich mir nicht mehr zutrauen würde, mich auf dem Pferderücken zu halten.«

»Ha«, erwiderte sie. »Du würdest selbst dann nicht zugeben, zu betrunken zu sein, um dich auf einem Pferd zu halten, wenn du mit dem Gesicht nach unten in einer Pisselache lägest.«

»Ich weiß nicht«, lallte ich und blinzelte eulenhaft. »Vielleicht musst du mir ins Bett helfen. Du weißt schon, mich stützen, mir die Sandalen abstreifen, mich ausziehen …« Ich wackelte mit den Augenbrauen.

Dels Gesicht blieb vollkommen ausdruckslos, aber ich sah die Andeutung eines Zuckens an einem ihrer Mundwinkel. »Träum weiter.«

Ich erstarrte auf meiner Bank. »Das ist grausam. Ich habe dir erzählt, wie es mir mit Träumen ergeht.«

Sie lachte mich reuelos aus, während sie aufstand. »Dann überlasse ich dich dem Lesen.«

»Warte … wohin gehst du?« Ich wollte nach Buch und Schwert greifen. »Wieder ins Bett?«

Sie hielt inne. »Sei nicht so hoffnungsvoll, Tiger … Nein, nicht ins Bett. Ich erwäge, mir neue Kleidung zu kaufen. Etwas … anderes.«

»Warum? Welche Art Kleidung? *Wie* anders?«

»Etwas Geeignetes, um Alkohol zu servieren.«

Ich stand so abrupt auf, dass ich die Bank umwarf. »Du willst nicht … Du kannst nicht meinen … Sag mir, dass du nicht …« Ich hielt inne, sortierte meine Gedanken, fing aus einer völlig anderen Richtung noch einmal an, einer positiveren Richtung angesichts Dels Neigung, das abzulehnen, was sie als *meinen* Hang zur Besitzgier bezeichnete. Unendlich höflich fragte ich: »Willst du mir bitte erzählen, was du vorhast?«

»Lernen, wie man eine Cantina führt.«

Die Unruhe behauptete sich erneut. »Indem du ein *Schankmädchen* wirst?«

Del bemerkte die Tatsache, dass meine erhobene Stimme alle anderen Unterhaltungen im Schankraum zum Verstummen gebracht und die ungeteilte Aufmerksamkeit auf uns gelenkt hatte. Mit einem Funkeln in den Augen fragte sie ebenso laut: »Was stimmt nicht damit, ein Schankmädchen zu sein?«

Bei den Regeln des Krieges hatte ich einen leichten taktischen Fehler begangen: Ich hatte den Krieg ins Heim des Feindes gebracht. Ich konnte den Kampf heldenhaft, aber törichter Weise weiterführen oder mich mit intakter Ehre vom Schlachtfeld zurückziehen.

Nicht dass Del mir jemals welche ließe, wenn sie Oberwasser hatte.

»Nun, nichts«, erwiderte ich arglos. »Ich bin sicher,

du würdest das beste Schankmädchen abgeben, das diese Cantina je gesehen hat.«

Was mich natürlich nicht gerade für die gegenwärtig anwesenden Schankmädchen einnehmen konnte, die sich bereits an Del störten. Noch ein taktischer Fehler. Mich mit so viel Würde wie möglich zurückziehend, richtete ich die Bank wieder auf und setzte mich hin, woraufhin ich das Buch aufnahm und mein Gesicht dann prompt in einen Becher Aqivi versenkte.

Del sagte ruhig: »Ein guter Eigentümer versteht von allen Facetten seines Geschäfts etwas.«

Ich hätte sie sehr gern gefragt, ob diese Facetten auch beinhalteten, ihre Gunst zu verkaufen, entschied aber, dass ich für den Augenblick genug gesagt hatte.

Aber später … nun, später war ein völlig anderes Thema.

Ich trank noch mehr Aqivi, als Del ging, und dachte, es wäre vielleicht das Beste, wenn ich betrunken wäre, bevor sie Männern Alkohol zu servieren begann, die ihre Hände viel zu frei bewegten.

Natürlich sähe es Del ähnlicher, eine wandernde Hand abzuhacken, als nur spielerisch darauf zu schlagen.

Ich dachte noch einmal über das Betrunkenwerden nach, wenn auch nur, um nüchtern den berechtigten Mord an mehreren Männern zu erwägen.

Andererseits waren sie Gäste. Es ist schwer, Gewinne einzufahren, wenn man die Gäste tötet oder verstümmelt.

Ich kam wieder auf den Aqivi zurück.

Einige Zeit später, als die Schankmädchen die Kerzen auf den Tischen anzündeten, nahm ich Buch und Schwert auf und begab mich wieder in den Raum, der jetzt unserer war. Es war ein recht angenehmes Gefühl zu wissen, dass wir einen Platz hatten, wo wir Dinge lassen konnten, die regelmäßig gebraucht wurden, und wo wir schlafen konnten. Ich hatte früher oft genug bei Fouad übernachtet, aber fast nie allein … Nun, wenn ich darüber nachdachte, war ich auch jetzt nicht allein, aber damals war ich allein geritten.

Ich fragte mich, während ich den Türvorhang beiseite schob, ob das ein Anzeichen für Verweichlichung oder fortschreitendes Alter war, diese Würdigung von Besitz. Ich hatte niemals einen eigenen Platz gehabt noch einen gebraucht. Bei den Salset, als Chula, hatte ich auf einem rattenverseuchten Ziegenfell geschlafen, was nicht mir gehört hatte. In Alimat, als ich den Schwerttanz erlernt hatte, hatte ich ein zusammengerolltes Bettzeug und einen Flecken Sand gehabt, wo ich es ausrollen konnte, aber das war auch nicht als Heim geeignet gewesen. Das Zimmer in der Cantina war ebenfalls kein Heim, aber es war mehr als alles, was ich zuvor hatte beanspruchen können.

Ich grinste verzerrt, während ich das Buch wieder in den Satteltaschen verstaute und diese unter das Bett schob. In Skandi hatte es eine Weile so ausgesehen, als hätte ich der Erbe eines gewaltigen Handelsimperiums sein können, der Reichtum, Weingärten, Schiffe und einen großen Teil eines Besitzes erben sollte, welcher auch ein gewaltiges und wunderschönes Haus beinhaltete. Aber das war, als die Metri einen lange vermissten Enkel hatte gebrauchen können. Das hatte sich geändert, wie auch ihre Haltung. Tatsächlich hatte sie letztendlich geleugnet, dass ich ihr Enkel sei, und behauptet, ihre Tochter sei gestorben, bevor ich geboren wurde. Aber Del machte auf dem Rückweg nach Hause eine überraschende Entdeckung: Ich wies auch das Keraka auf, das Geburtsmal, das mich als einen Stessa, einen Angehörigen der Elf Familien von Skandi auswies. Jene Familien behaupteten, von den Göttern abzustammen, aber abgesehen davon, dass die Götter, die sie verehrten, unbedeutend und geizig waren, hatte ich keine Ähnlichkeit oder einen Vorzug bemerkt.

Ich konnte dennoch nicht verhindern, dass sich eine Hand zu meinem Schädel stahl und die Finger Haare teilten, um hinter mein linkes Ohr zu tasten. Hätten mir die Priestermagier von ioSkandi nicht den Kopf geschoren, hätten wir die Wahrheit nie erfahren. Del hatte einmal gefragt, ob ich nun die Möglichkeit erwöge, nach Skandi zurückzukehren und meinen Fall den übrigen zehn Familien vorzutragen, aber ich war nicht interessiert. Die Metri hatte in Herakleio eine Art Cousin, ihren Erben. Er war in Skandi geboren und im Sinne der Inselbräuche und -überzeugungen erzogen worden, als einer von ihnen. Ich war, trotz meiner skandischen Vorfahren, im Süden geboren und aufgewachsen. Ich gehörte hierher.

Natürlich nur, wenn ich die gegenwärtigen geringfügigen Probleme in Form von Schwerttänzern, die mich töten wollten, und Umir dem Unbarmherzigen überlebte.

Meine Augen fühlten sich vom langen Lesen sandig an. Allerdings war alles an mir sandig. Ich hatte seit Tagen nicht gebadet. Es kam mir in den Sinn, Fouad zu bitten, die Mädchen eine Halbwanne bringen und sie füllen zu lassen, entschied aber, dass ich mein Glück nicht versuchen sollte. Ich war bei ihnen durch meine Bemerkung Del gegenüber in Ungnade gefallen. Also beschloss ich, das öffentliche Badehaus ein Stück die Straße hinab aufzusuchen. Ein heißes Bad, eine sättigende Mahlzeit, einen Drink oder zwei und ein guter Nachtschlaf in einem richtigen Bett. Ich betastete mein Kinn: sowie eine Rasur. Denn wenn der Morgen hereinbrach, würden wir wieder auf dem Sand reiten und auf der Jagd nach einem von Dels Streunern unter Burnussen schwitzen.

Auf den ich entschieden *nicht* eifersüchtig war, vielen Dank.

Ich legte den Harnisch an, schloss ihn, versicherte mich, dass ich die Klinge mühelos aus der Scheide ziehen konnte, und begab mich zum Badehaus.

Del, die erklärt hatte, dass der Geruch eines ungebadeten, verschwitzten, regen, Alkohol trinkenden Mannes in intimen Momenten nicht notwendigerweise erregte, würde es zweifellos zu schätzen wissen.

Ich hatte es nie bemerkt. Aber manchmal musste man den Wünschen einer Frau einfach entsprechen, wenn man wollte, dass sie auch den eigenen Wünschen entsprach. Das ist der Lauf der Welt.

25

Julahs öffentliches Badehaus war in Wahrheit ein Bade*zelt*. In einem kleinen Hof abseits der Straße, nicht weit vom Hauptbrunnen, hatte eine unternehmungsfreudige Seele vor Jahren an in die Rückwände von Gebäuden geschlagene Haken kreuzweise Seile gespannt und gazeartigen Stoff darüber gehängt, um winzige Einzel»räume« zu schaffen, dann drei angemessen große Feuerstellen errichtet und Leute verdingt, die sich um die großen, mit heißem Wasser gefüllten Kessel kümmerten. Andere füllten das heiße Wasser in kleinere Holzeimer und brachten es zu den grob bearbeiteten Wannen in jedem der »Räume«. Es war nicht viel, aber wenn man endlose Wochen in der Wüste gewesen war, bedeutete es reinen Luxus. Manchmal mussten sonnenverbrannte Seile und Stoff erneuert werden, aber ansonsten war es ein einfaches Geschäft.

Ich bezahlte den Preis für Wasser *und* Seife, die extra kostete, ließ den Bediensteten Zeit, das lauwarme Wasser in einer Wanne neu zu erhitzen, winkte denjenigen fort, der anbot, mir den Rücken zu schrubben, und zog die Vorhänge zu. Man genoss nicht viel Abgeschiedenheit in dem Badezelt, aber da nur Männer es benutzten, war das nicht wirklich wichtig. Ich zog mich aus, hängte den Burnus über das nächstgelegene Seil, das sich leicht durchbog, und stapelte dann Sandalen, Dhoti und Harnisch neben der Wanne auf. Ich riskierte es, einen Fuß ins Wasser zu strecken, stieß leise einen zischenden Laut aus und hievte dann auch den anderen hinein. Das Eintauchen der unteren Körperteile erforderte ein wenig mehr Mut, aber als ich erst untergetaucht war, den Oberkörper ans Holz gelehnt, und Wasser um meinen Nabel schwappte, war der Kontrast zwischen kühlender Luft und heißem Wasser aufgehoben. Ich seufzte, zog das Schwert aus der Scheide, legte es quer über die Wanne und spürte, wie sich die Knoten in meinen Muskeln allmählich lösten. Wonne.

Ich hatte mein Bad ungefähr halbwegs beendet, als ein übereifriger Bediensteter den Vorhang zurückzog, während er mit seinem Kunden plauderte, nur um feuerrot zu werden, als er sah, dass die Wanne bereits besetzt war. Er entschuldigte sich überschwänglich und schloss den Vorhang hastig wieder, aber nicht bevor der Kunde einen ausgiebigen Blick auf mich werfen konnte, wie ich da zusammengekauert in der Wanne hockte, einen Fuß in die Luft gestreckt, während ich die Zehen schrubbte.

Weitere demütige Entschuldigungen des Bediensteten drangen durch den Vorhang. Ich versicherte ihm lächelnd, dass alles in Ordnung und vergeben sei – noch während ich ruhig aus der Wanne stieg, meinen Dhoti überwarf (was über nasser Haut nicht leicht ist), die Sandalenbänder zusammenknotete und sie mir zusammen mit dem Harnisch über eine Schulter schlang. Das Schwert lag in meiner rechten Hand. Ich beugte mich vornüber, zog die linke Hand durchs Wasser, als verließe ich die Wanne jetzt erst, und wartete dann ab.

Wie vermutet drang innerhalb weniger Augenblicke ein Schwert durch die Rückwand und zerteilte das Halteseil. Eine Gestalt bewegte sich vor herabsinkendem Stoff. Ich hörte einen erschreckten Ausruf und einen Fluch – Ersterer von einem Bediensteten, Letzterer von meinem Angreifer – sowie das Klingen von Stahl, als ich das angreifende Schwert mit meinem aufhielt und es abwärts drückte. Ein Bein entlastend und mich drehend, trat ich mit einem Fuß aus, traf die Gestalt des Angreifers und ließ ihn rückwärts taumeln. Er stolperte und fiel dann hart zu Boden. Gazeartiger Stoff brach über ihm zusammen und machte sein Schwert unbrauchbar. Ich beugte mich hinab, umfasste die Wanne, kippte sie um und schüttete lauwarmes Wasser in Richtung meines Angreifers. Wasser auf festgetretenem Erdboden macht ihn glitschig, was den Mann zusätzlich behinderte.

Eine Reihe rascher Stöße mit meinem Schwert zerstörten alle »Räume« in meiner unmittelbaren Nähe und verstrickten Kunden und Bedienstete gleichermaßen in dampffeuchte Vorhänge und Seile. Ich hörte verärgerte Rufe und Alarmschreie. Barfuß, feucht, halbnackt, Harnisch und Sandalen gegen meine Rippen schlagend, lief ich leichtfüßig auf die Gasse, dann auf die Straße und eilte schließlich auf Fouads Cantina zu, in der Hoffnung, dass der Schwerttänzer keine Ahnung hatte, wo ich mich aufhalten könnte.

Ich hielt an der Eingangstür der Cantina mit angehaltenem Atem inne und betrachtete noch beim Eintreten prüfend die Gäste. Das Erste, was ich sah, war Del, die mit einem Mann an einem Tisch saß. Sie hatte das Gesicht und er den Rücken zu mir gewandt. Wenn er sich auf seinem Stuhl nicht ganz umdrehte, würde er mich nicht sehen. Dels Miene hatte sich nicht verändert, aber ich bemerkte die Art, wie sie eine Hand hob, als wollte sie ihr Haar zurückstreichen, und erkannte die rasche, kaum merkliche Geste der Finger: *Geh.* Das war vielleicht nicht höflich, aber die Botschaft kam an: Er war kein harmloser Gast, der sich seine Zeit mit ihr vertrieb, sondern eine Bedrohung, und sie vertrieb sich ihre Zeit mit *ihm*, um seine Absichten im Auge zu behalten. Ich deutete mit dem Kopf auf den rückwärtigen Gang, sandte meine eigene Botschaft, und begab mich dann lautlos zu unserem Zimmer.

Als Del sich mir anschloss, hatte ich Sandalen und Harnisch angelegt und die Satteltaschen gepackt. »Wir gehen«, sagte ich. »Kehr zu ihm zurück und leiste ihm Gesellschaft, damit kein Verdacht aufkommt, und dann triff mich am Mietstall, wenn du gehen kannst. Ich habe all unsere Sachen. Ich werde die Pferde bereithalten.«

Del nickte und verschwand. Ich wartete, bis ich einigermaßen sicher sein konnte, dass sie seine Aufmerksamkeit wieder auf sich gezogen hatte, und begab mich dann zur Hintertür der Cantina.

Dort begegnete mir Fouad. »Ärger?«

»Der Mann bei Del ist ein Schwerttänzer, der mir wahrscheinlich auf der Spur ist.«

»Ah. Ich hatte mich schon gefragt, warum sie bei ihm sitzt.« Er deutete auf die gefüllten Botas in seinen Armen. »Wenn Del verschwindet, werde ich Silk mit drogenversetztem Wein zu ihm schicken. Das wird ihn aufhalten.«

Ich öffnete die Tür. »Vielleicht ist noch jemand bei ihm.«

Er zuckte die Achseln. »Dann werden wir uns auch darum kümmern.«

Ich grinste. »Es ist irgendwie schön, noch einen Partner zu haben.«

Fouad verzog das Gesicht und schloss die Tür hinter mir.

Es dauerte etwas länger, als ich erwartet hatte, bis Del beim Mietstall eintraf. Sowohl der Hengst als auch der Wallach waren gesattelt und zum Aufbruch bereit, während wir im Stallhof warteten. Ich warf Del die Zügel des Wallachs zu und schwang mich auf den Hengst. »Was hat dich so lange aufgehalten?«

»Er wollte alles über deine Gewohnheiten wissen.«

Sie trug einen neuen, hellen Burnus, hatte das Haar in einer Art geheimnisvollem Flechtwerk auf dem Kopf aufgetürmt und es mit einem geschnitzten Knochenstab festgesteckt. Strähnen schweiften höchst anziehend über ihren Nacken. »Ich bezweifle, dass ich es war, nach dem er gefragt hat!«

Del stieg auf, wobei sie die Zügel nahm, während sie

den rechten Fuß in den Steigbügel stellte. »Anfänglich nicht, nein. Aber wir kamen schließlich auf dich zu sprechen.« Sie hielt inne. »Wohin gehen wir?«

»Nach Norden.« Ich übernahm die Führung, ritt die Gasse hinab. »Wir reiten ein Stück aus der Stadt hinaus und suchen uns dann einen Platz zum Übernachten.« Ich warf ihr einen Blick über die Schulter zu. »Damit ist dein Wunsch wohl in Erfüllung gegangen.«

»Welcher Wunsch?«

»Nayyib heute Abend noch zu folgen.«

Del lächelte flüchtig, während sie den Knochenstab aus ihrem Haar zog und in einer Satteltasche verstaute. »Vermutlich.«

»Und ich konnte mich derweil nicht – wie ein gewisser Jemand, den ich erwähnen könnte und der den größten Teil des Tages verschlafen hat – in einem richtigen Bett ausruhen.«

Sie trieb den Wallach neben den Hengst, als wir auf die Hauptstraße einbogen. »Tröste dich mit dem Wissen, dass du eine Schuld begleichst.«

»Trost ist nicht so bequem wie ein richtiges Bett.«

Del nickte und steckte dann ihr jetzt offenes Haar unter den Ausschnitt ihres Burnus. »Ich habe ihm erzählt, du seist ein unangenehmer Mensch. Sogar verschroben.«

»Wem hast du das erzählt?«

»Ahmahd. Dem Schwerttänzer in der Cantina. Ein sehr höflicher Mensch – hat mir angeboten, mir Alkohol, Essen und ein Bett zu spendieren.«

»Solange er *in* dem Bett läge.«

»Nun, er hatte vermutlich Hoffnungen, ja.«

Ich schüttelte grinsend den Kopf. So … berechenbar. Genau wie ich. »Hier entlang.« Ich wandte den Hengst zur Seite und ritt durch eine der schmaleren Gassen voraus, die sich wie verheddertes Garn dahinwanden. Als wir die letzte Gebäudereihe schließlich hinter uns ließen, waren wir aus der Stadt heraus gelangt und strebten nun unter einem sternenübersäten Himmel nordwärts. »Sie werden wohl nicht annehmen, dass ich in Umirs Gebiet zurückkehren würde.«

»Ahmahd gewiss nicht, da ich ihm gegenüber etwas anderes angedeutet habe.« Del trieb den Wallach wieder neben mich. »Ich habe ihm erklärt, wir hätten uns schon seit Wochen nicht mehr gesehen. Du seist von Rafiq und seinen Freunden zu Umir verschleppt worden, und ich hätte dich seitdem nicht mehr gesehen. Aber davor hättest du davon gesprochen, nach Haziz zu ziehen, um mit dem Schiff zurück nach Skandi zu fahren. Derweil wartete ich darauf, dass du auftauchen würdest, machte mir aber allmählich Sorgen, dass du ohne mich gegangen wärst.«

Ich brummte. »Ich bezweifle, dass er dir geglaubt hat.«

»Es war niemand mehr in der Cantina, der uns zusammen gesehen hatte. Fouad ließ andere Schankmädchen arbeiten, und alle Übrigen, die uns miteinander reden gesehen hatten, waren bereits gegangen. Ahmahd wird die Wahrheit natürlich irgendwann erfahren, aber es wird uns zumindest etwas Zeit verschaffen.« In ihrer Stimme klang eine Spur nüchterner Belustigung mit. »Männer neigen dazu, mir zu glauben, wenn ich es will.«

Einschließlich der gegenwärtigen Begleitung. Es war nett von ihr, das nicht zu erwähnen. »Hier entlang.« Ich führte sie von der Straße fort. Wir ritten ein gutes Stück und suchten uns unseren Weg durch verkümmerte Bäume und Strauchwerk, bis ich auf eine Ansammlung von Bewuchs deutete, die vor einem Rinnsal aus windverwehtem Sand und Erde eine Sperre aus Blättern bildete. Sie fiel in eine leichte Senke ab – ein ausreichender Schutz. »Niemand würde glauben, dass hier, so nahe an Julah, jemand lagert. So nahe an *richtigen Betten.*« Ein Blick nach Süden zeigte mir die flackernden Lichter der Stadt, die vor dem dunklen Horizont funkelten. »Wir sollten hier sicher sein. Wenn es dämmert, können wir zu Umirs Gebiet aufbrechen. Und wir sollten hoffen, dass Nayyib dort ist, sonst war dies alles umsonst.«

»Er ist dort.« Del schwang sich im gleichen Moment von ihrem Wallach, als ich abstieg. »Ich habe Ahmahd gefragt.«

Nun, das war zumindest etwas. Mehr als wir bisher gewusst hatten. »Hat er gesagt, ob der Junge gegen seinen Willen festgehalten wird?«

»Das wusste er nicht. Nur dass Neesha dort und noch nicht wieder aufgebrochen war, als Ahmahd und sein Freund gingen.«

»Also hätte der Junge wahrscheinlich von irgendeiner Belohnung für mich gehört.«

»Vermutlich.«

»Und woher sollen wir wissen, dass Nayyib Ahmahd nichts von Fouads Cantina erzählt hat, weil er vielleicht auf einen Anteil hofft, ohne selbst handeln zu müssen?«

Del warf mir einen eisigen Blick zu.

»In Ordnung, gut.« Ich grinste. »Wir nehmen einmal an, dass er es nicht getan hat.«

»Das würde er auch nicht. Aber wenn er es getan hätte, glaubst du nicht, dass Ahmahd und sein Freund dann schon früher nach Julah gekommen wären?«

»Möglicherweise«, räumte ich ein.

»Oh, und ich habe vergessen, etwas zu erwähnen, was Ahmahd über dich gesagt hat.«

»Über mich? Während er dich verführte?«

»Er hat mich nicht verführt. Er hat *versucht*, mich zu verführen.«

»Er hatte wohl keine Zeit mehr?«

»Er sagte«, begann Del, mich ignorierend, »dass er dich bei Umir tanzen sah und von deinem Können recht beeindruckt war.«

»Zumindest war er ehrlich.«

»Er sagte, du warst besser, als er erwartet hatte … besonders für einen alten Mann.«

Ich sattelte den Hengst ab. »Das hat er nicht gesagt. *Du* sagst das.«

»Ahmahd hat es gesagt.« Dels Miene wirkte auf kühle Art ernst. »Unmittelbar bevor er mich gefragt hat, was eine Frau in meinem Alter mit einem Mann in *deinem* Alter will.«

Ich sah den Hengst stirnrunzelnd an und wechselte das Thema. »Dieser Freund von Ahmahd hatte vermutlich kein Bedürfnis nach einem Bad.«

»Tatsächlich sagte Ahmahd, er *sei* zum Badehaus gegangen. Warum?«

»Weil ich dort war, als jemand beschloss, mein Bad zu unterbrechen, indem er mir den Kopf abschlagen wollte. Glücklicherweise war ich bereit. Zuletzt habe ich ihn mit Vorhängen ringen sehen.« Ich legte den Sattel mitsamt den darangebundenen Satteltaschen umgekehrt hin und nahm dann die Decken vom Rücken des Hengstes. Sie waren nur mäßig feucht. Wir waren nicht lange genug geritten, als dass die Pferde richtig geschwitzt hätten. »Hat dein Freund Ahmahd zufällig erwähnt, wie viele andere noch hinter uns her sind?«

»Oh, hinter *mir* ist niemand her«, sagte Del, pedantisch wie immer. »Zumindest nicht als Beute. Wegen Informationen, ja. Aber töten wollen sie dich.«

»Tröstlich«, murmelte ich, während ich mich hinkniete, um den Hengst anzupflocken.

»Ich nehme an, dass einige dich zu finden hoffen«, fügte Del hinzu. »Obwohl sie dich nicht ohne weiteres töten werden, meinte Ahmahd. Umir ist anscheinend weitaus weniger darüber besorgt, dass du den Kreis und deine Schwüre entehrt hast, als darüber, sein Buch zurückzubekommen – trotz dem, was die Schwerttänzer wollen. Er hat ausdrücklich befohlen, dass du erst getötet werden sollst, wenn das Buch wieder in seinen

Händen ist, falls du es irgendwo versteckt hast. Dann können sie mit dir tun, was immer sie wollen.«

»Tröstlich«, wiederholte ich. Obwohl es für mich – ein wenig – leichter war, mich zu verteidigen, wenn sie mich nicht töten wollten. Nicht dass sie alle Umirs Bedingungen akzeptieren würden. »Nun, zumindest wissen wir, dass Ahmahd und sein Freund uns nicht sofort folgen werden – darum wollte sich Fouad kümmern.« Der Hengst war angepflockt, angehalftert und getränkt. Er hatte bereits im Mietstall gefressen. Ich trat zu meinem Stapel Ausrüstung und entrollte das Bettzeug, nachdem ich die Erde darunter gereinigt und Steine entfernt hatte. Ich sagte betrübt: »Hier bin ich, von – nur die Götter wissen, wie vielen – Schwerttänzern gejagt, und *du* willst, dass wir direkt in Umirs Gebiet reiten, vielleicht sogar direkt in sein Haus gehen, nur um uns zu versichern, dass es dem Jungen gut geht.«

Del kniete sich hin, während sie *ihr* Bettzeug entrollte. »Ja.«

Mehr nicht. Ich schüttelte den Kopf, entstöpselte eine Bota. »Ich hoffe sehr, dass dieser Nayyib es wert ist.«

Del sah mich an und wandte den Blick dann ab. »Das ist er.«

Ich beobachtete sie einen Moment, bemerkte die leichte Steifheit ihrer Bewegungen, das nachdenkliche Stirnrunzeln, das ihr Gesicht verunstaltete. Sie verteidigte den Jungen, als wäre mehr an ihm, als sie herausließ.

Sie schaute auf und merkte, dass ich sie ansah. »Was ist?«

Ich schüttelte den Kopf und begann, meine Sandalen aufzuschnüren.

»Tiger ...«

»Ich bin müde.« Und das war ich auch. »Lass uns so gut wie möglich ausruhen und dann beim ersten Tageslicht aufbrechen.«

Ihr Bettzeug überlappte meines. Del legte auch Sandalen und Burnus ab und stapelte beides zusammen mit Harnisch und Schwert neben ihrem Bett. Sie kroch unter die Decken. Badete im Licht des Mondes, das helle Haar leuchtend. »Bist du in Ordnung?«

Ich wollte ihr schnodderig antworten, überlegte es mir dann aber anders. Stützte mich auf einen Ellenbogen auf, beugte mich vor und küsste sie leicht auf die Stirn. »Es geht mir gut, Bascha.«

Mit dem jähen Stimmungswechsel, den ich im Lauf der Jahre als rein weibliche Eigenschaft erkannt hatte, sagte sie: »Wenn du wirklich nicht zu Umir gehen willst, dann müssen wir es nicht tun. Vielleicht könnten wir eine andere Möglichkeit finden.«

Ich wollte nicht zu Umir gehen. Aber Del wollte es so sehr, und ich hatte nicht wirklich ausreichenden Grund, es ihr zu verweigern. Ich schuldete dem Jungen etwas. »Wir werden hingehen, Bascha. Das habe ich doch gesagt.« Ich zog meine Decke bis zum Kinn. »Jetzt lass uns ein wenig schlafen.«

Nach einem Moment des Schweigens: »Tiger?«

»Hmm?«

»Wollte *jeder* Schwerttänzer bei Umir dich töten? Waren nicht einige deine Freunde?«

Ich zuckte unter meiner Decke die Achseln. »Freunde. Rivalen. Feinde. So ist Alimat. Und da ist die Angelegenheit des *Elaii-ali-ma* … Ich wurde ebenso verschworen, einen Ausgestoßenen zu töten, wie sie. Das war von Anfang an klar. Aber nein – nicht alle wollten mich töten. Einer nicht.« Ich lächelte bei der Erinnerung. »Alric. Tatsächlich hat er mir geholfen zu fliehen.«

Ihre Stimme klang streng, während sie sich auf einen Ellenbogen aufstützte. »Alric war dort? Und das hast du mir nicht erzählt?«

»Wir waren ziemlich beschäftigt, Bascha.«

»Aber wenn er dir geholfen hat – ist er dann jetzt nicht auch ein Ausgestoßener?«

»Alric gehörte noch nie dazu. Er ist ein Nordbewohner. Er hat sich keine Freunde damit gemacht, mir zu helfen, und hat wahrscheinlich auch einige – oder alle – derjenigen verloren, die dort waren, aber er hat keine südlichen Schwüre gebrochen. Und nur in Alimat sind die Kodexe so bindend.« Ich zuckte die Achseln. »Auf diese Weise trennte der Shodo die Spreu vom Weizen.«

»Eine sehr strikte Bindung.«

»Sind die nordischen Schwüre, die auf Staal-Ysta geleistet werden, weniger bindend?«

Nein, das waren sie nicht. Dels Schweigen verdeutlichte das.

Sie wechselte das Thema. »Hat Alric erzählt, wie es Lena und den Mädchen geht?«

»Gut. Lena ist wieder schwanger.« Ich stieß einen vage spöttischen Laut aus. »Man sollte meinen, drei Töchter wären genug!«

Del ließ sich wieder nieder. »Einige Männer bestehen auf Söhnen, und ihre armen Ehefrauen bekommen Babys, bis ein Sohn dabei ist. Selbst wenn es sie umbringt.«

»*Du hast* Lena kennen gelernt. Du weißt, dass sie Kinder liebt. Sie will wahrscheinlich ein Dutzend.«

»Nun, ja«, räumte Del ein.

»Und Alric wird für ihren Lebensunterhalt sorgen müssen. Verstehst du, Bascha? Es gibt immer zwei Seiten. Die Frau bekommt sie, wovon ich glaube, dass es nicht leicht und risikolos ist, aber der Mann zahlt für sie. Auch das ist nicht leicht und risikolos.«

»Vielleicht.«

»Toren«, murmelte ich, während ich auf dem harten Boden eine bequeme Stellung zu finden versuchte, »beide.«

»Wenn es das ist, was sie wollen, dann ist es nicht wirklich töricht.«

»Es ist eine Sache, wenn du Farmer bist, Bascha. Oder Händler. Aber ein Schwerttänzer? Wenn Alric etwas passiert – und er übt keinen wirklich sicheren Beruf aus –, steht Lena mit den Kindern allein da.« Ich zuckte die Achseln. »Obwohl sie wahrscheinlich so bald wie möglich wieder heiraten würde.«

»Du meinst, sobald sie einen Mann gefunden hätte, der für sie und die Mädchen sorgen würde?«

»Nun ... ja.« Ich achtete genau darauf, in welche Richtung die Unterhaltung verlaufen könnte. Bei Del wusste man nie. »Ich meine, es ist das, was viele Frauen tun.«

»Es ist das, was die *meisten* Frauen tun«, sagte sie kurz angebunden. »Sie haben keine andere Wahl.«

Da ich nicht vorhatte, mich auf einen verbalen Schwerttanz einzulassen, hielt ich den Mund.

»Oder sie könnten tun, was ich getan habe, und ihr Kind fortgeben.«

Nach dieser Bemerkung würde ich nicht so bald schlafen können. Ich erwog, weiterhin zu schweigen, falls Del das lieber war, aber ich konnte es einfach nicht übergehen. »Du meinst Kalle.«

»Natürlich meine ich Kalle.« Del seufzte, während sie in die Sterne hinauf blickte. »Sie hat ein gutes Zuhause. Bessere Eltern, als ich es jemals sein könnte – oder du.«

Ich verteidigte mich zwangsläufig. »Ich wäre vielleicht ein ausgezeichneter Vater, musst du wissen – ich habe nur keine besonders große Lust, es herauszufinden.«

»Du kannst kein ausgezeichneter Vater sein, wenn du keine Kinder hast«, erklärte Del. Und berichtigte sich dann fast augenblicklich. »Das heißt, wenn du *weißt*, dass du Kinder hast, und nicht da bleibst, um sie aufzuziehen. Ansonsten bist du überhaupt kein Vater. Nur ein Erzeuger.«

Galt dasselbe für eine Frau? Ich beschloss, dieses Thema nicht aufzubringen, aus Angst, dass es ein wunder Punkt wäre. Eine heftige Diskussion zu führen ist eine Sache, aber sich darauf einzulassen, um jemanden zu verletzen, ist eine vollkommen andere. Ich fragte mich, wie oft Del an ihre Tochter dachte. Sie sprach nie über sie. »Du vermisst sie, oder?«

Del drehte sich um, wandte mir den Rücken zu. »Ich kenne sie nicht einmal, Tiger.«

»Ich meine, du vermisst, was du vielleicht gehabt hättest.«

»Ich hatte meine Wahl bereits getroffen, noch bevor Kalle überhaupt geboren war. Es gab nichts zu vermissen.«

Und doch hatte Del einst darauf bestanden, in den Norden zu ziehen, um Kalle zu sehen – entgegen meinem Rat, obwohl ich damals noch nicht gewusst hatte, dass das Mädchen existierte. Sie hatte sich dazu getrieben gefühlt, ihre Tochter sechs Jahre nach der Geburt aufzusuchen. Die Reise hatte für uns beide auf viele verschiedene Arten eine Prüfung bedeutet, hatte uns über Willenskraft, Entschlossenheit und die Stärke der Bindung zwischen uns belehrt, hatte beinahe mit unser beider Tod geendet. Kalle musste jetzt ungefähr acht sein. Alt genug zu verstehen, dass ihre Mutter sie in dem Bestreben aufgegeben hatte, die Männer hinzurichten, die ihr die Familie genommen hatten. Und Kalle auch.

»Vielleicht eines Tages«, sagte ich, wobei ich bewusst nicht erwähnte, dass Del nur dadurch, dass sie ihre Schwüre gebrochen hatte, aus dem Norden – und somit von ihrer Tochter – verbannt wurde.

»Was?«

»Vielleicht wirst du sie eines Tages wieder sehen.«

Ihre Stimme klang frostig. »Und wie sollte das, deiner Meinung nach, zustande kommen?«

»Wenn Kalle nach dir suchen würde.«

Dels ersticktes Auflachen klang verbittert. »O ja, sie würden sie nach einer Frau suchen lassen, die keine Ehre hat, eine Frau, die aus ihrer Heimat verbannt wurde. Und warum sollte Kalle das wollen? Sie hat eine Mutter und einen Vater.«

»Aber sie sind nicht ihre Blutsverwandten.«

Del schwieg einen Moment, drehte sich dann wieder um und sah mich an. Ihre Augen, im Mondlicht schwarz, blickten unverwandt. »Glaubst du, das ist wichtig? Das Blut? Für Kinder, deren richtige Mutter und Vater sich von ihnen losgesagt haben?«

»Du hast dich nicht von Kalle losgesagt.«

»Sie werden ihr erzählt haben, dass ich es getan hätte.«

Ich kratzte über die Stoppeln, die ich nicht hatte abrasieren können. »Ich glaube, dass das Blut wichtig ist, ja. Ich glaube, ein Kind könnte den Wunsch verspüren, nach seiner Mutter zu suchen. Hoolies, ich bin den ganzen Weg nach Skandi gezogen, oder?«

»Und hast deiner Familie entsagt.«

»Die Metri wollte nichts mit dem Sohn einer ungehorsamen Tochter zu tun haben, die ihre erhabene Familie entehrt hatte, indem sie mit einem Mann zu schlafen gewagt hatte, der einer deutlich niedrigeren Klasse angehörte.«

»Deine Mutter hat Skandi verlassen, um mit dem Mann zusammen zu sein, den sie liebte, ob er einer niedrigeren Klasse angehörte oder nicht. Glaubst du wirklich, sie hätte sich von dir losgesagt, wenn sie bereit war, so weit zu gehen?«

»Das ist unwichtig«, entgegnete ich. »Ich bin ohnehin als Chula bei den Salset geendet. Und wie, zu den Hoolies, sind wir auf *dieses* Thema gekommen? Wir sprachen über Kalle.«

»Du sagtest, es sei wichtig für Kinder, ihre Blutsverwandten zu kennen.«

»Das glaube ich, ja.«

»Ist es auch für Männer und Frauen wichtig, ihre Kinder zu kennen?«

»Du bist diejenige, die mich den ganzen Weg durch

Eis und Schnee geschleppt hat, damit du Kalle wieder sehen konntest, Bascha! Ich würde aufgrund deines Beispiels auch diese Frage bejahen.«

Del antwortete nicht. Als ich erkannte, dass sie nicht die Absicht dazu hatte, schloss ich die Augen und überließ mich, als ich meine Gedanken endlich zähmen konnte, dem Schlaf.

26

Brise wird zu Wind. Wind wird zu einer Bö. Die Bö wird zu einem Sturm: Samum. Der Himmel ist schwer vom Sand, die Sonne verfinstert, durch Sandschleier ausgeschlossen, fahl wie Wasser, hart wie Eis. Er scheuert am Rande der Punja die Vegetation von der Erde. In der tiefen Wüste, wo die Stämme darauf achteten, sich zu schützen, brennt er, schält aber nicht ab. Für Fremde, vollkommen harmlose, aber daher umso sanftere Opfer, bedeutet er den Tod. Kleidung wird fortgerissen. Haut abgeschürft. Wird schließlich abgeschält. Letztendlich, lange nach dem Tod, werden die elfenbeinernen Knochen weiß poliert. Und begraben; nur von einem weiteren launischen, zornigen Samum wieder befreit, der die Toten ausgräbt.

Weiße Knochen in weißem Sand. Verstreute Fingerknochen, Rückenwirbel, Zehen. Der Schädel bleibt, aber der Unterkiefer fehlt. Zähne schimmern, einst von Lippen verborgen.

Ich gehe dort umher, finde sie: Perlen der Wüste. Aus Langeweile beginne ich sie aufzusammeln, sie auf flachem Sand anzuordnen. Es sind nicht viele übrig. Der Schädel, dem der halbe Kiefer fehlt, Oberarm, Unterarm, Rippen. Der stumpf endende Oberschenkel. Ich sammele die Stücke wieder ein und betrachte das Puzzle, frage mich, wer und was es gewesen sein mochte, als noch Fleisch daran war.

Ich setze mich zurück, betrachte die vergessenen Überreste eines Lebewesens. Nehme dann die gebogene, zerbrechliche kurze Rippe auf. Schließe meine Hand darum.

Fleisch wächst über den Schädel, während ich hinsehe. Höhlungen werden ausgefüllt, Flächen bedeckt, wie Moos auf einem Felsen. Ein Gesicht sieht zu mir hoch, obwohl ihm der Unterkiefer fehlt. Ich erkenne sie sogar ohne Augen.

»Die Zeit läuft davon«, sagt sie. »Du musst dich beeilen, wenn du es aufhalten willst.«

Ihre Worte klingen trotz der Entstellung deutlich. »Und wenn nicht?«, frage ich.

»Es ist besser, der Jäger zu sein als die Beute. Die Beute kommt um.«

»Es sei denn, sie entkommt.«

»Aber das wirst du nicht.«

Ernüchternde Erklärung, besonders von einer Frau, die seit einem Monat, einem Jahr, einer Dekade tot ist. »Wenn ich dich finden soll«, sage ich, »wie wäre es dann mit einem Hinweis?«

»Die Antwort liegt in deinen Knochen.«

Ich halte die Rippe hoch. »Deine sind zugänglicher.«

Der Oberlippe, der die Unterlippe fehlt, gelingt nur ein halbherziges Lächeln. »Deine Knochen wissen, wo meine zu finden sind.«

Ich lege die Rippe in die Sammlung auf dem sandigen Boden zurück. »Und wenn ich Fleisch opfern muss, um sie zu hören? Wie du werden muss?« Ich halte verstümmelte Hände hoch. »Warum sollte ich das wollen? Ich habe bereits zwei Finger gespendet.«

»Zähle meine«, sagte die Frau, der auch die Hände fehlen.

Ich lächele verzerrt. »Volltreffer.«

»Die Knochen wissen es. Hör ihnen zu. Und dann komm und finde mich.«

Und das Fleisch zieht sich zurück, und die Frau schweigt.

»Die Knochen wissen es«, echote ich.

»Was?«, fragte Del.

Ich blinzelte in die frostige Dämmerung. »Was?«

»Was meintest du? Die Knochen wissen was?«

»Welche Knochen?«

Sie setzte sich auf und schlug die Decken zurück. »Die Knochen, von denen du gesprochen hast.« Del zupfte sich eine Haarsträhne aus den hellen Wimpern. »Ich hoffe, du meintest nicht die Fingerknochenkette, die Oziri dir geschenkt hat. Denn wenn dem so ist, bedeutet das, dass ich dich töten müsste.«

Ich brummte und rieb über mein juckendes, vom Schlaf zerknittertes Gesicht. Die Sonne war noch kaum aufgegangen, spähte über die Klinge des Horizonts.

Finde mich, hatte sie einmal gesagt. Oder zweimal. Vielleicht dreimal. *Und nimm das Schwert auf.*

»Die Knochen wissen es«, erklärte ich, obwohl die Worte überwiegend von einem ungeheuren Gähnen entstellt wurden. »Aber meine, nicht jene.« Bewusstheit drang hindurch. »O Hoolies, nicht wieder dieser dreimal verfluchte Traum.«

Del kroch aus ihrem Bettzeug, entwirrte den um die Hüften verdrehten Burnus. »Wenn wir heute nicht so viel zu tun hätten, würde ich dir raten, dich wieder schlafen zu legen. Wenn du das nächste Mal aufwachen würdest, könnte ich dich nämlich vielleicht besser verstehen.«

Ich runzelte die Stirn. »Was haben wir heute zu tun?«

Del band ihre Sandalen zu. »Nayyib retten.«

Ich beobachtete, wie sie auf der Suche nach Ungestörtheit davonging. Ich brummte protestierend, gähnte erneut weit und erwog, doch wieder einzuschlafen. Meine Knochen schmerzten.

Ich öffnete jäh die Augen. »Knochen.« Ich setzte mich auf, warf die Decken zurück. Ich trug nur meinen Dhoti, da ich es versäumt hatte, meinen Burnus im Badehaus in Julah wieder an mich zu nehmen. Daher wies ich eine große Fläche zu einem dunklen Kupferbraun getönte Haut auf, deren feine Haare bronzegold gebleicht waren. Ich konnte keine Knochen sehen. Keine bloßen. Nur mit Muskeln und Fleisch bedeckte Linien und Flächen. Ich klopfte auf eine Kniescheibe und inspizierte dann einen Ellenbogen, da diese nahe an der Oberfläche waren. »Gibt es etwas, was mir einer von euch erzählen will? Wie zum Beispiel, wie ich diese Frau finden soll?« Oder was auch immer es war, was im Sand begraben lag.

Auch wenn sie die Antwort vermutlich wussten, blieben meine Knochen eigensinnig still. Ich zog murrend meine Sandalen an, band sie über Kreuz bis über die Knöchel, erhob mich dann und hinkte davon, um auch meine Morgengabe zu erledigen, als Del gerade von ihrer zurückkam.

»Brauch nicht so lange«, rief sie. »Ich will los.«

Das ist nicht das, was ein Mann als Erstes am Morgen hören möchte, wenn er kaum wach ist. »Es wird so lange dauern, wie es dauert«, murrte ich und blickte finster in den Sonnenaufgang.

Del hatte bereits alles gepackt, die Pferde beladen und hielt die Zügel in Händen, als ich zurückkehrte. Und nein, es hatte nicht lange gedauert. Sie war eindeutig ungeduldig.

»Immer langsam mit den jungen Pferden«, sagte ich und fragte mich, ob sie die Anspielung verstand.

Sie verstand sie nicht. »Du sagtest, wir könnten Umirs Gebiet heute erreichen, wenn wir früh genug aufbrächen.«

»Und wir werden Umirs Gebiet heute erreichen, selbst wenn wir erst nach dem Frühstück aufbrechen.«

»Wir können unterwegs essen.« Sie hatte auch meine Sachen gepackt und nur Harnisch, Schwert und Dolch liegen gelassen. Sie war zum Aufbruch bereit.

Ich war es nicht. Ich hob den Dolch auf, trat zu einer mit dornigen Farnwedeln ausgestatteten Pflanze und schnitt ein flaches, breites Blatt mit Dornen an der Spitze ab. »Gestern Abend hattest du es nicht so eilig.«

»Gestern Abend konnten wir nichts anderes tun als schlafen. Heute Morgen können wir es … Tiger, was machst du?«

Ich stutzte systematisch die scharfe Spitze des Blattes, ließ die Dolchklinge dann vorsichtig in den dicken Rand gleiten, schlitzte das Blatt von oben nach unten auf und zog es auseinander. Jetzt hatte ich zwei Hälften, vor hellgrünem Saft geschwollen. Ich drehte eine Hälfte des Blattes um und begann, dessen öligen Saft in meine Schulter einzureiben. War er erst in die Haut eingezogen, war er farblos.

»Tiger …«

»Wenn du Zeit sparen willst«, unterbrach ich sie, »könntest du ein paar Blätter abschneiden und mir helfen.«

»Was *ist* das, und warum tust du das?«

»Allaöl«, erklärte ich. »Dasselbe Zeug, das du auf die rötlichen Hautstellen deines Wallachs gerieben hast, erinnerst du dich? Es schützt vor Sonnenbrand.«

Del, die Allaöl nur vermischt mit einer Paste in mit Kork oder Wachs verschlossenen Tiegeln kannte und nicht in Reinform, war überrascht. »Oh. Aber warum benutzt *du* es?«

»Weil ich neuerdings keinen Burnus mehr habe und das letzte Mal, als ich diese Reise in Umirs Gebiet unternahm, mit mindestens einer abgeschälten Hautschicht ankam. Auf eine weitere solche Erfahrung kann ich gut verzichten.« Ich ließ die leere Hälfte des Blattes fallen und nahm nun die andere. »Weißt du, Bascha, ich kann mir eine Menge Frauen vorstellen, die mich liebend gern überall mit Öl einreiben würden. Bist du gegen meinen Charme immun geworden? Ich habe gestern gebadet.« Ich überdachte diese Behauptung noch einmal. »Nun, ich habe zur *Hälfte* gebadet. Ich überlasse dir die saubere Hälfte. Und du könntest auch dein Gesicht einreiben, trotz der Kapuze.«

Del schüttelte sich aus ihrer Träumerei und beugte sich hinab, um Blätter abzuschneiden. Ich beobachtete sie. Der Körper war eindeutig anwesend, aber die Gedanken nicht.

»Bist du *wirklich* gegen meinen Charme immun geworden?«

Sehr konzentriert schlitzte sie ein Blatt auf. »Was?«

»Du hast kein Wort von dem gehört, was ich gesagt habe, oder?«

Sie warf mir einen flüchtigen Blick zu, trat dann um mich herum und klatschte mir das Blatt mit der saftigen Seite nach unten auf den Rücken. »Ich will los. Wir können unterwegs reden.« Kräftige Finger rieben das Öl in meine Haut.

Sie wollte unterwegs essen, unterwegs reden. Vermutlich hatte ich Glück, dass sie nicht darauf bestanden hatte, ich solle unterwegs pinkeln. »Fein«, sagte ich kurz angebunden.

Danach arbeiteten wir schweigend weiter, was Del anscheinend gefiel.

Ich wurde missmutig. Es ist traurig, wenn die Knochen einer toten Frau gesprächiger sind als der Mund einer lebenden.

Ich bestand darauf, dass wir kurz an der großen Oase Halt machten, in der Alric und ich übernachtet hatten. Del wollte eindeutig weiter, aber sie hatte gelernt, dass man in der Wüste niemals eine Gelegenheit ungenutzt lässt, die Botas neu zu füllen und die Pferde rasten zu lassen.

Sie protestierte jedoch, als ich den Hengst am Rande der Oase verhielt und mir die Zeit nahm, die übrigen anwesenden Reisenden zu betrachten. »Worauf warten wir?«

»Oh, ich weiß nicht – vielleicht halte ich an, um zu sehen, ob Schwerttänzer hier sind«, bemerkte ich betont beiläufig. »Wenn wir hineinreiten, ohne nachzusehen, könnte ich sehr bald tot enden, und wo wäre dein kostbarer Neesha *dann*?«

Del ärgerte sich, schloss aber den Mund vor weiteren Protesten.

»Ungefähr auf halbem Weg in die Oase gibt es einen Brunnen. Folge dem Hauptweg und halt die Augen offen. Ich reite um die Oase herum und dann von der anderen Seite herein. In Ordnung?«

Sie nickte und trieb den Wallach mit den Fersen an.

Ich lenkte den Hengst seufzend zur Seite und erkundete den äußeren Rand der großen Oase.

Ich sah niemanden auf mich lauern, aber das bedeutete nicht, dass niemand dort war, der mich womöglich herausfordern könnte. Ich lenkte den Hengst den mittleren Weg entlang, der auf den Brunnen zu führte, und blieb auf dem Pferderücken. Zu Pferde zu sein verschafft einem Mann gewöhnlich einen Vorteil. Auf dem Hengst zu sitzen verschafft mir stets einen gewaltigen Vorteil, da er Angreifern, die auf ihn zu eilen, nie freundlich begegnet, selbst wenn sein Reiter das Ziel ist.

Ich wusste natürlich nicht, ob irgendwelche Schwerttänzer töricht genug waren, so etwas zu tun. Wir – sie – sind keine Mörder, obwohl wir je nach den Umständen Tänze auf Leben und Tod eingehen. Das Ziel sind das Ritual und die Herausforderung, nicht direkter Mord. Andererseits gab es keine Garantie, dass sich alle Schwerttänzer an diesen stillschweigenden Brauch hielten. Dass ich Musa bei einem Tanz getötet hatte, hatte allen Zeugen bewiesen, dass unmittelbarer Mord vielleicht wirklich leichter war. Natürlich angenommen, dass Umir mich lebend wollte, aber ich vermutete, dass es einige Schwerttänzer gab, die einfach um des Vergnügens willen, mich zu töten, bereitwillig auf die Belohnung verzichten würden.

Ich ritt den Weg hinab, auf einen Angriff gefasst. Hier und da standen verstreut Wagen, und abgeschirrte Zugtiere ruhten sich still im Schatten der Palmen aus. Nur halbwegs bekleidete Kinder liefen herum, der Hitze ungeachtet – warum empfinden wir sie als Erwachsene eher? –, und Männer und Frauen in Burnussen besuchten einander in kleinen Gruppen, tauschten Reiseberichte aus und erzählten von ihren Plänen für den Zeitpunkt, wenn sie ihr Ziel erreicht hätten. Jemand spielte eine Rohrflöte. Die dünne, klagende Melodie durchschnitt die Luft. Anders als an dem Abend, als Alric und ich hier übernachtet hatten, brannten keine Feuer, nur

Feuerkreise mit glimmenden Kohlen wurden für die Abendmahlzeit unterhalten.

Als ich heranritt, tränkte Del den Wallach gerade am Brunnen. Er hatte seine leuchtend roten Fransen im Vashni-Lager verloren, wo jemand Del dann ein Stirnband aus mit blauen Perlen geschmückten, herabhängenden Lederbändern geschenkt hatte. Er wirkte noch immer ziemlich albern, besonders mit der schwarzen Farbe um seine Augen, aber nicht mehr so lächerlich wie mit Silks karmesinroten Fransen.

Del hatte auch getrunken und ihr Haar zu einem einzelnen, dicken Zopf geflochten. Um ihn festzubinden, hatte sie den Wallach eines Lederbandes beraubt. Blaue Perlen klapperten leise aneinander, wenn sie den Kopf bewegte. Sie passten zu ihren Augen.

»In Ordnung«, sagte ich als Antwort auf ihre Miene, »wir sind also auf keine Schwierigkeiten gestoßen. Aber es *hätte* sein können.« Ich sprang vom Hengst; er drängte sich am Wallach vorbei, indem er ihn mit einer wie abwesend zwickenden Bewegung seines Mauls beiseite schob.

Del reichte mir eine tropfende Kürbiskelle. »Ich habe nichts gesagt.«

Ich trank, schluckte schwer und kümmerte mich nicht darum, als Wasser meinen bloßen Oberkörper hinabspritzte und den Dhoti befeuchtete. Ich war jetzt mit einer sandigen Schicht aus feinem Staub bedeckt, die von Kopf bis Fuß auf dem Allaöl haftete. So viel zu dem halben Bad in Julah.

»Das brauchtest du auch nicht.« Ich reichte die Kelle zurück. »Ich kann deine Miene lesen: Beeil dich. Gehen wir. Hör auf, Zeit zu verschwenden … Erzähl mir *nicht*, dass dir keine dieser Bemerkungen in den Sinn kam. Ich weiß es besser.«

Del tat es nicht, obwohl sie eindeutig verärgert war. »Du sagtest, Umirs Haus wäre nicht weit von hier.«

»Wir werden es gut vor Sonnenuntergang schaffen.«

»Dann reich mir deine leeren Botas«, sagte sie, »damit ich sie füllen kann.« Weil das die Dinge beschleunigen würde, wie ich erkannte.

Kopfschüttelnd löste ich zwei schlaffe Botas vom Sattel und reichte sie ihr. Die übrigen entlud ich ebenfalls, tauchte sie mit Hilfe der Halteriemen ins Wasser und durchtränkte das grobe Sackleinen, das die Außenhülle für das Leder bildete. Solange es nass war, würde das Wasser kühl gehalten, aber es würde unter der Sonne nicht lange nass bleiben. Und da ich bezweifelte, dass Umir großes Interesse daran hätte, unsere Vorräte zu ergänzen, und Nayyib vielleicht keine hätte, wenn wir aufbrachen, mussten wir vorsorgen.

»Du bist schmutzig«, bemerkte Del und klang irgendwie versöhnlich – wenn man es als Friedensangebot ansehen will, dass jemand einem sagt, man sei schmutzig. »Du könntest dir den Schmutz hier abwaschen und dich ein wenig abkühlen.«

»Dann wasche ich zu viel von dem Öl ab.« Ich befestigte die tropfenden Botas wieder am Sattel des Hengstes. »Und ich bezweifle, dass du mir die Zeit lassen würdest, einen Burnus einzutauschen.«

»Wenn das Öl wirkt …« Sie brach klugerweise ab.

Ich nahm ihr die restlichen frisch gefüllten Botas ab und befestigte auch diese am Sattel. »Reiten wir weiter, Bascha. Wir verschwenden Tageslicht.«

Sie merkte vermutlich, dass ich nicht begeistert war. Aber sie fragte nicht, warum, und forderte mich auch nicht auf zu reden. Sie stieg einfach auf ihren Wallach und ließ mich die Führung übernehmen, während wir aus der Oase hinausritten.

Umirs Haus war nicht weit entfernt, und wir kamen weit vor Sonnenuntergang an. Es gab keine Tore, nur einen gewölbten Eingang in den weiß getünchten Mauern. Ich zügelte meinen Hengst. »Was auch immer geschieht«, sagte ich, »du hast meine Unterstützung.«

»Was hast du vor?«

»Zur Vordertür zu reiten und nach Nayyib zu fragen.« Ich trieb den Hengst voran.

»Tiger, sei ernst.«

»Ich bin ernst. Manchmal ist die einzige Möglichkeit, zu bekommen, was man will, dass man zur Vordertür reitet und fragt.«

»Umir könnte dir einige Schwerttänzer auf den Hals jagen!«

»Oder auch nicht.« Ich ritt unter dem Bogen hindurch auf den gepflasterten Hof mit seinem gekachelten Brunnen. »Willst du den Jungen oder nicht?«

Del schwieg. Sie hielt den Wallach einige Schritte hinter dem Hengst und überprüfte zweifellos jede Ecke und jeden Winkel in Umirs ummauertem Garten. Ich vermutete, dass sie ihr Schwert gezogen hatte und es nun quer über dem vorderen Sattelbaum hielt. Diese Vermutung wurde bestätigt, als ich an den weiß getünchten Wänden ein metallisches Licht aufblitzen sah.

Ich verhielt den Hengst neben dem Brunnen und registrierte, wie viel Platz ihm blieb, sich umzudrehen und loszulaufen, wenn er den Befehl dazu bekäme. Del wusste es besser, als dass sie ihn bedrängt hätte, sodass keine Gefahr eines Zusammenstoßes bestand. Ich griff zu der Satteltasche hinter meinem rechten Bein, löste den Riemen und öffnete sie.

»Umir!«, rief ich, während der Hengst einen beschlagenen Huf klingend über das Pflaster des Hofes zog.

Wie erwartet kam ein Diener heraus, um nachzusehen, was der Lärm bedeutete.

Ich grüßte ihn höflich. »Geh und hol deinen Herrn. Sag ihm, wir hätten etwas zu besprechen, er und ich.«

Der Diener öffnete den Mund zu einer Absage – ich sah jetzt ungefähr ebenso schimpflich aus wie zu dem Zeitpunkt, als Rafiq und seine Freunde mich hierher gebracht hatten –, überlegte es sich dann aber anders. Er ging wieder hinein.

Nachdem er uns lange genug hatte warten lassen, dass wir es merkten, tauchte Umir auf. Er trug ein kostbares, goldgestreiftes Gewand, einen von Edelsteinen beschwerten Gürtel und weiche Ziegenleder-Hausschuhe. Seine Miene war hart. »Ich führe hier draußen in der Hitze und dem Staub keine Gespräche.« Er taxierte meinen Zustand und beurteilte ihn als mangelhaft. »Ich bin ein Mann von Bildung.«

Ich erzählte ihm freundlich, was er mit seiner Bildung tun könne. »Ihr habt hier jemanden, Umir. Einen jungen Mann namens Nayyib. Tatsächlich habt Ihr ihn höchstwahrscheinlich in demselben Raum untergebracht, den ich bewohnte. Habt Ihr das Bettgestell bereits ersetzt, oder fehlt ihm noch immer ein Bein?«

»Ich habe derzeit keine Gäste«, erwiderte Umir. »Alle Schwerttänzer haben sich auf die Suche nach Euch begeben.«

»Nun, zu schade für Euch, dass ich aus mir heraus beschloss, hierher zu kommen. Das lässt sie alle ziemlich schlecht dastehen, oder? Besonders nachdem ich Musa besiegt habe.« Ich warf einen kurzen Blick an ihm vorbei in die Tiefen des Hauses. »Wir sind wegen Nayyib hier. Lasst jemanden sein Pferd satteln, während jemand anderes ihn hier herausbringt.«

»Warum sollte ich dergleichen tun, Sandtiger?«

»Weil Ihr Euer Buch zurückhaben wollt.«

Sein Blick wurde härter. »Ihr habt es? Bei Euch?«

Ich griff in die Satteltasche, schloss meine Hand um den Einband und zog das Buch hervor.

Der Tanzeer trat gierig einen Schritt vor. »*Gebt* es mir!«

Ich lächelte. »Zuerst Nayyib.«

Umir wandte sich um und bellte einem unsichtbaren Diener einen Befehl zu. Dann fuhr er wieder herum. »Gebt es mir.«

Ich stützte das dicke Buch auf den Sattelknauf. »Nicht

bevor der Junge hierher gebracht wurde und auf seinem Pferd sitzt.«

»Ihr habt keine Ahnung, was dieses Buch ist!«, sagte Umir. »Seid kein Narr – gebt es mir!«

»Kein Wunder, dass Ihr draußen keine Gespräche führt«, bemerkte ich. »Die Sonne beeinträchtigt Euer Gehirn.«

»Der Junge wird gebracht!«

»Gut. Wenn er auf seinem Pferd sitzt und unterwegs ist, werdet Ihr Euer Buch zurückbekommen.«

Um Umirs Mund erschien eine weiße Einkerbung. Die hellen Augen waren vor Zorn eisig. »Erwartet Ihr, dass dies die Belohnung aufhebt, die ich auf Euch ausgesetzt habe?«

»So wie ich es verstehe, wurde die Belohnung für meine Rückkehr – lebend – ausgesetzt. Nun, hier bin ich. Wie wäre es, wenn Ihr sofort zahlt?«

»Ich soll *Euch* die Belohnung *für* Euch auszahlen?«

»Nennt es köstliche Ironie«, schlug ich vor. Ich zog mit zwei Fingern die Abnutzungen im Ledereinband nach. »Das *Buch des Udre-Natha*.« Ich öffnete den Deckel des Buches und blätterte es durch. »Interessant.«

»Fasst es nicht an!«, schrie Umir. »Ihr werdet die Seiten beschmutzen!«

Ich hielt eine Seite mit dem Zeigefinger fest. »Was glaubt Ihr, was das bedeutet?«

»Ihr sollt es nicht lesen!« Er starrte finster zu mir hoch. »Nicht, dass Ihr es könntet. Ich bezweifle, dass Ihr Eure eigene Sprache lesen könnt.«

»Ich bin also nur ein großer, dummer Schwerttänzer?« Ich zuckte die Achseln. »Ja nun, wir können nicht alle geborene Tanzeers sein.«

»Chula!«, stieß er verächtlich aus.

Ich blätterte weiter. »Hmm … was glaubt Ihr, was *das* bedeutet?«

Umir hatte sich nicht mehr unter Kontrolle. »Hört auf! Hört auf!« Hände wurden ausgestreckt. »Gebt es mir!«

Ich schaute an ihm vorbei, als ich im Eingang eine Bewegung bemerkte. Nayyib trat, von Umirs Diener begleitet, aus dem Haus. Sein fast schwarzes Haar stand überall vom Kopf ab, als wäre er gerade geweckt worden. Tatsächlich wirkten seine Augen auch ein wenig verschlafen. Hatte Umir ihn unter Drogen gesetzt?

Ich schaute zum Tanzeer. »Pferd.«

»Kommt«, erwiderte er.

Und so war es – ein weiterer Diener führte den Kastanienbraunen von den Ställen heran. Aufgezäumt und gesattelt, Satteltaschen und Botas befestigt, bereit zum Aufbruch.

Ich schaute zu Nayyib. Er wirkte elend, blinzelte verwirrt in den sonnenüberströmten Hof hinaus. Umirs kleiner Scherz, den Jungen unter Drogen zu setzen. Und weder Del noch ich konnten es riskieren, ihm zu helfen, sonst würden wir die gesamte Rettungsaktion gefährden. »Du«, begann ich, »hast mir eine Menge Schwierigkeiten gemacht. Wie wäre es, wenn du dich auf dein Pferd setzt und losreitest? *Jetzt.*«

Nayyib nickte vage und kratzte sich heftig über sein stoppeliges Gesicht. Aber er regte sich nicht.

Ich deutete in eine Richtung. »Das Pferd dort.«

»Neesha«, sagte Del, die noch immer hinter mir abwartete. Ihr Tonfall war eine komplizierte Mischung aus Erleichterung, Sorge und Befehl. Und etwas, was ich nicht entschlüsseln konnte.

Umir sah mich finster an. »Das Buch.«

»Wenn der Junge aufgestiegen und unterwegs ist.«

Schließlich raffte sich Nayyib auf, lief aufs Geratewohl zu seinem Pferd und stellte einen Fuß in den Steigbügel. Dann zog er sich sehr mühsam hoch. Ich hörte das Geräusch eines reißenden Burnussaums, als er in den Sattel plumpste. Ich fragte mich, ob ich noch Zähne hätte, wenn wir den Hof wieder verließen. Mein Kiefer schmerzte bereits davon, sie zusammenzubeißen.

»Geh«, befahl Del ihm, als Nayyib die Zügel anhob.

Der Hengst, der inzwischen einen genaueren Blick auf den Kastanienbraunen geworfen hatte, erfüllte den Hof plötzlich mit einem schallenden Wiehern. Ich zuckte zusammen.

Wieder Dels Stimme: »Neesha. Geh.«

Neesha ging.

»Du auch, Bascha.« Ich hörte sich entfernende Hufe auf dem Pflaster klappern. Dann blickte ich lächelnd zu Umir hinab. »Euer Buch.«

Ich dachte, er würde vielleicht einen Diener schicken, es mir abzunehmen. Aber Umir kam selbst, die Unterlippe zwischen den Zähnen, als er nach dem Buch griff.

»Ich habe es verschlossen«, belehrte ich ihn, »zur Sicherheit.« Ich reichte ihm das Buch. »Ihr braucht vielleicht ein paar Wochen oder Jahre, aber Ihr werdet letztendlich herausfinden, wie man es öffnet.«

Die Augen entsetzt geweitet, versuchte Umir, den Riegel zu lösen, der das Buch geschlossen hielt. »Nein … nein …«

»Eine kleine Versicherung«, bemerkte ich, »falls Ihr versuchen solltet, mich mit einem Zauber zu belegen, wenn ich nicht hinsehe.«

Er drückte das Buch an seine Brust, während er zu mir hochblickte. »Aber … wie habt Ihr das gemacht? Es ist ein Zauber nötig, um es zu verschließen!«

»Sagen wir einfach, ich habe ein paar Dinge aufgeschnappt, während ich ein Inselparadies besuchte.« Ich winkte ihm forsch zu, während ich den Hengst rückwärts durch den Bogen in der Mauer führte. »Viel Spaß beim Lesen, Umir.«

Außerhalb der Mauern fand ich Del und Nayyib wartend vor. Ich bedeutete ihnen weiter zu reiten, während ich an ihnen vorbeipreschte.

Dels Gesicht war bleich. »Ich kann nicht glauben, dass du das getan hast.«

»Was … ihm das Buch zurückzugeben? Warum nicht?

Es hat funktioniert, oder? Nayyib-Neesha ist jetzt unser anstatt Umirs Gast.« Ich schaute zu dem Jungen. »Stehst du unter Drogen? Hat Umir dich unter Drogen gesetzt?«

Er schüttelte mit Eulenaugen den Kopf.

Ein Verdacht regte sich. »Betrunken?«

Seine Stimme klang übertrieben ernst. »Ich glaube schon, ja.«

Ich fluchte heftig und entschieden.

Del ging es noch immer um das Buch. »Ich dachte, du hättest gesagt, es enthielte magische Zauber.«

»Es enthält eine Vielzahl von Dingen, einschließlich magischer Zauber. Tatsächlich ist es ein recht erstaunliches Buch.«

»Und du hast es *Umir* gegeben?«

»Nun, ich hatte es bereits gelesen.« Ich grinste sie an. »Was hast du geglaubt, was ich den ganzen Tag gemacht habe, während du geschlafen hast?«

Del war verblüfft. »Du hast das ganze Buch an einem Nachmittag gelesen?«

»Nur ein kleiner Trick, den ich in Skandi gelernt habe.« Ich sah Nayyib streng an. »Bist du nüchtern genug, um dich auf deinem Pferd zu halten?«

»Ich glaube schon, ja.«

»Weißt du, wo von hier aus die Oase liegt?«

»Ich glaube schon, ja.«

»Da gehen wir hin.«

Nayyib nickte liebenswürdig. »In Ordnung.« Dann bekam er einen Schluckauf, begleitet von einem bescheidenen Rülpsen.

Ich schlug mir mit der flachen Hand an die Stirn. »Mögen die Götter mich vor einer sandkranken Frau und einem betrunken Jungen schützen!«

Del sah mich stirnrunzelnd an. »Ich bin nicht sandkrank, und er ist kein Junge.«

»Aber er ist betrunken.«

Nayyib sagte bereitwillig: »Ich glaube schon, ja.«

»O Hoolies«, stöhnte ich. »Vielleicht sollte ich ihn mit meinem Schwert vorwärts dirigieren. Oder weiterreiten und ihn sich seinen Weg zur Oase selbst suchen lassen. Ich hätte schließlich ja nur dabei getötet werden können, ihn zu befreien ... Und dann stellt sich heraus, dass er betrunken ist. Betrunken!«

»Neesha«, sagte Del freundlich, »ich wäre jetzt still.«

»In Ordnung.« Er gewährte ihr ein strahlendes Lächeln und einen anbetenden Blick aus seinen schmachtenden, honigbraunen Augen. »Ihr seid so wunderschön.«

»O Hoolies«, murmelte Del.

27

Es gelang uns, den Jungen zur Oase zu schaffen. Oder, besser gesagt, gelang es Del, den Jungen zur Oase zu schaffen. Ich war derart empört über seinen Zustand, dass ich mich weigerte, mich um ihn zu kümmern. Er konnte sich auf seinem Pferd halten, was für mich das einzig Wichtige war, und nachdem wir einen kleinen, ruhigen Platz in der Oase gefunden hatten, den wir vielleicht eine oder zwei Stunden lang unser Eigen nennen könnten, stieg ich ab und führte den Hengst zum Brunnen. Ich überließ es Del, sich um den Jungen zu kümmern.

Was angesichts seiner offensichtlichen Vernarrtheit vielleicht nicht die allerklügste Handlungsweise war, aber ich war nicht in der Stimmung, mich mit den beiden herumzuplagen. Und da ich wusste, dass Del Trunkenheit nicht tolerierte, bezweifelte ich, dass sie von Nayyib entzückter war als ich. Die Hauptsache war jedoch, dass er von Umir befreit und meine Schuld beglichen war. Nun konnten Del und ich uns wieder um unsere Angelegenheiten kümmern.

Ich war auf dem Weg zurück zu den drei Palmen, als ich Del mit dem Wallach und Nayyibs Kastanienbraunem begegnete. »Hast du ihn sicher in sein Bettchen gebracht?«

Del hielt inne und warf mir einen finsteren Blick zu. »Du könntest ein wenig Mitleid mit ihm haben.«

»Ich habe gerade mein Leben für einen betrunkenen Jungen riskiert! Warum sollte ich Mitleid mit ihm haben?«

»Umir hätte ihn töten können.«

»Dafür wollte er sein Buch viel zu dringend zurückhaben.«

»Das du ihm *gegeben* hast.«

»Im Austausch für den Jungen. Derjenige, den du so unbedingt retten wolltest. Nun, er ist gerettet. Er kann hier bleiben und seinen Rausch ausschlafen, und du und ich können unser Leben weiterführen.«

Sie schien bestürzt. »Ich will ihn nicht hier zurücklassen.«

»Warum nicht?«

»Er ist betrunken.«

»Er kann seinen Rausch ausschlafen.«

»Was ist, wenn ihm schlecht wird?«

»*Ich* bin nie daran gestorben.« Ich hielt inne. »Und du auch nicht, als du zu viel Vashni-Alkohol getrunken hattest.«

Sie errötete. »Wir reden nicht über mich.«

»Vielleicht sollten wir das.«

»Warum? Dies hat nichts mit mir zu tun!«

»Er ist kein streunendes Kätzchen, Bascha, oder ein Welpe mit einem gebrochenen Bein oder auch ein verwaistes Sandtigerjunges – obwohl dir der Gedanke, Sandtigerjunge zu retten, nach unserer letzten Begegnung mit dieser Spezies vielleicht nicht mehr so gefällt. Er ist ein erwachsener Mann. Er kann Verantwortung für seine Saufgelage übernehmen.«

Del verengte die Augen. »Du bist *tatsächlich* eifersüchtig.«

Ich seufzte geduldig. »Das glaube ich nicht.«

»Wenn du nicht eifersüchtig wärst, hättest du nichts dagegen, ihm zu helfen.«

»Ihn zu retten ist keine Hilfe?«

»Er hat sich nach dem Sandtigerangriff tagelang um uns beide gekümmert – und um mich im Vashni-Lager wochenlang.«

»Ja, dessen bin ich mir bewusst.«

»Und doch willst du einfach davonreiten und ihn

hier seinem Schicksal überlassen, wenn allein die Götter wissen, *wer* ihn am Ende gar auszurauben gedenkt.«

»Das passiert manchmal, wenn man betrunken ist. Man nennt das Erfahrungen sammeln.«

»Und ich erfahre gerade ein wenig mehr über dich, oder?« Sie schnalzte den Pferden zu und führte sie weiter. »Tu, was immer du willst, Tiger. Ich bleibe zumindest bis zum Morgen hier bei Neesha.«

Ich beobachtete, wie sie zwischen den breiten Pferdehintern verschwand, während sie die Tiere den Weg hinabführte. Angesichts ihres Verhaltens fand ich das Bild äußerst passend.

Laut sagte ich: »Ich glaube, das war der lächerlichste Streit, den wir je hatten.« Ich tätschelte dem Hengst das Gesicht. »Und wir hatten schon einige.«

Da er ein sehr weises Pferd war, gab er keinen Kommentar ab.

Nayyib schlief fest, als ich zu dem kleinen Lagerplatz zurückkam. Del hatte die Ausrüstung abgeladen und sein Bettzeug ausgerollt. Er lag auf dem Rücken ausgestreckt darauf und hatte einen gebeugten Arm über die Augen gelegt. Ich betrachtete nachdenklich seinen übrigen Körper, der teilweise unter dem Burnus verborgen war. Aber die Beine lagen frei, und eine Schulter, und ein Unterarm. Er war kein großer Mann, nicht wie ich, aber auch nicht klein. Sein Teint war der eines Südbewohners, einschließlich der großen braunen Augen, die er so vorteilhaft einsetzte, verflucht sei er. Ein gut aussehender Junge, zweifellos, wenn auch noch ein wenig unausgegoren. Und Del altersmäßig gewiss näher als ich. Vielleicht war das der Grund dafür, dass sie ihn bemuttern wollte. Das konnte sie bei mir nicht.

Nicht dass sie jemals angedeutet hätte, dass sie das wollte.

Ich wandte meine Aufmerksamkeit stirnrunzelnd wieder dem Hengst zu, nahm ihm Satteltaschen, Sattel und Decken ab. Ich hatte geplant, nach einer kurzen Rast weiterzureiten, da ich die Oase für einen zu offensichtlichen Aufenthaltsort hielt, falls Umir jemanden hinter uns herschickte oder falls zufällig Schwerttänzer in der Nähe wären, aber es blieb nicht mehr viel Zeit bis zum Sonnenuntergang. Dieser Platz bot Wasser, ein wenig Schatten und mäßige Sicherheit.

Oder vielleicht einfach mehr Zeugen als üblich.

Ich pflockte den Hengst an, fütterte ihn und legte das Halfterseil über eines der spitzen Borkensegmente, welche den dicken Stamm der nächststehenden Palme umhüllten. Jemand anderer hatte einen bescheidenen Feuerkreis nicht weit von Nayyibs reglosem Körper errichtet, aber wir hatten kein Anzündholz dafür, und ich hatte keine Lust, langwierig Holz zu suchen, das im Lauf der Jahre in der Umgebung der Oase sehr rar geworden war, sodass die meisten Leute welches bei sich hatten, wenn sie ein Feuer machen wollten, und dazu einen Topf mit Kohlen, die sie am Glühen hielten, indem sie regelmäßig Zweige auflegten.

Del und ich beluden uns nicht so schwer. Wenn es kein Holz für ein Feuer gab oder die Umstände begründeten, dass es ohne Feuer sicherer sei, kümmerte uns das nicht.

Es kümmerte mich jetzt nicht. Mit dem umgedrehten Sattel, den trocknenden Decken und dem Bettzeug richtete ich mir meinen eigenen kleinen Bereich ein. Ich legte Harnisch und Schwert ab und ließ die Klinge in Reichweite. Dann legte ich mich in einer dem Jungen sehr ähnlichen Haltung hin, wenn auch ohne den Alkoholdunst, und ließ mich treiben.

Del kam etwas später zurück. Ich lauschte mit geschlossenen Augen, wie sie ihren Wallach und Nayyibs Pferd zu Ende versorgte, sie anpflockte, ihnen befahl, sich zu benehmen, und dann knirschenden Schrittes zu der Stelle herüberging, wo der Junge lag.

»Er lebt«, bemerkte ich.

Sie antwortete nicht. Sie richtete nur ihr Bettzeug – näher an ihm als an mir – und ließ sich nieder.

»Wir werden die Nacht hier verbringen, in Ordnung? Morgen früh werden wir uns versichern, dass er lebt. Dann brechen wir auf.«

Es erfolgte wiederum keine Antwort. Leise fluchend rollte ich mich auf eine Hüfte und zog mir eine Ecke meiner Decke übers Gesicht. Eine Hand auf dem Schwertheft, schlief ich ein. Wenn Del so besorgt um den Jungen war, konnte sie auch Ausschau nach irgendwelchen streunenden Schwerttänzern halten, die auf Umirs Belohnung aus waren.

Ich wachte am Morgen auf, als ich das Geräusch eines sich in der Nähe bewegenden Körpers vernahm. Meine Hand schloss sich um das Schwertheft und hob die Klinge an, noch während ich mich aufsetzte – und Nayyib mit der hektischen Konzentriertheit eines Mannes von unserem kleinen Lager davonstolpern sah, der dringend Erleichterung suchte. Da sein Kopf, seine Blase *und* sein Bauch sehr wahrscheinlich kurz vor dem Platzen waren, hoffte ich, dass er sie rechtzeitig fand.

Ich ließ das Schwert wieder auf mein Bettzeug sinken und beugte mich zurück, um Rückgrat und Schultern zu strecken. Del, die gerade zwischen mir und dem Bettzeug des Jungen aus ihrem Kokon aus Decken hervorkam, blinzelte ins frühe Sonnenlicht. Nicht weit von unserem Lager entfernt schrie ein Danjac und erhielt von einem weiteren Antwort, wodurch von einem Ende der Oase zum anderen eine ganze Reihe ohrenbetäubender Morgengrüße ausgelöst wurden. Niemand hätte da noch schlafen können.

Del kämmte sich mit den Fingern das Haar aus dem Gesicht, während ich aus dem Bett kroch und aufstand. Auf der anderen Seite der Oase taten weitere Gestalten es mir gleich und unterhielten sich leise, während der Tag anbrach.

Ich beugte mich herab und hob das Schwert auf. »Ich glaube, der Junge hatte die richtige Idee …« Ich gähnte. »… obwohl ich nicht glaube, dass es bei mir genauso dringend ist. Sind bald zurück.«

Del nickte, nahm die Pferdeeimer auf und ging zum Brunnen. Alle brachten ihren Tieren morgens als Erstes Wasser, da sonst, durch eine lange Reihe durstiger, ungeduldiger Tiere am Brunnen, Aufruhr entstanden wäre. So war es viel sicherer.

Als ich zum Lager zurückkam, stand Nayyib an seinem Bettzeug und betrachtete meines und Dels, als hätte er keine Ahnung, wem sie gehörten. Er hörte mich kommen und wandte sich jäh um. Die kurzzeitige Beunruhigung wich.

»Oh«, sagte er.

»Ja, oh. Wir sind es. Oder hast du vergessen, was gestern Nachmittag geschehen ist?«

»Ich denke, ich habe alles von gestern vergessen, nicht nur das vom Nachmittag.« Er nahm eine Bota hoch, entstöpselte sie und nahm einen langen Zug. Mit dem letzten Mundvoll spülte er seinen Mund und spie dann aus. »Igitt«, bemerkte er – oder etwas Ähnliches. Er wischte sich mit dem Handrücken erhebliche Feuchtigkeit vom Kinn und sah mich an. »Was ist passiert?«

»Wir haben dich gerettet.«

»Oh.« Er nickte unbestimmt. »Gut.«

Sein fast schwarzes Haar stand in Büscheln von seinem Kopf ab. Stoppeln verdunkelten die Höhlungen unter seinen Wangen und betonten die steilen, schrägen Winkel der Knochen darüber. Er wirkte wie ein etwas verrufener, aber dennoch ansprechender junger Mann, dessen zusätzliche jungenhafte Arglosigkeit ihn fast vollkommen machte. Aber die honigbrauen Augen waren blutunterlaufen, wie ich mit kurzzeitiger Befriedigung feststellte, und er war recht blass.

»Ein schöner Tag«, bemerkte ich heiter.

Nayyib blinzelte.

»Es scheint ein warmer Tag zu werden.« Ich legte das Schwert ab, sammelte dann mein Bettzeug ein und schüttelte es aus.

Nayyib setzte sich ganz vorsichtig auf seines, spritzte sich weiteres Wasser in den Mund, durchtränkte dann sein Haar und ließ Rinnsale sein Gesicht hinablaufen.

Ich breitete meine Decken aus und rollte sie dann zusammen. »Du fühlst dich heute wahrscheinlich nicht nach Reiten, oder?«

Er verzog nachdenklich das Gesicht, während er seine Haare einigermaßen glättete.

»Es wäre wahrscheinlich besser, wenn du hier bleiben und noch einen Tag warten würdest.« Ich band die Riemen um mein Bettzeug. »Kein Grund, in Hektik auszubrechen. Del und ich werden uns verabschieden und aufbrechen.«

Das erregte seine Aufmerksamkeit. »Aufbrechen?«

»Wir müssen uns um einiges kümmern.« Ich legte das zusammengerollte Bettzeug neben meinen Sattel und überprüfte den Zustand der Satteldecken. Trocken. »Del und ich.« Nur um klarzumachen, wer mit dem »wir« gemeint war. »Ich könnte mir vorstellen, dass du dich auch um einiges kümmern musst.«

»Nicht wirklich.«

Das dachte ich mir. »Nun, ich könnte mir vorstellen, dass etwas kommen wird.«

Del kehrte mit den Eimern zurück. Nayyib erhob sich sofort, tat einen etwas wackeligen Seitwärtsschritt, um sein Gleichgewicht wiederzuerlangen, und bot ihr dann tapfer an, ihr zu helfen.

Sie warf einen Blick auf sein Gesicht und lächelte. »Nein, aber danke. Tiger kann mir helfen. Warum setzt du dich nicht wieder hin – oder legst dich hin – und ruhst dich aus?«

Ich erkannte den als beiläufige Bemerkung getarnten Befehl und nahm ihr einen der Eimer ab. »Er ist heute Morgen ein wenig angegriffen«, bemerkte ich heiter, als wir zu den Pferden hinüber gingen. »Aber er wird es morgen überwunden haben, und dann kann er sich auf den Weg machen.«

Del stellte den Eimer vor ihrem Wallach ab. »Warum lassen wir ihn nicht mit uns kommen?«

Ich fiel vor Schreck fast über meinen Eimer, als ich ihn vor dem Hengst absetzte. »Warum?«

»Er sagte, er wolle Unterricht bei dir nehmen.«

»Ja, aber ich habe nie behauptet, dass ich ihm auch welchen geben will.«

»Aber das wirst du tun. Unterricht geben. Erinnerst du dich?« Sie tätschelte dem Wallach den Hals. »Du willst Alimat wiederaufleben lassen und Schüler annehmen. Zumindest hast du mir das erzählt. Hat sich das geändert?«

»Nein.« Obwohl ich mir nicht sicher war, wann es soweit wäre, da wir überwiegend damit beschäftigt waren, mich am Leben zu erhalten.

»Dann hast du in Neesha deinen ersten Schüler.« Sie ergriff den Eimer, schob die Nase des Wallachs fort und schleppte das Wasser dann zu Nayyibs Pferd hinüber.

»Das klingt nach einer recht ordentlichen Vereinbarung – aus deiner Sicht –, aber vielleicht bin ich noch nicht dazu bereit, schon mit dem Unterricht zu beginnen.«

»Warum nicht? Sind wir nicht zu dem unterwegs, was noch von Alimat übrig ist? Könnte er uns nicht helfen, es wieder aufzubauen?«

Ich schaute über die Schulter zu Nayyib und sah ihn, wieder mit einem Arm über den Augen, auf seinem Bettzeug liegen. Ich senkte meine Stimme. »Was ist *los* mit dir, Del? Warum kümmerst du dich so sehr um jemanden, der praktisch ein Fremder ist?«

Ihr Gesicht war angespannt, obwohl ihre Stimme ebenso ruhig wie meine klang. »Ich sagte dir bereits, dass er mir geholfen hat, als ich krank war. Ich wäre ohne seine Hilfe gestorben.«

»Bedeutet das denn, dass wir ihn adoptieren müssen?«

Sie blickte in Nayyibs Richtung und trat dann nahe an mich heran. Wenn Del so nahe kommt, neigt man dazu, ihre Größe von sechs Fuß zu bemerken. »Warum sagst du nicht einfach, was du denkst, Tiger? Dass es dir lieber wäre, wenn er nicht mit uns reiten würde, weil du nicht möchtest, dass ein gut aussehender Mann in meinem Alter Zeit mit mir verbringt?«

Zwischen zusammengebissenen Zähnen stieß ich hervor: »Das ist es nicht.«

»Was ist es *dann*?«

»Ich mag es, wie es ist. Du und ich. *Nur* du und ich. Es hat nichts mit der Tatsache zu tun, dass er ein gut aussehender Junge mit Augen ist, die wahrscheinlich jede Frau dazu bringen könnten, beim ersten Hundeblick die Beine für ihn zu spreizen – und dass er zufällig in deinem Alter ist.«

Ein sarkastischer männlicher Tonfall mischte sich ein. »Wirklich?«

Del und ich wandten uns gleichzeitig um. Nayyib stand drei Schritte entfernt, die Beine gespreizt, die Arme vor der Brust gekreuzt. »Ich habe nicht geschlafen – *und* war nicht ohnmächtig –, und ich bin nicht taub. Ich lausche normalerweise nicht besonders gern, aber wenn man seinen Namen hört, neigt man dazu aufzumerken.« Er zog die Augenbrauen hoch, während er meinem Blick begegnete. »Glaubt Ihr, ich könnte wirklich *jede* Frau dazu bringen, ihre Beine für mich zu spreizen?« Er legte einen Finger auf die Haut unter einem Auge. »Hiermit?«

Ich sagte: »Nicht bei dem heutigen Aussehen.«

Er grinste kläglich, zeigte weiße Zähne. Zumindest konnte er über sich selbst lachen.

»Vielleicht heute Abend«, sagte Del nachdenklich.

Ich sah sie empört an.

»Wirklich?«, wiederholte Nayyib und klang mehr als nur ein wenig hoffnungsvoll.

»Wirklich«, bestätigte Del.

»Es ist lächerlich«, verkündete ich. »Wir stehen hier und reden darüber, wie dieser Junge Frauen dazu bekommen kann, mit ihm zu schlafen, obwohl es einige Leute gibt, die mich töten wollen.«

Del ging auf die Eröffnung ein. »Was ein *weiterer* Grund dafür ist, dass er mit uns kommen sollte.«

»Warum, Bascha? Er ist kein Schwerttänzer. Ich glaube nicht, dass er eine große Herausforderung darstellen würde.« Ich sah Nayyib an. »He, ich sage es so, wie ich es sehe.«

Er nickte. »Das ist nur fair. Aber wenn Ihr mich ausbilden würdet, *könnte* ich vielleicht gut genug werden, um eine Art Herausforderung darzustellen. Ich habe schon einiges Können erlangt, wisst Ihr ... obwohl man in Wahrheit nie gut genug ist, oder? Wenn man mein Schwertkönnen betrachtet.« Er zuckte die Achseln. »Also glaube ich, dass Ihr Vermutungen anstellt, ohne sie beweisen zu können.«

»Halt dich hier raus«, riet ich.

»Warum? Es *geht* um mich.«

»Weil du bereits bewiesen hast, dass du unzuverlässig bist«, erwiderte ich.

»Wie hat er das bewiesen?«, verlangte Del zu wissen.

»Hoolies, Bascha, er wurde als Gefangener betrunken!«

Dels Verachtung war offensichtlich. »*Das* ist dein Beweis?«

»Ich wurde betrunken«, sagte Nayyib, »weil Umir das Gefühl hatte, ich könnte vielleicht einige Dinge über Euch wissen, die auch *er* wissen wollte. Etwas, was mit einem Buch zu tun hatte. Aber ich wusste nichts über irgendein Buch, noch weiß ich etwas über Euch – außer dem, was jedermann im Süden weiß, und das weiß Umir längst.«

»Was hat das mit deiner Trunkenheit zu tun?«, fragte ich, da ich keinen Zusammenhang erkennen konnte.

»Weil er eine andere Taktik versuchte, nachdem offensichtlich wurde, dass er die Informationen nicht durch Schläge bekam. Er ließ mir von einem vermeintlich mitfühlenden Diener einen Krug mit … irgendetwas zukommen. Ich weiß nicht, was es war, aber es war stärker als alles, was *ich* bisher probiert hatte. Und obwohl mir Eure umfassende Erfahrung mit Alkohol fehlt – Ihr seid immerhin alt genug, um mein Vater zu sein, und habt daher den Vorteil bedeutsamer zusätzlicher Jahre –, hatte ich bereits mit verschiedenen Arten davon Bekanntschaft gemacht.« Er zuckte die Achseln. »Es machte mich sehr, sehr betrunken.«

Del war wütend. »Umir hat dich geschlagen?«

Ich wurde allmählich wider Willen neugierig. »Hast du ihm irgendetwas erzählt?«

»Nein, weil Ihr eintraft, bevor er mich etwas fragen konnte. Aber es hätte ihm ohnehin nichts genützt. Ich weiß *nicht* mehr über Euch oder darüber, was dieses Buch ist.«

»Das *Buch von Udre-Natha*«, sagte ich, »ist ein Zauberbuch. Es enthält alle Arten magischer Dinge: Zauber, Beschwörungen, Anrufungen, Mittel zum Heraufbeschwören von Dämonen, Notizen von Männern, die es jahrelang studiert haben und so weiter und so fort. In diesem Buch steht so ziemlich alles, was man über Magie wissen will.«

Der Junge besaß den Anstand, bestürzt zu wirken. »Und Ihr habt es ihm *gegeben*?«

»Ich habe es ihm *zurück*gegeben«, berichtigte ich, »und ja, weil es die einzige Möglichkeit war, dich frei zu bekommen.«

Nayyib wirkte nun erheblich kleiner, verlor die großspurige Haltung, während er mich überrascht ansah. »Ihr habt es ihm für mich gegeben?«

»Das habe ich.«

Aber sein Selbstvertrauen kehrte wieder zurück. »Warum seid Ihr nicht einfach hinein geritten und habt mich mitgenommen? Ohne das Buch. Ich meine, Ihr seid *Ihr*. Umir hätte Euch nicht aufhalten können.«

»Vielleicht doch.«

»Den Sandtiger aufhalten?«

»Ich bin leicht aufzuhalten«, belehrte ich ihn. »Sogar dauerhaft. Was denn, dachtest du, ich sei unsterblich?«

Er reckte das Kinn und nahm eine störrische Haltung ein. »Ihr seid noch nie getötet worden.«

»Nun, nein, da ich dann nicht hier stünde und in eine lächerliche Unterhaltung verstrickt wäre. Aber ›noch nicht‹ bedeutet keinesfalls ›nie‹.«

»Was ein weiterer Grund dafür ist, warum Neesha mit uns kommen sollte. Damit aus ›noch nicht‹ nicht ›jetzt‹ wird«, sagte Del.

Ich sah sie an. »Du willst wirklich, dass er mitkommt.«

»Das sagte ich wohl bereits mehrere Male. Ja.«

»Fein.« Ich stolzierte an dem Jungen vorbei. »Hol dein Schwert.«

Er wandte sich um. »Was?«

»Hol dein Schwert.« Ich beugte mich hinab und hob meines auf. »Sehen wir einfach mal, wie viel Können du besitzt, das ich noch nicht bemerkt habe. Vielleicht werden meine Vermutungen dann bewiesen.«

Nayyib war bestürzt. *»Jetzt?«*

Ich lächelte. »Warum nicht?«

Er öffnete den Mund und schloss ihn wieder. Und öffnete ihn erneut. »Weil … jetzt kein guter Zeitpunkt ist.«

»Du kannst dir den Zeitpunkt nicht immer aussuchen, Nayyib-Neesha. Lass dir das eine erste Lektion sein.« Ich deutete auf sein Bettzeug und die Satteltaschen. »Dein Schwert.«

»Ich kann nicht«, sagte er leise.

»Ich dachte, du wolltest, dass ich dich unterrichte.«

Er wurde blass. »Das will ich auch.«

»Und?«

»Aber jetzt … jetzt …« Er schluckte schwer, wirkte gequält. »… wird mir schlecht.« Er wandte sich um, taumelte zwei Schritte, beugte sich vornüber – und ließ seinen Worten prompt Taten folgen.

»Na so was«, sagte ich verwundert, »ich habe noch nie *diese* Wirkung bei jemandem beobachtet.«

Del sah mich finster an. »Bist du jetzt glücklich?«

Ich grinste. »Jep.« Besonders da es für jedermann schwer ist, anziehend auf eine Frau zu wirken, während er seinen Magen umstülpt.

Sie hob einen leeren Eimer auf und warf ihn mir zu. »Geh und hol Wasser. Die Pferde brauchen noch mehr zu trinken.«

Ich fing den Eimer lachend auf und nahm ihn und das Schwert mit zum Brunnen, während ich ununterbrochen pfiff.

28

Einige Zeit später fand sich Nayyib bei mir ein. Er hatte sich gewaschen, sich abgestaubt und seine Haare in Ordnung gebracht. Seine Augen wirkten klarer, und er hatte auch wieder mehr Farbe. Ich hatte den Hengst bereit gemacht und beschäftigte mich gerade damit, Allablätter aufzuschlitzen und eine neue Ölschicht aufzutragen, während ich darauf wartete, dass Del mit dem Aufzäumen und Beladen des Wallachs fertig würde. Es dauerte verdächtig lange, und als Nayyib vor mir stehen blieb und sich zusammenriss, wusste ich warum.

Ich seufzte und setzte eine geduldige Miene auf.

Er machte keine Ausflüchte. »Ich würde gern mit Euch kommen.«

Ich rieb Öl in meinen Nacken ein. »Darüber haben wir schon gesprochen.«

»Und Ihr habt mir noch keine endgültige Antwort gegeben.«

»*Nein* ist nicht endgültig?«

»Ihr habt nicht ›nein‹ gesagt. Ihr habt Einwände erhoben. Das ist ein Unterschied.«

Nun ja, das war es. »Du bist absolut sicher, dass du dich von mir zum Schwerttänzer ausbilden lassen willst?«

»Ja.«

»Warum?«

In seinen Augen flackerte kurzzeitig etwas auf. Es war weder Zweifel daran, dass er antworten konnte, noch daran, dass die Antwort falsch wäre. Vielleicht war es nur eine Frage, die er von *mir* nie erwartet hätte.

Der Hengst stupste mich an die Schulter. Ich tätschelte seine Nase und schob seinen Kopf dann fort. »Nun?«

»Es ist das, was ich schon von frühester Jugend an wollte.«

Ich verteilte Allaöl zwischen den Harnischriemen auf meinem Bauch und rieb es ein. »Warum?«

»Meine Schwester und ich …« Beim Gedanken an sie kräuselte ein flüchtiges Lächeln seine Lippen. »Wir haben aus Stöcken Schwerter gemacht. Haben Kreise in den Sand gezogen. Schließlich zwang meine Mutter sie, mehr Zeit im Haus zu verbringen, sodass ich allein tanzen musste. Aber meine Schwester wusste – genau wie ich –, dass es eines Tages hierzu kommen würde.«

»Warum hast du mich erwählt?«

An seinem Kinn zuckte ein Muskel. »Das geschah nicht gleich. Es kam ein Schwerttänzer ins Dorf, auf dem Weg nach Iskandar. Für die dortigen Tänze vor zwei Jahren.« Erneut ein Flackern in seinen Augen. »Erinnert Ihr Euch?«

Erinnerte ich mich? O ja. Sehr deutlich. Del auch. Dort hatte sie Ajani getötet.

Ich warf die benutzten Blätter beiseite und schlitzte ein weiteres auf. »Dieser Schwerttänzer ritt also durch dein Dorf, und du hast ihn um Unterricht gebeten?«

»Ja.«

»Hat er ihn dir gegeben?«

»Ja. Er brauchte Geld, und ich bot ihm an, ihn zu bezahlen.«

Ich nickte und beugte mich hinab, um Öl in die Schenkel einzureiben. »Und als er ging, hast du beschlossen, mich herauszufordern.«

Erneut überzog Röte die dunkle Bräune seines Gesichts. »Ich meinte es nicht als Herausforderung. Ich wollte nur mit Euch in den Kreis eintreten. Ich wusste, dass ich verlieren würde.«

Ich grinste schief. »Nicht unbedingt.«

»Gegen Euch? Natürlich.«

»Nayyib, als ich das erste Mal gegen einen legendären Schwerttänzer in einen Kreis eingetreten bin, habe ich gewonnen.«

»Aber Ihr seid Ihr.«

Ich richtete mich auf. »Damals war ich nicht ich«, sagte ich aufgebracht. »Ich war nur ein schlaksiger, siebzehnjähriger Junge mit für seinen Körper zu großen Händen und Füßen, der von einem Mann unterschätzt wurde, der es besser hätte wissen sollen. Selbstzufriedenheit im Kreis ist gefährlich – sie hätte ihn fast getötet, und ich hatte nur ein Holzschwert, keinen lebendigen Stahl.« Ich schüttelte in Erinnerung an Abbus Erschütterung den Kopf, während ich mit einem leeren Blatt auf Nayyib deutete. »Und schon, Neesha, hast du eine weitere Lektion gelernt.«

Er verzog den Mund zu einem vagen Lächeln. »Werdet Ihr mir weitere geben? Es wäre mir eine Ehre – und ich habe auch das Geld, um *Euch* zu bezahlen.«

Ich lachte und warf das Blatt beiseite. Mir war bewusst, dass Del sich jetzt noch langsamer bewegte, während sie den Wallach bereit machte. Nayyibs Pferd war längst aufgezäumt und beladen und ein Stück entfernt angepflockt. »Sieh mal ...« Ich hielt inne, dachte kurz darüber nach und gab auf. »Ich habe die feste Absicht, die Schule in Alimat wieder zu eröffnen, aber noch nicht jetzt. Ich muss vorher einige Dinge regeln. Wenn du wirklich lernen willst – wenn du bis dahin nicht das Interesse verloren oder durch etwas anderes, wie eine Frau, abgelenkt worden bist –, dann komm zu mir.«

Sein Kiefer spannte sich an. Nun zeigte er keinen Hundeblick mehr. Er war zornig, unterdrückte den Zorn aber mit unerwarteter Selbstbeherrschung. Ein Teil der Jungenhaftigkeit verblasste hinter einer härteren Schale. Er war plötzlich absolut kein Kind mehr, sondern ein Mann.

Seine Stimme war sehr ruhig. »Was wäre nötig?«

»Zeit.« Und dann hörte ich die Worte meines Shodo aus meinem Mund dringen. »Es gibt sieben Grade. Aber es ist keine Zeitspanne vorgeschrieben, in der man diese Grade erreichen muss. Es kann zwei Jahre dauern, den ersten Grad zu erreichen. Danach kannst du fortgehen, wenn du willst – aber zu laufen, bevor du gehen kannst, bedeutet, dass du getötet werden wirst, bevor du auch nur davon träumen kannst davonzulaufen.«

»Und um sieben Grade zu erreichen?«

Ich zuckte die Achseln. »Nur wenige Männer halten so lange durch. Sie gehen vorher, um sich ihren Lebensunterhalt zu verdienen.«

»Ihr seid ein Schwerttänzer des siebten Grades.«

»Das war ich. Jetzt bin ich nichts, nur ein Ausgestoßener.«

»Elaii-ali-ma«, sagte er. »Rafiq hat es mir gesagt, als ich ihn fragte.

»Zeit, und Schwüre«, erklärte ich. »Der Kreis ist ein fordernder Dienst. Zu viele glauben, es ginge um Ruhm. Rafiq glaubt das, und das ist der Grund, warum er niemals überleben wird. In Wahrheit geht es überwiegend um Ehre und Schwüre, und Dienst. Die Eleganz des Tanzes, die Schönheit lebendigen Stahls. Der Ruhm kommt, wenn man ausreichend häufig und gut siegt – aber das ist nicht der Punkt. Es *scheint* jungen Männern nur so, die nicht im Dorf bleiben, heiraten und Kinder mit dem ersten Dorfmädchen haben wollen, mit dem sie schlafen.«

Er hatte seinen Zorn unter Kontrolle. Seine Stimme klang fest. »Und wenn ich erwählte, den siebten Grad zu erreichen, wie Ihr es getan habt?«

»Kannst du dir zehn Jahre leisten?«

Er blinzelte. »Ihr habt zehn Jahre gebraucht?«

Ich beugte mich erneut hinab, um meine Knöchel und Schienbeine einzuölen. »Nein, ich habe sieben Jahre gebraucht. Aber ich war der Erste, dem es so schnell gelungen ist.«

Nayyib nickte kurz. »Sieben Grade. Wenn es *zwölf* Jahre dauert, dann gebe ich Euch zwölf.«

Del führte den Wallach zur Vorderseite des Hengstes. Wartete, sagte nichts.

»Leiste jetzt noch keine Schwüre, Nayyib«, riet ich. »Nicht bevor du weißt, was sie bedeuten. Denn in Alimat gelten die Schwüre, die du leistest, ein Leben lang.«

Er scheute nicht davor zurück, hatte auch keine Angst vor mir. »Ihr habt Eure gebrochen.«

»Und jeder Schwerttänzer im Süden versucht, mich zu töten.«

Sein Blick glitt zu Del. Ruhig erwiderte er: »Manchmal müssen gewisse Schwüre gebrochen werden, wenn sie zu halten bedeutete, dass man Schwüre brechen müsste, die man jemand anderem gegenüber geleistet hat.«

So. Sie hatte es ihm also erzählt. Anscheinend hatte die nordische Bascha dem südlichen Jungen eine Menge erzählt.

Der nicht wirklich ein Junge war. Nur erheblich jünger als ich.

Wie Del.

Er sah sie noch immer an. Sie wich seinem Blick nicht aus. Ich sah ihren Blickwechsel, konnte ihn aber nicht deuten.

Etwas zwickte tief in meinen Eingeweiden. Eifersucht? Nein, nicht wirklich. Aber die Bewusstheit, dass sich Dinge änderten, dass sie sich weiterhin ändern würden.

Und Del wusste nichts von meiner begrenzten Zeit. *Ihr* Leben würde sich auch ändern.

Ich schaute zu Nayyib zurück. Er hatte gesagt, er gäbe mir zwölf Jahre. In zwölf Jahren, oder möglicherweise zehn, wäre ich tot.

Ich warf den Rest des Blattes jäh fort. Wandte mich um und stieg auf den Hengst. Ich zügelte ihn und schaute zu Nayyib hinab, der auf meine Antwort wartete. »Du kannst bis Julah mit uns kommen. Dort werden wir üben, und dann werde ich mich entscheiden.«

Der Hengst hat eine sehr bequeme, ausgewogene Gangart, wenn er denn einwilligt, sich darin einzurichten. Sonst hat er zu häufig eine Klette unter seiner Decke oder eine Biene auf dem Hintern – im übertragenen Sinne natürlich – und hält sich an mir schadlos. Aber im Augenblick war er zufrieden damit, einfach weiterzulaufen, während sein Kopf am Ende des Halses träge wippte. Ich schlief beinahe ein, bis Dels Stimme mich weckte.

»Tiger!«

Ich ließ den Hengst weiterlaufen, drehte mich im Sattel um und schaute zurück. Del und Nayyib hatten die Pferde in einiger Entfernung verhalten und sahen mich an. »Was ist?«

»Wohin willst du?«, rief Del.

»Nach Julah!«

»Julah liegt in *dieser* Richtung.«

Ich verhielt den Hengst. »Nein, das stimmt nicht.« Ich deutete in die andere Richtung. »Hier entlang. Nach Süden.«

»Das ist Osten«, erklärte sie.

War sie sandkrank? »Nein, ist es nicht. Dies ist Süden. Julah liegt in dieser Richtung.«

Del deutete mit einem Finger energisch vor ihr Pferd. »Da ist die Straße.«

»Das ist *eine* Straße«, belehrte ich sie. »Bei der Oase treffen fünf Straßen aufeinander. Dies ist die Straße nach Julah.«

Nayyib schüttelte den Kopf und sagte etwas zu Del, was ich nicht hören konnte.

»Was ist?«, fragte ich verärgert.

»Dort ist Osten«, antwortete er.

»Woher willst *du* das wissen? Du stammst nicht aus dieser Gegend.«

»Nein, aber ich kenne meine Richtungen.«

»Das ist überhaupt keine Straße, Tiger«, rief Del. »Sieh doch.«

Es war lächerlich, mitten in der Wüste diese sinnlose Diskussion zu führen. Ich sah hin. Ich blinzelte. Sah, dass der Hengst und ich tatsächlich durch die Wüste wollten, ohne dass eine Straße, ein Pfad oder eine Spur zu sehen waren.

Ich runzelte die Stirn. Diese Richtung *fühlte* sich richtig an. Es fühlte sich wie Süden an. Oder ich war wirklich eingeschlafen, und der Hengst hatte seine eigene Route gewählt.

Ich wendete ihn und ritt zurück. Spürte ein jähes und so mächtiges Gefühl der Verkehrtheit, dass ich den Hengst scharf verhielt. »Nein«, beharrte ich. »Es geht hier entlang.«

Del deutete auf die Straße. »Süden. Julah. Ich stamme auch nicht aus dieser Gegend, aber das weiß ich.«

Aber es war falsch. *Falsch.* Ich wusste es. Spürte es in meinen Knochen.

Und plötzlich fluchte ich, als ich mich an den Traum erinnerte. Meine Knochen würden es wissen, hatte sie gesagt.

Dels Stimme: »Tiger?«

Ich schloss fest die Augen. Versuchte, mich neu zu orientieren. Versuchte, mir von meinem lebenslangen Orientierungssinn sagen zu lassen, welcher Weg der richtige sei. Als ich die Augen jedoch wieder öffnete, spürte ich noch immer, dass sie sich irrten und ich Recht hatte, trotz der Straße als Beweis.

Oder vielleicht hatten wir beide Recht. Julah lag im Süden, aber ich *sollte* gen Osten ziehen.

Finde mich, hatte sie gesagt. *Und nimm das Schwert auf.*

Ich sah Del an. »In welcher Richtung liegt von hier aus der Einschnitt?«

»Der Einschnitt?«

»Die Felsformation, die wir zum Einsturz brachten,

als du dein Schwert zerbrachst. Als Chosa Dei gegen Shaka Obre kämpfte.« Oziri hatte es Beit al'Shahar genannt.

Del deutete in eine Richtung. »Dort entlang.«

»Westen.«

Sie nickte. Nayyib ebenso.

Der Hengst und ich schauten gen Westen. Dels Wallach und Nayyibs Kastanienbrauner schauten gen Süden, in Richtung Julah, während die Oase nicht sehr weit hinter ihnen lag. Der Osten lag hinter mir, und das war der Weg, den ich – oder meine Knochen – nehmen wollte.

Nun, wir bekommen nicht immer, was wir wollen. Ich schnalzte dem Hengst zu und eilte zur Straße. Dort angekommen, hielt ich inne. Erschauderte von Kopf bis Fuß.

Dels Miene wirkte besorgt. »Was ist los?«

»Ich weiß es nicht. Etwas …« Ich schüttelte den Kopf, wohl wissend, wie das geklungen hatte. »Etwas sagt mir ständig, wir sollten nach Osten ziehen. Oder ich zumindest.«

»Was ist im Osten?«, fragte sie.

Anscheinend eine tote Frau. Verstreute Knochen: Perlen der Wüste.

»Die Punja«, sagte ich.

Sie runzelte die Stirn. »Das ergibt keinen Sinn.«

»Und da stimme ich dir vollkommen zu«, erwiderte ich. »Ich weiß nur, dass etwas in mir nach Osten ziehen will.«

Nayyib, der sich klugerweise aus der Unterhaltung heraushielt, schaute an mir vorbei und wechselte dann das Thema. »Es kommt jemand.«

Ich wandte mich im Sattel um und schaute in Richtung der Oase. Eine Staubwolke begleitete den Reiter und verbarg den Horizont. Dann bemerkte ich einen winkenden Arm. Die Stimme eines Mannes wurde über die Hufschläge seines Pferdes erhoben.

»Wartet!«, schrie er. »Wartet!«

»Jemand aus der Oase?«, fragte Nayyib verwundert.

»Wartet!« Er klang verzweifelt. War in der Oase etwas passiert, wofür Hilfe benötigt wurde?

»Wir werden es vermutlich gleich herausfinden«, sagte ich. Zumindest hielt mich die Ablenkung davon ab, nach Osten zu reiten.

Der Hengst schnaubte, stampfte, wich unruhig seitwärts aus, nicht glücklich damit, am Fleck stehen bleiben zu müssen. Ich zügelte ihn, hatte eine kurze Debatte mit ihm, als er protestierte, und schaute auf, als der Reiter näher kam. Ich konnte seine Züge ausmachen, kannte ihn aber nicht.

»Wartet!«, rief er wieder.

Dann sah ich Stahl aufblitzen.

Ich wandte mich um und machte Del und Nayyib mit dem linken Arm ein Zeichen. »Geht! Aus dem Weg!«

Als ich wieder herumfuhr, während ich die Klinge aus der Scheide zog, verlangsamte sich alles um mich herum. Ich riss den Hengst scharf zurück, von der Straße fort, aber da war es bereits zu spät. Der Reiter zügelte sein Pferd nicht und wich auch nicht aus. Mit hoch über den Kopf erhobenem Schwert krachte sein Brauner in den Hengst.

Meine Wahrnehmung zerfiel in Bruchstücke von Bildern, Eindrücken. Ich spürte, wie der Aufprall den Hengst erschütterte und ihn seitwärts stieß. War mir der Tatsache bewusst, dass der Kopf des Braunen gegen meinen linken Ellenbogen prallte; verdrehte Augen und heißer Atem. Der Hengst stolperte und ging fast zu Boden. Ein Aufblitzen von Stahl blendete mich, noch während ich den Kopf des Hengstes hoch in die Luft zu reißen versuchte, ihn auf den Füßen zu halten versuchte, ihn nach links zu führen versuchte … damit ich freie Bahn für meine Klinge hätte. Aber wir waren einander so verflucht nahe, mein Angreifer und ich, und unsere Pferde miteinander verstrickt.

Ich ließ die Zügel fallen und donnerte dem Braunen eine Faust auf die Nase, versuchte, ihn von mir, vom Hengst fortzutreiben. Wiederum sah ich das Aufblitzen einer Klinge und hob auch meine an. In dem Gewirr von verschränkten Pferdeleibern war es unmöglich, angemessen zu parieren, aber ich blockte die schlimmste Stoßkraft ab. Dann versuchte der Hengst, gegen den Braunen anzukämpfen, das Maul weit geöffnet, der Hals sich windend, der Kopf seitwärts schwingend, die Zähne zuschnappend.

Der Braune stieg und schrie. Ich verlor meine Steigbügel. Ich stieß mich ab, tauchte seitwärts und verlor beim Fallen mein Schwert. Ich landete hart, schmeckte Sand und Blut, sah Sterne. Versuchte, mich aufzurappeln, aus dem Weg zu gelangen, aber mein Schwung war dahin, ich stolperte über mein Schwert und fiel hin. Flucht war jetzt, mitten im Kampf der Pferde, unmöglich. Ich konnte nicht sagen, wo oben oder unten war, innen oder außen. Ich rollte mich einfach zu einer festen Kugel zusammen, die Arme über den Kopf gelegt, und betete, dass kein Huf auf einem Teil meines Körpers landen würde.

Irgendwo erklangen Schreie. Dels Stimme. Nayyibs. Und die eines Fremden. Schreckliche Schreie, das panische Wiehern eines aufgebrachten Hengstes. Ich konzentrierte mich darauf, bestimmte, aus welcher Richtung es kam, und beschloss, die Gelegenheit zu ergreifen. Ich stieß mich vom Boden hoch, lief zwei Schritte, fiel wieder hin, rollte mich ab, kam in Kauerstellung erneut hoch. Inmitten des Kampfes sah ich Nayyib zu Fuß und gebeugt heraneilen, das Schwert blankgezogen. Er schnitt auf etwas ein und bekam für seine Mühe fast den Schädel eingeschlagen. Aber ich sah den Braunen niedergehen, während Nayyib zurück und aus dem Weg sprang, und erkannte, was er getan hatte.

Der Reiter warf sich von seinem Pferd, vom Hengst

behindert und bedrängt, und krachte zu Boden. Er rollte sich ab, rappelte sich ebenso hoch, wie ich es getan hatte, und sprang los – nur um Del von Angesicht zu Angesicht gegenüber zu stehen. Er hatte sein Schwert in dem Tumult verloren, griff aber nun nach seinem Dolch. Del, die ihre Klinge noch hatte, gebrauchte sie absolut wirkungsvoll, trieb sie durch seinen Bauch.

Der Hengst stieg, schrie erneut, kam mit beiden Vorderbeinen ausschlagend wieder herab. Ich hörte das Übelkeit erregende Knirschen, als er den Schädel des Braunen zerschmetterte. Dann fuhr er herum, entfernte sich zwei Sprünge weit, wirbelte zurück und stand schließlich zitternd da, mit zuckenden Vorderbeinen, und schlug mit dem Schwanz. Schweißbäche liefen seine Flanken herab.

Und Blut.

Nayyib war sofort da. Nicht jeder würde sich einem Pferd im Zustand des Hengstes nähern. Wahrscheinlich sollte es auch niemand tun. Er könnte leicht wieder austreten oder beißen. Aber Nayyib ergriff den Wangenriemen seines Zaumzeugs, schlang ihm den Zügel über die Nase und durch die Gebisstücke und zog ihn fest. Das gelang ihm so schnell, dass der Hengst keine Zeit hatte zu reagieren. Nayyib hielt ihn fest, sprach beruhigend auf ihn ein und benutzte den geschlungenen Zügel als Behelfsstegkette.

Del war bei mir. »Bist du in Ordnung?«

Ich spie Blut und Sand, spürte Sand zwischen den Zähnen. Wischte mir mit einer Hand über den Mund und verschmierte damit alles nur. »Es geht mir gut.« Ich versuchte aufzustehen. Mein linkes Bein protestierte heftigst. Ich setzte mich wieder hin. »Nun, vielleicht doch nicht so gut.« Ich untersuchte das schmerzende Bein. Mein Knie war seitlich zerkratzt und wund. Aber was …? O ja. Ich erinnerte mich, wie der Braune mit der Schulter in den Hengst gekracht war, mein Bein zwischen ihnen gefangen.

Del kniete sich hin, legte eine Hand auf das gerötete, abgeschürfte Gebiet. »Ist es gebrochen?«

»Ich glaube nicht. Aber ich wette, dass es sich bis morgen früh hübsch verfärben wird.« Ich versuchte es erneut und gelangte auf die Füße. Das Bein war sehr wund, aber heil. Ich hatte Glück, dass es nicht zerschmettert war. »Ich muss nach dem Hengst sehen.«

»Nayyib hat ihn. Er wird wieder.«

Ich humpelte dennoch hinüber und sprach mit dem Hengst, während ich mich näherte, damit ich ihn nicht erschreckte. »Er ist verletzt«, stieß ich hervor.

Nayyib, der noch immer den Kopf des Hengstes hielt, nickte. »Eine Schwertklinge. Nur ein Schnitt, glaube ich, aber schmerzhaft.«

Die Wunde befand sich in der linken Hinterhand des Hengstes, ungefähr sechs Zoll lang. Sie war nicht tief genug, um den Muskel durchtrennt zu haben, aber das Fleisch klaffte. Die Hinterhand war blutüberströmt.

»O Sohn«, murmelte ich, »der Bastard hat dich erwischt.«

»Es muss genäht werden.« Nayyib streichelte dem Hengst sanft über die Nase, während er die Zügel hielt. »Ich habe Seidenzwirn in meinen Satteltaschen und eine Nadel.«

Der Hengst, durch tropfendes Blut und Schweiß gequält, trat mit der linken Hinterhand seitwärts aus. Ich schüttelte den Kopf. »Er wird sich das jetzt noch nicht gefallen lassen.«

Nayyib nickte. »Wir werden ihn dazu bringen müssen, sich hinzulegen, und dann muss sich jemand auf seinen Kopf setzen. Und wir müssen seine Beine – und wahrscheinlich auch seinen Schwanz – festbinden, damit er mich nicht treten oder blind machen kann.«

Ich sah ihn scharf an. »Dich?«

»Ich habe es schon früher gemacht.« Er lächelte verzerrt. »Als ich kein Kind mehr war, das mit Stöcken spielte, träumte ich in Gedanken davon, ein Schwerttänzer zu sein. Was ich außerhalb meines Denkens tat, war, mit Tieren zu arbeiten. Mein Vater hat in der Nähe von Iskandar eine kleine Pferdefarm.«

»Warum bist du dann nicht dort?«, fragte ich. »Oder hast du so viele Brüder, dass er dich nicht braucht?«

»O nein, es gibt nur mich und meine Schwester. Aber wir hatten eine Meinungsverschiedenheit, er und ich.«

»Sag es mir nicht. Du hast ihm erzählt, du wolltest Schwerttänzer werden.«

Nayyib beruhigte den Hengst mit Händen und Stimme. »Es hat ihm nicht gefallen.«

Ich seufzte und zuckte zusammen, als ich zu viel Gewicht auf mein schmerzendes Bein legte. »Ich glaube, ich bin wohl zu nicht mehr zu gebrauchen, als mich auf seinen Kopf zu setzen. Er wird sich hinlegen, wenn ich ihm das Zeichen gebe. Ich habe es ihm für Sandstürme beigebracht.«

Nayyib wirkte zweifelnd. »Nach einem Kampf?«

Ich dachte darüber nach. Möglicherweise nicht. »Lass es mich versuchen«, sagte ich.

Nayyib nickte.

Ich trat zum Kopf des Hengstes, sah ihm ins Auge, sagte ihm, er solle sich niederlegen, und gab ihm das Zeichen: einen Klaps auf die linke Schulter. Er schlug mit dem Schwanz und regte sich nicht.

»Oh, komm schon«, sagte ich. »Du hast das schon früher getan.«

Noch ein Klaps, plus ein Stich mit dem Daumen.

Nichts. Bis auf einen sehr störrischen Ausdruck in den Augen.

»In Ordnung, machen wir es auf meine Weise«, sagte Nayyib. »Del kann sich um das Seil kümmern, das sein eines Bein festhält, während ich nähe.« Er schaute über die Schulter zu Del, die ihren Wallach und Nayyibs Pferd eingefangen hatte und abseits wartete. »Könnt Ihr in meine Satteltaschen greifen? Darin ist ein Lederbeutel, blau gefärbt. Er enthält Heilmittel. Und Ihr müsst mir jedes verfügbare Halfterseil und meinen Ersatzburnus bringen.«

Sie nickte und wandte sich seinem Pferd zu.

Nayyib sah mich von der Seite an. »Ich habe auch Menschen genäht.«

Ich schüttelte den Kopf. »Das sind nur Schürfungen, keine Wunden. Ich werde mein Knie später verbinden.« Und vielleicht auch meinen Ellenbogen.

Seine Stimme klang auf kalte Art ungehalten. »Ich habe noch nie gesehen, dass jemand ein Pferd absichtlich gegen ein anderes prallen lässt. Ein Pferd bewusst mit solcher Brutalität zu riskieren, nur um einen anderen Menschen zu töten.«

Ich war mir nicht sicher, ob er über das Riskieren des Pferdelebens oder über das Riskieren eines Menschenlebens ungehaltener war. »Wenn du lange genug lebst, wirst du vermutlich alles sehen.«

Und dann war Del zurück, brachte Seile, Burnus und Beutel, und wir vergaßen tote Menschen und tote Pferde und kümmerten uns um ein lebendes.

29

Ich erkannte an Dels angespanntem Schweigen, dass sie besorgt war. Man versucht nicht oft, einen Hengst dazu zu bewegen, sich niederzulegen, wenn er kein Interesse daran hat. Aber Nayyib hatte Recht: Die einzige Möglichkeit, wie wir den Schnitt nähen könnten, bestand darin, den Hengst kurzzeitig auszuschalten. Er war kein Mensch. Man konnte ihm nicht erklären, was getan werden musste und warum, und erwarten, dass er zustimmte. Noch konnten wir ihn betrunken machen, und niemand von uns war kräftig genug, ihn bewusstlos zu schlagen. Also stellte Nayyib, während Del und ich den Hengst absattelten, ihm Decken und Satteltaschen abnahmen und auf den Boden legten, ruhig einen Lippenseilzug und einen Seilharnisch her und wand breite Streifen seines Ersatzburnus um den Hanf, um ihn zu polstern.

»Bindet ihm die Hinterbeine zusammen.« Er reichte mir zwei mit Schaffell gepolsterte Fesseln, die er aus seinen Satteltaschen hervorgezaubert hatte. »Und bindet seinen Schwanz mit ein.«

Nayyib war sehr gebieterisch, wenn es um Pferde ging. Aber ich beugte mich, von seinem Selbstvertrauen und seinem raschen Denkvermögen beeindruckt. Ich tat vorsichtig, worum er mich gebeten hatte, und legte die gepolsterten Fesseln um beide Hinterbeine. Sie waren kürzer als üblich, was bedeutete, dass sie die Beine enger zusammenhielten. Ein langer Lederriemen an den Fesseln kontrollierte den Schwanz, der lang genug – und kräftig genug – war, einen Mann erblinden zu lassen, wenn ihm hartes Pferdehaar über die Augen schlug.

»Haltet ihn kurz«, wies Nayyib Del ruhig an, und als sie die Zügel nahm, schlang der Junge rasch burnusgepolstertes Seil um das rechte, vordere Fesselgelenk des Hengstes, über die Brust und dann um den Hals. »In Ordnung«, sagte er. »Tiger, kommt, haltet seinen Kopf. Del, nehmt dieses Seil. Wenn ich es sage, zieht so fest Ihr könnt. Dann wird das rechte Bein an seine Brust gehoben.«

Das klang für mich riskant. »Was wirst *du* tun?«

Nayyib lächelte nur kurz. »Ich werde am anderen Bein stehen, es hochheben und mich gegen ihn lehnen. Wenn alles gut geht, wird er auf die rechte Schulter fallen. Wenn er liegt, setzt Euch auf seinen Kopf. *Haltet* ihn dort *fest*. Benutzt den Seilzug, um ihn von allem anderen abzulenken.« Er schaute zu Del. »Haltet das Seil kurz. Ich werde mich mit dem Nähen beeilen. Wenn ich Glück habe, werden ihn die hinteren Fesseln daran hindern, mir den Kopf wegzutreten.«

»Und was dann?«, fragte ich.

»Wenn ich fertig bin, werde ich mich verziehen. Del, Ihr lockert das Seil. Tiger, Ihr geht von seinem Kopf weg. Er wird aufspringen, aber die Fesseln werden ihn am Platz halten. In Ordnung?«

»Ja«, sagte Del. Ich nickte.

Nayyib atmete tief durch und trat zur linken Vorderseite des Hengstes. »Zieht, Del!«

Sie zog. Nayyib ergriff das linke Bein und bog es einwärts. Der Hengst warf den Kopf auf, wodurch ich beinahe enthauptet worden wäre, und fiel dann hart zu Boden, rollte auf die rechte Schulter, wie der Junge es erhofft hatte. Ich war mir bewusst, dass Del ihr Seil rasch kurz nahm und fest hielt. Dann ließ ich mich hinter den Ohren, wo der Hals anfing, auf den Kopf des Hengstes plumpsen und ergriff mit der linken Hand den Seilzug. Er atmete schwer, die Muskeln zuckten, die Nasenflügel bebten unter einem heftigen Schnauben, das Staubwölkchen aufwirbelte. Das sichtbare Auge war verdreht, zeigte gerötetes Bindegewebe.

»Beeil dich!« Ich knirschte mit den Zähnen, während ich Seilzug und Zügel festhielt.

Mein Rücken war dem Körper des Hengstes zugewandt, sodass ich nichts von dem sehen konnte, was Nayyib tat. Wenn ich nach rechts schaute, konnte ich Del sich in das Seil stemmen sehen, das über den Hals des Hengstes verlief. Aber hauptsächlich sah ich sein sichtbares Auge, während ich um Gleichgewicht rang. Je ein Knie auf einer Seite von ihm, eine Hand ins Zaumzeug verschränkt und die andere das um seine Unterlippe gewundene Seil anziehend, erkannte ich, dass sich meine edelsten Körperteile in einer ziemlich gefährlichen Lage befanden. Wenn er den Kopf aufwarf, würde ich wahrscheinlich entmannt werden.

Ich fluchte erneut und spie dabei eine kleine Sandfontäne aus.

»Wie geht es deinem Bein?«, fragte Del angespannt.

»Frag mich noch mal, wenn wir fertig sind.«

Das Nähen schien ewig zu dauern. Aber schließlich warnte uns Nayyib vor, uns bereit zu halten. »Del, lockert das Seil nur etwas. Wenn Tiger von seinem Kopf aufsteht, lasst dem Hengst soviel Spiel wie möglich. Er wird kraftvoll und schnell, aber unbeholfen hochkommen.« Er hielt inne. »Tiger?«

»Ich bin bereit.«

»Del?«

»Es ist locker.«

»In Ordnung, Tiger.«

Ich ließ den Seilzug und das Zaumzeug los und stieß mich mit fest aufgestemmten Beinen ab, schoss vorwärts. Ich rollte ab, kauerte mich hin, stand auf und hüpfte kurz, als mein Bein sich beschwerte. Sah Del mehr Seil geben und dann zurückspringen. Nayyib befand sich nahe am Kopf des Hengstes, löste das Seil um seine Unterlippe. Und der Hengst kam wirklich kraftvoll und schnell hoch, stürzte wild los. Das gepolsterte Seil glitt von Hals und Brust und sammelte sich um sein rechtes Bein auf dem Boden. Er schwankte leicht, als er entdeckte, dass seine Hinterbeine noch immer gefesselt waren, fand aber dann sein Gleichgewicht wieder. Er streckte den großen Kopf hoch in die Luft, beäugte mich und stieß dann ein angestautes Schnauben zutiefster Verärgerung aus, das Schleim in alle Richtungen verstreute.

Ich wischte ihn mir von der Brust. »Danke.«

Nayyib hielt wieder seine Zügel, beruhigte ihn. Zu mir sagte er: »Ihr könnt ihm die Fesseln jetzt abnehmen.«

Ah, und mir den Kopf wegtreten lassen. Kluger Junge. Ich hinkte mit verzerrtem Lächeln zur Rückseite des Hengstes und ließ meine linke Hand über sein Rückgrat und den Rumpf gleiten, damit er wusste, dass ich da war. Ich mied sorgfältig die Wunde, bemerkte eine gebogene Reihe sauberer Seidenzwirnstiche, beugte mich dann hinab und löste die gepolsterten Fesseln und den Schwanzriemen. Sprang bereitwillig aus dem Weg, als der Hengst sofort empört mit dem Schwanz schlug.

»Schon gut«, summte Nayyib und führte ihn vorwärts. »Siehst du? Nicht so schlimm. Ein Angriff auf deine Würde, ich weiß, all diese Misshandlungen, aber du wirst es überleben. Du bist das beste aller Pferde, ein Hengst unter Hengsten – selbst wenn du ein störrischer, hässlicher Sohn einer Ziege bist.«

»He«, protestierte ich.

»Nicht so schlimm, nicht so schlimm«, fuhr Nayyib fort und führte den Hengst jetzt in weitem Kreis umher. »Du wirst eine heftige Narbe zurückbehalten, genau wie dein Reiter. Aber du bist wesentlich hübscher.«

Del trat an meine Seite. »Er ist wie ein Pferdeflüsterer.«

Ich erinnerte mich an den hellhaarigen Jungen, den wir auf dem Kymri getroffen hatten, einer Versammlung von Völkern im Norden. »Ich glaube nicht, dass Nayyib ihre Gedanken lesen kann.«

»Das braucht er auch nicht. Er weiß, was sie brauchen. Siehst du? Der Hengst beruhigt sich.«

Sie lächelte. Ich beobachtete, wie sie Nayyib beobachtete.

Pferde waren nicht das Einzige, womit der Junge umgehen konnte.

Nayyib brachte den Hengst zu mir heran. »Wir sollten gleich weiterreiten«, sagte er. »Der Schnitt hat seine Muskeln nicht betroffen, sodass er durchaus geritten werden kann. Aber wenn wir die Nacht über hier bleiben oder selbst wenn wir zur Oase zurückkehren, was nicht so weit ist, wird er steif werden. Er sollte am besten bewegt werden.«

Del sah mich wachsam an. »Nach Julah?«

Ich zuckte die Achseln und nahm die Zügel des Hengstes. »Sehen wir, was geschieht, wenn ich wieder im Sattel sitze.«

Während Nayyib seine Habe einpackte, machte ich den Hengst bereit. Er war ungewöhnlich zahm, als hätte er alles Temperament und alle Kraft verbraucht. Als er gesattelt und beladen war, füllte ich einen Segeltucheimer mit Wasser aus einer Bota und ließ ihn saufen. Er saugte es gierig auf, hob sein tropfendes Maul aus dem Eimer und stieß es dann gegen meine Brust, als forderte er mich auf, Mitleid zu zeigen.

Ich lächelte und kratzte über sein Kinn. »Tut mir Leid, alter Junge. Das hast du nicht verdient. Mich wollen sie töten, nicht dich.«

Ich packte den Eimer weg, wandte mich um, um aufzusteigen, und entdeckte, wie wenig mein halbwegs zerquetschtes Bein bereit war, mein ganzes Gewicht zu tragen. Fluchend gelangte ich in den Sattel, woraufhin das linke Knie pochte. So weit zur Heilung, die ich in Meteiera kennen gelernt hatte. Man hatte mir gesagt, jegliche neuen Verletzungen wären bleibend. Anscheinend verfiel ich wieder in alte Gewohnheiten.

Ich wandte den Hengst um. »Hier entlang. Nach Julah, richtig?«

Del und Nayyib schüttelten gleichzeitig den Kopf.

»Nach Osten?«

»Nach Osten«, bestätigte Del.

»Was ist im Osten?«, fragte Nayyib.

Ich fuhr mir mit einer Hand übers Gesicht, versuchte, Zorn und Enttäuschung zu zügeln. »Wer, zu den Hoolies, weiß das? Etwas, das anscheinend glaubt, dass ich dort sein sollte.« Eine tote Frau, die in Träumen zu mir sprach. »Wisst ihr, es fühlt sich nicht *weit* an, was auch immer es ist. Wenn ihr beide nach Julah weiterreiten wollt, dann tut das. Vielleicht soll ich dies ohnehin allein tun.«

Del schüttelte den Kopf. »Wenn du nach Osten gehst, gehe ich auch nach Osten.«

Ich schaute zu Nayyib.

Er zuckte lässig mit einer Schulter. »Ihr sagtet, ich könnte mit Euch nach Julah reiten. Wir sind noch nicht dort.«

Ich seufzte schwer. »Fein. Dann lasst uns nach Osten reiten, in Ordnung?«

Osten. In die Richtung des Sonnenaufgangs – und auf das zu, was auch immer dort draußen lauern mochte.

Ich wurde mir vager Stimmen bewusst. Del und Nayyib unterhielten sich leise, als wäre ich nicht da. Ich fühlte mich ungefähr so, als erwachte ich aus einem Traum, nur dass ich nicht geschlafen hatte. Ich funktionierte wie ein menschlicher Magnet, folgte dem Zwang, der mich nach Osten zog. Im Augenblick hatte dieser Zwang etwas nachgelassen, und ich schaute zur Sonne hinauf. Ich konnte an ihrer Position erkennen, dass wir seit ungefähr zwei Stunden ritten.

Dann wurde ich mir der Umgebung bewusst. Ein gewaltiges Meer cremehellen Sandes, dessen von der Sonne entflammte Kristalle funkelten. Die Punja, die tödlichste der südlichen Wüsten.

Ich zügelte den Hengst. Del und Nayyib, die ihre Pferde ebenfalls verhielten, sahen mich argwöhnisch an. Ich runzelte die Stirn, kratzte müßig an meinen Gesichtsnarben und griff dann nach einer am Sattel hängenden Bota, um zunehmenden Durst zu löschen.

»Wir müssen die Pferde tränken«, sagte Del.

Ich nickte, während ich die Bota entstöpselte. »Anscheinend gewährt man mir Zeit, genau das zu tun. Oder das, was auch immer darauf beharrt, dass ich komme, hat beschlossen, dass wir weit genug gelangt sind.« Ich wusste, wie das klang, aber ich konnte es nicht anders beschreiben. Ich trank Wasser, stieg aus dem Sattel, stützte mich auf mein linkes Bein, nahm eine weitere Bota vom Sattel, die ich in den Segeltucheimer leerte, und ließ den Hengst saufen.

»Du sagtest, es sei nicht weit«, bemerkte Del.

»Ich sagte, es *fühle* sich so *an*, als wäre es nicht weit. Ich weiß es nicht mit Bestimmtheit.« Mit grimmiger Miene schüttelte ich den Kopf. »Ich höre mich sandkrank an. Hoolies, vielleicht bin ich es.«

»Nein.« Dels Stimme klang ruhig. »Du hast Instinkte, denen ich stets vertraut habe – und jetzt noch mehr als nur Instinkte.«

Ah ja, mehr. Magie. Ich hatte bei Umirs Buch ein wenig davon angewandt, das Schloss beschworen, und hatte dann vor dem Gedanken gescheut wie ein schreckhaftes Pferd.

Während der Hengst trank, blickte ich blinzelnd über die Weite des Sandes, wobei ich meine Augen mit einer Handfläche abschirmte. Die Punja hatte bereits mehr Menschen getötet, als man jemals würde zählen können, hatte das Leben aus ihren Körpern gesaugt, das Fleisch von ihren Knochen gescheuert. Ganze Dörfer waren von Sand verschlungen worden, der durch gefährliche Samume meilenweit getragen wurde, hatte alle Anzeichen von Leben begraben. Wagen, die von Oase zu Oase fuhren und Führern, die die Punja kannten, gewaltige Summen Geld zahlten, verschwanden häufig trotz deren besten Bemühungen, die Gefahren vorauszuahnen. Manchmal kann man einfach nicht alles voraussehen.

Das war mir gewiss nicht gelungen, als Del mich angeheuert hatte, um sie durch die Punja zu führen. Ich hätte niemals vermutet, dass wir einige Jahre später immer noch als Schwertgefährten, Bettgefährten, Lebensgefährten zusammen wären.

Ich lächelte, als ich mich jener ersten Zeit erinnerte. Die eisige Jungfrau aus dem Norden, die mich frostig heran zitierte, die mit ihrem magischen Schwert Todesfeenstürme tötete. Boreal war schon lange tot, zerbrochen und im Einschnitt in den Bergen bei Julah begraben. Beit al'Shahar. Mein nordisches *Jivatma*, Samiel, war ebenfalls dort, heil und unbeschädigt, zurückgelassen, als der Einschnitt zusammenbrach.

Finde mich, hatte die Frau gesagt. *Und nimm das Schwert auf.*

Wenn Samiel das Schwert war, das sie meinte, warum waren wir dann hier draußen in der Punja, mindestens zwei Tagesritte von Beit al'Shahar entfernt? Ich hatte ursprünglich, wenn möglich, das *Jivatma* holen wollen. Darum waren wir zunächst in Richtung der Berge gezogen, nachdem wir Haziz verlassen hatten. Es hatte sich damals nicht wie ein Zwang angefühlt, nur wie ein Plan. Etwas, was ich tun wollte.

Jetzt, hier, *musste* ich es tun. Und doch war nirgendwo in der Nähe ein *Jivatma*. Das wusste ich. Also sollte ich vielleicht ein weiteres Schwert finden, ein anderes Schwert.

Es sei denn, ich sollte hier nur die Frau finden. Oder das, was von ihr übrig geblieben war.

Ich packte kopfschüttelnd den faltbaren Eimer ein, hängte die leeren Botas wieder an den Sattel und wollte aufsteigen. Hielt dann inne. Stand da und klammerte mich an den Hengst.

»Was ist?«, fragte Del.

Ich hob eine Hand, gebot ihr Schweigen.

Stille, bis auf die vertrauten Geräusche der Pferde. Sie änderten ihre Stellung, scharrten im Sand, schüttelten die Mähnen, klapperten mit den Gebissstücken, schnaubten, kauten auf dem Metall in ihren Mäulern. Ich hörte nichts anderes.

Aber ich *spürte* es.

Ich stellte einen Fuß jäh in den Steigbügel und schwang mich hoch, wobei ich die Klagen meines Beins ignorierte. »Zurück«, sagte ich drängend. »Samum!«

Ich wendete den Hengst. Del und Nayyib stiegen rasch auf und wendeten ebenfalls.

Aber von dort kam der Sturm. Vorher hinter uns, jetzt vor uns. Der erste schwache Dunstschleier wurde entlang des Horizonts sichtbar wie dünne, gekräuselte Seide.

»In die andere Richtung!«, rief ich und trieb den Hengst mit den Fersen an. Vielleicht war mein Orientierungssinn für immer verdreht, dank … was auch immer.

Wir liefen, aber der Wind und der Sand liefen schneller. Der Sturm ergoss sich über das Land wie eine gewaltige, rollende Woge, füllte den Himmel vom Horizont bis zur Sonne aus. Der Tag wurde dunkel.

»Es gibt keinen Schutz!« Nayyibs Stimme, so weit erhoben, dass sie das erste Heulen des Windes durchdrang.

Nein. Keiner. Unter solchen Umständen war es das Beste, die Pferde sich hinlegen zu lassen und *sie* als Schutz zu benutzen. Ich vermutete, dass Nayyibs Pferd darauf trainiert war, wenn der Junge auf einer Pferdefarm im Süden aufgewachsen war. Aber andererseits lag Iskandar in der Nähe der Grenze, wo es mehr Erde als Sand gab, und er wusste vielleicht nicht viel über Samume. Wahrscheinlich wusste er noch weniger über die Punja, obwohl er bis Haziz gelangt war. Hatte wahrscheinlich einen Führer bezahlt.

Jetzt konnte uns kein Führer helfen. Der vordere Abschnitt des Sturms war sehr nahe, sammelte Sandkörner, während er über das Land heulte. Dels Wallach war wahrscheinlich nicht darauf trainiert, sich hinzulegen – ich konnte mir nicht vorstellen, dass irgendjemand ein blauäugiges, weißes Pferd mit in die Punja nahm –, und der Hengst würde, nach seiner Erfahrung früher am Tag, wahrscheinlich aller Überredung trotzen. Wir hatten keine Zeit, um Nayyibs Trick des Kreuzbindens und Beinefesselns anzuwenden.

Wissen flackerte tief in meinem Geist auf. Angst folgte rasch, regte sich in meinem Bauch.

Nicht ich, sagte ich. *Erwartet nicht von* mir, *dies zu tun*.

Aber natürlich tat etwas das. Etwas in mir. Etwas, das mit den Texten in Umirs Buch, das voller Zauber, Beschwörungen, feierlicher Anrufungen war, in die Bewusstheit zurück gelockt worden war. Ich hatte, trotz meiner Behauptung, nicht alles gelesen, aber genug. Mehr als genug.

Ich konnte uns einen Schutz gestalten, so wie ich auf ioSkandi ein Boot heraufbeschworen hatte, um Del zu suchen.

Wenn ich es nicht täte, würden wir wahrscheinlich alle sterben.

Fluchend verhielt ich den Hengst. Del und Nayyib hatten mich nicht gesehen und ritten weiter. Aber ich hatte anderes zu bedenken, als wann oder ob sie merkten, wo ich war. Ich ließ den Hengst los und wandte mich dem Sturm zu.

Er war großartig, und feindselig. Selbst die Sonne war verhüllt, von dem sich türmenden Sturm verborgen. Bis ich an den Fingern bis zehn – nun, bis acht – zählen würde, hätte er uns erwischt.

Ich ging in mich, dachte nach. Wind war Luft. Die Luft trug den Sand. Luft war die Triebkraft. Wenn die Luft selbst genutzt werden konnte, manipuliert werden konnte, könnte ich uns einen Schutz gestalten.

Ich trug keinen Burnus, nur einen Dhoti, Sandalen,

Harnisch und ein Schwert über dem Rücken. Es war kein *Jivatma*. War nur ein Schwert. Aber ich war ein *Schwerttänzer*, und in meinen Händen konnte ein Schwert, jedes Schwert, dazu benutzt werden, alles zu bezwingen.

Ich zog das Schwert aus der Scheide. Verengte die Augen gegen Wind und Sand. Umschloss das Heft mit beiden Händen so fest ich konnte und hob das Schwert an. Hielt die Klinge in die Luft über meinem Kopf. Spürte den Wind sie schütteln, Sandkörner auf Stahl zischen. Ich schloss die Augen, biss mir auf die Lippe. Während ich dort stand, wurde Haut abgeschürft. Brust und Lungen brannten.

Ich hörte jemanden rufen. Del, dann Nayyib. Ich schloss sie aus. Wünschte sie fort. Blieb allein. Nur ich – und der Samum.

Ich sah den Zauber in meinem Kopf. Entwirrte die Worte, die ich erst Tage zuvor gelesen hatte, verstand nur die Hälfte davon. Ich *kannte* die Worte, aber nicht ihre Bedeutung. Ich war erst ein Magier des ersten Grades, nach der Beurteilung von Schwerttänzer-Können. Voller Möglichkeiten, aber unerfahren, wild, gefährlich.

Abbu Bensir hatte es erlebt.

Wir hatten keine Möglichkeiten, es sei denn, ich hörte auf zu leugnen und akzeptierte die Wahrheit. Wie ich es Del gegenüber getan hatte, als ich das Wort aussprach. Mich benannte.

Magier. Auf einem Kegel im Steinwald geboren, Wochen von hier entfernt.

Ich packte das Schwert, spürte zwei Daumen und vier Finger. *Vier*. Führte die Klinge langsam abwärts, spaltete den Himmel.

Der Stoff des Sturms, der schwere Sandvorhang teilte sich. Ergoss sich brüllend um mich herum. Sand wirbelte vorbei, auf dem Wind getragen. Aber Wind war nur Luft, und ich konnte sie befehligen.

Vielleicht war ich ein Magier, aber ich war auch der

Sandtiger, und *das* bewertete ich höher als die Magie. Der größte Schwerttänzer, den das legendäre Alimat je hervorgebracht hatte. Niemand, und nichts, konnte mich besiegen. Nicht einmal ein Samum.

Armseliger, unbedeutender Sturm. Belanglosigkeit.

Ich grinste in den Sturm, wohl wissend, dass kein Sand mein narbiges, stoppeliges Gesicht berühren, die empfindlichen, eisigen Augen nicht ausscheuern würde. Ich hatte den Samum gespalten, durch seinen sandigen Stoff geschnitten, aus Kristall gemachte Edelsteine zerschmettert und uns Raum zum Leben verschafft.

Innerhalb von Augenblicken zerflatterte der Sturm wie zerrissene Seide zu Fetzen. Der Sandvorhang fiel zu Boden. Die Kristalle wurden glanzlos und flackerten dann im staubigen Sonnenlicht erneut auf. Der Dunst verzog sich. Die Luft begann sich zu erwärmen.

Das Schwert ruhte noch immer in meinen Händen, die Spitze auf den Sand gesetzt. Langsam, mir des Zitterns in meinen Armen bewusst, hob ich es an, steckte es wieder in die Scheide und wandte mich dann um, um nachzusehen, ob ich allein war.

Nein. Drei Pferde und zwei Menschen. Ein Mann und eine Frau. Die letzteren beiden knieten im Sand, die Hände schützend über den Kopf gehalten. Aber dann hoben sie langsam die Köpfe. Die Mienen erhellten sich. Del, deren Lächeln ebenso sonderbar wie schwach war, spie Sand aus. Dann stand sie auf.

»Gut gemacht«, bemerkte sie. »Das wird noch sehr nützlich sein.«

Nayyib lag noch auf Knien und wirkte sowohl benommen als auch windzerzaust. »Das war Magie?«

Del lachte. »Das war Tiger.«

Ich beugte mich hinab und zauste mir kräftig das Haar, um es vom schlimmsten Sand zu befreien. Nichts war hindurch gedrungen, nachdem ich den Sturm erst gespalten hatte, um ihn um uns herum zu lenken, aber wir hatten schon vorher Sand ins Gesicht bekommen.

Die Pferde hatten, da sie Pferde und keine törichten Menschen waren, prompt ihre Leiber in den Wind gestreckt. Nun schüttelten sie sich heftig, sodass Steigbügel und Botas gegen ihre sandbedeckten Seiten schlugen. Eine Wolke feinen Staubs stieg von ihnen auf.

Ich stolperte, lachte, brach jäh ab, damit ich nicht die letzten Reste Selbstbeherrschung verlor. »Ah ja, das wunderbare Gefühl zu Wasser verwandelter Knochen. Und höllische Kopfschmerzen.« Ich schloss die Augen, presste die Handballen an die Schläfen. »Warum wird man vor diesem Teil des Ganzen nicht gewarnt? Das Buch hat kein Wort davon erwähnt.«

Del kam zu mir und legte mir eine Hand auf den Arm. »Bist du in Ordnung?«

»Nein, aber ich werde es wahrscheinlich überleben.« Ich öffnete die Augen und sah sie an. »Vielleicht kannst du kühle Tücher auf meine Stirn legen und mich trösten, so wie Nayyib den Hengst getröstet hat. Mich hinlegen, meinen armen, schmerzenden Kopf in deinem Schoß bergen, meine zarten Schläfen streicheln und mir immer wieder sagen, dass ich ein Mensch unter Menschen bin.«

Del strich Sand von meiner Stirn. »Ich glaube eher nicht.«

»Ein Magier unter Magiern?«

»Das nicht mehr als das andere.«

»Warum nicht?«, fragte ich kläglich. »Habe ich nicht gerade dein Leben gerettet?«

Del öffnete den Mund zu einer Antwort, aber Nayyibs Stimme drängte sich auf. »Kommt und seht Euch das an!«

Del wandte sich um. Ich nahm die Hände von den Schläfen. »Was?«

Er stand mehrere Schritte entfernt und blickte auf etwas. Tatsächlich auf mehrere Etwasse: seltsame, klumpige Formen, die der Sturm freigelegt hatte. Ein Samum verschlang, legte aber auch frei.

Del und ich gingen hinüber. Es war ein verstreuter Friedhof von Holzbrettern, die im Lauf der Jahre des Vergrabenseins und des Freigelegtwerdens grauem Satin ähnlich glattgescheuert worden waren. Die Punja, vom Sturm getrieben, hatte eines ihrer Opfer zurückgeworfen.

Nayyib kniete sich hin und betastete einen Holzabschnitt. Eine Ecke war zu sehen, und wenige Zoll einer flachen Oberfläche. Er schloss die Finger darum und zog es mühsam hoch. Das Brett brach ab und ließ Sand regnen. Nayyib setzte sich hastig hin und hielt das Holzstück dann hoch. »Wovon ist das, was denkt Ihr?«

Ich nahm es ihm ab und betrachtete es. »Sieht aus wie ein Teil von einem Wagen.« Ich deutete auf die anderen Überreste, die wie schief stehende Grabsteine über den Sand hinausragten. »Der Rest davon ist wahrscheinlich noch begraben.«

»Ob er heil wäre?«, fragte Del. »Wenn wir ihn ausgrüben?«

Abgesehen von der Tatsache, dass wir es nicht tun konnten, da wir keine Schaufeln hatten, bezweifelte ich es. »Er liegt wahrscheinlich schon Jahre hier, Bascha. Das Gewicht des Sandes hat ihn zerbrochen. Wir würden nur Bruchstücke finden.«

Nayyib gab zutiefste Enttäuschung vor. »Kein Schatz?«

»Nun, wahrscheinlich haben Borjuni auf Raubzug alles Wertvolle mitgenommen und nur den Wagen zurückgelassen – vermutlich mit den Menschen darin – oder ein Samum hat sie erwischt. In beiden Fällen wäre nichts übrig, wonach sich zu graben lohnte.« Ich warf das Brett beiseite. »Nach allem, was wir wissen, könnte eine ganze Karawane unter dem Sand begraben liegen.«

Del war die andere Seite der Wagenreste abgegangen. Ich sah sie stehen bleiben, etwas mit der Sandalenspitze umdrehen und dann auf die Knie sinken. Sie hob etwas auf, betrachtete es genau, blies etwas Sand davon fort und legte es beiseite. Dann strich sie hastig mit den Händen Sand fort, aber vorsichtig, als wäre, was immer sie gefunden hatte, zerbrechlich.

Neugierig ging ich hinüber, um nachzusehen, was ihre Aufmerksamkeit erregt hatte. Nayyib betastete noch freigelegtes Holz, grub Bruchstücke und Abschnitte von Brettern aus und stapelte sie wie Klafterholz.

Ich blieb neben Del stehen. »Was hast du gefunden?«

Sie legte es mir in die Hand. Schwieg.

Es lag in meiner Handfläche. Sandkörner hafteten auf meiner Haut, Mineralteilchen, ein Flechtwerk von Punjakristallen. Das von Wind und Sand polierte Bruchstück lag darauf, mit einem leicht öligen, perlenartigen Schimmer. Es hatte drei abgeschliffene Ausbuchtungen und in der Mitte ein Loch.

Ich verkrampfte die Hand darum.

»Ein Knochen«, sagte Del.

Ein menschlicher Knochen.

Finde mich, hatte die Frau gebeten.

Ich blickte auf Dels Ausgrabungen hinab. Ich erkannte das heisere Timbre meiner Stimme nicht. »Was ist da noch?«

Sie beugte sich dicht über den Sand. Blies ihn von der Ahnung eines Umrisses fort. Nahm es aus dem Sand, glättete es, blies Staub und Kristalle davon fort und reichte es mir dann.

Ein von der Zeit verwitterter, vom Sand polierter Knochen. Ein schmales Stück von vielleicht fünf Zoll Länge. Gebogen.

In einer Hand: ein Rückenwirbel. In der anderen: eine Rippe.

Ich sank auf die Knie. »Sie ist hier. Sie ist *hier*. Wir haben sie gefunden.«

Del fragte: »Wen?« Wurde dann still. »Du denkst … die Frau, von der du geträumt hast? Das Skelett?«

Ich zeigte beide Handflächen. »Knochen.«

Dels Augen waren voller Verwunderung, während sie die Rippe in meiner rechten Hand leicht berührte. »Das hat dich hierher geführt?«

»Ich glaube schon.«

Sie begegnete meinem Blick. »Was glaubst du, was sie war? Eine Magierin?«

»Ich weiß es nicht«, sagte ich. Ich hielt Dels Blick fest. »Aber ich kann es herausfinden.«

»Wie kannst du …?« Sie brach ab. »O Tiger. Nein.«

»Ich habe es schon im Vashni-Lager getan.«

Ihr Gesicht war blass. »Es ist gefährlich. Erinnerst du dich, was Oziri dir angetan hat?«

Ich schloss meine Hände. Die Knochen waren warm. »Dies ist die Frau in meinen Träumen. Diejenige, die mir gesagt hat, ich solle sie finden. Nun habe ich sie gefunden, und ich muss wissen, wer – und was – sie war.«

»Tiger«, bat sie, »tu es nicht. Du hast erst vor wenigen Augenblicken Magie gebraucht. Du bist schwach – das hast du selbst gesagt. Du hast ›höllische Kopfschmerzen‹.«

Ich setzte mich in den Sand. Öffnete meine Hände. Betrachtete die Perlen der Wüste. »Ich muss es tun.«

Also schloss ich die Augen und tat es.

30

Die Stimme war die Stimme eines Fremden, und doch auch meine. Ich hörte sie in meinem Kopf, hörte sie in meinen Ohren. Stoßweise und sprunghaft, stolpernd sich ihren Weg suchend, erzählte sie die Geschichte, die der Knochen jahrelang gehütet hatte.

»Die Karawane war klein, hatte zu wenige Arbeitskräfte und reiste zu spät in der Jahreszeit. Ihr Anführer war nicht sehr respektiert, und diejenigen mit genügend Erfahrung oder Geld heuerten andere an, die sie durch die tödliche Punja bringen sollten. Aber die, denen beides fehlte, diejenigen, die an den Süden, an die Wüste und gewiss an die Punja nicht gewöhnt waren, wussten nur, dass der Mann versprochen hatte, sie zu ihrem Ziel zu bringen: von Haziz durch Julah und dann quer durch die Punja dorthin, wo der Süden auf den Norden traf und die Grenzlande bildete, kühler als die Wüste, wärmer als die Berge. Der gemäßigteste aller Orte, aber gefährlich wegen der Überfälle, sowohl von südlicher als auch von nördlicher Seite.«

Ich saß mit gekreuzten Beinen auf dem Sand, die linke Hand schlaff im Schoß, die rechte Hand hielt den Knochen. Meine Augen waren geöffnet, aber blind.

»Die Karawane, die klein war, zu wenige Arbeitskräfte hatte, zu spät in der Jahreszeit reiste und von einem Mann angeführt wurde, der Geld über Leben stellte, wurde von einem Sturm vereinnahmt. Der Samum war nur eine unausgereifte Version seiner größeren Verwandten, aber er genügte. Die Tiere wurden gezwungen, sich niederzulegen, und die Menschen suchten in ihren Wagen Schutz, versuchten, das Segeltuch zu retten, das ihre Dächer bildete. Schließlich verging der Samum, und die Menschen entdeckten, als sie sich freigruben, dass keine Leben verloren waren.

Die Straße jedoch sehr wohl.«

Ich würgte, hustete, atmete ein. Spürte Schauder meinen Körper durchströmen, konnte aber nicht Einhalt gebieten. Es musste erzählt werden.

»Der Anführer der Karawane und sein Führer vertrauten ihren fragwürdigen Instinkten, den richtigen Weg zu finden, führten die Karawane weiter – und ins Verderben. Eine Gruppe Borjuni, die den Sturm und seine Auswirkungen ausnutzten, fielen über die Wagen her. Männer und Kinder wurden direkt getötet, da sie nichts wert waren. Die Frauen wurden mitgenommen, um als Sklaven verkauft oder als Lagerhuren behalten zu werden. Die Pferde, Maultiere und Danjacs wurden zusammengetrieben. Alles Wertvolle, was leicht zu tragen war, wurde mitgenommen. Alles, was zu viel Mühe oder Tiere zum Transport erfordert hätte, wurde zurückgelassen.«

Ich war mir vage der Tatsache bewusst, dass ich schweißgebadet war, aber fror. Schauder überzogen meine Haut. Jemandes Hand war auf meinem Knie, drängte mich aufzuhören. Aber ich konnte nicht.

»Zurückgelassen wurde auch die fremde Frau, die hochschwanger war; sie war den Borjuni zu problematisch zum Mitnehmen, aber immer noch einen Spaß wert. Dieser Spaß ließ sie halbtot und in Wehen zurück. Die Borjuni, die sich darüber amüsierten, verließen sie, als sie in den Sand blutete, verließen auch den Leichnam ihres Mannes, der sie aus Skandi herausgebracht hatte, um ein neues Leben zu finden, in dem sich ein Mann und eine Frau, trotz unterschiedlicher Herkunft, einrichten und zufrieden sein konnten. Allein, geschlagen, vergewaltigt, fand die Frau, die als privilegierte Tochter der Stessoi, einer von Skandis Elf Familien, aufgewachsen war, ihren toten Mann, weinte um ihn, kroch dann unter ihren Wagen und gebar ihm in einem Strom von Blut einen Sohn. Es gelang ihr, diesen Sohn an die Brust zu legen, ihn zu stillen, ihn mit den Fetzen ihrer zerrissenen Kleidung zuzudecken. Und sie starb, bevor sie ihn den Göttern gegenüber benennen konnte, die ihn gewiss aufgegeben hatten.

Das Kind lebte. Er wurde hungrig, stieß klagende Schreie

aus und wurde schwächer, als niemand auf die Schreie reagierte. Aber es war noch Kraft in ihm, und als der Wüstenstamm, der sich Salset nannte, auf die Karawane stieß, schrie er erneut. Wurde gefunden. Wurde mitgenommen.«

Ich schluckte. War mir des Schmerzes in meiner Kehle bewusst, der Erschöpfung, des Fiebers.

»Das Kind wurde, als es für alt genug befunden wurde, zum Sklaven gemacht. Sein Name war Chula.«

»Tiger … Tiger, hör jetzt auf. Bitte. Bitte hör auf.«

Ich hörte auf, weil ich es konnte. Weil die Geschichte erzählt war. Die Wahrheit war bekannt.

Ich öffnete die Augen, die sich zu einem unbestimmten Zeitpunkt geschlossen hatten. Ich saß nicht mehr im Schneidersitz auf dem Sand. Ich lag jetzt auf dem Sand, den Kopf im Schoß einer Frau. Ihre Hände lagen auf meiner Stirn, die Finger strichen darüber.

»Tiger, komm zurück. Es ist beendet. Es ist vorbei. Es ist vor langer Zeit geschehen.«

»Vierzig Jahre«, krächzte ich.

Del nahm mir den Rippenknochen aus der Hand. »Genug. Genug.«

»Sie hat mich nicht im Stich gelassen.« Eine hohle, raue Stimme. »Und er auch nicht.«

»Niemand hat dich im Stich gelassen«, sagte sie. »Niemals. Sie wollten dich. Du hättest ihnen viel Freude gemacht.«

»Die Salset erzählten mir, ich sei im Stich gelassen worden.«

»Sie hätten niemals zugegeben, selbst wenn sie es gewusst hätten, dass du der Enkel der Stessa-Metri warst, einer der mächtigsten von Skandis Elf Familien.«

»Ich war ein Chula.«

»Aber jetzt nicht mehr. Schon viele Jahre nicht mehr.« Dels Finger streichelten mich. »Du solltest glücklich sein, Tiger. Ich habe für dich gesungen, deine zarten Schläfen liebkost. Nachdem ich gesagt hatte, ich würde es nicht tun.«

Ich grinste schwach. »Du konntest deine Hände noch nie von mir lassen.«

Sie lächelte. Lachte. Ihre Augen waren vom Blau nordischer Seen, glänzten vor ungeweinten Tränen, ihr Haar hell wie Punjasand.

Ich zitterte. Erkannte, dass die Sonne untergegangen war. Jemand hatte eine Decke über mich gebreitet, während ich mit dem Kopf auf Dels Schoß lag. Ich wandte den Blick. Sah ein Feuer. »Woher kam *das*?« Wir waren in der Punja, in einem Meer von Sand. Es gab keine Bäume.

»Neesha hat mit dem Holz vom Wagen ein Feuer angezündet.«

Es war ein seltsames Gefühl zu denken, dass der Wagen vielleicht sogar derjenige sein könnte, den meine Mutter und mein Vater in Haziz gekauft hatten. Jetzt angezündet, damit der Sohn gewärmt würde, den beide niemals kennen gelernt hatten.

Nayyib kam heran, kauerte sich neben mich. Sein Gesicht schien blass, obwohl es in Schatten und Feuerschein schwer zu sagen war. »Was Ihr gesehen habt … was Ihr *sagtet*, das Ihr gesehen habt … Eure Mutter?«

»Mutter. Vater.«

»Hat der Knochen Euch dorthin geführt?«

Ein Lächeln kräuselte meine Lippen, aber ich war zu müde, um es festzuhalten. »Erinnerungen, Neesha. Die Knochen wissen, was geschehen ist. Ich kann die Erinnerungen heraufbeschwören, wenn ich einen Knochen halte. Ich kann meine Träume begehen, um herauszufinden, was sie bedeuten.«

Ich hatte zu viel gesagt. Nayyib wandte den Blick ab, mied meinen. Über Magie zu sprechen beunruhigte ihn. Dann sah er mich wieder an. »War sie dann eine Magierin? Eure Mutter?«

»Nein. Nun, nicht dass ich wüsste. Einige der Elf Familien Skandis beherrschen Magie, und anscheinend die Stessoi, wenn ich ein Hinweis dafür bin … aber nur

Männer, nicht die Frauen.« Und sie hat sie wahnsinnig gemacht. Aber das würde ich nicht sagen. Ihm nicht. Del nicht.

»Dann hätte es auf Euren Vater übertragen werden können.«

»Nein. Er gehörte keiner der Elf Familien an. Es muss durch meine Mutter übertragen worden sein.« Ich dachte daran, dass mich die Metri, meine Großmutter, sofort davongeschickt hatte, als sie mit mir fertig gewesen war. Geschworen hatte, dass ihre Tochter vor meiner Geburt gestorben sei. Ich schluckte schwer gegen die Trockenheit in meiner Kehle an. »Haben wir Wasser?«

»Hier.« Del nahm die Bota neben ihrem Knie hoch. »Trink nicht zu viel auf einmal.«

Ich trank, soviel ich konnte, bis sie sie mir wegnahm. Ich seufzte, schloss die Augen. »… müde.«

»Schlaf«, sagte sie. »Du bist weit gegangen und kamst den langen Weg zurück.«

Ich atmete zitternd aus. Spürte, wie sie mir den Knochen aus der schlaffen Hand nahm. »Ich muss das Schwert noch finden.«

»Aber nicht heute Nacht.«

Ah. Gut.

Dann schlief ich ein, entglitt der Realität Stück für Stück, der Bewusstheit, während Del, mit sanften Fingern, die Linien auf meiner Stirn glättete.

»Wird er sterben?«, fragte Nayyib.

»O nein.« Ihre Stimme schien zu lächeln. »Noch lange, lange nicht.«

Zehn Jahre. Zwölf.

Dann vereinnahmte mich die Dunkelheit.

Ich erwachte einige Zeit später, noch unter einer Decke, und fühlte mich so schlapp wie zerfetzte Lumpen. Ich lag auf Bettzeug. Fragte mich, ob Nayyib und Del mich darauf gerollt hatten. Ich hatte keine Erinnerung daran, erwacht zu sein, um mich selbst darauf zu legen. Nicht gut für einen Schwerttänzer. Aber wenn ich mich nicht geregt hatte, als sie mich bewegt hatten, glaubte offensichtlich etwas in meinem Innern, ich sei in ihrer Obhut sicher.

Ich blickte in den Himmel hinauf. Noch immer Nacht, noch immer dunkel, mit strahlenden Sternen verflochten. Das Feuer war zu Asche verglüht. Es war sehr still. Selbst die Pferde schliefen.

Del lag dicht neben mir. Ich spürte sie dort, ohne hinzusehen, als wäre jeder Teil meiner Bewusstheit auf ihre Gegenwart eingestimmt. Sie schlief, wie sie es häufig tat, auf der linken Seite zusammengerollt, eine Falte der Decke über ein Ohr gezogen. Offenes Haar fiel über ihr Gesicht und breitete sich auf dem Bettzeug aus.

Ich wollte die Hand ausstrecken und es berühren, die Seide spüren. Aber es fühlte sich ebenso gut an, unbeweglich hier zu liegen und mich von der Nacht baden zu lassen.

O Bascha, ich will nicht in zehn oder zwölf Jahren sterben. Ich will dich nicht verlieren. Ich will mit dir zusammen sein, dich alt werden sehen, während auch ich alt werde.

Nayyib schlief auf der anderen Seite des Feuers. Ich wusste, dass er sich von Del angezogen fühlte. Ich fragte mich, ob er glaubte, er könne sie mir ausspannen. Ob er mich vielleicht als zu alt für sie erachtete und sich fragte, was sie in einem vierzigjährigen Mann sah. Er war in ihrem Alter: jung, stark, athletisch, unleugbar attraktiv. Er hatte ein sanftes Wesen, gepaart mit Willensstärke und einem ruhigen Selbstvertrauen, das ihn von anderen jungen Männern unterschied. Vielleicht kam das daher, dass er mit Pferden gearbeitet hatte, ihre Bedürfnisse und Ängste verstand, ihre Anflüge unerklärlicher Widerspenstigkeit. Oder vielleicht war es einfach seine Art.

Was würde Del *tatsächlich* tun, wenn ich nicht mehr da sein würde? Jemand anderen finden?

Neesha finden?

Ich konnte nicht wissen, was mich erwartete, wenn meine Zeit nahte. Nihko und Sadri hatten nichts erwähnt, nur dass ein auf Skandi geborener Magier wahnsinnig würde, wenn er seine Magie nicht zu kontrollieren lernte, und dass die Magie ihn schließlich durch ihre bloße Existenz ausbrennen würde. Wenn ich mich weigerte, sie zu gebrauchen, könnte ich umso eher sterben.

Nun, ich hatte sie gebraucht. Bei Oziri, als ich das Traumgehen gelernt hatte. Bei der Belegung von Umirs Buch mit einem Zauber. Beim Spalten des Sandsturms. Beim Lesen der Knochen der Frau, die meine Mutter war.

Hatte sie sogar in der Kindheit gebraucht, als ich den lebendigen Sandtiger aus dem geschnitzten heraufbeschworen hatte, um Freiheit zu finden.

Ich wollte nichts davon.

Sie schien mich zu wollen.

Ich setzte mich auf, unterdrückte ein Stöhnen. Alles schmerzte, sogar meine Haut. Ich fühlte mich nicht wie vierzig. Ich fühlte mich wie sechzig. Ein Alter, das ich niemals erreichen würde.

Ich erhob mich langsam, schwankte einen Moment, stand dann sicher und ging über den Sand zu den dösenden Pferden. Der Hengst wachte auf, als ich ihn berührte, und wieherte leise. Ich spürte seinen warmen Atem an meiner Hand. Dann wandte ich mich um, entfernte mich einige Schritte und kümmerte mich um meine Angelegenheiten, mir einer inneren Anspannung bewusst. Vielleicht starben Magier früh, weil sie sich verbrauchten und ihre Organe frühzeitig alterten.

Ich wandte mich um, tat drei Schritte, fand Del am Kopf des Hengstes wartend vor. Vielleicht hatte sie meine Gelenke knirschen gehört, als ich über den Sand lief.

Ich sah die Frage in ihren Augen. Schwach lächelnd legte ich ihr einen Arm um die Schultern und zog sie an mich. »Es geht mir gut.«

Ich hörte, wie sie angehaltenen Atem ausstieß. Einen Moment standen wir einfach Seite an Seite und blickten über die im Mond- und Sternenlicht schwach leuchtende Punja.

Sie sprach sehr leise. »Ich will dich nicht verlieren.«

Ich antwortete ebenso leise, da ich Nayyib nicht aufwecken wollte. »Wie? Du meinst, Neesha hat dich mir nicht mit einem Blick aus jenen viel sagenden Augen ausgespannt?«

»Vielleicht wirken Neeshas Augen bei anderen Frauen wirklich Wunder, aber nicht bei mir.«

»Bist du immun?«

»O nein. Er ist ein schöner junger Mann.«

»Schön?«

»Wie ein Mann es sein kann«, erklärte sie. »Nicht wie eine Frau. Er ist nicht *hübsch*. Aber seine Gesichtsknochen passen gut zueinander, und er bewegt sich sehr anmutig. Er versteht seinen Körper.«

Ich hatte in Wahrheit nicht um eine so ausführliche Erklärung gebeten. Aber ich hatte noch nie anders darüber nachgedacht, wie Frauen Männer sehen, als dass ich es zu schätzen wusste, dass viele von ihnen mich anscheinend mit Wohlwollen betrachteten. »Worauf achtest du bei einem Mann? Frauen allgemein, meine ich. Nicht du allein.«

Dels leises Lachen klang wie ein ruhiges Ausstoßen von Atem. »Wir sehen oder wollen nicht alle unbedingt dasselbe. Es gibt hübsche Männer und gut aussehende Männer und Männer, die nicht die Züge aufweisen, die die meisten als anziehend bezeichnen würden, aber derart *präsent* sind, dass das Aussehen unwichtig wird. Man kann es nicht beschreiben. Es *ist* einfach so. Groß, klein, dick, dünn … es ist unwichtig.«

Ich dachte an den unmenschlichen Ajani, der schon lange tot war. Gut aussehend, groß, vor unleugbarer Präsenz berstend. Und doch hatte er diese Macht dazu benutzt, zu vergewaltigen und zu töten, das Leben der

Frau neben mir für immer zu verändern. »Aber es gibt gut aussehende Männer, die das gewisse Etwas haben.«

»Ja. Und das sind die Männer, derentwegen eine Frau weiche Knie bekommt und ihr Verstand aussetzt.«

»Ich verströme das natürlich.«

»Es gibt auch Männer, die *zu* selbstbewusst sind, ihrer selbst und ihrer Anziehung zu sicher, und die glauben, sie könnten ihre Fehler vor Frauen verbergen.«

»Vielen Dank dafür.«

»Mich kann man jedoch nicht so leicht blenden.«

»Das habe ich mir irgendwie gedacht.«

»Einige Männer fangen vielleicht so an, sind aber umerziehbar, wenn sie in die Hände der richtigen Frau geraten. Andere Männer sind hoffnungslose Fälle.«

Ich war mir nicht sicher, welches dieser Attribute ich anstrebte.

»Und das Alter ist unwichtig«, sagte Del. »Zumindest wenn eine Frau den richtigen Mann trifft.«

»Selbst wenn sie jung genug ist, seine Tochter sein zu können?«

»Ja, selbst dann.«

Etwas hatte ich schon lange wissen wollen. Nun fragte ich sie. »Wann wusstest du, dass du mit mir schlafen wolltest?«

»Oh, innerhalb weniger Tage. Aber du warst solch ein sturer und unerträglich *männlicher* Südbewohner, dass mich meine Reaktion erschreckte.«

»Vielen Dank!«

»Ich habe wochenlang mit mir gekämpft.«

»Soweit ich mich erinnere, hat es Monate gedauert, bis wir es schließlich getan haben.« Tatsächlich viele Monate. Es war sehr hart für mich gewesen.

»Ich hatte vor, es niemals zu tun. Aber eines Tages erkannte ich, dass man Ignoranz ändern konnte, selbst bei einem Südbewohner. Außerdem wusstest du inzwischen, dass ich niemals die Art Frau sein würde, die südliche Männer bevorzugen – sanfte, stille, ehrerbietige kleine Mäuse, die ihre Häuser in Ordnung halten und ihre Kinder gebären.«

»Wir haben kein Haus in Ordnung zu halten und du kannst keine, nun ...« Ich erkannte verspätet, dass es vielleicht nicht das Taktvollste war, mit ihrem Unvermögen, Kinder zu bekommen, einfach herauszuplatzen. Del liebte Kinder. Ausreichend, um ihre Tochter zu guten Menschen gegeben zu haben, die sich um sie kümmern konnten, als Del, von Rachegefühlen vereinnahmt, nicht dazu in der Lage war. »Es tut mir Leid, Bascha.«

Sie scheute davor zurück, erkannte nicht einmal meine Entschuldigung an. »Ich bin nicht wie die meisten südlichen Frauen«, fuhr sie fort, »aber es könnten mehr von ihnen wie ich sein, wenn sie sich erlaubten, frei zu sein.«

»Vielleicht sind sie glücklich, so wie sie sind.«

»Oder vielleicht wissen sie es nicht besser, weil sie von Geburt an dazu erzogen wurden, ihre eigenen Wünsche zu ignorieren.«

»Vielleicht bestehen ihre Wünsche darin, ihr Haus in Ordnung zu halten und ihre Kinder aufzuziehen. Lena scheint glücklich zu sein.«

»Lena *ist* glücklich. Aber andererseits ist Alric ein Nordbewohner. Er erwartet, dass sie sich frei verwirklicht. Ich habe keine Einwände gegen Frauen, die ihr Haus in Ordnung halten und ihre Kinder gebären, Tiger, wenn sie das tief im Herzen wirklich wollen und nicht nur tun, weil ihre Männer es von ihnen fordern. Ich erhebe nur Einwände, wenn Männer den Frauen, die mehr sein wollen, nicht erlauben, es zu sein. Oder es sich auch nur vorzustellen.«

Ich dachte an Del, im Norden geboren und aufgezogen, die den Schwerttanz erlernen durfte, noch bevor sie nach Staal-Ysta ging, um eine Schwertsängerin zu werden. Ich dachte an meine Großmutter, die Matriarchin einer mächtigen Familie, die alles mit unbarmherzigem Scharfsinn leitete. Ich dachte an meine Mutter, die diesen Reichtum und diese Macht bereitwillig zurückließ, um mit dem Mann, den sie liebte, in ein fernes Land zu ziehen, das für seine Härte bekannt war. Und die daran gestorben war.

Ich seufzte. »Vielleicht war ich umerziehbar, weil ich tatsächlich Skandier bin, kein Südbewohner.«

»Oder vielleicht bist du geistig flexibler.«

»Ist das etwas Gutes? Wenn man geistig *zu* flexibel ist, hat man nie eine eigene Meinung.«

»Tiger, du würdest dich niemals von jemandem von deiner Meinung abbringen lassen, bis du sicher wärst, dass er Recht hätte.«

»Bin ich also unflexibel flexibel oder flexibel unflexibel?«

Sie stieß mir einen Ellenbogen in die Rippen. »Du bist unverbesserlich.«

»Ist *das* etwas Gutes?«

»Nur wenn ich in der entsprechenden Stimmung bin.«

Ich wandte mich ihr zu und nahm sie in die Arme. Lehnte mein Kinn leicht an ihren Kopf. »Ich bin ein wenig zu müde, Bascha.«

»Nicht diese Art Stimmung.«

Ich lächelte in die Dunkelheit. »Ich weiß.«

»Er ist attraktiv, Tiger, und nicht ohne Charme und diese Präsenz, die ich vorhin erwähnte. Aber er ist nicht du.«

»Das Nächstbeste?«

»Nun, wenn du morgen bei einem Schwerttanz umkämst, könnte ich es mir vielleicht überlegen.«

»Also bist du so lange zufrieden, wie ich lebe?«

»Es sei denn, du würdest beschließen, wieder zu dem Tiger zu werden, dem ich vor vier Jahren in dieser staubigen Cantina begegnet bin. Dann müsste ich dich selbst töten.«

Als ich daran dachte, dass sie es einmal beinahe getan

hätte, erkannte ich, dass sie dazu in der Lage war. »Dann werde ich mich so gut wie möglich benehmen.«

»O nein, benimm dich so schlecht wie möglich. Weil ich dir *das* dann abgewöhnen kann.«

Ich seufzte tief, rieb meine Wange an ihrem Haar. Stoppeln verfingen sich darin. »Ich möchte leben, bis ich alt werde, mit dir hier an meiner Seite.«

»Das wirst du, und das werde ich.«

Die Wahrheit war, dass wir beide morgen sterben könnten. Aber wir wussten das. Wir akzeptierten es. Hatten keine Angst.

Um uns selbst, heißt das. Ich wusste, dass wir umeinander Angst hatten.

31

In der Dämmerung, während die anderen noch schliefen, trug ich den Wirbel- und den Rippenknochen dorthin, wo Del sie gefunden hatte. Nayyib hatte alle sichtbaren Holzstücke ausgegraben. Hinterlassene Höhlungen und Vertiefungen zeigten, wo er gearbeitet hatte, aber der erste leichte Windstoß würde sie wieder bedecken und keine Spur des Wagens übrig lassen. Wenige Schritte entfernt hatte Del die Knochen gefunden. Ich kniete mich hin, legte die beiden Fragmente beiseite und benutzte meine rechte Handkante, um weiteren feinen Sand fortzuwischen. Nach einiger Zeit gab ich die Suche auf. Die restlichen Knochen konnten überall sein, von zahllosen Samumen während vierzig Jahren davongetragen. Es war ein Wunder, dass überhaupt welche übrig geblieben waren, um von uns entdeckt zu werden.

Ich lächelte verzerrt, als ich mich daran erinnerte, dass ich vermutlich der Jhihadi war. Es war ein lächerlicher Gedanke – und zutiefst unwahr. Ich war nur ein Mann, der anscheinend in Teile der Prophezeiung passte, die gewisse religiöse Eiferer übernommen hatten, und ich hatte eine gute Idee vorgebracht, indem ich vorgeschlagen hatte, Wasser in die Wüste zu leiten. Aber diese Idee hätte *jeder* haben können. Nur war zufällig ich es.

Ich saß dort im Sand, den Wirbel in einer Hand, die Rippe in der anderen. Es war sehr schwer zu glauben, dass sie von meiner Mutter stammten. Dass sie, mit Fleisch und Muskeln, Sehnen und Bändern umhüllt – ganz zu schweigen von den Blutgefäßen –, Teil einer lebenden Frau gewesen waren.

Einer lebenden Frau, die mir in meinen Träumen irgendwie eine Botschaft hatte zukommen lassen.

Aber ich wünschte, ich hätte sie sehen können, wie sie gewesen war, bevor sie durch den Borjuniüberfall getötet wurde. Als sie eine Frau gewesen war, nicht im Sand verstreute Knochen oder ein sprechender Schädel, der mir sagte, ich solle sie finden, das Schwert aufnehmen.

Ich beugte mich vor, grub eine Kuhle in den Sand und drückte die Knochen hinein. Streute Sand darüber. Der nächste Sturm würde sie tiefer vergraben oder die Schicht fortschälen, sodass der Wind sie in seinem Überschwang vielleicht weitertrug.

Es kam mir in den Sinn, dass ich sie vielleicht der Metri auf Skandi hätte zurückschicken sollen, damit sie gemäß den skandischen Riten vielleicht wenigstens etwas von ihrer Tochter zum Begraben oder Verbrennen und zum Betrauern gehabt hätte. Aber meine Großmutter erschien mir nicht die Art Frau, die dergleichen täte. Oder den Gedanken zu schätzen wüsste.

Die Liebe zu meinem Vater hatte meine Mutter hierher geführt. Sie sollten am besten zusammen bleiben.

Ich drückte drei vom Schwert schwielige Finger auf die leichte Sanderhebung, verabschiedete mich von ihr und verließ sie dann.

Einige Zeit später ritten wir aus der Punja hinaus auf die Straße – dieses Mal hatte ich kein Problem damit, nach Süden zu reiten – und nach Julah hinein. Ich schlug vor, die Pferde in einem anderen Mietstall als beim letzten Mal unterzubringen, was wir auch taten. Durch kleine Gassen gingen wir zu Fouads Cantina und betraten sie durch die Hintertür. Fouad erschrak sich halb zu Tode, als wir hereinschlichen, aber als er uns erkannte, beruhigte er sich wieder. Er sah mich seltsam abschätzend an. Ich fragte mich, was er sah. Ich war noch immer müde von der im Sturm gebrauchten Magie und dem Lesen der Knochen meiner Mutter und freute mich auf eine Nacht Schlaf in einem richtigen Bett. Besonders da ich das verpasst hatte, als wir das *letzte* Mal hier gewesen waren.

Dann schaute Fouad zu Nayyib, verengte die Augen, während er herauszufinden versuchte, wer es war. Sein Gesicht entspannte sich, und er nickte. Er erinnerte sich des Jungen von dem Tag, an dem er hergekommen war, um nach einem Heiler zu fragen. Del schloss und verriegelte die Tür hinter uns.

»Ihr wollt zweifellos etwas zu essen und zu trinken«, sagte Fouad. »Richtig?«

»Beides«, bestätigte ich. »Del und der Junge werden im vorderen Raum essen. Wie wäre es, wenn du mir etwas nach hinten schickst? Ich würde mich nach dem, was letztes Mal passiert ist, lieber bedeckt halten.«

Fouads Blick zuckte wieder zu Nayyib. Er stellte seine Anwesenheit eindeutig in Frage. Der Junge hatte Benehmen gelernt: Er verbeugte sich leicht und lächelte. »Neesha«, sagte er. »Ich genieße das Privileg, der Schüler des Sandtigers zu sein.«

Fouad wölbte die Augenbrauen, während er mich ansah. »Schüler?«

Ich zuckte die Achseln und entschied, dass der jetzige Zeitpunkt ebenso gut wie jeder andere war, meine Absichten zu verkünden. »Ich plane, Alimat wieder aufzubauen und die Rolle meines Shodo einzunehmen.«

»Alimat! Aber es wurde schon vor Jahren zerstört!« Fouad schüttelte den Kopf. »Und ich bezweifle, dass die anderen Schwerttänzer das zulassen werden. Besonders Abbu Bensir nicht.«

»Wenn sie es mit mir aufnehmen wollen, dann sollen sie es tun. Das würde sich allein schon als wertvolle Lektion für die Schüler erweisen.«

»Zuzusehen, wie du stirbst? Das glaube ich!« Er schaute zu Del. »Bist du dafür?«

Del ahmte mein Achselzucken nach. »Warum nicht?

Es wird zwei Lehrer geben: einen südlichen Schwerttänzer und eine nordische Schwertsängerin. Welche andere Schule kann das für sich beanspruchen?«

»Und bereits einen Schüler«, fügte Neesha hinzu.

Fouad schüttelte nachdenklich den Kopf. »Nun, du wirst höchstwahrscheinlich Schüler anziehen – bis dich jemand tötet.«

Ich runzelte die Stirn. »Ich weiß dein Vertrauen zu schätzen. Nun, wie steht es mit dem Essen und Trinken?«

»Ich werde mit dir essen«, bot Del an und wandte sich dem hinteren Gang zu.

Neesha grinste schalkhaft. »Während *ich* vorne esse und Fouads Schankmädchen zu betören versuche.«

Fouad brummte. »Du wirst vermutlich jede Menge Angebote bekommen, noch bevor das Essen auf dem Tisch steht. Also komm mit. Ich werde dich als einen Freund der neuen Besitzer vorstellen. Das sollte für einen Rabatt genügen.« Sein Tonfall wurde staubtrocken. »Das heißt, wenn sie sich nicht entschließen, sich umsonst anzubieten, was bekanntermaßen bei gewissen regelmäßigen Gästen geschieht, die ich vor den gegenwärtig Anwesenden nicht nennen werde.«

Neesha, der noch immer grinste, warf Del und mir über die Schulter einen verschwörerischen Blick zu, als wollte er sicherstellen, dass wir begriffen, was er gerade tat.

»Nun, zumindest ist er nicht *völlig* blind.« Ich wandte mich zu Del um und drängte sie zum Schlafzimmer an der Rückseite der Cantina. »Wenn er genug Verstand hat zu erkennen, wann wir ein wenig ungestört sein wollen, ist es vermutlich nicht so schlimm, wenn er mit uns reitet.«

Del, die sich drängen ließ, lachte nur. »Ich glaube nicht, dass er das mehr um *unserer* Ungestörtheit willen tut als vielmehr um seiner eigenen. Fouad hat Recht: Die Mädchen werden sich in dem Moment um ihn streiten, in dem er sich hinsetzt. Ich glaube, unser neuer Schüler wird heute Nacht sehr beschäftigt sein.«

Ich zog unseren Türvorhang zurück. »Ich glaube, *wir* werden heute Nacht sehr beschäftigt sein.«

»Und morgen?«

»Morgen beladen wir die Pferde und machen uns erneut auf den Weg nach Beit al'Shahar. Dort ist ein Schwert, mit dem ich mich auseinander setzen muss.«

Del setzte sich aufs Bett und schnürte ihre Sandalen auf. »Wenn du es finden kannst. Die gesamte Formation ist eingestürzt, Tiger. Dein *Jivatma* könnte vollständig begraben sein.«

»Es ist dennoch das Nachsehen wert.« Ich legte den Harnisch ab, zog das Schwert aus der Scheide und lehnte es mit der Spitze nach unten an einen der Nachttische. »Wenn ich nicht zu ihm gelangen kann, dann kann es niemand. Aber meine Mutter schien sich recht sicher, dass es gefunden werden könnte. Ich meine, wer hätte gedacht, dass ich ihre Knochen dort draußen in der Punja finden würde? Aufgrund von Träumen? Vielleicht kann ich auch Samiel finden.«

»Und wenn …« Sie verbesserte sich. »Wann … tust du es?«

»Ich weiß es nicht.« Ich setzte mich hin, gähnte, ließ den Kopf rollen, streckte die Sehnen.

»Es ist noch immer ein *Jivatma*, Tiger. Du hast nordische Magie gebraucht, um das zu gestalten – und jetzt hast du auch noch deine eigene Magie.«

»Ein magisches Schwert, von einem Magier geführt, der außerdem der lange vermisste Enkel einer der Elf von den Göttern abstammenden Familien von Skandi ist – und zufällig auch der Jhihadi.« Ich ließ mich aufs Bett sinken. »Etwas für Leute, die Sagen über solche Dinge schreiben und Lieder darüber singen, meinst du nicht?«

Del, die jetzt barfuß war, legte ihren Harnisch ab. »›Die Geschichte des Schwerttänzers‹. Nun, vielleicht.«

»Oder ›Die Geschichte des Sandtigers‹.«

»›Und Dels‹.«

Meine Lider sanken herab. »Solange mein Name zuerst kommt.«

»Nicht, wenn es im Norden gesungen oder erzählt wird.«

Ich lächelte. »Das hängt vermutlich vom Publikum ab. Hmm – was ist mit ›Die Geschichte des Tigers‹?«

»Oder ›Der Schwanz des Tigers‹?«

Ich streckte ihr die Zunge heraus.

»Falls du schläfst, wenn das Essen und etwas zu trinken kommen – soll ich dich dann aufwecken?«

»Ich werde nicht schlafen. Ich entspanne nur meine Augen.«

»Willst du, dass ich dich vom Augenentspannen aufwecke?«

»Sicher«, murmelte ich, »ein Mann muss seine Kräfte bewahren, um seine Frau zufrieden zu stellen.« Und glitt in den Abgrund, bevor sie etwas darauf erwidern konnte.

Del weckte mich tatsächlich auf, als das Essen und etwas zu trinken kamen. Sie schlug mir mit der hohlen Hand auf den Bauch, verursachte merkwürdige, klatschende Geräusche auf meiner Haut. Nicht gerade die sanfteste Art, einen Schläfer aufzuwecken.

»Aufstehen«, sagte sie. »Das Essen ist da.«

Ich lehnte mich zähneknirschend an die Wand am Kopfende des Bettes und inspizierte die Haut an meinem Bauch. Dann bediente ich mich vom Tablett mit Brotschalen voller Hammeleintopf, Käse, Weintrauben und einem kleinen Krug mit, wie sich herausstellte, Ale.

»Tiger, wir brauchen eine Tür zu diesem Zimmer.«

Ich trank ungefähr die Hälfte des Ale und leckte mir dann den Schaum von der Oberlippe. »Wir haben eine Tür.«

»Das ist ein *Eingang*. Ich meine eine richtige Tür. Ich

wäre gern ein wenig ungestört, wenn wir hin und wieder hier übernachten sollten.«

»Da ist ein Vorhang.«

»Ich hätte gern eine *Holz*tür. Mit einem Riegel.«

Ich pflückte mit den Zähnen Weintrauben von den Stielen und sprach darum herum. »Warum so formell?«

»Weil wir, meiner Meinung nach, eine Tür brauchen, wenn du nicht willst, dass alle anderen unsere Aktivitäten mitkriegen und alle möglichen falschen Schlüsse über die hellhaarige, nordische Bascha ziehen – zum Beispiel, wie viel Fouad für mich berechnet. Wir brauchen eine Holztür. Mit einem Riegel.«

»Du hast Recht.« Ich legte die abgegessenen Weintraubenstiele aufs Tablett zurück. »Ich werde mit Fouad reden. Möchtest du noch etwas, da wir gerade dabei sind?«

»Nun, *ich* würde empfehlen, dass Fouad alle Schankmädchen, die außerdem als Huren arbeiten, entlässt, aber ich bin mir ziemlich sicher, dass er dem nicht zustimmen würde.«

»Ich denke, davon kannst du ausgehen. Wir würden wahrscheinlich das ganze Geschäft und damit auch sämtliche Gewinne verlieren. Wir müssten schließen.«

»Das mögen die Götter verhüten«, sagte Del trocken und griff nach dem anderen Becher. Zweifellos Wasser.

Ich hielt inne, bevor ich mir ein Stück Käse in den Mund steckte. »Du klingst nicht besonders angetan davon, Geschäftspartnerin einer blühenden Cantina zu sein. Denk doch mal an die Vorteile!«

»Welche Vorteile? Außer freien Getränken für dich.«

»Wir werden als Erste alle Gerüchte und Berichte über das hören, was auch immer auf der Welt vor sich gehen mag. Zumindest in unserer kleinen Ecke.«

»Das ist ein Vorteil?«

»Das ist es, wenn du erfährst, dass zehn bis zwanzig Männer dich töten wollen.«

»Und du wirst dich jedes Mal hier hinten verstecken, wenn einer von ihnen in die Cantina kommt?«

»O nein. Wir werden alle Möbel aus dem Schankraum entfernen, einen Kreis in die festgetretene Erde zeichnen und dann Eintritt für den Tanz verlangen. Sowie einen Anteil an den Nebenwetten.« Ich grinste schalkhaft. »Fast so, wie *wir* es üblicherweise taten, wenn wir Geld brauchten.«

Del schnitt mit ihrem Dolch sich rollende Streifen von dem Käsestück, das Fouad hatte bringen lassen. »Das waren keine wirklichen Tänze.«

»Was bedeutet, dass wir für einen richtigen Tanz sogar noch mehr Geld nehmen könnten.«

Ihr Blick ruhte auf dem Käse, aber in ihrem beiläufigen Tonfall schwang nichtsdestotrotz Ernst mit. »Was wird nötig sein, um sie aufzuhalten?«

»Wenn ich erst genügend viele von ihnen getötet habe, werden die übrigen andere Beschäftigungen finden.«

»Ich meine es ernst, Tiger.«

»Ich auch. Es ist wahr. Ich habe Khashi vor vielen Zeugen rasch und gefühllos getötet. Dann habe ich vor einer ganzen Menge Schwerttänzern einen schwierigen Tanz gegen einen sehr, sehr guten jungen Mann gewonnen. Wenn ich erst einige weitere getötet habe, werden die meisten aufhören, mir zu folgen.«

»Und wird es so sein, wie Fouad vermutet hat – dass sie dich daran hindern werden, Alimat wiederaufleben zu lassen?«

»Sehr wahrscheinlich.« Ich nahm einen Hornlöffel und eine Brotschale mit Eintopf hoch und schöpfte mir den Inhalt in den Mund. Als ich Dels Sorge bemerkte, hielt ich zwischendrin inne. »Ich muss das bereinigen, Bascha. Wir können nicht nach Norden gehen, und ich hege keinerlei Wunsch, nach Skandi zurückzukehren, wo ich wahrscheinlich wieder nach *io*Skandi verschleppt und auf die Kegel in Meteiera verfrachtet würde. Ich hege auch keinerlei Wunsch, in fremde Länder zu flüchten. Der Süden ist, trotz all seiner Probleme, meine Heimat.

Das habe ich erkannt, als ich zurückkam. Ich werde nicht wieder davonlaufen.«

Sie nickte, eindeutig besorgt. »Ich weiß.«

Ich seufzte und setzte Schale und Löffel ab. »Del, mit mir ist etwas geschehen. Ich wurde mir dessen bewusst, als ich Umirs ›Gast‹ war. Ich weiß nicht, wie es geschehen ist, und kann nicht einmal sicher sein, dass es wieder geschehen wird, aber als ich tanzte, als ich mein Schwert aufnahm – hatte ich das Gefühl, als hätte ich an beiden Händen alle vier Finger.«

Blaue Augen weiteten sich.

»Ich weiß, es klingt unmöglich. Aber es ist wahr. Ich meine, ich *weiß*, dass die Finger fehlen – Hoolies, ich sah, wie Sadri sie von dem Kegel warf! –, aber als ich tanzte, fühlte es sich an, als hätte ich sie noch.«

Del betrachtete meine Hände. Ein Daumen, drei Finger an jeder Hand.

»Ich weiß nicht, vielleicht bilde ich mir einfach ein, sie wären da. Aber als ich gegen Musa tanzte, hätte ich schwören können, wieder alle Finger zu haben.«

Sie begegnete meinem Blick. »Möglicherweise ist es ...«

»... Wunschdenken? Sicher. Es könnte sein. Aber es könnte jetzt auch etwas in mir sein, etwas, das ein Teil der Magie ist. Ich habe einst aus einem geschnitzten Knochen einen lebendigen Sandtiger heraufbeschworen. Wer weiß, ob ich nicht zwei Finger heraufbeschwören kann, wenn ich sie brauche?«

»Fühlt es sich ... fühlt es sich genau so an?«

»Nicht ganz. Und wenn ich sie betrachte, sehe ich die Stümpfe, nicht die Finger. Aber wenn ich das Schwert aufnehme, fühle ich mich wieder vollständig. Scheinen meine *Hände* wieder vollständig.« Ich zuckte halbherzig mit einer Schulter. »Ich will damit nicht sagen, dass ich unbesiegbar wäre oder dass niemand es gegen mich verwenden könnte. Mein Griff ist anders. Ich bin nicht mehr derselbe, der ich zuvor war. Jedermann, der meine Hände betrachtet, sieht nur drei Finger. Aber wenn ich tanzen kann, als hätte ich vier Finger an jeder Hand …«

»Aber das hast du nicht.« Sanft beharrlich. Aus Angst, dass ich selbstzufrieden mit etwas würde, was nicht wirklich war.

Ich seufzte, fuhr mir mit einer Hand durchs Haar, rieb über meinen tätowierten Schädel. »Ich habe Männer, die ein Körperglied verloren hatten, über Phantomschmerzen reden hören. Dass sie das Gefühl haben, als wäre das fehlende Glied noch da, noch immer in Funktion. Vielleicht ist es nur das. Ich spüre irgendwie das Phantom meiner Finger, und es hilft.« Ich tippte mir an den Kopf. »Hier oben.«

Del nickte. »Und wenn die Phantome jemals verschwinden?«

Ich lachte leise. »Bascha, ich bin vierzig Jahre alt. Ich habe nicht mehr allzu viele gute Jahre als Schwerttänzer vor mir. Und ich *bin*, gemäß den Schwüren von Alimat, kein Schwerttänzer mehr. Aber ich glaube, ich kann lehren.«

Ein Lächeln löste die Anspannung ihres Gesichts. »Ich kann es immer noch nicht glauben. Der Sandtiger eröffnet eine Schule … und *lehrt*!«

»Und du? Was ist mit dir? Du scheinst ausreichend bereit, an einem Ort zu bleiben und Schüler anzunehmen. Ist es das, was du dir für dich vorgestellt hast, als du Staal-Ysta verlassen hast?«

»Ich habe mir vorgestellt, Ajani zu töten. Darüber hinaus …?« Sie schüttelte den Kopf. »Nichts. Mein Gesang endete an jenem Tag in Iskandar. Der Süden ist nicht meine Heimat, aber ich kann auch nicht in den Norden zurückkehren. Und es ist nicht wichtig. Ich habe gewählt, bei dir zu sein. Wenn du Alimat wiederaufleben lassen und die Schule wiedereröffnen willst, dann werde ich ein Teil davon sein.«

»Bis Neesha dich mir stiehlt.« Ich meinte es nur halb im Scherz.

Nichts in Dels Miene ließ vermuten, dass irgendetwas meine Anspielung begründete, nicht einmal unterbewusst. »Nun, dann haben wir zumindest einige Wochen.«

Erleichterung. Ich grinste, reichte ihr die andere Brotschale und steckte den zweiten Hornlöffel hinein, sodass er in der Mitte senkrecht stand. »Hier. Iss nur nicht alle unsere Gewinne auf.«

32

Del und ich hatten fertig gepackt und frühstückten gerade, als Neesha aus einem der kleineren Zimmer kam und an den Türrahmen klopfte, da wir, wie Del bemerkt hatte, keine richtige Tür besaßen.

Ich hatte den Mund voll, woraufhin Del, die gerade die Satteltaschen schloss, ihn hereinwinkte. Er schlängelte sich durch den geteilten Vorhang. »Sind schon alle munter?«

Del und ich taxierten ihn schweigend. Sein Gesicht war stoppelig, seine Augen leicht blutunterlaufen, sein Haar zerzaust. Ich schluckte und sagte: »Anscheinend munterer als du.«

Ein Lächeln erstrahlte, wodurch seine honigbraunen Augen leuchteten. »O nein. Ich bin weitaus mehr als nur munter. Zumindest sagte Silk mir das.«

Ich verschluckte mich fast an meinem nächsten Bissen. »Silk? Du bist letzte Nacht bei Silk gelandet?«

»Silk war die *Letzte*, bei der ich letzte Nacht gelandet bin, ja.«

Ich sah ihn finster an. »Und sie hat dir vermutlich nichts berechnet.«

Neeshas Grinsen wirkte ausgesprochen einfältig. »Tatsächlich meinte sie, sie müsste *mich* bezahlen.«

Del schaute von mir zu ihm und wieder zu mir. »Vertrittst du diese lächerliche männliche Pose meinetwegen?«

Neesha begann zu lachen, während ich grinste. Nun, vor einer wunderschönen Frau lässt man gern durchblicken, dass man Alternativen hat.

»Aber du wirkst, hm, verbraucht«, bemerkte ich.

Er versuchte, sein Haar zu zähmen. »Hart geritten und nass eingestellt«, bestätigte er im Pferdejargon. Dann sah er Del ernst an. »Und das ist *keine* Pose.«

Sie stieß einen höchst spöttischen Laut aus und winkte ab. »Ihr Männer.«

Eine Anklage in zwei Worten. Neesha und ich grinsten uns an. *»Frauen«*, sagten wir wie aus einem Munde.

Del runzelte die Stirn, während sie ihren Harnisch anlegte. »Können wir gehen?«

»Meine Sachen sind gepackt und stehen an der Hintertür«, erklärte Neesha.

Wiederum mit vollem Munde wies ich erläuternd auf die wartenden Satteltaschen.

»Gut«, sagte sie. »Warum geht ihr beiden *Männer* nicht schon einmal die Pferde satteln? Ich komme gleich nach.«

Ich spülte das Frühstück mit Ale hinunter. »Was hält dich auf?«

»Etwas, was *Männer* nicht verstehen würden.« Sie vollführte erneut eine Geste. »Lauft schon, Jungs.«

Ich trug bereits meinen Harnisch und das Schwert. Gut gelaunt schwang ich mir meine Satteltaschen über die Schulter und warf Neesha Dels zu. »Lassen wir die *Frau* lieber *Frauen*dinge tun.«

Del sah uns beide finster an, als wir den Raum verließen.

Der Junge und ich gingen zu dem Mietstall, in dem unsere Pferde standen, und sattelten sie. Es war ein umgängliches, gemeinsames Arbeiten. Wir wechselten hin und wieder einen Satz, kümmerten uns aber überwiegend um die Pferde. Neesha konnte wirklich beneidenswert gut mit ihnen umgehen. Ich fragte mich, ob ich ihn den Hengst reiten lassen sollte … nein, besser nicht.

Er hatte sein Pferd fertig aufgezäumt und bereitete jetzt Dels Wallach vor, indem er ihm schwarze Schmiere um die Augen rieb und das Vashni-Stirnband umband.

Als das getan war, schaute er zu mir. »Wann wollt Ihr diesen Übungskampf versuchen?«

Ich betrachtete die Reihe von Stichen an der linken Hinterhand des Hengstes. »Oh, warten wir, bis wir nach Alimat gelangen. Ich denke, dass das, was du für den Hengst getan hast, eine oder zwei Unterrichtsstunden wert ist, ohne Probe.« Ich tätschelte den Rumpf des Hengstes, ein gutes Stück von der genähten Wunde entfernt. »Es sieht gut aus.«

»Mein Vater hat mich gut gelehrt.«

Ich schüttelte den Kopf und führte den Hengst ins Tageslicht. »Wenn du der einzige Sohn bist, musst du dich fürs Erbe bereithalten.«

Neesha folgte mir mit seinem Kastanienbraunen und Dels Wallach. »Ja.«

»Eine Pferdefarm zu besitzen ist nicht die schlechteste Art zu leben.«

»Es ist eine gute Art zu leben.«

»Dann …«

Er beantwortete meine unausgesprochene Frage, wohl wissend, wie sie lauten würde. »Weil es nicht das ist, wovon ich geträumt habe. Nicht das, was ich tun wollte, seit …« Er brach ab, mied meinen Blick. »Seit ich das Schwerttanzen zum ersten Mal verstand. Mein Vater trat in die Fußstapfen *seines* Vaters und dieser wiederum in die seines Vaters, aber ich möchte dem folgen … nun, ich möchte einen anderen Weg beschreiten. Meinen eigenen Weg.« Nun standen wir in der Gasse nicht weit von der Cantina entfernt. »Vielleicht ist es ein gutes Leben – ich behaupte nicht, dass es das nicht ist –, aber es ist nicht das Leben, das ich will. Noch nicht. Vielleicht werde ich mir von meinen Gewinnen eines Tages, wenn ich in Eurem Alter bin und mich zurückziehen will, meine *eigene* Pferdefarm kaufen.«

Ich nickte innerlich. Ich vermochte es anzuerkennen, wenn ein Junge seinen eigenen Weg in der Welt gehen wollte, obwohl er es leichter haben könnte. Wenn er wirkliches Talent für das Schwert besaß, würde ich es herausfinden. Wenn nicht, würde ich ihn zu den Pferden zurückschicken. Die meisten hatten diese Wahl nicht.

»Schwerttanzen bedeutet ein sehr hartes Leben, Neesha. Es ist keine stetige Arbeit und oft schmerzhaft, und hin und wieder besteht die sehr reale Chance, getötet zu werden, selbst wenn es kein Tanz auf Leben und Tod ist. Es geschehen Unfälle. Und außerhalb des Kreises gibt es jede Menge Jobs, bei denen du verletzt oder getötet werden könntest.«

Er nickte. »Abbu hat mir das auch gesagt.«

Ich wurde sehr still. »Abbu Bensir?«

»Er war der Schwerttänzer, der durch mein Dorf kam.«

»Hm.« Das setzte die Dinge in ein anderes Licht. »Wie viele Unterrichtsstunden hat er dir gegeben?«

»Vier.« Ein sich selbst herabwürdigendes Lächeln glomm rasch auf. »Genug, um mich zu demütigen, aber nicht genug, um mich davon abzubringen.«

»Du hast bei Abbu Unterricht genommen und dann beschlossen, *mich* zu suchen?«

»Ich hatte schon vorher beschlossen, Euch zu suchen.« Sein Blick ruhte stetig auf mir. »Ich hörte Geschichten über Euch.«

Ah, ja. Der legendäre Sandtiger. Abbu würde das sicher zu schätzen wissen. »Hast du ihm erzählt, was du vorhattest?«

»Nein. Das war meine Angelegenheit, nicht seine.«

Ich stieß einen leisen Pfiff der Anerkennung aus. »Hätte Abbu es gewusst, hätte er dir vielleicht angeboten, dir ein paar Tricks beizubringen.«

Neesha lächelte leicht. »Das wusste ich. Aber ich wollte keine Tricks lernen. Ich wollte die *Kunst* lernen. Abbu dachte wohl, ich würde meine Meinung ändern.«

Ich sah Del herankommen. »Das wirst du«, sagte ich, den Hals des Hengstes tätschelnd. »Zumindest eine Weile lang.«

Er grinste. »Zehn Jahre? Oder vielleicht sieben, um es dem Shodo gleichzutun?«

»Oder vielleicht sechs, um ihn zu übertrumpfen?«

Neesha zögerte nicht. Er schüttelte einfach den Kopf. »Wer könnte das?«

Ich lachte. »Abbu würde etwas anderes sagen.«

»Möglicherweise. Aber ich bin nicht den ganzen Weg gereist, um Abbus Schüler zu werden.«

Del traf ein und nahm Neesha die Zügel des Wallachs ab. »Also ziehen wir letztendlich – erneut – zum eingestürzten Einschnitt.«

»Beit al'Shahar.« Ich benannte es mit dem Vashni-Namen. »Ja. Und wenn es mir gelingt, meine Aufgabe auszuführen, dann ziehen wir anschließend nach Alimat. Es ist einen gut fünf- oder sechstägigen Ritt von hier entfernt, abhängig von den Launen der Punja. Inzwischen können wir damit beginnen, Neesha in die Mangel zu nehmen, damit er begreift, worum es beim Lernen *wirklich* geht.«

Del warf ihm einen fragenden Blick zu.

Er nickte. »Ich bin ausreichend vorgewarnt.«

Ich stieg auf den Hengst. »Dann sollten wir losreiten.«

Nicht weit von Julah entfernt fanden wir die schwache Spur von Wagenrädern, die Del und ich allmählich wiedererkannten, da wir vertraute Orientierungspunkte ausmachten. Irgendwo auf dieser Strecke hatten wir auf dem Rückweg von der Vashni-Ansiedlung gelagert, wo Del die Teile der Halskette verstreut hatte, die Oziri mir gegeben hatte. Ich war mir der Tatsache bewusst, dass ich keinerlei Neigung mehr verspürte, zum Vashni-Lager zurückzukehren oder mehr über das Traumgehen zu lernen. Ich hatte eine Form dessen benutzt, um die Knochen meiner Mutter zu lesen, aber ich hegte keinerlei Wunsch herauszufinden, was meine Träume bedeuteten. Ich *wusste*, was jene bedeuteten, die von der toten Frau handelten. Indem ich ihre Knochen fand, hatte ich ihre wiederholte Aufforderung zur Hälfte befolgt. Nun musste ich nur noch mein *Jivatma* aufnehmen und dann alles über Magie vergessen.

Wenn ich es konnte.

Kurz vor Sonnenuntergang ritten wir den vertrauten, gewundenen Pfad zur Spitze der von Bäumen umgebenen Klippe hinauf. Der Unterstand am Felsblock war unversehrt. Ich schüttelte gedankenverloren den Kopf, als ich mich daran erinnerte, wie Del und ich hier über Tage hinweg elend vom Sandtigergift gelegen hatten und wie Neesha uns beiden geholfen hatte.

Er anscheinend auch – und Del ebenso. Ich sah sie lange, bedachte Blicke wechseln. Es war mehr als nur eine Erinnerung, mehr als ein freundschaftliches Gedenken, das es wert war, bei gemeinsamen Mahlzeiten erzählt zu werden, sondern etwas eigenartig Vertrautes. Und unentzifferbar. Es hinterließ bei mir ein seltsames Gefühl im Bauch. Nichts an Dels Verhalten deutete darauf hin, dass sie sich zu Neesha hingezogen fühlte, und sie hatte sogar ganz offen *gesagt*, es bestünde von ihrer Seite kein Interesse. Als der Junge von Umirs Alkohol betrunken gewesen war, hatte er ausgeplaudert, dass er sich von ihr angezogen fühlte, aber das hatte mich nicht überrascht. Die meisten Männer verfielen Dels unbeabsichtigtem Zauber, wenn sie nur in ihrer Nähe waren. Ich war daran gewöhnt. Aber ich hatte sie schon vorher Blicke wechseln sehen, Blicke, die ich nicht deuten konnte. Nicht die schweigende Verständigung Liebender, sondern etwas anderes. Etwas … mehr.

Aber was gibt es mehr? Wir sind Liebende, Freunde, Bekannte, Fremde oder Feinde. Ich konnte keine dieser Beschreibungen auf das anwenden, was ich zwischen Del und Nayyib vorgehen sah.

Log sie womöglich? Das glaubte ich nicht. Sie hatte in Skandi einmal erklärt, dass sie es mir sagen würde, wenn sie mich jemals verlassen wollte. Ich glaubte ihr. Es war nicht Dels Art, sich hinter Lügen und Ausflüchten zu verstecken. Sie hatte ihre Liebe zu mir auch physisch gezeigt, auf Arten, die sich nicht von dem unterschieden, was wir zuvor schon geteilt hatten. Konnte eine Frau verbergen, dass ein neuer Mann sie anzog, während sie mit dem alten schlief?

Nun, ja. Aber nicht Del. Nicht bei ihrer Ehrlichkeit. Sie hatte es nie gelernt, sich zu verstellen.

Und als Neesha milde mit seinen Eroberungen Silks und anderer Schankmädchen geprahlt hatte, war es nicht auf eine Art geschehen, die Eifersucht bewirken sollte oder um Punkte gutzumachen, wie ein Mann das vielleicht täte, wenn er eine Frau wollte, die ihn ablehnte.

Aber – was blieb dann übrig?

Ich wusste es nicht. Vor Del hatte ich mich an Schankmädchen und andere Frauen gehalten, die nur eine oder zwei gemeinsame Nächte wollten. Ich hatte mich nie irgendeiner Art Bund verschworen. Auch Del und ich waren durch keinen Schwur gebunden, hatten einander nicht mehr geschworen als das, was in unserem Geist lebte. Aber ich wusste, dass sich das ändern konnte. Dass es sich bei anderen geändert hatte.

Hoolies, es war zu komplex, um gerade jetzt darüber nachzudenken, nachdem wir den größten Teil des Tages auf dem Pferderücken verbracht hatten.

Ich stieg bei verkümmerten Bäumen am Rande der flachen Klippe ab und machte mich daran, den Hengst abzuladen und anzupflocken. Das Gras, das zuvor von unseren Pferden abgefressen worden war, hatte sich ein wenig erholt, was vermuten ließ, dass niemand hier gewesen war, seit ich nach Del gesucht hatte. Sie und der Junge fanden für ihre Pferde gesonderte Plätze und luden sie ebenfalls ab. Wenn der Hengst abgekühlt wäre, würde ich ihn tränken und füttern. Im Augenblick war er es zufrieden, Gras zu zupfen. Ich schleppte meine Ausrüstung und die Satteltaschen zum Unterstand hinüber und setzte sie draußen ab.

»Holz«, verkündete ich kurz angebunden. »Bin bald zurück.«

»Ich werde auch losgehen, wenn ich hier fertig bin«, bot Nayyib an.

»Nicht nötig.« Ich stolzierte davon, wobei ich mir der Tatsache bewusst war, dass sie mir beide bestürzt und verwirrt nachsahen.

Nun gut, also neigte ich zu gelegentlichen Eifersüchteleien. Ich bin ein Mensch.

Vielleicht bewies das, dass ich nicht der Jhihadi war. Wurde ein Messias eifersüchtig? Und was das betraf – schlief ein Messias mit Frauen?

Da ich mich nun etwas besser fühlte, begann ich wirklich nach geeignetem Holz zu suchen.

Ich ging zweimal los, um Feuerholz zu suchen, Nayyib einmal. Er stapelte es neben dem Feuerkreis auf und blieb dann dort, um mit Del zu plaudern. Aus einiger Entfernung schien es eine seltsame Unterhaltung zu sein. Der Junge stand mit gesenktem Kopf, die Schultern starr. Nicht wirklich respektvoll, aber auch nicht wirklich glücklich. Del stand sehr nahe vor ihm, und *ihre* Körpersprache ließ vermuten, dass überwiegend sie sprach.

Es war interessant, sie aus einer gewissen Entfernung zu beobachten. Nayyib war einen Zoll größer als Del und sicherlich breiter und kompakter, aber er war nicht wirklich übermäßig groß, obwohl er allgemein größer als die meisten Südbewohner war. Aber er war noch jung. Ich war auch erst mit Mitte Zwanzig fülliger geworden, obwohl ich recht groß war. Del ist keine zarte Blume, sondern eine große, starke Frau, die sich unbelastet von spürbaren Bedürfnissen der Weiblichkeit bewegt. Sie passten gut zusammen, Nayyib und Delilah.

Er hob jäh den Kopf. Seine Haltung wurde noch starrer. Er sagte etwas zu Del, etwas Entschiedenes, weil *sie* sich plötzlich anspannte. Dann wandte er sich um und ging davon, wobei er eindeutig wie ein zahmer Kater wirkte, der beleidigt war, weil er Wasserspritzer abbekommen hatte.

Del beobachtete, wie er davonging – vielleicht wollte er noch mehr Holz holen –, und schüttelte dann leicht den Kopf. Sie kniete sich hin und errichtete ein Feuer.

Alles in allem hatte es mich nicht an den Streit zweier Liebender erinnert. Oder daran, wie eine Frau den Schmeicheleien eines Mannes widerstand, der sie wollte. Tatsächlich konnte ich es überhaupt nicht deuten, außer sagen zu können, dass ihn ihre Worte ebenso wenig erfreut hatten wie sie seine Erwiderung.

Aber wie viel davon war Wunschdenken?

Ich ging mit meiner zweiten Ladung Holz zum Feuer, stapelte es daneben auf und sah sie fragend an. »Stimmt etwas nicht?«

Del leugnete es mürrisch und betrat dann geduckt den Unterstand, um ihr Bettzeug auszubreiten.

Wodurch ich noch verwirrter war als vorher. Da ich genug Holz besorgt hatte, ging ich zu den Pferden, um nach dem Rechten zu sehen und sie zu tränken und zu füttern. Als Nayyib zurückkam, warf er sein Holz auf den Stapel und kam dann herüber, um sich um seinen Kastanienbraunen zu kümmern, obwohl ich die Dinge längst unter Kontrolle hatte.

Der Tag erstarb rasch, so wie es in der Wüste üblich ist, aber ich konnte noch immer die stoppeligen Flächen seines Gesichts und die Höhlungen seiner Augen erkennen. Er war wegen irgendetwas unglücklich. Das kam mir seltsam vor, da Neesha überwiegend ausgeglichen schien.

Angesichts meines vorherigen Temperamentsausbruchs glaubte ich nicht, dass es hilfreich wäre zu fragen, ob er ein Problem hätte. Also kümmerte ich mich weiterhin um den Hengst und Dels Wallach, und schließlich seufzte er, entspannte sich und sprach.

»Warum ziehen wir zu diesem Einschnitt?«

»Beit al'Shahar. Es ist eine Felsformation.«

»Aber was ist dort?«

»Etwas, das ich zurückgelassen habe.« Ich sammelte die leeren Segeltucheimer ein und stellte sie außer Reichweite, damit neugierige Pferdezähne sie nicht zerkauten. »Del und ich waren vor ungefähr einem Jahr schon einmal hier draußen.«

»Sie sagte etwas über ein Schwert.«

»Jivatma«, erklärte ich. »Ein nordisches Schwert. Eine Blutklinge. Ein benanntes Schwert.« Ich lächelte, als ich sah, wie er verständnislos die Stirn runzelte. »Ein nordisches Ritual. Es ist im Wesentlichen nur ein Schwert.«

»Ihr habt ein Schwert. Warum wollt Ihr dieses nordische holen?«

»Das ist etwas, was ich tun muss.«

»Wie die Knochen in der Punja zu finden?«

»So ähnlich.« Ich strich mit einer Hand über den Hals des Hengstes. »Es ist schwer zu erklären. Es gibt Schwerter – und es gibt Schwerter. Wenn man eines lange genug besitzt – wenn man eine Partnerschaft eingeht, so seltsam das vielleicht klingen mag –, wird es zu mehr als einer Waffe oder einem Mittel zum Lebensunterhalt.«

»Einzelhieb.«

»Ah, die berühmte Klinge des Sandtigers!« Ich ließ von der Melodramatik ab. »Ein gutes Schwert. Hat mich viele Male vor ernsthaften Schwierigkeiten bewahrt.«

»Aber Ihr tragt es nicht mehr.«

Also wusste er nicht alles über die Legende. »Einzelhieb wurde vor vielen Jahren zerbrochen.«

Er sah jäh auf. »Also wollt Ihr das nordische Schwert an seiner Stelle?«

Ich erinnerte mich an Samiels Gestaltung auf Staal-Ysta, an die Tage und Nächte, die ich in Kems Schmiede verbracht hatte. »Es ist auch ein gutes Schwert. Ein besonderes Schwert.« Ich zuckte die Achseln. »Es ist schwer zu erklären.«

»Vieles an Euch ist schwer zu erklären.«

»Ich bin ein komplizierter Bursche, Neesha.« Inzwischen war es wahrhaft dunkel geworden. Man vermochte nichts mehr an den Mienen abzulesen, da sie nicht länger zu erkennen waren. Nur an den Stimmen.

»Del erzählte mir einige Geschichten, als wir bei den Vashni waren.«

Da die Pferde fertig versorgt waren, gingen wir nebeneinander zum Feuer zurück. »Es war ein interessantes Leben.«

»Und ein gefährliches.«

»Davor habe ich dich gewarnt.«

»Ja.« Er klang nachdenklich.

»Denkst du gerade, die Pferdefarm wäre besser?«

Er sah abrupt auf. »Nein.«

»Was stört dich dann?«

Er antwortete nicht sofort. Und als er antwortete, klang seine Stimme hart. »Ihr habt Eure Geheimnisse. Ich habe meine.«

Damit waren wir am Feuer angelangt. Del saß daneben, trank aus einer Bota und kaute auf getrocknetem Cumfa. Sie sah Neesha nicht an. Sie sah mich an – mit Augen wie Dolche. Anscheinend waren wir heute Abend *alle* kompliziert.

Und es schmerzte.

Ich ignorierte den Gedanken und kauerte mich ans Feuer. »Ich würde morgen früh gern als Erstes zum Einschnitt gehen. Ihr zwei könnt hier warten, wenn euch das lieber ist – es ist nicht so weit – oder mitkommen und bei der Felsformation auf mich warten.«

Del hörte auf zu kauen. »Warum sollten wir nicht mitkommen?«

Ich deutete mit dem Kopf ungefähr in Neeshas Richtung. »Ihr beide habt anscheinend einiges zu klären.«

Ihre Blicke begegneten sich. Verschränkten sich. Del schien zu warten. Nayyibs Kinn und die hochgezogenen Augenbrauen deuteten an, dass *sie* etwas sagen müsste.

»Gut.« Ich zog meine Satteltaschen heran und durchsuchte sie, bis ich meinen Anteil an in Sackleinen gehülltem Cumfa fand. »Der Junge hat es vermutlich am besten ausgedrückt – wir haben alle unsere Geheimnisse. Ich weiß nicht, ob ihr beide verschiedene habt oder dasselbe teilt. Aber ich *weiß*, dass ich davon ausgeschlossen bin. Was wahrscheinlich besser ist. Ich bin wirklich nicht in der Stimmung, mich mit kindischem Unsinn auseinander zu setzen.«

Del wölbte die Augenbrauen, schwieg aber. Nayyib setzte sich hin und wandte seine Aufmerksamkeit betont dem Inhalt *seiner* Satteltaschen zu.

Meine Kiefer arbeiteten, um das haltbar gemachte Fleisch weich zu kauen. Es ist fast unmöglich, mit einem Mundvoll Cumfa zu sprechen, sodass ich es gar nicht erst versuchte. Wir kauten einfach alle und hegten Gedanken, die niemand von uns teilen wollte.

Ich muss es zugeben: Ich habe schon geselligere Nächte in der Wüste verbracht. Aber das störte mich nicht, als ich beschloss, zu Bett zu gehen.

Del und Nayyib saßen immer noch schweigend am Feuer, als ich im Unterstand mein Bettzeug ausbreitete und hineinkroch.

Ich seufzte, drehte mich um und versuchte zu schlafen. Es dauerte eine Weile, aber es gelang mir.

Ich erwachte mitten in der Nacht mit heftig pochendem Herzen. Ein Rest Angst durchrieselte meinen Körper noch immer. Ein Traum …

Keiner wie die anderen. In keiner Weise wie die anderen. Dies war in jeder Beziehung ein normaler Traum – bis auf seinen Inhalt.

Ich habe schon immer lebhaft geträumt. Vielleicht lag das an der mir innewohnenden Magie, dem beginnenden Traumgehen, dem Knochenlesen oder Ähnlichem. Manchmal waren die Träume Fragmente und manchmal zusammenhängende Szenen, die eine Art Geschichte erzählten. Sie waren häufig unterhaltsam. Sie waren üblicherweise dahingehend verwirrend, dass ich keine Ursache dafür ausmachen konnte.

Ich sah auch für diesen keine Ursache.

Ich lag hellwach unter meiner Decke und blickte zu dem Behelfsdach des Unterstands hinauf. Del und Nayyib schliefen fest. Ich beruhigte meinen Atem, meinen Herzschlag und dachte über das nach, was ich geträumt hatte.

Ich, in der Wüste. Älter, aber nicht alt. Ich trug einen Dhoti und Sandalen, hielt ein Schwert in der Hand. Rings um mich herum waren Leute, die ich kannte: Del, Alric, Fouad, Abbu, sogar Nayyib und mein Shodo. Sogar einige Salset, einschließlich Sulas und des alten Shukar, der mir das Leben zur Hölle gemacht hatte. Meine Großmutter. Eine jüngere Frau, deren Züge undeutlich waren, von der ich aber wusste, dass sie meine Mutter war. Und eine ganze Anzahl anderer Menschen, die ich in meinem Leben gekannt hatte.

Sie wandten mir einer nach dem anderen den Rücken zu und gingen davon. Ich blieb mit meinem Schwert allein in der Wüste zurück.

Es half, mich daran zu erinnern. Die Anspannung ließ nach. Die Angst nahm ab. Ich verbannte die Bilder, entspannte mich auf meinem Bett und ließ mich wieder in den Schlaf gleiten.

33

Am Morgen blieb die Luft frostig, aber das hatte nichts mit der Temperatur zu tun. Del und Nayyib schienen beide verstimmt. Während ich mich ausgeschlossen fühlte, was ich aber nicht bedauerte, ging ich meiner Morgenroutine nach. Schließlich hatte ich den Hengst gefüttert, getränkt, gesattelt und bepackt und führte ihn zum Unterstand hinüber. Del und der Junge rollten noch ihr Bettzeug zusammen. Ich vermutete, dass ein verbaler Austausch stattgefunden hatte, zu leise, als dass ich ihn hätte hören können. Sie schienen in Gegenwart des jeweils anderen angespannt, und sie waren mit den Vorbereitungen im Verzug.

»In Ordnung, Kinder, wie lange wollt ihr noch so weitermachen?«

Mein Tonfall und der eigentliche Sinn verärgerten Del, die das schon früher gehört hatte. Es verärgerte Del stets. Sie sammelte ihre Habe zusammen und stolzierte auf ihrem Weg zu dem weißen Wallach an mir vorbei. Dadurch blieb Nayyib mit zusammengepresstem Mund, angespanntem Kinn und harschen Körperbewegungen im Widerstreit mit seiner sonstigen sparsamen Anmut zurück.

Also platzte ich direkt mit der Frage heraus. »Hat dies irgendetwas mit Del zu tun?«

Er sah mich nicht an. »Ja.«

»Und mit dir?«

Er erhob sich und warf sich die Satteltaschen über eine Schulter. Hielt ausreichend lange inne, um mir in die Augen zu sehen. »Fragt *sie*.« Und marschierte über die ebene Fläche zu seinem Pferd.

O Hoolies. Sowie verschiedene andere Flüche.

Wir suchten uns unseren Weg entlang den Wagenspuren und drangen tiefer in die von Felsblöcken übersäten Berge vor. Ich ritt voraus, Del folgte mir, und Nayyib bildete die Nachhut. Wir ritten weit auseinander, ließen die Pferde den besten Untergrund wählen, da Felsblöcke allmählich die Spuren verdeckten. Einiges wirkte vertraut, anderes nicht. Aber es war Jahre her, seit Del und ich hier gewesen waren, und wir hatten in der Tat rasch von hier fortkommen wollen, nachdem der Einschnitt eingestürzt war. Anders als bei der Verzögerung, als ich von Mehmet, dem Mitglied eines Nomadenstammes der Tiefen Wüste, welcher sich der Preisung des Jhihadi verschrieben hatte, zum Messias ernannt worden war, hatte uns wahrlich nichts aufgehalten. Del hatte bewusst ihr *Jivatma* zerbrochen, nachdem es Chosa Dei aus meinem Körper gezogen hatte, ihn befreit hatte, damit er die Angelegenheit mit seinem Zaubererbruder, Shaka Obre, ausfechten konnte. Wir waren nicht sicher gewesen, wie heftig dieser Kampf werden würde, da beide aufs Wesentliche der Macht beschränkt worden waren, ohne physische Körper, sodass wir das Gebiet so bald wie möglich verlassen hatten.

Weitere Erinnerungen kehrten zurück. Ich erinnerte mich an Umirs unglaubliches, mit Federn und Perlen geschmücktes Gewand, das er Del umgelegt hatte, als sie seine Gefangene gewesen war. Der Wirbelwind im Einschnitt war so mächtig gewesen, dass er den weißen, golddurchwirkten Seidenstoff aller Verzierungen beraubt hatte. Wir hatten uns noch tagelang Federn aus den Haaren gezupft.

Ich versuchte, meine Sinne auszudehnen, um ein Gefühl für mein *Jivatma* zu bekommen, das irgendwo voraus in den Ruinen der Felsformation begraben war. Nichts antwortete. Es bestand kein Zwang weiterzugehen, wie es bei der Suche nach den Knochen meiner Mutter gewesen war. Vielleicht vertraute sie darauf, dass ich diese Aufgabe erfüllen könnte, ohne auf das

Traumgehen zurückzugreifen. Ich war mir nichts anderem als der Hitze, des Geruchs nach Gestein und des Staubes, der Stille der Luft, des unaufhörlichen Glanzes der Sonne und des Geräuschs von Pferdehufen bewusst, die beim Laufen Steine zerbröckelten.

Es wurde schwieriger, den Wagenspuren zu folgen, als sie über aus der Erde hervorstehende Felsenbänder verliefen. Jemand, der nicht bewusst danach suchte, hätte sie übersehen. Aber der Gedanke kam mir seltsam vor, dass irgendjemand hier heraus fahren würde. Es gab in dieser Richtung keine bekannte Straße von Julah, das Gelände grenzte an Vashni-Gebiet, und es gab kein bekanntes Ziel. Oder wenn es eines gab, war es ein Ort der Vashni. Sie hatten den Einschnitt schon vor Jahrzehnten benannt. Tatsächlich erinnerte ich mich daran, wie man mir erzählt hatte, sie hätten Dels Bruder nach Beit al'Shahar gebracht, der, als er zurückkehrte, trotz fehlender Zunge wieder hatte sprechen können. Vielleicht war es eine Art heiliger Ort. Nur dass die Vashni keine Wagen benutzten, sodass die Spuren nicht ihnen zugeordnet werden konnten. Wir ritten noch ein Stück weiter, bis die Spuren einen weiten Bogen nach links vollführten, um die Biegung einer Bergflanke herum. Der Hengst stellte jäh die Ohren auf und hob den Kopf. Ich zügelte ihn. Er stand still, vibrierte fast vor Konzentration. Er wieherte tief in der Kehle und ließ es dann als hohen, durchdringenden Ruf heraus.

In der Ferne antwortete ihm ein Pferd seltsam widerhallend.

Del, die hinter mir angehalten hatte, sprach es aus. »Voraus ist jemand.«

»Zumindest ein Pferd«, stimmte ich ihr zu. »Vielleicht zwei, oder vielleicht ein Vierergespann. Die Wagenspuren sind irgendwie hierher gelangt.«

»Wer könnte wohl hier draußen sein?«, sann Del. »Hier ist nichts.«

Ich schüttelte den Kopf. »Von hier aus ist es zu Pferd

etwas weiter als einen Tagesritt nach Julah. Mit einem Wagen und einem Gespann würde es noch länger dauern. Jemand hat diesen Unterstand als Zwischenstopp gebaut, um dort die Nacht verbringen zu können.«

Nayyib führte sein Pferd näher heran. »Also wollt Ihr damit sagen, dass sich *tatsächlich* jemand dort draußen eingerichtet hat.«

»Es ist eine Vermutung«, sagte ich. »Aber wir können es herausfinden.« Ich stieß dem Hengst die Fersen in die Seiten und ritt weiter, jetzt aufmerksamer als zuvor.

Die Spur führte uns abwärts, um eine weitere, enge Biegung und dann wieder geradeaus. Wir waren von Bergwänden umschlossen. Dann fielen diese Wände ab, als würden sie uns unter Verbeugungen in einen Palast bitten. Und es war ein Palast. Abrupt zügelte ich den Hengst. Del ritt neben mich, während Nayyib sein Pferd wiederum neben ihr verhielt.

»Aber – so war es nicht ...«, sagte Del erstaunt.

»Überhaupt nicht so«, stimmte ich ihr zu. Etwas war geschehen. Etwas, das die Berge gespalten und aus vorhandenem Gestein und Erde eine lange, schmale Schlucht gebildet hatte. Sie war nicht übermäßig tief und auch nicht gewaltig. Eine gedrungene, zwischen Bergen und Felsformationen entstandene Spalte, die sich zu einem flachen Talboden öffnete.

»Wasser«, sagte Nayyib und deutete hin.

Vorher war dort keines gewesen. Jetzt sprudelte es aus einem Haufen herabgestürzter Felsblöcke, war eine natürliche Quelle. Es floss in die Schlucht, suchte sich seinen Weg durch verstreute Felsen und schnitt dann ein deutlich erkennbares Flussbett in den Boden der Schlucht.

Ich schaute nach links, folgte der Linie des eingestürzten Hangs. Und fand den Einschnitt.

Beit al'Shahar.

Er war eingebrochen, in Abschnitte zerfallen. Man konnte hier und da immer noch eine Andeutung der

Säulenformation erkennen, aber es existierte kein wirklicher Einschnitt mehr. Del und ich hatten ihn nicht so verlassen. Noch mehr war geschehen.

Etwas, das mächtig genug war, den Weg für eine unterirdische Quelle zu eröffnen.

Ich trieb den Hengst wieder an und ritt weiter. Wir passierten den herabgestürzten Haufen langer, schmaler Felsabschnitte, die den Fluss hervorbrachten, und folgten dabei noch immer den Wagenspuren. Hier tauschten wir felsigen Untergrund gegen Erde ein, gegen die ersten spärlichen Grasflecken. Vor uns sprossen entlang den gewundenen Ufern des Flusses verschiedene Schilfarten, Strauchwerk, dichte, moosartige Gewächse. Der Grasbewuchs nahm zu. Die Schlucht erweiterte sich. Dünne junge Bäume reichten mir nur bis zum Knie. Oase. Von den Wänden der Schlucht geschützt, mit Zugang zum Wasser, war es hier kühler, schattiger, mit Weideland und fruchtbarer Erde.

»Es war *überhaupt* nicht so«, murmelte Del.

Nayyib erhob seine Stimme. »Jemand betreibt hier eine kleine Farm.«

Das entsprach in der Tat der Wahrheit. Die Quelle speiste schmale, von Menschenhand gemachte Gräben, die zu dem Zweck angelegt waren, Feld- und Gartenflächen zu bewässern. Die einzelnen Parzellen wurden durch niedrige steinerne Mauern abgeteilt. Wir hatten Wildnis zurückgelassen und betraten nun ein privates Paradies.

»Da«, sagte Nayyib.

Da, in der Tat. In verstreuten, dürftigen Pferchen standen Schafe und Ziegen. In einer kleinen Umzäunung aus Pfählen grasten eine Hand voll Pferde. Sie hatten unsere Reittiere bereits gerochen. Jetzt, wo wir in Sichtweite waren, trotteten sie zu den Zaunstangen herüber, um uns voller Neugier zu begrüßen. Der Hengst reckte seinen Kopf hoch in die Luft, schnaubte kunstvoll und erhaben und schlug heftig mit dem Schwanz aus.

Hinter mir stieß auch Dels Wallach ein Wiehern aus.

»Sieh nur«, rief sie. »Sie haben entlang den Wänden der Schlucht Häuser gebaut.«

Es waren niedrige, kleine quadratische Häuser aus Lehmziegeln, die Oberflächen handgeglättet, mit nebeneinander gelegten und zusammengebundenen Pfählen als Dächer, mit Schlamm verputzt, um Regen und Wind abzuhalten. Da sie nicht gestrichen waren, hatten die Behausungen die Farbe der Lehmziegel, aus denen sie gebaut waren: ein üppiges Gelbbraun mit rotem Schimmer. Sie verschmolzen mit den Wänden der Schlucht.

Gesichter erschienen in Fenstern mit breiten Fensterbänken. Dann erschienen Leiber in den offenen Eingängen. Wagenspuren führten den Fluss entlang weiter, gegenüber den Vorhöfen der Lehmziegelhäuser, die Seite an Seite standen. Hühner hatten auf dem Platz freien Auslauf, pickten im Schmutz rund um die Häuser, Pferche und die Umzäunung.

»Sandtiger! *Sandtiger!*« Ein Mann tauchte aus einem der kleinen Häuser auf. Er kam eilig die Wagenspuren herab, der braune Burnus flatternd, der Turban auf seinem Kopf tanzend.

»Mehmet!«, rief Del aus.

Ich grinste. »Und sein Aketni.«

»Sandtiger! Möge die Sonne auf Euer Haupt scheinen!« Mehmet erreichte uns, die dunklen Augen voller Strahlen. Er sank augenblicklich auf die Knie, beugte den Kopf, schlug mit der flachen Hand auf die Erde und zog dann einen Schmutzstreifen über seine wüstendunkle Stirn.

»Oh, hört auf damit«, bat ich. »Ihr wisst, wie sehr ich das hasse.«

Er setzte sich mit ungeminderter Begeisterung auf die Fersen zurück. »Jhihadi«, hauchte er. Und dann sprang er auf und rief etwas in einem Dialekt, der so schnell aus seinem Munde drang, dass ich nur ein Drittel der Worte verstand.

»Jhihadi?«, fragte Nayyib zweifelnd.

Ich zog herablassend die Augenbrauen hoch. »Wusstest du das nicht? Ich wurde zu einem Messias erklärt. Mir huldigen sogar …« Ich hielt inne. »… alle in Mehmets Aketni verbliebenen Menschen.«

»Aketni?«

»Sein kleiner Stamm. Ein Ableger seines ursprünglichen Stammes. Anscheinend will mich nicht jedermann verehren.«

»Aber die Vashni«, warf Del ein. »Erinnerst du dich?«

Nayyibs Miene wirkte etwas sonderbar. »Das ist ein Scherz.«

Ich seufzte. »Nein, tatsächlich ist es kein Scherz. Obwohl ich im Grunde auch das Gefühl habe.«

»Ihr seid ein Messias?«

»Ich bin kein Messias. Sie *glauben* nur, ich wäre ein Messias.«

»Mein Bruder sagte, du wärst einer«, bemerkte Del.

Nayyib war vollkommen verwirrt. »Euer Bruder sagte, Tiger sei ein Messias?«

»Es ist kompliziert«, erklärte ich.

»Ein *Messias*?«, wiederholte er.

Ich vollführte eine abwehrende Geste. »Keine Sorge, es stimmt nicht.«

»Ihr seid ein legendärer Schwerttänzer, der Enkel einer reichen skandischen Matriarchin, ein Magier – *und* ein Messias?«

»Ein vielseitiger Mann«, erklärte Del ihm. »Das sagt die Prophezeiung.«

Ich wusste, dass ihr das Ganze großen Spaß machte, trotz ihrer sanften Miene. Also warf ich ihr einen vernichtenden Blick zu. »Sieh mal, ich habe keine Kontrolle über das, was die Leute sagen oder glauben. Oder darüber, dass meine Großmutter reich und mächtig ist oder dass ich von dem durchdrungen bin, was auch immer diese Magie in mir sein soll. *Ich* weiß nur, dass ich ein Schwerttänzer bin. Das genügt mir.«

Neeshas Gesichtsausdruck war unbeschreiblich. Del bekam Mitleid mit ihm.

»Wir haben sie gerettet«, erklärte sie. »Sie waren von gewissenlosen Führern ins Nichts geleitet, ausgeraubt und zum Sterben zurückgelassen worden. Tiger und ich fanden sie und halfen ihnen.«

Neeshas Augenbrauen wölbten sich bis zum Haaransatz. »Also erklärten sie Tiger zu einem Messias?«

»Es war nicht ganz so.« Del erkannte anscheinend, dass keine Erklärung vernünftig klingen würde. »Aber sie verehren den Jhihadi, und sie glauben, dass Tiger passt.«

»Warum sind sie *hier*?«, fragte Neesha.

»Weil dies Beit al'Shahar ist«, antwortete ich mürrisch, wohl wissend, dass das Ganze lächerlich klang, »und ich sie hierher geführt hatte.« Ich hielt inne. »Vermutlich.«

Mehmet winkte seine Leute aus ihren kleinen Häusern. Ich sah die alten, in Schleier und Gewänder gehüllten Frauen, deren graue Zöpfe unter Kopfbedeckungen hervorbaumelten, aber auch einige wenige jüngere Männer und Frauen und sogar eine Hand voll Kinder. Mehmets Aketni hatte sich vergrößert, seit wir das letzte Mal auf die kleine Karawane getroffen waren.

Alle versammelten sich um uns, bildeten einen Halbkreis. Aller Augen waren auf mich gerichtet, sahen mich voller Begeisterung an. Mehmet stand vor ihnen und strahlte vor Stolz.

»Wir haben Euren Wünschen entsprochen«, verkündete er.

Da ich nicht wusste, wovon er sprach, machte ich Ausflüchte. »Und Ihr habt es gut gemacht, Mehmet.«

Eine ausgestreckte Hand umfasste den Fluss, die Gräben, das Gras, die Pferche, die Umzäunung, die Felder und Gärten und die kleinen, quadratischen Lehmziegelhäuser, die an den Wänden der Schlucht kauerten. »Wir haben den Sand in Gras verwandelt!«

Ah ja. Die berühmte Prophezeiung.

Und dann erkannte ich, dass es der Wahrheit entsprach.

Del, hinter mir, fing an zu lachen.

Nayyib murrte: »Ich glaube nichts von alledem.«

Mehmet war ausgesprochen stolz darauf, den Jhihadi persönlich zu kennen. Nachdem alle anderen tiefe Ehrerbietung bezeugt hatten, schickte er sie fort, um mit den Vorbereitungen für ein abendliches Festmahl zu beginnen. Inzwischen bot er uns die Gastfreundschaft seines eigenen »unwürdigen Hauses« an. Er und seine Frau würden im vorderen Raum schlafen, während Del und ich das kleine Schlafzimmer bekämen.

Er tat sich etwas schwer damit, was mit Nayyib geschehen sollte, bis der Junge sagte, er sei vollkommen zufrieden damit, draußen in der Nähe des Wassers schlafen zu können, wenn das recht wäre. Er fügte sogar hinzu, er sei unwürdig, mit dem Messias unter einem Dach zu nächtigen, was ihm ein Stirnrunzeln von mir und ein Kichern von Del einbrachte.

»Wann habt Ihr geheiratet?«, fragte ich Mehmet. »Und wo habt Ihr eine Frau gefunden?« Als wir uns zum ersten Mal begegnet waren, war Mehmet der einzige junge Mann gewesen, der übrig geblieben war; ansonsten hatte seine Gruppe nur aus alten Frauen und einem alten Mann bestanden, der später gestorben war. Es hatte in seinem kleinen Stamm niemanden gegeben, den er hätte heiraten können.

»Ich habe meine Frau in Julah gefunden«, sagte er stolz. »Eine Karawane kam hindurch und blieb einige Tage. Ich ging zu ihrem Lager hinaus, um sie willkommen zu heißen, und predigte die Prophezeiung des Jhihadi. Einige von ihnen beschlossen zu bleiben und zu dienen. Yasmah gehörte dazu.« Seine Freude war ansteckend. »Und nun kommt mit – diese Männer werden sich um Eure Pferde kümmern.«

Ich beschloss, für den Moment nicht gegen das Predigen zu protestieren. Der Sand *war* gewiss in Gras verwandelt worden, zumindest hier. Als wir diesen Ort verlassen hatten, war er Wüste gewesen, wenn auch nicht so rau und verdorrt wie die Punja und ihre unmittelbare Umgebung. Aber ich hatte eher meine eigenen Vorstellungen davon, was den Wandel bewirkt hatte.

Mehmet bat uns unter Verbeugungen in sein Haus, woraufhin er uns seiner Frau vorstellte. Sie war eine kleine, schlanke, schwarzäugige und recht scheue Frau in Gewändern und Schleiern, die meinem Blick nicht begegnen mochte. Nur die Götter wussten, was Mehmet ihr über seinen Jhihadi erzählt hatte.

Uns wurde an dem niedrigen Tisch, der von schweren Kissen anstelle von Stühlen und Bänken umgeben war, etwas zu essen und zu trinken serviert, während Mehmet erklärte, dass sie den größten Teil ihrer Nahrung selbst anbauten, für Wolle, Milch und Fleisch Ziegen und Schafe züchteten, Hühner für die Eier und für zusätzliche Vorräte nur gelegentlich nach Julah gingen.

»Und niemand weiß, dass Ihr hier draußen seid?«, fragte Del. »Niemand weiß, dass diese Schlucht existiert oder dass es Wasser gibt?«

Mehmet schüttelte den Kopf. »Niemand.«

»Eines Tages werden Leute kommen«, warnte ich. »Wir sind gekommen. Wir fanden Eure Spuren und folgten ihnen hierher.«

Mehmet spreizte die Hände. »Wart Ihr nicht bereits früher hier?«

Nun, ja. Wenn ich darüber nachdachte.

Er nickte, obwohl ich nichts gesagt hatte. »Niemand hat einen Grund, hierher zu kommen, außer dem Jhihadi.«

»Ich bin nicht als der Jhihadi hierher gekommen«, erklärte ich. »Ich habe in diesem Einschnitt etwas zu erledigen, und dann werden wir weiterziehen.«

Seine Augen weiteten sich. »Aber – Ihr bleibt nicht?«

Ich fühlte mich schlecht, weil ich ihn enttäuschen musste. »Nein, wir sind auf dem Weg nach Alimat, durch die Punja.«

»Aber – wir haben dies für Euch gemacht.« Er spreizte die Hände. »Dies alles. Ihr habt es mir befohlen, erinnert Ihr Euch? Findet Wasser, wo es keines gibt. Wir haben hier ein Heim geschaffen.«

»Ihr und Eure Leute habt es sehr gut gemacht, Mehmet – aber ich meinte nicht, dass *ich* hier leben wollte. Es tut mir Leid.«

Er sprang auf und vollführte eine harsche Geste. »Dann kommt mit. Ihr alle. Beeilt Euch.«

Das Mahl war offensichtlich vorüber, obwohl wir noch nicht fertig gegessen hatten. Mehmets kleine Frau sammelte die Teller von dem niedrigen Tisch ein und brachte sie rasch fort, noch während ihr Ehemann uns hinausdrängte.

Zwei kleinere Kinder spielten draußen am Fluss. Mehmet rief ihnen zu, sie sollten einige der Männer suchen und sie unsere Pferde bringen lassen.

Ich schaute zu der Formation hinauf, in der sich der Einschnitt befand – oder was davon übrig war –, auf der anderen Seite der Schlucht, jenseits des Flusses. Kein Pferd konnte durch die herabgestürzten Felsbrocken und das Geröll dort hinauf gelangen. Ich würde zu Fuß gehen müssen.

Die Pferde wurden gebracht. Dem Hengst hing ein saftiger Grashalm aus dem Maulwinkel. Anscheinend hatten sie auch eine Mahlzeit genossen.

»Kommt schon, kommt schon«, drängte Mehmet. »Steigt auf Eure Pferde. Beeilt Euch!«

Wir taten wie geheißen. Unser Gastgeber nickte. »Und jetzt reitet in die Schlucht. Seht Ihr dort vorne die Biegung des Hügels? Umrundet sie. Die Schlucht verläuft nach rechts. Folgt dem Fluss. Ihr werdet es sehen.«

»Was sehen?«, fragte ich.

»Reitet los. Reitet los und seht.«

»Und tut was?«

»Reitet los und *seht*.«

Ich gab es auf. Wir würden keine wirkliche Unterhaltung zu Stande bringen, bevor wir nicht losritten und sahen, was auch immer er wollte, dass wir hinritten und es sahen.

»Kommt Ihr nicht mit?«, fragte Del Mehmet.

Er schüttelte heftig den Kopf. »Es ist für Euch. Wir haben es so bewahrt. Jetzt reitet los und seht selbst.«

»Gehen wir«, sagte ich zu Del und Nayyib und ritt voran.

Wie Mehmet uns angewiesen hatte, folgten wir dem Fluss um die angezeigte Biegung. Hier verengte sich die Schlucht, bis auf beiden Seiten des Flusses überwiegend die steilen Hänge der Schlucht aufragten. Gewaltige Felsabschnitte waren von den Wänden gebrochen und auf den Boden der Schlucht gestürzt, wo sie den größten Teil des Weges blockierten. Der Fluss hatte unverzagt einen neuen Weg hindurch gefunden. Aber ich bemerkte, dass die herabgestürzten Felsbrocken alle scharfkantig und facettiert waren, noch nicht glatt und abgerundet vom Wasser. Was auch immer sie hatte herabstürzen lassen, war erst vor wenigen Jahren geschehen.

Die Pferde suchten sich ihren Weg über verstreut liegende, herabgestürzte Steine. Es gab keinen richtigen Weg hier hindurch, und offensichtlich hatte niemand von Mehmets Volk jemals versucht, mit einem Wagen hindurch zu gelangen. Die einzigen Spuren, die ich sah, gehörten Tieren.

Und dann wichen die Wände zurück. Ein Durchgang lag bloß, durch den murmelnd der Fluss verlief. Unter den Hufen wuchs Gras, dichtes, saftiges Gras. Die Felsen im Wasser waren von Moos und anderem überwachsen. Die Wände der Schlucht wurden zu zerfallenen Hängen, mit einem Gewirr von Strauchwerk und Bäumen bedeckt.

Alte Bäume. Voll entwickelte Bäume. Mehmets kleine Schlucht war neu. Diese nicht.

Der Pfad, dem wir folgten, brachte uns aus dem Schatten ins Sonnenlicht. Aus der Schlucht in ein Tal. Aus dem Paradies in die Perfektion.

Wir hielten inne, weil wir dazu gezwungen waren. Wir schauten, bemerkten, wie der Fluss mitten durch die Wiese verlief. Hier war das wahre Herz der Schlucht, wo hohe Wände uns umgaben, außer dem Durchlass, durch den wir hereingekommen waren.

Nayyib stieß ein glückseliges, anerkennendes Seufzen aus. »Gutes Weideland.«

Del stieg von ihrem Wallach, ließ sich auf ein Knie nieder und versenkte eine Hand in der Erde. Sie nahm eine Hand voll hoch, ließ sie durch ihre Finger gleiten und roch dann dran. »Das sollte es sein«, stimmte sie Nayyib zu. »Dies ist gute, fruchtbare Erde.« Sie schüttelte die feuchte Erde von ihrer Hand und führte den Wallach dann auf dem Weg an mir vorbei. Kurz darauf folgten Nayyib und ich ihr.

Del lief am Fluss entlang. Rund um sie herum war Wiese, die sich von einer Wand der Schlucht zur anderen erstreckte. Wir waren fast ans andere Ende gelangt, als sie stehen blieb und ihre Augen gegen den Glanz der Sonne abschirmte, während sie immer höher hinaufsah, den Rand der Schlucht und den blauen Himmel dahinter betrachtete.

Ich sah sie lächeln, und dann deutete sie in eine Richtung. »Adler.«

Nayyib und ich sahen hin. Tatsächlich zog über der Schlucht ein Adler träge seine Kreise.

Dels Lächeln schwand nicht, sondern verstärkte sich noch. Sie blieb auf einem Fleck und beschrieb einen vollen Kreis, nahm alles in sich auf. Ihre Miene zeigte Begeisterung. »Er ist fast wie der Norden, dieser Ort. Nicht genau so, aber sehr ähnlich.«

Ich runzelte die Stirn. »Vielleicht wie die Grenzlande.«

»Es gibt in den Bergen hochgelegene Täler, die diesem sehr ähnlich sind. Du hast nur nie welche davon gesehen.« Sie begann ihren Harnisch abzulegen.

»Was tust du, Bascha?«

»Ich werde im Wasser waten.«

»Waten?«

»Vielleicht sogar schwimmen.« Sie deutete den Weg hinauf. »Dort ist ein Teich, Tiger. Siehst du, wo der Fluss teilweise von Felsen aufgestaut wird? Auf der anderen Seite befindet sich ein natürlicher Teich.«

Ich hatte nicht darauf geachtet. Aber sie hatte Recht. Nayyib ritt ein kleines Stück hinauf und sah selbst nach.

Ich erinnerte mich an das große gekachelte Badebecken im Haus der Metri, das durch mir unbegreifliche Hilfsmittel beheizt wurde. Del hatte recht glücklich darin herumgeplantscht. Ich hatte nie schwimmen gelernt und war daher nicht so angetan davon gewesen, obwohl es sich gut angefühlt hatte. Aber das Badebecken war flach genug gewesen, dass ich selbst in der Mitte hatte stehen können; das Wasser hatte mir nur bis zu den Schultern gereicht, und ich hatte keine Angst haben müssen, unter die Oberfläche zu geraten.

Mehmet hatte gesagt, dieser Ort sei für uns. Dass er ihn für uns bewahrt habe. Sein Volk hatte sich unmittelbar innerhalb des Eingangs der neuen Schlucht niedergelassen. Diese aber war unberührt geblieben. Diese, die weitaus ältere Schlucht, war seit jeher unberührt.

Del, die die Zügel des Wallachs hochgebunden hatte, damit er nicht darüber stolpern würde, legte Harnisch, Sandalen und Burnus ab. Sie trug nur noch die Ledertunika, die eine Vashnifrau für sie geflickt hatte. Langbeinig und hellhäutig, schritt sie zum Rand des Wassers, während sie ihren Zopf löste und das Haar frei schüttelte. Sie war die verkörperte Schönheit.

Ich erkannte, dass dies das erste Mal seit Monaten war, dass ich sie so gelassen erlebte. Die Anspannung war aus ihrem Gesicht gewichen, ließ strahlende Freude zurück. Jede Faser ihres Körpers reagierte auf diesen Ort.

Ich lächelte, freute mich an dem Anblick. *Ah, Bascha, wenn du nur wüsstest, was ich sehe, wenn ich dich anblicke.*

Dann bemerkte ich Nayyib nur wenige Schritte stromaufwärts, der sie anstarrte. Del schaute zu ihm und lachte. »Komm mit rein, Neesha. Wasch den Staub von deiner Haut.«

Sie hatte *ihn* aufgefordert. Nicht mich.

Die Freude erlosch. Ein Frösteln durchlief meinen Körper. Ließ mich elend, zornig und ängstlich zurück.

»Ich gehe zurück«, belehrte ich sie jäh. »Ich werde den Hengst bei Mehmet lassen, zum Einschnitt hinaufsteigen und das Schwert zu finden versuchen.«

Del, die gerade vorsichtig ins Wasser ging, war bestürzt. Sie blieb stehen, die bloßen Füße auf abgerundeten, glatten Steinen. Sonnenlicht vergoldete ihre Haut. *»Jetzt?«*

»Ich muss es tun.« Und als sie Anstalten machte zurückzugehen, winkte ich ab. »Nein, nein – bleibt ihr hier. Ich möchte das lieber allein tun.« Was nicht stimmte, aber ich konnte es nicht ertragen, sie aus der Schlucht fortzubringen. Ich wendete den Hengst. »Ich werde nach dir sehen, wenn ich fertig bin.«

»Und wenn du es heute nicht finden kannst?«

»Dann suche ich morgen früh weiter danach.« Ich wandte den beiden den Rücken zu und verließ die Schlucht eilig auf dem gleichen Weg, den wir hereingekommen waren.

34

Mehmet, der nichts über *Jivatmas* oder darüber wusste, dass ich eines zurückgelassen hatte, war bestürzt, als ich sagte, ich wolle zum Einschnitt hinaufklettern. Er erinnerte mich daran, dass mich dessen Einsturz hätte töten können. Ich erinnerte ihn daran, dass er das nicht getan hatte und dass ich dort oben etwas zu erledigen hätte. Woraufhin er – sich daran erinnernd, dass ich der Jhihadi war – mir anbot, mich dorthin zu führen.

Ich warf ihm einen seltsamen Blick zu. »Mehmet, ich *war* schon dort.«

»Die Dinge haben sich geändert«, erklärte er. »Nachdem Ihr und Del gegangen wart, bebte die Erde. Felsen fielen herab. Berge wurden erschüttert. Dieser Teil der Schlucht ist damals entstanden. Ihr wisst nicht, was dort oben los ist.«

»Weißt du es?«

Er war gezwungen zuzugeben, dass er es auch nicht wusste.

»Fein. Du bleibst hier. Ich bin vor Einbruch der Nacht zurück.«

»Aber, Tiger …«

»Ich gehe. Kümmere du dich um mein Pferd.« Ich zog mein Schwert aus der Scheide und reichte es ihm. »Und kümmere dich darum.«

Er war wiederum bestürzt. »Warum nehmt Ihr Euer Schwert nicht mit?«

»Weil ich ein anderes zu finden hoffe.« Ich schlug ihm auf die Schulter. »Ich bin rechtzeitig zum Festmahl zurück. Das verspreche ich dir.«

Mehmet war nicht glücklich, nickte aber. Ich verließ ihn, während er mein Schwert sorgsam an seiner Brust barg.

Der Aufstieg zum Einschnitt war anstrengender, als ich ihn in Erinnerung oder als ich es erwartet hatte. Aber Mehmet hatte meine Vermutungen bestätigt: Es war tatsächlich etwas geschehen, nachdem Del und ich gegangen waren, was die Überreste des Einschnitts zum Einsturz gebracht und die Erde gespalten hatte, wodurch die neue Schlucht entstanden war, die Mehmets Aketni zu seiner Heimat gemacht hatte. Das Beben hatte wahrscheinlich den Zugang zu der älteren Schlucht eröffnet, der so aussah, als wäre er niemals von Menschen betreten worden. Ich tastete mich hinauf, klammerte mich Halt suchend an Felsen und versuchte, mir nicht die Zehen zu stoßen. Sandalen sind keine angemessene Fußbekleidung zum Klettern, aber ich hatte nichts anderes.

Der Einschnitt war ursprünglich der hohle Kern eines Berges gewesen. Del und ich hatten einen Tunnel gefunden und uns in das Herz des Berges voran gearbeitet. Dort hatten wir den gerundeten Raum entdeckt, der sich weit über unseren Köpfen dem Himmel geöffnet hatte. Er war angeblich das Heim dessen, was von Shaka Obre, dem so genannten *guten* Zauberer, übrig war. Sein Bruder, Chosa Dei, der sich in meinem *Jivatma* und später in mir niedergelassen hatte, wurde als der böse Zauberer angesehen.

Ich sah es ebenso.

Ich fand keine Spur irgendeines Tunnels oder Durchgangs. Was von dem Einschnitt geblieben war, lag in Schutt und Asche, eingestürzt, als hätte ihn ein launischer Gott mit einer riesenhaften Axt gespalten. Die Teile des Einschnitts waren nicht von den Bruchstücken des eingestürzten Berges zu unterscheiden. Aber etwas trieb mich weiter.

Nimm das Schwert, hatte sie gesagt. Ich würde mein

Bestes tun. Aber möglicherweise war ich dazu nicht in der Lage. Konnte es vielleicht nicht einmal finden.

In welchem Fall was geschähe?

Teile des Berges ragten über mir auf. Ich wählte meinen Weg sorgfältig, griff nach Geröllblöcken, während ich mich hinaufzog. Ich erinnerte mich an unsere Flucht vor dem einstürzenden Einschnitt, wohl wissend, dass wir jeden Moment zerquetscht werden könnten. Ich erinnerte mich, wie Del mich aus dem Durchgang geschoben hatte, als ich wegen des *Jivatma* hatte zurückgehen wollen. Sie hatte zweifellos mein Leben gerettet.

Immer aufwärts. Schließlich fand ich den unteren Teil des Einschnitts, umgeben von herabgefallenen Felsstücken. Teile waren abgebrochen und im Ganzen herabgestürzt, wie ein bewusst umgestoßener Steinhaufen. Ich tastete mich herum und versuchte, die Teile zu unterscheiden. Wenn keine Stücke vom Einschnitt geblieben waren, wo mochte dann mein *Jivatma* sein? Wie konnte ich es finden?

Ich hielt inne und betrachtete die Überreste des Berges. Fragte mich, ob Shaka Obre und Chosa Dei diese weitere Veränderung der Topographie bewirkt hatten.

Waren sie gestorben? War ihre Essenz geschwunden? Oder hatten sie ihren Kampf nur in einen anderen Teil der Welt verlegt?

Ich kletterte weiter, umrundete einen Felsvorsprung. Und fand die Öffnung.

Hier. *Genau* hier. Der letzte Abschnitt des Tunnels. Er war überwiegend von herabgefallenen Felsstücken blockiert, und jenseits des gezackten Eingangs war das Innere dunkel.

Ich verweilte einen Moment am Eingang – ich hasse umschlossene Räume – und entschied dann, dass Jhihadis und Magier keinen Grund hatten, irgendetwas zu fürchten.

Zumindest könnte man das denken.

Ich atmete tief ein, duckte mich und ging hinein.

»Tiger!« Es echote seltsam in all den Felsen. »Sandtiger!«

Ich richtete mich erschrocken auf und stieß mir an der Tunneldecke den Kopf. Fluchend kroch ich wieder hinaus. »Hier!« Ich rieb mir den Kopf und umrundete den nächstgelegenen Felsblock. »Ich bin hier oben.«

Nayyib bahnte sich seinen Weg durch Geröll und Felsblöcke, den Kopf gesenkt, während er auf den Weg achtete. Er hatte seinen Burnus abgelegt und trug jetzt nur einen Dhoti, wie ich, und Sandalen. Er war überall braun, dunkler als ich, ohne nennenswerte Narben und keiner einzigen von einer Klinge.

Wenn er es ernst damit meinte, Schwerttänzer zu werden, dann würde sich das ändern.

Als er mich erreichte, war er keineswegs außer Atem. Sehr ärgerlich. »Was ist?«, fragte ich gereizt.

Sein Blick wanderte an mir vorbei zum Tunneleingang. »Ist dort das Schwert?«

»Vielleicht. Ich bin nicht sicher. Alles hat sich verändert. Aber dies ist ein Teil des damaligen Tunnels, sodass ich vielleicht auf den Grund des Einschnitts gelangen kann.«

Er nickte vage und schaute überall hin außer zu mir. Ihm ging etwas durch den Kopf.

Da ich bemerkt hatte, wie er Del immer wieder angesehen hatte, konnte ich mir gut vorstellen, was es war. »Warum bist du hier, Nayyib?«

Sein Blick huschte zu meinem Gesicht und dann schnell wieder fort. Er wandte sich um und blickte den Weg hinab, den wir gekommen waren. »Man kann von hier aus Teile des Tals sehen.«

Ich wartete. Seine Haltung war starr, auch wenn er mit einer Hand über seinen Schädel fuhr, um das Haar zu glätten.

Und ich erkannte es. Auch wenn ich meine Frage wiederholte. »Neesha, warum bist du hier?«

Er wandte mir den Rücken zu. Er bebte fast vor Anspannung. »Del hat mich geschickt. Sie hat gesagt, ich solle kommen.«

Ich schloss einen Moment die Augen und zwang mich, kalt und hart zu werden. »Nicht jetzt.«

»Sie hat gesagt …«

»Es kümmert mich nicht, was sie gesagt hat.« Weil ich es wusste. »Ich will es nicht hören.« Weil ich es *wusste*. »Ich habe etwas zu erledigen.«

Ich duckte mich und betrat den Tunnelabschnitt erneut, ließ den Jungen zurück. Ich bemühte mich, mir in der Dunkelheit nicht wieder an irgendeinem unsichtbaren Vorsprung den Kopf zu stoßen. Die Hände folgten den Linien der Wände, prüften deren Festigkeit. Es war reichlich Luft vorhanden, aber kein Licht. Ich hätte eine Fackel mitbringen sollen.

Ich hörte Nayyibs Sandalen auf grobem Sand knirschen. Er war unmittelbar hinter mir.

»Kühl hier drinnen«, bemerkte er.

Ich war nicht glücklich darüber, dass er mir folgte, obwohl ich mich mit dem Wissen ein wenig wohler fühlte, dass jemand – sogar er – bei mir in dem beengten Raum war. »Ursprünglich war hier drinnen Eis. Nicht viel, aber etwas.« Ich spähte voraus. »Ich glaube, dort oben ist Licht.«

So war es. Der Tunnel endete an zwei großen Felsblöcken, wo Sonnenlicht durch die Spalte herabkroch. Es war nicht viel, aber so konnte ich etwas erkennen.

Zur Linken war ein Spalt. Der Tunnel endete an den Felsblöcken unmittelbar voraus, aber die schmale Öffnung führte zu etwas anderem. Ich presste mich dagegen und spähte hindurch. »Ich glaube, das ist er.«

»Der Einschnitt?«

»Was davon übrig ist.« Ich dachte einen Moment darüber nach, bemüht, vor dem Jungen nicht zu zittern. Dann söhnte ich mich mit der Erinnerung aus, dass ich schon früher hier drinnen gewesen war und überlebt hatte. Ich drehte mich seitwärts und versuchte, durch den Spalt zu gelangen. Bauch und Rückgrat rieben über Fels. »Dort drinnen ist ein wenig Licht ... Es sieht gewiss wie ein Teil des Einschnitts aus. Da ist Sand.«

»Was bedeutet Sand?«

»Der Boden des Einschnitts war Sand. Gerade groß genug für einen Kreis.« Ich brummte und zog den Bauch ein. Ließ noch ein wenig mehr Haut am Felsen hinter mir zurück.

»Ihr seid zu groß«, sagte Nayyib. »Lasst mich es versuchen.«

Ich wollte ihn gar nichts tun lassen. »Wenn ich nur durch diesen einen Spalt gelange ...«

»Nicht«, sagte er scharf. »Ihr werdet stecken bleiben.«

Er hatte Recht. Es war hart genug, in und unter all diesen Felsen zu sein. Der Gedanke, hier *stecken* zu bleiben, gefiel mir gar nicht.

»Lasst mich es versuchen«, wiederholte er.

Ich konnte nicht umhin, ihn anzufahren. »Warum solltest du das wollen?«

Einen flüchtigen Moment lang sah ich Qual in seinen Augen. Dann verging es. »Weil ich es gern tun würde.«

Ich konnte keinesfalls dort hinein gelangen. Entweder Nayyib oder niemand. »In Ordnung.« Ich glitt wieder hinaus, wobei ich die Zähne zusammenbiss. »Es ist jedoch eng. Ich bin nicht sicher, ob du mehr Glück haben wirst.«

»Ich bin nicht so groß wie Ihr.« Nayyib steckte den Kopf durch den Spalt, sah, was anscheinend ein Teil eines Raumes war, Sandboden und Ähnliches, zog dann den Bauch ein, straffte die Schultern und begann die langsame, vorsichtige Reise.

»Atme nicht«, riet ich.

Er entließ zischend einen kurzen Luftstoß, was wohl ein Lachen war.

»Wenn du dort drinnen ein Schwert findest, berühre es nicht.«

Sein Gesicht war dem Raum zugewandt. Ich konnte

nur einen Körper sehen, der sich mit dem Versuch abmühte, durch den Spalt zu gelangen. Er schien voranzukommen.

Und dann gelangte er auf die andere Seite, verschwand aus meinem Sichtfeld. Ich hörte Fluchen, obwohl ich nichts sehen konnte. »Bist du in Ordnung?«

Seine Stimme hallte unheimlich wieder. »Ich glaube, ich habe vierzehn Schichten Haut an diesem Felsen gelassen.«

»Nun, weniger Fleisch auf den Knochen zu haben wird dir den Ausstieg erleichtern.« Ich konnte das furchtsame Erschaudern, das meine Haut überzog, nicht unterbinden. Ich wollte wieder in die Sonne zurück. Beeil dich, Junge. »Siehst du etwas?«

»Etwas wie ein Schwert? Nein. Aber es ist nicht viel Licht hier drinnen.«

»Ich habe es auf dem Sand liegen lassen. Es war nicht bedeckt.«

Seine Stimme klang hohl, vom Fels verzerrt. »Nun, jetzt ist es wahrscheinlich bedeckt.« Eine Pause. »Vielleicht sollte ich mich auf Hände und Knie niederlassen und danach tasten.«

»Berühre es nicht! Wenn du überhaupt etwas einem Schwert Ähnliches findest, berühre es nicht.«

»Wie soll ich es dann zu Euch hinausbringen?«

»Zieh deinen Dhoti aus und benutze ihn.«

Ich hörte geisterhaftes Gelächter. »Es gefällt mir nicht gerade, mich nackt durch diesen Spalt zu quetschen, danke! Es gibt Teile meines Körpers, die ich mir nicht am Fels abschaben möchte.«

»Dann schieb das Schwert zuerst durch. Danach kannst du deine wertvollen Körperteile wieder bedecken.«

Er schwieg. Ich wartete ungeduldig.

Schließlich gab ich mein Schweigen auf. »Ist da etwas?«

Kurz darauf erklang seine Stimme erneut. »Viele Risse und Spalte. Ich kontrolliere sie alle.

»Es war nicht *in* einem Riss oder Spalt.«

»Damals«, stimmte er mir zu, wobei er verärgert klang. »Aber es kann es jetzt sein.«

Nun, das stimmte. Ich verfiel erneut in Schweigen und wünschte, ich könnte auf und ab gehen. Wünschte, ich könnte hinausgehen.

Dann hörte ich einen unterdrückten Fluch durch den Spalt dringen.

»Was ist los? Was ist passiert?«

»Ist Euer Schwert zerbrochen?«

»Nein. Es ist heil. Warum? Hast du ein zerbrochenes Schwert gefunden?« Hoolies, er hatte Dels zerbrochenes *Jivatma* gefunden. »Berühre es nicht!«

»Das hatte ich nicht vor!«, rief er zurück. »Aber wenn man barfuß ist und darüber stolpert, ist es schwer, es nicht zu tun.«

»Warum bist du barfuß?«

»Ich habe meine Sandalen ausgezogen.«

»Warum?«

»Damit ich den Sand mit meinen Füßen spüren kann.«

»Du bist auf das Schwert *getreten*?«

Keine Antwort.

»Nayyib?«

Nichts.

»Neesha?«

Seine Stimme klang gedämpft. Ich konnte ihn nicht verstehen.

»Was tust du?«, rief ich.

Jetzt klang er mürrisch. »Ich ziehe meinen Dhoti aus.«

Brachte er Dels *Jivatma* heraus? War es das, worum Del ihn gebeten hatte, es mir zu erzählen – dass er Boreal herausbringen sollte, wenn wir sie fanden?

»Neesha?«

»Hier.« Seine Stimme klang näher, aber bedrückt. »Hier, nehmt das Schwert …« Das Heft erschien in dem Spalt.

Nicht Dels. Meines.

Samiel.

Meines.

Ich schloss eine Hand um das Heft. Spürte die vertraute Wärme, das Willkommen einer nordischen, benannten Klinge für denjenigen, der sie handhabte.

Meine. *Meine.*

Samiel.

Etwas tief in meiner Seele wallte auf. Ich hatte vergessen, wie es sich anfühlte, ein gestimmtes, an mich gebundenes *Jivatma* zu halten. Ich konnte das alberne Lächeln nicht unterdrücken, das nun mein Gesicht überzog.

Meines.

Ich hörte Brummen und Murren. Nayyib, der wieder angezogen war, drängte sich erneut durch den Spalt. Ich sah eine Hand und einen Arm hindurchgreifen, einen sandalenbekleideten Fuß herausgleiten. Hörte das Zischen eingesogenen Atems. Kurz darauf war er frei, presste eine Hand auf seinen Bauch. »Nun sind noch ein paar mehr Schichten dahin.«

»Gehen wir raus hier.« Ich wandte mich um und betrat erneut die Dunkelheit des Tunnels.

»Wartet«, sagte Nayyib. »Tiger … wartet.«

Ich wollte nicht warten. »Ich will nicht warten.«

»Bitte.«

»Es ist dunkel hier drinnen.«

»Darum möchte ich, dass Ihr wartet. Es wäre vielleicht leichter.«

Die Freude über das Auffinden des Schwertes schwand. Ich hatte einen Moment vergessen können. »*Was* wäre vielleicht leichter?«

»Es Euch zu sagen.«

Ich schwieg. Ich konnte nichts erwidern. Da waren nur Qual und Eingeständnis. Ein Begreifen, das alles mit Sachlichkeit und gar nichts mit den Empfindungen des Herzens zu tun hatte.

O Bascha.

Aber ich konnte allein sein. Ich war mein ganzes Leben lang allein gewesen, bis sie gekommen war.

Und jetzt wollte sie gehen.

»Del sagte, ich sollte es nicht länger aufschieben. Dass sie es Euch sagen würde, wenn ich es nicht täte.«

Plötzlich war ich dankbar für die Dunkelheit. Ich wollte nicht, dass er mein Gesicht sah. Wollte seines nicht sehen.

Weiteres Schweigen.

Dann: »Ich weiß nicht, wie ich es sagen soll.«

Ich hatte nicht vor, Geduld zu beweisen, während er die richtigen Worte zu finden versuchte, um mir das zu sagen, was ich nicht hören wollte. »Ich bin hier drinnen fertig.« Ich wandte mich um und tat einen Schritt.

»Tiger, *wartet* …«

Ich fuhr wieder herum, bis zum Bersten von Furcht und Zorn erfüllt. »Spuck es aus!«, brüllte ich. »Beende es! Sag mir, was zu sagen du gekommen bist!«

»In Ordnung!«, brüllte er zurück. »Du bist mein Vater!«

35

Nein.
Nein.

Natürlich nicht!

Natürlich nicht.

Unmöglich.

Er war gekommen, um mir etwas völlig anderes zu sagen. Etwas, was mit Del zu tun hatte.

War es nicht so?

Unmöglich.

»Es stimmt«, sagte er, als ich nichts erwiderte.

Weil ich es nicht konnte. Ich konnte keinen Laut hervorbringen. Ich war mir nicht einmal sicher, dass ich atmete. Ich hatte mich darauf vorbereitet, etwas völlig anderes zu hören. Dies war … Dies war vollkommen fremd, wie eine unbekannte Sprache, die vertraut klingt, aber man kann die Worte nicht erfassen.

»Es stimmt«, wiederholte er.

Ich war vollkommen erstarrt. Die Haare an meinem Nacken richteten sich auf. Es kostete mich unglaubliche Anstrengung, verhaltene Worte durch eine vor Schock verengte Kehle zu zwingen. »Du sagtest, dein Vater besitze eine Pferdefarm.«

»Das stimmt. Das heißt, der Mann, der mich aufgezogen hat, besitzt eine Pferdefarm. Er heiratete meine Mutter, als ich ein Kind war. Er *ist* in jeder Beziehung mein Vater – nur dass wir nicht blutsverwandt sind. Er hat mich aufgezogen. Du hast mich gezeugt.«

Meine Brust war wie zusammengeschnürt. Ich spürte mein Herz gegen den Brustkorb schlagen. Ich wusste nicht, wie viel davon mit seinen Worten oder mit der Tatsache zu tun hatte, dass ich enge, umschlossene Plätze hasste. Der Atem drang geräuschvoll durch meine Kehle.

»Es stimmt«, sagte Nayyib.

Es konnte nicht sein.

Es war nicht so.

Es *konnte nicht* sein.

Meine Stimme klang sehr heiser. »Ich habe keine Kinder.«

»Von denen du *weißt*. Hat Del gesagt.«

Del hatte vieles gesagt.

Meine Knochen fühlten sich seltsam hohl an. »Warum sollte ich dir glauben?«

Er stieß einen langen, resignierten Seufzer aus, als hätte ich letztendlich etwas gesagt, womit er gerechnet hatte. »Du warst siebzehn. Gerade von den Salset befreit. Du wolltest Schwerttänzer werden. Auf dem Weg nach Alimat machtest du in einem kleinen Dorf Halt und verbrachtest die Nacht mit der Tochter des Häuptlings.«

Ich blieb weiterhin offensiv. »Ich will ja nicht angeben, aber ich habe im Lauf der Jahre mit vielen Frauen die Nacht verbracht.«

»Sie war, wie du ihr sagtest, deine erste Frau als freier Mann. Und du hattest vor, einen Namen – einen *wahren* Namen – anzunehmen, um diese Freiheit zum Ausdruck zu bringen.«

»Und? Viele Frauen kennen meinen Namen.«

»Du hast ihr erzählt, Sula hätte dich benannt, als du vom Sandtigergift erkrankt warst.«

Nur Del wusste das. Und Sula, die tot war.

Damals kaum siebzehn. Jetzt vierzig.

Dreiundzwanzig Jahre.

Del war dreiundzwanzig. Nayyib auch. Er hatte es gesagt. Sie hatte es gesagt. Kein Kind, hatte sie gesagt. Kein Junge.

Ich hatte erklärt, ich sei alt genug, um ihr Vater zu sein. Und somit auch seiner.

»Und du hast Del das erzählt?«

»Del und ich haben über viele Dinge gesprochen, als sie krank war.«

Meine Stimme klang rau. »Es gibt eine Möglichkeit herauszufinden, ob dies die Wahrheit ist.«

Seine Stimme hatte einen bestürzten Unterton. »Du glaubst mir immer noch nicht?«

Ich wollte fragen: Warum sollte ich? »Geh raus ins Licht.«

»Aber ...«

»Geh raus ins Licht.«

Nayyib ging raus ins Licht. Ich folgte ihm. Wir blinzelten beide gegen die Sonne an. Samiel, in meiner Hand vergessen, flammte blendend auf.

Der Junge betrachtete das Schwert. Er bemerkte die Runen, die die Blutrinne säumten, den seidigen Stahl. Dann sah er mich an. Hob den Kopf mit einer leicht angriffslustigen Neigung. Zorn war in seinen Augen zu erkennen.

Ich blickte direkt hinein. »Hast du ein Mal? Ein Geburtsmal?«

Ein Muskel an seinem Kinn zuckte.

»Zeig es mir.«

Er stand sehr still vor mir, nur mit Dhoti und Sandalen bekleidet. Stoppeln wurden zu einem Bart, ebenso wie bei mir. Ich erkannte nichts von mir in seinem Gesicht, noch etwas von der Frau, von der er behauptete, dass sie seine Mutter sei. Aber es war dreiundzwanzig Jahre her. Es stimmte, dass ich im Lauf der Zeit mit vielen Frauen geschlafen hatte, und an die meisten konnte ich mich nicht mehr erinnern.

An diese Frau schon. Sula war meine erste Frau gewesen, gefolgt von anderen bei den Salset. Ich war ein Sklave gewesen. Ich hatte getan, was mir befohlen worden war. Aber nur eine Frau war meine erste Frau als freier Mann gewesen. Die Tochter eines Häuptlings in einem kleinen Dorf auf dem Weg nach Alimat.

»Zeig es mir.«

Er hakte entschlossen die Daumen in den oberen Rand seines Dhoti und riss ihn herab, zeigte seinen Unterleib, die dünne Linie dunklen Haars, die die hellere Haut senkrecht halbierte. Und das kleine, purpurähnliche Mal, das die Stessoi Keraka nennen, die Liebkosung der Götter. Ich hatte es bei Herakleio gesehen, und Del hatte es bei mir gesehen.

Ich nickte einmal.

Nayyib zog den Dhoti wieder hoch. Der Zorn brodelte.

Er wollte etwas. Anerkennung. Bestätigung. Aber ich konnte, trotz des Vorhandenseins des Keraka, nur überwältigenden Unglauben empfinden. Nichts in meinem Leben hatte mich jemals hierauf vorbereitet. Ich hatte es mir nie auch nur *vorgestellt*.

Er stand wartend da, jede Faser seines Körpers vor wachsendem Zorn angespannt. Ich hatte auf seine Verkündigung nicht reagiert, hatte ihm keinen Hinweis auf das gegeben, was ich dachte.

Albernes, widersinniges Lachen wallte auf. Ich platzte mit dem Ersten heraus, was mir in den Sinn kam. »Was hast du erwartet?«, fragte ich. »Dass ich dir zu Füßen sinken und die Götter lobpreisen würde?«

Sein Blick flackerte. Diese feuchten, schmachtenden, honigbraunen Augen unter beweglichen Augenbrauen. »Ich weiß nicht, was ich erwartet habe.«

»Oh, das glaube ich eigentlich schon.«

Er nahm die Herausforderung an. »In Ordnung. Ich wagte zu hoffen, ein- oder zweimal, du würdest dich vielleicht freuen.«

Ich war taktlos ehrlich zu ihm. »Ich bin mir nicht sicher, ob das in diesem speziellen Moment möglich ist.«

Das schockierte ihn. Erschütterte ihn. Dann setzte er eine Maske auf, verbarg seine Gefühle.

»Was jetzt?«

»Jetzt gehst du in Mehmets kleines Dorf zurück.«

»Was ist mit dir?«

»Oh, ich werde mich eine Weile ins Dunkle setzen und nachdenken.«

Er öffnete den Mund. Schloss ihn dann wieder. Er wollte zweifellos alles Mögliche sagen, alle erdenklichen Fragen stellen, aber er besaß genug Verstand zu erkennen, dass jetzt keinesfalls der beste Zeitpunkt war, das zu tun.

Er wandte sich zum Gehen.

Er ging.

Ich lief unsicher in die Dunkelheit zurück, mein Jivatma umklammernd.

Als ich von dem zurückkam, was von Beit al'Shahar geblieben war, wartete Del bereits. Sie saß auf der anderen Seite des Flusses und beobachtete müßig, wie ich mir meinen Weg über die Steine im Wasser bahnte. Als ich bei ihr ankam, die Arme balancierend ausgestreckt, erhob sie sich.

Sie lächelte und erhob ihre Stimme über das Rauschen des Wassers. »Du siehst aus, als hätte dir jemand einen Cantina-Stuhl über den Kopf gezogen.«

Da sie gesehen hatte, wie ich Opfer genau dieses Vorfalls geworden war, wusste sie, wovon sie sprach. »Jemand hat es getan.«

Sie betrachtete mich genauer. »Bist du in Ordnung?«

»Für jemanden, dem man einen Cantina-Stuhl über den Kopf gezogen hat.« Ich versuchte noch immer, mich mit meinen Empfindungen auszusöhnen. »Ich kann meinen Verstand einfach nicht dazu bringen, es zu begreifen. Ich habe die Worte gehört, sie sogar verstanden, weigere mich aber anzuerkennen, dass sie auf mich bezogen sind. Ich meine, ich weiß, dass er mir die Wahrheit gesagt hat …«

»Wirklich?«

Ich sah sie an. »Ja.«

»Wirklich?«

Ich stieß einen langen Atemzug aus. »Ja.«

»Aber du fühltest dich nicht geneigt, ihm zu Füßen zu sinken und die Götter zu lobpreisen.«

Ich zuckte zusammen. »Er hat es dir erzählt.«

»Ich glaube, ihn hat derselbe Cantina-Stuhl getroffen.«

»Hoolies, Del, ich wollte nicht mit so etwas herausplatzen. Aber er wollte mich sagen hören, dass ich mich freue – und wie konnte ich das? Ich bin zu verwirrt, um mich zu freuen!«

»Bist du ungehalten?«

»Nein! Ich bin zu verwirrt, um irgendetwas zu sein.« Ich sah sie flehentlich an. »Verstehst du nicht? Es ist nichts, was ich je in Erwägung gezogen hätte. Nicht einmal.«

Sie reckte das Kinn. »Und auch nie gewollt hast?«

Ich hob eine Hand. »Sieh dir an, was mit mir geschehen ist! Ich wurde geboren, als meine Mutter sterbend mitten in der Punja lag. Ich überlebte nur, weil die Salset vorbeikamen – die mich zu einem Sklaven machten! Salsetsklaven haben keine Kinder. Sie mögen vielleicht welche zeugen, oder welche gebären, aber sie dürfen sie nicht behalten. Dann war ich dreiundzwanzig Jahre lang ein Schwerttänzer, der nie irgendwo sesshaft wurde. Das ist kein Leben für eine Frau …« Ich sah das Flackern in ihren Augen, wich aber nicht aus. »… die ihren Mann in der Nähe und eine Familie haben will. Ich kann nicht diese Art Mann für eine solche Frau sein. Also habe ich nie darüber nachgedacht, bis dieser törichte, fremde Junge mit den Beilen herumging und jedermann erzählte, er wäre mein Sohn, wohl wissend, dass er es nicht war.«

»Neesha ist nicht dieser törichte, fremde Junge. Er *ist* dein Sohn.«

»Ich weiß. Ich weiß.« Ich schüttelte den Kopf. »Ich kann einfach nicht denken, Bascha. Es ist zu vieles in meinem Kopf. Ich brauche Zeit, um das alles zu verarbeiten.«

»Warum? Du musst ihn nicht *aufziehen*. Er ist ein erwachsener Mann. Du musst ihn nur anerkennen.«

Das saß. »Ich habe nicht gesagt, er sei nicht mein Sohn!«

»Aber du hast ihm gesagt, du freutest dich nicht.«

»Weil ich mich nicht gefreut habe! Ich habe gar nichts empfunden. Hoolies, ich war froh, dass ich überhaupt Worte finden konnte.«

Del lächelte leicht. »Der Sandtiger … sprachlos. Wahrlich ein Wunder.«

Ich musste es ihr begreiflich machen. »Es gibt nichts, *nichts* auf der Welt, was mich eher hätte erstarren lassen können als das, was dieser Junge mir erzählt hat. Ich weiß nicht, wie ich sonst unter den gegebenen Umständen hätte reagieren können. Ich tat mein Bestes. Vielleicht war es nicht genug, vielleicht war es nicht das, was er wollte, aber es war alles, was ich zu dem Zeitpunkt zu geben hatte.« Ich schüttelte erneut den Kopf, denn mir fehlten noch immer die Worte. »Ich habe nie behauptet, vollkommen zu sein, und ich würde, so sicher wie die Hoolies, auch nie behaupten, ein perfekter Vater zu sein. Besonders da ich nicht wusste, dass ich überhaupt Vater war.«

Ich musste Fortschritte gemacht haben. Ihr Tonfall wurde freundlicher. »Ich habe ihn davor gewarnt, Erwartungen zu hegen.«

»Nun, ich denke, er hatte Erwartungen!«

»Hoffnungen, vielleicht. Wie auch nicht? Er weiß schon seit seiner Kindheit, dass du sein Vater bist. Er hat all die Geschichten des legendären Sandtigers gehört. Er hat dich die ganze Zeit finden wollen. Aber er hatte Angst.«

»Angst?«

»Dass du ihm nicht glauben würdest.«

»Ich habe ihm *nicht* gesagt, dass ich ihm nicht glaube.«

»Aber du hast ihn auch nicht willkommen geheißen.« Sie hob eine Hand, um weitere Proteste zu unterbinden.

»Er hat sehr lange gebraucht, um den Mut zu finden, dich zu suchen. Und noch länger, um dir in die Augen zu blicken und es dir zu sagen.«

»Er hat es mir nicht ›gesagt‹. Er hat es mir entgegen gebrüllt.«

»Manchmal ist Brüllen die einzige Möglichkeit, dir etwas begreiflich zu machen. Aber das ist nicht der Punkt.« Ihre Augen wirkten traurig. »Er beschwor mich, Verschwiegenheit zu bewahren. Ich durfte dir nichts sagen. Es war *seine* Aufgabe.«

»Aber du hast ihm gedroht, es mir zu erzählen, wenn er es heute nicht täte.«

Del nickte. »Weil ich wusste, was du dachtest.«

»Tatsächlich?«

»Du wurdest dir immer sicherer, dass zwischen Neesha und mir etwas entstand.«

»Ach, Del …« Ich ließ mich auf die kühle Erde am Flussufer sinken und fuhr mir mit den Händen durchs Haar. »Er ist dreiundzwanzig. Er ist ein gut aussehender, kluger, vernünftiger Junge, der noch das ganze Leben vor sich hat. Welche Frau wäre nicht von ihm angezogen?«

Del setzte sich so neben mich, dass ihr linkes Bein meines berührte. »Eine Frau, die mit dem zufrieden ist, was sie hat.«

Ich machte keinerlei Ausflüchte. *»Warum?«*

Sie lehnte sich an mich, legte den Kopf auf meine Schulter. »Ich kann es nicht erklären. Ich weiß es einfach. Besser als irgendetwas anderes auf der Welt.«

Ich blickte angestrengt auf den tosenden Strom, bemüht, nicht zu weinen. »Ich verdiene dich nicht.«

»Wahrscheinlich nicht.«

Kurz darauf lächelte ich. »Wir sprachen neulich über Kinder, die wissen wollen, wer sie sind, wer ihre leiblichen Eltern sind … das war wegen Neesha.«

»Teilweise, ja.«

»Und weil sich dann herausstellte, dass ich meine

Mutter suchte. Nur wusste ich es zu dem Zeitpunkt noch nicht.«

»Aber du wusstest, wie wichtig es war, sie zu finden.«

»Ja.«

Del nickte an meiner Schulter. »Für Neesha war es dasselbe.«

Ich beobachtete den Flusslauf. »Du hast ihn so beschützt, warst so besessen von seinem Wohlergehen. Hast immer behauptet, wir schuldeten ihm etwas, und hast darauf bestanden, ihn vor Umir zu retten. Weil er mein Sohn ist.«

»Und ich mag ihn, Tiger. Das ist mit ein Grund.«

Ich seufzte und nickte. »Er ist ein guter Junge. Ich mag ihn auch.«

Sie hob den Kopf von meiner Schulter und beugte sich zu mir, um mich auf die Wange zu küssen. »Geh und sag es ihm.«

Ich blickte noch einen Augenblick länger ins Wasser. Stemmte mich dann vom Boden hoch und streckte die Hand nach Del aus. Sie erhob sich mit meiner Hilfe, und ich nahm sie in die Arme. »Danke, Bascha.«

Kurz darauf löste sie sich sanft. Sie lächelte strahlend. »Er ist draußen bei den Pferden. Sie sind in der Nähe des Pferchs angepflockt.«

36

Ich machte mich nicht sofort auf die Suche nach Neesha. Ich beobachtete, wie Del davonging, auf Mehmets Haus zu. Dann wandte ich mich um, blickte eine Zeit lang zu dem zerbrochenen Einschnitt hinauf und dann ins tosende Wasser.

Ich habe einen Sohn.

Fremdartige Worte. Ein fremdartiger Gedanke.

Ich habe einen *Sohn.*

Ich hatte es für unmöglich gehalten. Nicht weil ich nicht dazu in der Lage oder unfruchtbar wäre, sondern weil sich in meinem tiefsten Inneren ein kleiner, kalter Teil nur zu gut daran erinnerte, wie die Salset die Kinder von Chulas behandelten, wenn die Frauen das Pech hatten, ein Kind vollständig austragen zu müssen, weil sie es nicht mit Hilfe von Kräutern hatten abtreiben können. Sie wurden ebenfalls zu Sklaven gemacht oder an Sklavenhändler verkauft oder in der Wüste ausgesetzt.

Wenn man sechzehn Jahre lang unter den Salset gelebt hat, ist die Gestaltung einer neuen Identität, eine neue Selbstsicht, nicht leicht. Ich hatte weitaus mehr Zeit als Schwerttänzer verbracht, aber die Sklaverei hatte mich geprägt. Ein Teil von mir würde geistig, wenn nicht körperlich, immer ein Chula bleiben.

Ich habe einen Sohn.

In Freiheit geboren, nicht in der Sklaverei. Nicht verkauft. Nicht ausgesetzt.

Ich hatte, trotz dem, was ich anderen gegenüber geäußert hatte, nie *keine* Kinder haben wollen. Ich hatte mir einfach den Gedanken versagt, dass ich welche haben könnte.

Ich habe einen Sohn.

Ich spürte ein neues Gefühl aufkommen. Spürte Tränen auf meinem Gesicht.

Gelobt seien die Götter.

Wie Del gesagt hatte, fand ich Neesha in der Nähe des Pferches, wo er die Pferde striegelte und leise mit ihnen sprach. Mir fiel erneut auf, wie gut er mit ihnen umgehen konnte. Bestimmt, nicht unbeholfen. Ruhig, mit sanfter Stimme, aber eindeutig vermittelnd, wer das Sagen hatte. Er hatte bereits sein und Dels Pferd gestriegelt. Nun war der Hengst an der Reihe. Überrascht über die Ruhe des Hengstes, beobachtete ich zunächst nur, ohne mich bemerkbar zu machen.

Aber er wusste es. Ob es die aufgestellten Ohren des Hengstes oder nur ein herkunftsbedingter sechster Sinn war, jedenfalls blickte er über die Schulter, während er mit der Bürste um die heilende Wunde an der braunen Hinterhand strich.

Es war zu schwer, das auszusprechen, was ich ihm sagen wollte. Also fing ich mit einem Kompliment an, was außerdem die Wahrheit war. »Du kannst sehr gut mit Pferden umgehen.«

Er wandte den Blick ab. »Ist das deine Art, mir zu sagen, ich solle auf die Farm zurückkehren?«

Oh, er war wirklich schlecht gelaunt. »Es war meine Art, dir zu sagen, dass du sehr gut mit Pferden umgehen kannst.«

Er führte die Bürste zum Fesselgelenk des Hengstes hinab. »Aber du *denkst*, ich solle auf die Farm zurückgehen.«

Ich sagte mir leise, dass ich Geduld bewahren müsse. Dass ich diese Szene nur durch meine Reaktion auf seine Neuigkeit heraufbeschworen hatte. »Wenn das eine Frage war, werde ich sie beantworten: Wenn du das willst. Aber wenn es eine Anklage war, dann leugne ich es.«

»Vielleicht kümmert es dich nicht genug, als dass du eine wie auch immer geartete Meinung hättest.«

Zorn flammte auf. Natürlich kümmerte es mich. Aber wie sollte er es wissen, wenn ich es ihm nicht sagte? Obgleich ich keine Ahnung hatte, wie ich anfangen sollte.

Ich ließ den Zorn los. »Vielleicht habe ich eine Meinung, aber mich kümmern Leute nicht, die mir Worte in den Mund zu legen versuchen.«

»Ich dachte daran zu gehen.« Er trat um den Hengst herum, an seinen Kopf, um die andere Seite zu striegeln. »Ich dachte daran, mein Pferd zu satteln und einfach zu gehen, ohne jemandem ein Wort zu sagen. Aber ich entschied, dass das kindisch wäre.«

Ich lächelte. »Nun, ja.«

»Und außerdem bin ich *wirklich* gekommen, um dich um Unterricht zu bitten, und ich will *wirklich* ein Schwerttänzer werden.«

Ich musste die Frage schließlich stellen. »Und wann wolltest du mir erzählen, dass du mein Sohn bist?«

Er trat zum Widerrist des Hengstes und sah mich über dessen Rücken hinweg an. »Wenn ich das Gefühl gehabt hätte, ich sei gut genug, dass du stolz auf mich sein könntest.«

Das war wie ein Tritt in die Eingeweide, wenn nicht wie ein über den Kopf gezogener Stuhl. »Also hattest du nicht vor, es mir irgendwann während des Rittes hierher zu sagen.«

»Nein.«

Das schmerzte. »Warum hast du es dann getan? Ich weiß, was Del mir erzählt hat. Aber sie hätte dich nicht verraten. Du hättest weiterhin den Mund halten können.«

Er zuckte befangen eine Achsel. »Als ich dort oben in den Felsen war und dir gegenüberstand, dachte ich, ich könnte es nicht tun. Beschloss, es nicht zu tun. Aber dann brachte ich dein Schwert heraus, und ich dachte, das würde dir gefallen ...«

»Es hat mir gefallen.«

»... sodass ich beschloss, die Gelegenheit zu ergreifen. Und dann ... konnte ich es nicht. Ich konnte es nicht sagen. Und du wurdest ärgerlich.«

Ich erklärte trocken: »Ich hasse es, wenn Menschen nicht sagen, was sie denken. Ich tendiere dann manchmal dazu zu schreien, zumindest sagt Del das.«

»Und dann kam es einfach heraus. Und du ... es kümmerte dich nicht. Du glaubtest mir nicht, bis ich dir das Mal zeigte.«

»Und dann hast du entschieden, dass ich mich nicht freute.«

»Weil du sagtest ...«

Hoolies, konnte er es nicht begreifen? »Ich sagte, dass es kein guter Zeitpunkt sei, um etwas von mir zu erwarten. Ich hatte gerade den Schock meines Lebens bekommen. Zu viele Gedanken gingen mir durch den Kopf, als dass ich irgendeinen Sinn in *irgendetwas* hätte sehen können, ganz zu schweigen davon, etwas der Mühe Wertes zu sagen! Stell es dir so vor, als wäre man betrunken genug, dass man sich kaum an seinen Namen erinnern kann ... Nur die Götter wissen, was aus deinem Mund dringt.« Ich verzog meinen. »Und der Anblick des Mals war nur eine Bestätigung. Ich glaubte dir. Aber ich war nicht annähernd auf eine solche Ankündigung vorbereitet. Hoolies, ich hatte erwartet, dass du etwas völlig anderes sagen würdest! Hatte es schon einige Zeit erwartet.«

Er hatte aufgehört, den Hengst zu striegeln, und sah mich mit zusammengezogenen Augenbrauen an. »Was hattest du erwartet, was ich sagen würde?«

Ich atmete ein. »Dass du Del wolltest. Und dass sie dich wollte.«

Seine Kinnlade sank herab. *»Was?«*

»Das hatte ich erwartet.«

»Ich ... aber ... aber was ... ich meine ...«

Ich lachte. »Siehst du? Manchmal kann man sein Gehirn nicht dazu bringen, einen normalen Satz zu bilden.«

Er verstand. Schloss den Mund. Versuchte es erneut. »Warum solltest du so etwas denken?«

»Ich habe bemerkt, wie du sie angesehen hast. Heute, in der anderen Schlucht. Und auch bei weiteren Gelegenheiten.«

Er starrte mich an, als hätte ich zwei Köpfe. »Götter, sie ist atemberaubend! Sie ist das, wovon wir alle träumen. Wie könnte *irgendein* Mann sie nicht anstarren?«

Ich konnte nicht verhindern, kurz angebunden zu klingen. »Oder sich nicht fragen, wie sie in seinem Bett wäre?«

Er errötete. »Und das von *dir*, Sandtiger! Du hast mit meiner Mutter geschlafen, als sie kaum sechzehn war!«

Kurz darauf sagte ich: »Du weißt, wie man seine Waffen wählt.«

»Aber es stimmt.«

»Ja.« Ich nickte, mir leichter Scham bewusst. »Ja, ich habe mit ihr geschlafen. Ich war ein verängstigter, törichter, von Freiheit berauschter Junge, der davon träumte, in den Kreisen von Alimat jemand von Bedeutung zu werden. Sie war sehr hübsch, und ich konnte mir nicht vorstellen, dass sie sich von mir angezogen fühlte. Aber sie vermittelte mir das Gefühl, etwas Besonderes zu sein.« Ich musste den Blick von ihm abwenden, konnte ihm nicht in die Augen sehen. »Sie hat mir das Gefühl vermittelt, ein *Mann* anstatt eines Chula zu sein.«

Auch er wandte den Blick einen langen Moment ab. Begegnete dann wieder meinem Blick. »Sie sagte, du wärst freundlich gewesen.«

Meine Antwort kam von Herzen. »Ich hoffe, dass ich das war. Sie verdiente Freundlichkeit.«

»Sie sagte …« Sein Mund verzog sich jäh zu einem schiefen Lächeln. »Sie sagte, ich ähnelte ihrem Vater, dem Häuptling. Ich hätte ein wenig von deiner Größe, aber nicht deine Augen. Oder ihre.«

Ich lächelte bei der Erinnerung. »Sie hatte sehr dunkle Augen.«

»Mein Großvater hatte Grenzländerblut in sich. Es zeigt sich auch bei mir.«

»In dir ist auch skandisches Blut. Aber dein Großvater hätte sich, wenn er diese Augen hatte, wahrscheinlich jede Frau der Grenzlande aussuchen können.«

Neesha grinste. »Ah, das stimmt. Du sagtest, ich könnte jede Frau dazu bringen, die Beine für mich zu spreizen.«

»Eine nicht unbedeutende Leistung.«

»Bis auf Del.« Er schüttelte den Kopf. »Würde ich es wollen? Hoolies, ich bin ein Mann, kein Narr! Und sie sieht niemanden außer dir. Das war schon ziemlich klar, als ich sie in dem Unterstand pflegte.«

Da ich über etwas so Wichtiges nicht offen sprechen konnte, nahm ich Zuflucht zu Lässigkeit. »Nein, sie will mich nur wegen meiner gewaltigen Reichtümer.« Dann grinste ich. »Und jetzt lass mich dir Folgendes sagen: Du bist ein gut aussehender, kluger Bursche mit Verstand. Und ich mag dich. Aber ich war niemals ein Vater, noch erwartete ich es jemals zu sein. Ich weiß nicht, wie.«

Neesha belehrte mich mit großen, schmachtenden Augen: »Es ist nicht so, als müsstest du mir die Windeln wechseln.«

»Und du bist auch schlagfertig.«

Er mimte Unschuld. »Meine Mutter war es nicht, noch der Mann, den sie heiratete. Ich muss es von jemand anderem haben.«

Ich runzelte die Stirn. Deutete auf das untadelige linke Bein des Hengstes. »Du hast eine Stelle vergessen.« Dann stolzierte ich davon.

Später an diesem Abend, als wir mit den Nachwirkungen eines gewaltigen Festmahls in Mehmets Bett lagen, fragte Del: »Hast du es ihm gesagt?«

Ich war schon fast eingeschlafen. »Ihm was gesagt?«

»Dass du ihn magst.«

Ich gähnte breit. »Ja, ich habe ihm gesagt, dass ich ihn mag. Ich habe ihm alles gesagt, wovon du mir gesagt hast, dass ich ihm sagen soll, was ich dir gesagt hatte.«

Ich hörte leises Lachen. »Was hat *er* gesagt?«

»Dass er seine Schlagfertigkeit von mir geerbt haben muss.«

Nach einem kurzen Augenblick des verblüfften Schweigens begann Del an meiner Brust zu kichern. Ich schlief wieder ein.

Als ich nicht lange nach der Dämmerung erwachte, merkte ich, dass Del nicht da war. Kein Wunder, dass sich das Bett so leer anfühlte. Ich wälzte mich hinaus, legte Harnisch und Schwert an, wanderte durch den vorderen Raum zum Vorgarten und sah Neesha auf dem Bauch am Flussufer liegen und ins Wasser starren, einen Arm bis über den Ellenbogen eingetaucht. Er regte sich nicht. Schließlich ging ich hinüber und fragte ihn, was er gerade tue.

»Ich hoffe, einige Fische zu fangen.«

»Es gibt da drinnen Fische?«

»Del und ich sahen sie gestern, nachdem du zurückgegangen warst. Eine ganze Menge in dem Teich in der anderen Schlucht.«

Ich beschloss, es zu erwähnen. »Du hast keinen Angelhaken oder eine Leine.«

»Nein, ich will sie kitzeln.«

»Sie *kitzeln*? Fische?« Ich hatte immer geglaubt, man könnte nur Frauen und Kinder kitzeln, nicht Fische.

»Wenn du sie am Bauch kitzelst, werden sie leicht schläfrig. Oder was auch immer Fische tun. Ich bin mir nicht sicher. Vielleicht werden sie einfach unvorsichtig. Aber du kannst sie dann packen und ans Ufer werfen.«

Ich brummte skeptisch. »Ich bin nicht erst gestern geboren, und du kannst mich mit solchem Unsinn nicht zum Narren halten.«

»Es ist kein Unsinn. Ich habe es schon oft gemacht.«

»Wo?«

»In den Grenzlanden, nahe dem Norden. Dort oben gibt es viele Flüsse und Wasserläufe.«

Es klang für mich immer noch unwahrscheinlich, aber ich kannte ihn nicht gut genug, um sicher zu sein, dass er scherzte. »Hm. Ich wette, Mehmet hat Angelhaken und Leine.«

»Wahrscheinlich, aber ich wollte ihn nicht stören. Und ich mache es gern so. Manchmal muss man sich klarmachen, dass man klüger ist als der Fisch.«

Ich bemerkte trocken: »Ich denke mal, das kann nicht so schwer sein.«

Er sagte mir ebenso trocken, dass ich gewiss überrascht wäre …

Ich beobachtete ihn noch ein wenig länger und staunte. *Dies ist mein Sohn*. Dann streckte ich einen Fuß aus und stupste ihn ans Bein. »Komm mit. Es ist Zeit für deine erste Lektion.«

Er war bestürzt. »Jetzt?«

»Warum nicht? Ich möchte gern glauben, dass ich eine bessere Gesellschaft bin als die Fische.«

Neesha warf mir einen sorgfältig abschätzigen Blick zu.

Ich lächelte, zeigte die Zähne und zog mein *Jivatma* aus der Scheide. Danach schaute er nirgendwo anders mehr hin. »Komm schon, Nayyib-Neesha. Dies ist erst der Anfang eines langen und qualvollen Prozesses.«

Er erhob sich vom Ufer. Betrachtete mich erneut, dieses Mal ernst. Und seufzte. »Ja, das kann ich mir denken.«

37

Ich durchbrach sechsmal hintereinander Neeshas Abwehr. Danach war er frustriert und fühlte sich gedemütigt. Er hatte mir so gern zeigen wollen, dass er das Grundsätzliche einigermaßen beherrschte, hatte aber das Gefühl, er hätte mir nur Schwächen gezeigt. Natürlich hatte ich das erwartet, aber ich hatte auch gehofft, dass er mir vielleicht, nur vielleicht, das antun könnte, was ich Abbu vor so vielen Jahren angetan hatte, wenn ich nicht vorsichtig wäre. Aber während dies Neesha zweifellos gefreut hätte, hätte ich dabei auch verletzt werden können.

Also war ich vorsichtig.

Und ich bin immerhin der legendäre Sandtiger, ein Schwerttänzer des siebten Grades von Alimat … Außerdem musste er begreifen, dass er besser als gut sein musste, wenn ich eine neue Legende aus ihm machen sollte.

Schweiß lief sein Gesicht herab, badete seine Brust. Er war schnell, anmutig, konzentriert. Er war auch wütend auf sich selbst. Also sagte ich ihm, wir wären fertig.

Er senkte sein Schwert. »Schon?«

»Schon.«

»Wir haben kaum begonnen!«

»Und wir sind fertig. Für den Augenblick. Wir werden morgen wieder üben.« Ich deutete mit einem Daumen über meine Schulter. »Geh und wasch dich im Fluss. Kühl dich ab.«

Er wollte noch etwas sagen. Aber er schloss den Mund, steckte sein Schwert wieder in den Harnisch und stolzierte an mir vorbei.

»Und, Junge …« Ich wartete, bis er sich umwandte. »Es werden lange zehn Jahre – oder sieben, oder sechs –, wenn du jedes Mal so frustriert reagierst.«

Sein Mund war eine grimmig zusammengepresste Linie. »Ich wollte *gut* sein.«

Ich grinste. »Man wird nicht über Nacht gut – und auch nicht nach vier Unterrichtsstunden bei Abbu Bensir.« Ich beugte mich herab, ergriff meinen Harnisch und steckte das *Jivatma* in die Scheide. »Morgen. Inzwischen werde ich Del suchen.«

»Sie sagte mir, sie wolle zur anderen Schlucht hinauf.«

Ich schüttelte resigniert den Kopf. »Anscheinend erzählt Del dir mehr als mir.«

Ein seltsamer Ausdruck überzog Neeshas Gesicht. Dann wandte er sich auf dem Absatz um und eilte zum Fluss.

Als ich um die Biegung und durch den Durchgang zur Schlucht gelangte, war die Morgenkälte geschwunden. Die Sonne stand nun über dem Rand der Schlucht und warf schräge Lichtdecken die baumbestandenen Berghänge hinab. Ich hörte Vögel rufen und ein Keckern aus dem Gebüsch – wahrscheinlich ein Warnruf, weil ich kam. Das Rauschen und Gurgeln des Wassers untermalte die Geräuschkulisse.

Del befand sich dort, wo ich es erwartet hatte, oben in der Nähe des natürlichen Teiches. Zunächst hätte ich sie beinahe verfehlt, da sie auf dem Rücken im dichten Rispengras lag. Hoch über uns kreiste erneut der Adler vor dem strahlenden Himmel, von seiner Gefährtin begleitet.

Ich hielt lange genug inne, um meine Sandalen abzustreifen, sie zusammenzubinden und mir über die Schulter zu schlingen, und genoss dann das Gefühl von Gras und kühler Erde unter meinen Füßen. Bemerkenswert anders als Punjasand. Meine schwieligen Füße mochten es sehr.

Ich schlenderte am Flussufer entlang. »Hast du Fische gefangen?«

Ich sah, wie Del die Hände an ihre Wangen führte und hastig darüber wischte. Dann setzte sie sich auf. Ihr offenes Haar fiel ihr den Rücken hinab. Sie lächelte, als sie die von meiner Schulter herabbaumelnden Sandalen sah. Ihre lagen in der Nähe des Wassers, zusammen mit ihrem Harnisch und dem Schwert. Gute Idee. Ich ließ meine Sandalen fallen, löste den Harnisch und legte ihn und das Schwert ins Gras. »In Ordnung«, sagte ich, »ich bin vielleicht ein Mann, aber ich bin nicht vollkommen herzlos. Sag mir, warum du geweint hast.«

Ihre Augen weiteten sich ein wenig, und dann lachte sie befangen. »Weil es hier so wunderschön ist.«

Diese Erklärung schien mir widersinnig. »*Deshalb* weinst du?«

»Tiger ...« Sie erhob sich jäh, ergriff meine Hand und zog mich am Ufer entlang. Mit der freien Hand vollführte sie eine weite Geste. »*Sieh* es dir an, Tiger! Die Bäume treiben neue Blätter, die Büsche bilden Früchte, und es wachsen Blumen im Gras, Süßwasser in Hülle und Fülle ...«

»Und Fische, die anscheinend gern gekitzelt werden.«

Sie ignorierte die Bemerkung völlig. »... und Adler am Himmel, Wild auf den Hängen, eine weitaus mildtätigere Sonne als irgendwo sonst im Süden – *keine* sengende Hitze, *keine* Punja, *keine* Schwerttänzer, die dich jagen ...« Sie ließ meine Hand los und sank auf die Knie, grub die Finger in die Erde und brachte Klumpen davon zutage. »Sieh dir diese Erde an! Hier würde so vieles wachsen ...« Sie warf die Klumpen beiseite, erhob sich und ergriff erneut meine Hand. »Komm mit.« Sie führte mich vom Wasser fort. »Siehst du das? Dort an den Wänden der Schlucht? Wir könnten ein Haus nach unseren Wünschen bauen. Kleinere Häuser – tatsächlich nur Zimmer – könnten auf der anderen Seite des Flusses an *jener* Wand der Schlucht entstehen. Und hier, *hier* ist Platz für vielfache Kreise.« Ihre Geste war allumfassend. »So viele Kreise, wie du in einer Schule brauchst. Und Julah ist nicht weit, wenn wir Vorräte brauchen. Oder wenn du und die Schüler wegen Schankmädchen und Aqivi in die Cantina gehen wollt.«

Ah. Jetzt wusste ich, worauf sie hinaus wollte. Und es war anscheinend nicht Alimat, wenn sie etwas dazu zu sagen hätte. »Deshalb weinst du?«

Sie errötete. »Weil es wunderschön ist, ja. Weil es uns alles bietet, was wir uns wünschen könnten. Weil es uns eine Zukunft ermöglichen würde, die anders wäre als alles, was wir kennen gelernt haben, etwas, das wir zusammen aufbauen könnten, wieder ein Neubeginn.«

Ich bemerkte vorsichtig: »Das hatte ich in Alimat vor.«

»In der *Sonne*. In der *Hitze*. Im *Sand*. Wo es, wenn es Wasser gibt, immer warm ist. Wo ich die Augen meines Pferdes bemalen und Fransen an seinem Stirnband befestigen muss, damit er nicht erblindet.«

»He, das war deine Idee! Ich sagte dir, du solltest ein anderes Pferd nehmen, erinnerst du dich?«

»Er hat den weichesten Gang, den ich je erlebt habe. Wahrscheinlich weicher, als *du* je geritten bist, du mit diesem eigensinnigen, niederträchtigen, sturen Teufel ...«

»Nun lass uns bei meinem Pferd nicht persönlich werden!«

»... der dich ebenso rasch abwirft, wie er dich einen Meter weit trägt ...«

»In Ordnung!« Ich hob eine Ruhe gebietende Hand. »Wir haben festgestellt, dass dein Wallach einen weicheren Gang hat als mein Pferd. Weiter.«

Del sah mich an. »Weil ich zum ersten Mal seit längerer Zeit, als ich mich erinnern kann, alle Mauern fallen lassen kann. Ich hatte geglaubt, ich hätte vergessen, wie das geht. Mein Gesang ist beendet, Tiger. Ich habe meinen Bruder gefunden und ihn wieder verloren. Ich habe meine Familie gerächt, indem ich Ajani tötete. Ich habe dir bewiesen, dass ich mit allem Können und aller Ehre männlicher Schwerttänzer tanzen kann …«

»Mit *mehr* Können und Ehre.«

»… und sie auch besiegen kann.« Sie war streitbarer, als ich sie je erlebt hatte. »Ich habe alles erfüllt, was ich mir vorgenommen hatte, an jenem Tag an der Grenze, als Ajani und seine Männer meine Familie töteten, meinen Bruder gewaltsam entführten und mich vergewaltigten. Und ich habe eine Tochter aufgegeben, meinen *An-kaidin* getötet, mein *Jivatma* in Blut getränkt und zerbrochen und wurde für immer aus meinem Heimatland verbannt.« Ihre Stimme klang so trocken wie Wüstensand. »Du hast mich einmal gefragt, welche Art Mann ich zu finden erträumte, und ich sagte dir, dass ich an dem Tag, an dem Ajani kam, aufgehört hatte, darüber nachzudenken. Ich gab all meine Träume auf, all meine Hoffnungen, all meine *Menschlichkeit*, um die Waffe zu werden, die nötig war, um Ajani zu töten. Ich schloss sogar einen Pakt mit den Göttern, mich nicht wieder schwanger werden zu lassen, damit nicht ein weiteres Kind meine Pläne so durchkreuzen könnte, wie Kalle es getan hatte.« Ihr Gesicht war starr vor Schmerz. »Damit ich nicht noch ein Kind aufgeben musste.«

»Del …«

»Zwei Dinge, nur zwei Dinge, existierten in meinem Leben: meinen Bruder zu finden und Ajani zu finden. Beides ist mir gelungen. Mein Gesang ist beendet.«

»Del …«

»Und ich habe geweint, weil es hier so wunderschön ist, dass mir das Herz schmerzt, und weil ich weiß, dass du wegen Alimat nicht hier bleiben willst, immer Alimat …« Sie brach ab, atmete angespannt und rau ein, begann erneut. »Und ich verstehe es sogar, weil es *dein* Gesang, *dein* Ziel, *dein* Wunsch ist, so wie es mein Wunsch war, zu einer Waffe zu werden. Ich verstehe es, und ich hasse es. Ich hasse die Sonne und den Sand und die Hitze und die Männer, die sich weigern zu erkennen, dass der wahre Wert einer Frau darin liegt, etwas anderes als ein Werkzeug zu sein, um Kinder zu bekommen und das Haus in Ordnung zu halten …« Jetzt klang sie regelrecht zornig. »… und ich hasse es, dass du dich meinetwegen zu einem Ausgestoßenen gemacht hast, indem du all deine Schwüre gebrochen und dich selbst zum Tode verurteilt hast, weil du vor den anderen *und* Abbu Bensir *Elaii-ali-ma* erklärt hast …«

Ich hob eine Hand. »Del …«

Ihre Stimme wurde noch angespannter. »… und ich hasse es, dass du keine Kinder willst, weil ich eines bekommen werde und du wohl gehen wirst.«

Ich stand da, in Unglauben gefangen, und entdeckte erneut, dass mir die Worte fehlten, jegliche Worte, welche die Situation auf ruhige, vernünftige, einfühlsame Art hätten angehen können. Oder, was das betraf, die auch nur annähernd verständlich gewesen wären.

»Und ich hasse es, weil ich möchte, dass dieses Kind eine leibliche Mutter und einen leiblichen Vater hat …« Ihr gingen Atem und Intensität aus. »… und ich es behalten will, *behalten*, anstatt es fortzugeben, wie ich Kalle fortgegeben habe. Weil ich eine Mutter sein will, eine wahre Mutter, auch wenn ich weiß, dass du an diesem Kind, oder an diesem Leben, keinen Anteil haben willst.«

Allem mit Ausnahme einer schleppend einsetzenden Erschütterung sowie des Wunsches beraubt, einen Schmerz zu beenden, den ich nicht annähernd verstand, trat ich auf unsicheren Beinen von ihr fort, stellte mich ans Ufer des Flusses und blickte ins rauschende Wasser. Verlor mich in dem Klang, dem Aufruhr, der Bewegung, die keine Worte verlangte, keine Entscheidungen, keine Kompromisse.

Der Cantina-Stuhl wurde mit jedem Mal härter.

Ich hockte mich hin, beugte mich vornüber, nahm Wasser auf und trank. Benetzte Gesicht und Haare. Erwog, mich mit dem Gesicht zuerst in den Fluss fallen zu lassen und mich zu ertränken, nur damit ich nie wieder so vollständig verwirrt und wie gelähmt wäre.

Zu viel. Es war alles zu viel. Und Del wusste es. Erwartete meine Reaktion. Weil ich ihr erzählt hatte, was ich jedem erzählt hatte: für mich keine Kinder.

Gehen? O nein. Ich hatte Del gegenüber Schwüre geleistet, obwohl sie sich dessen nicht bewusst war. Und diese würde ich nicht brechen.

Und dann dachte ich: *Ich werde in zwölf Jahren tot sein.*

Ich würde das Kind nie als Erwachsenen erleben, wie Neesha. Einen weiteren gut aussehenden, klugen Jungen mit Verstand – oder ein Mädchen mit all der prächtigen Schönheit und Stärke seiner Mutter.

Aber zwölf Jahre, zehn Jahre, waren besser als nichts.

Es schien, als wäre keine Entscheidung zu treffen. Kein Widerwille gewaltsam zu läutern. Da war nur Einsicht – und ein wenig Angst.

Dann erinnerte ich mich an den Traum. Ich, allein, während sich alle, die ich kannte – und einige, die ich nicht kannte – von mir entfernten. So könnte mein Leben aussehen. Ich, der ich mich weigerte, Verantwortung für meine Handlungen zu übernehmen. Sogar für meine Kinder. Und der deshalb einsam war.

Unter den Salset hatte ich ganz allein die Hoolies überlebt. Ich wollte das – konnte das – nicht wieder tun.

Ich stemmte mich vom Boden hoch und ging zu Del. Ich umfasste ihr Kinn, strich ihr Haar zurück, küsste sie auf die Stirn und nahm sie dann in die Arme.

Ihr Körper war steif, ihre Stimme angespannt und verbittert. »Und ich habe Neesha angespornt, dir *sein* Geheimnis zu offenbaren, obwohl ich mein eigenes bewahrte.«

Ich sagte ihr ins Ohr: »Ich glaube, ich hätte es bald selbst herausgefunden, auch wenn du es mir niemals gesagt hättest.«

Sie zog sich zurück. Entfernte sich von mir. Stand da

und starrte auf etwas, was ich nicht sehen konnte und wahrscheinlich niemals sehen würde. Ihre Stimme klang distanziert. »Keine Angst, ich erwarte nicht, dass du bleibst.«

Es schmerzte. Sehr. Aber ich selbst hatte ihr das angetan. Hatte mir das angetan.

Sie wandte sich um. Ihre Wangenknochen zeichneten sich messerscharf ab. Ihre Augen waren Eis. »Ich werde keinen Mann zwingen zu bleiben, der das nicht will. Ich bin bei vielem, was ich getan habe, seit meine Familie gestorben ist, allein gewesen. Ich kann auch hierbei allein sein.«

Ich atmete zitternd ein, sodass mir ganz leicht zumute wurde. »Nun, es ist kein vollkommen neuer Gedanke, dieses Vatersein. Ich hatte immerhin, oh, ungefähr einen Tag Zeit, mich an den Gedanken zu gewöhnen, dass Neesha mein Sohn ist.«

Ihre Stimme klang vernichtend. »Neesha ist kein *Kind.*«

»Aber es ist ein Anfang. Ich meine, du wirst dieses Kind nicht heute Abend oder morgen bekommen.« Ich hielt inne. »Wann ist es *tatsächlich* soweit?«

»In ungefähr sechs Monaten.«

Ich zuckte lässig die Achseln, blieb locker. Das kannte sie. »Ich denke, wenn ich mich daran gewöhnen kann, Neesha um mich zu haben, kann ich mich auch an einen Säugling gewöhnen.«

Del war nicht in der Stimmung für Scherze. »Säuglinge bedeuten erheblich mehr Umstände als ein dreiundzwanzigjähriger Mann.«

»Bascha …« Ich wollte zu ihr gehen, sie erneut in die Arme nehmen. Aber ich hatte sie im Lauf der Zeit lesen gelernt, und das war es nicht, was sie von mir erwartete. Also blieb ich, wo ich war, und sagte ihr die Wahrheit. »Ich wusste, als ich Sabras Kreis verließ und *Elaiiali-ma* erklärte, dass das Leben, das ich gekannt hatte, vorbei war. Ich wusste, als Sahdri mir die Finger abhackte, dass das Leben, das ich gekannt hatte, vorbei war. Dort auf der Insel, als du neben mir im Sand lagst, beschloss ich, eine Schule zu errichten und ein Shodo zu werden. Ob das hier oder in Alimat geschieht, ist nicht wichtig. Wichtig ist, dass ich bereits die Entscheidung getroffen hatte, an einem Ort zu bleiben. Zu wissen, dass ein Kind unterwegs ist, ändert das nicht.« Ich hielt inne. »Obwohl ich zugeben muss, dass ich mir nicht ganz sicher bin, wie das geschehen ist, da du diesen Pakt mit den Göttern geschlossen hattest. Aber andererseits habe ich nicht viel mit Göttern zu tun – außer wenn ich fluche –, was weiß ich also schon?«

Sie presste die Lippen zusammen. »Es geschah, weil mein Gesang vorüber ist. Da sie Götter sind, wussten sie es.«

»Dein Gesang ist nicht vorüber.«

»Dieser Teil ist es. Ich hatte geschworen, meinen Bruder zu finden und Ajani zu töten.« Ihre Stimme wurde frostig. »Anscheinend beschlossen sie, dass der Pakt nicht länger gültig sei.«

»Dann gestalte einen neuen Gesang. Du bist immerhin eine Schwertsängerin.«

Schmerz entstellte ihre Worte. »Eine Schwertsängerin ohne *Jivatma*.«

»Nun, ich habe eines. Und eine schreckliche Stimme, wie du erklärt hast – du kannst fur mich singen.«

Das beruhigte sie nicht. »Dies ist keine beiläufige Entscheidung, Tiger. Dies ist ein Gesang, der ein Leben lang anhält. Ich habe Kalle aufgegeben. Zu dem Zeitpunkt erschien es mir die einzige Möglichkeit, wenn ich mein selbstgestecktes Ziel erreichen wollte, ein Ziel, das mir das Überleben ermöglichte. Es war keine falsche Wahl. Es war die einzige Wahl. Aber nun bin ich älter. Ich bin anders. Ich habe getötet und werde zweifellos wieder töten. Ich weiß, dass ich wieder tanzen werde. Das bin ich. Kein Kind ändert das.«

»Nein«, stimmte ich ihr zu.

»Aber dieses Mal möchte ich Leben erhalten. Ich habe kein darüber hinausgehendes Ziel, keinen Gesang zu singen, außer dass ich einen neuen Anfang mit einem neuen Leben machen will.« Sie sagte, ihre Mauern seien gefallen. Ich konnte aus ihrer Stimme den Versuch heraushören, sie wieder zu errichten, falls es nötig sein sollte. »Ich werde keinen Mann bitten zu tun, was er nicht tun kann.«

»Dann bitte mich nicht. Sag mir einfach, was du brauchst. Jetzt – oder nachdem das Kind geboren ist. Wenn Alric es tun kann, kann ich es auch.«

Sie wölbte eine helle Augenbraue. »Glaubst du das wirklich?«

Ich musste die neu entstehenden Mauern unbedingt niederreißen. »Nun, vielleicht nur so lange, bis es mich zum ersten Mal anspuckt.«

Ihr Mund verzog sich zu einem schwachen Lächeln. »Das alles ist dir bei Neesha entgangen.«

Ich mimte großäugige Hoffnung. »Du könntest es nicht vielleicht so einrichten, dass es als Dreiundzwanzigjähriges geboren wird?«

»Dreiundzwanzigjährige spucken auch. *Du* spuckst. Das passiert, wenn du zu viel trinkst.«

»Wie du herausgefunden hast.«

Del seufzte. Ihre Schultern entspannten sich allmählich. »Wie ich herausgefunden habe.«

»Schau, Bascha, war ich gestern gesagt habe, war die Wahrheit. Ich habe niemals behauptet, ein vollkommener Mann zu sein, und ich werde niemals behaupten, ein perfekter Vater zu sein. Und zwei Tage hintereinander einen Cantina-Stuhl über den Kopf gezogen zu bekommen ist verdammt schwer zu ertragen! Aber wenn du mir die Chance gibst, es zu tun – und mir Fehler verzeihst –, werde ich niemals ungehobelte Bemerkungen darüber machen, wie dick du bist, wenn du fast soweit bist, das Kind zu werfen.«

»Man wirft ein Kind nicht, Tiger. Es ist kein Tier. Man

bekommt ein Baby. Und du wirst ungehobelte Bemerkungen machen.«

»Nun, in Ordnung … ja, das werde ich wahrscheinlich. Einige Dinge kann ich einfach nicht ändern.« Ich sah mich um. »Aber ich kann vermutlich den geplanten Standort einer Schwerttanz-Schule ändern. Dieser Platz ist *wirklich* wunderschön. Alimat hatte seinen Shodo und wurde eine Legende. Dies ist Beit al'Shahar, und wir können eine neue begründen.«

Sie hatte sich noch nicht ganz entspannt. »Ein Kind ist kein streunendes Kätzchen oder ein Welpe mit einem gebrochenen Bein oder auch ein verwaistes Sandtigerjunges. Ein Kind hat man ein Leben lang. Versprich nichts, was du nicht halten kannst.«

»Wie ich es meinem Shodo gegenüber getan habe?«

Davor zuckte sie zurück. »So habe ich es nicht gemeint.«

»Dann lass mich dir Folgendes versprechen: Ich werde es versuchen.«

Sie reckte das Kinn. »Bist du sicher?«

»Hoolies, nein! Aber ich weiß nicht, ob ich in irgendeiner Weise sicherer wäre, wenn wir jetzt in Alimat wären.« Ich lächelte verzerrt. »Ich habe nie richtig geplant, Lehrer zu werden. Ich habe nie über das Tanzen hinaus gedacht. Ich erwartete, im Kreis zu sterben, einen ehrenhaften Tod zu haben. Aber dieser Gesang ist für mich ebenso beendet, wie deiner für dich beendet ist. Es ist an der Zeit, dass ich einen anderen anstimme.«

Ihr Blick suchte meinen. »Kannst du das tun?«

Ich hob die Hände. Öffnete sie. »Ich wusste an jenem Tag auf dem Kegel in ioSkandi, dass ich es tun müsste. Ein Kind spielte bei dieser Entscheidung keine Rolle.«

»Aber jetzt.«

Ich sagte sanft: »Gib mir eine Chance, Bascha.«

Sie schloss einen Moment die Augen, als betete sie. Dann öffnete sie sie wieder. »Keine Schankmädchen für dich, wenn du in die Stadt gehst.«

Ich atmete gespielt verzweifelt ein. Dann: »Aqivi? Allerwenigstens?«

Sie dachte darüber nach. »Wenn du dich von Neesha auf den Hengst binden und sicher nach Hause bringen lässt, wann immer du zu betrunken bist, um zu reiten.«

»Wenn wir mich schon auf Pferde binden, wenn ich zu betrunken bin, um zu reiten, kann ich mir dann deinen Wallach ausborgen?«

»Ha. Ich *wusste*, dass dir seine Gangart gefallen würde.«

»Und ich denke, ich werde Alric bitten, Lena und die Mädchen einzupacken – und inzwischen vielleicht einen Jungen – und hierher zu ziehen. Ich werde Neesha nach Rusali schicken, damit er ihn fragt. Lena könnte sich um das Baby kümmern, während du dich um Schwerttänzer kümmerst.«

Sie schwieg mehrere Augenblicke. Dann tat sie die nötigen Schritte, um in meine Arme zu gelangen.

Ich barg ihren Kopf an meiner Schulter. »Weinst du wieder?«

»Nein.«

»Tust du doch.«

»Vielleicht ein wenig.«

»Wie lautet deine Ausrede dieses Mal?«

Sie zog den Kopf zurück und sah mir in die Augen. »Keine Ausrede. Die Wahrheit: Ich habe vielleicht aufgehört, von der Art Mann zu träumen, den ich vor langer Zeit wollte, aber ich habe ihn dennoch gefunden.«

Ich grinste. »Du versuchst gerade, mir zu schmeicheln, um mich in dein Bett zu bekommen.«

Sie nahm meine Hand und legte sie auf ihren Bauch. »Ich denke, dieses Baby beweist, dass du bereits dort warst.«

Ich lachte. »Nun, ja.«

Ihre Hand verlagerte sich von ihrem Bauch auf meinen. Und glitt tiefer, viel sagend zwischen Dhoti und Haut. Was einen Wonneschauer bewirkte.

»Em, Bascha ...«

Ihre andere Hand machte sich an den Zugbändern zu schaffen. »Hmmm?«

»Was ist, wenn Neesha kommt?«

»Neesha weiß es besser.«

»Was ist, wenn Mehmet kommt oder jemand von seinen Leuten?«

»Dann werden sie alle schlicht entdecken, dass ihr geliebter Jhihadi auch ein Mann ist.«

Die Selbstbeherrschung würde gleich schwinden. »Was ist mit dem Baby?«

Del lachte. »Das Baby wird nichts dagegen haben. Das Baby wird es nicht einmal merken.«

Ich ergriff den Saum ihrer Tunika und zog sie bis über ihre Hüften hinauf. »Bist du sicher?«

Sie lächelte wunderbar. »Ich bin sicher.«

»Nun, wenn du *sicher* bist, dass du sicher bist ...«

Ihr Mund lag an meinem. »*Schweig*, Tiger.«

Tiger schwieg.

Epilog

Alric zog mich aus dem Haus. »Komm schon, Tiger.«

»Ich werde nicht gehen – Alric, lass los …« Ich versuchte, meinen Arm zu befreien. »Dies ist mein Haus, weißt du!«

Er gab nicht auf. »Ja, das weiß ich. Ich habe dir geholfen, es zu bauen. Nun komm schon.«

Ein weiterer rauer, halb erstickter Schrei erklang aus dem Schlafzimmer, wo Del in den Wehen lag. Lena war dort und eine Frau aus Mehmets Aketni, eine alte Frau, die selbst viele Kinder geboren hatte. Alrics Kinder waren zu einem weiteren von Mehmets Aketnis geschickt worden, wo man sich um sie kümmerte, damit sie uns hier nicht zwischen die Beine liefen.

Ich pflanzte meine Beine auf den Boden. »Alric …«

»Wir gehen.« Er riss mich praktisch von den Füßen. »Vertrau mir, es gibt nichts, was wir tun können, außer im Weg zu sein. Lena hat mir das bei der Geburt jedes Babys erklärt. Jetzt wo du in meiner Lage bist, verstehe ich warum.«

Er hatte mich bis in den Vorgarten gebracht. Vor uns eröffnete sich die prächtige Umgebung der Schlucht, ein atemberaubender Tag mit lodernden Bäumen, aber ich war nicht in der Stimmung, die Szenerie zu genießen. »Wie kannst du von mir erwarten, hier draußen zu warten? Sie liegt seit gestern Abend in den Wehen. Sie könnte daran sterben!«

Er schob mich auf den Fluss zu. »Ja, sie könnte, aber ich bezweifle es. Del ist stark, und sie hat bereits ein Kind bekommen. Jetzt setz dich hin und streck die Füße ins Wasser.«

»Sie hat dieses Kind aber bereits vor neun Jahren bekommen!«

»Tiger, sie ist jung genug, nach diesem noch zehn oder zwölf weitere Kinder zu bekommen.«

Hoolies, welch eine Vorstellung! Ich stapfte zum Fluss hinunter und fluchte ununterbrochen. Alric folgte mir, wollte wahrscheinlich sicherstellen, dass ich nicht versuchte, zum Haus zurückzugelangen, das aus mühsam herangekarrten Lehmziegeln erbaut war, da die Erde hier besser zur Saat geeignet war. Das hatten Mehmet und seine Aketni gemacht.

Ich stand am Ufer und lauschte, ob Dels Schreie über das Geräusch des Wassers hinweg zu hören wären. Ich vernahm jedoch nichts, was wahrscheinlich Alrics Absicht war.

Mir fiel etwas auf: Abwesenheit. »Wo ist Neesha?«

Alric setzte sich ins Gras und stützte sich auf die Ellenbogen. »Er und Ahriman sind vorhin zum Einschnitt hinauf gegangen. Dein neuer Schüler zeigt großen Eifer, alles ihm Mögliche über seinen Shodo zu lernen.«

Ich verzog das Gesicht. »Ahriman wird nicht weiter als bis zum zweiten Grad kommen.«

»Nein, wahrscheinlich nicht. Aber so lange ist er ein zahlender Schüler.«

Ein Schüler in sechs Monaten. Zwei, wenn man Neesha mitzählte, aber ich erwartete von ihm keine Bezahlung. Ich dachte mir, dass ein Vater seinem Sohn so viel schuldete, besonders wenn er fast vierundzwanzig Jahre seines Lebens abwesend gewesen war.

Ich lächelte. »Neesha wird es über den zweiten Grad hinaus schaffen.«

Alric lachte. »O ja.«

»Er möchte die sieben Grade unbedingt schneller als ich erreichen.«

»Natürlich. Er ist dein Sohn. Und er ist hungriger, als du es warst.«

Ich sah Alric an. »Du warst nicht dort. Woher willst

du wissen, dass er hungriger ist, als ich es war? Er hat bestimmt ein leichteres Leben gehabt als ich!«

»Es ist eine andere Art Hunger, Tiger. Dein Ehrgeiz war es, der Sklaverei körperlich und geistig zu entkommen. Neesha will der Legende entsprechen, an der er seit seiner Kindheit festhält, *und* dich stolz auf ihn machen.«

»Ich *bin* stolz auf ihn!«

Alric zuckte die Achseln. »Er muss es auf seine eigene Art entdecken.«

Aber meine Gedanken wanderten von Neesha wieder zurück zu Del. Unfähig, still zu stehen oder zu sitzen, begann ich, auf und ab zu gehen. »Hoolies, ich befände mich lieber mitten in einem Tanz auf Leben und Tod als hierin. Wie kannst du das Warten ertragen, Alric?«

»Nun, ich habe es viermal getan, sodass ich Erfahrung darin habe. Und werde es wahrscheinlich noch einige weitere Male tun.« Er lächelte zufrieden. »Vier gesunde Töchter.«

Ich hielt inne. »Del sagt, Männer würden ihre Frauen weiter Kinder kriegen lassen, bis sie einen Sohn bekommen, selbst wenn ihre Frauen es nicht wollen.«

»Das mag für manche Männer stimmen«, bestätigte Alric gelassen, »aber ich werde genügend Söhne haben, wenn meine Töchter heiraten.«

Wenn ich eine Tochter hätte … wenn ich eine Tochter hätte, würden Männer über sie genauso denken wie über alle Frauen. Genau wie ich es getan hatte, bevor Del es mir ausgetrieben hatte.

Nun, überwiegend.

»Ich werde sie töten«, sagte ich.

Alrics Augenbrauen schossen bis unter das helle Haar, das ihm in die Stirn hing.

»Wen töten?«

»Die Männer, die versuchen, meine Tochter ins Bett zu bekommen.«

Der große Nordbewohner lachte. »Sie ist nicht einmal geboren, Tiger – und sie könnte ein *er* werden!«

»Ich muss aber darüber nachdenken. Was mir bevorstehen könnte. Weil, weißt du, wenn es ein Mädchen wird und sie wie Del aussieht …«

»Das wollen wir hoffen. Es wäre mir lieber, wenn eine Tochter wie Del aussähe statt wie ein großer, träger Danjac wie ihr Vater.«

»Ich kann das nicht tun«, sagte ich jäh. »Ich kann nicht einfach hier draußen warten. Was ist, wenn Del mich bei sich haben will?«

»Vertrau mir, Tiger, Del will dich nicht bei sich haben. Du bleibst am besten hier draußen – es sei denn, du *magst* es, wenn sie dich verflucht.«

»Ich gehe.« Ich ging aufs Haus zu, tat große, lange Schritte, um schneller dort zu sein. Da erschien Lena im Eingang, und ich lief los. »Geht es ihr gut? Geht es ihr gut?«

Lena lächelte, als ich sie erreichte. »Es geht ihr gut, Tiger. Dem Baby auch.«

Ich blieb jäh stehen. »Dem Baby? Ist es da?«

»Ja, das Baby ist da. Geh hinein, Tiger. Du hast lange genug gewartet.«

Aber plötzlich brachte ich keine Bewegung zustande. »Vielleicht sollte ich es nicht tun. Del wird müde sein. Sie wird sich ausruhen wollen.«

Lena lachte. »Geh schon, Tiger.«

Ich spürte eine Hand auf meiner Schulter. Alrics. »Sie wird dich jetzt nicht mehr verfluchen. Das tun sie nie, wenn das Baby erst geboren ist.«

Ich tat einen tiefen und beruhigenden Atemzug und dann einen zweiten. Und ging hinein, um nachzusehen, was die nordische Bascha und ich zustande gebracht hatten.

Die alte Frau von Mehmets Aketni half Del, eine Flüssigkeit aus einem Becher zu trinken, die ein wenig streng roch. Als sie mich ins Schlafzimmer kommen sah, lächelte sie, stellte den Becher ab und winkte mich herein. Da ich Del ansah, bemerkte ich nicht, wie sie ging.

Ich konnte kein Baby sehen. Nur Del, die unter den Decken lag. Sie war auf Kissen gestützt. Ihr Gesicht wies Spuren der Erschöpfung auf, aber auch eine Zufriedenheit, die alles andere überstrahlte.

Ich blieb im Eingang stehen, bis sie mich sah. Ihr Haar, nass vor Schweiß, war zurückgenommen und in einem Zopf gebändigt. Ihr Lächeln geriet müde, aber glücklich.

»Wo ist es?«, fragte ich.

»Wo ist *sie*, Tiger. Ein Baby ist kein Es.«

Ah, gut. Sie klang normal.

Dann drang es zu mir durch. »Es ist ein Mädchen?«

»Das bedeutet ›sie‹ üblicherweise. Und sie ist hier.«

Da sah ich, dass sie das Kind in so viele Schichten Tuch eingewickelt hatten, dass es eher wie ein Bündel Bettwäsche als wie ein Mensch aussah. Del hob dieses Bündel neben sich an. Ich hörte einen gedämpften Laut, der verdächtig wie der Warnruf eines Sandkaninchens vor Raubtieren klang.

»Komm und sieh dir deine Tochter an.«

Ich regte mich nicht. »Du willst dies doch nicht wieder tun, oder? Noch zehn oder zwölf Mal?«

Del wirkte entsetzt. »Nein! Warum fragst du mich so etwas?«

»Alric sagte, du könntest noch zehn oder zwölf weitere Kinder bekommen … und er und Lena gehen bereits in diese Richtung.«

Del lachte. »Tiger, hör auf, dich zu drücken, und komm und sieh dir deine Tochter an.«

Als ich das Bett erreichte, hob Del eine Hand und drängte mich, mich zu setzen. Ich tat es, sehr vorsichtig. Und dann schlug sie die Hüllen zurück, und ich sah das Gesicht.

Ich war entsetzt. »Was ist los mit ihr?«

»Nichts ist los mit ihr.«

»Sie ist ganz rot und runzelig! Und sie hat keine Haare!«

Del lächelte strahlend. »Das Rote wird vergehen, die Runzeln werden schwinden, und die Haare werden wachsen. Aber sie hat bereits etwas Haar, Tiger. Es ist Babyflaum. Siehst du?«

Um Del eine Freude zu machen, sagte ich ja, ich könne den Hauch von etwas sehen, das Haaren glich. Aber wenn das alles war, was sie für den Rest ihres Lebens auf dem Kopf hätte, so müsste ich mir keine Gedanken darüber machen, was Männer über sie denken mochten.

»Halte sie, Tiger. Sie ist auch dein Kind.«

Ich schrak zurück. »Ich würde sie fallen lassen!«

»Du wirst sie nicht fallen lassen. Hast du jemals ein Schwert fallen lassen?«

Ich weigerte mich. »Du kannst sie halten. Ich werde sie nur ansehen.«

»Ich bin so müde«, sagte Del. »Ich bin sehr geschwächt. Du musst sie halten.«

Ich sah sie mit einer gewölbten Augenbraue an. »Du lügst jetzt nicht besser als vor ihrer Geburt.«

Del war betrübt. »Ich *bin* müde, Tiger.«

Das war sie. Ein Teil der Lebhaftigkeit war aus ihren Zügen gewichen. »Geht es dir gut? Ich meine, *wird* es dir wieder gut gehen?«

»Es wird mir gut gehen, sobald du deine Tochter hältst.«

Ich runzelte die Stirn. Sie war eine zähe Verhandlungspartnerin. »In Ordnung. Was soll ich tun?«

»Nimm sie einfach in deine Arme und wiege sie. Bette ihren Kopf in deine Armbeuge.«

»Was ist, wenn sie schreit?«

»Halte sie nur.«

»Was ist, wenn sie hungrig ist?«

»Dann gib sie mir zurück.«

Ich beugte mich vor, ergriff das Bündel, hob es hoch. Entdeckte, dass sie fast nichts wog.

Dels Stimme klang bestürzt. »Halte sie nicht mitten in der Luft, Tiger! Berge sie an deiner Brust.«

Anscheinend gelang es mir, denn Del hörte auf, mir Ratschläge zu erteilen. Sie lag da und lächelte uns beide an.

Ich erlaubte mir die Frage: »Hat sie Arme und Beine, oder ist sie nur ein Bündel mit einem Kopf daran?«

Del seufzte. »Ich hätte wissen müssen, dass du den Moment nicht zu schätzen weißt.«

Ich grinste. »Es ist kein Moment, Bascha. Es ist ein *Baby.*«

Sie streckte die Hand aus und strich über die Hüllen. »Ich dachte, wir könnten sie vielleicht Sula nennen.«

Das erschreckte mich. Mir fehlten die Worte.

»Diese Frau hat dir deine Freiheit gegeben«, sagte Del. »So viel Freiheit, wie bei den Salset möglich war. Nicht genug, ich weiß – aber mehr, als du vielleicht sonst gehabt hättest.«

Kurz darauf, als ich meine Gefühle wieder unter Kontrolle hatte, nickte ich. »Nimm sie«, sagte ich. »Bascha – nimm sie.«

Sie hörte den Unterton in meiner Stimme. »Was ist los? Was stimmt nicht?«

»Nichts ist los. Nichts, Bascha.« Ich beugte mich vor, hielt das kleine Bündel fest, während sie es mir abnahm, beugte mich dann tiefer hinab und küsste Del auf die Stirn. »Ruh dich aus. Ich komme später wieder.«

Ich wartete, bis sie das Baby neben sich gelegt hatte. Als ihr die Augen zufielen, verließ ich den Raum.

Alric sah mein Gesicht, als ich aus dem Haus trat. »Was ist los?«

»Nichts ist los.«

»Du wirkst – seltsam.«

»Es geht mir gut.«

»Warum trägst du dann deinen Harnisch?«

»Es gibt etwas, was ich tun muss.«

»Tiger – etwas stimmt nicht.«

»Alles in Ordnung«, sagte ich. »Es gibt einfach etwas, was ich tun muss.« Ich hielt inne. »Allein.«

Alric war besorgt. Er und Lena saßen draußen vor dem Haus auf der Holzbank, die ich gebaut hatte. Die Hühner, die Mehmet uns geschenkt hatte, liefen im Vorgarten herum, und die halbwegs ausgewachsene getigerte Katze jagte ein Insekt. Wir hatten innerhalb von sechs Monaten allen Staat einer normalen Familie angehäuft: ein Haus, Hühner, Mäusefänger, zwei Ziegen.

Und jetzt eine Tochter.

»Ich muss es tun, Alric. Ich bin später wieder da.«

Er nickte und ließ mich gehen.

Ich traf Neesha und Ahriman am Durchgang zur oberen Schlucht. Ahriman war ein kleiner, kompakter Südbewohner mit schwarzem Haar und schwarzen Augen. Er war mehrere Jahre jünger als Neesha und in meiner Gegenwart eher schüchtern. Was es erschwerte, ihn dazu zu bringen, mich im Übungskreis tatsächlich anzugreifen. Bei Neesha gelang es ihm besser, da er vor ihm keine Ehrfurcht hatte.

»Wie geht es Del?«, fragte Neesha sofort.

»Es geht ihr gut. Dem Baby auch.«

»Sie hat es bekommen?«

»Sie. Sie hat ›sie‹ bekommen.« Ich nickte. »Vor einigen Augenblicken.«

Neesha betrachtete mich prüfend. »Was ist los?«

»Nichts ist los.«

»Tiger …«

Ich brachte ihn mit einer Geste zum Schweigen. »Nichts ist los. Geh zu Del und dem Baby – sie ist immerhin deine Halbschwester. Ich bin bald zurück.«

Neesha wirkte nicht weniger besorgt als Alric. Aber ich hatte keine Zeit für sie.

Keine Zeit für überhaupt etwas.

Der Aufstieg zu dem eingestürzten Einschnitt war jetzt leichter als vor sechs Monaten. Nicht nur wusste ich, wohin ich ging, sondern ich war auch auf mein Ziel konzentriert. Als ich den Tunnel erreichte, verschwendete ich keinen Gedanken an die Dunkelheit. Ich zog den Kopf ein, ging hinein und folgte ihm zurück zu dem Spalt in der Nähe der Felsblöcke, die den restlichen Durchgang versperrten. Dort legte ich den Harnisch ab, ließ ihn auf die Erde fallen und zog den Stöpsel aus dem kleinen Gefäß, das ich beim Verlassen des Hauses mitgenommen hatte. Ich verteilte Schmiere auf Bauch und Rücken, warf das leere Gefäß beiseite und zog das *Jivatma* aus der Scheide. Den Harnisch ließ ich liegen.

Es war nicht leicht, durch den Spalt zu gelangen. Neesha hatte Recht damit gehabt, dass man Hautschichten am Fels zurückließ. Aber die Schmiere half, und schließlich quetschte ich mich in den Einschnitt.

Der Raum war klein, ungefähr ein Viertel der Größe des ursprünglichen Kreises. Sonnenschein drang durch Risse und beleuchtete die Fläche, aber der Einschnitt war kein Einschnitt mehr. Er bestand überwiegend aus einem Haufen Felsen und Abschnitten gewellter Wände. Der Boden wies jedoch noch immer den hellen Punjasand auf, den Del und ich damals entdeckt hatten.

Ich sah mich um. Fand, was ich erwartet hatte: Dels *Jivatma*. Boreal war in zwei Teile zerbrochen. Ich berührte sie nicht. Ich legte mein Schwert nieder und beugte mich herunter, um meine Sandalen aufzuschnüren. Danach schlüpfte ich aus meinem Dhoti. Ich nahm mein Schwert wieder auf, trat zur Mitte dessen, was von dem Einschnitt geblieben war, und setzte mich im Schneidersitz hin, das *Jivatma* über meinen Oberschenkeln.

Im gebrochenen Licht betrachtete ich meine Hände. Zwei Daumen, drei Finger an jeder Hand. Die Stümpfe waren nicht weniger augenfällig als vorher, aber ich hatte sie schon eine Weile nicht mehr wirklich bemerkt. Meine Übung auf der Insel in der Nähe von Haziz nützte mir immer noch. Seit ich mich in der Schlucht niedergelassen hatte, hatte ich jeden Tag damit verbracht, mich durch die Formen hindurch zu arbeiten, mich körperlich gesund zu erhalten. Übungskämpfe mit Neesha und Alric – ich hatte mich geweigert, mit Del zu kämpfen, nachdem ich wusste, dass sie schwanger war, was sie unendlich verärgert hatte – halfen mir, Geschwindigkeit, Kraft und Technik beizubehalten. Tatsächlich sagte Alric, ich sei besser als früher.

Wenn das stimmte, dann weil mich etwas in mir unterstützte – eine Facette der Magie. Wenn ich tanzte, spürte ich vier Finger am Heft. Nicht drei. Mein Griff war der Griff, der er gewesen war, bevor ich sie verloren hatte. Und ich hatte keine Erklärung dafür. Nur Dankbarkeit.

Ich schloss die Hände leicht über dem Schwert. Ging in meinen Kopf. Grub mich in meine Seele. Schälte das Fleisch von den Knochen, warf Muskeln und Sehnen ab, bis ich die so tief innen begrabene Magie fand.

Sie war keine Flamme, sondern Glut. Sie glühte beständig, unaufhörlich, benutzte mich als Brennstoff. Sie würde mich eines Tages töten, durch ihre bloße Existenz. Weil meine Mutter eine Stessoi war, ein Mitglied der von den Göttern abstammenden Elf Familien von Skandi. Und jene Götter waren so launisch gewesen, mir ihr Mal aufzudrücken, während meine Mutter – mit mir – in der Nähe der Leiche meines Vaters sterbend in der Punja lag. Weil ich ioSkandier war, ein Magier von Meteiera, der vom Kegel springen sollte, um mit den Göttern zu verschmelzen, wenn mich der Wahnsinn überkäme.

In zehn Jahren. Zwölf.

Ich hatte einen Sohn. Eine Tochter. Ich hatte Delilah.

Ich wollte ewig leben.

Oder zumindest so lange, wie ich es als Mensch, nicht Magier, möglicherweise konnte, ohne das Eingreifen einer Magie, die ich nicht wollte. Auch wenn ich sie benutzt hatte.

Finde mich, hatte sie gesagt, *und nimm das Schwert auf.*

Meine Mutter war bei meiner Geburt gestorben. Aber sie hatte mir dennoch geholfen, indem sie mich auf den Weg zu diesem Ort geführt hatte. Zu diesem Moment. Zu dieser Entscheidung.

Es war keine andere möglich.

Ich fand die Glut in mir. Nahm sie auf. Blies sanft darauf. Spürte die Hitze ansteigen, sah die Flamme zum Leben erwachen. Ich hegte sie. Barg sie. Nährte sie. Hielt sie am Leben. Bat sie, mir zu helfen.

Brachte sie dazu, mir zu helfen.

Ich hatte einst einen Zauberer in mir gehabt. Und in meinem *Jivatma*. Es war an der Zeit, den Magier, der ich war, in das *Jivatma* zu bringen. Die Macht, wenn auch nicht den Menschen.

Zum ersten Mal, seit ich auf dem Kegel in Meteiera geboren worden war, dankte ich den Priestermagiern, die mich in Geist und Körper verändert hatten. Weil sie mir damit den Schlüssel in die Hand gegeben hatten.

Disziplin.

Es vereinnahmte Zeit. Es vereinnahmte fast mich. Aber ich spürte, wie die Flamme der Macht zur Feuersbrunst wurde, sich an meinem Fleisch nährte. Ich goss sie in und durch meine Arme hinab in das Schwert. In Samiel, dessen Gesang ich mit gebrochener, zitternder Stimme sang.

Disziplin.

Und als es vollbracht war, als die Magie, die mir im Alter von sechzehn Jahren meine Freiheit eingebracht hatte, in dem Schwert ruhte, erhob ich mich vom Sand. Trat zur Wand des Einschnitts. Fand einen Spalt. Ich stieß die *Jivatma*klinge so tief ich konnte in den Fels.

Und dann zerbrach ich sie.

Ich war ein Schwerttänzer. Das war alle Magie, die ich brauchte.

Ich lächelte, während ich gleichzeitig weinte. Selbst

als ich die beiden Hälften des zerbrochenen *Jivatmas* zu Dels legte. Selbst als ich mit zitternden Händen Dhoti und Sandalen wieder anlegte und durch den Spalt zurückkehrte, wobei ich erneut Schmiere- und Hautschichten zurückließ.

Im Tunnel nahm ich meinen leeren Harnisch auf.

Während ich die Schlucht hinaufging, dachte ich über Del nach. Nicht über Kreise oder Schwerttänzer oder *Elaii-ali-ma*. Nicht über Herausforderungen. Nicht über das Tanzen. Nicht über den Preis für das Brechen lebenslanger Schwüre.

Gewiss nicht über Abbu Bensir. Aber er war dort. Und ich verstand, warum. Ausgerechnet an diesem Tag waren wir letztendlich an dem Punkt angekommen, von dem wir gewusst hatten, dass er kommen würde: der Tanz, der uns beide definieren würde.

Er trat aus dem Eingang meines Hauses, als ich mich diesem näherte. Er trug nur einen Dhoti und hielt ein Schwert in der Hand. »Ihr wart schwer zu finden«, sagte er, »aber dann hörte ich, dass Alric und seine Familie hierher kamen, mit einem Jungen, der zuvor mit Euch und Del gesehen wurde, und ich wusste Bescheid.«

Ich schwieg. Ich wartete.

Sein Tonfall veränderte sich. »Sandtiger«, sagte er, »nach den Riten des *Elaii-ali-ma* muss ich Euch nicht herausfordern oder Euch im Kreis entgegentreten. Ich muss Euch nur töten. Aber ich habe den unwissenden Jungen nicht vergessen, der mir vor anderen in Alimat, sogar vor dem Shodo, unbewusst eine Lektion erteilt hat. Dafür gewähre ich Euch die Ehre, mir im Kreis gegenüber zu treten.«

Ich löste langsam meinen Harnisch. Ließ ihn zu Boden fallen. Spreizte die Hände. Ich hatte kein Schwert. Ich konnte es nicht annehmen.

Abbu Bensir lächelte. »Der Junge hat gesagt, er wird Euch seines geben.«

Der Junge. Mein Sohn. Der einst von dem Mann vor mir gelehrt wurde.

»Wo sind sie?«, fragte ich.

Abbu trat aus dem Eingang in den Hof. Dann kam Neesha heraus. Und Alric.

Der große Nordbewohner sagte: »Lena ist bei Del. Es geht ihr gut.«

»Weiß sie?«

Etwas verkrampfte sich kurz in Alrics Gesicht. »Sie schläft.«

Ah. Nun, das war wahrscheinlich das Beste.

Abbu nicke. »Ich habe den Jungen gebeten, den Tanz für uns zu eröffnen. Wollen wir beginnen?«

»Der Junge«, sagte ich, »hat einen Namen.«

»Nayyib. Ich weiß. Ich bin ihm anscheinend vor einigen Jahren begegnet, obwohl ich zugeben muss, dass ich mich nicht erinnere.« Er warf einen Blick zu Neesha, der bleich im Eingang stand. »Gib ihm dein Schwert.«

Wir waren uns schon mehrere Male begegnet, Abbu und ich. Jenes erste Mal in Alimat, als ich ihm fast die Kehle zerdrückt hatte. Seine Stimme trug die Narben noch immer. Danach ein- oder zweimal, nur zum Üben, weil wir in einer fernen Wüstenstadt aufeinander getroffen waren, wo es keine andere Unterhaltung gegeben hatte. Dann jahrelang nichts. Der Süden ist ein großes Gebiet, und wir durchstreiften es weitläufig. Schließlich sollten wir uns in Iskandar wieder treffen, während des Wettbewerbs, aber der Hengst hatte mir gegen den Kopf getreten, sodass ich nicht in der Verfassung war zu tanzen. Danach waren wir uns in Sabras Palast begegnet, wo ich den Tanz abgebrochen hatte, indem ich *Elaii-alima* erklärt hatte.

Bis heute wussten wir beide nicht, wer der Bessere war.

Ich trat zu Neesha hinüber und sah ihm in die Augen. »Ich danke dir für die Ehre, dein Schwert benutzen zu dürfen.«

Er wollte etwas sagen. Tat es nicht. Zog nur sein Schwert aus der Scheide und reichte es mir.

Ich führte Abbu zu einem der Übungskreise und wartete. Er betrachtete ihn, ging darum herum, bemerkte, wie das Gras geschnitten und der Kreis gekennzeichnet war, damit es ihn nicht bedecken würde. Darinnen war es von Füßen niedergetreten. Er ging auch dort umher, um den Untergrund kennen zu lernen. An einem fremden Ort hätten wir das nicht getan, aber dies war mein Zuhause, und Abbu stand es zu, meinen Kreis kennen zu lernen. Er legte sein Schwert in die Mitte und verließ ihn dann. Ich tat es ihm gleich. Wir stellten uns auf entgegengesetzten Seiten einander gegenüber auf.

Er war älter als ich, kleiner, leichter. Aber er war stets schnellfüßig gewesen. Das Alter lastete schwerer auf ihm als bei unserer letzten Begegnung, aber er war dennoch in gewohnt guter Form.

»Ich hörte, dass Ihr gegen Musa getanzt habt.«

Er kannte ihn also. Oder wusste etwas *über* ihn. »Umirs Idee. Aber ja. Das habe ich.«

»Ich hörte, dass Ihr ihn getötet habt.«

»Er hat darauf bestanden.«

»Ah.« Abbu nickte. »Musa war ein stolzer Junge. Ich hatte ihn gewarnt, dass es ihm eines Tages den Tod einbringen würde, wenn er diesen Stolz nicht ablegte. Ich dachte nicht, dass es so bald geschehen würde.«

»Ihr kanntet ihn?«

»Ich habe ihn gelehrt. Oh, nicht wie der Shodo uns gelehrt hat. Er ist nicht jahrelang bei mir geblieben, um die Formen zu erlernen. Er kam mit einer von anderen Lehrern ausgefeilten, natürlichen Begabung zu mir: von den Schwerttänzern, die er bereits besiegt hatte. Er wollte sie alle besiegen und suchte meine Hilfe. Als ich sah, wie er tanzte, gab ich sie ihm.« Er runzelte kurz angespannt die Stirn. »Ich hätte nicht geglaubt, dass Ihr ihn besiegen könntet.«

Ich nickte. »Musa auch nicht.«

Dunkle Augen zuckten zu Neesha. »Jetzt.«

Neesha stand zwei Schritte entfernt. Alric war hinter mich getreten, ein gutes Stück aus dem Weg.

Ich sah meinen Sohn an und nickte.

Sein Kiefer spannte sich an. »Tanzt.«

Es war ein schneller, verbissener Tanz, anders als alles, was Abbu und ich zuvor bestritten hatten. Aber andererseits waren wir, wenn auch nicht Freunde, so doch freundlich gesinnte Rivalen gewesen, die eher an der Herausforderung interessiert gewesen waren. Wir hatten niemals einen Kampf auf Leben und Tod ausgefochten. Selbst vor Sabra hatte er das Ehrgefühl bewiesen, das ich stets in ihm gesehen hatte, indem er, trotz Sabras Verlangen, mich sterben zu sehen, sein Bestes tat, die Ehrenkodexe zu respektieren.

Er respektierte jene Kodexe auch jetzt. Aber dieses Mal wollte er meinen Tod.

Während vier Gefechten fügten wir uns gegenseitig blutige Wunden zu. Ich hatte einen Hieb auf einen Schenkel und einen Schnitt an den Rippen abbekommen, der dem entsprach, den Musa mir auf der anderen Seite beigebracht hatte. Blut tropfte von Abbus rechtem Innenarm, aber es war keine tödliche Wunde. Wir würden noch lange nicht sterben.

Ich hatte bemerkt, dass mich das Ritual, das ich ausgeführt hatte, um mich von der Magie zu befreien, ermüdet hatte. Ich fühlte mich, als fehlte ein Teil von mir. Und vielleicht war es so. Die Finger fehlten. Es bestand nicht mehr die eigenartige Überzeugung, dass sie noch da wären. Meine Hände waren so, wie Sahdri sie gemacht hatte: ein Daumen und drei Finger, nicht mehr. Die Stümpfe waren wund. Mein Griff war geschwächt. Als Abbu erneut meine Klinge angriff, drehte sich das Schwert in meinen Händen.

Abbu Bensir war nicht so jung wie Musa, aber er war weitaus weiser. Er würde nicht den Fehler begehen, den Musa gemacht hatte.

Und ich könnte deshalb sterben.

Meine Welt schloss sich um mich. Mein Geist registrierte alle Faktoren, die einen Tanz beeinflussen konnten, wie Untergrund, Beinarbeit, der Einfall des Lichts, die Reichweite der Klingen und Arme, der Rhythmus meines Atems – und seines, sogar das meine Haut hinabrinnende Blut. Die Schlucht war vom Klingen der Schwerter erfüllt, vom Kreischen von Stahl auf Stahl.

Und wieder berührte mich seine Klinge, schnitt hoch über eine Rippe. Ich riss mich los, stolperte, spürte mehr Blut rinnen, sah das Leuchten in Abbus Augen. Er kam heran, die Klinge erhoben und im Schwung. Ich blockierte sie, hielt sie, drehte mich fort. Spürte den Schmerz in meiner Hüfte. Spürte die Welt plötzlich kippen.

Ich trat einen Schritt vorwärts. Fiel. Fing mich mit beiden auf dem Boden ausgebreiteten Händen ab. Das Heft von Neeshas Schwert blieb unter meiner rechten Hand, aber ich konnte es nicht richtig greifen. Der Stumpf stieß gegen den Ledergriff, schickte glühende Hitze meinen Arm hinauf.

Abbu kam weiter auf mich zu. Ich ergriff die herabgefallene Klinge, blieb auf den Knien, hob das Heft an. Ich pflanzte den Schwertknauf in seinen Bauch, während sein Schwert diagonal abwärts surrte und direkt ins Fleisch meines Oberarms schnitt. Ich spürte den Stahl auf Knochen knirschen.

Aber Abbu hatte seine Stoßkraft verloren, als ich ihm das Schwertheft in den Bauch gerammt hatte. Er wich zurück, keuchte, leicht vornüber gebeugt. Ich stand auf, wobei ich mir bewusst war, dass ich eine schlimme Wunde davongetragen hatte. Der Arm wollte nicht gehorchen. Ich schwankte, fiel beinahe erneut hin, fand mühsam mein Gleichgewicht wieder. Blinzelte, als mir der Schweiß in die Augen rann.

Abbu sank auf ein Knie. Mit dem linken Arm barg er seinen Unterleib. Sein Gesicht war grau.

Ich war nun einarmig. Mühsam blieb ich stehen, mir des Dröhnens in meinen Ohren bewusst. Und dann, wie es so häufig geschah, verlangsamte sich die Zeit für mich. Ich hatte keine Magie, aber ich hatte mein Können und diesen seltsamen Scharfsinn, der mir stets half.

Abbu erhob sich. Er zuckte zusammen, als er sich aufrichtete, legte dann beide Hände um sein Schwertheft. Er durchquerte den Kreis.

Langsam. So langsam.

Ich sah, wie er die Klinge anhob. Sah mein Blut daran.

Während er herankam, ließ ich das Schwert – Neeshas Schwert – mitten in der Luft los und fing es umgekehrt wieder auf, als es auf dem Scheitelpunkt schwebte. Ich hielt es jetzt überhand, der Knauf ragte oberhalb meines Daumens heraus. Ich zog das Schwert und meinen Arm quer über meinen Körper zurück, den Ellenbogen gebeugt. Als Abbu herankam, riss ich meinen Arm mit der Rückhand auf ihn zu, ein kräftiger Stoß, ich hielt die Kraft nahe an meinem Körper. Das verzweifelte Manöver gewährte Abbu Einlass, Kontakt mit meinem Körper, aber meine Klinge war bereits direkt durch seinen Körper gedrungen. Ich hörte seinen Aufschrei, spürte seinen warmen Atem auf meinem Gesicht, nahm sein Gewicht auf meine rechte Schulter, als er vornüber fiel.

Mit dem letzten Rest meiner Kraft warf ich ihn mit dem rechten Arm von mir, überließ ihn Neeshas Schwert. Er fiel hart, in voller Länge, der Kopf prallte dumpf auf dem Boden auf. Das Schwert stand senkrecht von seinem Körper hoch.

Dann waren sie bei mir, Neesha und Alric. Ich spürte Hände an mir, die mich aufrichteten, meinen linken Arm stützten. Jemand band etwas um meinen Oberarm, um die Blutung einzudämmen. Aber ich stieß sie fort, taumelte zu Abbu. Sah das Blut auf seinen Lippen. Bevor ich ein Wort sagen konnte, bevor ich den rituellen Segen für einen Schwerttänzer des siebten Grades auf der Schwelle des Todes sprechen konnte, war er schon gestorben.

Vorbei.

Beendet.

Der erste der großartigsten Schüler des Shodo lag tot im Kreis.

Dieses Mal wehrte ich mich nicht dagegen, als Alric und Neesha mir aufhalfen, mich stützten, mich zum Haus führten. Wir waren fast dort, als ich Del im Eingang stehen sah. Sie hatte dunkle Schatten unter den Augen, und ihre Lippen waren bleich. Eine Hand umklammerte den Türpfosten, die andere hielt sie vor den Mund, als wollte sie die Angst, die sie nicht zugeben würde, damit zurückhalten.

Aber dann erblühte ein erleichtertes Lächeln hinter dieser Hand, und sie nahm die Finger fort. Sie streckte die Hand aus, schloss sie um meinen Nacken und zog mich zitternd an sich. Ihre Kleidung war augenblicklich blutdurchtränkt. »Komm ins Haus.«

Alric und Neesha brachten mich hinein. Del dirigierte sie zu dem Bett in dem anderen Raum. Ich protestierte schwach. »Was ist mit dem Baby?«

»Sie liegt in der Wiege«, erklärte Del. »Sie hat es verpasst, wie ihr Vater ein für allemal bewiesen hat, dass er *tatsächlich* der größte Schwerttänzer im Süden ist.«

»Nun«, keuchte ich, »sie wird es wahrscheinlich wieder sehen.«

Alric und Neesha halfen mir, mich aufs Bett zu setzen. Ich drohte bewusstlos zu werden. Dabei war ich mir der Tatsache bewusst, dass sich Menschen um mich herum zu schaffen machten, mich verbanden. Dass die Rede davon war, einen Dolch zu erhitzen, aber nichts davon ergab einen Sinn. Alles fühlte sich fern an.

»Was ist mit dir?«, fragte ich Del, während sie mich dazu brachte, mich hinzulegen.

Sie war auf die andere Seite des Bettes getreten, setzte

sich hin, atmete tief durch und nahm dann meine rechte Hand. »Ich bin hier.«

Ich wollte ihr sagen, dass sie kein Recht hatte, an meinem Bett zu wachen und sich an mich zu klammern, damit ich mich an sie klammern konnte, aber dann stopfte Alric mir einen Knebel zwischen die Zähne, sagte Neesha, er solle meinen Arm festhalten, und presste die rot glühende Dolchklinge auf die Wunde in meinem Oberarm.

Ich weckte das Baby auf. Del sagte etwas davon, *zwei* schreiende Babys in ihrem Haus zu haben, und dann legte sie sich völlig unerwartet neben mich.

Ich befreite mich von dem Knebel und krächzte: »Bist du in Ordnung?«

Ihr Kopf bewegte sich schwach nickend an meinem.

Ich sah Alric an, der den Dolch gerade in eine Holzschale fallen ließ. »Du hast das genossen. Mich zum Schreien zu bringen.«

Er grinste. »Das habe ich.«

Dann sah ich Neesha an. »Willst du immer noch Schwerttänzer werden, nachdem du das gesehen hast?«

Er atmete tief ein. »Nachdem ich das gesehen habe, will ich nichts anderes werden.«

Es lag dem Jungen vermutlich doch im Blut. Ich lächelte schwach, um ihm damit zu sagen, dass ich es guthieß, und drehte den Kopf dann zu Del. Ich hörte Neesha und Alric gehen. Das Baby war wieder eingeschlafen. Ich dachte, dass auch ihre Mutter bald einschlafen würde. »Bist du wach?«

Ihre Stimme klang sehr leise. »Kaum.«

»Ich habe eine Frage.«

Sie entglitt rasch. Ich auch. »Was?«

»Wer ist wirklich besser? Du oder ich?«

Del hob den Kopf weit genug, um mich mit großen Augen und starrem Unglauben anzusehen. Dann ließ sie ihn wieder sinken. »Wir werden vermutlich einfach tanzen müssen, um es herauszufinden.«

»In Ordnung. Morgen?«

»Gut«, murmelte sie.

Ich wandte den Kopf weit genug, um ihr Haar an meinem Gesicht zu spüren. Öffnete den Mund, um ihr zu sagen, dass wir bei den Männern, die unsere Tochter begehrten, wachsam sein müssten – aber dann traf mich die Erschöpfung mit einem Cantina-Stuhl auf den Kopf.

Eine Frau. Ein Sohn. Eine Tochter.

War es das, was ich erwartet hatte?

Nein.

Aber es war das, was ich bei den Salset nachts zu erträumen gewagt hatte.

Anmerkungen der Autorin

Vor achtzehn Jahren erdachte ich das erste Mal ein Buch über ein chauvinistisches Ekel von einem südlichen Schwerttänzer, dessen Bewusstsein im Rahmen derselben Arbeit von einer sehr unabhängigen nordischen Frau geweckt wird. Obwohl das Buch als Roman mit der unterschwelligen Botschaft gedacht war, wie Sexismus Menschen eines Geschlechts körperliche und geistige Freiheit verweigern kann, beabsichtigte ich auch, ihn unterhaltsam zu gestalten, als turbulente, leichtlebige Jagd durch den Süden mit Tiger als Führer. Es sollte ein einzelnes Buch werden, aber als ich *Schwerttänzer* beendet hatte, erkannte ich, dass ich mehr über Tiger und Del schreiben wollte. Es machte einfach zu viel Spaß, mit ihnen zu spielen.

Eine Frage, die mir zuletzt gestellt wurde, lautete, ob es noch weitere Schwerttänzer-Bücher geben werde. Um die Wahrheit zu sagen, plane ich nun keine Fortsetzung der Geschichte von Tiger und Del mehr. Vielleicht ist es an der Zeit für eine andere Generation oder ein anderes Universum voller verschiedener Charaktere.

Da es nun heraus ist, möchte ich den Lesern, die mir im Lauf der Jahre geschrieben und die Bücher kommentiert haben, gern meine Anerkennung aussprechen. Tiger und Del haben viele Menschen erreicht, und ich bin besonders stolz auf die männlichen Leser, die mir geschrieben haben, dass die Bücher ihre Ansichten über Frauen verändert hätten. Es ging in diesen Büchern stets darum, Frauen als *Menschen* zu präsentieren, nicht als einzig durch das Geschlecht definierte Individuen. Wenn ich auch nur einen Menschen dazu gebracht habe, über die Rolle des Sexismus in der Gesellschaft nachzudenken, habe ich ein kleines Ziel erreicht. Aus dem gleichen Grund möchte ich die Polemik einer guten Geschichte nicht im Weg stehen lassen, und ich hoffe, dass die Leser ihren Besuch in der Welt Tigers und Dels ungeachtet der unterschwelligen Botschaft genossen haben.

Zwei typische Fragen werden mir in E-Mails und im persönlichen Gespräch am häufigsten gestellt. Die erste lautet, warum ich – als Frau – mich dazu entschlossen habe, die Bücher aus Tigers Sicht zu schreiben.

Die Antwort ist einfach: So präsentierte sich die Eröffnungsszene in *Schwerttänzer*. Während ich bei dem Cheysuli-Zyklus eine Pause einlegte, »hörte« ich 1983 eines Nachts Tigers Stimme in meinem Kopf – so seltsam das klingt. Nachdem ich mich hingesetzt und die Eröffnungszeile geschrieben hatte, lief *Schwerttänzer* von allein.

Die zweite Frage dreht sich um die Sichtweise. Die meisten Fantasyromane sind aus der Sicht der so genannten dritten Person geschrieben, sodass die Geschichte *über* Charaktere erzählt wird. Viele Leser mögen Romane in der Ich-Form nicht, sondern ziehen Bücher vor, die sich der Geschichte aus größerer Entfernung annähern – oder aus vielfachen Sichtweisen. Ich verstehe das. Ich erinnere mich, dass ich in der High School Bücher in der Ich-Form eher wieder ins Regal zurückstellte, als sie auszuleihen. Aber als Schriftstellerin entdeckte ich, dass »Persönlichkeit« dem Autor viel Flexibilität erlaubt. Einige Geschichten müssen aus einer breiteren Perspektive erzählt werden. Aber aus einem unbestimmten Grund war Tiger sehr beharrlich darin, seine Geschichte selbst zu erzählen.

Diese Geschichte ist nun zu Ende. Ich möchte allen Lesern danken, die »T&D« durch so viele Heldentaten am Leben erhalten haben. Mein Leben hat achtzehn Jahre lang fast ebenso viele Verwicklungen durchlaufen wie Tigers: als Single, als ich *Schwerttänzer* schrieb, dann als Ehefrau, dann als Geschiedene. Ich verlor zwei mir sehr nahe stehende Menschen – meinen Großvater und meine Mutter, achtzehn Monate nacheinander, 1997 und 1999. Und ich zog von der Big City aufs Land in den Schatten der kieferbestandenen Berge.

Inzwischen gibt es andere Geschichten zu erzählen. Ich hoffe, die Leser werden sie mit mir genießen.

Jennifer Roberson